清詩話全編

道光期五

張寅彭 編纂
張宇超 朱洪舉 點校

國家出版基金項目
NATIONAL PUBLICATION FOUNDATION

上海古籍出版社

第五册目次

茅洲詩話

茅洲詩話提要

《茅洲詩話》四卷，據光緒三年重刊本點校。撰者李長榮（一八一三—？），字子虎，一作子黼，號柳堂，南海人。官教諭。有《柳堂師友詩録》。書有光緒三年二自序，謂此書乃十八歲所作（道光十年），然卷一有記道光十一年秋闈事，卷三有道光十二年中秋鄉旋事；又卷四記茅洲乃其家老圃，遂取以名書。書中所記，多爲彼時結交之人、接讀之詩，自乾嘉以來粤詩名家如張錦芳、馮敏昌、李符清、黎簡、宋湘、譚敬昭等，直至同時之前輩張維屏、黄培芳等，贊多否少，當出自初學資用爲主，與歷來詩話之存人存詩有所不同，此即吕本培題詞「半成小傳半論詩」之意，李氏亦表認同。然亦有可補文獻者，如所録王衍梅《河堤夜泊》四首七律、《織耕圖》四首七絶等，今本《緑雪堂遺詩》未見。王笠舫詩才甚佳，而不自收拾，此數首即爲遺珠也。本書既成於早年，勇於持論，而實無所發明。自序謂六十歲另有《柳堂詩話》一種，「議論、精神如出兩手」，今未見。而其《柳堂師友詩録》得人約二百五十位，每人有小傳、詩選、摘句等項，小傳亦「半」類詩話，或即指此，非另有一書也。此本得自日本大阪大學懷德堂文庫，惜有破損，而海内尚無别本可予校補。李氏自序有「此書經久板，人間衹有一本，以日本諸公與我有萬里文字緣，故特寄贈」云云，前後百數十年，今竟又彼邦孤存，亦一奇也。

茅洲詩話序

詩言志，如見其人。昔叔向聞鬷蔑□□□重之，况詩本風雅之遺乎。余外□□□□素嗜詩，吟咏之暇，博徵名流佳章，□□□佳句，於以想見其人之性情風采，□□□□事之不少概見者。人與己之□抒獨見□□□其間，即前賢詩篇流傳，或於其中得一二妙緒，特爲拈出，期於評論之允。儒有今人與居，古人與稽，於詩之一道，見端倪矣。其編録不論時，亦不論地。大率吾粤省之詩人爲多，又吾廣郡之詩人爲多。蓋生斯長斯，就所見，間有得輒誌，久而益富，乃釐爲《茅洲詩話》四卷。子虎自言此書决擇精嚴，生平頗具苦心，請余叙之夫。吉光片羽，全豹一斑，人莫不以得見爲□□□在難見也。子虎裒集而表彰之，使寓□書者，頓發上下數百年、縱横一萬里之豪情勝概，而詩律於是乎益著，謂非□□風雅之一助耶。子虎故工於詩者，迹其網羅蒐輯，博觀約取，凡經史子集之精華，無不可同，此飲墜露而飡落英之意也。嘉之，爰綴言於簡端。前任浙江處州府雲和縣知縣加一級紀録二次南海碻泉馮國倚題。

序

瓊靡玉屑，選百味以成糧；蜀錦吴綾，聚萬花而爲罽。得孔鸞之片羽，亦見光儀；窺全豹之一班，都徵炯晃。郤詵片玉，並採掇於崑山；安石碎金，早駢羅於寶庫。此《茅洲詩話》之所爲作也。則有吾門快壻，石室仙才，具韓潮蘇海之觀，包任筆沈詩之妙。迺於丹鉛之暇日，重爲蒐討。於詞人，無論繡虎鴻裁，雕龍鉅手，固已一篇，跳出萬本，鈔來即至。謝蝴蝶之偏長，鄭鷓鴣之雋致。赤鸚號鄘，白燕推袁。紅杏開時，共懷文景；黄梅落處，便識方回。罔不藉彼卮言，資吾談柄。外此唾絨窗下，擊鉢壇前，或且拾錦段於閨人，獲旃檀於禪侶。如余舊聞荒落，故紙鑽研，少作久悔，蟲雕瑑語，祇同蟬噪；亦復鑿開混沌，刻畫無鹽。檢五字於陳編，則〔回〕塵若夢；拈十年之賸句，則過眼如雲。差□羅之術宏，而持擇之心苦矣。爰循覽夫篇端，屬弁言於簡首。微特鬢絲禪榻，有助清談；定知歌扇酒旂，均添雅噱。此日雞林購去，群驚瑶圃之多才；他時虎觀傳將，應作玉堂之佳話。道光歲在壬辰季冬月，偉川居士區昌豪撰。

題詞

青蓮家世足風流，碎錦遺珠次第收。□得百川都入海，衣冠應拜李茅洲。
十年蕭寺一燈知，比似量才尺自持。何事搜羅心太苦，半成小傳半論詩。
鐵網珊瑚萬萬株，同工異曲卷中輸。嶺南才子知多少，摘盡驪龍頷下珠。
多謝詩宗許擅場，况將風味擬漁洋。無痕解掛羚羊角，一片仙心七字香。
仿佛洪崖憶拍肩，匆匆一笑海雲邊。無端蓮社花源會，認得蓬萊舊散仙。
才可名山弱冠餘，簡編早已著吟廬。從今福地瑯嬛裏，添得先生一部書。
風塵短褐粤王城，白眼頻煩避俗行。自笑苦吟三十載，濫竽今也得傳名。

山陰吕本培秋農拜題。

序

余今年六十五矣。檢視十八歲時所輯《茅洲詩話》，如同隔世，本不足存，然敝帚自珍，亦姑留諸寒窗破硯間，以見當日之議論如是，精神如是，以視六十歲所輯《柳堂詩話》議論、精神如出兩手。即近日所輯《海東詩話》，又稍變面目。後之視今，猶今之視昔，而臣之精力竟消磨於詩卷光陰間也。吕秋農舊題詞有云「半成小傳半論詩」，原書凡例括此二語，不復贅。光緒三年上元後六日，南海李長榮子虎序。

此余十八歲所輯，其時學問未博，見識未廣，故言多未當，所謂著書忌太早也。然年少狂談，亦有不可盡廢者，故誨而仍存。至於書中或旁涉他事，此倣洪北江《詩話》之例。又此書經久板，人間祇有一本，以日本諸公與我有萬里文字緣，故特寄贈，非良工示人以璞，以見子虎十八歲時已好詩如此也。

光緒三年子虎又記。

茅洲詩話卷一

子虎居士著

番禺蘇孝廉鴻字翔海，余業師也。年近古稀，所至輒有題咏。其《舟過洞庭》云：「天地無根蒂，山高水自融。滙而爲巨澤，行直快長風。浪迹逢漁父，前程付舵工。登樓余有興，回首望空濛。」「昔欲吞雲夢，今來涉洞庭。人如天上坐，風入水中聽。鷺點千帆白，鴉分兩島青。與波同俯仰，何處弔湘靈。」

春帆蔡錦泉先生工詩，順德人。戊子下第，《咏秋柳》云：「冷暖已分塵世眼，送迎悔折舊時腰。」辛卯鄉科奪解，連捷進士，可知塵世自有青眼。

詩太切不得，不切亦不得。徐孝廉鐵孫《紅梅驛探梅》云：「無雪月時香亦冷，最風塵處品逾尊。」可謂工於用筆。

家叔庭詔號孜爲。好讀書，少以龔郡守□録案元，丁艱失志，聞者皆惋惜。戊子北上赴鄉試，未至，風雨阻期，運數之奇至此。記其《歸隱郙溪》四首云：「久隨雅奏咏壎篪，此日分襟各道馳。去去雲帆歸緩緩，半江連理理連枝。」「曾聞好鳥亦歸山，况復郙溪十畝閒。蔬果自栽慈母贍，堂前兒女舞斕斑。」「三十餘年負債多，幾番名利任消磨。風塵荏苒何須問，記取當年五子歌。」「閉門何事夢魂安，架有詩書可耐寒。耆會故鄉呼伯助，一簾風雨坐中看。」

同邑吴秀才用光古鏞，工詩，有句云：「荒疎舊業知無術，多少名山貯異才。」《七夕客中》云：「濕雲吹雨晚生涼，洗出銀河影倍光。一種癡情仙復有，半江明□□偏忙。遥憐瓜果歡兒女，待報蛛絲得短長。烟樹微茫行處認，天涯此夕泥人腸。」其子詠蘭字韵芳，少忝同硯，惜其不幸短命。〔而〕古鏞亦死於旅邸，豈詩之窮人耶。

尚書王漁洋《秋柳》四首，風調絶倫。余獨愛「殘照西風白下門」一句，是能繪柳之神。庚寅，余泛舟鵝湖，有《烟江歸棹圖》。同邑陳孝廉鳳儀桐岡題云：「山當雨後濃偏好，畫到工時淡轉難。欲識箇中高妙處，展君烟雨畫圖看。」

嘉應秀才李光昭秋田，少有詩名，嘗見其《咏古屋》云：「大澤龍蛇此棲宿，空山風雪正高寒。」語有骨格。

謝孝廉光國照山，番禺人。詩多與翔海師倡和，嘗咏白菊云「開到此□天地清」一語，可無今古。梅詩固難，梅影尤難。余有句云：「紙帳夢回風淡淡，山家人静月娟娟。」未能免俗，聊復爾爾。「野岸無人潮欲上，碧天如水雁初飛。」張孝廉錦麟詩也。又有人誦其一語云「半空樓閣出秋光」，一「出」字人想不到。

詩隨意即佳者，天籟之自鳴也。有意反滯者，寂寞以求音也。

有題香山驛店云：「竹摇驚吠犬，草暖卧耕牛。」忘其姓氏，知非凡手也。

粤俗元旦多賣花，余有句云：「羊城春事君知否，除夕三更賣桂花。」蓋實事也。

人傲不可與言詩，其心不和也。人拘不可與論事，其迹已泥也。孔子所謂「人而不仁，如禮樂何」者，正謂此矣。

「山深寂無人，幽鳥發清響。老僧無一言，游客自來往。」此吕純陽乩筆詩也。語極冷峭。

順德何夢書子惺少有神童之稱。阮參政元曾屬聯云「小子登樓」，對云「大人入閣」。又將「伊尹」二字屬聯，子惺對以參政姓名，可爲千古絶對。余近得與子惺交，而罕見其吟哦也。

番禺蘇渭濱好談詩，晚歲家道中落，而吟哦如故，多與名士大夫交。其《崖門弔古》云：「萬頃狂濤驚白馬，半江寒雨泣孤臣。」余一見，贈詩云：「詩格蕭疎老更清，達夫五十始成名。崖門弔古心何壯，七字蒼涼無限情。」渭濱即翔海師姪也。

西樵有乞丐，頗知書。或以「吴門吹笛客」屬聯，對云：「渭水釣魚人。」而先生不知何許人也。

族伯殿祥字躍門，又名國龍。善畫，嘗製百蝶圖，索名流題詠。年已五十，未青一衿。記其題黄芝仙集云「英雄休論古來今」，豈非不平之語耶。

前輩何太史太青藜閣，由進士出宰浙江，遷乍浦同知時，有詩四首，録其一云：「市廛恰好住鸁官，澤國汪洋眼界寬。防海尚疎防吏密，濟川容易濟民難。浙西美錦經三學，海上瑶琴試一彈。自笑書生猶故態，願尋芳杜佩崇蘭。」未幾以事歸。嘗言少作馬詩，有「泥塗終不辱驊騮」之句，後鄉試連捷，果如其兆。其姪越均，徐宗師科考順德，詩題「與人一心成大功」，越均句云：「低頭思伯樂。」太史覽之愀然。是案竟失志取遺珠。

粤中四子張錦芳、黄丹書、黎簡、吕堅，並皆出李提學雨村門下。時人語曰「廣東桃李，盡歸公門」。

東坡贈李方叔云：「平生漫説古戰場，過眼空迷日五色。」上句用李華事，下句李〔程事〕，言極貼切。古人使典，才大心細如此。

女史何觀燕，南海名媛也。少適黄氏子，早亡。丁亥四月，嘗止余家，匆匆作別，去時屬聯云：「萬兩黄金，難買春光留一刻。」其自負如此。惜未見其詩文。此人若男子，其進不可量。

香山詩人何秀才天衢，字亨齊。翔海師訂爲文字交。年四十納姬，改名語蓮，其風趣可想。

唐穆宗每宫中花開，置惜春御史，官名甚雅。苟非其人，必曠厥職。吾謂此官當以元、白之流任之。

唐末喬子曠詩喜用僻事，時號狐穴詩人。然吾謂喬之狐，不若李之獺也。

孝廉招子庸銘山，工畫，尤妙詞曲，有《粤謳》一卷行世。集中《弔秋喜》一篇情致纏〔綿，如〕怨如慕，無怪聽者之泣下數行也。聖人〔所〕謂「發乎情，止乎義」，此篇得之。

辛卯恩科，余以遺才第一得赴鄉試。頭場在駒字巷二十五號。是夜有促膝來談者，問之，香山廩生鄧大經也。自誦其《咏白菊》一聯云：「懶向朱門投富貴，深知白屋有文章。」《蓮種》云：「美人清白留根柢，君子文章有本來。」詩皆警拔。是科余兩人俱下第，而鄧氏又促駕鄉旋，鬱鬱失志。九日余登高粤秀山，奉懷一首，詩云：「滿目黄花開未了，西風攜酒至山亭。何當小攬登高處，一醉詩人鄧大經。」

順德陳滉苧村工詩。《江村》云：「雲共鳥争樹，月先人上樓。」《早秋》云：「交無同調詩篇少，□早秋風客思多。」

丁亥，余中秋詩云：「幾處疎鐘千里夢，一聲長笛萬家秋。」後見陳苧村咏此題，有「明（月）空江三里水，西風長笛萬家秋」之語。余曰：「賜也，不敢望回矣。」

「静對藥香如益友，飽看書卷當佳人。」鎮平孝廉黄穀生釗詩也。穀生有詩名，與張進士南山輩爲盛氏稱粤中七子云。

或問黄山谷可謂學杜者乎？余曰：「不踐迹，亦不入於室。」

某咏乾蝴蝶云：「命薄有身埋史册，魂消無鬼哭文章。」斯惟絶句。

盧孝廉同伯七橋，順德人。年少登第，玉骨珊珊，是科與桂太史星垣名重一時。辛卯冬，孝廉止於余家，匆匆把晤，猶以書戒子吟咏，千里之别，致足感也。其《秋夜懷桂（星）垣》云：「一夜疑風雨，蒼茫萬木秋。誰知湖上月，偏照水邊樓。忽感韶華變，因思遠□□。計程明日去，應已在韶州。」《七夕》云：「一醉□問天地秋。」語不在多。

「秋光都似宦情薄，山色不如歸意濃。」宋人詩也，載東坡集中。某前輩有句云：「谷深恰置松千尺，天闊何妨月一痕。」意較渾厚。

「雞聲茅店月，人迹板橋霜。」早行詩無出其右。近龐孝廉子芳《早行》句云：「開門半山月，立馬一亭霜。」亦能描寫其神。

海幢僧鷲雲有净香園句云：「手植芳梅十畝餘，培來緑萼蕊才舒。禪心不比春花艷，一片冰雲擁佛廬。」語頗清峭。

詩賦押韵須有別情。黄丹書《花田賦》押紙字云：「緬伯圖之赫赫，而今安在哉。思倩□之亭亭，胡爲乎至此。」張如芝亦押云：「□□芳草昔何如，古墓殘陽今若此。」二韵皆佳妙。

鄧秀才泰題黄芝仙集云：「拚將夭死成才鬼，幸不長生老美人。」可爲芝仙吐氣。

莊參政有恭登第後有聯云：「縣試不入，府試不入，道試亦不入，三十年前，天眼未開人眼閉；鄉試得意，會試得意，殿試更得意，九箇月内，藍袍换轉紫袍歸。」古今英雄之得喪，類皆如此。

或場中咏硯詩云：「半世經綸誰是主，一雙鴝鴿爲君開。」因之得志。

古詩云：「人生不滿百，常懷千歲憂。晝短苦夜長，何不秉燭遊。」「何不」二字，唤醒多少守錢奴。

余舊有《探梅》云：「空山一夜雪，美人拂長〔袖〕。笑煞探梅人，貌似梅花瘦。」張南山云：「□□畢竟凡心重，纔見梅花夢美人。」此意〔人所〕未道。

詩貴即景。王漁洋「緑楊城郭是揚州」，李〔白〕「桃花潭水深千尺」，皆眼前指點也。若有意做出，便欠渾成。余舟過佛山云：「推窗看□樓。」五字本十年前作，今自以爲佳句。

「磨刀霍霍向豬羊」，《木蘭詩》也。「策杖牧群豬」，「欲買神豬謝春雨」，杜牧詩也。「屋頭還聽歲豬鳴」，放翁詩也。「佛印燒豬待子瞻」，「五日一見花豬肉」，「喜動鄰里烹豬羊」，東坡詩也。豬字似俗，而大家亦常用。

新會譚秀才錫朋百峰，有名士之稱。記其遊圭峰與諸名流聯句云：「飛瀑有聲樵枕石，名山無主佛拈花。」真山民有「佛前蜂〔戀〕插瓶花」之句，妙在用「佛前」二字，若改「案頭」，則索然無味。

劉鳴玉詩云：「半畝祇供名士賞，一生不〔上〕美人頭。」恰是菜花。陸龜蒙「月白風清〔欲墮〕時」，恰是白蓮。東坡「酒暈無端上玉肌」，〔恰是〕紅梅。詠物之工，洵推老手。

江西袁裕琳夢堂與余爲三世交。少貧〔困〕知書，中年作宦，有政聲。書法爲謝前輩里甫所重，亦偉人也。有句云：「栽花有意常耘圃，與世無情只讀書。」

近人試律，全不講骨格，用字瑣碎，竟有至於不通者。惟紀大司馬曉嵐《我法集》足繼唐軌，以國朝論，洵一大宗。

辛卯秋闈，詩題「一片冰心在玉壺」得「中」字。蔡解元押「熱中」，獨具卓識。余句云：「秋水澄泓外，伊人想像中。」欲寫神也。

吴故人詠蘭韵芳，巡撫荷屋公之姪也。〔仙〕骨冷冷，少塵俗氣。《春夜聽雨》云：「枕簟□□詩夢冷，芭蕉響亂酒魂醒。」

律詩須有遠神，戴狀元衢亨「漁歌唱晚」一聯最佳：「月白人歸浦，山青客倚樓。」不〔減「江〕上峰青」。

吾粵澳門江中有大石，勒「海覺」二字，長〔丈〕餘，言到此而始覺爲海也。丈夫乘風破萬里浪，當作如是觀。

「處處見詩詩總好，及觀標格過於詩。平生不解藏人善，到處相逢説項斯。」唐楊敬之贈項斯詩也，讀之化人輕薄。

「袈裟未着嫌多事，着了袈裟事更多。」前人譏和尚詩也。近日出家人每於當道面前自訴煩惱，意本乞憐，不知失去本來面目。余有聯云：「事無礙處便從俗，心到清時〔轉〕似僧。」湘浦云：「何不改『清』字爲『忙』字。」余幾〔絶〕倒。

外祖浙江雲和宰馮磻泉先生，學問文〔章〕，後進奉爲宗工哲匠。少登科，屢薦禮闈，嘗題蝶圖云：「爲語東風遥借力，探花許□□三春。」罷官歸里，教讀著書不倦。慶宮保蕉園器重之，有勸出山，不應，殆今之古人。

戚族張鼎伯先生，年近古稀，慨然北上。矍鑠哉，是翁也。余贈行云：「頭髮蕭蕭白雪侵，一官何處定升沉。八千里路風雲壯，六十餘年閲歷深。孤劍好酬今日志，名山不改舊時心。此行漫灑臨歧淚，買駿臺高按馬吟。」先生榜名成鐘，壬子經魁。

讀書人收心是第一件功夫。少時終夜不寐，百感交集，偶拈一韵，此心便寂然不動。所謂用志不紛，乃凝於神。

詩不宜多作。每月只五六首，便有進□□之膏粱之味，日啜之，不見其甘也。偶然□大烹，則心口兩得，必不虚負此物矣。詩文一道，何獨不然。

元遺山詩云：「詩家總愛西崑好，只恨無〔人〕作鄭箋。」而義山《梓州吟》云「楚雨含情〔皆有〕托」，早已自下箋解。夫以美人喻君子，〔芳草〕喻王孫，賢者之志也，知此可以讀義山詩。

余《秋感》云：「卜宅以前思買妾，借書之外少求人。」本尋常語，而文言道俗情，亦無不可。

同邑馮太史成修潛齋工時文。歷任四川主考、貴州提學，自儀部歸里後，杜門不出。諸子多半成名天下，翕然稱爲醇儒。其太史第門聯云：「文章留館閣，城市即山林。」蓋太史生平之志也。

翔海師《賀何亨齋納姬》云：「曲尺塘邊〔風〕□涼，荷花欲語坐芬芳。先生酷有濂溪□，□錫姬人字亦香。」「長日幽齋伴讀書，□□□史合添渠。近來詩筆風流甚，攬袂凌波□起予。」「桃葉桃根愛未專，蓮花蓮子才□□。宜男不是尋常種，結實都緣太液蓮。」「□□謡諑是蛾眉，我見猶憐又一時。誰獨□□能遣此，緑波紅藕寫丰姿。」先生好謔如此。

「飢食胡虜肉，渴飲匈奴血。」岳武穆詞也。忠憤之氣，奕奕紙上。翔海師《經朱仙鎮謁岳武穆廟》云：「金人鼙鼓如轟雷，東京已破南京摧。一馬爲龍渡江去，二帝蒙塵安在哉。郾城一戰挫虜勢，鐵甲三千動天地。受降進逼屯朱仙，痛飲黄龍刻日至。金牌十二迴三軍，哭聲震動慘風雲。恢復未成和議沮，英雄氣短鴻溝分。冤獄忽傳少保死，萬里長城遂傾圮。雲憲銀瓶同日亡，碧血斕斑照青史。弁山峩峩汴河深，廟門遥□□楓林。行人下馬肅衣拜，惆悵南〔枝槐〕□□。」廟庭中有槐樹，枝皆南向云。

余咏梁武帝七絶云：「休將衮冕换袈裟，□佛慈悲念已差。三度捨身同泰〔寺〕，□□□國是僧家。」後讀吕秋農此題，詩云：「捨〔身周〕泰諸臣贖，絶粒臺城一命危。若把渡江〔侯〕景比，果然佛祖輸慈悲。」爽然自失。

番禺馮石門司馬公亮能詩，著有《白蘭堂詩鈔》，沈歸愚爲序。佳句如：「故園仍在目，新月已如眉。」句法甚活。七言如：「歸雁有情隨客去，空山無事落花忙。」亦善推敲。

平遠蕭水清，嘉慶間任鄖陽保康典史。以元年楚匪姚之富煽亂，公門殉節者七命，上旌表入昭忠祠。姚狀元文田秋農先生有詩云：「楚塞烟銷戰血乾，孤兒流涕尚汍瀾。攖城肯學跳身遁，當轍元知怒臂□。□義同時悲七口，邺忠有例惜微□。□□□列人多少，輸與芳名簡册看。」

「鳥隨黄葉下孤樹，僧帶白雲歸遠山。」□□丁晙山詩也。著有《南漢宫詞》四十首，□□所重。

「四月江城寒似水，三年詩客瘦於梅。」此□余贈何小昉詩，用舊作「貌似梅花瘦」之句。小昉和梅字韵云：「行旌遠曳章臺柳，故國曾賒驛使梅。」三年前小昉和梅詩不到，故云。小昉，何藜閣太史姪孫也。

「客裏怕逢新令節，家中應説遠行人。」區孝廉偉川《衢州度歲》詩也。此聯神味悠然，深情若揭，難爲斷腸人讀之。

元謝宗可《竹夫人》詩云：「更無雲雨三更夢，自有冰霜六月秋。」國朝張南華先生咏此題，有「清涼玉骨從無汗，消瘦冰肌□□衣」之句。二聯並皆佳妙。

南華先生《泥美人》首數甚多，其最渾□□云：「千古紅顔同傀儡，六朝金粉伴兒□。」□止大方，不事雕刻。又《紙鳶》云：「功名似〔紙〕□嫌薄，骨相因風漫訝輕。」

番禺詩人孫賜彤先生廷，名噪詞壇，佳作甚夥，身後皆不傳。嘗記其《白雲晚歸》云：「晚風過樹鳥聲碎，殘日落山人影長。」眼前景難得如此奇警。其弟錫彤先生璉，邑庠生，亦能詩。有《寄友》云：「鄉國別來偏有夢，故人何事久無書。」亦心坎中語也。此偉川區孝廉爲余述之。

世間有老嫗常談可以喻道者，如「樹搖葉落，人搖福薄」，八字當作座右銘讀之。

吾粵鑼鼓三，不著姓氏。出入觀者如堵，□身能齊作八音，雖偃師難奪其巧也。□□自矜意氣，某當道欲攜隨任不〔得，今子胥〕而吹簫乞食，猶然故態，其術竟無繼□。

客中送客，原是難事。故交黃文園先生《送袁夢堂歸江西》云：「送人猶是未〔歸〕人。」□□曲江廣文也。先生榜名元章，南海人。

番禺莫烈婦，其夫能謙提學門吏也。隨〔行〕按試，舟覆陽江，婦從容自盡。懸櫬時，有「請君留半步，待妾即相隨」之句。提學白先生題其墓云：「雖處貧寒明禮義，最難節烈出從容。」上旌表，入節烈祠。張南山先生有詩云：「夫姓莫，婦司馬，于歸數月婦已寡。夫既亡，不獨生，待夫柩返隨夫行。婦略知書略識字，賦詩別母明其志。投繯之年二十四，國典旌揚芳百世。吁嗟乎！妻道臣道無二理，烈婦區區一女子。以死殉夫有如〔此〕，臣懷二心應愧死。」

「年年七夕住江城，昨夜天寒霜氣清。寄〔語〕紅裙休乞巧，近來兒女太聰明。」余《乞巧》〔詩〕也。家中女兒俱能傳誦，每繡諸簷帳間。

黄秀才子安芝仙，番禺人。生平有奇氣，□少從俗。家藏萬卷書，好酒，工詩。余嘗摘〔蘇〕詩集中《沈氏》一聯云：「白酒釀來因好客，黄金散盡爲收書。」謂可作子安小傳。録其警句，《晚晴》云：「雲從溪水去，雁帶夕陽歸。」《光孝寺》云：「松門午鐘寂，花雨佛堂深。」《感懷》云：「破睡茶供役，驅愁酒借兵。」《茶濤》云：「江湖閲後豪難減，波浪驚多氣亦平。」《花氣》云：「偷將韓壽原非福，參到維摩始是禪。」《遊大通寺》云：「五月暑消禪榻影，百花風斷棹歌聲。」又《春興》七絶云：「腰無紫帶何曾俗，家有青山不是貧。連夜鳥啼三月雨，惜花人送六朝□。」

萬曆間粤娼張二喬有麗人之目，崇禎〔癸〕酉卒，年十九歲。墓去花田不百〔里〕，今稱□花墳是也。生平多文字交，吴江鈕琇玉〔樵〕有《張麗人傳》。喬亦能畫，南海陳子□□〔二〕喬墨蘭云：「谷風吹我襟，起坐彈鳴琴。□□公子意，寫入美人心。」

李雨村先生提學吾粤，門下士能詩甚多。謝榮《番禺竹枝》云：「日翻魚眼水溶溶，一帶雲山望若封。兩寺梵音齊到耳，海珠鐘接海幢鐘。」陳佩居《南海竹枝》云：「大通烟雨接羊城，風動鵝湖浪不輕。兩槳蕩來深樹底，賣花人過一聲聲。」袁諏《東莞竹枝》云：「海市商人賽海神，兩行頭踏擁香塵。銀鞍小隊當先出，十二青鬟不怕人。」温汝科《順德竹枝》云：「甘竹灘頭灘水聲，今時水比舊時清。鰣魚五月隨流上，膾得銀絲玉屑輕。」謝濟經《端溪竹枝》云：「楚楚青衫别樣新，歸寧□渡到江濱。一竿油傘雙藤盒，緑樹斜陽□渡人。」張對墀《潮州竹枝》云：「針黹纔閒愛□蔴，木棉花下轉繅車。機頭織脱教郎賣，□把金錢醉蛋家。」謝玉眷《程鄉竹枝》云：「桑□紅蠶出此鄉，手持蠶繭問檀郎。繭比妾身誰軟燠，絲比郎情誰短長。」

炳禺黄都尉廷彪先生，南海人。素嗜吟詠，著有《惜陰軒吟草》。佳句如：「花事闌珊春夢短，世情冷暖酒杯深。」極爲穩愜。又《羊城柳枝》云：「楚庭春色鬥芳華，開遍桃花間柳花。借問郎船何處去，漱珠橋畔是儂家。」《閨怨》云：「剪剪東風拂面頻，翠眉常鎖暗傷春。陌頭惱煞垂楊柳，不解留人只送人。」

翔海師任信宜學博，有客勸入都赴挑，詩以謝之，云：「親老家貧羨小官，得官容易服官難。廣文一飯何曾飽，博士無氈且忍寒。犬馬亦思芻豆報，鳥魚終愛海天寬。不堪五斗腰先折，〔玄〕武門前早掛冠。」

梨園子弟惟江南最佳，都中次之，吾粤〔又〕次之。翔海師《觀劇》七絕云：「春入湘江□□回，金樽檀板一時催。風流舊地渾如昨，〔前〕度劉郎今又來。」「舊院伊誰最擅名，登場演劇總關情。而今冷落阿魁老，腸斷橋頭弄笛聲。」此詩丙辰都中作。其序云：「丙辰，余赴公車。初經湘潭，諸戚友留宴觀劇，梨園子弟多有佳者。今隔二十年矣，所見皆下里巴人，不堪寓目。回想當年，不禁人面桃花之感，賦此致慨。」

香山人多種菊，每歲爲菊花會。其間詩人倡和，絡繹不絶，殆廣州之一都會也。

余《舟過陳村》云：「落日陳村裏，蒼茫烟雨中。岸回三面水，船趁一帆風。」「趁」字初本「飽」字，斟酌未定，聞罟師云：「趁此風，今夕可抵〔家〕。」遂用「趁」字。

「斷無學士不成集，惟有名山最愛書。」□□臺參政公謝月莊夫人詩也。夫人無錫〔人〕，從王浄因夫人學詩畫，著有《咏絮亭詩草》，孔夫人作序。

張鼎伯向余述黎二樵論詩，謂平日不爲元、白句者，非不能作，恐不暇寫耳。欺人哉，斯言也。夫二樵之意，不過欲壓倒元、白，而俯視一切。人各有能有不能，何相强乎。要之二樵不作元、白，乃不能也，非不爲也。昔沈歸愚尚書稱白學杜，白亦未可輕視。

黎二樵嘗謂黄虚舟不曉書法，蓋黄作楷書則緩，草書則速也，引古人「匆匆不暇作草」之語爲證。二樵工畫，每幅必有詩，書法尤妙。

黄解元文海澹泉，自言未第時有鬼至其家，與書童夜□，斥之不去。及秋闈日近，鬼言：「助解元作文，將同入場。」黄愈懼，大詈數次，鬼亦滅迹。是科果奪解。

粤俗少名妓，故袁子才有「青唇吹火拖鞋出，難近都如鬼手馨」之句。廣州有揚邦，韶州有韶邦，潮州有潮邦。楊邦較雅，韶、潮未能脱俗，雖有佳者，亦只一糟糠肚耳。

「一世詩豪劉夢得，三生明月杜樊川。」吕秋農《咏懷》詩也，人多傳誦。余摘其傑句數聯，《蘭花》云：「無蔓何須愁俗侮，有香端不要人知。」《即席》云：「小子每多狂簡習，先生原是不羈才。」《江村》云：「夕陽多在水，殘雨不歸山。」

陸放翁《劍南道中》詩云：「細雨騎驢入劍門。」繪入畫中，勝似《灞橋風雪圖》。

王世貞云：「七言絶句，盛唐主氣，氣完而意不盡工。中、晚主意，意工而氣不甚完。然各有至者，未可以時代優劣也。」知言哉。

新月詩，前人甚多，而雄渾者絶少。翔海師《江上見新月》云：「落日下平楚，春風江上寒。一痕天劃破，滿地露初團。」神味逼近唐人。

作詩須講時地。如杜甫「五月江深草閣寒」，妙在「五月」二字。東坡「家在江南黄葉村」，妙在「江南」二字。

馮磻泉孝廉《姑蘇懷古》三首云：「江左風流鬬麗華，分明亡國有夫差。閶門不少如花女，莫向胥臺問浣紗。」「鴟夷遺恨大江流，慘淡孤魂日暮愁。腹疾未除歌舞汰，廿年爲沼没朱樓。」「雄風遠控邗溝城，争長中原氣已盈。隔岸越山曾得歲，君王何昧禍機萌。」諷諭中含蓄不露。

余嘗謂近人作詩必以「盛唐」二字壓人，究其詩尚未學得晚唐一分。近人學字必以顔、柳二公爲主，究其字尚未窺趙、董之門。言大而夸，俗儒可笑如此。

詩不可泥。如昌黎「一年明月今宵多」，句甚活，若將「多」字説煞，則不可與論詩。

張鼎伯工時文，羊城中少與抗者，一擬墨出，幾於紙貴。而詩獨少作，記其《度大庾嶺遇雨》一首云：「行行不得重行行，陰雨連旬益自驚。天險由來稱庾嶺，春魁依舊認梅兄。崩雲折坂三更暗，徹骨寒風兩腋生。回憶家中無擔石，也應遥計遠遊程。」

江西袁秀才庭焕，夢堂君令嗣也。去歲二月，隨父來粤。相與談心者久之，臨别贈余云：「潑墨揮毫字字妍，羨君器宇更軒然。詩成盈幅花生筆，咏入高懷句亦仙。萬卷羅胸看璧合，諸昆濟美喜珠聯。臨池愛寫驚人語，好待紗籠姓氏傳。」余方欲和韵，而揚帆遠去，惆悵甚焉。

袁夢堂去後，余寄三絶句云：「前年送客過潖洲，江上叮嚀訂後遊。今夜豫章臺上月，月明應照兩家秋。」「雲桂幽人太古姿，别來傳語慰相思。江干二月重逢地，楊柳于今萬萬絲。」「廿年舊雨夢何如，辛卯星霜逼歲除。燈下憶君萬餘里，廣州遥寄一行書。」明日袁書到，有詩云：「羊城惜别後，一葉任浮蹤。停舟暫回顧，雲烟隔萬重。三世思契闊，樂事每相逢。前程君更遠，名噪羅浮峰。煩予言近況，菊徑喜扶笻。小春昨日到，江山仍舊容。」夢堂可謂有心人矣。

盧七橋孝廉詩似太白。嘗咏大忠祠云：「亘古所無沉國事，到今還有讀碑人。若令趙氏孤原在，未必崖山血尚新。絶海有天猶正朔，扁舟無地自君臣。一聲白雁隨流水，回首南朝倍愴神。」風格稜稜。又《病起》云：「十月客愁如舊夢，三秋人瘦似藤花。」《九日鎮海樓》云：「蜃氣遠從波影見，雲光時帶雁聲回。」《不寐》云：「夜涼天在水，風定月窺樓。」《秋夜海珠寺》云：「風聲聽落葉，帆影見歸舟。」皆有作意。

「燈前煮茗僮先睡，雨裏移花婢厭煩。」此余《秋夜即成》詩也。後三日，欲再押「煩」字，難得如此之峭。

人生不可作情癡，亦不可去情字。何小昉有句云「不爲情累即神仙」，斯言諒哉。

《紅樓夢》相傳曹雪芹所著，實不知出自何人。吾以爲有裨風教之書也。東坡詞云：「休言萬事轉頭空，未轉頭時皆夢。」正與書旨闇合。吴古鏞《讀紅樓夢》句云：「綺羅紅粉三春夢，離合悲歡一局枰。」

順德爲鄭衛之風，女嫁三日即歸，待夫娶妾生子而返。雖公卿之家，不免此俗。謝照山孝廉《諷諭》云：「縱然覓得鸞膠娶，也貸黄姑幾萬錢。」意婉而切。

詠物詩不宜多作，有時無端寄興，或借題發揮，自抒胸臆，亦無妨事。

《三百篇》本無《詩序》，子夏恐讀者不明，故每章發其義。後人詩序莫多於東坡。然序貴簡鍊，不以富麗爲工也。

唐詩主性情，宋詩主議論。此高下所分，亦風氣使然。宋詩題明白，唐詩題簡括。或云拈一題目，便分唐、宋，此深於詩者。

題明妃出塞圖，余有「紅顔昔爲畫工誤，一誤豈容再誤描」之句。然前人云「畫師原是漢功臣」，則是高出一格。及觀某公詞云：「丹青本是難描摹，不是當時畫錯似。」更解頤。

《毛詩序》曰：「詩者，志之所之也。在心爲志，發言爲詩。」余謂《三百篇》之詩，即風人之心也。後世多無心之詩。

羊城雙門底有花市、酒樓、歌館，一刻千金，粵中之都會也。余有句云：「燈影不分明月夜，花香多在美人家。」

詩即景即情，便有許多妙處。某《夜泊》云：「人歸古渡秋剛晚，風捲平湖月有聲。」《感舊》云：「十載舊朋都似夢，一年明月最宜秋。」《江上》云：「老屋秋深黄葉亂，野航風定白鷗飛。」《江村》云：

「春來野渡花争發，秋入江城蠏正肥。」

雙篷艇，粤中小舟也。身小而捷，江上多用之。一日，舟中憶杜詩云：「秋水纔添四五尺，野航恰受兩三人。」先得我心。

余近製相思箋，每盒分作五色，寫字極妙。余舊作云：「春來寫得相思字，欲把新詩贈遠人。」但此紙粤城無售，得者如獲珍璧，物以少爲貴也。

壬辰，余慶雲庵讀書，一夕早起，聞梵，有「春晚夢酣三月雨，曉寒僧打五更鐘」之句。他日，過海幢寺云：「鐘聲長在水，鶴夢不知秋。」似有神助。

余家有負郭田七十畆，田中有廬，先祖顔額曰「學餘小圃」，并題云：「門静自無催税吏，家貧不欠買書錢。」《即景》云：「山勢隨雲遠，江痕帶月流。」《秋暮》云：「田水秋深聞蟋蟀，野塘風亂撲蜻蜓。」

孜爲叔北闈下第，援例縣丞，分發甘肅，後以道遠不赴任。余贈句云：「萬里風塵辭熱宦，廿年燈火老儒生。」叔好讀書，辛巳鄉試亦不第。

詩須細膩。余嘗有「竹影摇春夢，花香襲美人」之句。業師陳秀才三捷改「襲」字爲「近」字，可謂點鐵成金手段。

書房中須點綴一二花木。朱子謂「緑滿窗前草不除」，可知古人亦玩物適情。

粤俗販茶，多與外洋易貨，故夷人得居十三行。先祖興齋有「蜃氣樓臺沽酒市，虎門風雨販茶船」之句，友人取作畫圖。

杜甫詩「飛蟲滿院遊」，當是夜間之蚊，觀「落日在簾鉤」句便可想見。然語甚渾成，古人化俗爲雅如此。

詩須小技，然必日煆日鍊始能成功。蘇詩云：「腹有詩書氣自華。」又云：「舊書不厭百回讀，熟讀深思子自知。」蓋歷嘗甘苦之言。詩之一道，豈有他哉。

詩人不可無腹稿，每行吟間，即攜筆硯，何不憚煩。然世間有必含毫砥墨苦吟成篇者，此又當別論。

陶詩云：「此中有真意，欲辨已忘言。」非真忘也，不欲言也，詩中常有此趣。

詩有尊題法。某公咏厠上吟詩云：「野草殘花地，薰香摘艷時。」筆足以化俗。

百花壙詩雖貴哀艷，而泛作緑窗綺語，不如擱筆。張進士維屏南山先生云：「芳塚人來弔落英，鮑家詩唱白楊聲。鶯花黄土埋香骨，槩敦青樓享盛名。空裏素琴風惻惻，夢中羅韈水盈盈。江南亦有傷心侶，鐘梵難消未了情。」劉孝廉華東三山先生云：「哭花纔罷咒花生，圍住春風不了情。含笑九原方是色，無言終日更憐卿。素馨斜共深埋玉，虞美人偏死得名。猶負銅臺依翠燭，淒涼琴韵與棋聲。」吕明經堅石帆先生云：「一册蓮香識小名，水仙詞客誤卿卿。看來宿草翻承淚，幻極天花是落英。鏡裏色身蘭化土，月中靈魄桂無聲。百餘年後姚方伯，癡甚秋濤下種情。」馮明經斯佐欽鄰先生云：「十里梅坳入九京，芙蓉城即傍佳城。生平一字都成淚，死後千金不是情。豈有士夫隨俯仰，空教兒女泣枯榮。高天厚地明公子，鏡匣粧臺照水清。」

六榕寺在粤城西，建於梁大同三年，初名寶莊嚴，端拱改曰净慧。宋元祐重修千佛塔，適坡公徙嶺南，易名六榕，手書扁額。屢遭燬劫，榕已槁，而兩字猶完。張南山詩云：「子安片碣早荒蕪，證道碑存比合符。劫换六榕空色相，龕留三寶尚跏趺。朝天玉局孤鴻戲，鎮海金輪入鬼扶。我欲消除文字習，皈依老佛學髯蘇。」

粤人潘正亨伯霖工書，多與名士交。記其《咏五羊石》云：「五色雲中駕五仙，仙人歸去大羅天。祇餘亂石銜秋草，歷盡紅羊换劫年。高下陂田宜黍稌，參差臺觀積風烟。無因倩得初平叱，堅卧華陽榻未穿。」聞伯霖累困場屋，今五十餘矣，而倜儻如故。

陸放翁謂「六十年間萬首詩」，其經删改者，不知凡幾。今人矜淹博，十年間，詩必成帙，首數每多於放翁，問其生平得意句，殊未有也。學問貴精不貴多，能以一語勝人千萬，斯惟難事。

何藜閣太史胸次磊落，語有仙氣。記其《遊羅浮》一首云：「四百峰頭望翠微，鐵橋華首路依依。三生奇石如人立，五色仙裙化蝶飛。樓閣參差趨玉佩，烟霞縹緲擁珠扉。酒田竹葉和春買，倚樹長吟跨鶴歸。」

龐子芳孝廉霖《和黄芝仙居思草堂即事》詩云：「半角斜陽滿緑雲，我來一度一論文。題詩自有芭蕉葉，不寫羊欣白練裙。」「我亦懷人春草生，愛閒因識入山情。門前九曲珠江水，不爲催詩不到城。」極瀟灑出塵之致。

許滇生先生《過飛來寺》云：「一望大江流，飛來寺欲浮。風聲初入夏，山氣已生秋。出岫雲迷徑，凌晨客泛舟。明年放歸棹，先擬訪林丘。」《守風》云：「繫纜因風起，扁舟倚水濱。響添高下浪，愁重別離人。吹斷故園夢，寒生獨夜春。石尤期早息，飛棹待凌晨。」先生少有才名，詩亦清矯。

同邑梁小山茂才家桂，少年積學，邑侯馬蔗泉拔冠一軍。屢試高等，惜未及强仕，遽赴玉樓。其詩極秀逸可愛。《咏葵花》云：「拂拂花枝風露香，當階芍藥妬芬芳。可憐紅蘂誇千萬，獨爾傾心捧太陽。」《紅梅》云：「花事闌珊春信遲，胭脂匀點乍開時。怕愁貪睡生來慣，慚愧東坡竹外枝。」《佛桑》云：「謾擬曇花艷鉢盂，燒空焰焰割雲腴。西來净土移根植，不數人間八百株。」《夾竹桃》云：「美人日暮碧羅裳，修竹林間倚晚粧。一種瀟湘情宛在，天台曾否賺劉郎。」

「月光寒墮水，霜氣淡如烟」，梁晴皋先生《江夜》詩也。錬字錬意，俱極幽峭。先生名振聲，順德人。

邑侯仲柘庵進士振履，爲治嚴明。嘗有《六十自述》詩三首云：「問年初試一枝藤，待謝塵氛愧未能。短髮幾時離皂帽，缺牙空説啖紅綾。拙于曲薄抽絲繭，忙似雲堂掛□僧。差喜炙人炎氣減，案頭清净欲生冰。」「自笑官聲太不虞，交連上下欠工夫。難酬〔知〕己侯嬴老，欲學安民范史迂。小部徵歌場爛熳，扁舟載酒意縈紆。曾經滄海今都會，添畫珠江吏隱圖。」「小酌葡萄酒半酣，醉〔餘〕搔禿鬢毿毿。青雲羡鳥都成妄，白首爲郎未免貪。喜少舊文留印閣，偶成新句貯□函。潁濱何日征帆到，二虎風光好共探。」柘庵工書，藩署前「方岳」二大字即其手筆也。

同邑吴韵芳詠蘭，余故人也。能詩，未弱冠而夭，遺稿散佚。記其警句，《夜坐》云：「一夜江聲勞客夢，隔年秋訊問黃花。」《江行》云：「天開野水秋飛雁，霜落蘆花曉放船。」《夜泊》云：「江國惱人花事了，野船無伴客燈孤。」《山行》云：「明月照人圓又缺，青山如我瘦偏奇。」《勵志》云：「半世讀書成畫餅，十年磨劍鑄仇名。」數聯皆不忍棄置。

端州吴雁山孝廉應逵，力學深造，工古〔文〕詞，而詩少作。年僅週甲，即已辭塵。洪日厓孝廉應晃輓詩云：「萬里功史頭易白，百年著述眼偏青。」蓋雁山時適截取知縣，又曾修粤志也。

程鶴樵藩憲《留别》詩云：「千古交情臨别〔難〕，六朝山色過江殊。」費新橋觀察《留别》詩云：「人到别時增繾綣，官從去後定聲名。」皆情深而文明者也。

龐子芳孝廉《南歸雜詠》云：「幾日西風送早涼，掛帆南下又錢塘。吴孃暮雨瀟瀟曲，不是離人亦斷腸。」深情欵欵，神味悠悠。

順德鄧心蓮秀才泰工詩。嘗記其《舟行雜詠》云：「柳條新緑蘸波光，千頃桃花醉夕陽。好景勞人都負却，遲看紅日浴扶桑。」「大〔海〕潮起浪生風，蕩漾朝霞一抹紅。瞥見芙蓉寒墮水，輕舟撑上亂山中。」

順德簡夢巖孝廉《出都口占》云：「匆匆又作半年留，京國居然賦倦遊。後夜蘆溝橋畔月，照人行路是中秋。」風味如飲醇醪。

陽春吴雨樓孝廉大翬，翩翩佳公子也，詩亦多情。曾記其《詠粉痕》云：「買得燕支染□尖，桃花人面露廉纖。要知飛雪留鴻爪，都爲新愁舊恨添。」

龐子芳孝廉《過露筋祠題壁》云：「一片月在水，樹頭烏夜啼。祠門掩虛色，風露滿湖西。」意亦淡遠。

黄芝仙七絶多佳者。如《花渡頭竹枝》云：「賣花人去泛花舟，載得花枝逐浪遊。蝴蝶不知春意老，雙雙和夢過鰲洲。」「去棹來檣機上梳，桃花水軟接波羅。阿儂生小風波□，也道魚珠風浪多。」

儀徵員外郎阮公子福，芸臺參政公令嗣也。來粵多翰墨交，一時名士歸之。有隨參政公移節滇南誌別詩四首云：「久住羊城問禮詩，又隨旌節向滇池。手持學海□經事，眼見文瀾建閣時。南雪松堂開五□，紅雲荔圃餞千枝。從來氣盛衣冠地，圖畫風流我亦知。曹夢徵《嶺南陪鄭司空遊荔園》，詩末句云：「也應圖畫取風流。」「要將心跡共分明，可比珠江水更清。此去山川六千遠，朅來歲月十年更。崧臺壁立前題在，衡嶽雲開壯意生。我把詩篇紀行跡，扁舟定好泛昆明。」「也須減從束輕裝，衹爲崎嶇驛路長。一片茶坑新硯石，幾肩杉木舊書箱。弟歸江北依萱背，我到衡陽記雁行。珍重家書萬金抵，七千里外兩相望。」「諸公佳句比瓊琚，繪作珠江送別圖。□埭帆開船去後，海幢鐘動日沉初。端□（暑）氣猶停騎，湘水秋波好釣魚。待得唐梅被雪滿，遠方應有故人書。」

吕秋農本培，山陰人。工詩，本宦家子，落拓客粵，余一見師事之。秋農贈古詩一章云：「蓬萊文章建安骨，乾坤澒洞何突兀。千古誰扶大雅輪，李杜光芒皎日月。子虎先生真我師，心心相印古人詩。漁洋無人歸愚死，紛紛輕薄難爲辭。執盟牛耳主晚社，偎録清寒孟東野。五色相嗟過目迷，古香一片嘉心寫。因披肝膽向先生，我是嘔心苦吟者。浪跡江湖念九年，一身去國路三千。劍氣九霄星斗動，心雄萬夫王公前。我家本住山陰道，宦海飄零瘴海邊。大父分符百里封，吒牛五邑勸春農。竭來短褐風塵下，簪纓原是舊儒宗。惆悵布衣難許國，嶔崎傀儡肆填胸。束髮論詩當論公，唐音正軌最分明。每笑父書談趙括，愛將〔奇〕計出陳平。汰盡香奩脂粉習，宋元纖巧寧沿襲。璞玉渾金夢想勞，圓流何許璇源汲。俗骨無端欲换仙，安得車還丹一粒。莫笑狂奴狂更狂，無論入室可升堂。深淺畫眉難自信，低聲夫婿問新粧。」

番邑選拔李東田先生士楨，受知於朱石君相國，有國士之目。其詩好作排奡，不肯一語寄人籬下。吴慈鶴太史稱爲蒼鷹眼毒、卧虎神雄，信不虚也。然平易處亦自宛轉生姿。其《湖北雜詠》末首云：「湖山若有移家居，管領烟霞日著書。人鏡芙蓉□□□，此身長便作樵漁。」感慨遥深，自是雅□□致。

茅洲詩話卷二

子虎居士著

林孝廉伯桐月亭，番禺人。工詩，某嘗述其警句云：「野樹飽霜皆有色，敝裘經酒□無痕。」「萬里行途真野雁，誰家清夢到沙鷗。」「小院看花春有脚，夕陽臨水鏡無痕。」「三分明月開珠□，一路垂楊到板橋。」月亭著有《秋樹山房詩稿》。

「人皆養子望聰明，我被聰明誤一生。但願我兒愚且拙，無災無難到公卿。」東坡《示洗兒》詩也。老成之言，可以銘諸座右。

嘗見《羅仙十咏》有「一家飽暖千家怨，半世功名百世冤」之句。人能存是心，可以作神仙。熊孝廉笛江嘗爲磐石伯作《石梁聽瀑圖》，題云：「石破天驚鐵嶺奇，罡風吹落老松皮。人間也有神仙筆，莫向徐熙笑惡詩。」

番禺進士周日新輝谷，翔海師門弟也。記其題師玉照七絶云：「心是菩提骨是仙，著書人尚老林泉。西華舊憶從遊地，一座春風十八年。」

張太史錦芳葯房，工詩。嘗摘其佳句數聯，《聞雁》云：「幾家樓閣殘燈影，五夜風霜兩鬢絲。」《吴門得李正夫書》云：「吟□風雨還重九，夢落江湖又十年。」《舟中□李載園》云：「客裝輕似葉，鄉夢遠如雲。」《大風宿香爐峽》云：「石勢兼風落，灘聲入夢勞。」《皖口》云：「風急帆無影，潮來月有痕。」

魚山馮敏昌，欽州人。乾隆戊戌進士，官編修，改刑部主事。卒，祠鄉賢。著有《小羅浮草堂詩集》。《晚泊中宿峽》云：「半角日沉微雨黑，一聲猿斷衆山青。」《大同府》云：「紫塞秋風隨馬度，白登寒色壓城開。」《大别山寺值雨》云：「遠浦帆來銜鳥没，層樓鐘响過江遲。」五言如《淮陰道中》云：「秋風渡淮水，落日下秦郵。」《曉入峽山尋歸猿洞》云：「石氣不離雨，雲陰常在門。」《秋蟲》云：「寒霜警詩骨，微雨静人言。」

嘗見馮欽鄰澳門圖，題云：「墨漆石骨黑，藍拖浪尾青。不知山欲墜，猶歎水無停。掛瀑千尋劍，飛帆數點萍。餘〔腥〕流戰血，滄海憶曾經。」其序云：「予前奉勅出洋，舊遊如夢。朔方烽燧，無復請纓，而曩者壯懷宛然心目，爲圖憶之。今展卷如見其乘風破浪時。」

香山劉孝廉鶴鳴松崖能詩。記其《五十生日》一聯云：「三千里外離人老，十二年中逐客哀。」又《送春》云：「三春花事拋流水，千里家書動隔年。」松崖爲欽州學正時，以事放楚，故云。

黄孝廉紹統翼堂，有《斷烟》一聯云：「當面夕陽人不見，隔江秋水路多迷。」繪景畫所不到。

李符清孝廉《書懷》云：「五年作令知官况，四海論交得友難。」劉統基孝廉有「十年宦况書千卷，五夜齋心月一輪」之句，可謂異曲同工。

詩不宜平庸，亦必身親其境，而後説得興會。如香山方繩武竹孫《登粤秀山》云：「南溟雲重天如墜，古寺風高塔欲摇。」番禺丁晙山《白雲寺遠眺》云：「天散浮雲青有骨，山圍重海碧無名。」二聯何等卓鍊。

「一點佛燈明到水，數聲幽磬暮沉山」，順德仇巨川滙洲詩也。著有《勒竹齋詩鈔》，偶從敝簏得之。

黎二樵一生足跡不踰嶺，至死猶以爲憾，然其詩似有江山之助。《邕州》云：「不勝今昔親垂老，如此風烟我再來。」《春寒》云：「一枕春寒覺鄉夢，千家人語入江聲。」《村飲》云：「細雨人歸芳草晚，東風牛藉落花眠。」《望仙坡最高樓》云：「短長道路供離別，少壯交游半死生。」《小園》云：「幽竹如人静，寒花爲我芳。」《畫扇》云：「野村寒見瓦，江路淡如烟。」《白鳥》云：「影畏清波凍，身兼片葉飛。」《春郊》云：「日薄滃花氣，風恬軟鳥聲。」

二樵詩不以近體爲工，古詩甚多。余獨愛《秋雨嘆》五首云：「雲中颼颼鳴落木，水氣作雲低壓屋。三年不見十日雨，一日偏當九秋熟。蒼天作意何太酷，不令人喜令人哭。水田要使禾生耳，草食真無莧充腹。君不見壟頭白骨夜有聲，路傍白骨行無肉。」「嗷嗷南雁行路難，江湖水多生澗寒。幾載南來稻粱少，來復何求犯繒繳。遠辭蘆雁一行飛，得與桑弓幾人飽。渡海十郡良家兒，急欲寄書南雁歸。上言軍中身足樂，下恐厨下妻啼飢。何爲汝雁不識苦，辛苦人間叫風雨。」「廣州受旱無旱色，旱甚水田猶一碧。富兒不信山縣田，乃有炎炎千里赤。人曷爲乎至斯極，嗟爾無憂憂轉劇。有田恐汝不得食，粤山雨仙香火熄。昔何烜赫今何寂，神仙有心民不識。昔時無雨天公意，今雨原非雨仙力。」「我今三年羈不歸，不歸亦知鄰舍非。屋前修竹咽垂葉，黑雨青燈魂影啼。明日招魂作生日，江路雲深恐迷失。荒年千飯哭兩女，在日清齋禮諸佛。冥漠長眠謝饑饉，死生有事均蕭瑟。四年死別三年飢，西風乍寒燒鬼衣，紙錢濕灰吹不飛。」「去年九月秋官里，日喝飯鹹無井水。今年西風能揭廬，溢井吹波生細魚。屋低瓦重墻卸土，衣垢廚空床撫鼠。人生須記丁未秋，九月天償八月雨。」五首可以泣鬼神。

二樵家貧，常附人爲食。相傳粤人某學畫於黎，數載交厚，一言相失，黎去。後某見黎畫即購歸盡焚，重價不惜，意欲使黎滅名也。余常謂某之絶黎，如蔡京之禁坡公墨蹟一般。自宋至今，蘇公書畫不絶，二樵亦名重海内，小人用心畢竟無益。

二樵每作一好畫，即寄出外省，粤中所留者乃其餘唾矣。然真跡亦自不易得。俗諺牛嚙牡丹，言不知味。今紈袴子買書畫如山，問其妙處，如啞人一般，其與嚙牡丹何異？故作詩者，不患無李、杜全集，特患未窺堂奥矣。

黄虚舟有「功名自笑成雞肋，骨相由來讓虎頭」之句，此會試下第後再之京師詩也。余愛其《謾成》一聯云：「夢裹尚隨鷗覓侣，人間多似雁離群。」又《舟中柬二樵》云：「愁盡長江裹，春歸短棹前。」

嘉應葉解元鈞字石亭，著有《石亭詩文集》。嘗録其警句，《薊州道中遇雪》云：「寒日兼天瘦，驚沙挾霰飛。」《文安道中》云：「菰蘆隨意長，鷗鳥傍人飛。」石亭博觀經史，詩筆亦有唐味。

今人離别每作悲涼語。陸龜蒙詩云：「丈夫非無淚，不灑離别間。仗劍對樽酒，耻爲遊子顔。蝮蛇一螫手，壯士疾解腕。所思在功名，離别何足嘆。」讀此懦夫有立志。

《秦風・蒹葭》一篇渺然神遠，無盡時亦無盡景。柳宗元《漁翁》詩「烟銷日出不見人，欸乃一聲山水緑」，錢起「曲終人不見，江上數峰青」，庶幾仿佛之。

《名畫記》：滕王湛然善畫蝴蝶，王建《宫詞》「傳得滕王蛺蝶圖」是也，但流傳絶少。近日李躍門畫蝶甚佳，惜蹉跎白髮，終身困於場屋。使少年得志，又不爲功名所累，則附傳人以傳，亦奇士也。近余力勸其梓《百蝶圖》傳世，計非十餘金不可躍門，猶戀戀慳囊云。

何莘廬嘗目題畫軸云：「一望湖山入鏡中，輕舟蕩漾好乘風。回頭應笑鴟夷子，不載詩筒並酒筒。」

進士張南山著書不倦，粤城中近詩無出其右者。佳句如：「馬頭明曉月，人面凍春霜。」「天生我輩書爲命，身在人間骨欲仙。」「肝膽只宜明月照，性情先被古人知。」「金門索米功名薄，酒市論交邂逅奇。」「青草歲華催兩鬢，黄河風雨滯孤舟。」「亂雲濕處雙峰醉，空翠飛時一塔孤。」「帽影鞭絲遊子路，酒旂歌板美人家。」「春風燕子燈前影，暮雨桃花扇底香。」「心依骨肉常多夢，身急功名易損才。」「暮禽有意欲留我，老樹無言多閲人。」

三捷師句云：「詩書有味濃於酒，官宦無情冷似冰。」又云：「每因風雨常留客，豈爲文章漫著書。」二聯失去全稿，兹補録之。

陽春譚孝廉敬昭康侯，著有《聽雲樓詩草》。集中佳句如：「白鴉啼野水，黄葉斷江村。」「風秋驚落葉，月午静臨花。」「夢魂曾識路，詩思又驚秋。」「寒蟲留屋角，野燒入山腰。」余獨愛其樂府《定情謡》云：「春情柔如絲，宛轉隨所思，無有窮已時。願將千萬絲，織上雲錦機。新樣花連枝，裁君身上衣。

裁君身上衣，自得長相依。與君一身爲一心，輾轉左右隨君施。西海東河有盡期，定情如山不可移。」又《短歌行》云：「百年可憐，酒酣仰天。白日出入，星稀月圓。高風淒淒，忽焉自西。崇臺飛樓，上與雲齊。幽幽鳴絲，情多音悲。臨風相思，君當知之。攜手遨遊，一日千秋。一願升天，驂駕龍虬。纍纍荒墳，何無達人。豐肌勞骨，同爲灰塵。喧呼歌謡，霰下雲飄。往古遥遥，暮暮朝朝。」

余一日静坐，秋風乍起，偶檢宋太史芷灣詩集，《山齋秋夜》云：「客味閒難得，秋心静易知。」方識此句之妙。又録其警句云：「書劍憐生計，江湖感昔游。」「一年秋幾夜，萬里月孤明。」「詩半聞鐘後，行多過雨初。」「身後名何補，生前酒幾酬。」「月沙寒自静，石水淺能吟。」「城眠江暗轉，村出樹明圍。」「客枕滄江外，秋心白露前。」「琴聲古屋春調鶴，燈火諸生夜講經。」

太史嘗謂人皆議少陵絶句爲短，予以少陵自不肯爲人之所長，若夫古今派别，焉可誣也。杜自云：「法自儒家出，心從弱歲疲。」或輒以别調目之，是可異已。作二絶句云：「豈果開元天寶間，文章司命付梨園。諸公自有旗亭見，不愛田家老瓦盆。」「滿紙餘波爲綺麗，少陵家法必風騷。千秋尚有昌黎老，流出崑崙第二條。」又有《讀杜工部詩》四首，録其一云：「滿目雖多事，扁舟亦可憐。逢人皆乞食，訪道不成仙。兀傲開元老，峥嶸大曆年。落花漫新句，風雨暮江前。」

謝前輩里甫先生，劉樸石稱其詩宗法大蘇，又出入於韓、杜兩家，而得其神骨。余愛其《梅花》二聯云：「出世相君原是鐵，藏身老子果猶龍。」「横空照向一泓水，託意高於百尺樓。」皆奇句也。先生著有《常惺惺齋詩集》。警句如：「不勞筋骨吾何恃，纔閲風花迹便陳。」「江山自古詩人地，草樹猶聞帝子香。」「百鍊成丹方結果，一生無譽且安身。」「空中樓閣仙山色，耳後風濤海水聲。」「倚檻堅陪諸佛坐，斷雲時帶一僧還。」五言如：「壁門天劃界，雲碓石飛淙。」並皆佳妙。

嘉應李太史黼平繡子，嘉慶乙丑進士，由庶吉士改昭文知縣。著有《着花庵集》。詩多豪氣，如：「舌存不上平戎策，耳熱仍爲出塞歌。」「馬骨且求昭樂毅，烏頭難化遣荆卿。」「擊缶幾人同意氣，著書如汝未窮愁。」皆七律之警拔者。余每稱其《董家堤曉望》一聯云：「沙留竹落添新漲，秋入蘆花報早霜。」

詩不泛作爲佳，又須關係名教。月亭《農謡》云：「一人耕，十人食，農夫安得有餘力。十人耕，一人田，農夫何者爲豐年。天上地下，無墻無瓦。朝朝暮暮，露處田野。有婦能饁餉，日中汗流赭。有兒能驅牛，田中泥没踝。驅牛復驅牛，牛行但低頭。高車怒馬誰遨遊，賈人有稚子，奴僕皆風流。」字字從肺腑中出。

崔弼鼎來先生有《出門》三首云：「六十旬衰翁，八千里長道。家無擔石儲，豈辨行裝好。明知薄禄相，何處覓安飽。不見樂羊婦，縑素惜手爪。賤如竈下養，但念征人老。安識從王義，促粧晨起早。」「天生作男子，焉肯鬱蓬蒿。雲鶴負奇翼，躍躍凌霄起。腰裹登廣途，神氣直倍蓰。豈不虞波濤，其如懸蓬矢。亦惜垂老别，但恐伏轅耻。驅之復驅之，壯心豈能已。」「老儒久粗糲，生不犬馬養。而使墟墓間，三牲缺珍享。讀書亦何事，乃爲此惘惘。努力學干禄，豈得辭鞅掌。前途風雨横，鄰人勸停儻。整我木蘭橈，乘流自今往。」崔，番禺人。嘉慶辛酉中式鄉闈，今蒼顔白髪，而吟咏不輟。著有

《珍帚編詩集》，粵人無不知其能詩者。

日近美人者，性情必定，無他，其欲足也。日讀韓杜者，眼界必開，無他，取材富也。

鍾孝廉啓韶鳳石，著有《讀書樓詩鈔》。集中多清鍊之句，如：「荻花明夜水，蛩語寂秋燈。」「嵐氣忽晴還忽雨，野吟宜寺復宜橋。」「隔水雲如詩思懶，過船風學酒人顛。」鳳石，新會人。

「漁燈入水星浮出，山影沉江樹倒生」，吴川林孝廉家桂辛山詩也。詩能作奇語，著有《軒軒軒詩集》。警句如：「江隨諸嶺轉，舟挾兩崖奔。」「争渡人喧鄉語雜，打魚船過市風腥。」語皆清峭。

杜甫詩：「明朝有封事，數問夜如何。」凡人心有所思，則竟夕不寐。辛山孝廉有句云：「雨細秋聲濕，宵長戍鼓訛。」「訛」字體認入神。

經生多不能詩，而嘵嘵於詩者十居六七。不知考据愈深，性靈愈泯，觸處皆滯境，滯不可與言詩。古人謂居山不以魚鱉爲禮，居澤不以鹿豕爲禮，因其所短也。通經能致用，惡用以詩見長耶？

余嘗夢中得句云：「一輪明月鑄秋光。」後改「明月」爲「月鏡」，再改只賸下五字，亦未計其工拙也。

同邑顔孝廉時普字穀田，一字雨亭。美丰姿，工畫，詩多清綺，著有《觀心集》。佳句如「日落馬啼紅」五字，余最賞之。七言如：「百道澗泉孤井滙，半天烟雨一僧寒。」「淡烟楊柳不知岸，細雨桃花第幾橋。」眼前景也，而畫所不到。

陸孝廉樹英春圃，官鹽城知縣。以水災罣吏議，行戍，歸，著《醉霞山房詩鈔》及《塞嚶集》。莫元伯題其後云：「艱苦漸多才漸老，始知霜雪亦君恩。」歸時，年僅强仕。詩多幽咽，七言如：「烏孫赤坂瞻雲拜，馬邑龍堆倚劍看。」「醉鄉自大乾坤小，睡境長存富貴休。」「馬與水流争路走，人從風勢帶山飛。」五言如：「夕陽低馬首，飛雪墜鞭絲。」「海忽在人面，山都摇馬頭。」皆出塞後之妙句也。

「床頭黄金盡，壯士無顔色」，張籍《行路難》詩也。余嘗謂今之壯士皆阿堵物耳，一旦失志，則諂諛之狀不可枚舉。孔子曰：「歲寒而後知松栢後凋。」諒哉！

杜甫詩：「窮途仗友生。」仗者，扶顛持危，非於富貴人面前作寒乞相。今人竟讀「仗」字作「乞」字解，此借杜甫詩塞責者。

高要莫孝廉元伯字台可，號耀山。著有《柏香齋詩鈔》。集中有「離家夢漸多」之句，人争誦之。七言如：「客身似鳥方投樹，秋夢如雲半在山。」「未覺一年爲客久，翻嫌十日到家遲。」五言如：「嵐氣結爲霧，灘聲寒入秋。」「石奇争作笋，松小亦成濤。」「山昏寒欲雨，灘急夜生波。」近體之錚錚者。

方伯曾賓谷涖粤，名士滿座，其最相得者惟謝里甫、崔鼎來二先生。嘗有絶句云：「天南萬里粤王臺，舊雨不來今雨來。燕寢清香一杯酒，眼中復得謝與崔。」

詩不黏滯，方有好句。如宋芷灣太史《桃花》云：「宜笑自成憐，如言轉不言。無人有人處，一水一橋前。暮雨條條暗，春風面面圓。滿山何遽俗，莫倚海棠眠。」

太史有《柳生》一篇云：「誰插柳，插柳易生亦易折，世上何人不離别。誰插柳，插柳易折亦易生，春風春水多春情。情何處，柳邊去。鶯鶯歌，燕燕語，才子題詩贈飛絮。飛絮化作萍，春來柳又青。

愁煩歡喜亦何有，柳不累人人累柳。」

東莞布衣張穆嘗讀書於羅浮山石洞，詩畫兼工，善擊劍。朱檢討錫鬯贈詩云：「莫道雄心今老去，猶能結客少年場。」著有《鐵橋山人稿》。

番禺黎美周嘗自題小像云：「狀貌若婦人，力能挽强弓。豈是木蘭女，無勞問雌雄。」後監廣州軍，殉難，有詩，一軍皆哭。陸放翁云：「切莫輕書生，上馬能擊賊。」可知詞壇中未嘗無人。

李秋田嘗有《聞陸春圃遊羅浮寄詩》云：「四百三峰任汝行，曾經一萬五千程。路窮絶漠流沙地，詩老陰山畫角聲。半世風波歸告我，前秋霜月伴談兵。孤筇更上羅浮策，憶汝雲中吹玉笙。」

黄明經培芳香石，自號粤嶽山人。著有《嶺海樓詩鈔》。集中近體如：「流水亦知遥送客，名山難定再遊期。」「湖海生才誰是傑，家山高卧又逢春。」「曉行人帶烟霞色，雨過山含草木香。」「側身霄漢天三尺，俯首滄溟水一杯。」「花月亭臺供載酒，江天雲樹入題詩。」「起聽風濤在群木，坐來星斗散長天。」皆傑句也。

徐秀才青又白，詩酷嗜昌黎。香石贈詩云：「看山曾共宿雲扃，吟向山樓兩獨醒。筆似韓公貌東野，近來詩客愛徐青。」

同邑蔡秀才廷榕季材，著有《古琴室詩鈔》。佳句如：「九十春光半狼藉，尋常酒債又蹉跎」，「清鏡自憐消瘦影，紅蠶空剩短長絲」，「清秋似客歸何緩，殘暑如雲去不言」，「隔巷犬聲喧到屋，對床燈影淡如烟」。

番禺馮公侯官司馬，富有巨萬，卒後，家日淪落，而子孫登第相繼不絕。嘗有《九日泛觴蒲澗》詩云：「採蒲曾向翠坪間，又掛萸囊盡日閒。歌答澗泉邀鳥聽，杯傾雲液漬苔班。鰲頭有客扶藤立，雀背無人破霧還。時序正深炎海異，未須黄葉感秋山。」

粵人下第，多遊鼎湖，旬日不返。歸時則閉門不出，少與登第者覿面。唐孟郊未第時則云：「棄置復棄置，動如刀劍傷。」得志則有「春風得意馬蹄疾，一日看遍長安花」之句。一第得失，古人如此。當今之世，有能淡然於功名者寡矣。

黎孝廉國光竹賓，與緇幃叔厚交。去歲北上，分袂時某索寫墨竹，題云：「日近亭前寫竹竿，竹賓憑汝報平安。匆匆我欲凌雲去，惟念天南翠袖寒。」余聞之曰：「此詩必讖。」是科竟不第，歸即卒於家。

姻家區孝廉昌豪偉川先生，嘗有句云：「水曲疑無路，山凹別有鄉。」深得村落間畫趣。一日西樵道中憶此句，朗聲吟誦，食而不知其味，方嘆作者之妙。

崔鼎來先生題黄芝仙集，有「以死問人誰不死，有兒如我當無兒」之句，真達人之言。

近人少年多不學詩，得志後則東塗西抹，全無氣味，局中自以爲韓、杜也。如此詩，不作亦罷。作詩如畫美人，須於半面傳神，方有姿致。若全身露出，則一覽而盡，何以動人顧盻？

「婆」字頗俚，然古人詩句每用之。元遺山詩云：「神仙不到秋風客，富貴空知春夢婆。」東坡云：「敢請阿婆開後閣，井中車轄任浮沉。」少陵云：「已收滴博雲間戍，更奪阿婆雪外城。」范成大云：「老來未忍耆婆舞，猶忍黄鐘衮六么。」黄山谷云：「千金買脚婆。」樂府《折楊柳》云：「阿婆不嫁女。」楊維楨云：「梅卿上馬彈鞾婆。」孔平仲云：「太婆八十五。」元稹詩：「嬾梳叢鬢舞曹婆。」陸游云：「隻雞短紙賽園婆。」

余性嗜蝦米，不知可以入詩。偶讀歐陽修集云：「濁酒傾殘壺，枯魚雜乾蝦。」古人先得我心。

柳子厚得昌黎所寄詩，先以薔薇露澣手，然後發讀，敬之至也。今人見前輩詩，每油污墨積者，必爲子厚所擯。

徐宗師歲考等第，詩題「恭人集木」。某秀才誤書「温温恭人」二句，因見題目太長，問諸鄰號，始知自己之誤也。場中粗心如此。

凡人臨場時，須養此心於活潑潑地。若晝夜攻書，則臨渴掘井，徒勞無益，場中精神必懈。前輩云：「讀書須記作文時。」書在平日讀可也。

李義山《錦瑟》詩議論紛紛，王漁洋亦有「一篇錦瑟解人難」之句。余斷以爲令狐家妓。按杜詩云：「暫醉佳人錦瑟傍。」錦瑟，即妓名可知。

謝前輩里甫女弟子王國蘭工畫，爲時所重。雖其貌不揚，風致亦自可人。

菊花惟玉葵龍味最佳，余多用薦蝌羹。近人製菊花糖，可以浸酒，宜八九月飲之。

菊葉用灰麵煎食甚香。前人少知味者，六七年來粤城酒樓多製宴客。

馮孝廉駒，業師喆堂令弟也。去歲自山東攜回菊種甚多，喆堂師裁培百株，無一生者，物還其地，弗爲良也。余曰：「先生不聞張養浩《九日》詩乎？『菊無元亮不成秋』，今菊以先生非元亮耳。」

夷人每歲多饋椰菜，其形如椰，味清而甘。余留其種植學餘小圃，終與芥菜無異。

粵中歌謠，卷首書「南音」二字者，北人不能讀之。

嘉應顔秀才崇衡湘帆，著有《虹橋草廬詩鈔》。余最愛其一聯云：「寒燈兩人讀，破竈一僧炊。」「山風銷酒力，江水浸春寒。」姚匠門詩也。陳仲卿亦有句云：「關山人一處，風雨酒千杯。」五言中不可多得。

東坡云：「詩畫本一律，天工與清新。」又云：「王摩詰詩中有畫，畫中有詩。」可知能畫未有不工詩者。

東坡論詩，謂郊寒島瘦、元輕白俗。歸愚沈尚書不韙其説，蓋島固瘦而郊非寒，元固輕而白非俗也。然坡詩中有時亦不免四者之弊，但小疵不掩大醇耳。

翔海師自題玉照云：「因我有爾，爾不我謬。因爾有我，我不爾陋。我老爾髮先知，我貧爾眉不皺。」數語令人解頤。余亦自題小影云：「城外新書萬卷，村中老屋三家。問我生平知己，山僧道士梅花。」若自譽而實自嘲也。

昔人謂醜婦效顰，見者必走，今之學杜詩亦然。口未讀萬卷書，身未歷艱難險阻，下筆便作悲涼語，按其詩雜亂無章，讀之直令人噴飯，是與醜婦何異。

柳子厚「欸乃一聲山水緑」句，《康熙字典》：「欸乃」，棹船相應聲。《正字通》：今行船摇櫓戛軋聲似之。元結《湖南欸乃曲》讀如「矮靄」是也。後人因柳集注有云一本作「襖靄」，遂真音「欸」爲

「襖」、「乃」爲「靄」。不知彼注自謂别本作襖「靄」，非謂「欸乃」當作「襖靄」也。

粤多患火災。壬午閏三月初九日，東門外醫靈廟賽神演劇，男女聚觀如蟻。日晡，棚上忽遭回禄，各争逃竄，互相蹂踐，男女死者十餘人，内有姊妹俱死者，有母子俱死猶抱其子者，聞之傷心，可爲粤俗之戒。翔海師《醫靈廟紀事》一首云：「三聳門内醫靈廟，白日青天聞鬼嘯。登場演劇萬人看，爆竹連珠聽入妙。險中取樂有誰知，回禄因風起霎時。元冥在遠嗟何及，玉石俱焚勢可危。廟門有口出不得，奸人故把咽喉塞。紅粉嬌啼墜翠鈿，對面乘危作盜賊。男亂擠，女亂倒。此焦頭，彼破腦。姊呼妹兮誓同殉，娘痛兒兮死猶抱。更有無從問姓名，縱横枕藉較場道。叫哀哀，親戚來，哭聲直動朝漢臺。長官不忍看，速唤埋山隈。迎神賽會干例禁，孽自己作非天災。士之耽兮猶可説，嗟爾閨中之人兮胡爲乎來哉。我聞斯語長吁氣，赤子無知陷死地。反風滅火豈天意，易俗移風在良吏。詎料官來救莫援，烟消燼滅駐高軒。司空見慣渾閒事，且看今年三聳門。嗚呼！且看今年三聳門。」

翔海師《上韓瀧謁韓文公廟》詩云：「鴻爪留痕事偶然，森森松柏廟猶存。無靈佛骨偏爲禍，垂老餘生幸賜年。百丈瀧頭仍此日，八千里外感遺篇。天教冠冕開南服，故遣人師瘴海邊。」又有《風度樓》五字云：「樓倚夕陽多。」頗有畫意。

盧七橋孝廉《題荷花欲語圖》云：「秋羅拂水明綄綃，水暖浪香紅影消。畫工着意媚顔色，幽花作態傳嬌嬈。調冰公子坐江渚，前身是花解花語。支頤一笑花有情，風涼露重聞虚聲。畫橈劃破水紋動，花寂無言香月明。雲鬟緑重悄無力，池下鴛鴦睡交翼。含顰細語語莫傳，不使嬌名俗人識。一夜西風吹雨頻，粉痕零落空餘身。南塘並蒂苦摧折，愁憶紅粧解語人。」

人之生死本有定數。傅築岩曾爲劉樸石次子視病，勸飲蛇酒，大醉而斃。丁亥閏五月十一日，劉氏着人破伊招牌，伊記事詩四首云：「招牌一破姓名揚，引得人人識雨蒼。經佢寫來經佢破，此中成敗要參詳。」「呼名呼姓各傳開，白叟黄童遠近來。賤號莫憂人不識，如雷灌耳亦奇哉。」「此身本是等閒身，不是三頭六臂人。一自招牌經破後，街衢争看貌容真。」「遺臭流芳各立功，千秋姓氏在其中。尋常一樣行醫術，纔破招牌便不同。」

築岩多以文字爲戲，嘗咏大頭蝦云：「長鬚巨首説蝦公，逐浪隨波在水中。枉有虚名頭角露，全無實用肚囊空。專門上釣貪香餌，假學斯文亂打恭。拱手拳拳頭獨大，那堪枵腹亦稱雄。」

詩有用數目字而不見其填砌者，如杜牧「南朝四百八十寺」、「二十四橋明月夜」、「故鄉七十五長亭」，此類甚多。

少陵《登高》詩，元人評一篇之内句句皆奇，一句之中字字皆奇。余謂杜全集七律無此傑作，三唐詩家無此傑作，古今亦無此傑作。

《桃花扇》一書以兒女之纏綿寫忠臣之感慨，筆歌墨舞，饒有才情。山薑子田雯題詞：「一例降旗出石頭，烏啼楓落秣陵秋。南朝賸有傷心淚，更向胭脂水畔流。」「白馬青絲動地哀，教坊初賜柳圈回。《春燈》《燕子》桃花笑，牋奏新詞狎客來。」「江湖無賴弄潺湲，一載春風化杜鵑。却怪齊梁癡帝子，莫愁湖上住年年。」「商丘公子多情甚，《水調》詞頭弔六朝。眼底忽成千載恨，酒鈎歌扇總無聊。」「零落桃花咽水流，垂楊顦顇暮蟬愁。香娥不比圓圓妓，門閉秦淮古渡頭。」「錦瑟銷沉怨夕陽，低徊舊院斷人腸。寇家姊妹知何處，更惜風流鄭妥娘。」千仞岡樵人陳于玉題詞云：「仙郎花下按宮韶，樂府新編慰寂寥。消得東林多少恨，梨園吹斷白牙簫。」「《玉樹》歌殘跡已陳，南朝宮殿柳條新。福王少小風流慣，不愛江山愛美人。」「江流滚滚抱金陵，雪鷺霜鷗詎可憑。不見滿城飛礮火，深宫猶自想春燈。」「青樓俠氣觸公卿，珠翠全抛黨禍成。門外烏啼烏柏樹，桃花扇底送侯生。」「鴛愁鳳恨小樓深，懶向寒窗理玉琴。豪貴又將阿母奪，春光牢鎖看花心。」「翠館珍樓月正圓，中涓夜半選嬋娟。可憐建業良家子，宿粉殘粧雜管絃。」「書生誤國只空談，漢水樓船戰欲酣。兩岸蘆花啼杜宇，千秋遺恨左寧南。」「兵散潯陽草不青，血流般處楚江腥。軍中文武如蜂聚，排難須尋柳敬亭。」「公子豪華盡妙才，秦淮燈舫一時開。千金置酒渾閒事，不許奄兒入社來。」「曲中哀怨向誰論，別館春風早杜門。聞道蘭臺聲妓好，一回歌舞一銷魂。」齊州王苹題詞云：「水天閒話付漁樵，一載南都抵六朝。羌笛檀槽收不盡，濛濛柳色白門橋。」「罵坐河房託黨人，陪京防亂落前塵。山殘百子窮奇骨，祇有《春鐙》曲調新。」「跋扈寧南風鶴中，東林曾許出群雄。那知不是張韓輩，辜負當時數鉅公。」「清製排成氍毹餘，馬伶小傳石巢書。描摹若輩聲容處，一任文園賦《子虚》。」「青溪野館明春水，北里頹垣出菜花。都入雲亭新樂府，勝聽白傅舊琵琶。」「玉茗青藤欲比肩，石渠俎豆在臨川。懷香絶艷知多少，不及興亡扇底傳。」岸堂從學人唐肇題詞云：「長坂橋頭惹恨多，黄金難買玉郎歌。無端社散龍丹歇，翻出新聲付緑波。」「金粉南朝重有情，人人知愛聽雛鶯。東林未許花枝好，一陣遊蜂葉底争。」「怨人不解《春燈謎》，拚使長江鐵鎖開。供奉正忙烽火報，胭脂零落女墻隈。」「漁樵二老説興亡，燕子呢喃趁夕陽。眼見九江沉斷戟，烟籠春樹水茫茫。」「棲霞山色白雲空，梅嶺春殘亂落紅。六十年來啼杜宇，桃花血點化春風。」「寂寞香燈寫怨詞，秦淮垂柳舊絲絲。春潮夜漲天壇下，漏盡宫門月墜時。」琴堂朱永齡題詞云：「茸茸芳草一江新，桃花無言照水濱。長坂橋頭人悵望，秦淮烟雨舊時春。」「青溪楊柳兩行秋，粉冷脂殘簫管收。不是石巢歌舞處，淒淒風雨媚香樓。」「羽扇新張大寶登，龍墀扶醉賀中興。薰風殿裏開南部，一歲烟花説秣陵。」「元宵燈火夜迷離，《燕子》新教數段詞。羯鼓鼕鼕催玉樹，花開花落後庭知。」「樓船骰矢射江鳴，朝野誰人不避兵。肝膽惟存蘇柳輩，烟塵滿地一身行。」「鐵鎖長江昨夜開，歌聲咽斷馬嘶來。迷樓辱井無人問，笑指梅花一將臺。」「一聲歌罷海天空，賸水殘山夕照中。多少興亡多少淚，樵夫攜酒話漁翁。」「曲終江上數峰青，金粉南朝戰血腥。野草閒花愁滿地，一時都付老云亭。」商丘宋犖題詞云：「中原公子説侯生，文筆曾高復社名。今日梨園譜遺事，何妨兒女有深情。」「南渡真成傀儡場，一時禍黨劇披猖。翩翩高致堪摹寫，僥倖千秋是李香。」「氣壓寧南惟倜儻，書投光禄雜詼諧。憑空撰出《桃花扇》，一段風流也自佳。」「血作桃花寄怨孤，天涯把扇幾長吁。不知壯悔高堂下，入骨相思悔得無。」「陳吴名士鎮周旋，狎客追歡向酒邊。何意塵揚東海日，江南留得李龜年。」「新詞不讓《長生殿》，幽韵全分《玉茗堂》。泉下故人呼欲出，旗亭樽酒一霑裳。」錢塘吴陳琰題詞云：「往事南朝一夢中，興亡轉瞬鬧秋蟲。多情最是侯公子，消受桃花扇底風。」「飄零金粉雨蕭蕭，舊院依稀長板橋。莫怪秦淮水嗚咽，六朝流盡又南朝。」「名士傾城氣味投，何來豪貴起戈矛。欲奩更避田家聘，彷彿徐州燕子樓。」「代費纏頭用意深，奄兒强欲附東林。絶交書别金陵去，肯負香君一片心。」「狎客無端製艷詞，何人妙楷寫烏絲。家家燕子聞長歎，銜得紅箋寄阿誰。」「滿城兵甲少寧居，行樂深宫尚晏如。小技翻能溷游俠，崑生曲子敬亭書。」「寇鄭歌喉百囀鶯，禁中傳點早知名。官家安用娼家選，輸與潛身卞玉京。」「漢中驕帥築高壇，庚癸頻呼就食難。公子移書疑内應，殘棋一局等閒看。」「遥憶吾鄉老畫師，借居香閣墨淋漓。殘山剩水何堪寫，枉寫桃源避世時。」「烟花斷送秣陵春，顛倒朝常盡弄臣。龍友不爲瑶草賣，可知貴竹有奇人。」「虞山倡議采宫娥，自是詩人好事多。明月當頭杯在手，孟津聯語更如何。」「冰紈濺血不須嗟，染出天台洞口花。人面依稀筵上見，不知真蹟落誰家。」「流分清濁辨來真，復社文人目黨人。何減蘇黄元祐籍，雞林中亦有安民。」「田妃懷土改思陵，内監孤忠愁不勝。野乘漫勞增樂府，也如漆室照殘燈。」「勝絶河房丁繼之，燈船吹竹又彈絲。誰知老去情根斷，却與才人作導師。」「半壁江山劇可憐，銅駝荆棘故依然。閑情付與漁樵話，不學長生便學禪。」「蔓草《王風》歎式微，狡童荒誕事全非。閣高一枕松風夢，獨羨逍遥舊錦衣。」「養士恩深三百年，國殤能得幾人賢。傷心閣部梅花嶺，夜夜冬青哭杜鵑。」「侯生仙去宋公存，同是梁園社裏人。使院每聞歌一闋，紅顔白髮暗傷神。」「闕里文孫正樂年，新聲古調總清妍。譜成抵得南朝史，休與《春燈》一例傳。」

《緑窗遺稿》者，高明女史楊氏詩也。《咏菊影》一句云：「淡我秋心悟到空。」亦妙。

番禺李雲巢元珪，崔鼎來之詩弟子也，著有《紅藥山房詩草》。佳句如：「芳草斜陽郊外路，落花殘雨屐邊苔。」余書之畫屏。他如：「兩岸暮山初上月，一江秋水倒涵星。」「幾處野猿悲落木，一聲孤雁引秋砧。」「場堆穲稏高於屋，岸繞蘆花自到扉。」亦清麗可取。

張小宋孝廉子京，詩人也。余觀其《金墨齋詩草》，如銅琵鐵板，不作箏笛之響。《金陵道中》云：「浪湧有花連鐵甕，山飛如馬入金陵。」《夜泊》云：「黃河不隔江南夢，白雁常催薊北秋。」五言如《郴州》云：「地拓東南勢，天盤楚粵關。」皆有振衣千仞氣象。小宋，西寧人。乾隆癸卯舉人，官遂溪教諭。

「秋聲來大野，人影出斜陽」，涇縣吴柳門孝廉文炳詩也。所著《香雪山莊詩》，天才清逸，又得江山之助。警句如：「寒雲圍嶺白，野燒隔江紅。」「山桃開野塢，江燕入人家。」「簾疏螢入室，菓熟鳥窺林。」「夜寒燈影碧，人語火爐紅。」「六代烟花開畫本，一帆風雨訪詩人。」

陸小姑者，賓州人，故儒家女也，適同里覃六六。家操農業，甫三日，即脱簪珥，易龍具烏衣，隨雜作往，若負前驅者。小姑苦之，願以鍼黹紡績代耡犁之役，不許。炙酷日，淋暴雨，中少委頓，則執樸隨之。小姑涕泣求死。後以勿任給使，重違所天，遂至淪棄。小姑故嫺吟咏，没後有《紫蝴蝶花館詩存》一卷。王笠舫大令題詞云：「刻意傷春不見春，伉儷何怨亦何親。可憐蟬蜕悲齊女，無復蛾眉泣楚臣。杜宇枝頭空望帝，蘼蕪山下有新人。明珠宛轉雙垂淚，羨汝依然未嫁身。」「完璧空閨暗自傷，虚勞慈母嫁衣裳。楊花命薄漫天白，梅子心酸盡日黃。秦氏樓頭猶有女，小姑江上竟無郎。婕妤早歲承恩寵，團扇秋風恨未長。」「樂府休歌《相府蓮》，碧衣如洗澹秋烟。食貧爲婦剛三歲，縮屋稱貞已十年。自念飄風胡至此，每逢陰雨一凄然。幽花開在藏嬌地，黃雀何緣啄野田。」「竹籬茅舍送傾城，豚柵牛欄看晚晴。小别華年成永棄，大歸心事未分明。月沉滄海秋無影，潮打寒江夜有聲。極目蒼茫一延佇，回看墻角短燈檠。」「堂上慈姑歲未闌，羹湯攝榼勸加餐。祇圖別浦還珠易，誰信荒江轉石難。雙燕同心成匹處，一蛇刲股獨摧殘。村中障面多蓬沓，花裏牽蘿過杏壇。」「賓州嘈雜半蠻娃，不意傳經有大家。浮海波濤隨斷梗，閉門風雨足殘花。長途戀棧無良馬，孤館停燈起亂鴉。但使殷勤求故劍，白頭何敢怨韶華。」「枯木前頭萬樹圍，側身故壘歎無衣。子卿禿節何時返，毛女吹簫永夜歸。青草終霾窮塞骨，紅顏早息漢陰機。師門恩重應難捨，魂繞滕王蛺蝶飛。」「脊令風急雁西過，木落亭皋秋思多。萬户砧聲懸玉杵，百年人影隔銀河。尸還陰氏徒虛語，魂傍湘君欲出歌。腸斷金城大司馬，樹猶如此感婆娑。」「哀猿斷雁不堪聞，愁損雙蛾總爲君。南國騷人辭宋玉，西京風漢失劉蕡。夢回桃葉舟千里，歌泠梅花篴二分。滿眼汍瀾井中水，幾曾搖蕩似春雲。」「天涯有客憫窮嫠，采采芙蓉欲遺誰。三尺鴛鴦孤女塚，一篇鸚鵡部民詩。連波悔過真名士，小謝銘幽實我師。料得弓衣傳唱罷，珮環雲裏駐班騅。」

陸小姑詩有佳者，如《秋草》四首云：「凉烟一道碧蕭騷，無復青青繫客袍。大野寒光鷹眼疾，亂山秋色馬頭高。祇今蟋蟀悲殘菊，往事蜻蜓避伯勞。別館離宮三十六，舊曾行處長蓬蒿。」「歲歲榮枯感不禁，別來南浦總傷心。夷陵山上秦灰冷，雲夢陂前楚雨深。何處蘼蕪重繾綣，舊時蘭芷半銷沉。愁看短短如余髮，歷亂飛蓬直到今。」「緣堤拾翠屢經過，裙屐飄零憶踏莎。冷雨疎烟隨處是，英雄兒女此中多。明妃冢遠今安在，韓信臺荒近若何。我亦憑欄蕭瑟甚，苔痕凉影上藤蘿。」「鶗鴂聲殘掃地空，柳嬌花嚲兩無窮。池塘夢繞疎燈外，城闕秋生畫角中。葶藶幾曾經眼緑，菤葹猶自捧心紅。可憐一段葳蕤態，虛負東皇雨露功。」小姑詩如秋露吟蛩，凄凄切切，每多怨憤之音。

粵人多以蘿蔔刳其心，養以脂水，留苗，長莖，名曰蘿蔔船。首尾貫之以竹，彩繩繫其四角，懸於窗間簷下。花開時，半空燦爛，殊甚快目。

石瓊者，羊城巨富也。其家有桐竹生其中，石號爲桐心竹，招名士倡和。今即以桐心竹名其地云。

張進士南山先生性嗜松，其詩號《聽松廬》。見松則徘徊終日，再拜而去。

張孝廉錦麟，詩人也。早夭，臨終時謂其家人曰：「爲我鐫墓上『粵東詩人之墓』六字。」長歎而逝。

黎二樵嘗刻圖章鐫蘇詩「不妨長作嶺南人」之句。迨死猶以不到京師爲憾，而未知□書先爲之懺也。

□□，家僕也。粗知書，能誦唐詩三十首。一日與友話別，余囑負行囊相送。别時，伊朗吟云：「李白乘舟將欲行，忽聞岸上踏歌聲。桃花潭水深千尺，不及汪倫送我情。」此李白贈汪倫詩也。風雅如此，可以配鄭君詩婢矣。

粵城人家好作芋蝌，初以芋雪絲，糝粉油煎成蝌，爽脆而甘。

順德有稱長手申者，余未之見。或云其甲（下缺）

茅洲詩話卷二

子虎居士著

王笠舫大令衍梅顧視清高，天才□□隨筆立就，出語便有仙氣。《河堤夜泊〔四首〕》云：「客舍〔逢〕春怕寂寥，春風吹水客吹簫。□迎花氣東西槳，來往鐘聲上下潮。千匝紅□□四面，萬重銀浪燭三條。樓船金碧無□□，□夜裝成貯阿嬌。」「笑我秦淮泊妓船，桃花扇底坐神仙。涼風水面吹成雪，碧月衣痕化作烟。今日笙歌紅豆畔，大江燈火白門前。珠娘偷得吳娘曲，暮雨瀟瀟咽□絃。」「冰簟銀床按玉筝，最難消受是秦聲。□花上曰愁無賴，絲竹中年聽有情。一□□流春宛轉，千秋青史怨分明。王嬙老□□顔色，腸斷琵琶出塞行。」「平生叱撥紫騮□，半踏歌場半酒場。南國烟花迷蛺蝶，六〔朝〕風月醉鴛央。夢隨環佩仙山遠，仍聽琵琶曲水涼。饒有青衫拋不得，淚痕重疊付□娘。」

前輩改別號，多用齋字、亭字、軒字、堂字、□字、泉字，近人多用子字。又有因父別號□□字而用者，如父某齋則用小齋，父某亭則用小亭，殊不可解。

唐四傑王勃號子安，早死。番禺黄芝仙亦用其號，死時年僅三十餘歲。黄嘗有句云：「我緣詩酒誤今生。」余笑曰：「來生遂不爲詩酒誤耶？」此人太放縱任意。

前輩倩人作畫，各從其長，一幅中有數〔人〕合成者。余家松竹梅石非出一人手，□□皆入神品。曾大楠魯根題云：「春風活□□水波，樓船絲管羅翠娥。座中仙客顔微□，翰墨香裏聽嬌歌。含毫揮灑夫如何？隱□胸中蓄奇氣，怪石兀立無窮意。退谷道□如有神，暝合參破羅浮春。一花不着□□筆，空色妙相誰與匹。荔帷挺立非□□，□花怒向枝頭開。更添箇箇歲寒友，免□□根嘆無偶。莘廬瀟灑筆欲仙，却於富貴□淡然。鼠姑頗洽美人意，稜稜勁節同石堅。魯根魯根辭未達，執筆不敢加毫末。爾醉爾醉知未知，酣然酩酊方題詩。主人卷畫好歸去，酒闌客散斯何時。」

天下惟至惡之人可以入道，其心極則反本也。天下惟至愚之人可與論詩，其性悖則無僞也。仁和許滇生鼎甲乃普先生詩極渾□。《□十八灘》云：「茫茫烟雨際，有客捲簾看。□□三千里，人經十八灘。山光籠霧暗，雲□□天寒。極目增離思，方知行路難。」《過飛來寺》云：「一望大江流，飛來寺欲浮。風聲□□□，山氣已生秋。出岫雲迷徑，凌晨客泛□。□年放歸棹，先擬訪林丘。」

同邑孔孝廉繼勳熾亭工書。嘗有《懷羅浮》一律云：「蓬島南飛日，迷離四百峰。羅陽□灣水，華首幾聲鐘。風雨空遥想，神仙不易逢。何時恣來往，天外數芙蓉。」

番禺劉孝廉廣智季子著有《簾青書屋詩鈔》。余愛其《讀離騷》五律云：「秦楚縱横際，瀟湘放逐愁。投身魚腹日，進諫虎狼秋。一卷《離騷》作，千年大雅留。月明今夜讀，山鬼□啾啾。」

劉寅甫有句云：「客況不忘驢背上，詩心多在雁聲中。」取意淡遠。寅甫名廣禮，番禺〔孝〕廉。著有《少游詩草》。

顔湘帆有《仙城寒食歌》三章云：「五仙城頭飛木棉，五仙城外啼杜鵑。青鞋破帽一羈客，獨上仙城神黯然。仙城本是陀王□，□墓千年人不識。生時枉竊帝號娱，〔死〕□□人作寒食。豈徒陀墓無人作寒食，漢家〔陵〕寢俱荆棘。爲帝爲王等逝波，持樽酹爾□夫陀。」弔趙陀也。「金璽珠貝爲梓宫，晶簾捲地穿玲瓏。中間黄金鑄王后，旁學士亦銀所鎔。其餘璽印兼襦匣，光動幽房魑魅攝。天公厭爾白龍奢，故遣雷鞭催馬鬣。雄鷄一聲農父來，霸王朽骨成寒灰。嶺南四十七州郡，死無抔土藏遺骸。魂兮歸來何□哉，年年寒食梨花開。」弔劉鋹也。「塵寰萬事東流水，石爛海枯情不死。梅坳遥對素馨斜，兩處玉人呼不起。泉扉扃一片，春□□江沚。雲埋艷骨土亦香，人種情根花□□。二月三日東風吹，四圍開遍花參差。好鳥和歌蝴蝶舞，遊蜂作陣鴛鴦嬉。萬紫千紅遮薜礪，想見騷流捧土時。捧土人今□□土，碧草烟縈緑楊雨。且對仙城盡一□，□爾美人兼伯主。」弔張二喬也。

紀大司馬詩得一「清」字，吴穀人得一「鍊」字。二公名重海内，其才可約而舉也。

李雨村先生《題粤古學觀海集》云：「蚌胎蛇握總難求，鐵網珊瑚豈盡收。却喜文瀾都壯闊，還期學海納群流。雲濤翻處龍紋動，星宿探時貝影浮。解道鮫人珠是泣，燃犀深戒照潛幽。」讀此可見先生愛才如命。

先生工書，粤中流傳甚多。後過市上，觸目皆雨村筆墨，遂重價買歸，自此不易。□□古玩，寒不能衣，饑不能食，近人性癖於□者，十居六七。南海吴秀才耿光工畫。家貧，好蠟石，所得畫資悉充其好，雖饑寒不恤也。

近年有一丐，方面長髯，出入朗讀子安《滕王閣序》二聯云：「關山難越，誰悲失路之〔人〕？萍水相逢，盡是他鄉之客。」此人姓吴，名□三，江蘇人。

龐孝廉子芳《咏水仙》云：「似愁風雨故開〔遲〕，盼到江皋解佩時。半過春光猶爛熳，也隨花事未離披。高標絶俗何嫌冷，清韵宜人合贈詩。水石盟心誰領取，讓他桃李競芳姿。」又佳句云：「興來投筆談何易，歸去看山趣已耽。」

余嘗有《紅水仙》一聯云：「有誰仙骨能從俗，似此塵容更耐寒。」欲以虚寫實也。

余見何前輩藜閣近體詩甚多，但古體□得搜求，每以爲憾。兹從友人借鈔一首。《打麥詞》云：「打麥打麥，教兒拍拍。去年天公好，家家收十斛。今田數苦雨，水田多未熟。素封自有餘，小户愁迫蹙。雖然愁迫蹙，私貸未償公賦速。昨日里胥來叩門，眼見失□心瑟縮。大姑低聲語小姑，兒饑忍啼兒寒忍勿呼。粒粒辛苦皆將輸，正供豈敢緩須臾。阿爺典衣進城去，里胥紛紛猶索逋。」

鄭士超卓仁，陽山人。乾隆乙卯進士，授工部主事，至監察御史。工書。嘗有《輓馮魚山》一聯云：「勵志千秋惟絶業，論交四海一空囊。」亦括盡魚山一生。

徐秀才本義字薌圃，番禺人。著有《申椒詩草》。佳句云：「天末斜陽微度鳥，雲邊疎雨忽浮嵐。」「杉皮矮屋多藏柳，秧水平田巧畫棋。」五言如：「藥徑無人到，松花過雨初。」語有□氣。薌圃性高雅，家貧而狷介自守，門下士登第相繼，而徐竟以青衿終老，惜哉。

番禺金菁莪藝圃，嘉慶壬戌進士，官兵部主事。著有《軒木集詩鈔》。傑句甚多，《落花》云：「未免有情才過眼，本來無着不粘身。」《江行》云：「中流有影帆分水，萬籟無聲月在天。」

沈歸愚曰：杜七言律有不可及者四：學之博也，才之大也，氣之盛也，格之變也。五色藻繢，八音和鳴，後人不易髣髴。

賀知章號四明狂客。按《一統志》：四明山在寧波府城西南一百五十里，上有石窗四穴，通日月星辰，故曰四明。

賀監「少小離鄉老大回，鄉音無改鬢毛催。兒童相見不相識，試問客從何處來」，他本作「客官」，未辨真贋。一日，余過市上，見墨刻小本，賀自書此詩，乃「從」字。「客官」當後世〔傳〕鈔之誤耳。

邵詩子京字杜洲，電白人。嘉慶辛酉拔貢生，試用教諭。詩筆警卓，佳句如：「秋生雲際寺，人在水邊樓。」「花光閑坐鳥，石氣隱流雲。」「江光浮落日，烟影淡殘秋。」「長風吹大野，落日起相思。」「客帆隨意下，江水自然秋。」

宋芷灣太史《夏日懷古》云：「此水豈宜規戰地，用兵終遜賦詩才。」《鸚鵡洲懷古》云：「從古負才偏阨命，惜君多難不低頭。」議論獨具隻眼。

詩須氣象雄闊，不可大題小造。芷灣太史《大江》一首云：「東諸侯長朝天子，百谷王門走大江。天起風雲扶氣力，地開吴楚出旗幢。無愁兒女沙淘盡，有恨英雄浪打降。誰奏銅弦鐵綽板，也聽蘆笛老漁腔。」

王太史利亨字漢衢，一字竹航，嘉應人。辛酉進士，由庶吉士改官山西廣靈縣知縣。著有《賦蚿草》。佳句如：「夕照鴉千點，寒烟塔一枝。」「柴門春酒熟，籬落午鷄啼。」「鷗波千頃白，漁飯一燈紅。」「遠水白浮帆影出，數峰青送夕陽歸。」「彎環水繞花無界，宛轉山圍黛有情。」太史工畫，下筆多淡遠之致。

番禺孝廉謝光輔漁璜，著有《鷗波草堂詩稿》。警句如：「天地幾回醉，江湖終古清。」「遠火隔溪屋，歸人何處船。」

溗東樵孝廉，詩境開拓，無瑟縮氣。如《建文帝》一首云：「不將大義破仁柔，一領袈裟换冕旒。憤死淮南雖薄漢，誅稽管叔未安周。幸看迎佛歸金闕，已厭騎龍遍十洲。讓帝可憐鐘磬在，拈花空有故宫愁。」

吴中丞荷屋先生工書。嘗見其《刻筠清館帖勒成題絶二首》云：「三十年來故紙鑽，每從氈蠟校媸妍。如今手自供樵拓，月印千潭若箇圓。」「墨緣輪劫幾昏朝，幸有靈光巋未凋。留得山陰書派在，六朝人數到元朝。」

惠州以魚啖豕，味與常異。同邑勞進士光泰静庵任惠州教授，啖豕，有句云：「吾家本是糟糠者，怪得劉郎愛媚豬。」亦足解頤。

詩人畫士往往馳騁筆墨，究其妙處，不過山水風雲，眼前境界，若門户標新，必有澀滯之病。故學者能循規踏矩，即一段好品質處。

「離别」二字今人多互用。按《説文》：遠曰離，近曰别。作送行詩，當有分寸。

詩貴真樸。余最愛牧童詩。「草鋪横野六七里，笛弄晚風三四聲。歸來飽飯黄昏後，不脱簑衣卧月明。」

尼姑不知始於何時。按《事物紀原》：漢明帝時洛陽婦女阿潘笄出家，此中國爲尼之始。又按晉何充捨宅安尼姑，此尼寺之始。粵俗尼居多稱庵，僧多稱寺。丘文莊公咏尼詩云：「剪下雲鬟着素衣，托身松院自棲遲。深通佛性渾忘慾，恪守禪心不畫眉。栢子烟清薰玉骨，梅花月冷映冰姿。此生□却紅塵夢，雪竹霜筠並獨持。」

畫大士像最難，冶則妖，穆則滯，須於端莊見流麗。作詩者不可無此法。

《西遊記》離奇幻化，渺不可測，禪家將入藏經。余謂此書之妙從漆園叟得來，讀書人具此胸襟、饒此才情，參此眼界，便腹裏數萬本《西遊》。

凡人久别之後見面，亦未免有情。余本生長粵城，而回鄉日少，黄童白叟，代謝相繼，自七歲言歸，今十有二年矣。壬辰中秋鄉旋，賦詩四章云：「昨夜中秋月，濃雲尚未開。水光猶淡沱，客夢久徘徊。去棹風何急，前程鳥欲催。」「乘舟余有興，鄉思亦悠哉。白馬廟前水，悠悠送客程。夕陽疑在樹，歸雁不聞聲。好酒憐雞黍，扁舟憶弟兄。我行秋信早，波浪亦堪驚。」「父老重攜手，離家十二年。野人猶問姓，老圃忽成田。雞犬荒籬外，牛羊夕照邊。相呼聚悲喜，燈火夜纏綿。」「一酌黄花酒，西風八月時。可憐今夜夢，獨戀故園思。促膝來村婦，挑燈唤侍兒。明朝頻話别，先拜大宗祠。」

何小昉和余詩云：「書債每嗟秦代火，生涯都付管城侯。」余笑謂秦火焚書，今尚讀之不盡，使廣爲流傳，此債何時償耶？

詩用「釘」字甚少。李義山詩云：「簾釘白玉鈎。」諸大家亦少用點綴，玉溪生偶爲之耳。

墨硯手洗不如雨洗，手每帶膩也。三捷師有句云：「晒書花氣暖，洗硯雨聲狂。」

凡作詩不可先有一題目在心，隨事隨物，發興無端。如寫畫家胸羅萬象，不論精微奥妙，觸處便是化境。若每幅必按實規矩，其不失之板滯者幾希矣。

己巳間，張保滋事，侵掠順德尤甚。後大吏諭降，得官武員。賊首鄭一，張其僕也。鄭死，鄭妻以兵歸張，勇將郭婆帶等劫掠尤甚。漆東樵詩云：「海壖隱隱哀鴻聲，遠村近村書數驚。薦紳相度築高壘，村夫横戈供使令。壘不及築，戈不及横，風起水湧來鮫鯨。飛檣接柁蔽空下，中有座架如雕甍。一婦麾旌，群寇鳴鉦，連環巨礮雷轟轟。短刀長矛競登岸，焚廬毁室躪稻秔。身逢盛世不知敵，衆潰一戰難復并。妾擄男兒烹，白髮黄口填溝阬。粤人富足知禮義，井湮樹踣蹉女貞。良家婦女聞賊至，投井，井爲之湮，懸樹，樹爲之踣。剥膚痛亟孰可已，奔告制府乞發兵。時到滘、三善、紫泥屠戮甚慘。而順德之黄連、陳村、兩龍鹿各鄉力與賊抗，勢已垂危，奔赴督轅乞救。下吏方欲加以咆哮公堂之罪，非百公慈明，良善羅罦矣。制府惻然草飛檄，誓掃妖祲蘇編氓。仰思待旦運籌策，部將受命開閼行。重羅密網困蚊蚋，餓鬼十萬類呼庚。海賊惟畏糧不得繼。時群寇困于赤瀝角，官軍若嚴守一月，可不戰自斃。何來艨艟萬炬發，突圍而遁不及攖。垂成之功忽然墮，安得壘浪爲長城。賊以火船潰圍出。嗚呼！寇去軍門已袖手，寇來赤子仍爲虀。君不聞討倭元戎有智略，狼筅三百滄波平。」

曉行詩莫如東坡「馬上續殘夢，不知朝日升」之句。王太史竹航亦有句云：「一驢馱□夢，夢斷鳥方啼。」仿其意也。

吴石華詩工《選》體。余最愛《雜感》一首云：「迢迢攬衆星，綿綿思遠道。秋風一夕來，蟪蛄鳴野草。落葉紛辭柯，繁華倏枯槁。人生非金石，浮名纍人老。努力愛盛年，令德以爲寶。」

余舟行大王滘晚泊，聞犬聲，欲賦即景。偶憶石華《鱷潭夜泊》詩云：「夜色清人心，前汀月初上。犬吠深林中，稍聞人語響。」遂擱筆。

陸春圃以事發邊，歸，著《塞上集》。石華題云：「《竹枝詞》譜入箜篌，紅燭高寒虎帳秋。聽到羈臣齊淚落，《伊州》殘拍換《涼州》。」「家山夢斷白龍堆，刺骨邊笳徹曉哀。今日九重恩似海，孤臣天角放歸來。」

劉三山贈黄炳嵎都尉聯云：「詩人興到時乘馬，國士恩深不問家。」都尉南海人，能詩。

陳元瑞字輯庵，惠州歲貢生。有《當山草堂詩草》。余愛其五字云「人語受風和」，不減老杜「輕燕受風斜」之妙。

番禺布衣李元珪雲巢，崔鼎來弟子也，工詩。《感懷》一首云：「蓊鬱百尺松，特立南山陲。憶昔新結昏，恩愛情難移。咳唾生春風，綢繆相宴私。君敦盤石心，妾守連理枝。誓爲鴛與鴦，交頸不相離。豈意容華謝，君每懷猜疑。既忘糟糠情，翻託蒸梨笞。同是一心人，先後何分馳。棄擲委路傍，足令見者悲。悠悠世上人，變遷安可知。」有《三百篇》遺音。

孔子以《秦誓》繼周書，以《魯頌》繼周詩，果如其兆。然聖人百世可知，但言理不言數。嘗考《鍾離意别傳》云：意爲魯相，省視孔子教授堂。男子張伯剗草階下，土中得璧七，伯懷藏其一，以六白意。意開解，中素書文□：「後世修吾書，董仲舒。摸吾車，拭吾履，發吾笥，會稽鍾離意。璧有七，張伯取其一。」意召問伯：「璧有七，何藏一耶？」伯叩頭出之。則孔子早知漢事也。

張南山《落葉》詩云：「老衲倦掃地，幽人警叩門。」如李義山《落花》詩：「高閣客竟去，小園花亂飛。」起法異曲同工。

南山《俠客行》最痛快。詞云：「貴人赫赫權如山，門前鷹犬十百，一日不得閒。高堂華屋，大酒肥肉，粉白黛緑，哀絲豪竹，貴人不足。貴人不足，鷹犬僕僕，天陰鬼哭。鬼哭聲啾啾，怪樹啼鵂鶹。客從何方來，下馬直上酒家樓。寒風如刀雪如水，酒家樓頭劍光起，明日喧傳貴人死。」聞之者足以戒。

「滿身風雪拜梅花」，吴蘭雪句也。南山贈詩云：「冷官莫笑腰難折，憶向梅花拜倒時。」□於謔浪。

高要何秀才元叔度，有《關山月》一首，起四句云：「關山復關山，海月夜臨邊。一片風塵色，無因吹汝圓。」可謂工於發端。

諺云：熟讀唐詩三百首，唔會吟時也會偷。不知偷難於吟，吟只用己意，偷則化其意爲己意，使人讀之不覺，非多作多閲，無□處下手工夫。

詩到處自鳴，如風雲變態，不區區於一方，作詩者只作如是觀可也。陳子昂《登幽州臺歌》：「前不見古人，後不見來者。念天地之悠悠，獨愴然而涕下。」四語豈限定幽州，而胸次悠然，俯仰今古，所以獨妙。

余謂孟東野詩皆屈《騷》之遺響。如《烈女操》、《遊子吟》諸篇，邃然深幽，不可議擬。三韻詩，余最愛王維《送别》云：「下馬飲君酒，問君何所之？君言不得意，歸卧南山陲。去去不復問，白雲無盡時。」結有「欸乃一聲山水緑」之妙。

李詩云：「蜀道難，難於上青天。」詩意罪嚴武也。後陸暢謁韋皋於蜀，感韋之遇，遂反其詞曰：「蜀道易，易於履平地。」此詩人説謊也。

朱奕恂恭季序《唐詩合解》云：「《記》曰『詩之失愚』，非詩之失也，解之者失也。棄海認漚，即指求月，而詩之失終於愚而不可復化。夫詩之爲教，賦可爲興，興可爲比，比可爲賦，不容執一律以相繩。讀之者如空谷之聲，人人各其意之所欲，擬而無不畢肖。又如長川之月，巨艫小艑，縱横往來，各分一影，以隨之行，而不能指其孰爲真，孰爲妄。則甚矣，詩教之深，非筌蹄所得而求也。然則詩終不可解乎？是又不然。蓋不能解者自見愚，而能解者自見深。不能解者，惘惘然如帝江之自爲鼓舞，而聚大九州之鐵以鑄爲錯。而能解者，則縱其心於希夷浩渺之境，以與古之人相見於若有若無、欲言不言之際。萬竅玲瓏，八窗洞達，何愚之足慮哉。若是，則詩以不解解可也，即以其解解亦可也。夫善畫龍者，鱗而可數；喻日者，槃燭可示。非謂鱗之可以盡龍，槃燭之足以肖日也。神龍之變化，固非寸楮可得而傳。而語日於生而眇者之前，亦安能逆料其聞鐘揣籥之陋，而不一擬議以相告也。而要其筆所未到，舌所未及者，固已無不到、無不及，以俟人之善會矣，則解亦何可少哉。上訴中天，下訖唐末，紀年三千有奇，其詩歌之播於金石而(繪)〔膾〕炙人口者，真足信茂先之車，萑鄴侯之軸。而編是集，僅若于卷，非以是概古今之詩也。日習之味猶爽其味，日習之人猶昧其人，而況非常之味不多覯之人乎哉。」數語可開拓笨伯胸臆，故全録之。

蘇長公詩奔放豪宕，如天馬行空，闢古今未開之境界，窮天地萬物，莫不鼓舞筆端，雖嬉笑怒駡，皆成文章。有此胸襟，有此天資，有此學力，有此境遇，方許學蘇，不然畫虎不成反類狗也，不惟無益而又害之。

徐而庵謂摩詰詩妙在不設色而意自遠，畫中之白描高手。余嘗謂此論固然，而畫亦有以設色爲工者，不可抹煞一切也。

唐劉方平《春怨》詩「梨花滿地不開門」，不言怨而怨已見。劉禹錫《阿嬌怨》詩云：「望見葳蕤舉翠華，試開金殿掃庭花。須臾宫女傳來信，言幸平陽公主家。」字字怨入骨髓。

詩至中唐，漸失風人温厚之旨。然指陳謄事，發於忠憤，若盛唐亦有諷刺，但含蓄不露耳。白居易《昭君詞》：「漢使却回憑寄語，黄金何日贖蛾眉。君王若問妾顔色，莫道不如宫裏時。」此望君之贖而却以宫裏時動之，亦猶賢者江湖而懷廊廟也。白詩類多此種。

「去年今日此門中，人面桃花相映紅。人面不知何處所，桃花依舊笑春風」，崔護題昔所見處詩也。「獨上江樓思悄然，月光如水水如天。同來玩月人何在，風景依稀似去年」，趙嘏江樓書懷詩也。崔詩以去年起，趙詩以去年結。崔由去年至今日，用順推法；趙從今日轉去年，用逆鎖法。感事序事題，當得此訣。

「自恨身輕不如燕，春來還繞御簾飛」，唐孟遲《長信宫》詩也。「玉顔不及寒鴉色，猶帶昭陽日影來」，王昌齡《長信秋詞》也。二首用意相似，句法亦彷彿。

詩意盡而止，多一語不得，少一語亦不得。若强作支離，必有湊合痕迹。

雪詩，余最愛劉長卿《逢雪宿芙蓉山》五絶云：「日暮蒼山遠，天寒白屋貧。柴門聞犬吠，風雪夜歸人。」此首味在鹹酸之外。

「近鐘清野寺，遠火點江村」，岑參《巴南舟中夜書事》詩也。友人以詩見示，用墨塗「點」字，余初改「見」字，再改「失」字，又改「伴」字，後閲「點」字，始知古人文章一字皆入化工。

《唐詩合解》云：「詩體多變，《三百篇》之後變爲《離騷》。及漢而有蘇、李五言，無名氏之《十九首》，始具規模。又變而建安、黄初，一時鴻才接踵，上薄風騷。由魏而晉而六朝，名流繼起，各成一家。至陳、隋之末，非律非古，頽波日下。唐初沿其卑靡浮艶之習，一變而成律絶近體，沈、宋等樸中藏秀，脱去浮滯，歌之成聲，又一大變。至盛唐而極其盛。譬之於木，《三百篇》根也，蘇、李發萌芽，建安成拱把，六朝生枝葉，至唐而枝葉垂蔭，始花始實矣。

譚康侯《聞雁》一絶云：「久客倦登樓，無因寄遠愁。一聲寒夜雁，秋盡始驚秋。」一氣呵成，不事陶鑄。

今人詩稿，第一篇即録五七古數十章，自逞淹博，無識者見之，縮舌爲其所欺，推大手筆。不知詩貴精不貴多，又各從其長。若必以古詩壓卷，則近體可廢，唐人不消嘔許多心血。

五言起句，如温庭筠《送人東遊》云：「荒戍落黄葉，浩然離故關。」張曲江《望月懷遠》云：「海上生明月，天涯共此時。」杜審言《和晉陵陸丞早春遊望》云：「獨有宦遊人，偏驚物候新。」杜甫《月夜》云：「今夜鄜州月，閨中只獨看。」《天末懷李白》云：「涼風起天末，君子意如何。」《登岳陽樓》云：「昔聞洞庭水，今上岳陽樓。」王維《終南山》云：「太乙近天都，連山到海隅。」《過香積寺》云：「不知香積寺，數里入雲峰。」孟襄陽《臨洞庭上張丞相》云：「八月湖水平，涵虚混太清。」劉禹錫《蜀先主廟》云：「天地英雄氣，千秋尚凜然。」李商隱《蟬》云：「本以高難飽，徒勞恨費聲。」皆唐律發端之工者。

余雅不喜詩之折句。如歐陽公詩云：「静愛竹時來野寺，獨尋春偶過溪橋。」此格不善學必有斷續艱澀之敝。

東坡一生以文字賈禍。當出爲杭州通判時，文與可送行，有「北客若來休問事，西湖雖好莫吟詩」之句。及黄州之謫，正坐詩語，人以與可爲知言。余謂老蘇《辨姦論》早爲荆公側目，貶謫不待其子也。

七古，余獨愛少陵《送孔巢父歸遊江東兼呈李白》一首。篇中段落分明，學者易於入手。首段「巢父掉頭」四句，叙巢父往江東。次段「深山大澤」四句，寫東遊景。三段「自是君身」四句，稱其隱志已決。末段「蔡侯静者」三句，結出送孔呈李之意。層次井井。若他首則千變萬化，妙無痕迹可尋，非功夫純熟不可語此。

近人度歲，大門多設春聯。按其始自明孝陵昉也。帝都金陵，於除夕前，忽傳旨公卿士庶，家門上須加春聯一副。帝親微行出觀，以爲笑樂。偶見一家獨無，詢知爲醃菜苗者，尚未倩人耳。帝爲大書曰：「雙手劈開生死路，一刀割斷是非根。」投筆徑出，校尉等一擁而去。嗣帝復出，不見懸掛，因問故，云：「知是御書，高懸中堂，燃薌祝聖，爲獻歲之瑞。」帝大喜，賚銀五十兩，得遷業焉。

迴文詩須自然。余最愛明高啓一首云：「風簾一燭對殘花，薄霧籠寒翠袖紗。空院別愁驚破夢，東欄井樹夜啼鴉。」

詩觀乎其人。宋濂《劉兵部詩序》云：「詩，心之聲也。是故凝重之人，其詩典以則；俊逸之人，其詩藻而麗；躁易之人，其詩浮以靡；苛刻之人，其詩峭厲不平；嚴莊温雅之人，其詩自然從容，而超乎物象之表。」

《三百篇》多四言，如「振振鷺，鷺于飛」，此三言也。「誰謂雀無角，何以穿我屋」，此五言也。「我姑酌彼金罍」，此六言也。「交交黄鳥止于桑」，此七言也。「洞酌彼行潦挹彼注兹」，此九言也。凡此可以類舉。詩之淵源，根柢在《三百篇》。後人演爲賦、頌、銘、贊、文、誄、箴、詩、行、詠、咏、題、怨、嘆、章、篇、操、引、謡、謳、歌、曲、詞、調二十四名，皆詩之流也。

前輩讀書專攻一經，故鄉闈中式皆云「習某經」。此實學非泛涉者。比今五經題作全，士夫不得不講究。然泛騖無成，不如一經之省約也。

順德梅秀才旋樞冠衡，著有《一瓣香詩鈔》。記其《詠明史》四首，《康對山》云：「貴璫心折垂青眼，名士情深誤白頭。」《楊升庵》云：「萬里餘生懷老父，九重垂死嫉孤臣。」《王弇州》云：「懷恩穆廟攄忠憤，抱痛灤河薄宦情。」《徐天池》云：「身悲自已惟求死，世重奇才轉受狂。」梅更有《春閨曲》云：「小立緗桃下，飛花送夕陽。歸來垂綉幕，不忍看春光。」頗有風致。

嘉應吴恩綸竹君，一字菊堂。某述其佳句云：「無酒無花逢上巳，傷春傷别未中年。」余曰：「此窮詩也。然窺見一班矣。」吴嘉慶癸酉優貢生，著有《其山草廬詩録》。

宋芷灣有句云：「生兒休識字，誤我是浮名。」此非少年語，又非晚年語，惟達人有此胸襟。

洪孝廉瑞元瑶圃，詩宗李義山。嘗自謂吾於玉谿生，入其堂奥，而不能出其範圍也。余謂洪學李未得皮毛，然筆勁於李，大約初學中唐，終轉宋、元派者。警句如：「放衙從吏懶，退院奈僧愁。」「訟少憐予拙，官貧喜自閒。」「租符飛似駛，民狀瘦如鳩。」七言如：「千里關河惟夢到，一官飄泊似萍浮。」語亦可採。洪官山東鹽大使。著有《雲在山房詩鈔》。

洪又有《題陶淵明集》一絶云：「揮麈無人問六經，儼從洙泗别門庭。西山薇蕨南山菊，兩地于今不斷馨。」余嘗書之扇頭。

前輩何藜閣太史自題《湖堤策馬圖》云：「南屏遠寺曉鐘清，愛向湖樓枕畔聽。今日曉寒鐘動處，漫騎欵段過西泠。」

《板橋記》：劉元齒亦不少，而佻達輕盈，目睛閃閃，注射四筵。曾有一過江名士與之同寢，元轉面向裏帷，不與之接，拍其肩曰：「汝不知我爲名士耶？」元轉面曰：「名士是何物？值幾文錢耶？」

相傳以爲笑。

柳敬亭，秦州人。本姓曹，避仇流落江湖，休於樹下，乃姓柳。善説書，遊於金陵，吴橋范司馬、桐城何相國引爲上客。常往來南曲，與張燕筑、沈公憲俱。張、沈以歌曲，敬亭以譚詞，酒酣以往，擊節悲吟，傾靡四座。蓋優孟、東方曼倩之流也。後入左寧南幕府，出入兵閒。寧南已敗，又遊松江馬提督軍中，鬱鬱不得志，時年已八十餘矣。余謂敬亭之輩雖有知己而不能用，是可哀也。

粤稱平人曰獠，新婦曰心抱，父曰爸，母曰嬭，子曰崽，子女未生曰穙。北人無此稱。

鈕玉樵謂杜工部《南鄰》詩「園收芋粟未全貧」，或作「芋栗」。芋粟不必植之園中，而芋與粟不當類舉。朱愚庵注杜，定作「芋栗」爲是。余往湖口，路經南陵，訪王進士。王請於山居，留宿具餐，雜陳野蔌，中有粉葉子，和醯醢以進者，王謂余曰此即錦里之芋栗也。芋似栗而小，山家率於冬月取實去皺，磨而溲之以水，然後用之。是知芋栗皆屬園果，況莊子《徐無鬼篇》所載甚明。益信杜詩無字不有來歷。芋，唐韵同苧，又象吕切，音序。

古劍詩甚多，余獨愛梁佩蘭一首云：「以我常時佩，神光尚不開。帝王乘運去，天地贈人來。正極愁魑魅，貧交薄貨財。誰從共生死，一日拭千迴。」似露霸氣而却不粘滯。

嘉應吴石華孝廉《東坡亭夜集》詩云：「闌干如水夜迢迢，冷到蕉衫酒半消。明月泥人遲不去，紫薇花下照吹簫。」此真詩仙也。

番禺李仁山學博表，少有才名。余最愛其《粤秀山登高》一聯云：「盛世何須論霸業，名山畢竟屬詩人。」

古人云：有筆有書。作詩之道，兼筆與書。但用典實填，便是無筆；用典不切，便是無書。杜少陵「讀書破萬卷，下筆如有神」，是得詩家三昧。

凡古人已作之詩，流傳至今，已推極軌。如杜少陵《秋興》、漁洋《秋柳》，斷無可擬。近人每每擬杜、擬王，篇中好句雖多，全非古人面目。蚍蜉撼樹，所謂不知自量也。

或云：五百年必有王者興，五百年不得一好僕。余曰固然。五百家不得一好猫，五百里不得一名士。余少語也，聞者當發一哂。

李笠翁名重海内，好山水，晚年卧病，仍夢戀湖山。嘗自署一聯云：「盡收城郭歸簷下，全貯湖山在目中。」

翔海師曾爲余作畫扇，馮磻泉先生題云：「割翠裁青拓幽霞，指點老樹鬱槎枒。天風蓬蓬入空洞，鐵幹虬枝嵌斷霞。」「相於稽攀混漁樵，一角斜陽鎖寂寥。隔溪人影不聞語，咫尺烟浮漠漠遥。」「漫天珠瀑懸瀉急，水氣噏空松關襲。糢糊緑陰寫零星，洗出嵐光活活濕。」「隱約墨痕坡陀赴，舉扇迎涼披雲路。記取山心未闌時，觸我獨立蒼茫趣。」

粤俗鄉闈搜檢甚嚴，或點名時，監臨叩有無帶文稿，對曰：「所帶甚多，只在肚裏。」聞者掩口。

元和周黼堂孝廉冕，性格極高，詩有狂氣。余愛其《梅花》一首云：「莫言開向百花頭，零落清姿共水流。今世無緣栽館閣，來生有願種揚州。孤芳未散魂應聚，老幹猶存夢亦幽。誰更騎驢尋舊約，只披鶴氅不披裘。」

呂秋農《白燕》詩云：「顧影每矜如我少，處堂深嘆得群稀。」似極平淡，而神味嚼之不盡。梁晴皋亦有聯云：「泥融柳絮巢初穩，翼剪梨花夢未醒。」

番禺李祖辰先生工制義，嘗十房同薦，擬作省元，以兩主試意見不合，留置下科，竟以諸生老。人知其帖括之工，不知其詩才之妙也。嘗有《咏雙燕》，落句云：「紅樓亦有懷春女，比翼歸來未免嫌。」固自明麗可誦。

顔君猷孝廉斯總，南海人。工古文，著有《吟秋草堂詩集》、《雨窗漫筆》、《國朝語林》。爲人無名士習氣，方之古人，有黄叔度、張思曼、阮嗣宗之風。卒年三十六歲，門人私謚爲和貞先生。余最愛其《調藥篇》云：「君疾嘗藥者惟臣，親疾嘗藥者惟子。老母殷勤調藥來，兒心得不慚欲死。兒從識字憂患磨，快意日少病日多。鏤肝鉥腎豈不悔，但兒所好莫是過。如今兒年已三七，抱書山寺窮呫嗶。母恐兒勞病復生，教以養心爲第一。」句句是血性語。生平佳句，如《久雨》云：「眠遲疑夜短，雨久覺春深。」《殘春》云：「事如短夢醒難憶，花到殘春賞不開。」《清遠舟中》云：「夕陽殘後猶隨柁，春水高時欲上帆。」《出都》云：「別人深悔辭家易，久住方知作客難。」《兖州道中》云：「秋聲蕭瑟全歸樹，落日勾留半在城。」《書懷》云：「妻子易爲寒士累，名山多負少年心。」數聯人多傳誦。

「石暗能妨路，瀾狂不受篙」，顔君猷《過昌樂瀧》詩也。余初不解其妙，丁亥舟中風雨大作，余亦惶恐，篙師束手無策。忽憶顔詩，爲之擊節再三。

黄同石詩肯着議論，而唐音盡失。集中懷古諸什尚有可採，若夫纖巧小題，有傷大雅，皆宜汰去。顔君猷論詩云：「詩道榛蕪數十年，月泉吟社誤時賢。惡詩多少人傳誦，絶倒黄同石一篇。」

戊子春初，余買棹樵西，徘徊水枕，忽聞岸上炮竹聲，輾轉不寐。偶憶順德令王勳臣竹川《元日放舟》詩云：「銅鑼喧擊放船輕，順水楊帆第一程。兩岸村墟容易過，耳邊炮竹尚聲聲。」

「有賦勿煩人作序，無田不畏吏催科」，遂寧張進士船山問陶先生詩也。余嘗見西樵某山家自署聯云：「詩文當自序，姓氏待人傳。」亦高士也。

順德令王竹川工書，生平墨跡，所過之處，紙絹盈案。著有《半笏堂吟賸草》。記其《秋闈分司賸録漫興》四首云：「暗投珠璧數難齊，原本糊名副本齎。倩寫匡廬真面目，預防相馬誤黄驪。三條官燭同燒燼，千佛名經待品題。胥吏也償文字債，兼旬矮屋類烏栖。」「書工筆吏戒無譁，食葉春蠶吐彩霞。萬卷尅期標赤幟，雙眸計日暈籠紗。朱衣留待堂中燭，丹篆吞殘夢裏花。自愧官非勾漏令，無端此地鍊仙砂。」「搔首攢眉料理難，七千文字大還丹。分場朱墨忙中校，代嫁衣裳錯處看。白紙糊名嚴取士，黄金潤筆累爲官。臣心如水門如市，簾外燈花照眼乾。」「是花是草眼中過，粤闈謄録，受人筆資則工楷，曰花卷。否則潦草，曰草卷。舌敝唇焦奈若何。書手厭稱文倚馬，官身纏似雉投羅。三條燭盡憐宵短，四疋嫌遲苦卷多。下筆春蠶貪食葉，伯英字法忌觀摩。」篇中佳句，亦足解頤。

順德有二事可笑者。凡早夭之男女，父母計其年之大少相配者，代爲婚嫁，與生而聯親者同異，謂之嫁鬼。又其俗好詩，村中兒女亦解謳吟。每聯詩社，謝教則用脂粉、香奩等物，以判高下。余有詩云：「鄉人多嫁鬼，兒女竟能詩。」

仲蓉賓，秦州人，柘庵進士之子也。早夭，柘庵刻其遺草，且序云：「予生兩女一子，今年五十有三矣。他無所望，惟望此子克承世業，爲娛老計耳。而今已矣，不敢爲卜氏之過于傷，亦不能爲澹臺氏之過于忍。爰命兩女檢其詩文，存若干首，訂正付梓。四方之大人先生倘憫此子之聰慧而夭折也，或加以品題，或附諸紀載，雖隔萬里，苟承郵寄，敢不北面泥首，敬鳴感激。」余哀其志，因録蓉賓之詩數首。《小孤》云：「粵南遥望尚迢迢，江路三千一客船。秋水茫茫天欲老，小孤山過已無潮。」《南陵道中》云：「龍山一帶樹層層，白鷺飛邊水色澄。兩岸蓼花紅一色，輕舟低礙釣魚罾。」《送燕》云：「纔到清秋故故飛，憐他雙翅掠斜暉。白門舊有烏衣巷，君向江南何處歸。」《大通烟雨》云：「秋烟秋雨壓江流，彷彿尋秋到莫愁。却怪隔船聲潑剌，鸕鷀飛過蓼花洲。」

蓉賓之詩咏物太多，余最愛其《紅茶花》一首云：「憐他小字女兒紅，一樹亭亭曲苑中。天上茶星照南海，人間錦段落東風。却嫌對我渾如醉，欲倩伊誰着意烘。回首故園殘雪裏，瓦盤綽約染春工。」

凡學古詩須淡而文，簡而永，方能感人。余愛顔嘉猷《慈烏篇》云：「慈烏將數子，結巢古城東。雛成能反哺，漸覺羽毛豐。饑來出求食，沿牆拾蟻蟲。所得誠細微，不救飢腸空。昨日遠村落，穫稻連雲同。晨出暮始歸，烏啼向巢中。東家有高廪，側聞粟已紅。嗟尔須幾何，待請主人翁。百金買鸚鵡，十金買雕籠。何曾吝飲啄，爲賞語言工。」又《拙鳩篇》云：「中庭有鵲巢，結構最高枝。綢繆及未雨，艱苦不敢辭。忽來拙鳩鳥，窺伺幾何時。一朝投閒隙，入室遂乘危。遺矢當巢中，百技不得施。

鶻歸無處所，嗚號向天悲。鷹隼不于事，徒負雄駿姿。義憤無由伸，陰狠空再爲。維鶻不必怒，維鶻不必欺。會有孤飛日，横遭挾彈兒。」

「老猶嗤佞佛，貧亦諱言錢」，陸劍南語也。凡人衰耄之年，皆深信禍福；落拓之日，必計較錙銖。二事皆人不免，放翁之胸襟廣矣。

梅花詩不易動筆，而古今人每欲賦此以争長。王竹川云：「唐宋名人皆粉本，元明高士共禪機。」可謂包一切，掃一切。余謂林和靖「疎影横斜水清淺，暗香浮動月黄昏」，惟此聯可稱絶唱。「僧有俗情談熱宦，客留古意讀殘碑」，王穀生詩也。余嘗遊一寺，見某僧趺跏對客，門外車馬接跡，余呼之不應，因題王詩壁上而去，後僧見之甚愧。

番禺陳仲卿曇，粤之奇士也。人負才倜儻，而詩獨幽深。著有《海騷》四卷，南城曾方伯燠賓谷先生題詞云：「交廣故楚庭，謳吟多楚聲。工愁復善怨，無過陳仲卿。擬騷良已苦，讀騷難爲情。問君何爲然，君亦不自明。古來爲楚辭，我能舉其名。以意逆其志，皆得其平生。荀況去蘭陵，荆軻過易水。項王别美人，漢帝舍愛子。長門或深閉，團扇或輕委。烏孫或不歸，青冢或竟死。亦有賈太傅，投文湘水流。亦有王公孫，作賦荆山樓。潮州訟風伯，乃爲雲雨愁。柳州招海賈，乃爲舟航憂。此情均可傷，此類蓋非一。吾於千載人，獨不解長吉。本無騷人遇，而有騷人筆。懷古何綿綿，傷時何戚戚。前賢萬行淚，盡向錦囊出。仲卿將毋同，吾勸君不必。豈不聞李生，幽憂迺致疾。贈君無爲藥，飲君淡泊湯。安君恢廓宇，坐君寂寞牀。匪爲延壽命，事業不可量。賡歌到虞廷，此道其大光。」

鄭潤善畫，能摹古帖亂真。孫補山制府命繪《南征圖》，人馬皆如豆大，遂嘔血死。

李東田孝廉自序《青梅巢詩鈔》云：「未暇規橅曹、劉，追踪顔、謝，胸中不存古人舊詩一句，直舉襟情，絶去依傍，特不合作。詩真種子墜落耳。」劉廷楠刺史云：「余觀東田少年之作，逸情軒舉，如天馬行空，不受羈勒。辛酉以後一變，而旨遠思深，不涉蹊經，自饒風骨。近體在長慶、大曆之間，古作溯黄初、建安而上。」數語可以定東田之詩。

杭州僧嘯溪，南屏詩僧小顛之徒也。嘯溪嗜吟詠，著有《口頭吟集》。阮芸臺參政公題云：「漫將衣鉢説南能，七代詩傳百代僧。鐘後月前明不斷，南屏深處一詩鐙。」生平佳句如：「往事欲憑杯底問，新詩重向畫中看。」余最賞心。

「問字客來還載酒，送花人到並催詩」，吕鳴元茂才詩也。「問字客來斜日後，著書人老落花中」，劉湘華孝廉詩也。二聯風味相似。

葉竹庭明經廷樞，南海人。著有《芙蓉書屋詩鈔》。竹庭性高雅，不慕榮利。所居楊柳溪邊茅屋數椽，芙蓉環之，過者莫不知爲明經芙蓉書屋也。余最愛其一聯云：「月到天心潮未上，風摇帆影夢初醒。」

「一第登天難，萬事浮雲輕」，潘伯霖詩也。伯霖工時文，詩亦清新，書學柳而得其骨。性高雅，爲人有名士風。今年逾五旬而累困場屋，可不慨哉！

東田詩多奇句。如《新淦縣》云：「牛羊雜樵徑，雞犬上漁船。」《白雞灘見月作》云：「澤大生蛇虎，山深聚鬼神。」《雄關》云：「日色沉高柳，風聲壯大河。」《新堤》云：「居人臨水勢，行客帶山光。」《綠蘭塘》云：「亂楓圍馬棧，孤艇晒魚罾。」《小陷隍》云：「海盡惟通樹，舟行半在花。」《野望》云：「谿高喧獨樹，月大失多星。」《官倘道中》云：「樹荒迷鬼鳥，村午賣人熊。」七言如《陸安途次》云：「芳草夕陽牛舐犢，野田新水鴨呼名。」《雨泊豬阬》云：「滄波瀰漫蠔爲屋，古嶺幽陰鳥食人。」《丙村》云：「屠人倚樹分蛇肉，獵户沿墟賣虎皮。」《江濱》云：「水竹青黄和霧冷，山花紅白入秋新。」數聯鍾幽鑿險，用意求新，究非大雅所尚。

粵俗，清明日群起踏青，訖一月復應其日，家家以饊子薄餅奠其先靈，謂之閉户。俗例不知創于何時，余謂此亦子孫追遠之誠也。苟有禮，吾從衆。

陳仲卿人多稱其狂，余謂此人胸次磊落，有不可一世之概。記其《自題小像》八首云：「玉貌先生識者稀，此時獨立想非非。可憐天下人皆瘦，何忍閒身獨自肥。」「不必詩才占鬼仙，狂來亦可上青天。曼卿拍手長源笑，我落人間廿二年。」「寂無言處豈無情，滿腹精神紙上生。何怪友朋平日説，此君如上玉山行。」「天地生才亦草萊，頭顱如此不須哀。丹青狀得靈臺出，一物何曾入眼來。」「此心於世本無求，敢説人間第一流。玉作精神金作骨，平生何處肯低頭。」「詩家着手亦成春，不似丹青寫更真。攬鏡證來還自問，不知如我是誰人。」「面目生來本自奇，不曾長爪却通眉。要知一往情深處，想見添豪欲活時。」「前古蒼茫想入微，九原可作與誰歸。雲臺麟閣今無分，且作人間大布衣。」

黎竹賓孝廉留心制藝，詩著有《蝸寄廬吟草》二卷。殁後，嗣君以詩托余選入詩話。余録其《珠溪》六首云：「不到珠溪十二年，幾人今已早生天。重來正值清明節，麥飯棠花飛紙錢。」「十載回思易斷腸，消磨綺語剩蓮香。無因偶聽舟人説，始識情緣屬孟陽。」「一枝孔翠小金鈿，笑簇金錢翠幙邊。今日寂寥人已遠，梨花如夢柳如烟。」「風月愁根付寂寥，藥香燈影話殘宵。兩家情緒無人識，一夢揚州廿四橋。」「漠漠春陰淰淰風，定香亭北綺園空。就中子滿陰成處，愁絶桃花寂寞紅。」「金碧層樓細雨中，樓前芳徑展三弓。年來無限滄桑感，惆悵淩虚一笛風。」

人以數目名，咏數目即咏人，倍見惢態。何太史藜閣有《贈妓阿六》詩云：「群卦謙皆吉，坤儀許共參。鼎惟呈兩兩，數已協三三。色映湘帬麗，聲從嶰谷探。他年生驥子，三索倍宜男。」余家伯躍門即步韵云：「色空飛不定，瑞雪喜同參。種柳門添一，吟秋歲再三。巫峰剛半現，珠樹恰重探。五貌蓮花似，根清可索男。」藜閣甚欣賞之，並書團扇以贈。

順德蘇桂舟馥召仙問終身休咎，乩判以詩云：「若耶溪畔故鄉歸，折得瓊枝桂殿棲。馬上宮娥送衣帶，太平關外守長堤。」氣象雄偉，不知將來作何應兆也。

劉澗枏大令遵陸《外簾五所》詩，極有意趣。《受卷》云：「積薪堆裏手頻披，編次還同束筍規。不問妍媸都列畫，盡留名姓待題碑。卮原是玉常防漏，墨本如金惜到遲。籤領後先魚貫出，魯諸生自習朝儀。」《彌封》云：「見尾何曾首見龍，分明尺木白雲封。痕留針線全無迹，字認標題尚有踪。山霧重時斑盡隱，囊錐脱後穎纔逢。誰憑老眼披金屑，大冶由來一氣鎔。」《謄録》云：「豈是城中盡化人，脱將凡骨轉存真。劉晨大半迷前度，長吉原來有後身。著到緋衣都稱體，濃添翠黛更含顰。乘槎競欲歸天上，要路先通析木津。」《對讀》云：「清秩渾如校石渠，肯教燕燭誤傳書。文章奇欲搜鼫鼠，字畫訛應訂豕魚。浮白引宜長夜讀，硬黄留作帶經鋤。才人漫學相如體，孰賦淩雲孰子虚。」《掌卷》云：「大千君子尚名流，夜數星文焕女牛。佛盡登場留半偈，仙如求侣羡同舟。此所衹二員。屋多牀疊宜稱夏，日抵年長不計秋。莫恨蓬山塵隔斷，英雄猶是彀中收。」

茅洲詩話卷四

子虎居士著

皤泉馮孝廉品格極高，經學純粹，詩講〔格〕律而不事浮艷。嘗有《鄒嶧道中奉贈浙〔江〕吴孝廉持泉施孝廉辛蘿》二首云：「相逢山左話班荆，雁影天涯序弟兄。縞帶初通僑札誼，醇醪猶見普瑜情。秋風兩度鵬同化，春樹千重□最明。我亦丁年輸弱冠，聯鑣還欲請長纓。」「望若神仙小玉郎，六朝裙屐拂垂楊。河梁侶伴追蘇李，江左風流見謝王。萬里春深茅店月，五更寒透板橋霜。時來促席思鄉國，越水珠江各斷腸。」七律猶見盛唐遺音。

「木當朽處難雕宰，金到堅時易鑄顔」，天閑馮孝廉駒詩也。此聯斧鑿痕未免太露。生平傑句如《〔題〕畫》一聯云：「敲殘棋局曾□□，悟到詩□已□□。」□稍大雅。

天閑性多感慨，生平鬱抑，每寄諸楮墨間。余愛其《寂寞行》云：「寂寞復寂寞，書劍飄零何所托。男兒四十不成名，年華待老將何若。天生我才必有用，胡不化爲梁與棟。清廟明堂位置宜，畫桷雕楹勝任重。不然控鶴或騎鯨，遊遍仙人白玉京。隔座吹簫秦弄玉，當筵度曲許飛瓊。胡爲跼促如乘馬，絡索籠頭寄轅下。風塵奔走年復年，驥足豈是長驅者。君不見，相如當壚曾滌器，駟馬高車終得志。又不見，季子金盡貂裘敝，富貴歸來親戚畏。人生遇合會有時，得莫喜兮失莫悲。歌成擲筆向天笑，雲烟過眼争交馳。」

余性好佛，無事即芒鞋竹帽，參禪于山水間。嘗見□□寺，欲染翰題壁，忽憶天閑孝廉七律二首云：「欲尋香火證前因，古刹摧頽墮劫塵。解脱盡歸無我相，空明全現宰官身。半緣風雨僧趺坐，四壁松杉月作鄰。清磬數聲鐘幾點，往來猶得賺遊人。」「爲款禪關結浄因，蕭條古寺委紅塵。佛門自闢無邊境，人世難留不壞身。貝葉曇花誰作主，寒梅修竹自爲鄰。年來欲證菩提訣，静掩柴扉學避人。」

天閑言《死央石》一篇爲生平得意之作。云：「何處飛來兩死央，化作漢江一拳石。雌雄相對復相隨，戢翼雙雙才咫尺。生生死死無别離，矻立豈憂形骸隻。若非魏殿瓦化成，豈是韓偓相思魄。我聞自昔曾存洋，縣中，死央壩上留遺迹。順流遂至紫陽城，枉在江濱如安宅。形容酷肖石猶存，並宿緑莎永□□。豈因難斬斷情根，寧甘死碎心常赤。霜雲年年已幾經，不爲多情也頭白。弄影隨流得自如，莫遣金籠相困迫。來經此地偶停舟，惱煞天涯思歸客。死央石兮石死央，其將對峙千秋永無隔。」

狀元盛於江南，梨園亦然。余謂粤梨園少佳者，而一狀元江南不敢仰視。或問之，余曰：「江南有牡丹狀元乎？」其人縮舌而退。

金琴泉，杭州人。壬辰秋始與識面。嘗自誦其《雪美人》佳句云：「美人何以冷心腸。」七字頗稱老手。

天閑詩云：「傲骨豈容天挫折，窮途難免鬼揶揄。」詩至此可謂無聊之極。但人窮然後有這等語，少年勿蹈此習可也。

客中景況，當春雨陰濃，多作沉悶之態。天閑《梨園餞春》二首云：「底事匆匆去太頻，樓頭惱煞惜芳人。夜來幾點梨花淚，不是傷春是恨春。」「無情風雨打窗紗，杯酒天涯去路賒。從此柴門深鎖閉，莫教飛絮到兒家。」

越秀山，羊城都會也。每逢佳節，遊人如織。壬辰秋，余登高書懷四首云：「忽聞九日話登山，百尺層梯路可攀。鐘鼓有聲臨上界，樓臺倒影落人間。題糕我輩渾忘拙，賒酒兒童惜未還。日午禪房茶正熟，招僧談笑碧松關。」「呼鑾道上越王臺，襟帶山河氣壯哉。海闊遠分嵐影現，天高時聽雁聲來。幾人酩酊酬佳節，千古英雄讓霸才。最喜登臨雙脚健，滿山紅葉野花開。」「俯視羊城數點烟，五層樓閣逼諸天。雲低珠海三千浪，身寄羅浮四百巔。黄菊有花還笑客，青山無主不論錢。登高此日堪乘興，再閏重陽七十年。」「平原入目氣颼颼，傍晚歸來興未休。勝地約尋重九會，名山猶似去年秋。同行客散追禪侶，題壁詩存感舊遊。兩度重陽須記取，等閒笠屐爲君留。」馮磻泉孝廉和韵云：「秋容黯淡入孱顔，嘉有同人舉足攀。古道猶存歌舞處，雄風幾閱霸王間。江天漠漠征鴻急，雲海茫茫倦鶴還。我未登臨舒老眼，東籬對菊任門關。」「萬家烟火抹城隈，鎮海樓登亦快哉。自昔仙人持穗至，於今楚客咏籬來。玉山舊號追前跡，糕字新題擅逸才。恍似秋香亭畔景，拒霜花早爲君開。」「淺碧深黄畫轉妍，楚庭何減洞庭天。鵷雛曾覽賁禺麓，雁翅宏開越秀巔。袍拂霜輕囊佩椒，酒添桑落杖携錢。東行更有菖蒲澗，九節餐來驗永年。」「海闊天空一望收，況逢佳節肯歸休。杜陵詩客藍田老，滕閣文人畫棟秋。信有名都繁會勝，相將華館賞心遊。所來徑渺堪回顧，知閏疎桐葉尚留。」名流和韵甚多，馮孝廉則先聲也。

「肝膽平生三尺劍，乾坤經濟一詩人」，呂秋農詩也。余聞其言而壯之。

東坡謂：「日食荔支三百顆，不妨長作嶺南人。」余生長粵城，每年食荔不滿一百，坡公所謂性嗜羊棗也。

湘浦弟夜坐，得五字云「孤雲穿月出」，尚少下句。時暮雨初霽，余曰：「何不『殘雨帶風收』？」《禮》云：「鄰有喪，舂不相。里有殯，不巷歌。」外省人多鬧喪，粵東近亦習染成風，遇喪者之門，則洋洋盈耳，此亦人心之薄使然。

百紫蓮，粵從前無此花，唐至明詩人亦無詠及者。蓋其種洋人來也，採之以補《群芳譜》之未備云耳。

袁子才至粵，造黎二樵之門者七，竟不獲見。二樵又有書以誚之，是皆已甚，君子不爲也。熊孝廉荻江書畫兼工。嘗見《北遊》舊句云：「東阿楊柳客中看，二月輕風剪剪寒。遲我吟鞭好春色，杏花如雨撲征鞍。」

「纔過寒食又清明，幾日雲陰雨滿城。莫上越王臺畔路，木棉春老鷓鴣聲」，此余清明詩也。夢中嘗爲人畫扇。

謝里甫太史好釋道，一日趺跏半晌，傾倒地下，猶自念佛不衰。嘗言：「活」字傍三點，如佛吞一口水，而活三千人。幻哉！

粵俗秋天多放紙鳶，竟有作美人、鯉魚等狀者。余謂美人如嫦娥逐月，猶可登天，若魚，則何以躍於千萬仞之上乎？吴縠人詩云：「偷將慈母線，送入大王風。」可稱細膩。

余十三歲時，鼎伯招飲，席上有關某者，大醉。張屬聯云：「關公飲出關公面。」一座擱筆。

一夕，余早起，風雨漫江，蕭瑟滿目。《偶題秋曉寄友》云：「一夜羊城雨，茫然天地秋。不知江海闊，夢到水邊樓。鴻鵠自高舉，雞蟲何所求。與君同落落，散髮弄扁舟。」

余嘗白雲掃墓，有七古，起云「五百年前墳上墳，人生天地人葬人」二句，今忘全首。故人屢索詩稿，他日當追憶之。

肇慶陽春女史謝芳瑞有詩集，雨村李提學作序，稱其詩冲容大雅，淘寫性天，非塗脂抹粉作閨闈兒女態者。余愛其《舟中偶作》云：「江村十里小橋西，落日輕帆過短堤。正是晚晴風物好，野花開處鷓鴣啼。」《秋晚閒居》云：「三徑晚風寒蟋蟀，半階秋色老莓苔。」《弔朝雲墓》云：「萬里投荒依故主，六橋無路續前緣。」五言如：「蜃氣通波渺，鳶飛逐浪輕。」「馬足兼泥滑，雞聲帶雨寒。」又《漁父》七字云：「野橋秋雨泊蘆花。」《村居》云：「地有寬閒且種花。」俱有清氣。謝氏父，解元仲坑。子劉世馨，現官廣文。

番禺傅雨蒼字築岩，爲人有奇氣，精醫好詩。集中余最愛《感懷》四首云：「我本禺山識字農，不求聞達性疎慵。蒼顔未得還丹訣，白眼難看媚世容。翰墨無緣偏要結，風流有命幾曾逢。行藏寶劍從吾好，六十年來百錬鋒。」「老去耽吟興未闌，行年六十且加餐。果堪淡泊居貧易，絶少逢迎入世難。

命可强求非造物，骨能全换是金丹。橫琴三尺空長抱，不遇知音不肯彈。」「但得逢時拙亦工，曲高和寡自難同。囊慳不作王戎癖，裘敝常師晏子風。跨灶未能非俊傑，執鞭寧願望豪雄。天心默默憑誰問，窮達由來定此中。」「丈夫志氣本疎豪，肯受人間贈綈袍。薑桂性辛偏耐老，鵾鵬翅大要飛高。人無孔孟書誰讀，世有軒岐病可逃。清白傳家惟此業，藥囊香滿付兒曹。」

廣州梁秀才梅有《南漢宫詞》云：「流花橋下水源通，日日流花漾水紅。想見彩娥都被幸，無人題葉向深宫。」「窄袖蠻腰舞態工，眉稜如月髻雲鬆。近來新進波斯女，壓倒樊家女侍中。」「太湖石上月模糊，熠耀宵行鳥不呼。枕石沉眠花露冷，無人喚醒媚豬奴。」三首可稱絶唱。

嘉應李秀才光昭秋田有《冬入塾》樂府一篇，節短韵長，力追漢魏。詞云：「冬者歲之餘，塾中吾有書。讀書何必計冬夏，誰識吾身本耕者。吾家八口日食惟吾求，力田總在春夏秋。西疇幸獲有秋喜，飽食奚堪負圖史。摯我昆季兒姪兼友朋，皋比自坐冬烘生。冬烘生，冬入塾。朗朗書聲生破屋，梅花香斷吾吟續。」

粵俗歲暮多炮竹聲，所謂「炮竹聲中一歲除」也。小除後以牲醴祀先會食，爲團年。數日有南風燠日，曰送年。除夕，卑幼拜長者，曰辭年。邇來度歲甚寂，鄉里富厚者，門閭炮竹甚少。蓋人世榮枯，子弟亦不敢好事也。

詩須活脱。夏孝廉時彦《咏蒲葵》云：「自落人間無熱惱，但來江左便風流。」有不即不離之妙。「細雨鶯聲離別路，夕陽人影短長亭」，顔桂馨先生《春柳》詩也，佳句不可多得。

「管氏三歸」，《集注》謂臺名。或謂算家有築三歸臺法。或謂民歸之，左右與之。或以爲取三姓之女。諸説紛紛。余嘗論管子作女閭三百，以色悦人，其惑於色。可知當從娶三姓説爲是。

元夕雨是人人同惡，故粵俗駡人，有「元宵雨，祭幽風」之話。嘗讀陳其泰先生《元夕喜雨詞》云：「金錢剛買蠟花明，天意偏教雨到城。散盡六街簫管韵，茅檐譜出太平聲。」着議甚高。

門神每歲一换，粵俗謂僕隸爲門神貨。按《荆楚歲時記》：繪二神，貼户左右，左神荼，右鬱壘。四字讀「申書鬱律」，皆桃神。嘗見徐克謙先生《門神》詩云：「傳是淩烟畫裏身，英雄骨相總如真。衣冠近日猶遵古，面目經年又换新。笑爾徒爲門外漢，恰能長動路旁人。公侯故第雖零落，尚借鬚眉傲比鄰。」

樸石《古驛見梅》詩：「驅馬度荒驛，暗香迎袖來。誰知萬古月，獨照一枝梅。塵鞅幾時息，鄉心今夜灰。平生愛幽獨，青眼爲君開。」

宋子京詩：「簫聲吹暖賣餳天。」餳當是今之湯圓。粵城寒食亦有製者，惟不滅火烟耳。此餳用今之梅桂糖造，甚佳。

辛卯冬，余過白雲安期祠，訪楊道士不遇。同人索詩，余口占云：「仙子餐霞去，秦王道不成。可憐蒲澗水，今古一泓清。」時夕陽下山，留詩題壁。壬辰清明掃墓，又過楊道士之門，視其壁，詩詞林立，惟余稾失去。問之，楊曰：「此詩皆門外漢，君詩余以錦囊貯之矣。」款接甚厚。道士新會人，號志水。

廣州人有喜事，戚友多造粉果相送。其製先用稻粉一二升作團，後剥粉少許，搓成盞樣，以蟹肉、冬筍等作料，然必精細。袁夢堂元旦添孫，造粉果，即名阿果，亦是韵事。

柳宗元詩：「綠荷包飯趁墟人。」余初以爲尋常野味。一日，友人以荷葉飯相饋，並題柳詩盒上。余食而甘之，且復書云：「君能日日相送，余亦不妨作『趁墟人』也。」得書者噴飯。

《荆楚歲時記》：立春日寫「宜春」二字，貼於門庭楣柱，故唐詩有「欲剪宜春字，春寒入剪刀」之句。近人多寫吉祥語，去古遠矣。

粤中近有蟹爪水仙，屈其葉如蟹形，余家多種之。然水仙詩罕見佳者，惟番禺梁箠珊明經國瑚一聯云：「邀月與誰盟白水，添香陪我讀《黄庭》。」可稱絶唱。

張曲江近日子孫甚微，多爲人家傭工。余嘗攷景德三年正月丙戌，張公九世孫元吉詣闕，獻明皇墨跡，立張公寫真告身，詔以爲撫州文學。見《燕翼貽謀録》。此後無人繼起者。

余襄敏公詩有「長安少年子，不信有衰翁」之句，感慨言之。翔海師云：「昔之白頭翁，今之青髻蟠。」亦警絶。閲世生人，閲人成世，往往如是。

襄敏又有句云：「農家榆莢雨，江國鯉書風。」可見公之能詩。近黄孝廉文園任曲江廣文時，嘗取張、余二公詩合稿付梓。余詩甚少。要之公德業巍巍，非徒以詩争長也。

詩須有味，令人作十日想。昔荀令君至人家坐，幙三日香氣不歇。白樂天食防風之粥，七日而口猶香。詩若率直説去，食之無味，何能令人咀嚼。

帝王稱堯舜，良佐稱伊旦，詞臣稱班馬，詩人稱李杜，文家稱金陳，千古不易定評。夫人不患無才，患無專稱耳。

粵中梨園本外江班，官家多看之。此外本地班有瓊花會館，在佛山，子弟竟有每年售身價二千餘金者。謝太史里甫先生嘗言：「人生讀書，不若演劇身人。詞館掌教書院，一年多則千金，少則五百，何嘗有至二千之數？」書院指粵秀、越華、羊城言也。其好謔如此。

凡看人詩，須仔細玩味，以己意揣度數日，然後下筆，稱人美惡。若苟且了事，必招物謗。嘗按《宣和畫譜》，記閻立本嘗至荆州，視僧繇畫曰：「定得虚名耳。」明日又往，曰：「猶是近代佳手。」明日又往，曰：「名下定無虚士。」坐卧觀之，留宿其下十日不能去。若閻一看即回，其不爲清議所擯者幾希。

近日注詩有甚可笑者，不問年代相去遠近，只是東牽西扯，便來下筆。如李義山《送崔珏往西川》詩云：「一條雪浪吼巫峽，千里火雲燒益州。」注者則引徐凝《瀑布》詩「一條界破青山色」以證「一條」二字。按徐凝與李義山同時，李雖獺祭，豈至用凝詩以爲典故。况「一條」二字何人不曉，亦必據實其爲典乎？然則「天地人物」四字何典？若欲證之，則恐引之不盡。所謂高叟不可與言詩也。大凡詩要注必有許多敝漏。古人或有時典僻故，略略注明，爲閲者易看起見，未有於尋常字眼而必注者也。

佛法三千世界，八百威儀，出家人聞釵股聲即便破戒。近世和尚徵逐名利，於俗家殆有甚焉。其間行事多不可知，又豈止聞釵股聲耶？故法惟佛門設，亦惟佛門壞也。粵自六祖寂滅後，殆無人悟風旛之旨者。達摩以一葉渡江，遂將菩提樹植光孝寺。寺即虞翻故宅。其樹乾隆戊午爲大風所拔，後海幢僧澄波新植小株，欲以不忘本根也。菩提紗晶瑩可愛，僧多寫《黄庭經》。余少時僅得二頁，重之如吉光片羽。

詩有確切不移者。如張綸先生《簾影》云：「明月恨人剛捲後，夕陽歸燕未鈎時。」又黄子安詩云：「二分月色留殘夢，一綫花魂返妙香。」移不得去他處讀。

盧綸《晚次鄂州》詩：「估客晝眠知浪静，舟人夜語覺潮生。」與東坡「水枕能令山俯仰，風船解與月徘徊」句同工。又《長安春望》詩：「家在夢中何日到，春來江上幾人還。」與杜甫「江上形容吾獨老，天涯風俗自相親」句相似。名家與大家雖分門户，有時亦相仿佛。

詩中善用一二虚字，便有許多委婉，此非有意造得來。杜少陵《宿府》詩云：「永夜角聲悲自語，中天月色好誰看。」「悲」字、「好」字如藕絲，不連不斷，令人從容玩味。杜陵外亦難得此。

詩須百鍊功成，而後老嫗能解。若笑人淺易，反求幽奥，則又是學詩者一笨伯。故詩推李、杜，非謂其深渺難曉，正愛其與物理人情一一闗會，可以登之清廟明堂，可以求之愚夫愚婦。然此不足爲初學多贅也，是在解人自悟矣。

唐初，官多賜金魚袋。天授二年，改佩魚皆爲龜，三品以上龜袋飭以金。李義山詩云：「爲有雲屏無限嬌，鳳城寒盡怕春宵。無端嫁得金龜婿，孤負香衾事早朝。」與王昌齡《閨怨》詩「忽見陌頭楊柳色，悔教夫婿覓封侯」之句同意。

詠史詩有不明斥其人，而字裏行間顯懲其罪者。如明袁凱《題李陵泣別圖》云：「上林木落雁南飛，萬里蕭條使節歸。猶有交情兩行淚，西風吹上漢臣衣。」沈歸愚稱其詞婉意嚴，李陵之罪自見。「漢臣」二字，《春秋》之筆。

同硯何鐘英蘭皋，嘗示余以令祖雲濤先生海陽送行詩録。蓋先生宰休寧時，以大計得下考，鎸一級，歸粤，紳耆以詩詞相送。集中佳句，美不勝收。先生《留別》詩云：「宦途險仄喜今平，壯志依然暮景呈。廿載簿書爲日久，十年計典得身輕。居官莫辨仙和俗，勸學惟慚闇未明。是處山川皆毓秀，彼都人士尚推誠。」「筵開泮壁真嘉會，詩吐珠璣盡至情。别後一心懸兩地，何時千里話三生。芸窗努力追先哲，蕊榜高秋數令名。君記念余須自念，勿將雲路滯遐征。」

客中常多無聊之思。賈至《度隴思家》詩云：「隴山鸚鵡能言語，爲報家人數寄書。」岑參《逢入京使》詩云：「馬上相逢無紙筆，憑君傳語報平安。」二聯一樣苦衷。

王元美謂柳子厚本工於詩，又經窮困，益爲之助，柳州之貶，未始非幸也。詩窮而後工，信然。

諺曰：「在家千日好，出路一朝難。」余在家日多，而讀前人出路之作，亦覺怦怦心動。岑參詩：「走馬西來欲到天，辭家見月兩回圓。今夜不知何處宿，平沙萬里絶人烟。」當局未知何如，然讀詩者儼然身在萬里矣。

温庭筠《過陳琳墓》詩云：「莫怪臨風倍惆悵，欲將書劍學從軍。」陸放翁《自勵》詩云：「切莫輕書生，上馬能擊賊。」兩意雖同，而神氣迥異。

子由册封〔琉球〕〔契丹〕，寄坡公詩，有「逢着胡人問大蘇」之句，可知外國亦仰慕名士。

中秋夜，粤俗柚燈，雕刻甚工。前歲聞并州出會，柚燈一百盞，每盞花樣不同，人心巧妙，至於此極。

余性好屐，雨中不離頃刻，路旁有以農夫目余者。嘗即事一首云：「疎疎細雨長菰蘆，秋入江城野樹枯。最喜晚晴歸着屐，旁人笑我是農夫。」

粤俗看戲之地，謂之子棚。余《梨園雜咏》有《子棚》詩云：「坐分男女别西東，打破慳囊一擲空。香氣似雲吹不散，家家人啜水烟筒。」

吕孝廉培荔帷先生，余初啓蒙師也。書畫兼工。在都時，曾以丹青進呈，賜緞二疋。相傳御座至今尚留真迹云。

《趙元郎》，梆子腔也。演趙太祖事，如此俚俗，似不可入詩。某有句云：「不成廣調不崑腔，擊筑彈絲日日忙。昨晚街頭挑菜過，一聲高唱趙元郎。」語意甚新。

粤歌甚多而詞不雅。余最愛一闋云：「科舉秀才取紅豆，相思及早辨前程。黄菊花開九月九，枝枝花葉有娘名。」「富貴榮華且莫求，人憑年少作風流。金玉滿堂閒富貴，留個聲名著後頭。」「錯畔行過蘇興巷，魚通水透到花街。木犀花發香十里，蝴蝶聞香水面來。」

謝里甫太史工大字，羊城坊額半出其手。廣州府學宫有「嶺南第一儒林」六字，城西有「獅子禪林」四字，城東有「東明寺」三字，俱生平傑作。晚年多令次子堯山先生代筆，然家學淵源，規模不減父風。

詩窮而後工，有時不窮亦工者。如王漁洋先生一生俱處順境，何曾涉半個窮字？太史公云窮愁始著書，非著書必窮也。

鼎湖弔鐘花，本尋常野卉。粵城歲暮，則花市間與水仙並售，價之輕重視花多少，有時賤如草芥，有時貴如牡丹，物之不齊也。

陶詩謂：「會得琴中趣，何勞絃上聲。」又謂：「好讀書，不求甚解。」世多借此塞責。不知古人説詞之妙，俱要反面着筆。試觀今之樂工，終日絃不離手，果能會曲中之趣否？今人口耳之學，終日尋章摘句，果能不求甚解否？凡作詩當放此心於活潑潑地。

《論語》子路問津一篇已開《桃花源記》之先聲，春風浴沂已創蘭亭會之韵事。後人習焉不察，遂被陶、王二君瞞過。

區偉川孝廉制義少稱作手，詩極雄渾而不恃才情。如《江中即事》云：「浩浩大江流，天風鼓柁樓。泉聲千道落，沙篆一痕留。短景催殘臘，他鄉動旅愁。攜壺思買醉，擊楫過潮頭。」《十八灘》云：「如犬復如羊，聲喧亂石旁。一篙争水勢，九折擘波光。氣挾蛟龍怒，珍疑蜃蛤藏。燃犀真可照，直欲剖洪荒。」

「吟成一箇字，撚斷幾莖髭」，苦思故也。然如温八叉、白香山輩，不必僞作此等模樣。

《左傳》陳氏、鮑氏之圉人爲優，此即演劇之始，優孟衣冠繼之，唐梨園繼之。及今歌舞日盛，聚族而處，幾千萬人。庚寅秋，余家演《泰新鳳》，有總生劉梅，氣象迥異。問之，士夫劉統基孫也。梅曾任外委，家事淪落，置身伶工，傷已。杜甫《丹青引》：「將軍魏武之子孫，於今爲庶爲清門。」王、謝堂前，每深感嘆。

曾大楠魯根好畫，嘗繪秋景，自題云：「古木蕭蕭人境外，秋風吹冷此時心。」語極幽峭。

順德何大任莘廬工書畫，於花卉尤講究。所得筆資輒爲歌舞之費，以故家無甔石。莘廬與家伯磐石厚交，嘗作畫册，並題云：「故人好在重携手，明月多情倚畫樓。」亦粤中之高士也。

某采菊圖，吴時敏卧廬先生題云：「浮雲富貴是耶非，老圃寬閒菊正肥。今日秋深人意淡，拈花無語挈籃歸。」又蔡勳槐卿先生云：「竹笠棕鞋似我裝，君偏閒暇我偏忙。勸君不必携籃去，歸插黄花滿鬢香。」二絶别饒風致。

南海招香浦茂秀健升嗜吟詠。記其《宿白雲山》句云：「半榻野雲寒透骨，一簾山月白依人。」亦清逸可誦。

順德李舍人清華潄緑，解元高魁先生次子也。嘗言其母始歸時，某屬聯云：「二八佳人，此日于歸，逢八八。」時八月八日也。對云：「連元秀士，他年待詔，子元元。」未幾高魁。先生奪解後數載，潄緑亦登鄉榜。

羊城大字必推謝里甫，詩學必推張南山，畫法必推黎二樵，合而爲三絶。此外更有温遂之竹，吕荔帷蘭，吕隱嵐竹石，招子庸蟹，張思齊梅。小楷則孔幟亭、黄秋浦，隸書則黄虚舟、劉樸石、劉三山，允稱妙技。

栅頭翠林園，羅氏所築。四時車馬絡繹，内多名公書畫。嘗見某公題句云：「天邊鳥過月在水，江上人歸花滿船。」

《歲時記》：東京七月一日置乞巧市。粤俗：七夕女子未嫁者，多穿鍼，席上以小盤種荳花、稻麥之類，古人所謂種生也。

粤俗：七月六夜多事乞巧。余不識始於何時。偶檢《容齋三筆》，太平興國三年，詔七夕復用七日。今之習俗用六日，非舊制也。則用六非自今日始，而究無其理。但粤女誠於事鬼，凡神誕必先夜三更祝禱，家家如是，况乞巧本兒女事，豈反待明日而後行事乎？存之以備參考。又按《歲時記》：京師人家，左廂以七月六日乞巧，右廂以七日。粤城城内以七日，城外以六日，内外不同，而易地則皆然。

七夕只牛、女二星。粤人乞巧，每物必置七項，以爲董永會七姊。又以紗帽祀董，殊不可解。然溯其始，大約七月七日，凡物以七成數，後人不察，故附會耳。

辛卯七夕，余肅衣冠乞巧，與諸弟將年來詩賦字畫陳列於前，並製乞巧燈，題「普照相思」四字，人以女子相笑。余按柳宗元有《乞巧文》，大抵唐士夫亦多乞巧，不獨柳爲然也。

粤諺有男不拜月、女不拜竈之話。蓋月爲陰象。竈，五祀之一，夏所祭，陽象也。俗事間有合理者，故聖人亦或從衆。

柳宗元詩：「雞骨占猋拜水神。」按《北户録》：南方逐除夜及將發船，皆殺雞擇骨爲卜，傳古法也。

今人除夕製年糕，相傳年年高，以爲吉祥話頭。嘗考《遵生八牋》：《吕公記》云九日天明時，以年糕搭兒女頭額，更祝曰「願兒百事俱高」，作三聲。按此九日非除夕也，豈後人相因，而除夕亦爲之耶？余嘗以月餅對年糕，取其字眼現成。

《月令章句》：季秋六日風至，秦人謂之蓼花風。今人每吟秋景多用點綴，不問季秋、孟秋也。詩不可無襯托。歐陽公嘗得古畫，牡丹叢下有猫，寫猫眼一線。識者曰此正午牡丹也。此畫工用襯托法，知此訣可以作詩。

茅洲東頭園，幽居地僻，林静人稀，余家老圃也。先祖多有題句，《池上》云：「池曲花迷路，窗開月探人。」《種菜》云：「屐齒緑匀三月雨，鐮鋩白浸五更霜。」《偶題》云：「負郭有田先納税，閉門無客獨看書。」《掃地》云：「積寸蒼苔憑雨洗，一肩黄葉當柴燒。」

「多事始知田舍好，凶年偏覺野蔬香」，東坡次韵范景純詩也，余書之東頭園壁上。

傀儡不知創於何時，説者據陳平解白登之圍，此即造傀儡之始。余謂周穆王時已有之。按李義山《官妓》詩所謂「不須看盡魚龍戲，終遺君王怒偃師」是也。宋黄庭堅亦有「看取人間傀儡棚」之句。

粤俗五日多造龍船扇，中秋節多作月華燈。二事未考其詳，當亦風雅所創。

沈歸愚選王漁洋詩，獨删去《秋柳》四首，猶選李白詩而删《清平調》，選杜甫詩而删《秋興》八首也。可乎不可？

何朝昌《掖垣移竹》詩有「月影漸添簾一角，烟痕方染水三分」之句。然不如黃栢馨「三分水隔一分屋，四面烟含半面池」句，寫景之妙。

有蓉城女史《遊春曲》云：「鶯聲叫破香閨夢，乍著春衫愁淺凍。女伴招邀郭外游，新粧並姹鞋頭鳳。」「翩翩雙鬢學鵶飛，紫陌紅塵咫尺迷。聯襼已過芳徑北，湔裙仍度小橋西。」「生憎蛺蝶多輕薄，着意憐香隨鬢掠。花國三春艷綺羅，橋簾十里開樓閣。」「衣香人影太匆匆，歸路夕陽紅未紅。折得野花偏可愛，膽瓶移近繡幃中。」

黃璞字同石，著有《戰古堂詩》。爲人悲歌慷慨，每笑咏以發其不平。《咏韓信》云：「丈夫貧亦受人憐，想像王孫寄食年。成敗不關丞相事，死生都在婦人權。退誰可勇流方急，弓未能藏鳥盡先。淮水釣臺今尚在，桐江輸却客星懸。」《咏緑珠》云：「不幸芳名艷白州，衆中憐爾最風流。緑蘿村廢生前井，金谷園荒墜後樓。富貴到頭終一散，女兒能死即千秋。《懊儂》遺恨傷心曲，三斛明珠不解愁。」議論俱極雄闊。

達榷使誠齋三性風雅好詩。嘗有《紅梅驛探梅》云：「嶺南十月半寒温，疎影横斜古驛門。萬里陽春歸有日，一輪香月淡無痕。明璫翠羽仙人夢，流水高山處士村。欲寄一枝憑遠使，隴頭離緒且休論。」榷使長白人。

家弟湘浦有句云：「晴日暖烘三變面，西風人瘦十圍腰。」余每爲之擊節。上句暗用芙蓉，下句暗用楊柳也。

許觀察青士先生有《度梅嶺》一首云：「磴道螺旋縱目堪，危峰高與碧霄參。霞光燦爛來天北，海氣空濛到日南。斧鑿痕留蒼蘚露，燠寒氣異野梅諳。荻江祠廟千秋在，瞻拜應勞駐客驂。」又《西谿探梅》云：「水雲深處梵王家，竹屋臨流野釣斜。霜雪滿天歸路失，一舟穿過萬梅花。」

馮太史賡颺虞階，南海人。記其《題虎丘雜詩》云：「江南慣作探花遊，幾度濃春又冶秋。暫卸布帆移畫舫，桂花時節到蘇州。」「一片明霞墮碧霄，華燈亭上徹笙簫。月鈎挂盡朱樓幔，聽曲人環緑水橋。」

謝太史里甫嘗爲家磐石伯作秋景，並題云：「珠江橋畔石磐坨，山色空濛雨氣多。咫尺應須論萬里，忽驚池面墨翻波。」熊孝廉景星荻江和云：「片雲翻墨决坡坨，頃刻陰晴變態多。手撥湘筠寫團扇，不知船外幾風波。」

磐石伯好古，羊城士夫多與之交。所貯名畫，室幾充棟。偉川區孝廉《題芊廬梨花》云：「梨花帶雨一枝枝，礬弟梅兄讓此奇。恰似玉環新出浴，華清初試晚粧時。」虞階馮太史《題蘭》云：「幽意抱庭際，光風時一揚。美人杳何處，虛室發奇香。古調歸林谷，清愁落沅湘。仙岩容我隱，携爾共倘佯。」劉雲舫《題蘭》云：「馨香滿懷袌，九畹露華滋。遠道不可寄，春風相與期。美人愁遲暮，騷客寫幽思。獨夜沅湘夢，蕭然聽楚辭。」曾大楠魯根《詠竹》云：「一峰忽突兀，茹葉蕭騷中。夜雨轟春雷，甲坼鬱葱葱。筆底運元氣，畫師誠化工。熒熒落地星，凜凜君子風。」

同邑徐稚山工丹青，唯東莞多重之。每見名畫必典衣以相易。年近古稀，而用功不輟，此真畫癡也。

宋太史湘《病起對菊》云：「人逢秋老心先瘦，花到名高理不肥。」此宋派也，而從晚唐得來。「英雄不護生前短，歌舞猶留死後情」，梁佩蘭《鄴中懷古》也。近順德張琳亦有句云：「横槊英雄原氣餒，分香兒女太情多。」笑甚於罵。

詩有活對者，如温庭筠《蘇武廟》詩云：「回日樓臺非甲帳，去時冠劍是丁年。」「甲帳」對「丁年」，甚活。張琳《沛中懷古》云：「約法三章秦失鹿，功成一劍漢飛龍。」以「失鹿」對「飛龍」。仇滄柱謂少陵《曲江》詩「一片花飛減却春」，語奇而意深。然句法只在「一片」二字，若改「萬片」，便是嚼蠟。

黄穀生《南歸雜述》十餘首，余最愛其《咏揚州》云：「觀裏瓊花孰主持，繁華過去使人思。烏絲紅袖摩圍夢，馬喜悲龍寶誌詩。三月烟花無賴甚，六朝文物可憐誰。年來頗厭笙歌地，懶向揚州借鶴騎。」又《蘇州》一聯云：「客夢久荒金蛺蝶，鬼歌猶唱玉蜻蜓。」《湖州》云：「客無癖好終嫌俗，官有清修已近僧。」《廣州》云：「花田珠閟劉玢冢，估舶金輸陸賈裝。」《惠州》云：「夢裏梅花參古月，偈中蓮葉現朝雲。」《嘉應州》云：「十日埸功殘稻割，六年鄉信早梅探。」所謂語必求新也。

《竹枝詞》不嫌俗，但須語有風致。丁畯山《羊城竹枝》云：「中秋月下拜嫦娥，剥芋分菱炒石螺。坐到五更猶不寐，滿街聽徹木魚歌。」粤俗中秋夜以菱芋、石螺拜月，婦女多醵錢唱曲。

「春水渡旁渡，夕陽山外山」，石屏詩也。但此句法不可勉强造去，亦非有心造得來。

徐聞縣丫髻山，昔有遊士題云：「年年長唤作丫頭，何不梳粧出嫁休。」筆忽乾，下澗取水，回見山神續云：「只爲尋媒未曾得，岩前空立萬餘秋。」載《粤中見聞》。

粤人硃卷，述其祖居珠璣巷者十之六七。謝照山孝廉亦有「篴車偶歇珠璣巷，六百年來認故鄉」之句。余按南雄珠璣巷，唐時有張昌者，南雄敬宗巷孝義門之人。其始祖張轍生子興，七世同居。寶曆元年，朝聞其孝義，賜以珠璣條環旌。子興因避敬宗謚，而改其所居之巷爲珠璣巷。宋祥符亦有珠璣巷。今人所稱，大約南渡時朝臣從駕至粤不歸者也。

「香國泥人蝴蝶夢，東風送客鷓鴣聲」，此余舊作《花朝》詩也，而風味似近晚唐。或曰君不作盛唐而竟作晚唐乎？余曰：詩到晚唐已不可多得。

「憐君作客冷于秋，喜我乘潮泛去舟。回首澹烟斜日落，此時經過枕江樓。」風味淡宕。然此詩初不知出自何人，後過市，見破箑，謝堯山先生所書，始知黄虚舟孝廉與先生話别詩也。

早起宜雞聲，午睡宜鐘聲，月夜宜詩聲。三聲無地不有，惟領略則暢然自適，如聽仙樂也。

翔海師少絶句，記其《題湘靈鼓瑟圖》云：「鼓瑟傳湘靈，湘靈在何處。微波漾中流，葉落洞庭樹。」又《題張翠峰臨流買魚圖》云：「倚檻唤漁姑，魚美人亦美。愛魚竝愛人，微波託秋水。」

翔海師少懷古之什，全集有《登樊城舊基》一首云：「樊侯南鎮中興時，烽火摧殘尚有基。周室瑑封無尺土，漢陽蠶食盡諸姬。襄江雨過帆來重，柳岸風嘶馬去遲。水陸自來争戰地，令人長望峴山碑。」

漢武求神仙，即開明帝永平八年佛法入中國敝端。雖仙佛不同，而虚無寂滅，皆爲人心之害。至明嘉靖，自號長生聖智帝君，貽笑天下古今，未有若是之妄者。

王翬，本朝畫師之國手也，别號耕烟散人。嘗有題畫一絶云：「重岡細草覆坡坨，風引松花落澗阿。茅屋雨餘雲氣濕，開門不厭好山多。」

江南葉舒璐《咏司馬相如》云：「挑得琴心正倦遊，壚邊尚典鸘鷞裘。長門解爲他人賦，却惹閨中怨白頭。」可爲輕薄少年者戒。

無事聽雨，亦詩人一樂境。無事看山，亦畫師一奇境。無事觀書，亦學者一静境。日中有三境，而些與造物遊矣。

越秀山左三元宫樓下有聯云：「上去固難，務期盡力；下來容易，仔細回頭。」是真見道之言。

賦有五體，有古體、騷體、律體、文體、小賦體。班固云：「詩人之賦麗以則，詞人之賦麗以淫。」惟從其性之所近可也。

李泉有《採茶歌》云：「妾今採茶歸，郎即販茶去。采采不辭勞，去去知何處。」又莫鴻翼云：「正月茶發芽，二月茶開花。采茶茶未老，夫壻已離家。」

昔人稱李白爲詩仙，余稱米芾爲畫仙。二公天分最高，後人學之，無蹊徑可尋。學李多至於率，學米多近於粗，所謂畫虎不成反類狗者也。

人生作詩文當出自家手眼，不宜板學前人規矩。若食古不化，終有拘束之敝。近日士夫作詩，非不崇尚李、杜；作文，非不崇尚金、陳。然日煆月鍊，未有一能脱其皮毛者。無他，自以爲李、杜、金、陳，故終身不跳出圈外耳。

近人得一官半職，即便恐嚇鄉愚；學者熟兩三句書，聲言欲教大館，詞人吟得兩句詩，便謂力追李、杜。皆可耻也。

中元夕前後，人家多燒衣。余有七律云：「秋風秋雨紙灰飛，笑煞盂蘭惹是非。佛力有靈曾救母，人間無鬼亦燒衣。鐘敲古寺游魂覺，酒奠寒山餓魄稀。爲問泉臺茹苦客，生時何不早皈依。」第三句意似好奇，然鬼聞之當亦笑我也。

越塵道士現住三元宫，交遊詩酒，不作塵俗想。嘗見其有《六月六日鄭蔆坪邀同謝澧浦湯雨生諸名公雅集紫翠軒》五古一首，同用八齊韵，云：「夏日輟玄講，暑氣散招提。塵尾揮石磴，獨坐崇軒西。青楓鶴一唳，逸韵來清凄。幽人動高興，滿載碧玻瓈。憩我紫翠叢，披襟豁遥隄。俯視萬家烟，點點魚鱗齊。珠海遠環抱，蒼翠何凄迷。繞檻南薰至，嘒嘒聞塘蝭。開樽酌醽醁，滌硯同品題。將軍摹圖畫，展卷峰巒低。自笑方外人，未許和天倪。願將斗挹漿，永結名山禔。」

進士馮子良先生入都謁選，順道山左。《省親留别四首》云：「十載柴門始一開，帝城遥望白雲限。數椽屋作三年别，一笑官爲五斗來。出處暫教毛義喜，疎狂愁乏士元才。久閒筋力潛銷盡，慚愧重登買駿臺。」「八口飢寒免未能，短衣辛苦爭長征。小人有母團圞夢，壯士無顏落拓行。磨礪英雄曾幾輩，掃除煩惱似重生。侯門自古難投刺，莫但窮忙笑禰衡。」「今朝琴鶴舊奚囊，行李蕭然亦激昂。壯志漸消纔作宦，俗緣多忤欲離鄉。半生低首書無用，三尺隨身劍有鋩。燕市倘逢屠狗客，金貂拚買醉千場。」「田園從此棄長欃，歷歷輪蹏片片帆。嶺海重經增閲歷，泰山初上畏巉巖。蘭言藉壯行人篋，草色無忘處士衫。一醉雲泉須記取，頓教清濁判仙凡。」

耕織圖詩，須寫出太平風景。如王衍梅四絶句云：「纔聞布穀喚春林，又記花梢絡緯吟。蟲鳥豈關催促意，也緣人事自驚心。」「鳴機軋軋手姍姍，宛轉冰絲上簇攤。時刻嬌娃啼索乳，養兒真比飼蠶難。」「插秧纔罷采桑歌，紅到春蠶緑到禾。替女作衣兒作飯，太平時節税無多。」「迢迢南陌遠攜筐，映柳遮桃三兩行。蓬鬢相逢無一語，采桑歸去餉耕忙。」

古人謂詩膽大如天，余謂人狂而後可以論詩。蓋謹守繩尺，則眼界不開，胸襟不廣，血脈不振。惟狂者意氣自高，不肯寄人籬下，則出語便自非凡。王笠舫詩云：「有脚不踏青山巔，山笑此人端醉眠。有口不吸青天月，月光照人俗到骨。我持一杯飛上山，青山流連醉勿還。仰頭白月跌入口，灑氣縱横吐星斗。飲復醉，醉復醒，酒香拂拂熏山靈。青天無雲更清絶，和酒作詩寫之石。後之游者怪我顛，吐成此山生酒泉。」可謂極大詩膽，若拘迂輩，安望有此議論？

紹興酒易飲難醉，官席上爲酬酢一捷徑，但未有名流作詩。宗聖垣芥颿一首云：「紹興之酒如泉瀉，可惜其名欠大雅。從來不入詩與文，孤負芳馨遍天下。鑑湖水美在氣清，還須秤量重與輕。重則清中更純厚，地脈靈活天生成。城鄉故多造酒處，湖中最重稱東浦。是村家家酒大户，臘水春水冰雪雨。黏粟炊來和以麴，暖烟烘烘塞茅屋。白波騰沸七石缸，漸判糟醨報初熟。細篘滴瀝真珠槽，理鍋大竈重煎熬。紫泥緑箬護壜口，湖水清液成醇醪。密蠟鵝黄淺深色，蓮花甘露桂花汁。千里萬里增温馨，五年十年沃金珀。何曾猛烈但平和，任使沈酣無疢疾。品高味正香蒸蒸，酒國青雲占上層。揚名總不離鄉藉，海角天涯頌紹興。莫歎藝林少知己，爲作長歌聊慰爾。爾且自命爲君子，與我交情淡如水。」

黎二樵有《燕》詩云：「舊入閨中慣，春心小最靈。翼摉簾外雨，花唾佛前經。抛汝巢闕户，無人草占庭。喃喃應是淚，機素四年停。」自注云：「佛山客居，見新燕子，感咏。昔年百花村莊見燕子入閨中，作詩有『暫語粧臺如問病』之句。于今悼亡已四年，而喬居佛山亦三年矣。此丁卯三月間所作也。越戊申三月，書而誌之。」

汀洲伊太守秉綬墨卿，奇士也。任吾粵惠州府時，匪徒爛屐四倡亂，墨卿獨遊羅浮，後遂落職。生平佯狂肆意，以書法得名。嘗有《粵秀禪房小坐》詩云：「秦尉呼鑾道，今惟鐘梵聞。霸殘尊古佛，客至坐斜曛。花氣冥如霧，江光白似雲。晚風吹苦茗，松子落紛紛。」

某有《泊舟海珠晚望》一首云：「庵前相望是花田，風景宜人好泊船。潮水緑侵楊柳岸，晚霞紅入荔支天。僧逢舊識供新□，□□清詞被管絃。樂會良辰最難得，大□□□暮鐘邊。」余愛「晚霞」七字，餘亦爽朗。

黎二樵私印自號「如來乞食弟子」，□□□鼎和尚，其超然無慮，迥不可及。

黄同石《珠江女兒行》云：「珠江有女舟爲居，皎然出水新芙蕖。十三十四不蕩槳，十五十六不捕魚。十七翠雲初挽髻，十八歌喉如串珠。爺娘寶之若瓊樹，不許鄰舟來問娶。斂錢稱貸置新粧，便是全家衣食處。羊城城中遊冶郎，千金一顧輕明璫。珠江江頭老商子，笑解腰纏酬彼美。女兒漸長漸多情，春心處處逢人傾。傾心每指天爲誓，誓以不來死相繼。有時接客漱珠橋，秋波轉處人魂銷。檳榔手裏扶蔞葉，贈君懷袖如瓊瑶。有時譙客海珠寺，秀色可飱人易醉。玉杯防冷口親嘗，餘脂香入君□□。〔有〕時留客素馨田，雪花盤髻銀絲□。□□□肩香滿席，摸魚歌唱月中船。月□□□夜短，花落花開春不管。迎新送舊□□□，花朝月夜不知愁。爺娘愛女相嘖嘖，何用生兒長七尺。車馬江干日往來，争看傾城笑口開。莫愁艷色平湖住，桃葉青春晚渡回。眼中不羨珍珠斛，世上休誇玉鏡臺。」

「梅花消息近如何，一盞屠蘇一曲歌。爲問主人花放未，老年花癖近來多」，陳厚甫先生《梅花》絶句也。「不曾拾翠躡雲根，沽酒何妨到隔村。辜負東郊好春色，杏花時節獨關門」，馮天閑《清明》詩也。二首各有風趣。

孟鴻光蒲生，番禺秀才也。有《風蘭》詩三首云：「素心原自出紅塵，一縛情根又幾春。位置每高幽客品，圓空微現此花身。世間何地容君子，林下流芳讓美人。安得□□□解脱，香魂應免轉風輪。」「一塵□□□□□，愛向深林寄此生。爲是風流常□□，□□依倚自枯榮。天工着意調燕姞，□□□□弔屈平。花下同心誰結得，緑陰濃處有琴聲。」「漫嗟身似轉飛蓬，好護孤根有化工。花落錯疑天女散，臺高恰稱大王雄。忍辜民望埋空谷，幸有群芳拜下風。况得東君好擡舉，清香常繞上林中。」詠物無斧鑿痕，確是老手。

靈山林狀元召棠芾南先生登第時，葉芷汀觀察賀詩云：「紫薇郎在紫薇垣，誰信高涼擢殿元。天上竟超仙佛選，嶺南偏被□帝皇恩。芙蓉鏡兆何曾遇，衣鉢薪傳自有源。一旦聲名馳四海，狀頭艷説九龍孫。」

詩有極纖小題足見思致者。東城廖君世達《詠瞳子》落句云：「笑他楚項多何用，不識淮陰□□□。」可謂巧不傷雅。左君□《咏線香脚》落句云：「一枝暫作寒燈杖，剔起芳心暗復明。」運意固佳，亦見風韻。

名媛詩話

名媛詩話提要

《名媛詩話》一卷，據道光十二年刊留香集本點校。撰者張倩，字青人，號憨憨、嚼梅女氏。江蘇京口人。有《留香集》。按據卷首自叙，撰者有志爲閨閣詩人留名，故有是作。惟篇幅無多，選者復删存僅四十餘則。所録席佩蘭、金纖纖等隨園女弟子固有名，而江碧岑句「文章身後事，門户戒無争」，取與老杜「文章千古事，得失寸心知」併，亦可謂不俗。又記與夫婿丁鴻儒詩句，則屬兩人聚離之一段佳話也。

自叙

詩話之作，由來久矣。而閨秀諸詩多雜附焉，未見有專刻者，豈絲蘿附樹而生，不得自立門户耶？倩學詩以來，矢志輯成《名媛詩話》一書，使知我脂粉中自山斗也。然性善病，所讀之詩不多，艱於權輿。近將素所佩服者，略掇數十條，附以己意，雜以拙句，仍以《名媛詩話》目之，明素志也，非敢問世，聊以解病云。嚼梅女氏憨憨題。

選叙

張青人，才女也。觀其自叙，有總持閨秀之志。惜年命不永，徒託空言。予不青人惜，爲斯世惜也。昔予選詩，見半窗以憨憨集古寄，以爲無是人耳。今讀其《詩話》一卷，方知半窗之非誑予。時予寄研淳溪，而半窗寄書云：「憨憨傳殊佳。予當謝，又當爲憨憨謝。若再選，存其筆墨，則憨憨雖死猶生，豈非一大陰隲乎。煩吾子事之甚矣！」半窗可謂深於情者，死而欲存其人，則其於生可知矣。因爲删繁釐正，原本有七十餘條，今逸其十之四，僅存四十有七。雖非盡善，庶無背詩教云。送春前一日外史氏書於郎步客邸。

名媛詩話

白門張倩青人著
古朗陵丁作賓半窗
牧樵友山選定

閨秀之詩忌脂粉氣，然一味沉雄，流入粗派，翻失女子面目。幼讀《眉公筆記》，載女子沈清友《咏漁父》云：「起家紅蓼岸，傳世緑簑衣。」可謂亦脂粉亦沉雄也。

桃葉渡爲六朝艷蹟，詠之者夥矣，未有如紀阿男之「櫓摇秦代月，枝帶晉時春」，獨稱佳句也。漁洋老人《竹枝詞》有「栖鴉流水空蕭瑟，不見題詩紀阿男」之句，雖非指是詩，然已非俗筆所及。

詠明妃詩莫不歸罪毛延壽者，獨沈佩之絶句云：「琵琶一曲怨東風，萬里飄零逐塞鴻。最是多情毛畫史，不教傾國老深宫。」反許其多情。豈非詩貴翻案耶？

倪瑞璿《憶母》云：「河廣難杭莫我過，未知安否近如何。暗中時滴思親泪，只恐思兒淚更多。」可謂善寫淚矣。古繁李髻儂《憶母》云：「慈幃久别不相親，别意殷殷有所陳。記得去年教畫蝶，今年又是一年春。」詩中並無「淚」字，讀之似覺淚痕滿紙。

髻儂名白華，字蘭陔，髻儂其外號也。事姑孝。姑頗善病，夫子好遊學。蘭陔率諸妯娌操井臼，每作總髮妝，因號髻儂，以自況。幼不知書，歸婕扉居士。閨房静好，教之識字，由是知吟。著有《思媚堂詩草》。詩存不多，倩識其《詠蘭》云：「出世不知媚，無人祇自芳。」《詠竹》云：「生來竿自直，不賴好風扶。」《詠梅》云：「有骨方知傲，無心不畏寒。」於此可想見品概云。

倪瑞璿《金陵懷古》云：「峙鼎三分吴大帝，渡江五馬晉東京。」《戴月郵》云：「六代并埋荒塚恨，三山仍擁大江流。」一用實事，一着虚神，各極其妙。

閨中詠月，新韵者多，渾雄者少。獨席佩蘭《十五夜月》云：「萬古不磨惟此鏡，百年幾度是今宵。」何其渾雄乃爾。

孫雲鳳字碧梧，杭州孫令宜長女。幼生而慧，工詩詞。有《媚香樓》七古，詠明末李香君之事，委婉有致。因記其《巫峽道中》云：「晚風牛背笛，殘雨馬頭雲。」《舟中》云：「遠水落殘照，孤城生暮烟。」《征程》云：「地卑城郭多臨水，縣小人家半住山。」俱可作粉本。詩中有畫，豈不洵然。

王端淑，山陰女子也。工詩。毛大可太史選浙江閨秀詩，獨遺端淑，因寄以詩云：「王嬙非必無顔色，怎奈毛君下筆何。」人稱其使事工巧。詩人牧蝀扉選詩及倩作，因謝以詩云：「感恩盡日拈長線，不繡平原繡牧之。」蓋牧姓爲榜花，故借映云。

倩性健忘，凡所吟句，隨得隨失。每刺繡時，筆研并陳，偶有得句，即書以誌之。家苦貧，藏書不多，囊空又難措辦，常向文焦木家借鈔。因記戴瑶珍句云：「得句怕忘隨手録，消閒得句借書鈔。」真實獲我心矣。

焦木名琴，倩同學友也。家有藏書，焦木好學不倦。《自吟》云：「黄甲非吾事，青庚倏爾過。讀書常恨少，種竹不嫌多。紈扇時抛蝶，烏絲任畫螺。男兒真箇化，定許掇高科。」

長洲吴綃字素公，又字冰仙。工詩善琴，嗜棋耽畫，閨閣中名士也。有《楊柳枝詞》云：「宫柳初開一抹眉，武昌城下乍逢時。春來樹樹烟條緑，欲認何枝是舊枝。」「寒食東風已滿城，小枝纖弱拂啼鶯。東君不惜離人苦，又向前年折處生。」既云無處認，又云向折處生，反覆道來，妙義環出。

詩人李嘯邨《詠秦淮》云：「楊柳晚風深巷酒，桃花春水隔簾人。」吴巖子女士《秦淮舟集》云：「六朝風物秦淮水，三月春情穀雨茶。」用茶、酒寫極秦淮風味。

倩不能古體詩，以聲韵難合也。向有雜詩五首，其稿充鼠腹。惟記「四時若無春，天地覺太素」二句，餘不能憶隻字。

吴荔娘，福建莆田人。著有《蘭陂詩草》。倩記其《園居》五律云：「逸志屬烟霞，園林歲月賒。臨風時放鶴，欲雨早扶花。甕釀黄精酒，爐烹紫笋茶。地偏饒逸興，那問室如蝸。」荔娘居九華，九華産黄精、紫笋，故云。

「還有君親在，休爲兒女悲。」發乎情，止乎義也。明商景蘭《悼亡》云：「君臣原大節，兒女亦人情。」是謂情義並至。

女子有文無行，可耻也。倩讀文姬《悲憤詩》，爲之廢書流涕。甚矣，詩之動人也深矣。

女師焦右文先生嘗云：「男子詩中用女兒字最雅，至女子詩用男兒字，便不成話矣。」倩請曰：「夫子不聞花蕊夫人之『十四萬人齊解甲，更無一箇是男兒』乎？」師喟然稱許。

師不多作詩，倩誌其二句云：「買花留宿蝶，拔柳遠栖雅。」餘並無傳稿。師諱杰，初名蓮心。

王蓮光有《雲笈山房合刻》。倩市得一本，讀之，有《紅梅》五律云：「不有驚人艷，如何冠百花。出將千點雪，换得一城霞。畫閣玲瓏檻，紅亭窈窕紗。羅浮雙蛺蝶，來自葛仙家。」

夫子丁鴻儒僑寓倩家，時倩母病急，鴻儒出金易參，母病得痊。倩作詩謝之，今失其稿。因記二句云：「從今白髮能無恙，方信黄金大有情。」録之以示不忘云。

吴道嫺每讀書遇激烈事，輒掩卷出涕，云：「使我得爲男子，多情負氣應更勝也。」倩聆其言，每以不得師事爲恨。嘗誦其《緑牡丹》云：「平臺冉冉黛初匀，不逐鄰園鬬晚春。金谷荒涼成往事，風前猶想墜樓人。」豪情勝概，於此可見。

髫儂女史寄其同邑湯静貞《寄外絶句》云：「陌頭楊柳色鮮鮮，寫出春光二月天。花氣半簾香半榻，伴儂清影自孤眠。」「繡到鴛鴦不自由，忽然心事上眉頭。愁容怕被姑姑見，强作無愁倍是愁。」

歸懋儀字佩珊，昭文人。適上海李學璜上舍。夫唱婦和，名噪一時，松江人呼爲歸先生。倩相慕云久，每以未覩其詩爲恨。客歲在表妹王繡玉家，見有寄圭齋夫人《十憶詩》。倩讀之，因記其七首云：「正是輕寒乍暖時，春風吹面動相思。憶君羅襪纖纖步，行過花叢蝶不知。」「幾陣尖風吹嫩涼，濛濛淡月下迴廊。憶君一種天人致，半舊羅衫勝艷妝。」「恨我生平酒力微，相逢痛飲醉忘歸。憶君一種詩書味，愛聽尊前玉屑霏。」「遠勞青鳥到連番，風雨蕭蕭白屋寒。苦憶花厨珍味少，盤飧頻愧勸加餐。」「十分哀毁費眠餐，自失慈幃淚不乾。憶得縞衣長慟處，梨花一樹雨中看。」「知己深憐范氏貧，憶君推解最情真。婦人也帶鬚眉氣，不吝千金贈故人。」「静穆閨門息是非，幾生修得到青衣。憶君生就和平性，歡喜常多瞋怒稀。」其三首則予忘之矣。

倩母訓嚴，謂女子不貴詠詩。倩請曰：「識字何爲？」母曰：「識字欲其知大義耳，豈爲詠詩地哉？」由是凡所咏句，母不之知。嘗有句云：「筆墨偷將燈下寫，吟詩只説是描花。」

閨閣詩不傳外人，《禮》曰「内言不出於閫」，此之謂也。山西女士沈岫雲工詩，嫁裴氏。袁簡齋太史輯《隨園詩話》，向裴中丞索岫雲詩稿。中丞取其詩寄之，而岫雲不欲焉。時有「偷寄香閨詩册子，妝臺詳問目生瞋」之句，傳爲佳話。

婦人有妬行，是爲閨中玷事。倩時讀《小青傳》，漫駡必至再四。近見朱道珠《河渚觀梅約顧女春山》絶句云：「相期河渚訪春華，一棹迎風路未賒。樓外有梅三百樹，美人不到不開花。」彼悍婦何不聞此耶？

杜工部「細雨魚兒出，輕風燕子斜」，寫物寫景入微。《偶葉草·送春》云：「緑酣鶯語澀，紅瘦蝶魂癡。」亦復佳麗可人。《偶葉草》，顔芳在著，桐鄉工部雪臞公女也。

奕之爲數，小數也，而心思見焉，而性情寓焉。駱倚蘭云：「思深情易惑，静極予無聲。」即山谷「心似蛛絲遊碧落，身如蜩甲化枯枝」也。楊素書云：「失不生憤心，得亦無矜色。」即東坡「勝固欣然，敗亦可喜」也。

「畫裙飛蛺蝶，釣艇集蜻蜓。」沈蕙玉句也。「春暖香迎蝶，天寒陣起雁。」沈岫雲句也。俱各工於造句，可稱閨中「二沈」。

近聞李髫儂因姑病廢吟，將舊稿盡付丙丁。倩寄書怪之，答云：「養親循本職，何用補《南陔》。」「歌舞倚門一見難，侍兒何得脱長安。樂昌破鏡翻新唱，總取楊公作舊官。」此吴梅邨祭酒《題紅拂圖詩》也。女士林文貞亦有是題，云：「俠概情腸兩地通，年年閣淚怨臨風。輸他一拂傳佳事，早見人間李衛公。」風流放誕，大有相見恨晚之意。按文貞又有《漫賦》云：「同心鄂被餘香熟，霍玉爭誇嫁十郎。」則爲姬妾流輩，故有是慨云。

金纖纖者，名逸，蘇州人。嫁陳竹士，年廿五歲而亡。有《瘦吟樓詩》傳世。如「眉諱新愁只自知」，「諱」字奇特。「夕陽鐘破隔溪烟」，「破」字新穎。

詩貴不着紙，文家所謂離字訣也。張佛繡《落葉》句云：「詩思飄零三徑雨，別情撩亂半窗風。」《葉魚魚》云：「曲徑西風衰草裏，寒江斜照亂江中。」俱得離字之妙。佛繡又有《曉起絶句》云：「捲箔延新涼，槿花嬌欲吐。一鳥忽驚飛，蹴落花梢露。」幽冷可愛。

許眉，廣西人。流落蘇州，爲焦氏婢。色藝並佳，好詼諧。倩遊虎邱，得一見焉，呼爲「女方朔」。有《摘花》詩云：「手摘一枝花，飛來雙蛺蝶。蛺蝶戀花容，花容嬌似妾。紅淡着胭脂，正是晚妝時。將花插我首，蛺蝶隨人走。」摇之曳之，於此見其風情。眉字緑鬟，著有《摘花小草》，未梓。

江碧岑云：「骨相癡屯隨分好，性情簡樸入時難。」唐閬遺云：「養能遂志從來少，貧不生嫌薄俗難。」押「難」字，可稱「二難」。

「文章千古事，得失寸心知。」杜工部句也。而江碧岑云：「文章身後事，門户戒無争。」名論卓然，豈復似閨閣中人語。

《疑雨集》中有《訓婢詩》，甚新穎動人。近得黄册仙詩，有《訓婢》句云：「深閨近日無功課，笑伴雙鬟夜績麻。」比王次回作更親切有味。

崑山徐暎玉，字若冰。生時，母夢寒梅一枝墮於庭，與倩母夢嚼梅孕倩，兩兩相印。若冰早歿，臨終説偈云：「來從梅花來，去向蓮花去。來去本無心，無相亦無住。」倩因書之嚼梅小照。

倩寄夫子句云：「不許阿儂隨壻去，深知老母别兒難。」後讀陳静齋送其尊人云：「欲隨夫母去，恐别舅姑難。」覺真情語人人能道。

「天母親調粉，日兄憐賜花。」唐女士《催妝》詩也。倩偕婚之夕，亦有句云：「鬻身原爲母，得壻總由天。」又云：「人皆歌《鳳引》，我獨賦《雞鳴》。」

沈蕙孫《白雲泉》云：「花光當户散，雲氣入衣寒。」《夜坐》云：「琴聲停落月，秋意對寒泉。」《秋寺》云：「石林殘雨響，樵徑亂雲低。」俱幽逸。最愛其《讀離騷》云：「風詩固一變，聲衰義彌正。」卓有特識，可千古不磨。

木瀆女道士吴静婉《别思》云：「西崦雨未收，東崦風又作。留住緑簑衣，莫與篙神着。」可於投轄留賓外又添一法。

倩《病中口占》云：「支離憔悴此吟身，花月年來者度新。囑咐東風須護惜，爲儂留得一分春。」及見家柔嘉詩有云：「珍重餘花劫後身，却憐孤負一分春。殷勤好與東風約，留取餘花待病人。」倩似偷詩兒也。

有女仙乩詩甚佳，因記一句云：「月移花影就酒杯。」惜忘其全。此用東坡「月移花影上欄干」之句，而易下三字，便覺妙不可言，孰謂古人句不可同耶？

華亭廖織雲《哭姑》云：「釵鳳分飛賦命孤，見姑還似見兒夫。私心欲慰垂憐意，任有啼痕總説無。」哭姑而及悼亡，可謂節孝兩完。嘉興吴道嫻《喜妾舉子》云：「窮薄還憑世澤存，朝來弧矢喜懸門。翻嗟姑舅先朝露，未得生前一弄孫。」得子而復思親，可謂慈孝並至。

倩嘗夢至一室，花卉異常，樓臺犖卓。座上爲青蓮大士，旁有女童，一曰侍雲，一曰御月。倩至，則拜受二句云：「小青薄命憐今似，太白仙才自古稀。」醒而誌之，不解所謂。乃今日之事驗夢矣，先機之見，洵然。

憨齋詩話

憨齋詩話提要

《憨齋詩話》四卷，據道光十二年飲龢堂刊本點校。撰者馬桐芳（？—一八四七），字子琴，號西坡、憨齋居士，山東長山（今鄒平）人。學醫，遊幕爲生，曾館益都、聊城等地。此書據自序，乃應袁潔之請，撰寫於道光十二年，刊行亦在是年。所録偏於山東籍詩人。論詩則融通各家之長，如服膺吴喬「詩中須有人在」之説，然亦有取於王漁洋詩，謂其「性分中有詩」，有「近體詩較勝秋谷」，「古詩七言勝五言」等具體之評，吴、趙與漁洋遂至兩全。其以詩材富博爲本朝詩勝唐詩處，抉出其中之宗宋一系，謂查慎行漸采宋調，後之袁枚、趙翼效其體，是能識清詩之大勢者。其評歷代名家，亦折衷衆説，多不俗，而稍欠發明。論老杜，贊王漁洋不取《八哀》、袁子才不取《秋興八首》「皆具卓識，非妄談」，然又次《秋興八首》原韻，以見賞於友人自喜，豈於《秋興》有恕詞乎？作者受知於袁潔，書中頗記其事，録其《蠡莊詩話》中之佳句，多方致意，可見袁氏亦嘉、道間北方詩壇一人物也。

自記

壬辰長夏，余解聊城縣館，過平陵，逢金鄉令袁公，留爲校讎《宦遊紀略》。聯牀旅舍，晨夕劇談。袁公謂余於詩頗有涉歷，盍著録之，以資學者。因將平生見聞，援述如左。時日既積，紙墨遂多，命曰《憨齋詩話》。方擬付梓，而袁公已捐賓客，乃携以歸故里，置之案頭，不作剞劂計矣。學博楊碩庵先生見而愛之，商諸梅君季青、王君旭郵，相與醵金鋟版，以行於世。嗟夫，今之窮老著書，冀一字之傳於世而不可得者，不知凡幾矣。余之得此於諸君子也，可不謂厚幸哉！袁公有知，當亦含笑地下，爲余快然而無憾乎？憨齋居士自記。

憨齋詩話卷一

長山馬桐芳子琴

《虞書》「《詩》言志」云云，《禮經》「温柔敦厚」云云，《魯論》「《詩》可以興」云云，《孟子》「不以文害辭」云云，皆是詩話鼻祖。後人千言萬語，不能出其範圍。

鄭氏《奥論》曰：「文章之道有二：有史傳之文，有歌詠之文。史傳之文，以實録爲主，秋毫之善，不私假人；歌詠之文，揚其善而掩其惡，大其美而張其功。後世欲求歌詠之文太過直，以史視之，則非矣。」

曾大父字輝祖，邑諸生，有善行，鄉人署其門曰「尚義」，人遂稱爲尚義先生。有佳句云：「風高松落子，秋晚菊餘花。」大父字文玉，以優貢生補高苑學訓導，俸滿擢教諭。有佳句云：「松色向天盡，山光到海青。」父字伯良。弱冠補博士弟子員，有聲黌序。讀詩最愛楊誠齋集。有佳句云：「四圍山色兼松色，一路泉聲雜鳥聲。」

先伯祖字光玉，以太學生謄録史館，未及議叙，病殁。詩學《白氏長慶集》，著有《欒山堂吟草》。殁後失其藁，僅於《秋柳園圖記》中見其一聯云：「湖山繞座仍尊酒，風雨連床少個人。」一滴水可知大海味矣。

國初五言詩，當推施愚山爲聖手。

宋荔裳詩仍是嘉、隆七子派，而差妥帖矣。

竹垞詩才氣横溢，光怪陸離，足與漁洋並駕。五言長律一體，似爲過之。

選漁洋詩，當取其少年清麗之作，精神興會，團結而成者也。

漁洋近體詩較勝秋谷，若論古詩，須讓秋谷出一頭地。古文亦然。

查初白詩漸落宋人窠臼，要其才華魄力，足與阮亭代興。後之作者，袁簡齋、趙甌北，頗效其體。

錫山劉氏《六家詩鈔》去取未當，而乃盛行於世，何耶？

常熟吴修齡《圍爐詩話》詆呵明七子處，極爲痛快。其論作詩大法，「詩之中須有人在」、「詩須有味外味」二語盡之矣。先伯祖最愛其書，嘗手鈔之。

舅氏蕭公坦舒亭分發江蘇布政使，理問數月，即歸隱長白山，飲酒賦詩，以終其身。人多稱其「夢迴齊右故人遠，路入江南芳草多」，以爲許用晦、杜牧之不能過也。

新城茂才王祖嵋蘇山先生，余外舅也。少孤貧，授經爲業，硯田所獲，悉以奉母。妻與女皆令紡織自給，卒以孝著稱，無間言。殁後無子。門人謚之曰「孝德」。詩亦有佳句云：「讀書分績火，排悶愛農談。」

明經王祖昌子文先生，余妻之伯父也，著有《秋水亭詩草》。余特愛其「飢烏下清磬，紅葉入涼秋」，猶是漁洋家法。

淄川孝廉孟詹釋柳谷先生瀟灑無俗氣，隱居教授，以造就人才爲己任。從學甚衆，率皆掇巍科，成名士。又起淩雲亭詩社，恒與石子真、耿希尹輩吟咏其間。著有《悦齋詩草》。殁後，鄉謚「文愨」。兹録其佳句云：「家有田園依舊僕，人無兄弟重交遊。」讀之可以想見先生之爲人矣。

棲霞林昌皋言先生以孝廉作宰禄豐，興水利，教樹畜，建義學二十餘所，一時稱爲循吏。以父年老，就教職補長山學。著有《四書尊聞録》、《河間試律矩》諸書，盛行於世。詩學宋人，尤愛陸劍南集。有《大笠子詩存》八卷，藏於家。記其《小河口夜泊》云：「烟水蒼茫處，思鄉夢不成。卧聞舟子語，都作楚人聲。」二十字中，低佪無限，耐人尋味。

程題雁書亭先生，鄱陽人，弱冠成進士，授中書，改官長山令。政簡而好接士，公議以「學道愛人」四字額其堂。移知聊城，長山送行詩，刻二卷，亦官場罕事也。先生詩主清麗，香奩一體尤所擅長。石子真明經稱其似韓冬郎，恐王次回、袁香亭輩不足以擬之也。兹録其佳句云：「嬌花欲借慈雲覆，嫩柳難禁驟雨馳。」「纖腰時折扶難起，倦眼微舒夢乍醒。」「夜雨深談燒燭坐，春風微倦抱衣眠。」「鏡影怕看愁裏臉，帶圍又瘦别時腰。」

王文簡公古詩，七言勝五言。余嘗取《韓侯釣臺歌》爲第一篇，其次莫如《丹徒行》。《秋谷集》中《出宫》、《棄婦》二篇，俱爲免官而作，怨而不怒，與《風》、《雅》相出入矣。

元和程永植松濤先生，依高苑令王公幕，與余先大父相友甚密。嘗誦其寄祝乃兄筠坪壽詩，有句云：「將老性情憎世味，依人踪迹隔天涯。」先大父以爲神似放翁，謹録之以志前輩交道。

程嘉猷字順之，松濤先生之從子也。博學工詩，刻有集，而余嘗爲之跋。其《召忽墓》詩云：「忠魂有志依公子，霸佐無才讓故人。」最爲堅切。

「一花春水外，雙燕曉風前」，劉肇坦道平佳句也。

臨清州牧松崖增公齡詩云：「顧我那曾真學問，待人祇此熱肝腸。」讀之足見此老謙光俠骨。《緑雲堂藁》乃歷城諸生謝焜問山所作詩也。余最愛其「債添閏月度支難」，七字特新。問山亦愛余《梅花詩》「絶無人處一枝寒」句。

先大父之外舅董世功懋修先生，以明經補濰縣訓導，耄而好學，嘗手鈔《十三經》。詩不讀唐以下。其《濰陽覽古》云：「折戟沉沙韓信壘，香醪灑地孔融祠。」瓣香在老杜矣。嘗見贈五言律一首，起云：「曾讀君詩卷，梅花句最新。」

山右郭汝驄小陶通守《贈袁玉堂》詩云：「萬卷填胸萬里遊，皇恩許住歲三週。風迴葱嶺晴飛雪，天近冰山夏變秋。桃葉翩翻隨馬足，榆關迢遞祝烏頭。漢槎輸與鍾情處，惆悵紅顔獨倚樓。」直抒肝膈，足見交情，不獨聲宏勢大似少陵也。

王秋垣刺史《詠吐綬鳥》云：「長吉嘔心花燦爛，文通探腹錦鮮明。」用典一何新巧。

長山諸生安日潤玉如，人品醇古，學問淵深，詩主性靈，絶去雕飾。記其《新嫁娘》云：「憶在母家時，姊妹日相唤。小姑呼嫂聲，應來猶未慣。」另出新意，王仲初作不得專美於前矣。玉如又撰《有正味齋試帖淺説》，余爲之序。

茂才郭啓魁伯翼，書法功深，直造晉人之室。詩亦有佳句云：「風來林影亂，雨過水聲高。」

陸魯望云：「五言第三字要響。」潘邠老云：「七言第五字要響，所謂響者，致力處也。」

《三百篇》是唐詩本子，唐詩是《三百篇》注脚。讀唐詩而不熟《三百篇》，奚啻尋河而迷其源。屈子辭，《九章》不如《九歌》，《九歌》之中又當以《山鬼》爲第一。

余館益都何氏之年，正值滑人作亂。每見行軍流民交錯於道，爲之憮然。乃作《秋興八首次杜原韻》，一時名流，靡不欣賞。

嘗過化香樓，擬《古詩十九首》，一夕而成。柳谷先生擊節歎賞，留余讀書其家。余方山水興濃，不能伏首牖下，遂行。

河帥芥航張公并詩筆奇肆，頗近大蘇。如《即目》云：「濕雲壓山山不受，故遣山風吹出岫。雲來挾雷與山争，咫尺雨注波濤傾。眼中白氣空漫瀰，山耶雲耶總不知。雷聲破處電光小，中峰日色忽林表。」

朱韞山司馬《古今詩話述》載洪亮吉稚存《松樹塘萬松歌》一章，蓋洪謫西塞時作也。詩云：「千峰萬峰同一峰，峰盡削立無蒙茸。千松萬松同一松，幹悉直上無回容。一峰雲青一峰白，青尚籠烟白凝雪。一松梢紅一松墨，墨欲成霖赤迎日。無峰無松松必奇，無松無雲雲必飛。峰勢南北松東西，松影向背雲高低。有時一峰承一屋，屋下一松仍覆谷。天光雲光四時緑，風聲泉聲一隅足。我疑黄河瀚海地脈通，何以戈壁千里非青葱。不爾地脈貢潤合作天山松，松幹怪底一一直透星辰宫。好奇狂客忽至此，大笑一呼忘九死。看峰前行馬蹄駛，欲到青松盡頭止。」寫奇景如在目前，筆陣縱横，李太白有替人矣。

故永平令桂未谷先生以隸書著名，罕有知其詩者。兹録其二句云：「孤懷違世好，静力定群疑。」《師古齋吟草》佳句甚多，特録之云：「西風欹荻岸，落日别柴扉。」「鋤花侵月冷，采藥入雲深。」「四圍翻巨浪，一壁上青霄。」「鳥語留人醉，波光泛月來。」「魚吹飛絮暖，燕啄落花香。」「尋芳過澗水，携酒踏雲門。」「水流侵屐齒，花落點苔斑。」此皆風格清整，刮去塵坌者也。五絶如《思鄉》云：「一度春光過，歸心逐水流。昨宵空有夢，夢不到杭州。」七絶如《挽董蔭堂》云：「少微星隕夢前宵，從此人琴聲已遥。千里孤魂何處酹，緑楊城外雨瀟瀟。」二詩頗似杜樊川作。或以玉溪儗之，未當也。

高寄泉繼珩孝廉《落花詩》云：「命薄難逃三月劫，情痴怕聽五更風。」

楊盈川女容華《新妝》詩云：「宿鳥驚眠罷，房櫳乘曉開。鳳釵金作縷，鸞鏡玉爲臺。妝似臨池出，人疑月下來。自憐終不見，欲去復徘徊。」輕艷之作，源本六朝，《名媛集》中亦不數數覯也。

隨園女弟子詩，余特愛金纖纖「樹頭殘月白墮水，湖上曉山青入船」二句最佳。鮑仲姒「亂鴉如雨入林聲」亦妙。

《三國·焦光傳》：女之賤者曰「丫頭」。唐人劉賓客詩云：「花面丫頭十二三。」

韓致堯詩：「白玉堂東遥見後，令人評泊畫楊妃。」李于田云：「評泊」者，論貶人、是非人也。今作「評駁」者非。

陶篁邨《詠史》云：「四皓何曾識子房，肯抛芝草入咸陽？人間豈少鬚眉叟，錯認商山誤趙山。」翻案特新。

歷城李僩仲恂孝廉，博物君子也，詩以七古著稱，尤與東坡居士爲近。族祖雲坡廣文《贈袁玉堂》詩云：「於人不啓雌黄口，涉筆都成錦繡堆。」「銜環儘有酬恩意，下石曾無報怨心。」王曉堂明經《歷下偶談續編》載之。

舍弟桂芳南谷詩才頗清妙，以諸生蹉跎場屋幾二十年，遂不得肆力於詩。舉業困人，一至此哉！亦有句云：「樹深多鳥影，花暖聚蜂聲。」

沈五橋明府《春郊》詩云：「二月韶光艷麴塵，踏青人醉緑楊津。東風最是無情種，剪碎桃花粉不匀。」神似松雪道人得意之作。

冶山上公《秋柳》詩云：「太液池深留舊影，小蠻腰瘦想當年。」風流跌宕，筆有餘妍。新城司寇之作，此其嗣音。

漢詩「枯桑知天風，海水知天寒」、「胡馬依北風，越鳥巢南枝」，俱於中間忽用比興，乃文章離法，亦横插法也。鮑明遠之「食梅常苦酸，衣葛常苦寒」，亦學此種。然皆從《衛風·氓》之篇「淇則有岸，隰則有泮」化出。

孔文舉云：「座上客常滿，樽中酒不空。吾無事矣。」豪傑之言也。陶淵明云：「偶有佳酒，無夕不傾。顧影獨盡，悠然復醉。」高士之言也。

余以浪遊廢書，病來深自悔恨。見朱隱溪「貧憐羈客久，老恨讀書遲」二句，不禁泫然流涕。隱溪隸書得《孔和碑》之雄勁古拙，畫梅尤其所長。詩刻有集，而余嘗爲之序。

紹興蔡仰齋《晏公臺晚眺》詩云：「夕陽山接平湖柳，落葉聲寒細雨天。」詩有連篇累牘而不能傳，片語單詞遂不朽者。唐則有崔信明之「楓落吴江冷」，宋則有潘邠老之「滿城風雨近重陽」。近時又有崔松田二尹之「雪消梅影瘦」，王淡圃少府之「雀喧林欲暮」，皆可誦也。張象津漢渡學正以古文擅名，詩亦不落凡近。其《齊桓公墓》云：「中原繼霸猶襄穆，豎子成名變莽操。」

文學孫孝源子慕《南池》詩云：「天寒風漸急，日落水初冰。」吴提學特賞之。吾友耿元海字曙東，淄川名諸生也。填詞特佳，詩尚艷體。録其《捉搦歌》云：「燕子鶯兒新嫁早，蝴蝶宿花不宿草。合歡被子蓋紅襖，昨日小姑今日嫂。」意新詞麗，篇短味長，齊梁間佳作也。

青州教授牟應震，字寅同，嘗訪余於禮參坡上，一見如平生懽。留贈五律二首，起云：「愛士如林叟，逢人輒道君。」讀此足徵臯言先生説項情殷，遂令至今感佩。

昔余以醫術遊東牟，一時名流，接待殷勤，皆臯言先生吹噓之效也。海陽項氏求作《金魚池》詩，余爲題一絶云：「花明柳暗野人居，獨立方塘合笑予。拋却濯纓湖上路，一千里外看文魚。」主人亟命工刻諸石。留連月餘，臨行餽遺甚厚。又黄縣王氏别墅所種皆梨花，中間起香雪樓，讌會賓客。求作楹帖，率皆「瑶臺」、「玉樹」云云。余獨題曰：「滿徑清風春到後，一樓明月客來初。」主人喜，以爲絶佳。衆賓皆毁所作。一病還鄉，遂以舌耕爲生計，此樂不可復得矣。

明經石丹文子真先生，余文字知己也，詩主清真，不尚浮艷。五古一體，直追漢魏。佳章甚多，不能備載，聊録其七言名句云：「水連泗汶多無岸，山到滕鄒始有峰。」「長禾乍刈諸郚出，久雨新晴碧落高。」

胸無書卷，而摹漢仿魏以爲高古者，如郚秀才充道學；案有典籍，而東塗西抹以爲淹博者，如窮騙子裝富家。皆不可令識者見也。

唐人美縣令詩「清簟疎簾看弈棋」，不言清白，而清白自見矣；刺縣令詩「獰色虬紫鬚」，不言貪酷，而貪酷自見矣。今人不解此旨，每與貴人贈答，儘將文章功業，雷同話頭，敷陳滿紙，令人覽之欲睡。近見族祖筠圃光禄《贈程書亭明府》詩云：「竹裏閒情琴斷續，花間清宴蝶追陪。」只此二語，寫盡一個風流儒雅宰官。

金鄉辛玉堂袁公潔畫蒲桃得温日觀遺法，名動一時。余嘗見其作畫，使筆如風，詩境爲之一進。又讀其詩，爽快逼人，可砭沉悶之病。諸説部筆力斬斬，尤是冗漫者對證之藥。

吴修齡云：「詩與文意同，而所以用之者不同。文之詞達，詩之詞婉。意喻之米，文喻之炊，而爲飯不變米形，啖之則飽也；詩喻之釀，而爲酒盡變米形，飲之則醉也。」臯言先生《試律矩》嘗采之，以爲自來論詩文之分，無明劃若斯者。

作詩必須辨體、審題、命意、布格、琢句，而終之以鍊氣、鍊神。

「何處蛩聲動客思，無邊涼意入疏籬。荒苔滿院無人掃，落月多情有夢知。三徑蓬蒿門掩後，一天風露夜深時。可堪暮雨瀟瀟裏，四壁清吟待和詩」，右余秋門明府《秋蛩》詩，工響入妙，頗似韋端己作。

張謹堂州伯《弔史閣部》一律，通首雄傑，李于鱗、陳卧子之流。詩云：「半壁河山勢已摧，孤臣百折志難回。可憐粉黛宫中舞，正是貔貅泗上來。四鎮蟲沙成底事，北門鎖鑰仗公才。梅花嶺畔誰憑弔，落日春風長草萊。」

或謂蘇、李贈答出於後人擬作，余但愛其極真、極厚而長吟之，不問其爲誰氏作也。陶元亮之「雖留身後名，一生亦枯槁」，不如杜少陵之「千秋萬歲名，寂寞身後事」，翻轉寫來，尤覺沉痛。張季鷹曰「使我有身後名，不如即時一杯酒」，亦悲憤語。

諸生孫聯奎字星五，訪余平陵客舍，以詩相質。録其《詠項羽》云：「忌刻虚驕中一生，風雲叱咤氣崚嶒。鴻門不殺何爲者，示玦空煩老范增。」起句入别韵，唐人舊章也。然必於通韵中借入。

淄川王培荀，字景淑，辛巳經魁，舉孝廉方正，年五十始學爲詩。嘗有句云：「前賢一事差堪擬，五十學詩高達夫。」存詩四卷，其中詠古之作俱佳，余特愛其《秋胡妻》云：「妾來非赴桑中約，郎看偏同陌上花。」屬對工雅，得未曾有。

吴景熙雲陔嵯宰，安徽詩人也。雪嶠孝廉嘗誦其佳句云：「滿徑落楓葉，到門聞水聲。」「敗荷喧暮雨，疎柳淡秋烟。」「潮浮沙岸白，山截海門青。」「寒逼燈無燄，風迴雪有聲。」

憨齋詩話卷二

長山馬桐芳子琴

詩有兩惡派：一曰學究派，一曰禪鋒派。又有三惡氣：一曰試帖氣，一曰小説氣，一曰紗帽氣。除此兩派三氣，方可入詩。或謂香奩氣亦不可有，余曰此猶可爲，但不必如王次回之專門耳。

少陵詩云：「讀書破萬卷，下筆如有神。」蓋胸有書卷，自然眼界寬、識見高、氣味厚，筆力亦雄健不弱。

唐詩無論古今體，佳者皆不失《三百篇》遺意，所以不可及。若論詩材富博，恐不勝國朝諸大家。

胡太光字乙垣，新城諸生。詩講格調，尤喜嘉隆七子。余少時曾以詩卷相質，乙垣題一絶云：「新詩饒有古人風，綴玉編珠字字工。他日旗亭寒貰酒，與君齊唱大江東。」

丹徒女史茅桂芬蕊仙有《卧雲館詩集》，《幼子患病》一律特佳，結處尤見至性。詩云：「兒病兼旬項似鵝，調羹煮藥手親過。憐他癯骨三分弱，迴我柔腸九曲多。幾日腰圍都瘦損，一春花事又蹉跎。北堂回憶恩深重，未遂承歡唤奈何。」

典郡吴鎮信辰《黄鶴樓》詩有「三户烟消水不知」之句，人遂呼爲「三户太守」。其《松厓詩録》中佳篇，《隨園詩話》已載之矣，兹不復贅。

白庶常讌卿《太原懷古》云：「一生全節誓猶在，三矢覆讎兒竟能。」爲晉王吐氣矣。

相國蔣勵堂先生《讀離騷》詩云：「渺渺纍臣思，千秋屈子詞。靈修今不悟，香草更誰貽。日月爭光處，沅湘弭節時。篇中三致意，獨有史公知。」

《歷下偶談》載袁玉堂先生《重過水面亭》二絶，余獨取其一，云：「月明水榭又黄昏，酒涴青衫認舊痕。錯過荷花好時節，只留殘柄最消魂。」詞淺味深，不徒以風調擅場也。

二尹姚容士詩筆雋雅，嘗以詩卷質袁玉堂明府。袁愛其才，遂定爲婿，如武功之選李頻，皆千古嘉話也。兹録其名句云：「狂風聲大驚孤雁，流水情深聚斷萍。」

《朝鮮采風録》中好詩不能悉記，聊摘數聯於此。五言如白光勉之「鐘聲隔岸寺，人語渡湖船」，金宗直之「青山半邊雨，落日上方鐘」，權應仁之「徑因穿竹細，籬爲見山低」；七言如趙希逸之「燈暗小窗聞馬齕，夢回孤枕數雞鳴」、「荒烟亂磧麟洲戍，落日孤雲馬耳山」，金堥之「佳節一年寒食過，亂山千疊子規啼」。皆盛宋人佳句。

又朝鮮使臣金尚憲叔度《朝天録》中《東方曼倩故里》一首，議論特佳，與流連光景者不同。詩云：「夜開宣室儼珠旒，執戟郎官走緑韝。首鼠轅車俱碌碌，漢廷綱紀一俳優。」

「五嶺山高人未度，三湘水闊雁先歸。」「寒盡苑花初著蕊，春深宫柳已藏鴉。」「元年詔下黄龍漢，九譯人歸白雉周。」「千里鄉心蝴蝶夢，一船秋色鷓鴣聲。」此安南人佳句，録之以見我朝詩教無遠弗屆。

安隆芹字香池，玉如茂才之族子也。年少工詩，有佳句云：「夜深燈影暗，風急雁聲寒。」

清平王明府發越《秋浦詩》云：「雙塔遠浮烟際樹，片帆輕疊水中天。」洵佳句也。

撫軍程月川先生，端人也。初作宰粵東，多德政。嘗曰：「吾第學劉寄庵耳。」詩格亦與寄庵略同。録其《讀蘇詩》二句云：「興來意氣全吞海，老去文章漸入禪。」

滇南劉寄庵先生詩，諸體俱佳，七古尤瑰瑋有奇氣，而疏宕處全自蘇公得來。名作不可勝載，録其《七夕詩》云：「填橋鵲羽恨飛遲，天上星辰久别離。畢竟銀河容易渡，一年一次慰相思。」寬寬説最好。

文學耿維莘，新城人，字希尹，劉寄庵司馬之高足。刻有《抱雲齋詩鈔》，所長在七古一體，能不負其師傳。記其《題寄庵先生入關圖》云：「路入燕山風怒吼，隨風捲地沙石走。黄昏漠漠無人烟，寒雲慘淡張家口。誰能到此膽不寒，君侯吐氣貫牛斗。四野父老哭向天，烈士飲恨齧其拇。何幸絶塞得生還，豈非我皇恩德厚。匹馬長驅入漢關，黄童白叟齊拍手。去時雨雪迷前途，來時路旁折楊柳。楊柳依依相映發，滿眼春色迎馬首。」

詩貴苦吟，衝口而出，終非詩也。古人文不加點，興到語耳。韓退之云：「才豪氣猛易語言，往往蛟螭雜蚯蚓。」袁子才云：「疾行善步，兩不能全，暴長之物，其亡忽焉。」今之誇捷足者，可不知所戒哉？

宋劉後邨作詩慣用本朝故實，畢竟欠雅，後人不可效之。

先明宇公以孝廉仕至河南太守，能以指濡墨，畫虎如生，而家乘失載。曾於孫尚書家見其所畫卧虎，自題詩云：「一陣風從底處歸，渡河曾見是耶非。閒來好向山中卧，莫使黄狐假爾威。」

昔尤西堂謂蔣虎臣詩殆天授，非人力也。林皋言先生論余詩亦云然。

皋言先生之仲子夢鐸，辛卯秋賦畢，訪余於聊城縣齋，爲司閽所阻，悵恨而去。及余晤郭達夫郡博，始知其事，乃作詩曰：「一病人間萬事非，説經無那傍朱扉。故人千里虚相訪，只似山陰興盡歸。」

余叔曾祖字印組者，年十三舉秀才，十五食餼於庠。人方以通籍望之，而遽折其右臂，終老一巾。暮年闢申椒園於禮參坡之西北隅，聚族人之弟子而授之經，不計束脩。貧不能自給者，且飲食之。先大父實受其裁成焉。嘗述其戒友人王麓邨詩云：「論人且莫輕開口，好直還須再讀書。」麓邨名衍霖，字雨青，乾隆辛卯舉於鄉，性好臧否，故戒之云爾。

麓邨孝廉著書多散亡，無從收拾。《春雨園雜記》中載其《題仲彝寓》五律一首，頗秀净，無蕪氣。詩云：「烟雨明湖岸，芙蓉越女村。燕梁空對榻，鶯語久當門。若到秋來夢，應銷别後魂。相如能滌器，一爲倒芳罇。」

永平尹徐仲彝先生，左翼都督之仲子也。宦遊南詔二十年，還山後囊槖蕭然，仍以舌耕老。方先生主講般陽書院，余亦授經劉氏之鵪鶉館。相隔數武，往來甚密，時物珍饈，頻蒙餽遺。先生爲吾鄉理學之宗，著有《宋儒考》，於詩不甚留意。嘗記其一聯云：「花月精神閒自得，詩書滋味老偏長。」此種讀書樂趣，非有道者能言之乎？

吾鄉茂才王煜旭邨好聚書，喜交文人。論詩最服石子真先生。其家所藏《全唐詩》等皆石加評，甚精當。旭邨詩，五言絶佳，如「夜長醒夢早，病久覺秋先」、「蟲吟知夜定，燈盡見窗明」，此類不能悉記也。

詩有以作者之地位而愈見其佳者，故誦其詩必須知其人也。如程嘉猷順之《齊桓公墓》詩云：「秋風吹客渡淄河，霸主墳前腐草多。到此停車深下拜，爲他解聽《飯牛歌》。」恰是寒士心情。若移入富貴人集中，便覺無味。

《習静軒偶記》載梅成棟樹君孝廉五言律，皆有唐風。余獨愛其《遠眺》一首，發端絶佳。詩云：「小雨忽過水，夕陽紅到樓。我來堤上立，天入晚晴幽。河齧沙成嘴，雲消樹出頭。遠田無麥色，春冷尚如秋。」

《竹枝詞》乃兒童折竹而歌，全屬方言里語，漁洋所謂「詠風土」也。瑣細詼諧皆可入，大抵以風趣爲主，尤宜質而不俚，若太加文藻，則非本色矣。或竟做像絶句，抑何無分别耶？古之工此體者，唐則有劉夢得，元則有楊廉夫，均宜取法。

《柳枝詞》始於白香山《楊柳枝》一曲，蓋本六朝之《楊柳》歌曲也。與《竹枝》迥然不同，須實賦楊柳，兼叙閒情，得正喻夾寫之法，方合體裁。而其聲情儇利輕雋，亦與《竹枝》大同小異，乃歌謡之一體，總不宜像絶句。

萊陽左賡澄虎巖學博，詩筆清和朗潤，著有《樵溪叢話》，鏤版以行於世。

太學諸生鄒平人張吟脩，字文田，詩學新城司寇。其《鳳山弔宋故宫》云：「灧瀲西湖宋舊京，鳳山宫外杜鵑鳴。南遷莫謂朝廷小，絶勝龍沙五國城。」

普月樓明府詩極似梅聖俞，其《偶興》云：「鶴眠清晝寂，花落小池香。」

新城王文簡公，六七歲始入鄉塾受《詩》，讀《燕燕》、《緑衣》等篇，便覺棖觸欲涕，是其性分中有詩也。

讀詩者能會其意，便不當泥其詞，纔曉得詩人興到筆隨之妙。

左都御史竇東皋先生，以《四書》文爲學者宗，詩亦有名。句云：「密林交石氣，空峽轉江聲。」岳忠武詩名作如林，近見武功張洲萊峰明府句云：「已棄中原甘渡馬，猶存高鳥便藏弓。」淄川王培荀雪嶠徵士句云：「臣志已堪吞北國，君心無奈戀西湖。」皆可傳誦，幾乎後來居上。

長山學博楊鍾泰碩庵先生，沉浸經籍，不專以詞章爲急務，撰有《尚書解》。古文入歐陽子之室，書法摹黄文節公，詩學韓、蘇二家，七古得其氣。有《三不惑齋詩》如干卷，未付刻。兹録其《接家書》一首云：「作客經春盡，家書到手遲。未開先自怯，隨讀屢生疑。喜見平安字，反添離別思。重翻看日月，沉擱已多時。」一氣呵成，中無雜句，合作也。昔余應童子試，監場屋者，先生在焉。日卓午，余已交卷。先生怪其速，取而閲之，喜曰：「此文理明詞暢，又有隆、萬間人風味。詩尤秀警，必售之技也。惜字蹟太劣，恐爲累。」是年果不得志，遂棄帖括而學軒、岐術。余不敏，弗能憤發有爲，悠忽以至今日。猥蒙先生一番賞鑒，不敢忘，故附記於此云。

余以手顫，不能細書，遂棄舉業而學醫。最喜張南陽書，撰《傷寒論直解》八卷；於唐人詩愛少陵，有《杜詩集評》六卷。故周兩蒼明經贈余詩云：「詩律自來推杜甫，方書祇是愛張機。」又王潛甫茂才贈余詩云：「儘有醫方如李杲，若論書法讓桓温。」皆紀實也。

詩以言情。其絶無情實者，作詩非不工巧，鮮能動人。近見州伯增松崖公詩云：「所不如人惟有命，最難知己是論文。」情真味摯，余嘗誦之而至泣下。

陝西朱稼邨《咸陽懷古》一律，悲壯蒼涼，不減劉藴靈作。詩云：「緑苔紅土舊阿房，白草黄沙古戰場。盡日悲風過鳥雀，高原落日下牛羊。神仙未必歸徐福，山鬼何曾誤始皇。惟有終南山色在，青青依舊滿咸陽。」

詩之佳者，不必專門，其人氣概不群，則吐屬自異。若鄙俗之輩，工夫到，亦有好詩，要其氣味神骨，自是尋常。

作詩者，才與學均不可缺。有才而無學，是絶代佳人唱《蓮花落》也；有學而無才，是長安乞兒著宫錦袍也。

昆明錢南園副使《荆州》句云：「雄都峙楚梘南幸，重鎮窺吴號上游。」頗雄傑。

大司馬鐵冶亭先生有《梅庵集》，其警句云：「灘聲留雨住，雲影帶山飛。」

茌平袁子春向榮明經，爲人篤孝而有法。嘗有贈余詩云：「出話還宜慎，爲文不礙奇。」真古人交情也。其弟向晨，字子旭，種學績文，食餼於庠。善畫山水，好吹笛，與余結爲弟昆，亦學爲詩。

宋景文《筆記》：「《詩》『蕭蕭馬鳴，悠悠旆旌』，顔之推愛之；『昔我往矣，楊柳依依。今我來思，雨雪霏霏』，謝玄愛之；『訏謨定命，遠猶辰告』，安石以爲佳語。」是論詩不妨摘句也。余讀《蠡莊詩話》愛其中多佳句，集録於此，最足悦目。五言如「林藏兩崖合，樓出一峰高」，「疏燈人醉後，細雨客愁中」，「柳花争曉色，流水識春心」，「星光寒墮水，樹影遠隨人」，「秋隨人意冷，雲共客心閒」，「舟行移兩岸，人語下中流」，「野菜兼花煮，山柴帶藥燒」，「雲飛天外白，山入座中青」，「青山斜背水，黄葉亂飛鴉」，「林飛黄葉雨，山掩緑蘿風」，「關河皆入夢，風雨獨成秋」，「孤邨帶流水，高樹淡斜陽」，「水聲如怒石，雲氣欲移山」，「路經平地少，山比亂雲多」，「鈎簾通竹氣，補石助花情」，「白消殘歲雪，青入早春山」，「雪堤尋有路，河水凍無聲」，「苔痕三徑雨，花影一簾風」，「蝶來風有致，人去月無聊」，「新涼半床月，殘醉一簾花」，「僧歸松影外，磬落竹陰中」，「蟲鳴千葉雨，月暗一湖烟」，「雲凝山氣冷，浪挾樹聲驕」，「猿聲三峽月，客夢一江秋」；七言如「一帶長廊星在水，半天疏柳月當樓」，「萬里辭家無内顧，一身許國正中年」，「薄宦生涯疏酒盞，離人情緒又花朝」，「微風竹外流清籟，急雨樽前送嫩涼」，「流水聲中停客舫，夕陽影裏挂漁罾」，「春當三月原如客，人過中年欲近僧」，「近水起樓宜住我，遠天如夢忽逢君」，「地卑城郭多臨水，縣小人家半住山」，「杜鵑聲裏將軍樹，蟋蟀堂前宰相燈」，「地鄰湖水親鷗鷺，人倚春雲望鵲華」，「婚嫁漸完雙鬢禿，湖山無恙一身忙」，「闊水吞空連地碧，遠山迎日帶江紅」，「谷口石泉喧野碓，店前爐火聚行人」，「小院鶯花春事晚，隔江風雨故人遥」，「遠水半依秋樹外，好山都在夕陽中」，「芙蓉映日紅臨水，楊柳牽風緑過橋」，「竹葉侵將雙鬢緑，梅花送與一身香」，「掃葉僧歸紅樹院，看山人在夕陽樓」，此雖非一家言，皆有唐人風味，至作者姓名，不暇詳載矣。

章丘諸生孟傳璿在星五律頗佳，如「雲影淡春色，鳥聲喧午晴」，「天寒增水白，烟重失山青」，皆可愛。

攝高苑令南橋張公恪《對月》詩云：「必迹光明不避嫌，那聞天上亦垂簾。吴剛無婦姮娥寡，今古同居月一奩。」不惟詼諧動人，抑且舊事新用，所謂才以運其學也。

雲南劉大紳寄庵先生詩，固是步趨蘇公，亦有近漢魏者。如《夢過甸尾訪張金門李向宸》云：「昨宵過甸尾，故人猶未歸。春風吹燕子，翩翩雙羽衣。君自避仇去，我亦輕相違。鴻冥弋何篡，君子先知幾。胡爲隔千里，不得同雙飛。東鄰李氏子，夢中見亦稀。黄花向秋瘦，白魚先春肥。悲哀觸歡樂，爲我歌《式微》。歌罷泪沾臆，曉月來簾幃。山鳥後人覺，今昔誰是非。」

嘗授經於李又東郡博之半野園，其中風景，不亞輞川。余爲作記，孟柳谷先生書於壁。李刻有《南邨詩鈔》，五言古體沖淡有真味，是韋、柳門庭中人。

《聊齋志異》一書久已膾炙人口，近有文登吕氏爲之箋注甚詳，讀之者彌衆矣。當時題詞，不少佳作。余獨愛高鳳翰西園七古一章，乃學李、杜、韓、蘇而自成一家者。詩云：「庭梧葉老秋聲乾，庭花月黑秋陰寒。《聊齋》一卷破岑寂，燈光變緑秋窗前。《搜神》《洞冥》常慣見，胡爲對此生辛酸？嗚呼，我知先生生抱奇才不見用，雕空鏤影摧心肝。不堪悲憤向人説，呵壁自問靈均天。不然盧家冢内黄金盌，鄰舍桑根白玉環。亦復何與君家事，長篇短札勞千言。憶昔見君正寥落，豐頤雖好多愁顔。彈指響終二十載，亦與異物成周旋。不知相逢九地下，新鬼舊鬼誰煩冤。須臾月墮風生樹，一杯酹君如有悟。投枕滅燭與君別，黑塞青林君何處。」

詩不可鑿空强作，待境而生，便自工耳。遊覽山水、憑弔古蹟，易得佳作；閉户閒居，題目自少。須讀列史諸子，隨所感觸，便有絶妙好詩汩汩而來，連篇累牘，不能自已也。

黄山谷論詩詞高勝，要從學問中來。誠哉是言。無論詠古之作必乞靈於典籍，即尋常遊覽詩，眼前景、口頭語，皆須書味盎然，方能令人百讀不厭。

楊碩庵先生之冢子蕙清，字香圃，詩賦清新，有聲庠序。記其《詠柳絮》云：「有志凌雲須解脱，無心學舞敢輕狂。」

齊河郝簟秋岩，乃齊東張醒堂之繼室也，寡而無子，工爲詩。其《詠史》云：「鄴架牙籤信手開，英雄竹帛半塵埃。時來屠狗亦王佐，事去卧龍非將才。金馬功名託諧謔，長沙心力寄悲哀。悠悠得失休重論，千古昆明有劫灰。」慷慨悲歌，除盡兒女子氣。

方鐵船工部詩，博取典籍，而約之以性靈，佳篇不可勝計。録其《讀史絶句》之一云：「豹死留皮語不誣，鐵槍意氣本豪粗。朝梁暮晉知何物，五季綱常屬武夫。」

憨齋詩話卷三

長山馬桐芳子琴

詩要鍊字，字者，眼也。詩眼鍊到妙處，則句自佳。詩眼具在經籍，細心人自得之。如《禹貢》之「及」、「至」、「入」、「浮」、「達」、「沿」、「逾」、「導」、「亂」、「過」、「溢」、「會」等字，皆絶好詩眼也。以此類推，《孟子》之「疏」、「瀹」、「決」、「排」、「注」五字，亦好詩眼。

五言古，以藴藉爲主，要沉浸於《三百篇》。

七言古，發揚蹈厲，無所不可，要取《左》、《國》、《史》、《漢》諸大篇常讀之，自然下筆不同。

五言律，當以王右丞爲正宗，杜工部爲大家，餘子不足數也。

五言律，才力不足，可勉而能；七言律，非才力有餘，斷難措手。

五言排律，任意馳騁不得，須按部就班而爲之。大抵不外分段、過脈、回照、贊歎四法。

七言排律，唐宋以來，作者寥寥，亦無長篇。近惟彭羨門曾賦至百韵。

五言絶，難於渾成，要從漢人樂府學出，乃佳。

七言絶，全要做第三句，此句得力，通首俱振。謝茂秦論絶句之法不可從。

歷城尹畹階佳句云：「臨水人家狎魚鳥，捲簾山色入樓臺。」周范墅佳句云：「半生日計隨蓬轉，中夜鄉心逐蝶飛。」翟鱗江佳句云：「每持清議招時忌，不享全名讓後生。」李楚航佳句云：「但如今日談何易，再想當年事恐無。」

范坰伯野詩云：「不登鳳閣終凡鳥，得過龍門即好魚。」梁任毅鄰詩云：「有形砆碱皆爲璧，無當瓊瑶不算卮。」同一深慨。

李、杜二家詩之優劣，元微之論甚確，故《唐書》特采之。杜詩，王漁洋不取《八哀》，袁子才不取《秋興》八首，皆具卓識，非妄談也。

金陵王永澮圃早入都遊太學，兩應順天鄉試，卷薦不售，充史館校録。事竣，授縣尉，補淄川。爲政仁厚，常與士民如家人父子。解組寄居吾鄉，頻蒙周邺，至今不絶也。詩主諷諭，記其《詠爆竹》云：「千門爆竹夜連朝，城市何須遠逐魈。若把虚縻分濟物，貧民都有濕薪燒。」

楊蓉裳先生名芳燦，無錫人，户部員外。嘗自比李義山，著有《芙蓉山館詩文詞曲全集》。其子麟生，字子山，爲聊城丞，亦有詩。

王慶瀾安之有《和長吉詩》四卷，亦足以傳。

晉安鄭方坤荔鄉《暖鍋》詩，杭堇蒲、袁簡齋取之；慶雲崔旭曉林《歕壺》詩，張船山、袁玉堂取之。合觀二詩，體物瀏亮，稱競爽焉。備録於左，以見哲匠之賞鑒不誣也。《暖鍋》詩云：「涸陰司頊冥，寒威變俄頃。夜卧衾生稜，晨書筆垂綆。癯儒尤貪食，非不列杯皿。朔風動地來，攢眉愁齒冷。嚼雪將奈何，水懦濟以猛。江南錫爲用，椎鑿出頑礦。巧匠琢成模，制與豆登等。燦燦白如銀，飾之苗山鋌。彭亨足有容，那復分畦畛。圓蓋一太極，幕首免露頂。帖妥鼉裙垂，不作鳧鶴脛。右挈而左提，兩耳弓束檠。中央洞無物，無乃象廢井。阿奴策火攻，燄燄生稈秉。離上巽斯下，於卦名爲鼎。揭視悦饞目，一一皆雋永。髖髀或解丁，鱗鬐倘出丙。受辛滋桂薑，抽甲芼藻荇。鱻薧儘收羅，聶切任斜整。沉焉星隕石，浮者桃斷梗。微沫噴珠璣，亂響聒蛙黽。老饕恣大嚼，衆客紛延頸。下箸揭長竿，舉匕泛小艇。蠶食豈割魏，狼吞乃入郢。藉此勸加餐，何嘗礙説餅。捫腹已果然，發言莫聽瑩。側聞古之人，每飯祝噎哽。酸鹹《洪範》陳，脂羶《内則》警。食單欠講明，心疾起蛇影。是物固驅寒，内熱亦宜省。動揺及齒牙，燀灼延項領。或作馬卿痟，或嘲杜預癭。譬彼嗜酒人，腐腸終不醒。寄語囑厨娘，此後亟當屏。和以冷淘槐，啜以甘泉茗。物候一轉移，習習清涼境。」《欵壺》詩云：「制器奪天工，陶人巧合土。形類塞口瓶，狀侔細腰鼓。鋭上長比檠，豐下圓如鬴。豕腹脹且團，鵝項直難俯。頂疑混沌鑿，心訝比干剖。有如藕出泥，中斷竅可數。又若剥蓮蓬，子抽空見腑。孔露蜂仰窠，穴攢蟻開户。一口能翕受，衆竅恣噴吐。欹器注方盈，漏卮洩難杜。盛夏天氣熱，赤日燒園圃。花苗旱欲枯，蔬芽屈未努。舉瓢猛易傷，抱甕拙尤苦。園丁揵水來，持柄爲酌取。滿腹貯清泉，覆手成甘雨。高傾細濺珠，密灑膩潑乳。浥注桶兩三，沾濡畦四五。坐看醍醐灌，頓使沉疴愈。參差掩映間，新緑争媚嫵。膏澤天縱屯，造化器能補。俯仰暫隨人，出納終自主。勺合不自私，盆盎差爲伍。功成身且退，待用澤仍普。此物足珍重，圖形續博古。」此等題，無故實而能鋪陳穠至，後生讀之，最足擴充才思，增長筆力。《小倉山房詩》中《答周幔亭山中招友》、《湘山子四十歲索詩》等篇，並是益智粽。

明經孔傳洙來峰先生，肫誠有儒行，工於制義，作詩不存藁。嘗記其楹帖云：「真機養後夢魂静，慾念消來宇宙寬。」

曲阜孔繼涑谷園句云：「青山欲暮聊成醉，白眼看人不是狂。」昭薰琴南句云：「最是鶯花三月裏，忽思樽酒十年前。」憲奎恬齋句云：「無數閒花侵曉夢，有情芳草映斜陽。」皆興屬閑長，良無鄙促也。

聊城有藏余詩草者，言從通州糧艘得之。余聞而借觀焉，乃十年前舊作，略摘數聯，以補遺爾。五言：「寒魚依落葉，倦鳥立斜陽。」「亂山憑樹立，野水壓溪流。」七言：「匹馬秋風黄葉路，萬家殘月搗衣聲。」「萬里軍聲人望月，滿城秋氣鳥呼風。」

陳後主詩有警絶者，如曰：「午睡醒來晚，無人夢自驚。夕陽如有意，偏傍小窗明。」得於天趣，何減右丞！

武威孫撰章雲房學博絶句云：「渺渺炊烟小小邨，半塘秋水長新痕。西風斜照下牆脚，一路菜花黄到門。」神似葛天民《無懷集》中語。

梁、陳之際，徐、庾並稱，其實孝穆遠遜子山。子山如江漢，孝穆池沼而已。温、李二家詩非徒巧艷奪目，直是風骨不凡。今人無其風骨，一味刻翠剪紅，乃徐東野派，不是温、李詩。

湖北熊次侯伯龍編修詩云：「身後自然傳李白，眼前誰肯薦揚雄。」亦足感人。

衍聖上公冶山先生，聰穎特達，能歌詩，善行楷，阮芸臺制軍嘗器異之。著有《鐵山園詩集》六卷。

七言律風調瀟灑，逼似香山、放翁二家，如「夾岸樹濃含宿露，滿郵花艷映斜陽」，「偶因卷幔風歸户，纔令移燈月到床」，「地近園林槐葉暗，風生樓閣芰荷香」，「三徑客稀人獨立，虚堂簾卷日初斜」，「幾家茅屋依青嶂，十里垂楊雜絳桃」，「芳草色分蟬鬢緑，海棠濃奪杏腮紅」，「斜日影添鴉背采，北風聲逐馬蹄忙」，「花到荼蘼人意嬾，節過寒食鳥聲嬌」，皆可誦也。《湖海》、《紅櫚》諸集，此其後勁歟？

明經周樂二南，歷下知名士也，著《正氣吟》。余特愛其《范粲》一首云：「生而寢，寢車裏。老而死，死車裏。此車值作首陽看，三十六年地不履。兒輩足不出邑里，日傍輪轅伺卧起。司馬家禄棄如屣。」音響既妙，議論亦佳，堪與李西涯、尤悔庵詠史樂府並傳。

族叔訶溪國翰、族弟馭符官龍同登壬辰進士，皆授縣令。訶溪有《贈袁玉堂明府》詩云：「文章家世衍青箱，前有隨園後蠡莊。十載弦歌留政績，半生旗鼓振詞場。品題頗愧登龍晚，姓氏何期附驥彰。習静軒頭頻問訊，相逢却在鵲山傍。」馭符亦有句云：「緑楊風際軟，紅杏雨中疏。」

《禮經》有言：大功廢業，原壤登木作歌，聖門譏之。今人乃有哭父、哭母詩，甚至有刻廬墓集者，寢苫枕塊之時，何暇及韵語耶？

東坡七古豪岸逸宕，固應獨步炎宋，魯直、無咎未宜鼎足。若七言律又粗率，又生硬，遠不逮放翁矣。陽湖趙氏乃謂陸勝於蘇，任情軒輊，余不敢以爲然。

孟在星《閨怨》云：「門前桃李花，春風倚簾箔。年年見花開，歲歲見花落。」祇似閒閒寫景，可謂怨而不怒者矣。

新城孝廉王允灌，字子罶，著有《愚泉詩鈔》。《讀蕭相國世家》、《題淮陰侯列傳》諸篇，俱有高識，一時稱之。録其《遊德風亭》句云：「三晉雲山雄上黨，一天烟雨逼清明。」

高東井云：「未有庸人解好名。」洪稚存云：「不近情人不好名。」閲人多矣，益知其言之不誣也。《澹圃詩續》，余所論定，五言如「山光撲簾幕，花氣透窗疏」，七言如「貧慣支持多婦力，病逢裁答著孫書」，皆佳。

諸生孫克昌，淄川人，字恃德，著有《西谷詩草》。其《秋夜懷友》云：「玉露滴空林，寒蛩鳴不歇。相思故人情，皎皎三更月。」《清明》云：「青山迢遞日初斜，溪水磷磷漾淺沙。一架秋千人不見，東風開遍小桃花。」

刺史宋懋祁申伯先生，長洲人，工畫山水，有《紅杏山房詩》。録其《惜春詞》云：「艷陽烟景如剪霞，杜蘭香駐五雲車。珠簾半卷桃花月，綃帳香温春夢賒。」「蘂亂雲盤鎖金縷，采紅拾翠鶯燕舞。萋萋碧草脈脈情，争禁一夜妬花雨。」似温飛卿合作。又有五言佳句云：「暮雲横斥堠，寒月照江沙。」「晨光明野色，溪水帶雲流。」

袁玉堂先生歸自戍所，畫蒲桃於明湖旅舍。何鄰泉岱麓觀之，作二絶云：「淋漓大筆寫蒲桃，作客清閒興轉豪。多少珍珠隨手灑，原來揮霍屬吾曹。」「才華如此竟無官，塞上歸來泪暗彈。多畫蒲桃作投贈，教人知道是心酸。」

權知德州王大淮海門先生《白梅》句云：「凍雀銜來疑有雪，涼蟾照處欲無花。」其子鴻，字翾雲，尤耽吟詠，年未及壯，而詩已不下千餘篇。特録其好句云：「采蘭修禊剛三月，携酒聽鶯第一聲。」「風雨轉成千里隔，鶯花底事一春忙。」此皆學《才調集》而入妙者。

海門先生之從弟秋槎，五言律亦清絶。有佳句云：「何處一蟬噪，高枝雙鵲還。」

謝問山茂才之子紹基，字鎮甫，工畫花卉，詩有家法。其《詠史》云：「泊然於世已無求，把釣江干萬事休。一念趨炎心便熱，焉能五月著羊裘。」頗見才思。

孝廉翁紹海，字寄塘，新建人。《過西楚霸王墓》詩云：「胭脂有井恨無窮，花蕊何由入宋宫？直得美人身一死，項王此處是英雄。」

蔡傳謹畹蓀鹺宰，浙江嘉善人也，工詩善弈。《劉郎浦》云：「江山兒女亦相當，得失紛紛各自忙。吴蜀至今無尺土，猶將此浦屬劉郎。」

鹽運知事吴文焕，字蕉吟，善彈琴，工畫。《湖亭》詩云：「午夢初醒半掩關，看花人又采花還。夕陽亂點寒鴉影，疎柳無風自在閒。」

郭伯翼《題萌山寺》云：「琳宫高接碧天霞，自與瑶光各一家。不識近來誰好事，山頭栽遍合歡花。」笑煞比丘尼輩。

《蘭泉雅集詩》，乃袁玉堂明府途次金城，與諸名輩倡和之作。兹録玉堂佳句云：「九曲河流盤遠勢，四圍山色送餘清。文章顯晦都關數，詩酒風流不是顛。」皆有磨盾横槊之風。

灌陽刑部郎中唐之柏有二女：長玉弟，年十七；次聯弟，年十五。皆未字人。時古田賊肆掠，避亂於花石巖。巖臨深淵，賊將及，姊妹同嚙指血，題詩石壁，携手墜淵死。玉弟詩云：「姊妹流離並舍生，長留幽恨作江聲。一泓渺瀰巖前水，白石粼粼見底清。」聯弟詩云：「白璧奚容少有瑕，深淵同墜亦何嗟。惟憐歲歲秋風起，望斷雙親哭葦花。」具鮑君徽之才華，成曹令女之貞烈，雙璧沉淵，諸史罕有。亟録之，以永其傳。

上舍曹樹本立亭、文學梅之荃季青、劉子田藍玉、王煜旭邨同學詩於石子真先生，各得其妙，時稱「石門四子」云。立亭《讀霍光傳》云：「子孟社稷臣，廢立事豈左。不能防婦人，致有滅門禍。」季青《仲冬呈石子真先生》云：「吾輩生涯拙，依人不自由。豪門僮僕慢，久客性情柔。案上新詩滿，爐中宿火留。談心知未厭，晨夕樂相酬。」藍玉《漢宫詞》云：「竟日長門閉，春風有落花。諫臣彈女禍，誰勸選良家。」旭邨《蝴蝶》云：「無邊春色恨遲遲，襲艷瑶臺只自知。屈指東風多少日，一生心事爲花癡。」客中不能得諸君之全詩，即素所記憶者，録之如右。

宋初西崑體，亦是風會使然。梅聖俞、蘇子美起而矯之，不肯蹈常襲故，允推作手。歐陽七古專學昌黎，《日本刀歌》是驪龍頷下珠。王荆公才力頗張，而意味較薄，《桃花源》一篇外，《明妃曲》猶可喜。蘇子瞻詩不尚雄傑一派，其勝人處在乎議論英爽，筆鋒精鋭，舉重若輕。讀之似不甚用力，而力已透十分，此天才也。放翁以律詩見長，名章俊句，層見叠出，令人應接不暇。古體詩所以不及李、杜、韓、蘇諸大家者，正坐沉鬱頓挫少耳。南渡後，詩推尤、楊、范、陸四家。西江派黄魯直太生，陳無己太直，皆學杜而未嚌其胾者，然神理未浹，風骨獨存。

元裕之七言古詩有豪放邁往之氣，又專以單行，絶無偶句，構思窅渺，十步九折，愈折而意愈深、味愈雋矣。七言律則更沉摯悲涼，自成聲調。虞、楊、范、揭四家，詩品相敵，而道園較勝。他如吴淵穎以兀奡、迺易之以流利、薩天錫以穠鮮耀艷，故應並驅中原。趙松雪暨金華諸子未可同年而語也。鐵崖樂府，詆訶者比於妖魅，然廉折稜稜，視纖弱一派不猶愈乎！

寶坻布衣王殊洽，字害厓，《題船山遺集後》一律持論甚當，故録之，云：「字有鋒稜墨有聲，一枝枯管自縱横。泥沙瓦礫隨心走，雷雨風雲觸手生。辭世定爲香案吏，住家合在錦官城。若論唱嘆風人旨，爐火還須子細烹。」

劉夢周字式公，石齋其别號也。博學耽詩，在虎闈稱後來之秀。記其「糊塗小事原非病，馳騖鴻文未算才」一聯，亦可見其立心之不凡矣。

近閲莪庵詩，最愛其一絶云：「山堂寂無人，樽酒不堪把。一夜秋風高，黄葉滿窗下。」又警句云：「秋河映高閣，斜月入疎簾。」莪庵姓何氏，業宜其名，吾郡新城人。

益都文學陳山岳，字静甫，醇儒也，爲雪堂主政之胞兄。詩學放翁。嘗記其一聯云：「肝膈難爲新婦吐，衣裳猶是舊人縫。」

王夢樓先生嫁女，以所作字五十幅爲妝奩；童二樹先生嫁女，以所畫梅花百幅作妝奩，傳爲佳話。近袁玉堂先生嫁女，亦以所著詩一箱、所畫水墨蒲桃百幅作妝奩。其《送女詩》云：「殷勤送汝出門時，父命之同母命之。寒士妝奩無别物，半箱圖畫一箱詩。」此皆名士風流，足補《世説》一則。

任丘邊浴禮褒石，詩學李長吉而得其神。録其《寒夜吟》云：「破月暗無光，天色作寒碧。不知嚴霜飛，低頭見人跡。怪鳥啼一聲，陰風鳴策策。」

百菊溪制府《春柳》句云：「開眼東風過二月，畫眉春色到三分。」亦旖旎可愛。

武進陸樹棠憩園詩詞並皆佳妙，七律一體尤勝。摘其句云：「壯不如人緣客久，貧原非病奈愁何。」

王秋槎問源七言律亦有佳句，如「殘夢怕教林鳥喚，瘦顏情恐鏡鸞知。」「花却有情看更好，詩從無意得偏工。」皆宛似劍南。

南通州徐伯楨宗幹先生宰泰安，多善政，著有《斯未信齋詩》。録其佳句云：「赤日曝人背，黄沙没馬蹄。」「月光斜照屋，霜氣漸侵人。」「曠野山逾碧，臨江樹更濃。」「沙起風俱黑，田窪麥易青。」

袁若愚字愚山，淄川經術士也。老於青衿，卒年八十有四，鄉人私謚之，曰「文節先生」。遺詩一卷，其《偶感》云：「篝燈五夜惟呼酒，風雨千山不閉門。」

同里朱思鵬字翼雲，以明經得海豐學職。有詩一卷，殁後不知所在。記其《過姜遵墓》云：「當年誰識范希文，諫議留賓酒半醺。今日馳驅忽憑弔，夕陽芳草向孤墳。」

番禺進士馮詢子良《蘭溪舟中》云：「三月鶯花歸更好，五更寒暖客先知。」《暮春感懷》云：「有意疎狂成酒病，無端零落替花愁。」出句皆遜對句。

憨齋詩話卷四

長山馬桐芳子琴

明初詩人，當以劉伯温、高季迪爲冠。伯温獨標骨幹，時能規撫杜、韓，《走馬引》一篇，尤關名教。季迪才氣超邁，音節響亮，出入於漢、魏、六朝、唐、宋諸家，而能自生新意。沈歸愚謂其步蹊未化，篤論也。此外若何大復、楊用修、徐昌穀、歸季思，皆余所服膺者。

國初諸老之詩，錢牧齋、吴梅邨二家矯然特出，牧齋詩已奉禁錮，不必論也。梅邨古詩勝於律詩，而古詩擅長處，尤妙在轉韵。一轉韵，則通首筋脈，倍覺靈活。

劉錫字夢齡，韵湖其别號也。天津人，卒年三十有四。爲詩豪邁雄放，尤以歌行擅場。使天假之年，方駕東坡不難也。録其《太行道中》一律云：「路自蠶叢心自平，盤盤石磴誦詩行。人無壯志難忘險，山有奇峰始得名。何處更看紅日近，至今猶見紫雲生。回頭不辨塵間世，烟霧蒼茫空澗聲。」

安玉如《七夕》云：「銀河雖是隔東西，歲歲星橋路不迷。十二萬宵得歡會，人間那有此夫妻。」翻空出奇，筆大如杠。

山陰茹洪霖坤泉上舍之孫益，字子謙，精申韓之學，詩亦清灑可喜。録其《新晴贈友》云：「碧桃花下酒同傾，半醉還應野外行。佳日從來不易得，三朝風雨一朝晴。」

濱州牧戴巳山屺先生，丹徒進士。詩筆清便宛轉，而填詞尤佳絶，周清真之典麗、姜白石之騷雅、史梅溪之句法、吴夢窗之字面，並擅其長，自成一家。詩摘其《西施》句云：「真能傾國夫差死，如此酬庸范蠡賢。」《明妃》句云：「薄命承恩終永巷，投荒報國幾傾城。」詞録其《鄭柳田七十初度・蘭陵王》一闋云：「白頭矣，誰識婆娑老子。七十載，詩意畫情，人在明湖鵲華裏。荒園半畝地。占取山林城市。女牆外，垂柳一株，竟日閒門掩秋水。回思少年事。記蠅誤晴窗，龍點蕭寺。千金難買洛陽紙。但地有泉石，人偕裙屐，有花有酒有名士。興酣筆如駛。知己，竟誰是？賸華髮霜欺，舊友星綴。百年三萬六千醉。問今尚餘幾，請君屈指。人生萬事，不稱意，且醉耳。」

湖南張慤田蘿山司馬《出塞》詩云：「身經《禹貢》書之外，馬飲長城窟以西。」頗新奇。鄒平張蕭亭先生之來孫啓耀，字光遠，亦好爲詩。乃舅石子真明經誦其句云：「雨來楊柳重，風過芰荷香。」

張南橋明府有《防躁軒詩》，氣體大方，異於舉止羞澀者矣。其《悼子諒弟》云：「不壽自難争福力，能傳何必定科名。」「常分薄禄周貧士，不肯低顔媚長官。」

孝廉舒位，字立人。《陳橋驛詠史》云：「兩日摩挲一日紅，當年此際太匆匆。病龍臺遠名成讖，夾馬營香氣早鍾。遂有高文用陶穀，竟無佳傳贈韓通。可憐夜半爲天子，難守庚申漏點中。」

族兄霽峰嵐明經工尺牘，善楷書。詩不多作，亦有可采。《春陰》云：「看花公子閒無賴，倦繡佳人夢易成。」《秋柳》云：「陶令宅前涼月没，亞夫營外夜烏稀。」其弟峒，字秋澗，武夫而列膠庠者也。書法顔筋柳骨，詩亦清拔。記其《賀舉鄉飲大賓》句云：「青燈雪案詩書舊，白髮春風杖履閒。」

津門金玉岡，字西崑，爲詩仗氣愛奇，動多振絶。其《鄴中懷古》云：「漢室方歸曹父子，魏廷已有晉君臣。」

大興孝廉李雲章，字子文，爲詩氣候清雅，言近而旨遠。《秋吟》句云：「露深蟲語急，天碧雁行高。」《揚州》句云：「百年生氣梅花嶺，一片怒聲瓜步潮。」

無錫比丘尼嶽蓮，字韵香，别號清微道人，爲袁玉堂先生詩弟子。才思清峻，海印之流也。玉堂采其詩入《詩話》寄之，韵香謝以詩云：「蜀牋成帙付郵筒，重叠封題字字工。八表誰如雲最捷，千山惟有月相同。分房蓮子心皆苦，隔樹春禽語暫通。何幸珍珠雜魚目，遥從濟上達江東。」

明經宋希曾，字幼魯，申伯刺史之子，王夢樓太守之外孫也。詩有家法，記其《秋夜》句云：「雲消山影瘦，風定水聲低。」《上元》句云：「卜藺門庭都插柳，鬧蛾筵几共傳柑。」

杭堇浦先生五言律堪與隨園頡頏，記其《臨平道中》句云：「樹從烟際遠，山比雨餘青。」《玉山道中》句云：「炊烟茅店午，雲氣亂山陰。」

棲霞牟鶴厓貞相明府詩，佳篇已入《山左詩續鈔》，今楊碩庵先生又誦其「盈虚蘇子月，得失楚人弓」一聯，余愛而録之於此。其弟陌人司訓經學湛深，以古文名，而詩亦佳，古體尤勝。

前齊河宰蔣因培，字伯生，常熟人。詼諧有傲骨，百菊溪制府愛之。以詩游戲，未嘗存稾。何岱麓傳其《飛來峰》七古一首，絶佳，特録之云：「怪事咄咄有如此，靈鷲飛來三萬里。夜半轟然墜一聲，地爲瑟縮天爲驚。我對峩峩時下拜，丈人揖我蒼霞外。摩空一氣常濛濛，金烏潛匿巖腹中。山靈爲我殷勤護，愼勿乘風復飛去。」

房具慶字燕喜，《春蝶》句云：「徘徊三徑草，消受一春花。」

太學生徒新城孫承嗣，字繼先，爲人篤孝，殫精兵家，言槍法尤其所長。淄川孔愚堂繼愈布衣贈之詩云：「對酒談兵法，挑燈讀《孝經》。」

布衣李詒經，字五星，石桐先生之門人也。著有《卓庵吟草》。嘗記其一聯云：「朝間思夜夢，秋病著冬衣。」

凡題位枯窘，須用襯字訣。如董曲江《魯連臺》詩「東門牽犬秦丞相，南國招魂屈大夫」是也。曲江又有《濟南》句云：「初日芙蓉仙侶棹，春風楊柳少年場。」用典亦新。

歷下何鄰泉，字岱麓，善隸書，工詩，有《無我相齋吟草》。録其《避瘧》云：「詩筒酒琖兩難親，瘧鬼重尋未了因。應候來如不速客，閉門難作絶交人。陡分冰炭無常性，閲盡炎涼悟此身。堪笑當年顓頊子，那須多事過江濱。」又有《游隨園懷袁簡齋先生》句云：「十載宦餘輕富貴，一生花裏住樓臺。」恰是此老分際。

詩家體格詞意最要大方，而以清氣行之。古之名公，無不如此。「五嶽圭稜河氣勢，六經根柢史波瀾。」作詩者當奉此二語爲要訣矣。

袁子才詩學楊誠齋，而能各開生面。五律一體，尤神似誠齋。王夢樓謂其奇才，李雨村謂其天授，皆篤論也。

忠雅堂詩學山谷，而去其艱澀，出以響亮，亦由天人兼之。《京師樂府》十六首，是其佳構。甌北詩立意學蘇，以新造爲奇異，而稗家小説，拉雜皆來。《青山莊歌》一篇，足敵子才。七律不少佳作，五律則非所長。五七言絶句，備體而已。

王夢樓詩格近趙飴山，工夫深純，精神綿密，細筋入骨，高唱凌雲。七言律大抵學《唐詩鼓吹》，亦當時之錚錚者。

分轉接堂孫公堯城愛士工詩，録其《仲雲太守邀同友人遊大明湖》一律云：「判牘餘閒樂事并，朋儕共泛一舟輕。遥臨北渚疑無地，却見南山盡入城。烟柳依依迎短棹，風蒲獵獵送秋聲。亭臺此日遭逢盛，管領群賢太守清。」並録吴仲雲振棫太守和章云：「閒從北渚濯塵纓，俗慮全抛骨亦輕。一帶疎林紅入畫，半篙秋水緑依城。徑穿天韭尋碑字，人隔蘆花聽笛聲。不是提壺無逸興，詩情端稱飲茶清。」

管芝舫贊府之夫人莊若韞，字芸緗。《七夕》詩云：「雙星脈脈隔銀河，烏鵲橋成此夜過。縱使相逢仍是别，算來歡不敵愁多。」

陵縣閨秀邢順德，字蘭圃，有詩一卷。録其《華清宫》云：「鳴鑾不復到華清，寂寞無人空月明。可惜當時歌舞地，年年春草路旁生。」深情遠韵，頗近唐賢。

甘肅敦煌尹許乃穀玉年有殊才，詩筆豪放，吐氣如虹，七古一體尤佳。録其《太白酒樓歌》云：「騎鯨人去不可見，眼中兀突見此樓。天邊黄鶴誰搥碎，頹垣亂枕長河流。憑欄一眺望，茫茫生百憂。先生不逢賀四明，長安市上誰知名？先生不拯郭汾陽，赤手誰爲清八荒？世不我知無所耻，我不知人合羞死。長星一謫唐中興，不然詩狂酒狂而已矣。日日酣酒肆，無人測其意。衆人不飲何曾醒，先生但飲何嘗醉。醉時白眼看青天，招呼明月來樽前。今人古人共此月，樓頭寒影仍娟娟。」

廖豸峰炳奎明府，福建順昌人，著有《豸峰山樵詩稿》。特録其佳句云：「風到荼蘼應有信，春歸桃李竟無言。」「遠岫雲濃疑有雨，晚山霞斷半隨風。」「蒼松影逗三竿日，紅藥香飄一笛風。」「菊遲雁信風難報，桂老蟾宮月未知。」皆神似楊誠齋。

閩中詩，十子而外，又有許鐵堂、黄莘田、李櫪園、薩檀河、伊墨卿，各以詩鳴，皆能自闢途徑。近時豸峰先生，詩篇亦極宏富，足步後塵。余已采其佳句，先生又出其鄉中詩七家，屬余采擇，録之如左。廖騰煃蓮山句云：「香浮寶篆雲迷鶴，花壓朱欄樹繞鶯。」廖廷鶴繽山句云：「路繞平田無直致，水穿委巷有清光。」祖之望載璜句云：「草没鯀堤新漲緑，山連雞澤野烟青。」林清光梅甫句云：「湓浦琵琶移棹夜，廬峰瀑布隔簾秋。」謝紹謀大逸句云：「桃花艷競霞明水，柳絮狂隨蝶過橋。」張際亮亨甫句云：「瓜步江寒初見日，松寥天遠只如烟。」鄭開禧迪卿句云：「泉聲似怒石當路，風力能驅雲下山。」俱有唐音，而所謂閩派者，不得以病之矣。

沈歸愚太師詩云：「地連桑竹多平遠，山入雲烟忽有無。」裘叔度少傅詩云：「論文不棄鼓刀者，相士每於彈鋏中。」洪稚存編修詩云：「新月如眉過寒食，東風吹雨作清明。」張船山太守詩云：「無事何須投筆起，此生原爲讀書來。」吴山尊侍講詩云：「去雁遠從潮際定，歸鴉争向雪前啼。」紀文達公詩云：「千古文章雖有價，一時衡鑒豈無差。」翁覃溪鴻臚詩云：「春社雞豚桑葉雨，晚陽籬栅菜花風。」

王述庵侍郎詩云：「荷蓋忽傾知露重，柁牙微響識潮生。」蔣心餘編修詩云：「但借文章敵憂患，莫看科第作功名。」朱海愚鹽運詩云：「一水漲喧人語外，萬山青到馬蹄前。」李雨邨觀察詩云：「帆迴山背風無力，艣剪江心月有聲。」吴穀人祭酒詩云：「葉纔脱樹月流地，秋欲浸人河在天。」法時帆侍讀詩云：「兩三竿竹自秋色，千萬叠山皆雨容。」孫淵如觀察詩云：「相逢馬上成今雨，歸去鷗邊有故鄉。」王鐵夫學博詩云：「才子回頭多是佛，美人彈指各成仙。」右於書坊見諸公集，記其佳句以歸，而録之者也。寒士購盡無力，可恨哉！

長洲韓雲溪公三泰宰霑化七年，邑人士於其調茌平也，以「文敷仁洽」四字額諸公廨，即當去思之碑，其德政略可見矣。詩品閒雅可愛，嘗記其二句云：「喜聞己過方稱勇，好語人非亦是愚。」

「詩要清挺，纖巧濃艷，總無取焉。」此何尚書《然燈記聞》中語，實余平生得力處也。

阮翁不爲次韻詩，秋谷以爲可法。沈歸愚、袁簡齋、陶篁邨輩皆極言次韻之弊矣。至於追用前人某詩韻，尤爲無謂。

王文簡公《七古平仄論》、趙宫贊《聲調譜》，皆爲初學指示法門，能用法而不拘於法，斯善矣。

《蕉窗雜記》云：「五代時江爲，考城人，江淹之後，善吟詠，有句云：『竹影横斜水清淺，桂香浮動月黄昏。』林君復改二字，爲『疎影』、『暗香』以詠梅，遂成千古絶唱。點化之妙，不啻丹頭在手，瓦礫俱金矣。」

棲霞秀才牟鳫，字農正，《詠烟草》云：「豈有神仙食烟火，依然吐屬是雲霞。」

黄光連字逸少，吾鄉畫師也。山水人物，無不臻妙。亦工篇什。摘其句云：「風和漸見桑鋪葉，雨足懸知麥有秋。」

舉鄉飲介賓，文學朱善會先生與張檢討等十二人，仿香山尚齒會，結爲恒春社。是時先生年八十有二矣。族祖雲坡廣文贈以詩云：「高士宋纖稱後輩，狀元梁灝是同年。」

白下僧定志，字鷹巢。《贈袁玉堂明府》詩云：「好是袁臨汝，香山契最深。別離前日事，憂樂古人心。畫向歸時寄，詩從去後吟。他年花滿縣，定訪邵棠陰。」

高密李石桐文學，生於漁洋、秋谷之後，而能自闢町畦，獨標宗旨，可謂岸然自異，不肯隨人步趨者。其五言樸而腴，淡而永，苦思而不見痕迹，用力而歸於自然。五字中含不盡之意，五字外有不盡之音。粗人觀之，乃曰易易，蓋未知此中甘苦者也。特摘其佳句云：「旅病覺寒早，獨眠知夜長。」「夜雪曉方覺，朔風晴更多。」「長貧爲客易，漸老別鄉難。」「遠山晴始見，高樹夜偏聞。」

惠民道士劉復立，字卓爾，故都吏也。工書法，好吟詠。有佳句云：「雲飛山欲動，花落地還香。」《國朝詩人徵略》載張船山先生《論詩絶句》四首，實獲我心，特録之，云：「躍躍詩情在眼前，聚如風雨散如烟。敢爲常語談何易，百鍊功純始自然。」「名心退盡道心生，如夢如仙句偶成。天籟自鳴天趣足，好詩不過盡人情。」「土飯塵羹忽斬新，猶人字字不猶人。要從元始傳丹訣，萬化無非一味真。」「也能嚴重也輕清，九轉丹金鑄始成。一片神光動魂魄，空靈不是小聰明。」

汪芸厓少府著有《攬翠山房詩草》。《泛大明湖》句云：「烟輕扶小艇，水暖出新荷。」故司馬劉大紳寄庵《聞蟬》一律最佳，三四尤有遠情，特録之，云：「搗衣砧罷劇堪憐，秋柳聲中集暮蟬。幸不榮枯驚末路，偏當哀樂感中年。連宵歷歷聞蛩後，一樹蕭蕭到雁先。莫更撫琴彈別調，征人祗此已悽然。」

貴州阮仲寅公，濟陽賢宰也。詩學明初四家而能變通之。其《暮春曉行》云：「斜月淡烟籠，殘花落曉風。鳥啼春樹裏，人過野橋東。徵逐心猶壯，崎嶇馬自雄。好山看不盡，前路日初紅。」

章丘孟雲峰，字嵐亭，以明經授户部主事。著有《人鏡集》如干卷，講明五倫，甚有裨於風教。亦好吟詠，有佳句云：「人影橋邊水，鶯聲柳外邨。」「簾疎風入座，雲卷月當樓。」「風聲群木合，雨色衆山昏。」「流泉穿竹細，密雨灑苔青。」

漢軍卞恪敏公，勳庸卓絶，垂情風雅，有《公餘詩草》。余特愛其「半窗邊地月，一枕故鄉情」二句，氣格逼唐。

「世間清福輸高士，天上名星讓老人」，滿洲尹文端公句也。《八旗通志》稱其詩沿溯中唐，而以劍南、石湖爲圭臬。

張超然大令《鄴中》句云：「奸雄未解尊王室，堯舜何曾築禪臺。」徐大臨編修《吴桓王》句云：「刀圍玉帳觴公瑾，花簇珠屏舞大喬。」查德尹侍講《賈太傅祠》句云：「身逢明主猶嗟命，天奪中年亦忌才。」沈補隅布衣《表忠觀》句云：「雄風尚想潮頭弩，軼事猶傳陌上花。」杜紫綸庶常《黄金臺》句云：「豈獨一時能雪耻，直令千載感憐才。」鮑辛浦大令《范忠貞祠》句云：「大節並推顔魯國，孤忠直繼段司農。」盛庭堅文學《杜文貞祠》句云：「遇主名高《三禮賦》，懷人心折《八哀詩》。」沈歸愚太師《漢武帝》句云：「鑿空使者通西域，傾國佳人出北方。」袁簡齋太史《王右軍祠》句云：「觴詠偶留《修禊帖》，安危能上會稽箋。」黄仲則茂才《英布墓》句云：「去留楚漢興亡地，倔强韓彭斧鑕餘。」姚姬傳郎中《弔王彦章》句云：「亂世烏飛難擇木，男兒豹死自留皮。」湯緯堂大令《姑蘇懷古》句云：「降王烏啄方嘗膽，浣女娥眉恰捧心。」祝止堂侍御《汴州懷古》句云：「地棄燕雲原失算，天性宗岳爲何人。」吴沖之都諫《廉閵祠》句云：「由來恩怨終亡國，未有英雄肯忌才。」蘇維晉文學《南陽》句云：「高密建功能再造，武鄉遺憾竟三分。」趙味辛司馬《荀卿墓》句云：「史公位置還齊孟，弟子門牆竟出斯。」王述庵侍郎《宋玉宅》句云：「洵有才華開庾信，誰知風義接靈均。」李石農中丞《河間獻王》句云：「好古官增新博士，傳經《詩》授小毛公。」喻冶存明經《范文正祠》句云：「秀才天下爲憂樂，老子胸中有甲兵。」此皆眼前故實，一經拈出，便覺嶄新，豈非筆底有神？

廣東莫耀山元伯司訓《李廣》句云：「那堪天子都言數，誰信將軍果是飛。」《李義山集》句云：「國事關心重有感，此生多恨半無題。」皆工。

同里袁德基字令輿，負雋才，久困諸生間，晚節貢入太學，尋卒。素性峭直，好面折人過。嘗作《富兒詩》以刺時，極盡形容，聞者足戒，殆《秦中吟》之續歟？余選六家詩，已載之。兹録其題余詩卷一律云：「軼群英妙擅才華，陸海潘江可並誇。不仗青韁勒生馬，直憑赤手捕長蛇。拜來東野傾肝膽，説到項斯芬齒芽。披寫風懷時坦率，豈同第五傲官家。」

（吴忼、楊焄、張宇超點校）

雅歌堂甃坪詩話

雅歌堂甃坪詩話提要

《雅歌堂甃坪詩話》二卷，據光緒二年潭陽徐氏刊本點校。撰者徐經（一七五二—？），字芸圃，號恒生，又號甃枰居士、書畫船主人。福建建陽人。諸生。有《雅歌堂全集》。徐氏有《辛丑三十初度》詩，知生於乾隆十七年。此書多記乾隆、嘉慶間事，有署年「今嘉慶二十一年丙子」者，卷二記事又及道光五年、六年，又曰年八十作《甃枰吟琴操》，則已是道光十二年，寫作歷時甚久。徐氏科考不中，蔭襲父祖武功勛，悠游林下，雖有經史經濟之才識，而不出仕。論詩大抵主瘦硬，斷言陸士衡「詩緣情而綺靡」一語不可爲訓。其表彰閩地詩人，即以林逋庵（天申）之清瘦勝過黄任之綺語，而不滿人之喜莘田。徐氏曾從逋庵學詩，觀卷一所録逋庵《默窗十問》等作甚佳，知其評固非由徇私也。所録詩多不俗。録閩地物産有荔枝、素心蘭、壽山石、武夷巖茶、漳州蜜果、永春織畫、上杭竹器、永安紙燈，而配以蔡越峰之書閣帖、應一葉之畫烟雨，合爲「閩海十絶」，亦人所未道。又好游歷，多録江漢、豫章、湖湘、川藏等地詩人風俗，眼識甚闊，不盡閩産也。其以讀書、閱歷正前人之譌，如《毛詩》「維鳩居之」，鳩乃鵶之譌；杜詩「家家養烏鬼」，烏鬼以指鸕鷀爲正解，仇注失之裁斷，諸如此類，多有書據、實據。故雖有「史多不可信」云云，而非妄議古人者可比。徐氏有《甃枰居士自傳》，《詩話》則作「毿坪」，或「枰」或「坪」，亦古人字號多同音互用一例。卷二末數則，「嚴滄浪云」、「於友人扇面抄得瀟湘八景詞」、「鄭雲門閣學云」原接排爲一則，顯爲刊刻時致誤，今各爲分列。

詩話題詞

徐子《詩話》，話徐子也。徐子性嗜吟，嘗終歲不成一詩。至孤行萬里，獨往獨來，則洋洋洒洒，苦吟不倦。是篇手輯，皆其交遊踪跡，聞見所及。晦明風雨，如對寤言，徐子真詩人也。何當剪燭，共話巴山，每倚西窗，企予東望。盧陵王用儀。

詩有本色，乃見性情，每讀芸圃《感懷》及《省覲》諸作，忠孝之氣溢於行間。此卷又其身世交接之事，而拳拳故舊，悠悠我思，勝境名區，皆所繫念，性情真則無所不真也。於此識芸圃作詩根柢。叙州周濳修。

一閒筆墨耳，而中有經濟，有學問，可以見芸圃之品，可以知芸圃之志。宜興汪焕。

此卷大半爲表微而作也。開卷一老詩翁即爲閩中詩話所不載，前賢以閩人紀閩事尚多遺失，况其他乎？故是篇於山人布衣，有知必録，而首登林逋庵者，其淵源所自來也。至於名公鉅卿，流風遺韵，傳爲美談，最稱盛事。一以紀尊人之契誼，一以誌己身之遊踪。重道尊師，吾於是書獨有取爾。涪州陳朝曦。

雅歌堂甃坪詩話卷一

建陽徐經芸圃氏著

閒居快事，惟卧與談。北窗一榻，攤飯橫眠，羲皇上人，樂無過是。至於有客扣門，歡然促膝，花間月下，握手談心，誠排悶之丹方，遣愁之妙術也。歲月既久，閲歷倍深，追憶平生，寤言如昨，因輯成二卷，用公同好。酒爐茶竈，以佐麈揮，不猶賢於觀雜劇、葉子戲乎？書畫船主人自題於溪山第一樓下。

余少客温陵，學詩於林逋庵先生。先生名天申，侯官布衣，多遊武帥幕。時任提軍，爲遊擊，過從尤密。先生以年近八旬，倦遊歸里。余有《寄懷》詩云：「諸侯老賓客，滄海古風人。」蓋實紀也。余東歸，過訪先生，痛已下世。索其遺稿不得，或云爲有力者構去，深以爲恨。後十餘年，晤高芝田孝廉，乃識先生手定詩本，近已得之，藏於其家。余亟求抄録，以備將來採風者代爲刊布，庶幾可以慰先生於地下。

逋庵書法、詩格不讓黄莘田，而閩人多喜莘田，不喜逋庵，嫌瘦也。余謂瘦不易矣。畫以瘦爲逸，書以瘦爲秀，詩何獨不然？余每讀逋庵詩，便覺清氣沁人心脾。兹録《禽言》十四首，豪情逸韵，更爲莘田集中所未有也。「行不得哥哥，山多豺虎水黿鼉。出門坎壈足風波，利名心死將奈何。黄金散盡顔色槁，坐令壯士空蹉跎。行不得哥哥。」「不如歸去，徘徊中路，留固難留住難住。頭上各有天，休傍人門户。」「姑惡姑不惡，爺娘憐兒婦不薄。祇緣愛極轉生嗔，始悔從前縱婦錯。」「泥滑滑，春雨緜，處處秧青人種田。總云宜麥又宜禾，偏是經春雨太多。沿村泥濘不得進，往來路上行人訶。」「布穀布穀，未插秧針先望熟。踰溝越隴勸催耕，直待何時果我腹。」「紮山看火，荆榛塞道。未燃山上薪，先焚山下草。草灰化作紙錢灰，墓鬼虛疑人祭掃。」「婆餅焦，兒啼索。爲兒拭淚，教兒莫懊恨。莊田歲不收，汝母人家供織作。記得前年麥熟時，阿婆燒火新婦烙。大兒小兒恣吞嚼，何時再睹豐年樂？」「有鳥有鳥名着餓，哀聲慷慨相鳴和。餓不耕，寒不織，人生尚且憂衣食。爾禽忍餓乃其性，餓猶不死安其命。吾聞西山有蕨薇，胡不辭巢呼侶相因依？」「莫損花，花堪愛。一歲一花開，那得春常在？最恨風雨多，偏是花時節。逐片殘紅委作塵，啼鵑嘔盡無聲血。」「提壺處，緑楊郵。猶憶年時春社喧，敲金伐鼓薦雞豚，各攜家釀盈芳樽。小者杓，大者盆。今春麯米貴，沽稀酒價倍。多時不飲飲不醉，頓令杯杓忘其味。」「脱布袴，沃灰湯。經冬未去體，碎綻無完襠。垢膩瑩徹蟣蝨叢，幾回欲綴不受縫，田圃荒蕪機杼空。」「吁嗟叔度何時逢？蘄州鬼，始何年。化爲羽毛胡蹁躚？枝頭自怨風悽然。曾聞蜀帝啼杜鵑，又聞齊女嘒鳴蟬，尚有精衛思將東海填。生負沈冤死不釋，千秋萬古空人憐。」「歸去樂，胡不歸？侯門禮士今全非。儀秦掉舌吾焉依？鄉關望不及，愁見征鴻飛。」「黄金世上容易得，人生何事長爲客。得過且過，昔饜膏粱今忍餓。得過且過，昔被綾羅今絮縞。低聲語婦且開懷，今年過了明年好。」

莘田長於綺語，故《香草箋》内多寫閨房情事，大半爲徐嬾雲作也。嬾雲不知何許人，與莘田倡和詩皆幽艷。如：「倚定中門無一語，碧桃花下夕陽天。」「和汝讀書床上坐，花尊茗椀剪秋燈。」「卿是秦川貴公子，不堪秋晚獨登樓。」「夢到溪邊桃葉舍，一行烏柏十三株。」此類甚多。有謂嬾雲長洲詩人，余觀《無題》詩并序，皆男女眷戀之辭，嬾雲似閨秀，非士人。謝古梅閣學亦嘗遇媚蘭仙子，有倡和集，余未得見。

晉江山人黃蓮士賣書厦島，著有《草庵集》，蔡可雨孝廉序而行之。余至厦就其肆，見山人貌甚古，而詩則平婉清麗，無林逋庵漓淋悲壯之觀，泉人多師事之。蔡孝廉畫嵐有句云：「身爲海國留文獻，客到泉山問姓名。」其爲時仰慕如此。余摘數聯以表山人面目，如：「驛路月明離恨重，洞庭風快客帆輕。」「涼氣滿空秋在水，清光生樹月窺人。」「荷鷺飛時青漲滿，桑鳩啼處緑陰多。」「對酒談深千嶂裏，題詩人在萬峰尖。」亦覺爽氣撲人眉宇。

蓮士同里又有李菊士，詩亦清靈可喜。五言如：「枕孤遲入夢，鳥濕倦催更。」「下簾思草色，欹枕夢鶯聲。」「雲歸添竹密，月下放梧輕。」「山深寒客夢，樹落淡人烟。」「堦響庭楓落，案香園菊開。」「伴人山未月，留客塢猶花。」「遥向雪峰寺，去聞秋葉聲。」此亦蓮士同派也。

泉城守將潘在田，南寧人。嚴君少從大父守備南寧時，嘗就其家學焉，故余在泉情好尤篤。其子名德尉，字肇基，少余二歲，而英畏迫人。一時客泉者，惟余兩家以詩倡和。余兼治古文，肇基見而悦之，遂亦殫心焉。余東歸建溪，爲賦七古見贈，其末云：「建溪早占一枝春，還折梅花寄顔色。」後十年，余仍落拓一巾，而肇基已成進士，與館選，長安看花，視僕之破帽疲驢，樂何如耶？余將還質於肇基。

肇基之師吴正芳，汀州諸生，嘗作《秋字絶句》九十首，字字工穩。最喜余畫馬詩，跋云：「禪機理語，不意於畫馬圖中得之。令我拍案叫絶。」余東歸爲集《毛詩》四章相贈。其後聞卒於館舍，肇基經紀其喪。師弟之情，朋友之誼，令人神愴。

温陵名勝，首數清源，即泉山也。予登其巔，作長歌紀之。潘贈詩有云：「閒遊記表清源山，雄文氣奪靈光殿。」蓋謂此也。後遇閩縣吴秋士學博，出以相質，吴書其尾云：「三十六峰，一齊湧現筆下，疑有驅山鐸、叱石鞭。」二公固屬過譽，然山靈面目却無遁形。庚子秋，應舉會城，晤晉友蕭子景鄭、蘇子富有言近日泉山頹敗，非復昔日之觀，相對唏噓。不惟盛遊難再，即再至亦不可復識矣。可感夫！

榕城名勝，推烏石山與小西湖。西湖祀陳觀察丹赤，烏石祀范總制承謨，皆仗大節死義者。余謂山川之靈得忠義之氣，愈覺生色。

吴秋士有「八破」詩，窮愁之境，能揚眉吐氣，蘆中人終非窮士也。《破屋》云：「苦竹圍牆槿作籬，柴門欲倒老松支。一簾罨畫山光入，千字銀釵壁漏垂。寒食鶯花還對酒，重陽風雨更催詩。也知平地樓臺好，不稱隆中抱膝時。」《破帽》云：「憶汝多情却戀頭，滿天風雪冷颼颼。愁添白髮三千丈，悔染緇塵二十秋。折角非關衝暮雨，濯纓還欲赴清流。菱花自笑冬烘面，斗大雙貂得插不？」《破衫》云：「絶少炎涼變换心，十年一領舊青衿。典償酒債錢難直，牽向離亭淚復深。細雨斜風叉手立，殘山剩水聳肩吟。緼袍不耻何人者，捫蝨侯門話古今。」《破鞋》云：「曾化飛鳧到帝鄉，脚跟蓬轉幾星霜。最宜東郭先生着，肯趁平原貴客行。步月暗沾秋露冷，踏花時帶麯塵香。萬鍾千駟憑高足，比似看來棄不妨。」《破被》云：「秋到重裝薄薄緜，短床疊坐當青氈。看來補綴同僧衲，記得風霜共客船。愁裏書空伸指裂，夢中虚白覺天穿。梅花紙帳三更月，半作遊仙半悟禪。」《破扇》云：「撲蝶生憎粉翅雄，日華人影更玲瓏。塵揮已覺輸王衍，塵起真難避庾公。隔坐秋深桐葉雨，到床香氣藕絲風。摩挲那忍輕捐棄，滿眼桃花別淚紅。」《破書》云：「鄴架重繙甲乙分，蠹魚觸手墜紛紛。補同古帖摹餘字，讀似殘碑足斷文。春雨漸侵縹帙暗，午風微扇碧芸薰。零篇剩簡皆珍重，肯付秦人一炬焚。」《破傘》云：「山雨欲來鳩婦呼，手中破蓋强支吾。飄蕭頗似秋荷葉，滴瀝多於曉露珠。春樹幾家門巷寂，杏花十里酒帘孤。板橋屐齒隨漁笠，添入襄陽潑墨圖。」

秋士同里有鄭西瀍孝廉，性豪快，詩如其人。工書善畫，長於墨蘭，每幅必自題詠，時稱「三絶」。未有子而卒，悲夫。建寧朱梅崖太史爲序，其稿十卷，藏於家。余向在其同年詹醉墨處，見「七影」詩，甚佳，云其少時作也。噫，宜造物奪之矣。《門影》云：「黄鸝聲裏曉晴天，朱户繩樞各洞然。爲暗爲明關闔闢，成珪成璧趁方圓。高閎破曙來銀壁，丈室斜光到坐氈。好是紅暾青瑣外，柳絲低印獸環懸。」《闌干影》云：「畫向花磚十二行，雕文平衍鬱金香。過燈旋轉縱横動，澹月斜侵屈曲長。襯得砌花棚着地，界他庭竹墨圖篁。夜深露冷無人倚，半在迴廊半在牆。」《窗影》云：「似向虚空降彩蟾，雕扉玉女在帷幨。夕陽落處斜窺壁，篝火闌時反在簾。幾眼碧紗烟縷縷，半床漏月夜厭厭。箇人正爲私行怯，曾阻微光覺自嫌。」《彎橋影》云：「誰拗長虹浸碧空，倒亭人在月華宮。流閒真覺沈鉤動，舟過偏如有洞通。兩岸晴天分半鏡，一絃秋水掛雙弓。靴紋幾度風吹縐，泛泛朱闌宛曲紅。」《橋影》云：「一痕痕裏漾明空，倒齒相銜底柱雄。鎖岸曉波沈萬鐵，浮天秋水落雙虹。却疑蜃市隨潮動，不信銀河入地通。爲問往來人幾許，可能有路到龍宫？」《幢影》云：「飀飀不見寫南無，金地多風日近晡。滿壁靈旗驅雨勢，諸天大力散花圖。空梁但覺生虚白，幻境由來有别區。鐘磬静中僧院閉，一條印佛場隅。」《佛影》云：「何年趺坐此歸真，蘭若猶留面壁人。但得有空終有相，果能無迹始無塵。可知貫石留精氣，似以傳燈示後身。雙樹畫圖如此否，人間浩劫本無根。」

余叔振飛學詩於秋士，有《瘦鶴》詩四首：「滄海飛來幾度春，仙胎原是病中身。梳翎澗水愁看影，啄粒秋田不避人。石峽雲消存骨格，松梢月落減精神。若能振翼丹霄去，踪跡依然遠俗塵。」「竹柏叢中道氣殷，軒昂不稱立雞群。非關老病無仙藥，却愛真修脱俗氛。瘦影一團消積雪，縞衣半臂浣殘雲。亭亭獨抱珊珊骨，清唳猶能天際聞。」「閬風曾去駕遊仙，摶去扶摇落九天。一片孤雲歸石洞，半肩殘雪下霜田。有時獨足拳寒水，無數清香出晚烟。家在小山棲去穩，蒼苔踏遍步翩躚。」「中霄警露立江皋，不復乘軒氣尚豪。身怯西風吹去遠，影從秋月照來高。静依石鼎銜丹藥，閒卧松根刷羽毛。倘共鵾鵬飛萬里，人間未許見霜毫。」

戊子歲，建陽來一丐，行乞於塾，衝口皆成韵語。至家伯衡叔館，適有角黍，限以「尖」字，即書云：「裹衣重疊疊，笑角露尖尖。」遂留焉。究其學，博極群書，且旁及百家九流。惟操土音，言語不相通。有考問，則對以筆札。余四方之音頗悉，其時客泉未回，故竟不知何許人。然問其姓名，不以正告，或歌或哭，人謂之顛子。留月餘，忽辭館主人去。去時，仍着其舊衣物，揖先生曰：「賤子自兹去，先生莫思量。」其行止不測如此。後庚子歲，淮上路斃一丐，官驗之，得七言一首，聞於朝，上覽詩嗟歎，賜金葬之。噫，榮矣哉，余謂或即向來乞之丐歟？聞其著述頗存館徒梁生之手，意欲爲立傳，索稿於梁，而不與。今録淮上進呈詩，丐雖死無恨矣。「生性由來似野牛，閑攜竹杖過江遊。飯囊帶露盛寒夜，歌板迎風唱晚秋。兩脚踢開塵世事，一肩擔盡古今愁。從兹不立人門户，村犬何須吠不休。」詳此詩結語，殆避讎而逃者耶？

余家藏沈石田山水，上有句云：「十日消閒障子成，看君堂上白雲生。有人若問誰持贈，萬疊千層自我情。」又有董文敏畫，上題云：「海鷗何事苦相疑，野老如今久息機。旅泊一篷南渚上，雲濤烟樹影依微。」可想見其胸次。古人名畫，未有不工詩者。故黄克晦學石田畫，人謂之曰：「君不工詩，不能使畫重。」黄乃致力於詩，遂成名士，而畫重拱璧矣。近世畫家見不及此，欲畫之傳，得哉？黄克晦，字孔昭，晉江人，著有《吾野集》六卷。余愛其五言，如：「香滿垂羅合，花明過雨殘。」「谷鳴將別鳥，溪湧不流峰。」「濤翻江底影，人坐月中聲。」「湖盡千峰出，城高片雨殘。」「雲移山勢變，水闊雨聲深。」「餘閒消夕磬，殘暑掛秋衣。」「山落當軒翠，鶯啼渡水聲。」「人行將盡雨，僧待欲歸雲。」詩句都是畫意，想其畫筆必多詩情也。

元之倪雲林，明之沈石田，國初之惲壽平，可稱畫中三高士。

雲林嘗自題畫云：「瀟瀟風雨麥秋寒，把筆臨摹强自寬。賴有俞君相慰藉，松肪筍脯勸加餐。」又云：「秋來蓴菜鱸魚好，亦欲東乘萬里風。」余遊五松園，即用其語作爲七律云：「我愛雲林畫裏詩，瀟瀟風雨麥秋時。到來池館如披畫，滿目詩情繫我思。筍脯松肪堪自足，鱸魚蓴菜復何期。徘徊石徑真多趣，面目山人尚可追。」園在獅林寺之後，今歸黄小華殿撰。乘輿南巡，兩次幸之，御題「真趣」二字，並製詩以紀遊跡，吾亦欲賀兹丘之遭也。

閩前輩畫工上官周、黄慎，皆汀州布衣，有集行世。黄集已見之，上官集尚未見也。黄號癭㵎山人，草書尤妙。余嘗觀其手書絶句：「一卧滄波老釣徒，故人夜雨憶三吴。大江東去成天塹，處處春山叫鷓鴣。」「寄取桓玄畫一廚，草堂猶是舊規模。古瓶自插梅花瘦，長憶春風在鑑湖。」「秦淮日夜大江流，何處魂銷燕子樓。砧搗一聲霜露下，可憐都作石城秋。」「間關回首霧冥冥，江北江南若夢醒。春雨一犁書劍外，筍輿緣路看山青。」

文待詔書畫高出一時，即其詩亦非餘子所及。嘗得其手書《落花詩》十首，今録之：「點徑沾籬已燦然，飛簾撲面更翩聯。紅明晴雪風千片，錦蹙春雲浪一川。老惜鬢飄禪榻畔，醉看燕蹴舞筵前。無情剛恨通宵雨，斷送芳華又一年。」「零落佳人意暗傷，爲誰憔悴減容光。將飛更舞迎風面，已褪猶嫣洗雨粧。芳草一年空路陌，緑陰明月自池塘。名園客散春何處，惟有歸來屐齒香。」「邃撩褪粉偶粘衣，春減都消一片飛。蒂撓園風無那弱，影摇庭日已全稀。樽前漫有盈盈淚，陌上空歌緩緩歸。未便小齋渾寂寞，緑陰幽草勝芳菲。」「懷人無奈曉風何，逐水紛紛不戀柯。春雨捲簾紅粉瘦，夜涼踏影月明多。章臺舊事愁邊路，《金縷》新聲夢裏歌。過眼暮雲皆物幻，别收功實在邃窩。」「戰紅酣紫一春忙，回首春場屬渺茫。竟爲雨殘緣太冶，未隨風盡有餘香。美人睡起空攀樹，蜂蝶飛來却過牆。脈脈芳情天萬里，夕陽應斷水邊腸。」「桃溪李徑綠成叢，春事飄零付落紅。不恨佳人難再得，緣知色象本來空。舞筵意態飛飛燕，禪榻情懷裊裊風。蝶使蜂媒皆懶慢，一番無味夕陽中。」「最喜濃纖落更幽，樹頭何用勝溪頭。有時細數坐來久，盡日貪看却忘愁。惹草縈沙風冉冉，傷春恨別水悠悠。不堪舊病仍中酒，疎雨濃烟鎖畫樓。」「風裊殘枝已不任，那堪萬點正愁人。清溪浣恨難成錦，紅雨飄香併作塵。明月黄昏何處怨，遊魚白日静中春。急須辨取東欄醉，倒地猶堪藉綺茵。」「飛如有戀墜無聲，曲砌斜臺看得盈。細草栖香朱點綴，晴絲撩片玉輕明。江風飄泊明妃淚，綠葉差池杜牧情。賴是主人能愛惜，不曾緣客埽柴荆。」「情知芳事去還來，眼底飄飄自可哀。春漲平添棄脂水，曉寒思築避風臺。沾衣成陣看非雨，點徑能勻襯有苔。穠綠已無藏艷處，笑他蠭蝶尚徘徊。」衡山性嚴正，而其詩情如此，亦宋廣平之賦梅花也。

家有莫雲卿三絶句，字形飛舞，得力右軍。其詩云：「誰構旗亭百尺橋，垂虹直欲指丹霄。江頭一夜青楓落，無數秋容點客舠。」「三竺烟光翠不收，山藏寺影竹藏樓。若逢雙屐雲生處，定是諸天最上頭。」「迴岡複嶺氣蒼蒼，平野中開古戰場。戲馬歌風何處盡，到今濉水恨斜陽。」詩情豪放，不減其書。雲卿，字廷韓，方伯子良之子，有集行世。其書法與董文敏並重，論書數則獨具手眼，今《佩文齋書畫譜》採之。

蔡越峰助教寄徽德定圃中丞雙壽詩，余作七古應之。答云：「此詩包括事實，而運以纏緜之筆，洵稱壓卷。」越峰工書，爲閩海第一。嘗臨閣帖三十頁見贈，余賦長歌奉謝。曩造其家，見堂柱有聯云：「處世當觀二蔡傳，傳家須讀九儒書。」足以徵其品詣。

德中丞内遷禮部尚書，累掌文衡。其《觀風十閩》有云：「奇文相賞，樂且忘疲。夙好是敦，老而彌篤。」誠斯文之宗主也。經濟、文章原相表裏，彼一行作吏，此事遂廢者，徒不學之藉口耳，其吏治安能美哉？

鎮閩將軍魁冠甫，正黄旗人。博雅工詩，又精繪事。嘗攝四川松潘鎮，爲嚴君舊上官。余戊申省試，往謁之，因攜余觀壁上所題畫菊詩，清麗絶塵。後己酉秋闈，冠甫乃畫墨菊二幅見惠，上所題詩，乃臺陽早春見菊作也。因飲余酒，曰：「持此贈君，以爲早發之兆。」余愧謝之。是科又被遺矣。豈雨露之不及耶？抑得地有難焉者耶？黄花終當晚香，然何如早見之爲快也。冠甫與余同庚，而擢任將軍。余和詩有「勳名萬古即香名」之句，真令人企慕不盡。

雨松中丞，丹徒人。爲方伯時，《奉詔赴浙迎鑾途中雜詩》有云：「朔風吹面霧飄裾，釀得春寒三夕餘。却喜朝天逢日出，挂帆正值放船初。」「函關登陸暫停橈，愁見春霖幾點飄。似與征人尋舊約，行晴坐雨又今宵。」蓋曩時分巡滇南，有「行到晴時坐雨時」之句也。中丞憐才愛士，閩中名下咸依歸之。

嘗於場中作《詠史》詩四首，極爲學使者朱石君先生稱賞。先生於閩有夙緣，初爲觀察，爲廉訪，後來典試，來督學。其督學也，則代其兄竹君先生，尤稱奇遇。先生昆季愛才如渴，文章之外，別無交遊。余前後兩試，皆蒙獎藉。竹君先生痛已謝世，而石君先生今爲户部尚書、文淵閣大學士。

竹君先生有揚雄奇字之癖，而作書歌詠，無一不奇。書法必本許氏《説文》，而行草則規模懷素作，爲古詩直入昌黎之室矣。詹醉墨孝廉，所得士也，家有手蹟《李廣銅印歌》。詩有奇情，書以奇字，讀之令人想見奇人。「八千人血飄輕雨，漢飛將軍印出土。君身銅符佩有神，虎項金鈴射能取。覆斗紐小寸約略，李廣兩字刀新作。他年熊子羽共吞，後日禹兒累獨斫。七郡太守官號沈，七十餘戰六十侵。畫地戲爲射闊挾，摹印悲哉文刻深。禍大數奇竟誰誤，無雙才氣人如故。軍中名姓必新鈐，幕外精醪催上簿。老壯哀餘印未喪，燈前傳視顔都愴。似聽龍門三歎聲，誰發蟲書千載葬。緑花繡蛇丹文真，客賞不識重細論。今宵莫放杯百瀉，灞陵醉尉欲留人。」

王廣庭學博，貌奇古，而詩則清麗。余愛其《秋柳》詩云：「秋入長堤接地陰，飛花飛絮乍銷沈。離亭小雨催寒笛，古道斜陽急暮砧。舊夢覺來春事杳，新愁更爲别情深。何人愛此蕭疎甚，流水栖鵶思不禁。」「青門迢遞灞橋東，目極蕭森一望中。無復柔條被長坂，祇餘殘照落西風。樽前白髮嗟垂暮，客裏流連類轉蓬。記取年年春岸曲，杏花紅映緑烟濃。」「閒關花底滑鶯梭，無數春山載酒過。已被東風吹作絮，不緣秋思暗消磨。故園摇落攀應盡，南浦離愁感倍多。添得王孫歸路冷，凄凄芳草欲如何。」此三詩可入阮亭秋柳社，第結語太衰颯，恐成纖耳。其後謝病歸，家人相繼而没。

王偉人殿撰，督學閩中，吴秋士孝廉壽以詩云：「槐葉影高丞相府，梅花香貯狀元詩。」後果拜東閣大學士。

爲梅寫照最難。友人蕭翠崖自皖江歸，攜其師翁愚亭所和高青丘《梅花》詩九首，琅琅可誦。中如「我向雪中剛卧起，人從驢背問春來」、「嶺上雲晴春滿路，江南雪盡玉生烟」、「數椽茅屋三叉路，兩岸春風一葉舟」、「短笛乍横人倚檻，晚鐘初起鶴歸村」、「病骨不憐楊柳瘦，春心常共暮雲飛」、「夜色一簾剛見影，暖風三徑暗來香」數語，尤余所愛。翁乙未進士。

水仙花詩向無佳構，黄山谷「出門一笑大江横」，雖絶唱，終覺不甚相稱。林淡茹孝廉索余賦之，中有句云：「貯以金屋太繁華，蕭蕭半榻竹陰斜。籠烟帶月渾不語，愁思遠在江之涯。」謂與山谷同床各夢。

林淡茹酷嗜秋海棠，嘗收葬其花片，誌而銘之，可以想其性情。特所作詩，不肯示人。余嘗於旅寓見《題美人畫圖》四絶句：「少年愛誦六朝文，脂粉濃香筆底薰。誰信白頭老周昉，尚拋心力賦朝雲。」「烟月江南泛畫橈，雙環解後雨蕭蕭。分明記得垂楊巷，人是盤門第幾橋。」「曾經珍重寫烏絲，七字薔薇芍藥詩。二十年來紅豆曲，更無人問讀書帷。」「一聲團扇按清歌，五色花箋艷綺羅。錯向畫圖驚省識，春愁畢竟夢中多。」余批其尾云：「閒將畫軸寫春愁，畫裏何如心上頭。吟罷新詩腸欲斷，夢魂恍已在揚州。」

高芝田孝廉以其祖萬林先生詩合己詩爲一册，號《桐枝集》。余愛芝田《題俞鐵巖品簫圖》，云：「大江東去夜停舟，短笛能摧鐵板柔。吹到曉風楊柳岸，聲聲二十四橋秋。」又題一圖云：「疎林落葉影蕭蕭，縱步巖端百慮銷。山外夕陽天外水，遊心好與賦逍遥。」如此手筆，足以振其家風。

芝田善書。余家梅花盛開，乃取花，伴小册投之，係以詩云：「曉來日色喜初晴，聊折梅花三兩莖。寄與高人清几案，可能博得一縱横？」後春陰數日，忽然作雪，因走筆寄之：「昨日空堂若晝暝，今朝四壁生虚白。捲簾獨立看梅花，忘却寒風吹几席。」「故人高卧更何如，呵凍揮毫作草書。如此清光消受好，何須欲出賦無車。」

向見逋庵先生《落葉》詩云：「虚谷遥聞踏有聲，亂鋪荒徑欲教平。穿林萬片紛於雨，都被溪風吹向晴。」「大江風急釣初收，來泊蘆花淺水洲。殘酒置爐烘未暖，蕭蕭飛積滿船頭。」大有神致。吴秋士《落葉》詩：「幽聽起遥思，西風木葉多。夢中雁門雪，天外洞庭波。蛩壁孤燈夜，茶鐺小雨過。秋懷正岑寂，一榻病維摩。」神亦清遠。

吾友鄭有桐亡後六年，其兄有美檢其《垂露齋詩》，囑余序之。余愛其《花朝集同人賦詩》，有：「寒食東風颺麴塵，十分明月五分春。一簾新雨宵來急，雁齒苔痕軟似茵。」「不管深紅與淺紅，偏慳雅會鬘持翁。維摩一室詩千首，門掩梨花細雨中。」芝城向稱「三鄭」，謂荔鄉先生與其兄石幢先生，並石幢之子芥舟先生也。今有美、有桐能光荔鄉之緒，則不獨石幢有子矣。更其兩家姊妹十餘人，皆能詩，尤爲一時盛事。

建寧朱梅崖前輩，古文大作手，有病其不能爲詩。余觀其與子文佑論詩云：「詩之道，非可一蹴至也。必沈酣《風》、《騷》，熟精《文選》。屬思於有無之際，着筆在遠近之間。發興蒼茫，開倪寥廓，無意而合，自然而成，觸緒而悟。或則怒生豪出，嘘吸百川，噴字如珠，灑墨如雨，神歌鬼泣，渾連元氣，歸於淡無。」如此論詩，則深於詩矣，梅崖豈不能詩哉？特不肯爲近體詩耳。余於碑誌見其四言，奇崛古奧，直逼秦漢銘辭。而七言如：「麝有臍兮豹有皮，截其尾兮雞憚犧。」又：「圍空兔雉留虎皮，廟幄靚深拥六彝，周施仁義中軍麾。」此等音節皆從《天馬》、《瓠子》變出，昌黎公亦喜用此調，益信梅崖之非不能詩也。

吾鄉傅古巖太守爲太原司馬時，攜有《蓮洋詩鈔》、《霜紅龕詩鈔》見示。《蓮洋》爲吴天章集，《霜紅龕》爲傅青主集，皆康熙戊午舉宏博者。而青主獨闢一境，生澀拗僻，且多晦解，豈有意出奇耶？然觀其論詩，則可爲法。嘗云：「詩無才則不高，不博則不典，無氣則不厚，無力則不雄，不藻繪則不艷，不老則不淡，不淡則不遠，無性則不真，無情則不風流，無理則倍，重理則腐，無格則野，變化則神。」只此數語，而詩之能事盡矣。青主兼能畫，遺墨甚少，草書尤入神品。

康熙戊午宏博之詔，最爲盛舉，四方名士入都門，王公大人争爲之主。時傅青主卧病京邸，凡就見者但欹倚榻上，言衰老不可爲禮，諸貴人弗之怪也。一時文學之士，爲世艷慕如此。今太原城市有小碑，傅青主賣藥處。

有人於邯鄲道題詩云：「富貴榮華五十秋，雖然是夢也風流。我今落魄邯鄲道，願與先生借枕頭。」適一顯宦至，見詩大悦，遂載之去。余謂是人自此入夢矣。人生遠離，顛倒夢想，誰非在吕祖枕上？特無如盧生者之當下頓悟，遂至瞶瞶不醒耳。此詩乃秀水陳天裔作。後隨靳文襄公治河，蒙召見，特賜參議銜，配食河旁文襄祠内。又有於幕中《題游魚唼花影》云：「早知咀嚼都無味，何必蒼黄急上灘。」後一達官見詩，轉聘之去。

山陰吴介眉嘗於友人處扶乩，密書父母妻子及本身事詢之。乩答以詩：「父母何須慮，兒孫不必憂。有田書裏粟，無室妾同舟。花鳥三春夢，風霜九月秋。前途君莫問，到老自封侯。」只四十字，包括都盡。

金谿楊英甫孝廉爲余言，其家扶乩，降一女仙吴靈雲，宋時湘陰人，詩詞各體備極哀艷。因誦七律四章：「石華高館碧雲堂，回首西風暗自傷。長命月前空有佩，返魂天外竟無香。芰荷葉落秋塘晚，蟋蟀聲殘夜砌荒。好是昔年人未去，綺羅烟底間笙簧。」「一軸風光是耶非，冶桃夭柳似依依。行雲已逐山風遠，化鶴猶傳月夜飛。天外彩蟾新作鏡，樹頭芳蝶舊曾衣。春深兩岸瀟湘水，采盡蘋花怨未稀。」「更不如前灑淚時，幾年身世在瑶池。雲中有鳥傳消息，海外何人念别離。蝴蝶夢從花後見，碧蕉根向雪深移。珠簾十二青天捲，閒倚危樓望所思。」「底日人間降彩鸞，碧華裙動佩光寒。車聲過處香猶繞，韵字書成墨未乾。千里鶯花原有債，百年粉黛竟難拌。秋來一曲雲和意，滿酌西風爲汝彈。」此類甚多，楊集其詩，名《語花録》。

英甫攜有蔣心餘編翰《忠雅堂集》，余愛其《杏花春燕圖》絶句：「曲江風颭帽簷欹，十二年來第一枝。忽憶江南春社好，小桃初謝燕來時。」「絶倒金門索米人，不知原是此花身。上林風日蓬萊樹，抛擲年光到幾巡。」心餘，鉛山人。余嘗過其里門，未得一晤。聞更著有傳奇數十種，語語精妙，人比之尤展成云。

心餘有《一片石》、《第二碑》傳奇。《第二碑》爲婁賢妃而作。臨川李西華友棠集句題《第二碑》云：「意昔狂童犯順年温庭筠，南昌城郭枕江烟韋莊。計疎狡兔無三窟羅隱，舉國繁華委逝川吴融。」「彩雲天遠鳳樓空楊巨源，亡國離宫蔓草中胡曾。多難始應彰勁節韓偓，不將顔色託春風白居易。」「白楊別屋鬼迷人李商隱，數尺墳頭柏樹新張籍。何者爲泥何者玉顧況，浮生共是北邙塵歐陽詹。」「三徑初開見獎卿楊萬里，歌詞自作別生情劉禹錫。《陽春》欲奏誰相和李白，珍重多才阮步兵曹唐。」「江間亭下悵淹留李商隱，二十年前向此遊李涉。拾得寶釵金未化王建，新篇寫出畔牢愁劉禹錫。」「飽看西山插翠霞耶律楚材，吴公政事副詞華劉禹錫。紫薇今日烟霄地白居易，一字千金未足誇郭翼。」「莫計恩仇浪苦辛白居易，景陽宫井又何人鄭畋。雲衢不要吹簫伴劉禹錫，試瀝椒漿合有神羅隱。」「海山兜率兩茫然蘇軾，記取紅羊换劫年殷文圭。近得麻姑音信否顧況，仙人曾此話桑田沈彬。」「名帖雙鈎搨硬黄陸游，蓬萊才子即蕭郎李群玉。文章聲價從來重姚鵠，留得當年翰墨香仇遠。」「江畔誰人唱《竹枝》白居易，蒼苔滿字土埋龜王建。饑烏啄碎琅玕石杜瑛，欲爲君刊《第二碑》劉禹錫。」

宜興汪筠莊先生令崇安，自稱「武夷長」。凡四點内簾，所取多知名士。嘗於闈中贈同考官云：「三殿綸音歸鳳閣，九江詩價重雞林。」「華岳冰霜雕玉骨，曲江花月護風流。」「荆楚歲時嘗作客，襄陽耆舊獨逢君。」皆極壯麗。又嘗見其「涼雨下高樹，夕陽開遠山」，尤有神韵。

集句詩難於渾成。朱幼芝謁許旌陽祠，用杜語如己出，字字貼切，真神力也。其詩云：「江間波浪兼天湧，豫樟翻風白日動。屋前太古玄都壇，悲臺蕭颯石巃嵸。」「神仙中人不易得，自怪一日聲烜赫。拔劍或與蛟龍争，天地慘慘無顔色。」「潛龍無聲老蛟怒，對此興與精靈聚。鐵鎖高垂不可攀，世人那得知其故。」「窈窕丹青户牖空，歲時伏臘走邨翁。扶持自是神明力，與人一心成大功。」「豈知異物同精氣，溪虎野羊俱僻易。辛勤不見華蓋君，咫尺但愁雷雨至。」幼芝，武陵解元，由侯官歷遷汀州守，以老乞歸。著有《畬經堂詩集》六卷，行於世。

幼芝初補官入閩，寓於光禄坊。與黄莘田善。暇時過其甥許氏宅，甫入室，即恍然如所素識。因謂主人曰：「此屋後有樓名『陶屏』，中有聯云『無可奈何花落去，似曾相識燕歸來』。」主人亦不自知，及啓樓，果然。蓋許氏有子名垣，嘗讀書此樓，弱冠而卒。其家不忍到此，故塵封二十餘年。豈意轉世於武陵朱氏，則樓中之聯句已成再來之讖矣。許氏家子弟，自後多賴幼芝爲經紀之。

福州陳世元，以其五世祖於明萬曆時得番薯之種於吕宋，今二百年，幾遍中土。世元乃撰爲《金薯傳習録》，載其始末，士林競歌詠之。乾隆甲辰、乙巳間，河南大旱，天子稔知陳氏祖孫流播番薯，以佐穀食，乃賜世元以縣丞職，乘傳赴豫。世元老死，遂以其子樹承襲。陳氏雖由番薯得官，實因輿頌知名。丘滋九詩：「誰爲我民牧，採之獻當宁。」鄭西瀍詩：「賦詩備歌謡，誰採之入告？」今皆驗矣。益信爲善無不報，而遲速之有時也。種薯之法，詳於《海外新編》，乃明巡撫金學曾所頒。民沐其利，故號爲「金薯」。

閩令吴林塘有《三妙吟》，謂荔枝、素心蘭、壽山石。余謂武夷巖茶、漳州蜜果、永春織畫、上杭竹器、永安紙燈，俱臻妙品，豈讓三者獨擅耶？更有進於此者，蔡越峰之書閣帖，應一葉之畫烟雨，皆登古人之堂而入其室者也。合之，可稱「閩海十絶」。

壽山石以其石之美好可以壽世，故名。今取石爲印章，日加鏟削，是山因石而戕其生，何壽之有？余讀查初白詩，有感其言，因思近日閩中文士連年彫喪，安知非傷地脈之故？山石具五色，晶瑩温潤，其爲精華所聚可知。有心人傑，當護地靈。以余所見，必嚴禁之乃可。

一葉子畫，有宋、元人筆意，而最畏見官長。有邑令覯之不得，遣隸捉之。余大笑曰：「此曹太守召石田翁故事也。尤而效之，不亦陋乎？」令聞而止。應嘗圖一瞎子，命余題詞。口占云：「四海茫茫何所之，手中短杖自扶持。扣盤捫籥從君笑，全我混沌未鑿時。」

余有西洋小畫四片，每片畫海艘十數隻，筆絲細於毫毛，凡有帆檣篷索，千條萬縷，無不畢現。又有桃核十八粒，每粒刻羅漢四五人，各具情狀，入元入妙，而蕉桐松柏竹石，色色精雅，亦是洋人絶技，中國工匠不能有其巧也。

家有秀水閣學公手書《暢春園即事》詩一軸：「深淺紅初落，高低緑可攀。華林映新月，香徑接遥山。細草堪梳髻，輕雲好試鬟。垂鞭方下直，却共晚鴉還。」公與趙秋谷同時，因觀《長生殿》雜劇，幾爲所累。

篋中檢得林逋庵先生《默窗十問》詩，語雖多憤激，而情甚可哀，讀之可爲一歎。先生竟以潦倒終，十詩不能無痛也。「老來猶誦少時文，莫似芸窗午夜勤。祗有埋頭生白髮，更無抛手致青雲。蹉跎歲月皆因汝，淪落英雄半爲君。負腹庸夫偏果腹，秦坑故得盡情焚」。問書。「扛鼎才華獨擅雄，共詩組織奪天工。詞能泣鬼難酬世，語縱驚人不送窮。直使昌黎淹海表，空令昭諫老江東。古今多少遭沈抑，盡在昏昏播弄中。」問文。「青雲曾喜問江花，三寸銛鋒勝莫耶。起草軍營傳露布，留題僧壁待籠紗。空憐退穎藏芳塚，浪指中山譜世家。定遠早投終不賤，休將毫末託生涯。」問筆。「選就龍賓貯豹囊，如金珍惜隸文房。霜毫乍染渾如漆，紫石輕磨覺有香。飲汁一盂終儉腹，塗鴉滿紙不成章。請看嚼字咀文者，亦自居然著作郎。」問墨。「矢志磨教鐵欲穿，何當磽确作良田。三時未報深恩日，終歲難逢大有年。文海幾曾騰豹霧，墨池空自吐龍涎。松花蕉葉端溪石，不抵敲門一片磚。」問硯。「揮洒千張騁彩毫，酒酣時漫動牢騷。儘教草帖如張旭，何必花箋遜薛濤。世界人情緣汝薄，洛陽聲價爲誰高。素灰波及何嗟及，猶喜空文尚可逃。」問紙。「幾見移情海上回，《廣陵》一曲有餘哀。倘逢豪士長安碎，不遇中郎爨下灰。緑綺無情調錦水，金徽終耻作紅媒。而今大雅亡遺響，寥落何人別美材。」問琴。「午夜聞雞不憚勤，虹光遥燭斗牛分。千金脱贈無知己，三尺編須掛古墳。座上雹奔争舞雪，津頭龍合未成雲。平生自忖何恩怨，空歎儒冠枉佩君。」問劍。「研席相親已有年，向明安置近窗前。攤書每喜浮塵净，伏枕應隨坐榻穿。争得烏皮橫尺劍，祇餘雪案擁殘編。篝燈風雨淒清夜，渴睡呻吟穩汝眠。」問几。「多謝青燈伴索居，年年長共惜三餘。流光駒影時難挽，細草蠅頭夜嬾書。然盡藜輝成底事，撤殘蓮炬待何如？邯鄲一枕遊春夢，零落寒煤賦《子虛》。」問燈。

《禽經》「鳩拙而安」，非謂不能作巢也。而孔氏穎達乃云：「鳩因成事，天性如此。」歐陽永叔亦云：「鳩於樹上架構，初不成巢，鵲作巢甚堅，容有鳩來，處彼空巢。」今余驗之，皆不然。鳩作巢甚完好，亦從無處鵲之巢者。南昌束雅堂曰：「《詩》本文『維鳩居之』，當是『鴉』字誤寫。向在河間書院掌教時，庭有大樹，鵲巢其上，生雛飛去，則鴉來處之，後於他處所見，亦然。因前人寫經，半字之誤，後人遂生無數曲解。郭氏謂『鳩即今布穀』，亦非是。鳩與布穀各異。《釋鳥》謂之『秸鞠』，不知何處方言。今問『秸鞠』，無有識者。且禽鳥多自呼其名，鳩呼未聞有『秸鞠』之聲。《釋鳥》恐亦誤也。」

虹能截雨。而在西之虹，感於朝日之氣，所映不一時則雨大至，非若晚虹之見於東者，雨氣即爲之散也。《詩》注言方雨而虹見，則其雨終朝而止矣，是未知虹有東西之異。而蔡氏卞、張氏栻皆未得解，不獨舊注也。

李、杜齊名，而當日之友誼亦最篤，所謂「憐君如弟兄」者。世傳「飯顆山頭」一詩，遂謂李有輕杜之意，此鄙俚之見，不足採録。今讀李集有《石門送杜二甫》及《沙丘城下寄杜甫》二詩，其言「飛蓬各自遠，且盡手中杯」、「思君若汶水，浩蕩寄南征」，皆極懃懃懇懇。《捫蝨新語》乃謂「太白未嘗有與杜子美詩」，豈非夢囈？

《戲贈杜甫》詩不見本集，今惟附載於拾遺。此乃後人誤收，必非李作。《漁隱叢話》謂：「李、杜二人名既相逼，亦不能無相忌，故有『飯顆山頭』之誚。」此皆後世薄夫儇人之心，乃用以測度古賢。可笑可笑。

明人沈啓南《題太白像》云：「獨輸蕭穎士，不見永王璘。」不知半夜水軍爲所逼脅，杜子美已有詩訟其冤云：「蘇武先還漢，黄公豈事秦？楚筵辭醴日，梁獄上書辰。」又云：「孰云網恢恢，將老身反累。」而蘇欒城乃謂：「璘將竊據江淮，白起而從之。」朱晦翁遂言：「永王之反，爲白慫慂。」白豈没頭腦至此。余謂先儒必因《東巡歌》有「更取金陵作小山，西入長安到日邊」之言，遂致疑於白之從璘，不知其歌中稱帝以寵之，稱天子以臨之，名分凛然，豈有昧於大義而從璘反？故白《獄中上崔相》云：「應念覆盆下，雪泣拜天光。」又云：「日月無偏照，何由訴蒼昊？」此事關白大節，何可妄誣。同時王右丞亦抱重冤，後人皆不爲之伸雪，可發一慨。何大復號爲知詩，而謂杜子美「調失流轉」，又以「出於夫婦者常少」，而「風人之義或缺」，此不知詩之言也。子美詩發於性情，可歌可哭，而律中黄鐘之宫，故渾灝流轉，大氣鼓鑄，非如王、楊四子輕清婉麗，則漢、魏以來音未有大於子美者也。至於義關君臣、朋友，不盡託諸夫婦，而未嘗不宣鬱而達情，其旨何嘗不遠？信陽詩以秀朗勝，故於杜之變化出没，無從而得焉，甚至謂子美反在唐初四子下，信陽直不知詩。

天下大師墓，朱竹垞謂：「房山僧塔，後人附會爲建文之墓。」《今詩別裁》採錢塘沈方舟詩，謂實無迎歸事也。《實録》稱「帝闔宫自焚，中使出其尸於火，七日乃葬。」是建文死於火矣。余讀《明紀綱目》：「都城陷，宫中火起，帝不知所終。遣中使出后屍於火，詭云帝尸。越八日，用天子禮葬之。三年夏，帝疑惠帝亡海外，使中官鄭和、王景宏等蹤跡之。」是建文不死於火明矣。《綱鑑紀事》載：「英宗正統五年，鈞州僧楊行祥竊建文詩，僞稱建文，械送京師，並繫建文。廷鞠之，僧死獄中，帝吐實。因令舊尚食監吴亮探視，亮伏地哭不已，退自經死。」《綱目》只載妖僧楊行祥伏誅，而不及建文，故以迎入西内爲疑。不知帝老宫中，實葬西山，不封不樹，後人不知其處，遂指元僧塔爲建文墓，此非《致身録》、《從亡隨筆》等書造作之辭。讀沈詩者，貴有以辯之也。

文皇以建文自焚死，掩天下人耳目。修《實録》者，自不敢明言其誣。而《曝書亭集》仍用其説，是竹垞之失於考耳。至於辯方正學十族之誅，謂「必無舍母、妻之族，而以師友爲一族」。按：仁宗即位，頒大赦於天下，復語群臣曰：「方孝孺等皆忠臣，宜從寬典。」尋詔有其家屬還籍，仍以田土給與之，凡爲言事謫戍者，並令赦還。是無族誅，况於十族？前人何未之深考？

古人心跡，往往爲後人失考所誤。如朱新仲《詠昭君》，譏其夫死不知求歸，而肯隨俗，故有「顏色如花心糞土」之句。義門先生謂：「新仲不讀《後漢書》，昭君本有求歸事。」余謂昭君卒處，其草獨青，天之表其貞也。在胡不得歸，亦斷無從胡悖理廢倫之事。義門謂昭君只當惜其淪落，無容更求備也。然此關昭君大節，觀其不賂畫工，何等品誼；陛辭數語，何等激昂，豈胡俗所能混亂？余往來香溪，過昭君故村，讀工部「群山萬壑赴荆門」之句，知地靈所鍾數百年人物，而復以青塚旌其異，昭君烏可厚誣也哉！

「一舸逐鴟夷」，杜樊川句也。東坡用其語：「他年一舸鴟夷去，應記渠儂舊姓西。」西施受詬千載，皆因韋昭注《越語》。地名「禦兒」誤爲「語兒」，在今嘉興。《越語》：「勾踐之地，北至禦兒。」陸廣微《吴地記》遂踵其謬，謂：「勾踐令范蠡取西施以獻夫差，西施於路與范蠡潛通三年，始達於吴，遂生一子。至此亭，其子一歲能言，因名『語兒亭』。」此無稽之談。范蠡何如人？進施於吴何如事？自越至吴爲程不過數日，何敢逗留三年？施沈死，吴宫乃附會從范蠡泛五湖去。施如有知，當銜恨於地下。西子姓施，因居西村，故稱西施，東坡以「西」爲姓，亦誤。

王漁洋喜毛稚黄《詠西施》「别有深恩酬不得，對君歌舞背君啼」，謂此意未經人道過。蓋以施受越王之意，用之滅吴也。余謂不然，越之進施乃欲夫差内荒於色，且可爲越彌縫，故越得行其志。若先露意計於女子之日，如有不密，則越危矣，豈勾踐所肯爲哉？

蘇雲卿，廣漢人，隱東湖。張魏公爲相，使帥漕挽其來，一夕遁去，不知所之。真文忠爲詩曰：「魏公孤忠如孔明，赤手能支天柱傾。蘇公高節如子陵，寸膠解使黄河清。等是世間少不得，問津耦耕各其適。後人未可輕雌黄，兩翁之心秋月白。」余謂文忠未知兩翁之心。雲卿不就魏公，實有以薄其爲人。其云「魏公明於知君子，而暗於知小人」，猶是隱語，其意蓋謂魏公並不能知君子也。夫以李忠定爲相，岳忠武爲將，何患中原不復？乃於忠定則劾而去之，於忠武則憤而擠之，於屈威武則誣而殺之，如此存心，可與秋月比白乎？孔明愛才如渴，薦賢不遺，未有如是之猜忌也。王漁洋《曲端廟》詩「欲把烏金鑄魏公」，恐文忠不能爲之辯矣。

王漁洋《五人墓》詩「死近要離墓」，要離何足以比五人？慶忌忠於吴室，要離乃爲吴之不忠者行刺，詐以罪亡，令吴燔其妻子而揚其灰，以示慶忌不疑。此殘忍之徒，傷教害義。若五人者，赴忠介之難，褫逆閹之魄，凛然千古，即專設諸且愧之矣，况於要離？

向在豫章舟中遇荆川先生後人唐君，爲余言昔游瀏陽幕，嘗以水仙花饋山長吴牧庵先生。吴賦詩答之：「定武紅瓷秀石攢，護沙應不畏春寒。憐他淡到無言處，茶熱香温仔細看。」「淡日低窗竹屋深，泠泠鼓入七絃琴。海天定有知音在，珍重成連一片心。」遂以女妻之。今猶掌教其地，十年矣。余至長沙唐君寓處，晤先生，一談而别。聞其著有《字學九辯》，未借觀。先生元和老諸生，名翌鳳，與江度香中丞交最厚。今少司寇韓公禹三舊爲湖南廉訪，亦時相往還。

江中丞巡撫湖南時，岳麓書院山長羅侍御以桃實三千枚壽中丞。中丞分送僚屬，仍收還其核，盡種岳麓山中，三千核皆發生。名人韵事，輝映湖湘，足徵中丞與侍御之雅契矣。

後世詩人每輕齊、梁，以其氣體薄耳。然其近律之句，入於盛唐，尤稱妙品，李太白往往近之。如：「大江流日夜，客心悲未央。」「寒城一以眺，平楚正蒼然。」「楊柳非花樹，依樓自覺春。」「御亭一回望，風塵千里昏。」「殘虹收度雨，缺岸上新流。」「悲歌渡燕水，弭節出陽關。」「秋風吹木葉，還似洞庭波。」「雲去蒼梧野，水還江漢流。」「雲中辨江樹，天際識歸舟。」「黄雲蔽千里，游子何時還。」「登城望山水，平原獨悠悠。」「亭皋木葉下，隴首秋雲飛。」「天雲如地陣，漢月帶胡秋。」「朔路傳清警，邊風卷畫旗。」「芙蓉露下落，楊柳月中疏。」「馬色迷關吏，雞鳴起戍人。」「地中鳴鼓角，天上下將軍。」「樹動懸冰落，枝高出手寒。」「暗牖懸蛛網，空梁落燕泥。」「劍花寒不落，弓月落逾明。」此等句語，豈惟高步唐賢，即列晉、宋亦稱名雋也。

岳忠武墓詩，昔人推葉靖逸、趙松雪二篇最佳。忠武一身關係宋室存亡，松雪能道得此意。若靖逸「早知埋骨西湖路，悔不鴟夷理釣船」，此豈能知忠武哉？中原未復，二帝未還，忠武與讎不共戴天，終不以身爲己有也。余遊杭城，每至栖霞拜忠武墓，有句云：「報國只知遵母訓，亡家惟欲奉君還。」

若翛然舍去，隱身漁釣，何以爲忠武？古人作詩，每每思之深而聊以自解，望之絶而轉以自寬。人謂其節性閑情，不知正是其無可奈何之處，不易及也。

古詩節奏，每以換韵、雙頂、硬接、轉捩見佳。其委曲不可明言處，每以跳身空闊，借物設象，妙入不可思議，斯爲神境。

漁洋序《突星閣詩集》有云：「鏡中之象，水中之月，相中之色，羚羊挂角，無跡可求，此興會也。本之風雅，以導其源，泝之楚騷、漢魏樂府，以達其流。博之九經、三史、諸子，以窮其變。此根柢原於學問，興會發於性情。」甚得嚴氏深旨，漁洋豈教人打油腔者哉？

余家有孫松坪手書題畫詩一軸，云：「占得溪山勝，茅齋只數楹。千竿修竹外，一徑緑陰成。泛渚鷗相狎，應門犬不驚。披圖思結隱，從此學逃名。」孫名致彌，字愷似，江南嘉定人。康熙己未，由太學生賜二品服，同侍衛狼瞫，往朝鮮採詩。後登戊辰進士，官翰林侍讀學士。有《秋左堂詩集》。書法亦秀潤可愛。

剛卯，古佩印名。長一寸，廣五分，四方。當中央從穿作孔，以彩絲葺其底，如冠纓頭蕤。刻其上面，作兩行書。文曰：「正月剛卯既央，靈殳四方，赤青白黄，四色是當。帝令祝融，以教夔龍。庶疫剛癉，莫我敢當。」又一曰：「疾日嚴印，帝令夔化。順爾固伏，化兹靈殳。既正既直，既觚既方。庶疫剛癉，莫我敢當。」出《漢書・王莽傳》注。

秀水盛鏡齋先生工篆隸。余於乙丑入蜀，過隆昌，知先生宰是邑，因造訪。先生留飲署齋，縱論古今書法。乃出所藏錢牧齋舊本《麻姑仙壇記》，姜西溟舊本《聖教序》，人間罕覩之物，誠可寶者。二人對飲至夜分，主賓皆醉。至今蜀中傳爲佳話。

定海普陀山並無紫竹林，因其山石有竹葉文，余友嚴州參軍，隨寧波提帥親至其地見之。石之有竹葉者，不特普陀也，他處亦有聞。漳州一小溪旁，岸上石巖皆梅花，更奇。南普陀山，今人皆知在寧波定海縣海中，爲善才第二十八參觀音菩薩説法處。而《梵書》則謂厄納忒可克之正南海中山上有石天宮，爲觀自在菩薩游舍，是爲真普陀。又土伯特番名布搭拉山，亦謂觀音現身之地。釋氏之書，本自西域，自當以彼處山川爲據。

余得考亭後人所藏古琴，乃洪武六年癸丑製，修於崇禎八年己亥，今嘉慶二十一年丙子再修，共計四百四十五年矣。又於成都市得單龍鏡一，亦洪武二十二年四月造。並篆文大錢十數枚，不能辨時代。古鼎一，斑駁陸離。不但出土且出水者，皆可寶玩也。

余家藏一册，爲《右將軍金紫光禄大夫王羲之書八十一字贊》：「昭回於天垂英光，跨頡歷籀化大荒。烟華濟濃動彷徉，一噫萬古稱天章。鸞夸虬舉鵠序行，洞天九九通寥陽。茫茫十二小劫長，璽完神訶命芾藏。癸未歲太常玉堂手裝。」

「晉大司馬至洛陽，威略已著摧破羌。聲馳江左傳國光，右軍筆陣争堂堂。妙用作意驅俊鋩，驚鴻乍起游龍翔。仁祖無奕烏衣郎，挂名篇末流遺芳。開元散落王涯藏，聯翩飛動茂密行。料簡鑒賞盛有唐，傳授視此真印章。」此册墨蹟經前賢鑒定，以爲真米書也。後有吴原博跋語，亦逼真原博書法。因披覽《佩文齋書畫譜》，見跋語乃方正學跋王右軍《遊目帖》，而自「驚嘆自失」之下，删去八十三字，今《遜志齋集》載之。原博名士，豈肯抄襲前人？然倣米即似米，倣吴即似吴，亦是好手。若非跋語録舊，幾至亂真。甚矣，鑒古之難！

余過嘉魚石頭口，相傳武侯祭風處。前人有謂侯精六壬，知是日有東南風，而託於祭，以神其説。後覽《宋景濂文集》「明太祖征陳友諒，舟次孤山，無風不能進。時鐵冠子張景濂在舟中，對上曰：『臣頗習洞玄法，當爲祭之。』已巳風大作，遂達彭蠡湖。」是風可祭，而得武侯實通洞玄之法，非託言以誑。周郎臺左右舊有石壘十餘，後人毁去，真是可惜。

常州洪編修亮吉因言事罷，歸來遊武夷，至崇安道中，有雜詩數首。云：「紅闌二十五長橋，無數仙雲水上飄。溪上小樓眠乍起，分明殘夢挂松腰。」「茗溪一棹古香濃，夢冷神恬睡轉慵。夜半清光徹天地，馮夷宫接廣寒宫。」「危厓仙果樹頭藏，瀑布平添飛雨涼。我意欲留旬日住，出山流水一何忙。」「掉頭來復掉頭還，魚鳥都無此客閒。却趁幾宵圓月好，推篷徹夜看仙山。」

順治十七年六月，御史顧如華言帝王廟從祀功臣。惟宋臣潘美雖平南漢有功，然斜谷之敗不能制護軍，擅離陳家谷，致楊業父子無援而死，宋之不能復征契丹，實由此敗。又宋臣張浚三令爲將，而一敗於富平關，陜淪亡；再敗於淮西，酈瓊叛命；三敗於符離，而中原不可復。且劾李綱，殺曲端，與岳飛議不合，奏飛欲專兵柄。此二臣宜罷從祀。允之。

又《茶餘客話》載王文貞公崇簡，嘗建言帝王廟祀宜及守成令主，因列商中宗以下七人。又言宋臣潘美、張浚宜罷祀，詔從之。時公爲禮部尚書，蓋因御史上言，而力主其議，非公自建言也。

王漁洋一代詩人，其序吴天章詩，何不足於子長，而謂義山名不挂於朝籍，所言甚陋。子長雖遭戮辱，其名未嘗不重。義山擢進士第，又拔萃中選，初調弘農尉，得侍御史，後補太學博士，未嘗朝籍無名。就詩論詩，就地論地，何必較量於勢位，立言失體。

天章應康熙戊午鴻博，被放，窮老不遇，視義山白首幕府不如，而詩集則今四庫館收之，可見論詩不論爵也。此序雖作於天章應詔之際，然生於玉溪耕牧河山之陽，與子長、義山同里，先後相望無愧色，亦足榮矣，何必爲俗下文字，周旋於知遇，並誚古人哉。

浙江西湖照膽臺關帝廟，藏有關帝所佩玉印。余至湖上拜而取視，印青質黑章，中有一穴，紋極細，作紅色，斑駁如錦。一面篆「封爵漢壽亭侯」，一面篆侯姓諱。有《印考》一篇，明萬曆間得自鄱陽湖，神宗命翰林董其昌送至此廟供奉。乃昭烈帝在蜀所賜，後吴將徐盛所得，不知何時落於鄱陽湖。俱載《印考》。

枚乘《七發》觀濤於廣陵之曲江，即今浙江，非揚州也。江勢三曲，折如之字，故又名之江。潮來獨起爲濤，蓋上數府之水，由江而下，直趨海門，潮適相遇，遂爲所衝，逆退而上，故濺沫飛湧，聲聞如雷。秋濤宫所祀廣陵侯，乃宋昭慶軍人陸圭。宣和中以兵馬都監征方臘，陣亡。紹興、淳祐間屢顯靈異，故受敕封。並封三女子，一主下岸，一主起水，一主交澤。又十二時各有一神主之，一日夜再至，四時皆同，秋八月尤盛。余寓杭州鳳山門高士坊，自夏徂秋，屢出觀之，有記在文集。天下奇觀有實景、有幻景，實景可常見，幻景偶遇乃得見之。如登萊之海市、峨嵋之佛現、黃山之雲海，此天地之奇異，非人所能必見者。更有月華五色彩雲，直垂到地，尤屬奇絶，惜俱未得一見。且日亦有華，湖亦有市，尤其難見。

余同庚交好者三人。一滿洲魁叙齋，由閩督内陞吏部，出總川陝軍務，嘉陵江失守，死刑部獄，時年四十九。一江寧葉健庵，由閩撫致仕，就醫蘇州，病没客寓，時年七十二。一華陰張斗南，由四川忠州乞休，聘主朝邑書院，今年七十三，猶康强。可見屈於位而伸於壽，亦造物消長之道。凡事有其先兆。漳浦黃石齋先生，於道光五年得請從祀孔廟。先於二年壬午，余具啓巡撫健庵葉公，爲友人沈擱未投。至甲申，鼇峰山長陳太史恭甫爲制軍，趙公言之，乃據入奏，何前此未有言者。自余發之，後竟有應，可知事有一定，其機先兆，亦忠端之精誠，有不能掩也。

陰隲感應，事有不爽。吾友閩縣鄭春湖見有於其遠祖鄭少谷墳上開穴，鳴官阻之，是科遂登鄉榜。又有欲鏟《林吉人詩集》板片，另刊他集者，友人李大琪買而藏之，是科即獲中式。再有先友石孝廉國任入場時，有老人到號舍，代其改文，遍問號中無此人，只云與其祖緊鄰。其父因悟，先時葬其祖，開穴下有一墳，因不敢動，遂於其旁葬之，竟來相報，陰功之顯應如此。

《蓮洋集》有《程都闔還姬》詩：「只言葉可盟新侶，誰信花能返故林。羅屏屈曲圍紅燭，照澈千秋柳下心。」程武人，乃能如此。近時安徽洪殿撰，誤買有夫之婦爲妾，不肯放還，致訟罷職。天下多美婦人，何必是？視將軍之重義薄黃金，不可及矣。嘉定秦簪園因還婦而得大魁，與此並觀，可以爲鑒。

子不語怪，而怪實有之。向時一巡檢爲余言：「徐泗間有一古寺，碑載洪武時帝至其處，見井中鐵鍊，命力士出之。有一物如猿，能言，謂帝爲婁金狗。時常遇春侍側，即仍置於井中。」余初不以爲然。其後見唐永泰中，李湯任楚川，有漁人釣於龜山，入水見大鐵鍊，盤繞山足。湯命漁人加五十牛曳之，見一獸狀如青猿，觀者奔走。後公泛洞庭，得《古嶽瀆經》云：「禹理淮水，驚風迅雷。禹怒，獲淮渦水神，名無支祈。受之庚神，庚神鎖之，置龜山下。」乃知洪武所見，即此之類。世傳南昌西山許旌陽廟鎖孽龍於井，諒有其事，不可因人少見而謂無怪。淮渦怪頸伸百尺，力踰九象。友人龔沚亭以其從兄海峰先生《澹静齋詩鈔》示余，中有《淺淺子紀事》一章，甚奇。平涼府北七十里有地名淺淺子，兩山夾一溝，周迴百餘頃，積水成潭，怪物居之，輒有妖雲散漫，雷雹交作，人畜受傷，田禾摧折。海峰至其地，齋沐禱於城隍神。乃率軍民，操弓矢鎗礟往攻之。前一夕，狂風大作，潭有聲，向東南滚滚去，陰若有驅之者。此與韓公驅鱷魚相似。先生博通經史，所至有惠政。隨制帥軍營，洊陞蘭州府。方將大用，而入都暴卒，閩人共惜之。

《水經》無《涇水》一篇，然雜引於他書者，猶可考。涇水出岍頭山，即隴山。所統甚大，其泉甚多，然涇源必以瓦亭川爲正。海峰先生仕平涼，辯別山水，考訂地里。瓦亭僅隔一山，即舊六盤，以東之水入涇，以西之水入渭，以北之水入河。不惟可糾蘭州之謬，並可以補《水經注》之缺。

西夏在宋，先遼、金而有，後遼、金而亡。遼、金有史，夏獨無史。吾惜海峰仕甘肅未久，不獲採集夏人舊事，輯成一史，亦是遺恨。西夏自宋仁宗明道元年封夏王，至理宗寶慶三年爲元所滅，共傳一百九十七年。遼亡於宣和七年，只二百一十年。

江、淮、河、漢，孟子稱禹之行水。何以後世列四瀆，去漢而數濟？相傳濟水已絶，不知仍改用漢爲瀆否？世稱三江五湖者最紛紛。而五嶽九鎮尚有以吴嶽易華，以天柱易衡。名山大川自有一定，豈由任意更易？古人好事，有不可解。

雁足寄書，元時郝伯常真有其事。漢時上林射雁得蘇武書，乃漢使託辭，以誑匈奴，非實有也。伯常爲元使，宋賈似道拘之真州，二十年不得歸。後獲一雁，以帛書繫於足，竟達元都。禽鳥且感忠義，中孚信及豚魚，然哉。

荷花並蒂偶有之，無一池盡然者。余讀元好問《邁塘》詞，知泰和中，大名府民家小兒女有以私情不遂，赴水死。是歲此陂荷花開，無不並蒂。今嘉慶時，臺灣有荷一池，亦盡開並蒂，不知何所感召，深爲不解。

南唐盧絳病中見一白衣婦人，歌「玉京人去秋蕭索」一詞勸酒，自言「耿玉真」，且謂他日相見於固子坡。其後唐亡入宋，絳坐事臨刑，有白衣婦人同斬，姿貌宛如所夢，問其姓名，曰「耿玉真」。受刑之地，即固子坡。此事令人不解，豈鬼豫知有後日之事，而假其姓名、形貌以見夢於絳？理或然也。

龍女亦有游人間，特人不能識。紹興時都下有烏衣椎髻女子，歌「東風起」及「烟漠漠」詞，一道人知爲赤城韓夫人所製《水府蔡真君法駕導引曲》。黄山谷登荆州亭，夢女子歌《江亭怨》，知爲吴城小龍女。今時何獨無之？蓋鮮有識之爾。

前在蜀時，見有吕祖雁字七律，押上下平韵三十首，惜未鈔得。字經三寫，「烏」、「焉」成「馬」。余讀《毛詩》，見有字旁誤筆者，有本字全誤者。如《斯干》之「弄瓦」，篆文本非「瓦」字，有「地」、「義」韵可按。「泮林之鴞」，必非「鴞」字，有「桑椹」可核。至於「戾天之鳶」誤筆爲「鳩」，《雀巢》之「鳩」非高能居，余已辯而證之，列於集内「書後」等篇，以證千載之訛，非鑿空好與儒先立異。

近閱閩縣龔海峰《豫讓橋》詩，極辯漁洋詩引杜厲叔死，莒敖公不可以律豫讓，讓非中行知氏之臣，特爲知己死耳。曩時余讀《國策》，亦有一篇正漁洋之誤。漁洋自謂其詩可以敦薄，未及細詳其事有不同也。

前後督閩學二汪文宗，皆浙人，其夫人俱能詩。前汪侍御又新夫人方芷齋。後侍講潤之夫人潘素心，過浦城晤其表妹吴孺人，留詩四章，話舊感懷，情誼真摯。中有云：「江山題詠推前輩。」謂芷齋夫人。後隨侍御巡撫湖北，陞任總制，素心隨侍講内陞憲副，皆極榮顯。有慧未嘗不福，孰謂婦女不可知詩？

余登邵武詩話樓，拜嚴滄浪、嚴華谷、戴石屏、周亮工四先生，見柱懸一聯：「釣隱風高七里瀨，評詩情似六朝人。」笥河老人竹君先生督閩學時所題。樓下有一碑記，先生並書上石，書法亦極蒼勁可愛。

余於蜀中書李文簡《四齋記》，辨明司馬相如無竊妻之事。後閱高澹人《天禄識餘》，載錢玉蓮爲王梅溪先生之女。進士孫汝權與梅溪爲友，敦尚風誼。先生劾史浩八罪，汝權實慫恿之，史氏所最切齒，遂妄作《荆釵傳奇》，故謬其事以衊之。相如婚於卓氏，亦遭謗誣，腐遷不能辨，乃轉相傳述，以爲美談，豈非恨事？

向在温陵，館中有一小僕，旗下人，隨侍逋庵先生未數月，即能詩。先生歡然教之，後從主人北歸，不知所終。

雅歌堂甃坪詩話卷二

建陽徐經芸圃氏著

太史公登會稽，探禹穴，而不知禹生之穴，乃在石泉之石紐山。石泉爲龍安屬邑，曩曾省覲至其地，擬遊之，已約廣文周鶴峰。未幾，鶴峰截取北去，余亦南歸，至今悵悵。

家君性喜石，署之東廂，累石爲山。中有一卷類秋葉者，同時僚幕多詠之。鶴峰用《多心經》語云：「是葉居然石，是石還是葉。難分形共影，須知空即色。」又云：「解聽説法麽，天空清露下。雙桂影婆娑，漫續無生話。」如此題宜作如此解，禪機妙諦，前人惟蘇子瞻最長。

子瞻得仇池石，以爲希代寶；又得齊安五色石，遂作怪石供佛印禪師。余嘗客瀘，得文石數盤，山水如畫，置之几席，可當卧遊，不知子瞻見此，當何如合掌？

子瞻蜀人，何以不知蜀有美石，豈其時精華盡聚於人耶？曩聞眉山出三蘇，一時草木皆枯。

嚴君都閫瀘州時，王秋汀、劉曉峰先後爲州牧，過從無虚日。每當良會，各出所得石，列而品之，一時傳爲韵事。後數年，嚴君由松潘調戍西藏，而秋汀遷川東觀察，曉峰出蜀爲揚州太守。

四雨山人，錢塘人。令武平時，乃銅仁先生爲郡守，嚴君攝參將，同城三人皆同宗，極一時之盛。墨山人嘗手書《題查榕巢觀察梨花折枝》四絶句，余愛而録之：「小卉當筵亦重名，東風故故送西征。花未到梨花館，便要先生特寫生。」「枝南枝北手安排，爲取花魁種謝階。別有一枝春帶雨，書香纔合狀元街。」「邊城頭白老詩家，雪嶺風光壓帽斜。從此敲鞭歸樹底，小紅唱作海棠花。」「乘閒偷醉最風流，何處青帘趁酒樓。臣本西湖浣花史，濤箋乞取畫杭州。」又有《題簡州牧王東白畫屏》二絶，云：「書劍豪襟結客場，晨星落落竟參商。風樽雨椀從頭想，二十年前舊草堂。」「巢痕水國近何如，紅葉風光繞故廬。小艇柴門人寄釣，歲云暮矣曰歸與。」

龍安幕友貽余畫扇一柄，乃重慶守朱公孝純遊洪崖洞而圖也。上有題云：「何年飛仙人，宅此飛仙洞。古翠矗篸牙，浮雲結欂櫨。槮嵑淩亂生，波濤走喧鬨。琪花馥幽香，異鳥放晴哢。崖半真珠泉，細碎滴苔葑。人生世網間，白日老塵甕。誰遊萬象表，一陜青霄鞚。奥領方在兹，駭矚亦殊衆。勞勞平生懷，往者忽如夢。元氣濕肝脾，高情翳鸞鳳。思拍洪崖肩，天風冷然送。」書用小楷，畫以潑墨，淋漓盡致，洵稱名筆。太守，東海人。先爲叙永司馬，後守重慶，旋遷兩淮運司，聞淮上最多其墨蹟。余至永寧，見西城樓有公手書《金剛經》全部石刻，惜無能刷之者。

叙永廳署有銅鼓，云得自古藺中土，蓋蠻酋之遺也。鼓高約二尺，闊一尺，有面無底，係以環，可掛於架。面四角伏小蟾蜍，周圍之文如「卍」字，五色斑斕，幸無破損，有神護也。廳司馬劉繩庵，性喜延客，每當開宴，則遞擊之，其聲咽咽，令人有不醉無歸之意。余嘗揖公曰：「古人行軍之器，爲公侑觴之具，洗兵不用，其太平之象乎？」公曰：「酒政亦軍政也。吾請以軍法行酒。」酒酣，余作長歌紀之，内云：「人生作合已非偶，與古相遇豈無因。」一時僚佐賓友爲之起舞。

叙永廳照磨余由，丹徒人。喜畫梅。家君有其二軸，其一題云：「仙風吹下麻姑酒，傳送人間福禄家。竊計家貧無伴物，老妻拂紙畫梅花。」又一云：「四升三合陳倉米，换得歪瓶鄰舍家。莫道攜歸無用處，案頭亦可插梅花。」詩亦不俗。

江油縣廨舍，即李青蓮所題「溪雲入右廳」處也。全詩有米海岳書石刻。鄒明府留余飲此，因口占云：「逆旅何期豁素襟，古廳得挹古人心。溪雲長繞神仙案，好對青山坐鼓琴。」又出匡山太白像石刻相示，余笑謂曰：「海上釣鼇客，今謀面矣。」遂醉筆題云：「雙眸炯炯貌堂堂，睥睨千秋傲八荒。當日謫仙誰得識，到今人憶賀知章。」因與明府論解金龜换酒事，爲之慨歎。明府曰：「子之出蜀，吾知其必有合也。」余曰：「如四明狂客者，僕安得而遇之哉？」

棧道石壁，人多題字，青紅掩映，恍若畫圖，真奇觀也。行至紫栢山下，見短碑書云：「漢張子房辟穀處。」乃漢中太守所勒石。因笑曰：「此公未讀《綱目》，子房始終爲韓，漢烏得而有之？」

蜀居萬山，而成都周數百里獨平曠，所謂天府之地也。鹽米布帛，無一不備，富饒甲於天下。然自張獻忠殘擾後，舊家寥寥，其居民盡五方雜處，於今治蜀，較古爲難。蜀有火井，即鹽井之内，旁鑿小眼，其氣吐出，以火接之，便炎炎有光。其上爲竈，即可煎鹽。如不用時，以磚塞之便滅。更有取火之法，用猪脬納氣束之，攜歸以筆管逗脬口，氣從管出，接以火便燃，氣盡乃已，真是咄咄怪事。山東濤洛更有火星潮，每當七月，自朔至望，潮水擊動，便吐火光，熒熒如星，既望乃滅。他處無之。亦是不可解者。

蜀以鐵鍊爲橋，或用竹索以通往來，險哉。周鶴峰寄《金索橋行》，詳述其狀。

西藏由打箭爐出口，八十三站，計程四千七百八十里，官軍輪派戍之。帥以天使，三年一代，俸錢雙分，所以勞遠涉也。由前藏拉撒招至後藏札什倫布，尚有十二站，四夷朝覲最盛。夷人只知畏佛，不惜金寶，以得一見爲幸。余向聞藏中事頗詳，其葬法亦各不一。天葬，將尸碎劃，拋鷹鸇食之。地葬，委於狼犬。水葬則棄尸江中，以餵魚鼈。余謂此乃閻羅國，藏佛地不應如此。或曰：「古稱尸解，其在斯乎？」相與絶倒。

温江令張薌圃先生，貽余中江毛明府所上仁和孫相國詩，有云：「烏斯國裏華嚴界，樂石磨成待勒銘。」又云：「拂虹閣畔談玄處，合作天涯問字亭。」蓋相國留藏，會辦軍需，故語及之。《西藏志》向得陝西和泰庵方伯所刻，風土道路頗具，而藝文獨缺。聞相國擬採異聞軼事，作《西藏竹枝詞》，而自打箭爐出口，所歷山川郵館，無不託之歌詠，故毛詩有「子美風騷堪作史」之句。余至蜀，擬向相國乞而讀之。聞其稿底爲周中翰省濂攜過丹達山，墮落雪窖中，今所存僅十之二三，深爲可惜。

嚴君在藏，奉召入覲。時陝藩和泰庵爲製暖車，送以北行。方伯滿洲名士，嘗廉訪四川，後晉内閣學士，與大司空同駐衛藏。余讀方伯所刻《西藏志》，知此行必能廣所未備。第未知攜有繪人，圖其山川景物，則尤爲涅槃生色，而法輪照耀中土，愈不朽矣。

大司空奉命赴藏，至成都邀嚴君同行。司空每與孫相國、惠制軍途中倡和。余時家居，恨未隨侍遊歷塞外。余上福貝子詩有「題名絶域難磨滅」之句，每一自誦，輒爲神往不盡。

向在平武，見西天花狀如芸草，又似石竹，相傳藏中種也。余漫詠云：「應是佛拈餘，嫣然發一笑。倘供南海前，合掌稱妙妙。」

廓爾喀寇後藏，嚴君時守札什倫布，以八十七人破定之。特旨馳驛召見，親詢事宜。余爲繪《星馳赴召圖》，同時寅好多所題詠。督學李滄雲京兆有詩云：「絶塞勞戎事，西招駐將星。千山盈鬼域，一馬怒雷霆。報國勤瞻禮，還軍重勒銘。胸中韜略富，定遠姓名馨。」「萬里歸來日，君恩宣召深。彯纓崇異數，體邺見天心。馬足秋風疾，鞭梢夜月侵。頌芬有令子，盛績紀儒林。」

建昌兵備家玉厓先生有《寒玉山房》、《晚晴園》等集，備載魚通、嚴道及西藏往來諸詩，孫補山相國序而刊之。曩時先外祖分巡於此，不及兩載，即稱病乞歸。先生以七十老人在任十五年，而策馬雪磧，健飯劇談，尤所罕見。吴少甫督學謂其「事事皆古人，言言皆至性」，無毫髮町畦之見。讀先生詩，可以知其爲人矣。

先生喜余古文，愛之甚。嘗敦囑序其《還山雜詠》，有詩來謝。其詩云：「朝華夕秀競鮮新，嚋信名家自有人。盡得風流非藻采，一歸平淡見精神。酸鹹俗好何由入，甘苦深嘗倍覺親。豈必窮愁乃到此，從來竹柏本清真。」余感且愧。痛始終未得一晤，至今恨恨。

八陣圖有四。余經定軍山下，拜武侯墓，尋八陣舊址，所謂在高平鎮者，惜未能睹。舟下瞿塘，登白帝城，土人指江間石相告，蓋亦依稀而已。聞益州東南隅棋盤市，亦是下營之陣，後經其地，亦皆無有。惟新都彌牟鎮八陜鄉有舊壘在，今縣北十九里，相傳爲當頭陣法，余往來新都實見之。

棧道之險，未險也。嘗自昭化至文縣，數百里路斷行人，而偏橋皆臨急湍。余有句云：「荒山野店招魂宿，危棧飛流合眼看。」可以知其艱險。

南坪在松關外三百餘里。余至其地，已過重五，而遠山猶有積雪，吐番雜居四面，往往登高而歌，其聲烏烏，不忍多聽。

蘭之素心，惟閩有之，而蜀亦有。嚴君守龍安時，令人入山取數十叢，擇其莖白者栽之，竟開素心，一時以爲瑞花。時果奉檄，攝参戎篆。

荔枝在唐惟蜀入貢，故忠州有妃子樓，涪州有荔枝園。今園樓猶傳其名，而荔枝無矣。余至永寧，見城隅有荔支二株，其味甚劣。向隸貴州，豈黔中亦有此乎？聞嘉定尚存數株，未知其味何如。

昔人謂海棠無香，惟昌州者能香。余後過榮昌城下，見有碑書曰「海棠香國」。後於成都晤一幕友，云曾至榮昌，舊樹在尉署，高則有之，香亦虚語。然則古人所題，亦聊爲海棠吐氣耳，非真能香也。今嘉定府亦稱「海棠香國」，余所不解。

薛濤井在成都東門外十餘里竹林之内。余至其地，見有短碑，乃周載軒侍御所題。復書舊詩一篇：「萬里橋邊女侍書，枇杷花裏閉門居。埽眉才子知多少，管領春風總不如。」此詩乃王建作，後人多誤爲胡曾詩，亦所不解。余題井上有絶句一首：「修竹娟娟一徑深，清泉信可滌煩襟。短箋題罷人何處，歲歲春風到舊林。」

「華陽黑水惟梁州」，蓋紀梁州有黑水耳，非言岷江之水色黑也。岷江當夏漲，其水色與黄河類，他處支流亦然。惟番地流出之水黑，向在龍安及南坪兩處見之。兩處皆屬松潘，其番界與岷、姚二州接壤。《地理今釋》謂：「黑水，由姚州徼外打冲河，至大姚縣之金沙江，會流入岷江。」此梁州之黑水也。大約其山多黑土，故水色爲之淤。古人不察，乃謂蜀之正西有榆葉澤，似榆葉積漬所成，真是附會之説。更聞西藏河水漲時則色白如粉，緣其地多白土之故。考黑水源亦出西藏達賴喇嘛界，然則番地土色不一，而水色因之。禹導黑水至三危，入南海，是由西藏繞緬甸一路，與入岷江之黑水同源異流。《禹貢釋地》只載馬湖叙州入江一條，而龍安入涪江，及南坪入陰平河二支，皆未考定。按：二處番界接壤陝甘，必是雍州黑水之支流，而别注於蜀江，古稱雍州黑水，在塞外黄河之北，與梁州導江之黑水在塞外黄河之南者異源。然雖有河南、北之異，而俱出於西番草地，恐亦不甚遠耳。雍州黑水至燉煌入河。

吾家霞客歷塞外，抵西域，謂河自崑崙之南，江自崑崙之北，非江源短而河源長也。然河自崑崙以上至於朵思江西鄙，自有考定，而江自金沙江以外，便不得知。觀江入海之路，與河入海之路，其長相等，則在塞外必不短於河可知。古稱張騫使西域，見二水交流發葱嶺，想一爲河，一爲江也。然歷代皆未詳，故終不知江源所自，後必有人窮之。

余昔觀水道圖，及雜家注説，皆謂江自岷山來。其後屢入蜀省覲，多由川東北行，未得溯江而上，直達成都。及乾隆乙卯入蜀，始挽舟過叙州府，乃知江之正派自州之南雷坡衛來，而州城西一水自嘉定來，入江者乃岷江也。是岷江猶屬江之分支，而歷代圖説直以爲幹，豈不大謬？又有謂江至四川瀘州下之合江縣，乃合於岷江，亦是妄言。叙州在合江上游約四百里，已合岷江，吾親目覩。而叙州下南溪、江安、瀘州、合江，已達江津、重慶，乃會潼川涪水，與保寧之嘉陵江水，直趨夔、巫三峽，至夷陵勢始平遠。吾往來再四，自九江以上，至於成都數千里，皆經遊歷。特雷坡衛以内江之來處，未得詳之。乃悟禹之治水亦是由汶川達叙州，轉江而下，故紀導江自岷山始，而雷坡衛上禹亦未至。後人遂誤指岷爲江源，豈非臆斷？

南歸因峽江漲，不能放舟，乃自成都肩輿至漢中登舟。始知漢江之灘，不及於蜀，而江勢狹小，只及蜀之支流，似非難行。

古來絶大才子三人，司馬相如、李白、蘇軾，皆産於蜀。惟白有謂其山東人，有謂其隴西人。不知山東者乃杜甫偶呼其號耳，隴西是其祖籍，隋末因罪徙西域，其父逃居綿之巴西，遂生白焉，即今彰明之青蓮鄉是也。鄉在漫波渡旁，有白祠。余嘗於此放舟下潼川。惟成都相如故里，及眉州蘇公故居，最後入蜀，始得遊歷。

朱竹垞詩云：「月明打鼓上連州。」余至蜀江，見船上灘，亦擊金鼓，故有句云：「滿江舟鼓時時急，敲碎征人萬里魂。」王刺史用儀，廬陵人，曩曾牧瀘州，與嚴君善。乙巳春過重慶，適公攝郡守篆，爲覓肩輿，送余之南坪，計程二十餘日。余賦詩謝之，其卒章云：「好將譜入《巴渝曲》，留與賓人《子夜歌》。」重慶屬二州十一邑，最爲巨郡，故中有句云：「春來十縣看花放，紫蓋紅衫繡壤邊。」

余於川北道中作送春詞，結語云：「低徊無限傷心事，春正歸時人在途。」

曩行沔縣，見孟起墓道，與武侯墓道相對，因題詩云：「生稱飛虎將，死傍卧龍墳。」後至閬中，謁張桓侯墓，墓前有侯坐像，緊連保寧府署。余笑謂：「太守公須謹慎，勿干犯侯怒，恐不免飽侯老拳。」宜昌城頭，關壯繆像，持刀勒馬，下瞰荆州。余展謁有句云：「太息身旋死，淒涼寇未呑。到今猶飲恨，怒目視荆門。」舟泊沙市，去荆州十五里，聞人云：「州治關侯廟甚麗。」余謂吴只争一時，侯獨有千古，可以釋憾。

蟂磯廟有池州貢生顧邕題句：「思親淚落吴江冷，夢帝魂歸蜀道難。」最能道得夫人心事。余觀宜昌壯繆廟前所書「吴宫花草埋幽徑，魏國山河半夕陽」，亦可爲漢壽亭侯吐氣。

余過洛汭，感曹子建事，因口占云：「情癡不學曹公子，漫效《高唐》賦《洛神》。」

余嘗阻風長沙下，是日爲大士誕辰，舟中人謂不宜風暴如此。余口占解之：「慈悲四海視應同，奚事偏無楊柳風。想是韋馱前上壽，戎裝舞劍半空中。」雖莫須有，亦想當然耳。

「風正一帆懸」，此未知舟人用風者之言。余往來長江，備知風正之險。舟人曰：「風不宜正，正則船頭恐没於水，不能救矣。」然則當云「風定一帆懸」，即無病也。

西湖詩人多用綺語。不知今之西湖爲乘輿臨幸之地，延湖臺榭皆屬行宫，故余作《雜詩》，不敢以兒女私情褻之。

福州小西湖，雖不及杭州西湖十分之一，然有名種鮮荔枝足以傲杭州之所無。余遊金沙港，觀曲院風荷，輒恨獨少此味，未免明湖減色耳。

孤山四賢祠舊有敬一書院，乃康熙二十四年巡撫趙公士麟建以講學之所。後擢去，士民即以祠之。余家有公手書《雜詩》長卷，風流文采，宜與李鄴侯、白太傅、蘇端明、林高士輝映於湖山間也。

人生蹤跡，數有前定。向得文衡山「後赤壁遊」四字，其後累再過黄州，登坡仙亭，歸命友人應子一葉圖之，諸名士競相題詠。孟瓶庵吏部有五律一首：「未向黄州去，先徵赤壁遊。江山餘氣象，詩賦總風流。見鶴孤舟夜，騎鯨碧海秋。看君歌《水調》，身已在瓊樓。」

魏訪庭孝廉續題五律一篇，亦清穩可喜：「赤壁留芳躅，江山亦擅名。坡仙千載後，吾友一舟横。月白天逾曠，風高浪不驚。何時重買棹，共與訂鷗盟。」訪庭名德範，三山人。與余聚首十餘年，誼氣最篤。後以老病不能仕，賜銜國子監丞。

余登赤壁作七古，中有句云：「東望夏口西武昌，雄圖霸業非吾願。」評者謂有左太冲「志若無東吴」氣概。

江漢間言赤壁者有三。一在漢水竟陵之東，即古復州。一在齊安步下，即今黄州。一在江夏西南二百里，今屬漢陽。按《志》，操自江陵而下，備與瑜等由夏口迎而逆戰，則赤壁明非竟陵之東、齊安之步下。今蒲圻縣西北岸烏林，與赤壁相對，乃周瑜破曹操處。嘉魚石頭口有祭風臺，國初以前猶見有石壘，係布列旌旗等用，後修祠廟，石壘平去，古跡遂亡，可惜。

樓閣之勝，數岳陽、黄鶴、滕王。滕王得子安一序，黄鶴得崔顥一詩，岳陽則范文正公爲之記，遂使震耀寰宇。明哲詩文，與湖山掩映，吾輩至此可勃然興矣。

武夷以幽折勝，凡一丘一壑，無處不幽。五曲文公精舍最妙，他如仙掌峰之飛泉，止止庵之落葉，有聲處愈見其静，此誠棲仙之地。

天遊爲武夷最高處，上有一覽亭，汪明府書「逍遥遊」三字，而題其柱曰：「遺世獨立，與天爲徒。」余登之，輒引朱竹垞山陰道詩，曰「身在千巖萬壑中」也。亭外諸峰，不甚蓊蔚，皆緣種茶之故。緇流利之，所以不蓄林木。汪明府謂星村之穢，在於通洋。余謂武夷之頹，在於産茗，而庸僧惡道居之，殊堪嗤笑。

建陽南橋之下，即宋謝叠山先生賣卜處。前輩何廣文爲之立石建祠，一時題詠頗盛。原本付守祠人，今遺矣。余嘗見中有句云：「生同孤竹殷亡後，卜異君平漢在時。」用事親切，擬書爲柱聯。按：叠山兵敗信州，以母在而逃。此祠宜奉母夫人神位於中，以慰叠山之靈。且全録《却聘書》於額，以表叠山之志。蓋叠山忠孝兩盡者也。浦城祖舫齋中丞應舉時，見余謁叠山詩「身緣老母遁，腹爲故君饑」，謂能得叠山心事。今祠宇荒蕪，復爲修輯，乃構祠旁隙地，以廣其基。因題一聯：「自行澤畔同孤累，誰向溪橋問卜居。」

叠山爲行省參政魏天佑迫蹙赴詔，臨行有詩云：「雪中松柏愈青青，扶植綱常在此行。天下豈無龔勝潔，人間不獨伯夷清。義高便覺生堪舍，禮重方知死甚輕。南八男兒終不屈，皇天上帝眼分明。」此詩亦宜全録，以見先生之至京不食而死，蓋早已籌及也。

詩者，文之餘也。故學詩必自古文始。人能精熟古文，用筆出落承接，灰綫草蛇，以此爲詩，自成音節。友人問余詩甚衆，余揭此相示。訪庭孝廉見之，曰：「此古人不傳之秘也。今吾兄發之，即此一念滿五百善矣。」

詞又詩之餘，然則能詩即能詞乎？是又不然。蓋塡詞别是一付才調，不比詩、古文同一氣格。詩欲朴，而詞欲艷。詩欲拙，而詞欲巧。但詩語可入詞，而詞不可入詩，恐傷格耳。前輩謂詞即不作亦可，余謂嬉笑怒駡皆成文章，詞亦藝苑中一大快事。

晉江黄爕人孝廉，爲余言臺灣有韓生必昌者，和蘇長公赤壁懷古詞十餘首，工力悉敵，余恨獨未之見。後己酉秋試，至會城，爕人攜友來見，余謂此必韓生也，因相視大笑。韓出袖中《夢餘囈語》二卷，多慷慨悲歌之作。蓋東坡以海外，文字益奇。韓生居於海上，宜乎奇情之横溢也。

前代古文大家竟有不能詩者，人多不解。余謂詩、古文有不同。作文如喫飯，求其精潔。作詩如飲酒，領略其味而已。一着實相，便落言筌。理學詩多不可觀，皆坐此病。《詩》主文而譎諫，故言在此，而意在彼。《小序》與《詩》不相似，正其妙處。朱子改從今説，徑情直發，索然無味。《辨體》極力駁之，非有意詆朱也。《小序》亦有未合《詩》旨者，則當涵詠以味之。東坡云：「作詩必此詩，便非知詩人。」勿謂先儒遂不敢議，然議之究無損於先儒，何必曲爲諱耶？

陶徵君自免去職，而託言五斗折腰，遂逃於詩酒。後多以詩人稱之，而不知實理學也。觀其結想羲皇，即夷齊我安適歸之意。樂乎天命，即顔子不改其樂之情。非大儒其孰能此？從祀孔門應無愧色，願當言路者急爲表之。

十八學士，有人只畫十七人。白玉蟾題云：「丹青想出忠良手，不畫當年許敬宗。」畫家且知去取，何古來選詩竟不知割愛耶？余謂詩關風化，尤須持擇。如則天朝宋之問、閻朝隱、韋元旦輩，雖負盛名，然存之終爲詩累，當削去之爲是。

余家有副統朱涵齋指畫，山水精絶，無怪名動外夷。又嘗見高且園畫扇上有句云：「一重山水一番新，筆底圖來也絶塵。只爲風長天漸遠，誰能不念故園人。」書法似褚河南，古秀而媚。涵齋即且園司寇之甥，指法得其傳授。

閩縣何述雅出其弟述善所藏文信國琴示余，後有信國自題詩云：「松風一榻雨蕭蕭，萬里封疆夜寂寥。獨坐瑶琴遺世慮，君恩猶恐壯懷消。」「時景炎元年，蒙恩召入，夜宿青原寺，感懷之作，譜於琴中，識之。」按：景炎爲宋端宗改元之年，時信國自真州浮海至温，乃自温入閩，開督勤王，此詩蓋途中作也。忠魂已遠，遺韵猶存。余和之，有句云：「猶聽歌聲傳夜雨，一絃青淚灑厓山。」

謝文節橋亭卜卦硯，流傳始末，詳於查恂叔中丞本序中。後爲漢嘉太守宋梅生所得，以還中丞之子篆仙觀察，蜀中士大夫作《還硯歌》紀之。

犍爲程明府尚濂詩，淋漓盡致，如讀朱錫鬯《玉帶生歌》。程有《心吾子集》十一卷，樂府尤見新警。余亦有二語：「卜居一硯千秋重，却聘千言大節存。」

桐花鳳，蜀中灌縣一路有之，成都則少見也。董觀橋按察四川，有時此鳥飛集公庭，千百爲群，匝月乃去。同時僚屬咸有詩歌詠其事，公不以爲瑞也。程明府尚濂送别詩有「蘇枯沃槁公素志，民面無鵠衣無鶉」，即用公詠桐花鳳之句，可以知其爲政矣。觀橋後巡撫安徽、陝、廣，總督閩浙。

趙秋谷《道旁碑》，極譏當世去思碑惡習，是不如没字之妙也。家君戍臺海，當黄教之亂，保全北路，民爲立碑頌德，故石樂莘送别有句云：「蕭蕭行李從西度，只載燕然萬幅碑。」此非尋常去思之比。特碑文三章，手筆不高，爲憾事耳。古來事功賴文而傳，余竊纂爲《紀略》，附於大父《古州平苗紀狀》之後，以俾子孫留覽。

古人有爲其師立墓石者，有郵故人之後者，有代山人布衣刻集者，此等風義，後世罕有。秦有一大愚事，收天下之鐵器。漢有一大痛事，亂孔子之六經。唐有一大錯事，起義兵而不知正位。宋有一大恨事，斥元祐諸賢爲黨人。明有一大怪事，天子自稱爲將軍。本朝有一大善事，不籍罪人妻女於教坊。此皆詠史者所未議及。本朝更有二快事，一毁曹賊真塚，一平魏閹假墳。

廬江小吏焦仲卿與妻劉氏誓不相負，其後果不違其言，有義夫即有節婦，報不爽也。蘇子卿出使作詩與妻别：「生當復來歸，死當長相思。」其後兩人俱不能踐，則當時握手長歎，恩愛不疑，徒虚情耳。余謂子卿在胡不别娶婦，生妻必不去帷，夫婦重逢，視焦仲卿之泉下相見，不更歡樂哉？惜乎！能爲忠臣，而不能爲義夫也。

夫義婦節有至奇者，余於邸鈔見山陽程生允元聘直隸平谷劉氏女。劉父名登庸，始任蒲州太守，其後流寓天津，兩家俱就衰落，音問弗通。程不娶而劉不嫁，迄五十餘年，乃於天津尼庵遇之。邑令爲之合巹，制府爲之請旌。黄口絲蘿，白頭花燭，洵稱盛事。余謂此當與蘇子卿夫婦參看，愈見感召之奇，無遠弗届，勿謂造化之無憑也。

古文中忽插韵語數句，倍覺奇情橫溢。余讀史至高祖過沛，項羽垓下，以及荆卿易水，未嘗不穆然神往，真龍跳虎踞之筆也。外惟楊惲《報孫會宗書》，邯鄲淳《孫叔敖碑記》，得其筆陣。詩之有助於文如此。

「詩緣情而綺靡」，此語不可爲訓，學者慎勿爲士衡所誤。本朝余所知者有奇才二人，一爲華亭黄石牧翰，編集唐句爲詩千餘首，名《香屑集》，無一語雷同。集首一序取材唐文，組織之工，古無其匹。一爲嘉定張定華宫詹，作回文賦八首，字字工穩，又聞「寸燭成雁字」詩三十首。此所謂「子建八斗才，飛卿八叉手」也。聰敏如此，不知腸腑貯何靈物。

石牧自題《香屑集》卷尾十二絶，亦用集句，妙不可言：「小碎詩篇取次書元稹，吟看句句是瓊琚白居易。王楊盧駱當時體杜甫，管領春風總不如王建。」「未愧金鑾李謫仙徐夤，裁霞曳繡一篇篇方干。莫嫌無事閒消日來鵠，更把前題改數聯鄭谷。」「自書自勘不辭勞白居易，心路玲瓏格調高方干。知歎有唐三百載李洞，劣於漢魏近風騷杜甫。」「甘得貧閒味甚長韓偓，書家院裏徧抄將花蕊夫人。可堪饌玉燒蘭者釋齊己，却笑雕花刻葉忙司空圖。」「日日成篇字字金方干，酒濃花暖且閒吟羅隱。詩中得意應千首姚合，願學陰何苦用心杜甫。」「五色毫端弄逸才方干，綺羅長擁亂書堆魚玄機。比於黄絹詞尤妙陸龜蒙，明媚誰人不看來周朴。」「多少魚箋寫得成劉秉，直應天授與詩情陸龜蒙。《陽春》唱後應無曲黄滔，盡是人間第一聲崔塗。」「天生舊物不如新温庭筠，裁剪烟花筆下春張喬。誰與風流添興詠韓溉，酒壚猶記姓黄人胡宿。」「家在松江白浪頭吴融，黄昏獨坐海風秋王昌齡。蜀箋寫出篇篇好白居易，减得愁人一日愁殷文圭。」「黄昏哭出野田春王建，三十功名志未伸司空圖。采得百花成蜜後羅隱，不知辛苦爲何人高駢。」「擣麝成塵香不滅温庭筠，蟾光一百度曾圓劉兼。此生只是償詩債司空圖，留與工師播管絃湯悦。」「總向紅箋寫自隨元稹，嘲花詠水贈蛾眉白居易。春風猶自疑聯句李商隱，未有儂家一首詩薛能。」

家有睢州袁進士齊宏絶句三十首，書兼篆隸，似學倪迂，古拙可愛。中有句云：「明贈斧資渾不吝，歸來猶剩買山錢。」蓋辛未計偕北上，大父爲辦其行裝，故語及之。吾祖、父相繼爲將，而遇文士倍加禮焉。識者謂必有文明之報。余小子僅如此，孤負良多，故辛丑三十初度有感云：「一經傳祖德，十載負師恩。」誠痛心之語也。

余性嗜山水，居必近之，神始怡然。新構城東船屋，旁種花木，中圖書，因竊米老「書畫船」名之，係以詩曰：「小築城東避市譁，數椽茅屋片帆斜。齋居恰得舟行樂，榜額何如效米家。」「名花怪石四時新，圖史縱横兩案陳。顧我情癡空有癖，慚君真是個中人。」屋上有小樓，移朱子「溪山第一」四字爲額，復作詩云：「溪山占盡此樓中，四壁窗櫺面面通。真向潭城誇第一，品題應借紫陽翁。」「白雲黄鶴又何如，坐對青山著我書。風月取攜真甚便，無邊樂趣是樓居。」每當良夜，月明如水，身疑在江湖中，飄飄然有羽化之意。

江子震卿坐余第一樓，忽有觸，曰：「僕將盜友人二語爲贈。」遂書云：「春風花下酒，明月水邊樓。」此吴越峰句也。因述越峰不遇狀，至於泣下。余曰：「詩豈真窮人哉？然越峰遇，則必不能致力於詩如此之工也。」震卿破涕一笑。

甲辰正月，大雪連旬，蔣少尹輔之自麻沙來，登余樓，痛飲至暮。時詹醉墨、應一葉、江雲村在坐。謂曰：「如此風味，視陶學士擁党家姬，有過之無不及也。」蔣，皖江人，太史秦澍之子，小楷極工。

輔之攜有《南堂詩鈔》六卷，乃桐城方靈皋先生族弟方貞觀所作。含情綿渺，佳句甚多。五言如：「渚江寒露白，浦樹晚蟬稀。」「夕陽歸鳥疾，荒堠客心孤。」「嶂禽啼海樹，春雨濕蠻烟。」「峽高窺月小，江迅逆舟遲。」「罷講庭花落，安禪嶺月低。」「短草眠孤犢，枯桑集數鴉。」「渚白烟無際，江流月有聲。」「鐘聲度嶺出，溟色入江深。」「樓明穿落日，山白擁秋雲。」「春酣花盡態，風暖蝶争高。」七言如：「不定風聲秋滿樹，無痕夜色月平湖。」「瓠𤮕雅稱青門笠，麈柄偏宜白社鐘。」「委巷日長啼鳥息，小樓風定落花遲。」「細雨白楊人上塚，冷烟孤棹略思家。」「詩情暫減春愁重，家夢不回江路長。」「霜戍曉烟過水驛，露蟬孤樹泊江祠。」「紫蟹正肥沙際火，遠鴻初破葦邨烟。」「秋風委巷楊花落，細雨思堂蟋蟀鳴。」諸如此類，皆情景兼到，非深於詩者，不能有也。

嘗遊白雲巖，有句云：「花深聞犬吠，雲散見僧行。」友人嘲余曰：「昔賈浪仙以鳥對僧，今則比之以犬矣。蜀有狗道士，當復有狗和尚耶？」

余嘗待友人不至，口占二語：「美人欲來不來，惆悵梅花已開。」後閱李青蓮《久别離》有云：「待來竟不來，落花寂寂委青苔。」情至語，古今人未嘗不相同也。

向讀孔融《雜詩》「吕望尚不希，夷齊安足慕。」以爲此「齊」字當是「吾」字之誤。上文管仲與吕望對舉，故結語亦對言之。後人校録不精，以「夷吾」誤寫「夷齊」，遂至曲爲之解，謂融欲誅操以扶漢，不肯僅如夷齊之徇名，而千餘年詩人竟無有正之者。余益歎箋注家之附會不少也。

乙丑秋杪，余在成都，見梅道人畫竹數片，其自題云：「風來思無限，雨過有餘涼。睠彼君子心，猗猗在沅湘。」「抱節元無心，凌雲如有意。寂寂空山中，守此君子志。」「霏霏桃李花，競向春前開。如何此君子，四時清風來。」

「山水險阻，黄金子午。」黄金峽，在漢中府東九十里，往來行人多捨舟登陸避之。余時當夏漲，直流而下，不知其有險也。三秦民謡「武功太白，去天三百。孤雲兩角，去天一握。」昔在武功道中，嘗見太白山積雪，入褒城，登雞頭關，盤繞於孤雲之中，真是奇境可愛。

自銅仁上桐梓，處處皆成妙境，而夜郎三坡尤幽邃。余訪家侍御，不遇。至綏陽晤袁明府，留四日乃去。因憶柳子厚永、柳諸記，謂造物之靈，所以慰夫賢而辱於此者，亦自有見。聞太白流於此，故正安州南有懷白堂。余寄明府詩：「更誰懷白也，遺恨一天長。」

余彙集中《謁諸葛忠武侯古蹟》詩十二章爲一卷，時寓成都，知交傳寫殆遍。簡州公子沈湘華謂當與《考亭事彙》並傳不朽。此論前人所未發。《考亭事彙》，余所輯也。分十二目，包括朱子一生。《古蹟詩》十二章，亦包括忠武殆盡。湘華謂：「侯之生平歷歷如繪。」榕城劉次北前輩亦云：「能繪出武侯心事，恍惚老杜。」余則未敢當也。

余《成都感懷》詩中有一首爲川北觀察石梅溪先生而作。榕城陳仕輝前輩謂：「寂歷蕭瑟，實不可言。」石公與鹽憲姚公爲余力請曆典，極承厚愛。姚公今選四川藩伯。石公因巡視川北，冒風雨得疾而卒。余挽聯云：「無端風雨銷魂日，從此關山長恨時。」聞者皆爲淚下。

簡州牧沈立齋先生先時寓成都，築吟臺於寓側，余有文記之。復邀余遊簡州北厓，余作詩四章留以爲别。簡城外有折柳橋，予題云：「客行萬里情難盡，送客愁牽萬里橋。況復此間逢折柳，行人安得不魂銷。」

寧遠守德公入覲回，遂移守夔府。因其從兄松潘吉觀察致書推愛及余，留飲三鶴堂。是夕風雨交作，予口占云：「三鶴堂深知卧治，一天風急欲留人。」前守周介堂先生尚未北行，情欵皆極愜洽。聞白楊壩平田數千頃，介堂費及萬金爲通水道，民懷其惠，不但過客之感沐多情也。

廣元爲入蜀首邑，先君統師防禦，民懷其德，立碑紀之，並立專祠崇祀。沈立齋先生挽聯云：「大節在籌邊，名將依然儒將；遺碑堪墮淚，巴山即是峴山。」余至平武謁昭忠祠，内有先君木主。平武軍民深念舊恩，先君亦最喜其地。余感懷詩有「桐鄉魂魄應長在，棧閣勳名自不同」，蓋實蹟也。

丙寅春暮，自蜀還閩，德慶温莊亭在成都作駢體送予，有云：「吕婆樓咸陽薦士應是此時，魯仲連聊城射書更遲何日。」臺海爲寇所擾，繼勇侯奉命統師，知余必入其幕，故語及之。侯前征西藏，即與先君交好。後節鎮成都，以畫像囑余作記。予詩有云：「畫圖省識張忠定，史策争傳狄武襄。」可以想其爲人。

經略威勤公勒宜軒節帥副蜀最久。余贈詩十二章，有云：「籌邊樓外迎紅旆，問字堂前駐繡車。星戈夜肅江聲静，畫戟風柔日色和。」其意度丰采，可知其概。先君立功廣武，未蒙録廕，公爲咨請具題，得旨俯准。余感懷云：「恩到九原知感激，功淹七載始分明。」則公之撫䘏將士，能得人之死力，蓋有素也。

余於岳州口望湖，有句云：「登樓盡謂恣觀樂，誰念風波行路難。」吏部孟先生見之，深相擊賞，謂與范文正公同志。後閱范詩，有《淮上遇風》云：「他年在平地，無忽險中人。」陳常明謂其卒然而作，而兼濟加澤之心，未嘗忘也。

余寓成都，每過威信公岳公故宅，輒低徊留之。公名鍾琪，陝西人。嘗平青海。有詩云：「出師未兩月，生擒十八王。」可以想其將略。先時因事罷職，閒居成都十二年。蒙恩特召，就師金川。其《過邯鄲題壁》云：「而今再上邯鄲道，又作封侯夢一場。」後晉公爵，總督川陝。至今人稱岳公不衰。

成都守趙實君先生前爲中翰時，上陝撫畢中丞，有句云：「銜官求仲兼羊仲，弟子温生與石生。」「詩名錦里唐天寶，書法蘭亭晉永和。」中丞極愛賞之。中丞，吴人，嘗於靈巖自爲生壙，題其額曰「栖托好佳」。又題一聯：「花草舊吴宫，卜兆千秋如待我；湖山新畫障，卧遊終古定何年。」後任兩湖總督，卒葬其地。今遊靈巖者，每至畢墳，恒想見其風雅。

實君先生，上海人。守成都，榜其廨曰「懷鶴堂」，蓋因清獻公曾任於此，惟以琴鶴自隨。先生卒，貧無以斂。余時客成都，親往哭之，有「騎箕天上精魂在，懷鶴堂前客淚多」，非虚語也。

永寧令俞石村先生，粵西全州人。與先君交最善。其少子當藹，十齡能詩，嘗詠牡丹云：「九華殿裏千門錦，百寶欄邊一捻紅。光分神女朝雲畔，香破嫦娥夜月中。」當藹之姊丈，太倉州公子蔣生對揚，年十八登科，俞贈詩有「十年黄卷胸前擁，萬里青雲足下生」。余謂俞之早慧如此，其取科第，當不後於蔣也。

蔡季通謂八陣圖「一在廣都，土壘殘缺，不可考」。廣都，乃今雙流縣，去成都西南四十里，並未聞有八陣圖。「廣都」當是「新都」之誤。新都北十八里彌牟鎮，一名八陣鄉，土壘現存，舊傳一百二十有八，至今尚有故壘。余親至其地，拜武侯廟，有詩紀之。又《興元志》「西縣」即沔陽，隋改「西縣」今名「沔縣」。拜武侯墓下，未得一覽八陣爲恨。

烏與鴉，非二鳥也。《廣雅》以純黑爲烏，腹下白者爲鴉。而又有白項者，《爾雅疏》謂之燕烏。余於蜀之西邊地見烏皆紅嘴，甚可愛，此則箋疏所未載也。烏之聲啞啞，俗謂之老鴉，遂有聞其聲而惱之，不知其音實云。余於他處聞烏啼，皆「啞」之一字，惟於蜀都聞有呼「老鴉」兩字者，千百中僅一二烏能之，餘多不能呼兩字。豈烏之喉舌亦有能轉音不能轉音耶？

許氏《説文》：「雅，楚烏也。一名鸒，一名卑居。秦謂之雅。从隹，牙聲。」臣鉉等曰：「今俗別作鴉，非是。烏加切，又五下切。」

《遯齋閒覽》載北人種芭蕉，冬月必架小屋遮護。袁質甫謂其誕妄，云：「芭蕉至秋後著霜則皆枯瘁，人家遂以刀截去。明年再出新葉，特可愛。若縱遮護，留舊葉，亦何所用之？」余謂遯齋所載非誕妄。其言可以用架遮護者，乃紅蕉也。蕉長不過七八尺，葉展八九片後，見有小葉出則將花矣。花可經百日，色深紅可愛。余舍傍書屋階下種有數叢，每苦爲霜所敗，因用架遮。舊叢未花者，至明年春夏時，即有花。若新叢必長大乃花，常在秋深時，又苦將霜矣。其已有花者，遮護至新正，宴客階前，紅艷可愛。質甫謂遯齋不識芭蕉，誤矣。又言「蕉在冬月，雖大雪其葉儼然不動，略無所損。」此蓋大蕉，能生蕉果者，其花與紅蕉不同形色，亦大不類。此蕉可長至二丈餘，亦不能遮護，亦不容遮護。其身肥壯厚，雖經霜雪，舊叢依然發生，非若此紅葉細弱，必用遮護也。大抵雪猶可支，而霜不可支，蓋霜威凍厚只一宵，而花盡黑、葉盡腐矣。遯齋非不識蕉，余謂質甫不識蕉也。

《廣志》謂蕙草，紫花。袁質甫謂蘭皆紫花。此正顔師古所謂澤蘭，别是一種藥草也。質甫謂師古不曾親見，而妄意言之。余謂師古不妄。今蘭蕙中並無紫者，其紫花之澤蘭，葉不類蘭蕙。質甫，四明鄞人，自云其鄉有此物，何以不知而妄譏師古，余所不解也。

余最喜蘇長公論詩者，不可以言語求而得，必將深觀其意焉。故其譏刺是人也，不言其所爲之惡，而言其爵位之尊，車服之美，而民疾之，以見其不堪也。其頌美是人也，不言其所爲之善，而言其冠服之華，容貌之盛，而民安之，以見其無愧也。沈歸愚先生亦稱其説詩微妙，高於司空表聖、嚴滄浪諸公。

滄浪論詩有别才，後人詆其「非關學」三字爲開打油腔法門。不知嚴氏何嘗教人廢學，其言多讀書，多窮理，則豈打油者所可籍口？但詩學自有一副才調，具於性靈。試觀古人未嘗不力學，而詩則工拙各異，則信乎才自有别，非一倚於學所能得也。虞山錢氏存門户之見，論詩多不得其平。即秋谷老人攻嚴氏，其意亦不在嚴氏也。曉嵐先生謂王漁洋以神韵爲宗，所見固超絶，然輾轉流傳，衣鉢塵土。言情寫景，千口同音，嘲月吟風，是處可用，至使論者詆爲有聲無字之笛子腔，亦是神韻家之極弊，未可謂錢、趙諸公爲立異也。余謂論詩之流弊，則何所不至？若言宗旨，舍神韻，又何以稱一唱三歎爲有遺音？嚴氏語自無病，而錢、趙諸公有意詆嚴，似未得詩家三昧耳。

蘇長公恨曾子固不能詩。紀曉嵐先生謂歸震川、方望溪詩令閱者失笑。余讀朱梅崖與子佑文書中有論詩一段，洞澈精微，而梅崖亦不能詩。數公皆古文大手筆，亦深知詩意，獨見於吟詠，則了無興趣，可見滄浪「非關學」三字非囈語，後人排之，乃苛論也。若謂恐人因此廢學，則滄浪已言之必須多讀書，多窮理，但不可入於理路，落於言筌，此豈教人廢學乎？不究其立言之旨，而截其三字以疵議，吾未見其議之能服人也。

震川不能詩。吾讀其古文，大有詩中境界，而和平恬適尤與陶爲近。其論《南陔》，深得治道之本，至言《陟岵》、《蓼莪》，有幽遐罔極之思，束氏不能及，真能得《三百篇》旨意。晉江張夏鐘先生於震川《悠然亭記》，謂其孤情遠韻，可與陶詩並傳。於《畏壘亭記》，謂其安命樂天之意，嘗欲取此以配陶詩。余尤愛其《順德府通判廳右記》「獨步空庭，槐花黃落，遍滿階砌，殊歡然自得」，是何等意象。震川高品，信可以配陶公也。

余家藏陳侍郎子壯手書絹素一幅：「暖屋周遭静掩屏，故園蟬蝶到應稀。好風簾紙須吹碎，得任梅花作雪飛。」用筆極飛舞。陳字秋濤，廣東順德人。崇禎進士。以文章氣節重於時。國變不屈，斬首粵市，首忽動摇，睁睛直視，粵撫驚駭，以禮葬之。秋濤詩翰留傳甚少，此幅尤可貴也。

楊孝廉霽懷自北旋閩，於直隸旅館録詩四章。此女聰慧如是，而不容於大婦，甚可憫也。「離却紅塵又結塵，生來薄命亦前因。要知終歲難堪處，少女橋頭妒婦津。」「拋殘高髻與雲鬟，宛轉難承大婦顔。一去都門莫留戀，西山不是望夫山。」「少小嬌癡阿母誇，那知憔悴在天涯。如今重返蘇臺去，望見吴宫姊妹花。」「半床燈暈照孤眠，題罷幽情只自憐。夫壻從今消息斷，空聞雁陣叫霜天。」

章書亭提督粵東，余送之，有句云：「鈴聲夜度大庾嶺，劍氣直貫山海樓。」書亭工詩，善行草書，直隸天津人。今不可多得矣。

丙寅仲春，忠州張斗南刺史循例入覲，余送之城北武侯祠外。次夜宿漢州，作詩十章寄余，有：「離亭分袂無多語，但説知交我共君。」余寓成都十閲月，惟斗南情好最篤。余南歸過長沙，晤其長君惟塏通守，執子弟禮甚恭，余詩有「情深古誼留」。信其世敦古誼，非俗態所能比也。

杜少陵稱王右丞高人。顧寧人謂豈有高人仕賊。余謂右丞爲賊所拘，不得脱走，非仕之也。虞伯生謂其志荒於山水，故無卓然之高節，皆非公平之論。當時李供奉亦坐永王之冤，宣慰大使崔涣、御史中丞宋若思已爲推覆清雪，及代宗即位有拜拾遺之命，而後人尚欲誣之。甚矣！求全之難也。

馬士英能畫，後人惡其名，改爲妓女馮玉瑛。阮大鋮雖有《燕子箋》，徒供後人笑駡。筆墨因人輕重，不可不慎。

翟春曦，山東人。曾宰吾邑，後調臺灣。因事收禁，交遊無一往視。事白出獄，乃繪《採藥圖》，以寓退休之意，索余題詩，中有四語云：「君家遠祖罷廷尉，大書六語門榜懸。交情交態古如此，今之情態何不然。」可見市道交不獨廉頗之客，失勢則去也。

王漁洋《曲端廟》詩：「欲把烏金鑄魏公。」當時張浚與曲端議事不合，惡而竄之。吴玠遂誣以謀反，王庶誣其詩指斥乘輿，康隨以酷刑殺之，皆迎合魏公之意。當仿照岳廟鐵器鑄四人之像，跪於墓前，以洩曲威武之恨。此天下之公論，非漁洋一人之偏見也。

嘗見吴匏庵題劉松年《香山九老圖》，結句云：「獨憐舊友今何處，禹錫微之嗟失身。」微之交結宦寺，禹錫欲去宦寺兵柄，豈可一例譏彈？且八司馬皆有學之人，其藉叔文之力，以謀削中官權勢，還之朝廷，何得因叔文受陷，而並罪之？匏庵讀史，尚未細心。

書家以險絶爲尚，董文敏謂此境趙松雪不能到。建寧朱梅崖不善書，而其論從子文仁書，謂其天性慓出，騁奇鬥險，盤薄傲睨，雷雹暮興，霓蝀朝隮，閃屍超忽，一息百變，而按其疾徐進退，一順天然，其於所爲和易之體，無少渝也。此深於書者不能言，而梅崖發之，誠得張長史「揮毫落紙如雲烟」之趣。

蘇子美以院中錢招其侶會飲，作爲傲歌。而王拱辰摘王勝之二語：「欹倒太極遺帝扶，周公孔子驅爲奴。」遂致捕捉逃散，罪在不測，此朱子所知也。余閱《玉蘭集》，乃朱子之叔朱槔字逢年所作。集中有《用東坡武昌寒溪韵同楊良翰賦》，第三篇中云：「去天尺五吐傑句，孔某盜跖俱塵埃。」孔即直書聖諱，放蕩已甚。時朱子守南康，尤文簡公跋其集，朱子豈有不見？而此語不爲删去，亦是疏忽。

武夷高峰洞中有架壑船，不知何似。道光六年，有船户數人用長綆將人提上，入於洞中取船。墜下，乃鑿段樹木，鑿其中爲二貯，約長丈餘。船内尚有米數升，黄赤色，此秦漢時物。《志》載有七船，四在大王峰，一在兜鍪峰，二在小藏峰。今所竊者乃小藏峰，尚有一船在洞，真是奇異，令人不解。

昔汪鈍翁嘗以所藏故人尺牘，輒加裝潢，時一展玩，如聆抵掌笑語。余足跡半天下，頗多名流往還小札，擇其品高而文雅者，集成一册。每風雨閉門静坐繙閲，因思曩時歡聚不可再得。蓋二十年來，知交零落殆盡，觸緒傷懷，真有俯仰今昔之感。

昨年榕城友人與余書，云：「艾千子柩停洪塘古廟中，兹有李參將之弟邀集同人擇地葬之。」其後余寄書鼇峰監院，囑其往洪塘查問，無有知者，諒爲李公葬去。按袁了凡《綱鑑補》，明亡時千子由江入閩，或是依曹石倉，故卒於洪塘。而《閩志》載寓於延平西郊興化寺，明亡死之，不知何據。

戚繼光墓在閩省臬司署内，墓旁有旗纛廟，有碑載之。閩中士人多不知，亦甚失考。

《傳燈録》：「欲知前世因，今生受者是。欲知後世因，今生作者是。」此禪家輪迴之説，不足信，當以吾儒之説解之。蓋前世者，吾之祖父，後世者，吾之子孫。宋儒有言：「問祖父之德澤，吾身所享者是。問子孫之福祉，吾身所貽者是。」《易》之「積善餘慶」，《書》之「惠迪吉」，即是此理，勿向輪迴邊説。則此四語，方是正大至理。

榕城劉太史士棻次韻楊蓉裳《雨聲》四律：「罨靄連空雨意成，荒庄處處鵓鳩聲。乍看絲密隨風散，漸覺珠跳作溜鳴。燕子樓虚偏永夜，杏花村暗又清明。可堪傾耳江南客，振觸鄉心百感生。」「疏響泠泠透綺寮，經時柱礎潤生潮。那年話舊同燒燭，此日懷人賦采蕭。滴瀝愁心蕉共碎，凄迷夢境瓦常飄。邇來誰唱瀟瀟曲，望斷吴楓第幾橋。」「連番淅瀝遞輕颸，最慰村農此日思。坼甲半畦挑菜候，課丁千畝插秧時。樹頭烟羃痕猶濕，山脚雲垂意欲迷。記得放翁詩句好，賣花消息料曾知。」「泥滑何人過小庭，鳥言細譜亦通靈。輕塵微浥青舒柳，驟點新衝緑放萍。深巷響添沽酒屐，齋頭韵答護花鈴。最憐客邸愔愔夜，羸馬殘芻慣卧聽。」

金正希謂學詩者，初不必當日詩旨之所存，與今時解説之所及。此真知詩者之言，何正希不以詩名耶？

余喜構古人名蹟，珍藏宋元明書畫十餘卷。每當春秋佳日，輒一展玩，覺爽氣撲人眉宇。蘇子瞻謂「寓意於物」，尚未知名人名蹟可以滌煩襟，而生敬慕，亦怡養天和，爲息遊之一助，非可以玩物喪志論也。

魯公《中興頌》磨崖大楷，人只知湖南永州浯溪一處，不知四川劍州鶴鳴山是其原刻。余至成都，託友向州人訪之，未得。又見魯公楷書「逍遥樓」三大字，石刻在劍州武蓮驛，此藏帖家所未見。又於簡州見《韋臯碑》，乃知荒村小邑，埋没古人名蹟不少。

廣西桂林伏波巖有石，下生如柱，向離石二尺許，相傳讖語：「巖石連，出狀元。」明正德時，郡人有題詩於石，云：「巖中石合狀元徵，此語分明自昔聞。巢鳳山鍾王世則，飛鸞峰毓趙觀文。應知奎聚開昌運，會見臚傳現慶雲。天子聖神賢哲出，廟廊繼步策華勳。」我朝嘉慶庚辰，巖石果合，桂林故相國陳文恭公之曾孫陳繼昌以三元大魁天下，可見讖語不虚。而繼昌之名已先見於詩句，尤屬數有前定。

袁子才「案有琴書家必貧」，郭書禪「未典琴書尚不貧」，皆各有見之言。然富室未嘗不有琴書，豈琴書之能貧人乎？惟貧者不能長保其琴書，是則可爲琴書發一歎耳。陸放翁「詩到無人愛處工」，未免嬌情。吾宗玉厓先生「詩到能删已廢吟」，則非深於詩者不能道。陝西有赫連勃勃廟，其後竟訛爲「黑臉婆婆」，塑一老婦人，則古今地名人名之謬，不特杜拾遺爲「十姨」也。

黄瘦𩖡詩，卷前已録其四首。今復見其八首，愛而録之：「誰識馬融道在東，街前竹馬笑兒童。飲貪建鄴江中水，歸去蛟湖作釣翁。」「巴江流水接湘潭，舊友飄零只二三。書到故園春已盡，梅花開日在江南。」「亂雲堆裏結茅廬，已過紅塵跡漸疏。若問野人生計少，窗前流水枕邊書。」「歸聽笙歌晝舫遲，愛君湖上賞花詩。吟哦今夜春燈雨，燕子梁間睡熟時。」「夜雨寒潮憶敝廬，人生只合老樵漁。五湖收拾看花眼，歸去青山好著書。」「故人今夕月無邊，安得洪崖共拍肩。臨水小桃春浪暖，真州江口夜行船。」「大姑飛過小姑灣，樹鬱陰濃不可攀。今夜彭郎潮有信，廬峰指點是家山。」「與君水閣坐秋晴，忽聽歸鴻感客情。記得鍊詩風雨夜，打窗蕉葉一聲聲。」

江騰鯨字于潛，建陽人。由銅陵推官，轉萊州通判。其論詩曰：「詩寫性情，天竅發而萬籟生，有不得而自知者。一近色相，詩而俳優；一著烟火，詩而土木；一苦思索，詩而鴆毒；一假剽竊，詩而穿窬。」騰鯨在明季，不以詩名，而其論詩如此。凡爲詩者，當加猛省。

雲似無知而亦有知。明時，孫忠烈與許忠節同時殉難，上天垂雲覆其尸，見者無不流涕。昌黎公謂「雲亦靈怪矣哉」。然非節烈有感於天，則雲亦無以神其靈矣。是雲之靈依然孫、許之忠所致，夫豈雲之自能爲靈哉？

諸葛公草廬在襄陽隆中山，而自云「躬耕南陽」，後人遂謂「南陽」爲襄陽之村名，非今南陽府。不知漢時，襄陽即南陽郡地。至唐時始有襄陽之名。前時只稱南陽，非別有南陽村也。其山又有名臥龍岡者，亦忠武隱居處。在今南陽府。後人不知兩地統屬南陽郡，而於隆中附會爲南陽村，殊失考據。

史稱韓昌黎公，鄧州南陽人，非今之南陽，亦非今之鄧州。王漁洋考定乃在淮慶之修武，可見古之人名地名失考者甚多。衛中立，字退之，而服硫磺，後人以誣韓退之。此不考韓文每戒人服金石，而香山詩乃謂衛非謂韓也。

余閱琴譜，有《陽關三疊》，其詞與本詩不相關會，而尾聲亦不顧詩旨。因另擬三段，付知音者譜之：「淒涼渭城，朝雨挹輕塵。最愴神，是此晨。難分手，淚沾巾。無論故與新，言別總酸辛。初唱第一聲，且莫帶愁顰。座中恐有遠離人。冒風塵，出渭城。出渭城，渭城朝雨挹輕塵。一疊 青青柳色春，客舍難留賓。丈夫志萬里，何憚崑與岷。志足壯，情難伸。柳條攀盡爲行人。灞橋愁欲斷，玉門暗風塵。唱渭城，第二聲，悽愴別離身。別離身，客舍青青柳色春。二疊 一杯酒，更一杯，勸君未飲我心摧。君是奇才，應騎天馬來。我何悲哀，惟與殷勤重追陪。出陽關，關崔嵬。一望盡氛埃，怎不徘徊，安得故人共銜杯？渭城曲，只聽第三聲，四聲愁難伸。愁難伸，勸君更進一杯酒，西出陽關無故人。三疊 從今後，早入關，早入城。依依楊柳又一春。有故人，有故人。有酒引滿飲歸人，何似別時兩傷神。尾聲」《甃枰吟琴操》，時余年八十，吟此以示賀客，未知與琴聲合否。倘得遇玉澗道人，當與東坡《醉翁操》並譜之。「甃坪何人，自傳自序自傳神，堪稱自在身。息影建溪滑，不染一纖塵。已閲八十春，無負太平民。思古陶歐誰比倫，敢效顰，敢效顰，當知風趣只率真。撫兹良晨，秋色滿堂酌酒頻。菊插半角巾，聊一吟呻，不識鷹揚起渭濱。何如羊裘栖富春，山好水亦珍。山好水亦珍，庭前更有千歲椿。」

余每歲首易春聯，必切時事。道光六年，偶以璧合珠聯用爲對句。而是歲四月，果日月合璧，五星聯珠於婁宿分野。是真異瑞，竟有先兆也。

世人爲壽文，必用顯宦銜名爲榮。余客蜀時，攝新繁令涪州牧張晴湖先生於次年六十，知余將南歸，囑豫作壽文。先生向在經略威勤公幕，私擬必用節帥頭銜，先生謂文出經手，自應用經本名，略勢位而重文墨，近代所未有也。

嘗聞京師人語：「自朱竹君没，士無談處。自程魚門没，士無走處。」余謂：「自畢秋帆没，士無倚處。」三君子，惟竹君先生督學閩中，得接談於使院。教余看《十三經注疏》當從《詩經》始，因《詩經》以貫穿他經則易爲力。惜其受代，回京不久即殁。而魚門卒於陝撫秋帆署。其後秋帆總制兩湖，卒於沅州，未得一見爲恨。

考前代人物必徵於史，而史多不可信。如《舊唐書》謂昌黎「恃才肆意，有戾孔、孟之旨」，又謂其文章「紕繆」,「不近人情」。似此謗毁,不待《新唐書》出,而盡知其污蔑無忌矣。因是思《陳書》以陳暄爲後主狎客,竟是放蕩小人。而觀暄與兄子秀書,蓋知陳之將亡,而託醉鄉以寄意。如史所言,則暄乃速禍亡身之人,安得有此遠識?余愈慨史書不足憑也。

棕櫚一名蒲葵,亦非是。蒲葵細密,可爲扇,另是一種。豈棕櫚枝葉所能比?此皆未深考耳。桃竹即今棕竹,以其幹實而節密,可爲杖。其葉如棕櫚而柔細,皮上有棕包之,並不似桃,何以謂之桃竹?又云:「廣南有桃竹,江南有夾竹桃,因其花似桃,葉似竹,故以爲名。」而桃竹全不相似,不解何取名之。

榕城龔沚亭來建陽,讀余蜀遊吟卷,贈以詩云:「籍籍聲華遠近知,論交我愧十年遲。三巴望重詩盈篋,八陣功垂筆一枝。老向故園尋舊侶,閒烹新茗話當時。琴書滿榻花成塢,可許征夫偶問奇?」「未將全集等閒窺,借讀何妨費一瓻。韜略自推先代著,文章知與古人期。勸君莫惜麻沙板,行世應隨雲谷碑。長憶雙驂多舊稿,祇因宦轍尚稽遲。」沚亭名景湜,海峰先生從弟。

嚴滄浪云:「律詩難於古詩,絶句難於八句,七言律詩難於五言律詩,五言絶句難於七言絶句。」

余外孫錦標,邑優行生,嘗作《武夷雜詠》六首,頗清穩不俗。《虹橋板》云:「開宴是何年,此板插巖隙。當時度曾孫,千載留遺蹟。」《架壑船》云:「船何架崖巔,此理不可測。大藏小藏峰,欲上難爲力。」《鐵笛亭》云:「笛聲出林間,聽非嶰谷竹。爲語此中人,當和以筝筑。」《飛翠亭》云:「孤亭半山邊,四面皆深翠。行來興欲飛,坐處情殊異。」《題詩巖》云:「處處詩可題,是巖題獨勝。就中問詩人,欲將誰持贈。」《歲寒軒》云：「山山皆異境，曲曲堪雲卧。有此歲寒姿，方稱高軒過。」又有《鄉物四詠》，亦佳。《金牛稻》云：「南州香稻號金牛，玉粒翻匙雪滿甌。傷恐鼠偷雙角叩，饑防蟹擾一毛求。蹊田不奪烟雲外，叱犢頻登隴陌頭。千萬倉箱三品列，開邊莫認五丁謀。」《白乳茶》云：「百沸清泉散乳花，竹爐瓦鼎試新茶。銀杯蘸影霜凝液，玉盌浮香露洗芽。冰雪肌膚仙子品，醍醐風味野人家。偏宜對月哦詩夜，茗飲還同白戰誇。」《蕉花練》云：「嘉名雅愛託芭蕉，素練抽來萬縷饒。江色净宜風剪剪，砧聲碎正雨瀟瀟。羊裙濃灑三升墨，謝扇輕裁一匹綃。若使縫裳煩女手，秋衫製出美人嬌。」《兔毫箋》云：「誰拔中山第一豪，幻成紫琖酌葡萄。生花舊夢霜毫潤，搗藥前身月杵勞。有客當風煎蟹眼，何人煮雪笑羊羔。冰甌細膩琉璃滑，挹取瓊漿品更高。」

於友人扇面抄得瀟湘八景詞，不知誰作，愛而録之。《瀟湘夜雨》：「日暮大江橫，水闊雲平。誰知雲水總無情。驀地釀成秋夜雨，滴盡殘更。　點點打窗聲，紙帳寒生。葡萄葉上最淒清。多少離人眠不得，坐到天明。」《洞庭秋月》：「霜落洞庭秋，天闊雲收。影摇孤月翠光流。何處仙人吹鐵笛，黄鶴樓頭。　不洗古今愁，只管清幽。琉璃琖內水晶毬。照徹君山千萬丈，便是瀛洲。」《遠浦歸帆》：「遠水接天浮，渺渺扁舟。去時花雨送君愁。今日歸來黄葉鬧，又是深秋。　聚散兩悠悠，白了人頭。片帆孤影下中流。載得古今多少恨，付與沙鷗。」《平沙落雁》：「無處著烟霞，漠漠平沙。幾行雁陣晚風斜。寫破一天秋意思，飛過漁家。　切莫近蒹葭，莫宿蘆花。好來此地作生涯。只恐夜寒邊塞上，驚起胡笳。」《烟寺晚鐘》：「烟鎖梵王宮，隱隱疎鐘。一聲遥在月明中。惱恨歸鴻留不住，付與西風。　過耳總成空，何事匆匆。少年催似白頭翁。今古相推敲不盡，此恨何窮。」《漁村夕照》：「日暮大江寒，流水潺潺。漁翁家在落花灣。到老不知城市路，無事相關。　日落半山銜，倦鳥知還。半輪斜映畫圖開。收拾綸竿沽一醉，真個清閑。」《山市晴嵐》：「山市近山城，微雨初晴。曉來嵐氣撲天青。道是似烟烟又重，似霧還輕。　莫怪不分明，望眼雲生。碧紗籠裏有人行。說與王維難着筆，空翠無聲。」《江天暮雪》：「雲散楚天遥，萬木蕭蕭。朔風剪就六花飄。畫角數聲吹不斷，一片瓊瑶。　壓損古梅梢，凍壞漁樵。月明無影玉生簫。只恐飛來雙鬢上，白了難消。」

鄭雲門閣學云：「興化協鎮黄某以罹參自刎，夜每魔人。林仲嘉先生過其地，題詩壁間云：『非關家國竟忘身，總爲功名太認真。不羨林泉甘地下，古來三黜又何人。』『太平無事策奇勳，縱有忠言亦厭聞。若使帳中留國士，不教容易死將軍。』『孤憤終難雪己冤，羈魂應愧返都門。興安健卒知多少，挾纊何人感故恩。』『蘭水壺山繞郡城，我來憑弔不勝情。沈冤自是無歸處，忍聽轅門鼓角聲。』後遂寂然。」

《杜詩詳注》，乃注杜之最善本也。偶閲「家家養烏鬼」句，引盧注謂「烏鬼可異，家家供養，則以爲常。」又引元微之《江陵》詩「病賽烏稱鬼」，自注：「南人染病，競賽烏鬼。」以「養」字乃「賽」字之誤。又引邵伯温「夔峽之人，設牲酒於田間，謂之養烏鬼。以其爲烏蠻之鬼。」又有以猪爲烏鬼，有以烏鴉獻神爲烏鬼。《夢溪筆談》以鸕鷀爲烏鬼。仇氏爲「鬼」字所混，竟主禳烏蠻厲鬼爲正，則「養」字無着落矣。余細按衆說，皆非。惟《筆談》謂鸕鷀者，是。注中兼採之，而不主其說，何也？蓋下句「頓頓食黄魚」，則魚爲鸕鷀所獲，故家家養之，而頓頓可得魚食，正相關合。讀書不就上下本文細心體會，焉得真解？仇注曾進呈仁廟，自謂：「矻矻窮年，汰舊注之楦釀叢脞，辨新説之穿鑿支離。」其於此條已不得的解，餘豈能盡合哉？余於是歎箋注之難也。

蕭山陸尚書以莊，其父爲廣東仁化縣典史，於牢獄極留意體卹，四時勞心清理，無致一人患病，功德甚大。其地有丹霞山老僧，亦極清修，而山中各洞俱此僧所開，遂成名勝。尚書公在典史署所生，其父親見此僧入其内室，因使人入山問僧，已圓寂矣。乃知高僧轉世，果爲名臣也。

（姚蓉、尚鵬點校）

卧園詩話

卧園詩話提要

《卧園詩話》四卷補編三卷續編三卷，據道光至咸豐刻本點校。撰者潘焕龍（一七九五—一八六七），字笛生，號卧園、四梅，湖北羅田人。道光五年舉人，入都任校書，歷官鄒平、淯川、商丘知縣。有《梅花書屋詩鈔》、《卧園四種》等。此書正編、補編有序，兩序僅易數字，以示一在都門，一在中州、山左。前四卷（即正編）先成，有道光十二年刊巾箱本，記事署年不逾道光九年者。卷七（即補編卷三）記事最晚者爲道光十四年甲午。續編無序。卷八（即續編卷一）記及道光十六年丙申、十七年丁酉、十八年戊戌直至二十一年辛丑事，卷九記及二十四甲辰、二十九年己酉事、三十年林則徐卒，直至咸豐元年辛亥，卷十記事最晚署咸豐九年己未。可知正、補、續三編大抵順其一生歲月次第編録，卷十乃其五十六歲歸隱前後所編。潘氏極用心於此書，擬追《隨園詩話》，時人亦有「卧園試與隨園較，大雅扶輪共主持」之美辭。（卷十毛含昱詩）又謂其《詩話》「佳在話」，「有味乎其言」，（卷五）藉東坡之句妙轉曰：「話詩必泥詩，定知非詩話」，（卷八丁傑語）更有人集其《詩話》中詩成七絶五首，（卷八石家紹集句）誠可謂「以潘譽潘」矣。實質卧園録詩雖當行，晚年求詩入《詩話》者亦衆，而詩識議論等無所發明，遠不及隨園精闢。此書之價值，當在其「半是傳記半是詩」之性質。潘氏操守中正，兼有才情，求詩名之傳，亦在意循吏之績，所謂「自著廉能，不違風雅」。（卷六）而私心所衷，似更在詩名，「官職多因詩謦折」，(卷九)自嘲乎？實自得也。故相較此際風行之長篇同類詩話，緊著自身，不録無關之人，庶幾成一師友拱圍中之自傳體詩話也。所録亦大方有格，認同「詩以窮而後工，亦有不窮而自工者」兩面，此承翁方綱之説；而人生感慨，「舊恨如夢，亦是一適」，非僅一味歡娱而已，自是不俗。書中記曾國藩爲其次子改名、袁枚二孫入泮聞自其叔父袁一士(袁樹子)等，亦可資談助。又稍及古人者，録自《鶴林玉露》、《砦溪詩話》、《齊東野語》、《堅瓠集》等前人詩話小説，此則稍疏淡其自傳色彩。引文時有出入，如白居易詩「折君官職是聲名」，「聲」誤作「詩」，當是潛意識引導所致，不足怪也。

序

予宧游都門，前後七載有餘。一時壇坫諸君子，輒引爲忘年交，唱和論詩，殆無虚日。夫詩之爲道，性情、格律二者不可偏廢。古人言之詳矣，予奚容贅？第朋友苔岑之契，生平泥爪之踪，未能恝置。因取舊作詩話，删存四卷，授諸梓人，并書其緣起如此。四梅主人自識。

卧園詩話卷之一

羅田潘焕龍四梅著　男彩枝肇鏞校字

百菊溪齡相公，内府漢軍正黄旗人。節制兩粤時，洋盗猖獗，公剿撫兼施，生擒麥有金、烏石大弟兄等，全海肅清，上特晉宫保銜，賞戴雙眼花翎。公時尚未有子，蒙恩世襲輕車都尉，異數也。公有紀事詩八首，今録其二云：「戈船西下肅風雷，力破滄溟瘴霧開。掃穴尚虞留夙孽，追奔已報縛渠魁。雙溪港外長歌入，萬里沙邊鼓棹迴。見説先聲寒賊膽，將軍兵是自天來。」「尚覺披猖虎負嵎，投戈忽見乞降書。貫盈亦畏神明殛，拚死難將骨肉疎。帝有恩言寬斧躓，臣非忠信格豚魚。更生有幸謀生拙，何計經營奠厥居。」一時和作如秦小峴瀛侍郎：「檄文先見馴溪鱷，劍氣還看掣海鯨。老臣謀國談何易，聖主酬庸澤已深。」韓桂舲葑中丞：「風清八陣盤魚鳥，月黑三軍擊鸛鵝。」蔣礪堂攸銛相公：「裴相機宜承密勿，條侯威令握中權。」胡印渚長齡侍郎：「將軍天上臨旗鼓，老子胸中富甲兵。」曾賓谷燠方伯：「儀羽重加金孔雀，天心已賜石麒麟。子儀一出番夷拜，黄霸重臨渤海清。」蔣伯生因培大令：「聖主知從無事日，郎君貴在未生前。」時予師史荔園譜先生典試粤東，和句有云：「受降特與推心腹，掃穴從教獻羽皮。羅胸小范甲兵富，傾耳大名伊吕參。」俱爲一時傳誦。

襄陽樊楚雄總戎時從公辦賊，獻《粤海蕩平歌》云：「三聲衙鼓開公堂，軍門獻馘兵氣揚。公曰元兇罪宜磔，爰書凜烈嚴秋霜。百二十人賊黨與，駢首就戮國憲彰。是時觀者咸股栗，謂公威德宣遐方。公曰降者皆免死，吁嗟此亦吾赤子。彼獨身陷賊中耳，孽非自作改則已。聞者感歎降者喜，自此南人不反矣。」惜篇長不能備録。

歸安姚鏡塘學塽武部，性嚴重，而詩有風致。《咏醋》云：「臭味最於吾輩近，風懷莫遣女郎知。」先生與予爲忘年交，好乘驢，有和予詩云：「又見詩筒長鬛傳，唱酬仿佛想前賢。也知有好皆爲累，豈得無言即是禪。歲暮客愁聊此遣，書生習氣未能捐。馬蹄轉瞬看花遍，莫笑騎驢孟浩然。」吴蘭雪嵩梁舍人贈先生聯云：「平日讀書真有得，先生於世獨無求。」蓋紀實也。

韓昌黎詩寬韵多旁出，窄韵每獨用，固爲因難見巧，然非天分、學力二者兼優，則弄巧反成拙矣。其集中五七古多於仄韵用排偶，極五花八門之奇，所以不爲李、杜牢籠也。

余舅氏蘄水徐迪臯陳謨先生，辛酉進士，授四川東鄉令，旋擢眉州刺史。《咏雪》云：「能將清白色，變盡衆山顔。」二語想見作吏風采。

詩中借對，不過意到筆隨。後人專以此見長，便成買櫝還珠。李玉溪「駐馬」「牽牛」、「丁年」「甲帳」，對仗極工，人終譏其獺祭。杜詩：「雜耕心未已，嘔血事酸辛。」「子雲清自守，今日起爲官。」「殊錫曾爲大司馬，總戎皆插侍中貂。」何嘗不偶一爲之，然究不害其爲大家也。

予嘗登蘄水青山口，石級百餘步，下窺無涯，目眩心驚，得兩人相挽始下，爲之怔忡者累日。後觀退之《答張徹》詩云：「洛邑得休告，華山窮絶陘。悔狂已咋指，垂戒仍鐫銘。」益嘆登高臨深，不可不慎。

仁和許滇生乃普洗馬，幼時《初夏寄兄》云：「入夏清和草漸肥，江村蝶懶野花稀。離家愈遠思逾切，惆悵春歸我未歸。」予有《都門送春》云：「落盡殘紅緑漸肥，春光又是一年違。尊前相送添惆悵，共我同來不共歸。」鮑覺生詹事謂爲情韵不匱。

蘄水陳秋舫沆殿撰，長於五古。余尤愛其《過采石磯弔太白》絶句云：「公竟不我待，大江吾獨東。却看山月色，相送水聲中。」贈余詩云：「二潘才筆重黄州，君更狂吟最上頭。何日臨皋亭外路，滿城風雨共吟秋。」又題予《梅花書屋圖》云：「吾鄉有奇士，性情妙於仙。萬花不在眼，獨與梅有緣。繞屋種四樹，樹樹皆華妍。有時山月到，清影倍嬋娟。詩人當此時，徘徊思渺然。兩心結深契，人花俱不眠。我欲訪佳景，開尊待何年。」秋舫才近太白，卒時年僅四十，惜哉。

予乙酉房師爲粵西何卲甫彤然先生，由祭酒督學山左。太師母湯太夫人全錫善畫，爲余繪《寒花瘦蝶圖》。家虚白素心夫人，前宫詹汪聽舫潤之先生室也。題云：「閨中六法冠群芳，四載曾親紗幔旁。與太夫人同居四年。猶憶西園同覓句，蝶痕飛過野花香。」「一時桃花拜宣文，更喜吾宗秀出群。記取河陽春色好，栽花處處誦清芬。」

正藍旗聯玉農璧比部，善畫工詩，風流倜儻。嘗填《水調歌頭》一闋，題余吟稿云：「襟懷净冰雪，文字足波瀾。彩筆干霄氣象，壯歲早登壇。幾許柔腸旖旎，幾許雄心感慨，開卷儘悲歡。爲君浮白墮，累我寫烏闌。三生恨，百年事，一身擔。幾曲瀟湘，風雨孤調向誰彈。漫説烟雲變幻，自有風雲際會，枳棘暫栖鸞。人雖驚虎脊，誰解送猪肝。」黄庶詩：「山精水怪衣薜荔，天禄辟邪眠莓苔。」王阮亭《遊廬山白鹿洞》云：「薜荔衣怪樹，山風恐行人。」自謂各寫一時所見，而句法相似。予謂阮亭此二句實從賈浪仙「怪禽啼曠野，落日恐行人」脱胎。

太白仙才，長吉鬼才。嚴滄浪謂仙、鬼不堪多見，多見則仙亦使人不敬，鬼亦使人不驚。予則爲下一轉語：「仙鬼不堪多見，亦斷不能多見。真仙排雲馭氣，不食烟火，若近世之羽衣黄冠，不過襲取其貌。真鬼叫嘯騰躑，令人不可迫視，若倀子假鬼面、效鬼聲，未必能恐嚇人也。」故作詩當以真爲主。

孝感郭葵臣道闓太史，與予同官校書五載，復爲乙酉同年。傲岸不羈，獨於予有嗜痂之好。嘗寄予箋云：「接讀陽春，慨當以慷。三復之下，意味彌永。想天下英雄，終屬使君也。」癸未冬日，有喜予冒雪過訪四絶云：「天外詩人破例來，高踪恰似隴頭梅。尋常花讓争前後，獨有奇香犯雪開。」「一笑相迎亂叫呼，消寒近日有詩無。平章梅雪騷人筆，妙語如穿掌上珠。」「惱我生涯拙似鳩，憑君借箸又前籌。寒天落日新豐市，不信無人識馬周。」「隨意登樓酒半醺，夕陽留話手難分。狂情欲唤深宵月，快起城頭一送君。」其次首蓋謂予《梅雪十二吟》也。予嘗贈以七律二章，葵臣讀至「人生貧賤交彌篤，我輩窮愁氣不衰」之句，嘆曰：「君詩畢竟有真性情。」

杜詩「衆流歸海意，萬國奉君心」，以上句興起下句。蘇詩「酒闌病客惟思睡，蜜熟黄蜂亦懶飛」，下句却從上句生出。可以悟詩之變化。

王衍口不言錢，其妻以錢繞床，使不得行，衍呼：「舉此阿堵物去。」顧長康謂「傳神寫照，正在阿堵中」。則阿堵猶俗呼「若個」，後人乃謂錢爲阿堵。《詩經》「日居月諸」，「居」、「諸」本語助詞，後人每作實字用，殊不可解。

人心之靈秀發爲文章，猶地脉之靈秀融結而爲山水。或清柔秀削，或渾厚雄深。又如時花各有香色，啼鳥各爲天籟，正不必强歸一致也。

粤東黄香石培芳明經，香山人。有《嶺海樓詩鈔》，著作甚富。許滇生榜眼、羅蘿村文俊探花，皆受業門下。《宿奔牛鎮》云：「毘陵回首隔滄洲，老樹棲鴉古渡頭。半世知音誰相馬，十年浪迹又奔牛。春寒前路凝殘雪，天入長江接亂流。淡月昏黄記今夕，人烟小市漫停舟。」《羅浮山行雜咏》云：「亂松吹送海濤風，盡日看雲拉遠公。青壁萬尋溪一曲，桃花開向水聲中。」「高峰忽斷有雲遮，細路延緣曲似蛇。行上陂陀時小憩，一天空翠落松花。」「水碓春雲雲湧山，勞勞雲水我偏閒。偶逢野老攜鴉嘴，劚得黄精帶月還。」佳句如「親老游仍遠，家貧别更難」、「烟寒京口樹，天遠秣陵舟」、「客中樂事游爲最，天外奇情夢更多」、「浮生歲月看流水，世上功名笑逆風」，皆妙。有《香石詩話》，持論甚正。

東坡才筆横絶一代，而元遺山絶句乃云：「蘇門果有忠臣在，肯放坡詩百態新。」又曰：「奇外無奇更出奇，一波纔動萬波隨。只言詩到蘇黄盡，滄海横流却是誰。」紀曉嵐宗伯壬戌典會試，以此條發策。揭曉前一夕，得余師朱詠齋士彦侍郎卷，曰：「南宋末年，江湖一派，萬口同聲。故遺山追尋源本，作懲羹吹齏之論。又南北分疆，未免心存畛域。其《中州集》末題云：『若從華實論詩品，未免吴儂得錦袍。』又曰：『北人不拾西江唾，未要曾郎借齒牙。』詞意曉然，未可執爲定論。」宗伯謂其洞見癥結，補入榜中。

丙戌，予乞假歸省。家大人於小除夕，命作年羹爲團圓飲，即席口占云：「歲酒新開老興牽，一家團坐樂陶然。喜兒新返三千里，笑我浮生六十年。科掇已償題柱志，家貧莫想作官錢。從來父母名難副，好把循良史筆傳。」《幽居即事》云：「柴門重閉謝喧嘩，月是良朋酒是家。贏得閒來無個事，庭前看種牡丹花。」

予幼受業於叔父孝廉朗垣公，循循善誘，得成制舉業。公有送予父就養淯川官署詩云：「教子成名後，籃輿到淯川。山川忘跋涉，家室樂團圓。付託城南宅，移交郭外田。池塘春水緑，芳草夢年年。」《别後中秋復寄懷》云：「千里清輝一夕同，寥天照影各西東。睽違莫道無多日，已到深秋白露中。」

香山詩不愧廣大教主。杜牧譏其纖艷淫媟，非莊人雅士所爲，宋祁遂據以立論。試思香山莊雅，孰如牧之，所謂責人，斯無難也。

天門熊璧臣莪比部，以《美人握鏡畫眉圖》徵題。劉海樹珊太守云：「朝來秋雪暈紅脂，螺子親拈畫十眉。花下恨無京兆筆，淺深只合自家知。」陳秋舫翰撰云：「曉閣端詳髻綰雲，畫眉未肯倩郎君。却憶昨宵記否花前坐，妬殺天邊月二分。」陳其山運鎮中翰云：「雙蛾微惜黛痕殘，久把銀蟾著筆難。記得玉關人萬里，入時深淺欲誰看。」王魯之懷曾教習云：「遠山添翠頰生潮，一半春愁一半嬌。記得玉臺相倚日，幾曾親自畫眉稍。」劉莘農天民孝廉云：「自拈青鏤寫雙蛾，宵夢迷離隔絳河。蹙損遠峰春不管，玉台空照淚痕多。」予題云：「一抹春痕睡起時，雙蛾淡掃最相宜。虛心怕誤旁人眼，却對菱花下筆遲。」

魯之爲蜀中名士，今出宰山左。有贈予詩云：「歷歷生平海岳蹤，金臺轉瞬再經冬。吟詩自古才何盡，懷刺於今意已慵。大雪九門方獨卧，春雲千里忽相從。君山雖在塵寰裏，除却蓬萊有幾峰。」「清艷瀾翻氣不羈，名山端合稱心期。縱横直到千秋後，刻苦先爭一字時。潘岳才華今已罕，王胡著作我何奇。時賢未敢輕相擬，壁壘三唐欲敵誰。」

乾隆五十五年，聖壽八旬，諸藩皆遣使朝賀。先賜宴於紫光閣，復宴於御園。上手巵以賜正使，并御製詩章，俾能詩者恭和。朝鮮國正使行判中樞府事李性源詩曰：「堯階春葉報中旬，湛露恩深法讌頻。薄海歡欣同玉帛，寰區慶祝競神人。陪筵每感黄封遍，賜醞那安御手親。五紀馨香躋八耋，南山北斗總歸仁。」安南正使翰林院侍讀陳登大詩云：「虞階何待舞經旬，玉帛初通雨露頻。煦育肯分千里外，綏懷渾似一家人。幸陪周宴清光接，近挹堯尊咫尺親。新寵歸來分海國，共將華祝頌皇仁。」琉球國副使正議大夫鄭永功詩曰：「御極垂衣正八旬，普天沐德獻琛頻。四夷駢貢蒙皇化，五代同堂仰聖人。召入華筵龍液洒，飛登紫苑鳳巵親。天顔咫尺沾恩湛，永祝昇平萬壽仁。」

彭芸楣元瑞尚書獻萬壽詩，用八庚全韵。序云：「數旋生而隔八，歲襲吉以由庚。」詩進，上召見曰：「長律最重格調。八庚，百八十有九字，一字一韵，遂至末句與首句不拈。應於首句入韵，以成偶數。」誠聖明天縱也。

年丈蔣笙陔立鏞殿撰，典試粵西，路登岳陽樓，詩云：「洞庭波起夕陽浮，縱目層樓亦壯游。鴻雁聲隨天共遠，魚龍氣與水争流。神仙有約今朝醉，詞賦何靈終古留。如此長風當破浪，蒼茫萬里是歸舟。」殿撰嘗示予游衡山七古，最爲雄邁。

華陽卓海帆秉恬太僕，詩近王、孟。予有《梅雪十二吟》，太僕廣爲十六吟。《自題郭西草堂》云：「郭西小築占溪灣，春水溶溶户外環。雲氣讓開山幾叠，雨聲圍住屋三間。繁花入座常須護，細草侵堦未忍删。此境久思商畫稿，待從何處乞荆關。」《山行雜詩》云：「林密煩暑退，檀欒竹影碎。雨過秋氣清，斜陽在鴉背。瓦屋若鱗次，遥指雲外寺。樵斧敲深林，幽花落滿地。」《登萬壽閣》云：「閣上閒雲留客久，殿前老樹閲人多。」和予尖叉韵有云：「七字謳吟招我輩，一時唱和遍諸家。」

安吉郎蘇門葆辰給諫，善畫工詩，芬芳綺麗，娓娓動人。《廣陵竹枝詞》云：「記得中秋踏月曾，重重寶塔試新燈。郎情如塔儂如火，照見中心透幾層。」「袖裏金猊手自持，戴家香料乍燒時。昨乘飛鞝紅橋過，香到郎邊知未知。」「傍花村裏坐團欒，酒壓金樽花壓欄。花正開時郎又去，傍花容易傍郎難。」《咏藕》云：「在溷濁中偏有節，最玲瓏處却無心。」《圯上》云：「未必神仙真可信，但呼孺子更誰甘。」《姑蘇懷古》云：「鴟主十年嘗膽去，美人一笑捧心來。」《梅花》云：「渡頭幾樹影横水，屋角一稍香過鄰。」皆佳句也。先生曾爲予畫螃蟹及小幅折枝，題有小詩，翛然塵俗之外。

濱河多水患，而人烟往往凑集。蘇門給諫《清河道中書所見》云：「白浪茫茫四望迷，居人撩亂各東西。如何拚作危巢燕，又住黃河一線堤。」

予以壬午入都，癸未即館於京山易蓮航鏡清中翰家。前後凡四載，唱和殆無虛日。中翰有《慕暉堂詩鈔》。其《春明雜咏》云：「元宵火樹燦西園，曲宴宗親及外藩。百戲魚龍陳曼衍，排當直接小紅門。」「紺幰葱犗重躬耕，秉耒重看大禮成。茶果宴頒鏐帛賜，老農蓑笠拜恩榮。」「海子周回百里遥，團河行館駐仙鑣。宸遊不爲春田好，帳殿猶聞視早朝。」「香山樓閣倚雲間，峰石嶔嵜水曲環。虎旅列屯時閲武，琱弓親見至尊彎。」「六街車馬暗行塵，幾處林亭不見春。一入蓬瀛春便早，龍池草色十分新。」「乳燕高飛拂鳳樓，觚稜曙色碧雲浮。千牛仗下班初立，又説堯階試狀頭。」真寫出太平景象。

漢陽關月生鈞孝廉負才不壽，秋舫翰撰爲序其詩以行。《秋蟲》云：「畢竟蟲何事，年年抱不平。都將無限恨，併作此時鳴。天地有微意，山林多應聲。眼前風月好，吟苦亦癡生。」《悼亡十四首》，如：「賫將心事人難喻，數到年華鬼替愁。」「世情淺涉偏能淡，天性工愁本不祥。」「紛紜幾務諳纔半，多少宗親識未周。」「兩載別離三載病，百分恩愛十分窮。」皆從至情流出。月生好苦思，而語多幽致，宜其不永年也。

劉莘農天民孝廉，予丙子同年也。豪放不羈，詩有奇氣。《過昆陽》云：「虎豹一時皆震恐，風雲千載尚飛揚。」《歌風臺》云：「猛士且教三族盡，英雄安得四方來。」《贈王魯之》云：「中原天地無南北，靈氣山河自往來。」《項王廟》云：「毀廟豈無周國老，哭君惟有宋書生。」《留別陸立夫建瀛太史》云：「心肝奉主期公等，意氣酬知剩此身。」風格逼真七子。題予詩集云：「稟氣寡俗好，淡對一卷足。芳澤如幽蘭，清姿濯冰玉。三歎朱絲絃，遺音詎能續。」

予丙子同年，莘農而外，潛江寧雙梧熙朝廣文有《柑堂詩鈔》。家貧喜游，《過梁武帝施食臺》云：「蕭老公招侯景兵，捨身真個一身傾。可憐施盡諸僧食，只博臺城荷荷聲。」《史閣部墓》云：「殘局江山歌燕子，蜕形袍笏葬梅花。」《于忠肅墓》云：「鸜鵒妖徵回北狩，鷺鷥冤獄起南城。」《冬青樹小樂府》云：「冬青樹，夜夜烏聲啼不住。烏夜啼，六陵一片草迷離。越水東流自越西，東流那復向西歸。免將骨殖填泥塔，誰有心肝似布衣。弔布衣，人何處。烏夜啼，冬青樹。」

吾母徐太孺人，九齡時，刲肱醫姊。遇異人授以藥，始獲全愈，每天雨，輒隱隱作痛。鮑覺生詹事曾爲之記。家虚白夫人爲賦其事云：「楚江山水清，閨閣争芳烈。二妃雖云遥，往往多奇節。吾宗有賢母，姊妹若弟兄。少小相友愛，誓言共死生。阿姊命如絲，阿妹淚如雨。投藥藥無靈，禱天天不語。展轉卧床褥，病勢入膏肓。自嗟幼女幼，難覓良醫良。寒夜風瀟瀟，窗前聞鬼哭。百計無可施，一燄燈光緑。抽刀聲慘淡，濺血影模糊。捨此一塊肉，療彼千金軀。不因負創深，那得沉痾起。海上授靈丹，神仙心亦喜。男兒出巾幗，力將風教敦。彼哉李世勣，燃鬚何足論。至今三十年，痛定心猶苦。每當風雨時，隱隱作酸楚。人生有至性，詎必求令名。情深如手足，此身遂可輕。哲嗣校書郎，爲我述往事。作詩紀孔懷，用以光乘志。」

全州蔣時齋宗𢓜孝廉，隨父晴山祖暄先生羅田任。與予交最爲莫逆，有送予應試《戲作將嫁女》詞云：「梳成新鬢赴佳期，花樣翻來妙手持。絶世容顔難再得，虚心顧盼問相宜。調羹穩許諳姑性，結髮從知學婦隨。繡出鴛鴦郎慣愛，旁人徒笑眼迷離。」時齋風度翩翩，而享年不永。丁亥，晴山司馬招余至署，爲校定其遺集。《感賦》云：「故人遺集手親編，如此奇才竟不年。莫怪悲歌頻斫地，欲攜詩句徑呼天。科名未滿生前志，著述終教死後傳。窗外夜來風雨急，挑燈一讀一淒然。」

隱峰師臨示寂，問衆曰：「坐化、卧化，吾嘗見之。有立化也無？」曰：「有。」「有倒立者否？」曰：「不曾見。」師遂倒立而化。亭亭然，其衣順體。隱峰蓋欲爲示寂另開生面也，詩亦當作如是觀。

親老而營禄養，此不得已之遠遊也。乃亦有堂上高年，而嬉遊忘返者，誠不知其何心。歷城謝韋齋仟秀才《寄友人楚北》云：「萊彩承歡未有期，桑蓬亦恐誤男兒。須知七載奔波日，盡是雙親想望時。幾次家書憑我寄，得毋老淚背人垂。春暉不爲遠游駐，雁到衡湘歸莫遲。」藹然仁者之言。

吏、禮二部，翰林院、國子監，土地俱祀韓昌黎，不知所自。法時帆式善祭酒題司文土地祠聯云：「起八代衰，自昔文章尊北斗；興四門學，至今俎豆重東膠。」雅切之極。

英夢堂廉相國以孝廉出爲江南司馬，罷官再起。有《夢堂詩稿》。裘文達公稱其詩不過片紙耳，覺有壓手之重。《即事》云：「刈麥場邊景最炎，村姑少小解揮鐮。城中何限嬌兒女，薄日輕陰怯捲簾。」「不向名園引蔓新，幾枝繾綣閱蹄輪。風塵具眼知誰是，空谷偏多絶代人。」言婉意深，最得風人之旨。

周蕖卿瑶夫人，嘉善籍，所居名紅蕉閣，予乙酉座師尚書姚秋農文田先生配也。唱和之作，載姚師《邃雅堂集》中。《寄外》云：「香撥金猊冷，春深子夜中。一襟楊柳月，雙鬢杏花風。鴛繡此時倦，魚箋幾日通。嬌兒方睡穩，緘意託飛鴻。」又絶句云：「已聞黄葉下秋波，兩地離愁誰較多。願得曲湖歸賜日，爲君親手織漁簑。」《初至湖州》云：「慈闈小别何曾慣，誰料于歸成遠遊。兩地隔應論萬里，一宵長欲過三秋。難求侍婢名如願，不信佳人字莫愁。簾外西風催暮景，數聲清雁度高樓。」姚師有《内子六十初度》詩云：「畫樓猶記薄寒天，錦瑟剛調帝女弦。覓句就花憎晼晚，舉杯邀月愛嬋娟。竟無丹藥留春住，忽對霜華入鬢鮮。初度正當長至後，願將添線比添年。」「已逝流光那復還，别離細數尚緣慳。早因貧賤長爲客，老供馳驅又不閒。且索梅花開笑口，更傾竹葉借酡顔。年來學得長生訣，須劚芝苓向故山。」夫人幼嘗夢神人指一緑袍少年，告之曰：「此汝婿也。」後果歸姚師，事亦奇矣。

豐台賣花張翁女，名阿錢，毛奇齡太史納爲小姬。目有曼光，陳迦陵因取名「曼殊」。明慧能詩。以奇疾殁，諸名士咸弔之以詩。汪蛟門懋麟云：「荒村小婢賣花回，補屋牽蘿水鏡開。怪底紅顔如芍藥，妾家生小住豐台。」汪舟次楫云：「春到長安芍藥開，尋花曾一訪豐台。自從解語歸金谷，不是花時客也來。」趙秋谷執信云：「淡紅香白好容顔，寶髻堆雲作百鬟。喚作佛花原自悞，如今争肯住人間。」予亦有《遊豐台》絶句云：「才子傾城合比倫，優曇一現可憐春。千秋此地留佳話，既産名花又美人。」

王漁洋龍門高峻，人不易見。每於慈仁廟市購書，乃得一瞻顔色。孔東塘尚任《燕台雜興》云：「彈鋏歸來抱膝吟，侯門今似海門深。御車掃徑皆多事，只向慈仁寺裏尋。」今則東城隆福寺，以九十日開市；西城護國寺，以七八日開市。所交易者，不過金玉錦繡。惟琉璃廠火神廟，以正月初三日開市，十八日始撤，頗有古書可購。至崇效、法源二寺，不過看花而已。

施愚山先生妾徐珠淵，江都人。先是其母欲嫁貴家，女曰：「兒願得侍丈人，爲東坡之朝雲，足矣。不願富貴也。」愚山聞而納之。《寄外》云：「雨滴梧桐秋不堪，憶君誰共接清談。老天如識妾心苦，北地風霜盡入南。」詩雖不工，而意殊婉篤。

邊地草白，而明妃之塚獨青。馬嵬墳土，可以去婦女雀斑。足見美人精靈，正自不朽。

都門浙紹鄉祠劇樓一聯云：「地當韋杜城南，鼓吹休明，共效謳歌來日下；人在枌榆社裏，風流裙屐，恍携絲竹到山陰。」係袁簡齋所作。慶樂園劇樓聯云：「大千秋色在眉頭，看遍翠繞珠圍，重游贍部；五萬春花如夢裏，記得丁歌甲舞，曾睡崑崙。」係龔芝麓尚書所作。予宴鹿鳴時，大京兆爲朱蕉堂爲弼先生，楹帖云：「此身來自田間，喜霞蔚雲蒸，四海英雄皆入彀；他日同趨闕下，看鸞翔鳳翥，一時人物盡登仙。」

趙雲松觀察、吴穀人祭酒，集中皆有《美人風箏》詩。余亦曾得七律四首云：「居然趙女善彈箏，撒手翻身入太清。摇曳半天環珮響，蹁躚幾疊羽衣輕。阿姨應借晨風送，神女仍愁暮雨行。挽縐裙痕留不得，霓裳隊裏證前生。」「白日翩翩竟上昇，御風漫説古難憑。天衣裁就真無縫，月老牽來幸有繩。妝淡好將眉嫵畫，軀輕那許綺羅勝。不言底事空含笑，可許雙飛得未曾。」「鳳泊鸞飄任所之，命如紙薄莫相嗤。輕盈掌上偏能舞，顛倒風前不自持。半面幾番迴笑靨，柔腸一縷綰情絲。九霞裙幅工裁剪，待我題將幼婦詞。」「湘妃細骨已無倫，粉白脂紅況色勻。飛去卿差同燕燕，畫來我欲唤真真。

奔雲宛乞姮娥藥，問渡休迷織女津。此種神仙宜上界，如何容易墮紅塵。」蘭雪諸君子見而歎曰：「君此詩壓倒元、白矣。」

漢口夜市賣花者極多，芳香襲人。仁和陸筱飲飛解元有絶句云：「江頭夜市散初更，醉帽欹斜白袷輕。茉莉珠蘭香滿路，一街燈火賣花聲。」

乾隆三十八年，定邊將軍大學士温福討金川酋。行至木果木北嶺，歿於陣。户部主事趙文喆死之，事平，詔贈光禄寺少卿，入祀昭忠祠。趙有《次猛拱得家書》云：「荒江欹枕薄痾餘，人與秋蟲共一墟。茅草蓋頭飛瘴雨，自吹爨火讀家書。」塞外凄凉，可以想見。

予壬午入都，館易蓮航舍人宅。時郭葵臣道闓庶常館六安熊介臣一本比部宅，相距僅隔巷。丁亥再入都需次，館劉怡庵誼農部宅，又與金殿珊光杰太史居最近，無日不相過從。偶閲婺源胡黄海翔雲明經《瓿餘詩鈔》，有句云：「附居咫尺無多地，每夜清談不放空。」嘆其切當。

六安楊介坪懌曾侍郎督學楚北，予兄玉彰焕琳、弟伴芹藻，皆出其門。先生有《楚江吟草》。《按試郢中懷李雲門潢師》云：「三十年來瞥眼過，文章知己幾消磨。暮雲春樹悲同調，謂諸同年。白水青山感逝波。一代風流宗玉律，三江名彦入珊羅。愴懷欲效西州慟，爲駐星軺意若何。」《題許廉衣故園看山圖》云：「年來持節漢江遊，心跡真如不繫舟。咫尺家山歸未得，畫圖寫出一天秋。」「迴首鄉關又十年，燕雲楚水正情牽。何時得慰歸田願，坐對青山手一編。」

江夏王菊門德新廣文，太學中名宿也。舉孝廉，時年已六十餘。丁亥春，予客周芸皋觀察署中，始及見之。鶴髮蒼顔，粹然儒者。有《葆醇堂詩集》。《古意勖門人》云：「鳳皇奇毛羽，麗澤亦有裨。一食必竹實，一栖必桐枝。苟不慎薰習，倏化安可知。腐鼠彼謂甘，勿受鴟鳥欺。枋榆彼謂樂，勿逐鷽鳩飛。」《蘄水道中》云：「雨歇圻陽道，光風減客衣。遮山雲意嬾，夾路稻苗肥。橋古溪三汊，村深竹四圍。江鄉看信美，已是故園違。」其佳句如：「靈草兼雲採，春畦趁雨鋤。」「竹村臨水閉，溪鳥帶霜飛。」「文章得力帆風利，富貴如花鼓雨催。」「曲肱引睡常侵晝，病眼妨書漸廢宵。」「打頭屋似舟低可，繫肘金如斗大難。」皆近宋人風格。

涇上吴雲樵芳培總憲，《與友人話舊有感》云：「翻雲覆雨竟何常，簇簇争馳百戲場。除却人情無變幻，一成世界便炎凉。屠牛誰識王僧達，畫虎群推杜季良。千載是非公論在，眼前口吻任雌黄。」有慨乎言之矣。

青海十八部落，皆封王爵。岳大將軍鍾琪，以二月八日出師，至十六日悉皆擒斬蕩平。事聞，擢川陜總督，加宫保，晉爵威信公。公有《述懷》詩云：「出師不十日，生擒十八王。凱旋報明主，錫命凛煌煌。進爵爲上公，總制領故鄉。」公以成都人節制川陜，故末聯云云。公字容齋，有《蛩吟》、《薑園》、《復榮》等集。《軍中》云：「地在乾坤内，人居朔漠間。月寒川上草，松老雪中山。鐵騎嘶沙磧，金戈擁玉關。樓蘭誠狡黠，不滅不生還。」《題畫馬》云：「誰寫驊騮卧碧茵，曹將軍骨子昂神。年來未向沙場跨，畫裏相看也動人。」字裏行間饒有英雄氣概。夫人高氏，華陽人。嫻弓馬，善理軍政。公每出戰，署中内外莫不肅然。亦能詩。《雨中看芙蓉花》云：「芙蓉花面靚妝新，細雨微風洗庾塵。有淚却同湘女恨，無言豈有息嬀嗔。遥思洛水淩波襪，想見華清出浴人。相對莫愁秋寂寞，一生顔色不傷春。」末句品格絶高。其殁也，公哭之云：「五載西曹我困危，長安寄食賴謀爲。全家幸得歸田里，相守翻成永别離。」「一字如金愛惜之，却因相敬故如斯。從今永閣閨中筆，自此無人解和詩。」「鬢增白髮面增癯，行亦無雙坐亦孤。仍向合歡床上卧，入簾凉月照鰥夫。」殊令人不堪卒讀。

講考据者，其詩多涉於腐。習詞曲者，其詩多失於纖。作詩者不可不知。

真州施鐵如朝幹先生督學楚北，予叔父孝廉朗垣公受知入泮。先生性嚴厲，而論詩則以温柔敦厚爲宗。《得兄書因述其意》云：「分手憶前日，到家多苦辛。老親無别語，先問未歸人。」《琵琶》云：「琵琶絃急調殊清，彈作關山久别情。借問黄河東去水，幾時流盡斷腸聲。」《漫題》云：「杯酒良時隨分有，文章終古幾人傳。」《畫閣》云：「月華依水濕，春色捲簾多。」皆妙。

予嘗於途中遇雨，得句云：「菜花黄映麥青青，三月春光一路經。行客乞晴農乞雨，天公於此費調停。」後見畢秋帆制府《吴淞櫂歌》云：「不遇恬波便激湍，人生且作蕩舟看。來船風逆去船順，到此天公亦兩難。」二詩之意相合。

閨秀詩多另具一種風韵。烏程汪中翰曾裕之室金順，太倉人。《寄外》云：「西風江上急秋砧，手製征衣入夜深。漬有淚痕休浣去，相看猶見别時心。」諸暨戴玉萼，字緑華，同邑余蔭祖妻也，伉儷甚篤。有《謝外寄春衫》詩云：「窄袖春衫小樣新，勞君遠寄别離身。幾回對鏡增長嘆，不是當年綺麗人。」桐鄉女子王夢鸞，字仙御。《柳枝詞》云：「柳條風静雨初收，更罷羅衣嬾上樓。花下欲將新月拜，一鈎恰到柳梢頭。」歙縣女子易淑班，《除夕》云：「强將華燭延殘臘，喜得承歡聚膝前。欲望兒成欣改歲，却愁姑老怕添年。梅花已報三春信，爆竹全消五夜眠。韵事何妨閨閣效，也將杯酒酹詩篇。」

人情冷暖，自古爲然。《七修類稿》載元僧詩云：「殘年節禮送紛紛，盡是豪門與富門。惟有老僧堦下雪，始終不見草鞋痕。」

予内人鄭翠蓉，字蓮卿。有寄予都門詩云：「離愁萬斛不堪論，千里尋君有夢魂。聽説薊門風雪冷，客中還要自温存。」予寄綾一束，并繫以詩云：「家貧典盡嫁時衣，特買吴綾遠寄歸。寬窄未容裁剪付，恐妨瘦減舊腰圍。」予宦游都門時，家君染氣疾，蓮卿刲肱烹藥以進，始獲全愈。己丑，予補河南洧川令。蓮卿奉兩大人，率二子長振彩、次鵬彩及女玉彩來署。曾不數月，遽以微疾終。故予《悼亡》有云：「刳肉醫親病果痊，精誠端可格蒼天。傷心聚晤纔三月，屈指暌離近八年。詎料彩雲偏易散，大都皓魄不長圓。食貧未得同安樂，每一思量一泫然。」

急流勇退，人之所難。鄞縣陳怡庭錫嘏編修，作《自責》詩云：「霎時風浪欲遮天，一轉帆時已宴然。但恐風來帆又側，江心何處再收船。」陸筱飲解元有絶句云：「輕舟齊趁大江風，浪捲濤飛欲拍空。莫倚好風帆力健，最難收是急流中。」

富鄭公奉使遼國，遼使云：「早登雞子之峰，危如累卵。」答曰：「夜宿丈人之館，安若泰山。」又曰：「酒如線，因針乃見。」富答曰：「餅如月，遇食則缺。」鄭公奉使，直節不阿，人皆知之，尚未悉其吐屬敏捷如此也。

趙德行《賓退録》云：「州縣率南面。黄山谷《送徐隱父宰餘干》詩云：『地方百里身南面。』是『南面』，人臣亦可通用也。」

漢陽鄒石泉先生貽詩以四庫館謄録，議叙布政司經歴，分發福建。由軍功洊升福州太守。有《浮槎存稿》。《家人至省》云：「一船家具一囊詩，不是歸裝是旅資。僮僕懷新如鳥散，妻孥恨别説舟遲。素無飲癖惟耽飯，纔覺官閒即課兒。惟有呱呱最嬌子，投人懷抱捋霜髭。」真如白香山詩老嫗皆解。

劉海樹太守，癸未入覲。予從扇頭讀其《和張紫峴白門殘柳絶句三十首》。海樹回潁州任，不數月病卒。今特爲録其全作。云：「知是淮流是淚流，年年畫出白門秋。怪他一樹絲絲柳，綰盡西風六代愁。」「潑水濃陰壓繡寮，曉星殘月赤欄橋。凄凉十五年前夢，曾繫烏篷候早潮。」「衰草斜陽問御溝，當時銅輦晝衾秋。胭脂井畔桃花水，尚向垂楊緑處流。」「玉欄秋掩轆轤痕，璧月歌殘幾斷魂。愁絶宫鴉無宿處，一枝空認建春門。」「《子夜》歌成得目憐，倚闌盼斷水生烟。一般羌笛撩人怨，新譜《陽關》入鈿蟬。」「摇落深愁宋玉知，人誰能遣樹如斯。情懷惡過桓司馬，只此江頭酒醒時。」「乍暖將寒水閣西，無端風雨有暄萋。長條争似天涯草，猶爲蕭郎護馬蹄。」「紺碧銷沉到蔣山，蔣家三妹夢珊珊。靈風拂遍長干柳，長願青溪水不寒。」「銀蟾三五夜迢迢，寥落宫牆影似潮。何似望山門外路，替人愁緒一條條。」「東風三月重三節，玉糝飛花乍脱棉。不信秋來鴛夢穩，萍踪猶傍斷槎邊。」「艇子春波盪莫愁，柳烟隨處撲沙鷗。蘇台緑到揚州郭，第一消魂是石頭。」「薰風小殿退朝遲，評泊新翻大小垂。一樣靈和人絶世，獨憐江令劈箋時。」「武昌無限柳新栽，緑盡長江酒一杯。底事亞夫營自撤，將軍跋扈又南來。」「朱門狎客鬢花斜，落葉深愁選樹鴉。記得攀條從姓柳，過江人已久無家。」「苔花蝕盡斷釵紅，淡粉輕烟散曉風。舊巷青陽迷處所，朱輪無地駕香驄。」「掌上纖腰墜雨空，未應昭諫怨江東。只今憔悴知誰甚，殘鬢蕭疎不受風。」「桃葉江頭拂畫航，無情吹得碧天涼。南朝此是風流種，生近烟花又帝王。」「小玉楊家最瘦肢，簾櫳一望夕陽遲。琵琶聲斷黄昏月，嬌倚鈿床學賦詩。」「絲絲生受水風飄，揉碧拖藍近畫橋。一樣婆娑有深淺，春潮温軟過秋潮。」「紅牙紫玉罷仙謳，小字蘼蕪託俊流。莫向兒家重問姓，一枝空傍絳雲樓。」「江南愁煞庾蘭成，枯樹吟來尚有情。重過青門珠絡鼓，送人何苦又朝京。」「小樓鴛瓦醮微霜，艷體空編剩蝶香。記得斜陽人去後，一天飛絮正茫茫。」「靈修宛在夢初醒，百寶緘箱蠹粉零。莫更流鶯啼不住，桃花扇底有人聽。」「婀娜一樹古銷魂，猶見當年寫黛痕。杯酒自澆斜照裏，板橋秋草弔夷門。」「江上蘆花似雪吹，圓沙歐夢鎮相隨。無端斫却章台柳，却今西烏夜怨誰。」「秋影春痕一例抛，野風萍末晚飀飀。夕陽從此無留戀，莫遣沙家更按簫。」「金粉河山舊恨多，情勘閱水小蹉跎。而今已斷齊梁種，一霎秋陰抵爛柯。」「腸斷嘉王作酒悲，紫毫東郭更貽誰。可憐江上閒花草，添與愁人賦《黍離》。」「秋風重見鬢絲凋，打槳還來皂莢橋。多少愁心上樓角，江潮同至不同消。」「中年白傅感衰遲，長慶風流極盛時。爲問永豐坊底樹，酒闌應悔遣楊枝。」

東坡守彭城，子由來訪，臨别有句云：「困卧北窗呼不醒，風吹松竹雨凄凄。」東坡以爲讀之殆不可爲懷。予謂元九《聞香山謫九江》詩云：「垂死病中驚坐起，暗風吹雨入寒窗。」同一悽惋。

范蜀公少時，與宋子京同賦《長嘯却敵騎》。蜀公先成，破題云：「制動以静，善勝不争。」景文見之，不復出其所作。因謂蜀公曰：「公賦甚佳，更當添二『者』字。」永叔爲韓魏公作《晝錦堂記》，起云：「仕宦至將相，富貴歸故鄉。」韓公得之愛賞。後數日，永叔復遣使，另以一本相易。韓再三玩之。但於「仕宦」、〔「將相」〕〔「富貴」〕下，各添一「而」字，文義尤暢。可知焉、哉、乎、也，雖屬語助，即名手用之，亦復不易。

今人往往好菲薄古人以鳴高。馮鈍吟曰：「古之名人，皆是博學大才，一時重譽。所傳文字，又係歷代具識審鑒，以至今日。其有遺謬，乃是萬分之一，慎勿任意詆呵也。」

詩惟言情者更易於感人。金陵周幔亭先生《聞彭兒讀論語其母苦節詩以勉之》云：「但解咿唔便起予，弄麞伏獵待何如。須知半部安天下，宰相原來盡讀書。」「兒衣兒食長兒年，兒母憐兒望眼穿。辛苦莫忘晨夜讀，買書錢是績麻錢。」末句讀之使人惻然。

黔南劉觀亭廷模大守攜詩相質，并述其宰黄梅時，百菊溪相公道經是邑，嘗贈以詩云：「依舊青山枕碧流，麥天梅雨遍村疇。勞塵宦轍三年別，好夢郵窗一夕留。笑看雲烟迴白首，卧聞鼓角憶黄州。曾煩父老千行淚，洒向春江送客舟。」「重來無恙認鬚眉，馬勒春風去故遲。詩句尚傳雲夢澤，姓名誰泐峴山碑。當官事要論千古，垂老心尤凜四知。布襪青鞋君記取，一龕燈火讀書時。」蓋菊溪先生節制吾楚，去時士民洒涕相送，故重經楚地，不覺其情之深也。

侍郎鍾仰山昌先生，滿洲正白旗人。赴滇時，道經淯川，一見如舊相識。手録其使閩舊作見示，古近體詩無一不佳。《淮陰釣臺》云：「躡足猜殊甚，謀身道未臧。如何真國士，欲作假齊王。古木仍高鳥，荒臺幾夕陽。誰從赤松子，辟穀有張良。」《嚴灘釣臺》云：「千古桐江一釣綸，荒臺常自峙嶙峋。子陵無意驚流俗，光武多情重故人。山色本來終古秀，民風猶是漢時淳。輸他竟着羊裘老，慚愧元規百斛塵。」《桐江道中和湯敦甫金釗尚書》云：「指點村烟暮靄間，果然清境隔塵寰。半天雨過水光净，遠壑雲歸人意閒。茅屋緑藏臨澗樹，窗篷青受隔江山。揭來滿眼皆詩料，吟到桐廬第幾灣。」音節和平，洵是盛唐高手。余奉贈七律四章，之二云：「清思健筆接三唐，浣露披吟手亦芳。久仰范韓饒幹濟，豈知燕許擅文章。才華絕世千秋占，光燄騰空萬丈長。海内平生低首少，爲公不覺爇心香。」「猥承刮目到吴蒙，知己欣逢出意中。作吏半消名士氣，憐才獨見大臣風。鍾嶸鉅眼詩能品，潘岳狂吟興不窮。聞道滇黔山水窟，新篇還望寄郵筒。」

卧園詩話卷之二

羅田潘焕龍四梅著　男彩枝肇鏞校字

蘇子容聞人語故實，必令人檢出處。司馬温公聞新事，即便抄録，且記所言之人。故當時諺曰：「古事莫語子容，今事莫告君實。」古人用心之勤如此。

潘默成《磨鏡帖》甚佳。其帖云：「僕自喻昏鏡，喻書爲磨鏡藥。當用此藥，揩磨塵垢，使通明瑩徹而後已。倘積藥鏡上，而不施揩磨之功，反爲鏡之累。」真善讀書人語。

五經無「準」字。寇萊公當國，凡有文字避「準」，皆去「十」作「准」，至今不改。然《莊子》有「平中准」，則「准」字亦不自宋始矣。

富陽周芸皋凱先生，觀察黄州時，招予至署中修禊，作《西山補遊圖》。時幕中皆名流，而以王香雪乃斌明經爲最。香雪有詩送别，予和云：「吐屬能教舉世驚，於平實處見縱横。人生難遣惟離别，我輩論交本性情。舊地重遊渾似夢，凝陰太久恰宜晴。與君識面今方乍，友到知心即弟兄。」

孝感屠可如之申方伯，愛才如命。予客都門時，屢承餽問。寄詩奉謝云：「萬間廣厦庇何窮，刮目頻番到阿蒙。正坐寒毡吟白雪，能迴朽木是春風。科名草拾尋常緑，旌節花開次第紅。自笑香山無箇事，新詩寫罷寄裴公。」方伯嗣君，以戊子魁本省鄉榜，亦好士之報也。

粵東莫毅農兆文明經，張翰山岳崧督學之壻也。與予先後直武英殿。風流蘊藉，詩亦清麗可誦。和予詩云：「氣誼苔岑喜結緣，雲衢振翼媿聯翩。種花滿縣知他日，掃葉讎書也昔年。九陌連錢新雨後，一緘唾玉晚風前。蓬山悵望青鸞杳，葉令飛鳧已是仙。」

予鮮兄弟，有姊妹三，俱能詩。女兄焕媊，字伴霞，有《漱芳閣詩鈔》。《上巳小雨》云：「山光潑翠水拖藍，此日人家話養蠶。柳絮桃花春九十，雨絲風片節重三。鶯藏葉底黃都濕，蘭采巖中綠正酣。天氣釀寒微送冷，庇身猶覺薄綿堪。」《游仙詩》二十首之四云：「散髮垂腰晤上元，霓旌芝蓋擁朱軒。神仙畢竟須尊貴，一品宫衣繡彩鴛。」「女向機中勤織錦，郎於河畔日牽牛。人無一事閒堪惜，便作神仙豈自由。」「頻染紅塵集髮根，人間游戲幾朝昏。紫蘭宫返頭思洗，去借明星玉女盆。」「朝擁青雲暮紫雲，風前披出九霞裙。女兒亦有修真分，得受仙家十賚文。」皆寓意深遠。一時閨秀題詞甚多，葉琴柯中丞室陳秋穀長生夫人詩云：「文人從古屬三湘，屈宋詞華久擅場。一種靈心天付與，漫誇春色門河陽。」「銘椒頌橘有清裁，艷體何勞擬玉臺。風雅一門誰得似，較他香茗更多才。」吳蘭雪中翰室蔣琴香徽夫人詩云：「小謫三湘亦俊游，彩鸞寫韵有高樓。怪來詩思清如水，玉女盆曾借洗頭。」「采蘭天氣笋初肥，花外香車緩緩歸。想見家山春雨後，流鶯嬌煞嫩黃衣。」郎蘇門觀察室錢苕華夢鳳夫人詩云：「拈花手筆好才華，慧語繽紛沁齒牙。想見繡窗無箇事，吟成柳絮又椒花。」「憶曾幼小學塗鴉，鴻案聯吟興倍加。今見河陽新作手，錢郎愧煞老詩家。」

次妹焕榮，字仲華。送予內人翠蓉歸寧云：「久聚何嘗寸步離，頓從今日起相思。閨中贈别無多物，惟有青青柳一枝。」「身弱寒温要自知，好拈筆墨遣離思。情癡便欲歸期訂，莫負黄花滿徑時。」《别繡樓》云：「刺繡高居十數秋，今朝侍養赴中州。園林回首俱難别，第一關心是此樓。」小妹焕吉，字幼暉。《看花》云：「小院名花鬥艷開，攀花微步破蒼苔。一枝折寄河陽去，付與安仁着意栽。時兄選洧川令。」《官署憶家中諸姊妹》云：「開殘紅杏記辭家，又見安榴滿縣花。女伴不堪回首憶，暗彈珠淚濕窗紗。」「禁鼓頻敲夜欲闌，窗前明月影團團。近來怕惹思鄉感，燈下清吟不倚欄。」

予家中有梅花書屋，張茶農深解元爲作第一圖，熊璧臣莪比部作第二圖，勞方泉山暉、陳南叔克明兩山人作第三圖、第四圖，周芸皋凱觀察作第五圖，題詞數十家。鮑覺生宫詹云：「我有梅花屋，雲門溪水邊。黄山見初日，紅豆落秋烟。一自理歸櫂，於今經幾年。因君圖畫好，回首意茫然。」「憶訪桐君渚，堅冰積雪中。梅花三十萬，香破玉玲瓏。綽有浮家興，何能鼓枻同。布帆無恙在，夢繞越江東。」姚鏡塘武部七絶四首之一云：「花滿河陽一縣春，偏教望拜馬蹄塵。先生閉户閒無事，長與寒梅作主人。」成蘭生世瑄太守云：「琪花曾記覽蓬瀛，玉檢猶疑校上清。簾外春寒渾不覺，一庭香雪讀書聲。」吴蘭雪舍人云：「故園手栽四梅樹，詩榻自移花下住。春風匹馬又河陽，争忍摇鞭背花去。」「結廬吾愛富春山，門掩寒江老屋間。梅花九里香成海，昨夢扁舟載月還。」蔣笙陔立鏞翰撰云：「繞屋梅花看不足，枝枝寫作珊瑚緑。張之素壁生晝寒，萬卷書圍窗下讀。」「暗香疎影何清奇，其人與筆兩得之。年來苦耐燕山雪，一憶梅花一首詩。」「盤龍山下鬱蒼翠，何年虬幹得其四。君豈五柳七松儔，逢人但道梅爲字。」

今世所用摺疊扇，亦名聚頭扇。東坡謂高麗白松扇，展之廣尺餘，合之止兩指許，正今摺扇，蓋北宋時已有之。

吴郡陸深，與友人萬璧嘗同坐窗外，倚一篷，雨滴其上，淙淙有聲。璧請去之，深曰：「何故？」璧曰：「怪其起我無端舊恨在眉頭耳。」深曰：「舊恨如夢，思舊夢，亦是一適。人生無感慨，一味歡娱，有何意趣？」故予《消夏吟》之一云：「火雲如繖四圍張，日向南離特地長。沉李浮瓜太多事，人生寒暑總宜嘗。」

宋進士同年録皆書小名、小字。唐陸魯望有《小名録》，宋陳思有《小字録》。

寶坻李樸園先生光庭，以内閣侍讀出守吾黄。清介自持，纔及一載，即乞病歸，彙士民送行詩，題曰《步雪聯吟》。先生讀予《游西山》詩，見贈云：「那堪回首憶當年，剩有蘭言當錦旋。五柳風光看不厭，四梅才調妙如仙。閒居賦敢同君作，興到詩猶屬我聯。惆悵西山未登眺，補游何日重凄然。」先生在黄州有楹帖云：「清心以盡心，意外升沉皆定數；辦事勿多事，箇中界限要分明。」足見與民休息之意。

昔人謂詩中有畫，畫中有詩。然繪水者不能繪水之聲，繪物者不能繪物之影，繪人者不能繪人之情。詩則無不可繪，此所以較繪事爲尤妙也。

順治初，滿漢分二榜。壬辰，滿狀元麻勒吉，漢狀元鄒忠倚。乙未，滿狀元圖爾宸，漢狀元史大成。康熙庚戌科以後，則滿漢同一榜，皆試漢文矣。嚮以二月會試，至乾隆甲子科場後，經御史范咸條奏請會試改期三月，著爲定例。

古人無自刻文集者，或當時、或後世見而愛之，爲之鏤板。五代和凝有集百餘卷，自付梓行世，識者非之。今則人抱一集，亦好名之心所累耳。

陳壽《三國志・龐統傳》云：「先主進圍雒縣。統率衆攻城，爲流矢所中，卒。」按統致命處在鹿頭山下，今其墓尚存。至《三國演義》載統云：「吾道號鳳雛，此處有落鳳坡，其不利於吾乎？」此係小説，烏可爲憑。而王新城詩中《弔龐士元》，竟以落鳳坡著之於題，何其失檢也。

今人訟牒中，多自稱曰「身」。身，猶言我也。宋彭城王義真自關中逃歸，曰：「身在此。」此言「身」之濫觴也。

漢班昭爲曹世叔之妻，稱「曹大家」。「家」字當讀「姑」，又與姑同。大家者，女之尊稱。按《離騷》云：「羿淫游以佚畋兮，又好射夫封狐。固亂流其鮮終兮，浞又貪夫厥家。」「家」字注音「姑」，謂浞殺羿而取其室。此亦「家」字讀「姑」之一證也。

余師史荔園譜方伯，曾述宋芷灣湘觀察遊某寺題壁七古有云：「作花須作一千枝，作人須作一千載，飲酒須飲一千碗。」歎其詩有奇氣，特飲酒未必能如是之多。然《柳南續筆》載雲間陸文定公善飲，年九十餘，一日微雪，一子五孫侍坐，公曰：「歲宴天寒，今日須飲千觴。」子若孫皆醉。而公獨酌巨觥，滿一千始罷，真可謂酒腸寬似海矣。

陸放翁《祭朱元晦侍講文》云：「某有捐百身起九原之心，有傾長河注東海之淚。路修齒髦，神往形留。公没不亡，尚其來享。」文止三十六字，而無限痛惜之情，何等包括。

劉貢父知長安，妓有茶嬌者，以色慧稱。貢父惑之，有别詩云：「畫堂銀燭徹宵明，白玉佳人唱《渭城》。唱盡一杯須起舞，關河風月不勝情。」至闕，適病，歐陽公問其由，曰：「病酒耳。」公笑曰：「貢父非獨酒能病人，茶亦能病人多矣。」

古「亞」、「惡」二字通用。宋時有獲玉印者，其文曰「周惡夫印」。劉原父見之曰：「亞夫印，尚存於今耶？」或疑之。曰：「『亞』、『惡』本通用。《史記》盧綰之孫他人，封『亞谷侯』，而《漢書》作『惡谷』是矣。」聞者服其博識。

東坡宴客，常舉酒令，以兩卦名證一故事。如：「孟嘗門下三千客，大有同人。」「光武兵渡滹沱河，既濟未濟。」「劉寬婢羹汙朝衣，家人小過。」頗爲新穎。

羅山黎湛溪先生世序督南河十年，績奏安瀾，士民歌頌。其《將赴淮海道任留别鎮江紳士》云：「梅華驛路送征驂，詩思離情兩不堪。宦迹幾曾經海畔，花時何忍别江南。生徒染翰邀人住，父老持觴勸客酣。一種消魂南浦意，江淹作賦未曾諳。」「虎符催赴海東隅，疏瀹寧須一腐儒。治水無才師伯禹，揚塵何處問麻姑。招徠掾吏應鴻雁，卜築衙齋指荻蘆。回首江南春正好，緑楊紅杏雨如酥。」「新開學舍枕江干，白袷青衿玉珮珊。問字我慚一日長，研經君耐九秋寒。南徐文物推人藪，北固江聲走筆瀾。一語臨岐須記取，科名容易立身難。」「群山壁立水安流，風俗敦龐愛潤州。比户詩書研午夜，萬家機杼織新秋。烟花不染維揚習，金粉終爲白下羞。此去清河三百里，歲民無恙有傳郵。」

錢塘許乃椿號季青。《咏子規》云：「子規聲裏夢天涯，疎雨瀟瀟正落花。任爾林間啼到曉，我今歸去已無家。」末句令人不忍卒讀。

《松寥山人詩集》，建寧張際亮亨甫所著也。亨甫年十八得選貢，詩近長吉。《秋風》云：「天高日暮亂猿哀，短劍悲歌沛上臺。萬里關河吹木落，千家砧杵送秋來。洞庭波蕩湘君怨，汾水簫横漢武才。一别松江鱸鱠晚，季鷹懷抱向誰開。」《送友人客興化》云：「今春相見惜蹉跎，又送征驂去奈何。倦客天涯親舊少，中年歲月别離多。夕陽潮退鹽田出，魚市風香荔擔過。浹漈遺書零落盡，關山弔古好悲歌。」

予纔及三十，已見二毛。攷宋杜清獻公自少清羸，若不勝衣，年過四十，鬚髮皤然。歐文忠嘗和公詩，有云：「貌先年老因憂國，事與心違始乞身。」公得之大喜，嘗自諷誦。

蘇子瞻常言有三不如人，謂着棋、吃酒、唱曲也。予不如人者，不止此三事，而此三事，則亦未嘗如人也。

凡事總宜作退一步想。屠隆《清言》云：「家坐無聊，不念食力擔夫，紅塵赤日。汝官不達，尚有高才秀士，白首青襟。」

裝潢修治之名見《齊民要術》。又《唐志》：「校書郎掌校理典籍。」注云：「有學生三十八人，令史二人，楷書十二人，熟紙裝潢匠八人。」

熊滌齋觀察，與其子廉夫中丞，并以詩鳴，後遺失殆盡。廉夫之子酉山太守，於敝笥中搜得數十首，彙成一册。徵詩，予代友人題其後云：「殘篇已閲小滄桑，何幸猶從故篋藏。紙上軒昂珍手澤，風前展讀爇心香。一家壇坫才名重，兩代旌麾世澤長。誰道精神磨滅易，燭天萬丈起光芒。」

呼妻爲姐，見趙榮禄《與管公節幹劄子》。劄云：「孟頫上覆丈人節幹、丈母縣君：孟頫一節不得來書，每與二姐在此懷思而已，伏想各各安佳。孟頫寓此無事，不煩憂念。但除授未定，猝難動身，恐二老無人侍奉，秋間先發二姐與阿彪歸去。幾時若得外任，便去取也。今因使專此上覆。聞鄉里水澇，盤纏生受，未有一毫相寄，二姐歸日，自得整理。一書與鄭月窗，望遞達，不宣。六月廿六日，孟頫上覆丈人節幹、丈母縣君。孟頫謹封。」文衡山跋云：「節幹即公舅氏管公直夫，月窗不知何人，想亦是管姻家。」跋者十有三人。陸友仁謂兵部時書，按帖意，以除授未定，欲遣二姐歸侍。二姐，管夫人仲姬也。

劉言史《樂府》詞曰：「月明如雪金階上，迸斷玻瓈義甲聲。」義甲，護指物也。甲外有甲，謂之義。樂部有義嘴笛，婦人有義髻，衣有義領、義袖。凡物非真而假設之者，皆曰義。人名假子曰義男、義女，亦言非真子女也。

余向病齒痛，有人教以常漱且叩，曰：「目病宜静，齒病宜動。」按《志林》張文潛云：「目有病當存之，齒有病當勞之，不可同也。」又黄魯直云：「治目當如治民，治齒當如治軍。治目當如曹參之治齊，治齒當如商鞅之治秦。」知此説其來久矣。

同里陳九香瑞琳明經，與予爲總角交。又俱喜吟咏，致相得也。後九香往來父兄官署，予亦以詧禄出山，惟歲通音問而已。丙戌歸里，始得把晤，唱和甚歡。同訪城南宋時古柏二株，九香詩有云：「香葉君爲鸞鳳栖，散材我已工師棄。得地雖同得氣殊，蒼茫誰更知天意。」蓋托以自傷也。九香《食古硯齋詩集》，善於學蘇。猶記其《鸚鵡洲》云：「漢陽城外走江聲，夕照荒荒弔禰衡。一碧最憐芳草老，千秋難得此才生。能言鸚鵡終非福，撾鼓《漁陽》太不平。何處曹黄一抔土，濁醪沽向暮洲傾。」

韓昌黎詩：「我生之辰，月宿南斗。牛奮其角，箕張其口。」杜牧自作墓誌銘曰：「余生於角星昴畢，於角爲第八宫，曰病厄宫。」此以談命入詩文之始也。昌黎以磨蝎爲身宫，而大月當斗。予命亦與昌黎同。按果老《星平會海》云：「大月當斗，主有文名。而磨蝎臨身命宫，則仕途未免蹭蹬。」

戊子秋，予需次都門。熊璧臣比部招游龍泉寺，清遠上人引予瞻禮劉鑾所塑千手觀世音像，極爲莊嚴。按厲樊榭詩：「我聞劉元塑，妙比元伽兒。」劉元，俗呼劉蘭，字秉元。薊之寶坻人。嘗從波羅國人人匠總管阿尼哥學西天梵相，稱絶藝。凡兩都名刹，範金塑土，神思妙合。其所爲西番佛像多秘，人罕得見者。恒勅元非有旨，不許造他神像。元官爲昭文館大學士，正奉大夫、秘書監卿，以壽終。説者疑「鑾」與「元」音相近而誤。考郝伯常《臨川集》：「燕有四賢祠，其像塑自劉鑾。」則鑾别是一人，乃著名於正奉之先者也。

頃讀亡友陳秋舫翰撰全詩，恐其散佚，再爲補録數首。《不寐》云：「一片如鈎月，盈盈挂樹邊。秋心多在夜，坐理妙於眠。暑退身初健，鄉遥夢亦懸。曙烏栖不定，將子亦堪憐。」《靈泉寺》云：「萬樹結一緑，蒼然成此山。行入山際寺，樹外疑無天。我心忽蕩漾，照見三靈泉。泉性定且清，物形視所遷。流行與坎止，外内符自然。一杯且消渴，吾意不在禪。」《程鶴樵方伯招游粤秀山》云：「排日清游醉碧醪，此間縱目極蕭騷。炎方風日秋猶熱，伯國山川氣亦豪。孤寺鐘聲留客久，四圍樹色出城高。海波不動江光定，我識群公慮更勞。」吴蘭雪題詞云：「少年揺筆吐青虹，人海鶯花雹掃空。萬古居然迴腕底，一魁曾不介胸中。青蓮祠畔金尊月，黄鶴樓前玉笛風。料得懷人高詠地，江天兀傲有孤篷。」

邵陽魏默深源中翰，由選貢兩中副車。壬午，舉京兆第二名。近詩氣息略粗，五古頗有獨造處。《出峽》云：「峽内險在山，峽外險在灘。上灘如上山，下灘如下山。灩澦險如馬，黄牛石如屋。如蛟鼉贔屭，來游吕梁瀑。何故乾坤内，遺此塊壘物。日夜千萬年，雷與石争觸。出石入石水，出水入水舟。人聲水聲間，天地怒相求。回望谺呀内，始脱吞身憂。江行常畏風，灘行常畏石。上水惟愁遲，下水惟愁疾。人生如意事，萬中能幾一。如意不可必，得意安可恃。在險君勿愁，出險君勿喜。」

新進士釋褐後，謁國子師，大司成例得坐受。且當新貴展拜時，戒不得動。若頭動，則於狀元不利；左右手動，則於榜、探不利。俗説如此，然輒有奇驗。吾楚天門蔣丹林先生，官祭酒時，笙陔年丈舉一甲第一名。父子行此盛典，莫不羡其遭際。有朝士贈詩云：「回憶趨庭學禮時，國恩家慶喜難支。阿翁不敢掀髯笑，怪底郎君拜起遲。」詩雖近諧，亦佳話也。

金匱顧晴芬皋先生，予乙酉座師也。由翰撰洊歷侍郎，屢主文衡。精於書畫，京師有「顧芍藥」之稱。詩亦深得晚唐風韻。《丙戌冬自上斜街移寓西城根之東偏作詩四首》云：「寓世身如馬受羈，换巢情似鳥翻飛。豈緣踏雪尋東郭，聊喜瞻雲近北扉。餞臘杯盤求市遠，鬧春車馬過門稀。休言地僻容耽懶，朝散歸來日未晞。」「邐迤沙彎復水隈，幾家門户向陽開。請鄰酒酌屠蘇琖，祀竈團成瑪瑙堆。擊鼓迎年時欲换，題詩賀厦客頻來。宵闌却憶家山路，李相臺前探早梅。」「碧蘿深窈女牆遮，小拓雙扉石徑斜。别有閒庭供眺月，惜無好雨爲催花。廢書甘作窺園客，食禄慚稱學圃家。昨夜清風動林表，春光先已到東華。」「舊鄰揚子草玄亭，謂介坪侍郎。來往風流歲幾經。忽隔重闉聽夜漏，共依遥漢作晨星。詩篇向老吟猶健，酒盞逢春把莫停。相約城西看花去，車輪碾遍草痕青。」

長洲韓慕廬尚書，少年坎壈場屋，後以會狀，歷遷至大宗伯。嘗語門弟子曰：「吾貴爲尚書，何如秀水朱十以七品官歸田，飯疏飲水，多讀萬卷書耶？」此等胸次，真是超越塵俗。

詩有對句通用一事者，如王介甫：「久諳郭璞言多驗，老比顔含意更疎。」乃景純欲爲顔含卜筮，含曰：「年在天，位在人。修己而天不與，命也。守道不回，性也。人自有性命，何待蓍龜。」有兩句并用一人者，東坡詩：「兒童誦君實，走卒知司馬。」即指温公一人也。劉琨《重贈盧諶》云：「惟彼太公望，昔在渭濱叟。」亦係一人兩用。

楊廉夫與人結詩社，《咏楊妃襪》云：「安危豈料關天步，生死猶能繫俗情。」題目雖小而議論甚大。

琉球操作全屬婦女，男則甚逸。四時皆放風箏。婦女插玳瑁簪，不准用銀，以三品下命婦所帶也。惟紅衣、土妓、華人有遺之者，弗禁。妓女藉以爲榮。守宫甚大，而多，夜則群鳴如鵲。嘉慶十三年，吴興費西墉錫章給諫使其國，有《琉球雜咏》云：「不誦詩書不種田，游人日暮滿堤邊。東風無力南風競，六月炎天放紙鳶。」「苧布蕉衫各自紅，女閭三百比齊風。銀簪插遍如花貌，不拌丹砂飼守宫。」

嘉應吴石華蘭修學博，工於填詞，有《桐花閣詞》一卷，纏綿悱惻。《寄内書後作黄金縷》一闋云：「一春歡意何曾縱。似怕春寒，又怯寒衣重。不做情天長似夢，雨絲織得愁無縫。藥爐茗椀成清供。病亦無多，只是酸心湧。欲寄尺書情萬種，平安一半將伊哄。」

京官多思外用。唐陶山方伯《游仙詩》云：「舊例通明侍列仙，風流小謫出齊烟。那知海嶽堪游戲，召入重霄是左遷。」即此意也。

予最愛嚴滄浪《新凉》詩云：「小院新凉水竹通，鳴蟬聲斷晚來風。忽然坐睡瞢騰去，不覺殘書落手中。」末二句真善道人眼前景。滄浪《答吴景仙論詩》云：「僕之《詩辨》，是自家實證實悟者，是自家閉門鑿破此片田地，并非傍人籬壁，拾人涕唾得來者。」可知作詩當求與古人合，亦當求與古人異。不然虎賁貌似，優孟衣冠，何能自成一家，拔趙幟立漢幟乎。

曹子建好人譏彈其文，有不善者，應時改定，足見古人心虚。後人才不及古人，而沾沾自喜，友朋亦多標榜聲氣，詩之所以難工也。

咏古最忌拾人牙慧。予幼時有《咏史》二絶云：「典謨一字固金湯，較勝垣墉萬里長。焚盡子孫傳世業，堅城自壞笑秦皇。」「朱仙鎮中旗纛舞，黄天蕩前桴鼓鳴。叩馬火攻誰獻計，岳韓功誤兩書生。」闕里孔西銘傳誌翰博《咏緑珠》云：「勸酒無端斬麗人，石家原不愛青春。緑珠若向當年死，只博筵前一愴神。」秀水祝豫堂維誥《吴宫》云：「冷落紅闌徑裏春，吴王臺榭已成塵。館娃歌舞歡游日，忘却西施是越人。」皆能自出新意。

韓蘄王之夫人，京口娼也。五更入府候賀朔，忽於廟柱下見一虎蹲卧，鼻息齁齁然。驚駭，走出。已而人至者衆，復入視之，乃一卒也。因蹴之起，問其姓名，爲韓世忠。心異之，密告其母，遂訂爲夫婦。蘄王邀兀朮於黄天蕩，梁夫人親爲擂鼓，幾成擒矣，一夕鑿河遁去。夫人奏言世忠失機縱敵，乞加罪責，舉朝爲之動色，誠奇女子也。

林德崇嘗爲劇縣，有聲。其與監司啓云：「鳴琴堂上，將貽不治事之譏。投巫水中，必得擅殺人之罪。」聖人言治民必先獲上，信然。

陳眉公少爲諸生，年二十九《告衣巾呈》云：「例請衣巾，以安愚分事：竊惟住世、出世，喧寂各别；禄養、志養，潛見則同。老親年望七旬，能甘晚節；而某齒將三十，已厭塵氛。生序如流，功名何物？揣摩一世，真拈對鏡之空花；收拾半生，肯作出山之小草？乃稟命於父母，敢告言於師尊。長笑雞群，永抛蝸角。讀書談道，願附古人；復命歸根，請從今日。形骸既在，天地猶寬。偕我良朋，言邁初服。所慮雄心壯志，或有未墮之時；故於廣衆大庭，預絶進取之路。伏乞轉申。」云云。臨終時，手書影堂一聯云：「啓予足，啓予手，八十載履薄臨深；不怨天，不尤人，千百年鳶飛魚躍。」雖人品不無可議，而去來之際，則甚從容矣。

黄山谷云：「文章大概亦如女色，好惡止繫於人。」予謂濃抹淡妝，不拘一格，但宜令人愛，不可令人厭也。

伯父有亭公任應山廣文，邃於詩學。有《秋吟十二章》。以秋日寫品誼，秋月寫學修，秋風寫聲名，秋雲寫行藏，秋山寫性情，秋水寫存蓄，秋樹寫根基，秋花寫功名，秋蟲寫悲笑，秋鳥寫聚散。蟬聯而下，寄托遥深。兹録其十二首之四。《秋日》云：「時序遷移景物新，海峰扶日出如輪。自經社至温凉準，一到秋分晝夜匀。佳話腹書庭曝郝，公評人傑士推荀。八磚影上從來慣，别有疎狂不礙身。」《秋風》云：「叩角於斯月籥更，曾經六癸過三庚。江蘆現出幢幢影，塞雁驚來瑟瑟聲。薄送曉寒行路客，撲來宵冷讀書燈。只因借得吹嘘力，到處何人不識荆。」《秋山》云：「静意疑從太古還，郊頭曳杖愛秋山。空青落落天邊柱，寶黛纍纍佛頂鬟。日色下時飛鳥盡，鐘聲敲罷老僧閒。如妝入畫重經露，明净看來一幅間。」《秋蟲》云：「花前歷歷有秋陰，寂寞昆蟲穴可尋。影伴更殘新月冷，聲來墻角夕陽沉。丘園自愛還朝暮，草澤閒依任古今。解識悲歡乘大化，一番歌泣總無心。」

吾楚許秋崖先生，由粤西中丞改督淮漕。道經善化，承值者於官銜牌「漕」字誤寫「糟」字。先生行後寄詩云：「平生不作醉鄉侯，况復星軺速置郵。豈有尚書兼麯部，漫勞明府續糟丘。讀書字要分魚豕，過客風原似馬牛。聞説頭銜已遷轉，武岡可是五鋼州。」時善化明府某已擢武岡刺史，故先生調之。

白樂天《送崔考功》云：「稱意新官又少年，秋凉身健好朝天。青雲上了無多路，却要徐驅穩着鞭。」余謂新進少年，躁鋭不已，往往自取傾覆，樂天此詩，可謂藥石之言矣。

東坡詩：「北渡桑乾冰欲結，心畏窮廬三尺雪。南渡桑乾風始和，冰開易水應生波。」蓋桑乾下流爲盧溝，以其濁，故呼渾河，以其黑，故呼盧溝。燕人以黑爲盧，其實一水也。

正黃旗賽清霄冲阿將軍世襲爵男。其公子仁齋雲麾特克慎、禮庵農部薩克慎，因襄陽厲以石琢玉廣文，與予訂交。仁齋任武職而貌頗文，禮庵任文職而長於武。二君嘗索詩相贈，予爲賦七律云：「高年矍鑠馬將軍，玉樹雙株迥不群。千載功勳知克繼，一家文武恰平分。輕裘儒將風流擅，粉署郎官士著勤。連璧愛君殊欵洽，清談坐到日將曛。」

王荆公《菊花》詩：「千花萬卉凋零後，始見閒人把一枝。」「凋零」二字，本鍾士季《菊花賦》：「百卉凋瘁，芳菊始榮。」「一枝」本陳羽詩：「節過重陽人病起，一枝殘菊不勝愁。」非無菊字故實，而詩則似咏梅，不似咏菊也。

合肥蔡静遠邦霖明經，形骸放浪，而詩品修潔。嘗謂予：「詩莫難於高調，足下庶幾不愧。」予最賞其《咏司馬相如》云：「琴心輕薄豈堪譽，駟馬題橋久笑渠。一事差强書諫獵，令人不敢薄相如。」

粤舟泛海者，謂之「鐵船紙人」。自廣州至韶州者，謂之「紙船鐵人」。風正曰「八字」。風盜之雄者，名曰「飄馬」。百人爲一兩，十人爲一錢。曾賓谷中丞《三峽謡》云：「一灘復一灘，莫放紙船下。不愁見眠羊，惟愁見飄馬。」「一篷復一篷，莫令鐵人上。不愁風八字，但愁馬幾兩。」眠羊石，在大廟峽江中。

粤東三子，黄香石而外，爲張南山維屏大令、譚康侯敬昭農部。大令《過淮陰釣臺》云：「弓藏鳥盡不堪論，雲夢歸來伏禍根。倉卒豈知丞相詐，生平曾拒蒯通言。功臣權盛原非福，國士途窮易感恩。千載釣臺臺下水，至今嗚咽爲王孫。」農部《客感》云：「涼月碧雲何處樓，倚樓長笛怨清秋。陌頭楊柳垂垂盡，不是天涯客亦愁。」《讀曲歌》云：「百舌只一舌，能作百種鳴。兩人本一心，中有千種情。」亦妙。

詩有不着一字盡得風流者。李載園符清大令《錢塘雜咏》云：「採花人去賽花神，人盡如花趁好春。獨向花叢深處立，看人争看看花人。」

秀才望榜，燈花鵲喜，無非佳兆，康了之後，盡成畫餅。浦江周倬雲爲漢《落解》詩云：「吉語無徵鵲不靈，疎窗漸曉一燈青。秋衾卧想闈中草，大几横堆笥裏經。痴僕漫將佳夢述，老親猶待好音聽。忘懷得失須齊物，且對黄花注緑醽。」倬雲爲予寅友周裕州令弟，曾寄其《枕善集》十二卷示予。如：「家貧骨肉渾難聚，身賤文章便不工。」「病到尋醫方恨晚，夢初驚覺尚疑真。」「狂能縱飲多千古，病到抛書是十分。」皆佳句也。

詩以窮而後工，亦有不窮而自工者，未可一概論也。然窮達異趣，故音節各殊。善乎郭頻伽麐之言曰：「臺閣之詩，其志恬以愉，其音和以雅。江湖之詩，其志幽以深，其音哀以怨。」深得古人詩言志之妙矣。

予《九九消寒吟》，諸君子題詞甚夥，而聶蓉峰銑敏太史序言尤佳。其序云：「歲事闌珊，年光荏苒。山藏似睡，雲凍不流。風雲慘淡之天，冰雪嚴凝之地。則有燕台旅客，楚望名流，青毡僅存，黑貂就敝。蕭齋寂寂，思舊雨而不來；長夜沉沉，酌新醪而竟醉。於是拈題選韵，呵凍揮毫。老硯頻磨，重門深閉。尖叉門險，續逸興於髯蘇；雌霓審音，辨清聲於沈約。先是，蔣茗生太史以趨公之餘，有消寒之咏，傳之藝圃，播在騷壇。而四梅先生瓣香曩哲，追步前吟。獨於是詩，以爲未盡。爰握雙雙之管，增爲九九之吟。意蕊獨標，靈源不竭。疏越之響，密緒徐抽；清妙之思，天機濬發。叶宫商於七字，運杼軸於一心。極賦物之工，而藻績不飾；擅繪聲之巧，而筆墨無痕。示我一編，加之三復。讀梁園夜雪之賦，四座稱奇；披劉褒北風之圖，滿堂動色。此才洵堪造鳳，小技敢笑雕蟲。朗誦開函，傾衿歛服。因思炊烟不起，高卧如僵。被暖猶眠，放衙亦嬾。徒然擁鼻，誰復攢眉。又況五陵少年，競以裘馬相耀；六街游俠，徒聞歌舞追歡。党太尉之豪華，惟知飲酒；陶學士之風味，亦祇煎茶。非嬉宴以永朝，即優閒以卒歲。而先生則俗情胥屏，煩累不攖。肌寒起粟，而偃仰自如；腕凍欲皸，而摩挲不輟。悄作推敲之勢，無廢嘯歌之聲。想其半榻無塵，孤檠獨對。爐煨榾柮，坐擁琳瑯。梅影横窗，燈花落几。歌詩而自拍銅斗，得句而深儲錦囊。極游思績學之琴，有得意忘言之樂。余久聆雅調，謬託知音。屢出諸篇，得窺全豹。載賡是作，如啖侯鯖。喜相賞之不孤，輒數言以弁首。先生以粲花之舌，奮掞天之才。東壁觀書，西清珥筆。矢音劇梧岡之羽，吹律回黍谷之春。一曲薰風，佇和虞廷之奏；數腔《白雪》，暫傳郢客之歌。」

都門西城外十餘里萬壽寺，係明末所建。有白松七株，真如杜工部所云「黛色參天」、「霜皮溜雨」者。甲申清明節，陳秋舫翰撰邀予拜李文正公墓，歸憩於此。徘徊松下，秋舫曰：「此松奇絶，兹游不可無詩，且非七古不能與此松相稱，與君同作何如？」予曰：「唯唯。」秋舫詩云：「不雨何爲怒濤吼，緑雲横鋪三十畝。平生入寺不拜佛，兹乃絶倒支離叟。二松在左二松右，三松居中互奇偶。傍一大榆驚老魄，掉頭意欲墻外走。靈根日月照不到，元氣直貫天地後。我疑七松皆老龍，七龍上天成一松。不然何故非枝葉，一一變化鱗鬣同。傳聞寺建自璫宦，幸未刻劃遭俗工。安得長劖白玉柄，斸取琥珀千年紅。不願食之壽無窮，亦不願作十八公。但願骨節撑玲瓏，春氣不死冰雪胸。歌成似聞松太息，白鶴下來烟外立。」予詩云：「白龍夭矯不可制，一朝蜕骨雲中逝。化作輪囷百尺身，猶存蜿蜒三霄勢。密葉凝陰古殿寒，高枝撑幄空庭翳。呵護應知到鬼神，蒼茫不辨何年歲。四株當中屹相向，俯仰低徊如揖讓。一株左立勢若傾，生面别開饒跌宕。其右兩株較疎落，飄然宛欲乘風飈。低首羞將老佛參，聳身直拔青雲上。墻隅一樹不知名，神消氣沮難爲情。逡巡避出短垣外，可憐匍伏如蛇行。奇姿似爾信超特，造物着意培菁英。龍鱗萬叠雪霜皎，鶴唳一聲天地清。泰山大夫我未見，得此七友喜不勝。是時桃李盈芳野，與君何敢論高下。氣象傑出無矜驕，繁華相顧失妖冶。森森鬣影鬢髯張，謖謖濤聲風雨瀉。神物世間豈久藏，夜半雷霆喧屋瓦。安得韋偃與畢宏，爲我揮毫屏幛寫。」秋舫曰：「君此詩力與題稱，直逼韓、蘇矣。」

元仇遠詩云：「閏正月過二月來，溧陽溪頭花亂開。濃雲急雨洊雷電，不待羯鼓花奴催。」是古來正月亦未嘗不閏也。

茶陵李文正公墓在都城外畏吾村。法時帆祭酒與翁覃溪閣學爲刊石立碑，并種鸞枝花二株於墓側。予弔以詩云：「才名一代斗山尊，麥飯偏教缺子孫。太息風流賢祭酒，鸞枝花下爲招魂。」

詩中咏人參者甚少，惟唐韓翃云：「上黨人蔆五葉齊。」陸龜蒙和皮日休《謝人參》詩云：「名參鬼蓋須難見，材似人形不可尋。」段成式有《求人參》詩。東坡有《以紫團參寄王定國》詩。按紫團，上黨山名也。《五雜組》云：「人參出遼東，上黨者最佳，頭面手足皆具。清河次之，高麗、新羅又次之。今生者不可得見，其入中國者，皆繩縛蒸而夾之，故上有夾痕及麻線痕。新羅參雖大，皆數斤合而成之，其力反減。擇參惟取透明如肉，及近蘆有横紋，則不患其僞矣。《本草圖經》人參一椏至四椏，各五葉。今遼東采參者，識其苗，不語，急以緯簾凉帽名。覆其上。然後集人發掘，則得參甚多。否則，苗倐不見，發之無所得。《禮斗儀》云：「下有人參，上有紫氣，理或然也。」王介甫嘗云：「平生無紫團參，亦活到今日。」唐宋以來，皆貴黨參，今惟貴遼東及高麗産耳。

予酷愛梅花。寶應王樓村式丹先生，集中咏梅絶多，大約與予同癖。其《寒月梅樹影下》云：「月中花影影中人，人共梅花只一身。瘦到十分清到骨，姮娥特爲着精神。」「冰姿玉骨本仙葩，遥接吴剛桂影斜。見説月中閒地有，中央何不種梅花。」張茶農解元贈予云：「起居終日梅花裏，癖與梅花處士同。何不浮家富春渚，醉吟春雨復春風。」

明會稽女子商景蘭，字媚生，祁公彪佳室也。鄉里有金童玉女之目。祁公殉節後，夫人教其二子三女。有《哭祁公》詩云：「公自垂千古，吾猶戀一生。君臣原大節，兒女亦人情。折檻生前事，遺碑死後名。存亡雖異路，貞白本相成。」

春令人喜，而宛平查蓮坡爲仁《蔗塘詩集》有《冬盡》云：「人人競説春光好，我戀嚴冬日日晴。怕到東風二三月，落花飛絮愴人情。」秋令人悲，而元和馮仁寓培《鶴半巢詩存》有《秋夜》云：「秋氣清於風露宜，虛窗燈炧漏初遲。庭難久立深涼後，句偶成吟酒半時。花影蕭閒臨水墨，葉聲敲戛韵金絲。媚人幽獨無逾此，好景何須《九辯》悲。」皆不拾人牙慧。

梅溪王十朋，隆興間出守某郡。宴七邑宰，賦詩云：「九重宵旰愛民深，令尹宜懷撫字心。今日黄堂一杯酒，殷勤端爲庶民斟。」西山真公德秀，嘉定間帥長沙。開藩之初，會十二邑宰，亦賦詩云：「從來守令與斯民，都是同胞一樣親。豈有脂膏供爾禄，不思痛癢切吾身。此風只是唐時古，我輩當如漢吏循。今日湘潭一杯酒，直須散作十分春。」古人之心乎愛民如此。

武英殿以晨入直，校書之暇，輒與提調諸先生話，至日午始散。今連平顏魯輿伯燾先生開藩保陽，安吉郎蘇門葆辰先生觀察黔中，貴筑張曉瞻日晸先生出守叙州，石阡成蘭生世瑄先生出守杭州，在都門者，惟贊善安岳王先生炳瀛、編修韓先生大信。公餘相憶，輒不禁風流雲散之感。

予門人京山易崇堦，字升庵。鍾祥劉兆璜，字幼磻，其弟兆璚，皆髫年聰慧。兆璜十六，戊子北闈，出閣學隆公文本房，薦而未售。崇堦十五即入邑庠，頃寄予詩云：「諄諄提耳經三載，忽忽離蹤又五年。」諸子家學淵源，遠到當未可量。

予幼時受業者，叔父孝廉哏垣公而外，爲同邑李應章學純先生、蘄水范橘園世瑛、巽齋德風兩先生。博學而老於諸生，今皆七十有餘，德邵年高，天殆留爲鄉里之矜式也。

臥園詩話卷之三

羅田潘煥龍四梅著　男 彩枝 肇鏞 校字

歸寧父母，世專指女子而言。然錢起詩：「才子欲歸寧，棠花已含笑。」李商隱詩：「羲之當妙選，孝若近歸寧。」趙湘亦有《送周湜下第歸寧序》。未嘗不可通用也。

都中小兒賣花聲，最爲可聽。予有《寄内》云：「紅腔紫韵逐風飄，聽去心旌欲蕩摇。記得一枝深巷買，替卿簪上緑雲嬌。」近見《稗販》載張心蘭寧錫詩一絶云：「閒處情多詩也多，今朝不咏奈情何。猛然記得伊人語，忙折花枝送與他。」亦有風趣。

新城涂瀹莊以輈先生，高才晚遇。督學吾楚時，予年纔十三，受知入泮，奬許甚至。公後以御史出爲福州太守。會李許齋方伯爲屬吏誣訐，恚而雉經，公不忍累上官，慨然任其咎，戍黑龍江三年。值恩赦下，而公已先卒。年七十，無子，以姪爲之嗣。鮑覺生師有詩哭之云：「晚達如東野，長流到北庭。經年禦魑魅，皓首負螟蛉。墨洒江波黑，公善書法。風迴塞草青。金雞聞有詔，果否達泉扃。」

博學宏詞科始於唐開元十九年。宋寧宗時，真德秀、留元剛應選，有司書德秀卷曰「鴻而不博」，書元剛卷曰「博而不鴻」，上命俱置異等。「鴻博」二字，殆難兼之。

黄岡李小松鈞簡先生屢主文衡，鮑覺生侍郎、吴蘭雪中翰皆出其門下。寄彭秋潭淑大令詩云：

「白雲西望鶴南飛，江漢題襟舊紵衣。每憶故人爲吏去，深知詞客似君稀。石顔峭處平開徑，花氣和時静掩扉。漢代循良多輔相，莫教容易賦山薇。」粤東馮魚山比部隸八字於《秋潭詩集》卷端，曰：「彭君異才，我所不及。」其傾倒深矣。

朱竹垞於齋中夜飲，各舉古人男女成對者爲酒令。得太白、小青，無咎、莫愁，彩鸞、赤鳳，無雙、第五，漂母、灌夫，武子、文君，東野、西施，紅橋、白石等字。前輩文字之飲，韵致若是。

詩有一片性靈明白如話者，此境正未易幾。惠研溪先生《出門》五古云：「浮雲翳清晨，孤帆雨初注。結束上高堂，迴遲更千慮。苦心發歡顔，但道舟楫具。小兒不知愁，牽衣乞同去。不忍與明言，多方使之誤。送行雜親朋，剌剌語及暮。風急雨漸稠，篙師動微怒。郎今何多談，明日誰與訴。」陸雲士《出門》云：「堂上有慈親，身外無昆季。承歡賴妻賢，託之以爲命。弱女方四齡，初知離别意。恐其牽袂啼，深傷遊子緒。乘彼睡未醒，温存加絮被。拜母不能言，揖妻交重寄。此際心若摧，出門方隕涕。」二詩皆從肺腑中流出。

瓊山丘文莊公濬《論詩絶句》云：「吐語操持不用奇，風行水上繭抽絲。眼前景物口頭語，便是詩家絶妙詞。」其言未嘗不是，第恐學之者流入率易一派耳。予亦有《題蔣丈笙陔翰撰詩》云：「天外冥搜苦未得，静中無意還自來。」亦此意也。

東吴石琢堂韞玉廉訪《獨學廬稿》詩極秀潔。《岳陽樓》云：「蕭蕭木落繫蘭舟，遥指君山似髻浮。孤雁一聲天在水，斜陽千里客登樓。魚龍浪静滄江晚，橘柚霜寒白屋秋。生遇聖明全盛日，江湖廊廟兩無憂。」《舟行雜詩》云：「渡頭誰問孝廉船，秋水如藍一棹烟。無恙布帆天上坐，此來原自五雲邊。」「酒旗風颭杏花村，野店人稀掩篳門。鵯鵊一聲山雨足，板橋緑到舊潮痕。」《憶山堂詩》，長洲宋翔鳳虞廷所著也。予特愛其《題記夢圖》云：「和雲和月抱烟蘿，記得都從夢裏過。月自凄凉雲自白，年來此夢也無多。」

閩中故多詩人，而一往情深，以黄莘田任《秋江集》爲最。莘田籍永福，弱冠登賢書，宰粤東，罷官後壽至八十餘。《看月》云：「初東坐看到斜西，不管人愁只管低。惟汝一團知我事，照曾歡笑照曾啼。」《滕王閣》云：「畫棟珠簾跡未荒，至今帝子有靈光。落霞閣染千門紫，殘日江昏九派黄。燕飲幾人關氣運，山川終古托文章。王郎不作韓公歿，無復詞華更擅長。」《重赴鹿鳴詩》云：「得染新香本舊栽，桂花重與故人開。蟾宫不是玄都觀，亦學劉郎去又來。」「雲階月地事如何，誰共霓裳咏大羅。未免被他猿鶴怨，小山連日有笙歌。」其佳句如《柬友》云：「向老但思朋友樂，雖貧不必子孫憂。」《燭花》云：「焰方高處心偏暗，開到濃時淚轉多。」《贈王樓村臬使》云：「心是千間寒畯屋，手爲萬類冶陶人。」《田園雜興》云：「吾道尊嚴惟畎畝，神仙世界亦桑麻。」皆妙。又《偶作》云：「香臺鏡檻三千牘，帽影鞭絲四十年。無可思量無可説，東風吹夢夕陽天。」「夢猶詄蕩醉猶歌，隨懺隨因可奈何。到老不知吾短處，名心未净愛根多。」

予嘗欲輯朋舊見貽之作，訂爲一集，如唐元次山之《篋中集》，段柯古之《漢上題襟集》，元魏仲遠之《敦交集》，明岳東伯之《今雨瑶華集》，誌苔岑之契，俾他日翻閲，如見故人，未知能了此願否也。

虞山陳亦韓嘗作《别號舍文》，形容盡致。其辭云：「試士之區，圍之以棘。矮屋鱗次，百間一式。其名曰號，兩廊翼翼。有神尸之，敢告余臆。余入此舍，凡二十四。偏袒徒跣，擔囊貯糒。聞呼唱喏，受卷就位。方是之時，或喜或戚。其喜維何，爽塏正直。坐肱可横，立頸不側。名曰老號，人失我得。如宦善地，欣動顔色。其戚維何，厥途孔多。一曰底號，糞溷之窩。過猶唾之，寢處則那。嘔泄昏忳，是爲大瘥。誰能逐臭，摇筆而哦。一曰小號，廣不容席。簷齊於眉，墻逼於跖。庶爲僬僥，不局不脊。一曰蓆號，上雨旁風。架構綿絡，藩籬其中。不戒於火，延燒一空。凡此三號，魑魅所守。余在舉場，十遇八九。黑髮爲白，韶顔變醜。逝將去汝，湖山左右。抗手告别，毋掣予肘。」讀之真令人絶倒。亦韓此文作於雍正癸卯，即以是年受知於黄崑圃先生，登賢書，聯捷成進士，以病足，不對大廷而歸。

《荆楚歲時記》：「河鼓謂之牽牛。」黄姑即河鼓也。古詩云：「黄姑織女時相見。」李後主詩云：「迢迢牽牛星，渺在河之陽。粲粲黄姑女，耿耿遥相望。」則又以黄姑爲織女，不知何據。

蒲圻張賓陽開東明經，足迹遍五嶽，所交皆海内名流。自號爲海嶽游人，有《白蓴詩集》。《杜雲亭文輝明府招登蓬萊閣宴集》詩云：「岳陽黄鶴兩仙樓，未若今朝此壯遊。故國天涯同一望，使君杯酒自千秋。金龜醉倒雲中客，紗帽閒隨海上鷗。回首江鄉俱萬里，不知何處是歸舟。」《潼關》云：「雍州争據帝王宫，萬仞巉岩一徑通。莽莽燕雲三塞北，蕭蕭風雨二陵東。黄河裂地蛟龍伏，華嶽攢天虎豹雄。幸際太平閒作客，吟詩自愛入關中。」

白蓴名重一時，紀曉嵐尚書即席題其《汗漫游圖》云：「不謂吾曹飲，斯人肯見尋。鬚眉留古色，天地入孤吟。寥落塵中跡，蒼茫物外心。寒暄都未及，先自話登臨。」汾陽曹慕堂學閔宗丞贈詩云：「長年人海裏，幽賞渺難尋。此日來高士，於兹得雅吟。飛鴻塵表跡，古柏歲寒心。把袂聽君話，江山幾席臨。」新安程魚門晉芳太史詩云：「五嶽經行遍，於兹暫息肩。春中宜把酒，座上各華顛。在笥藏碑富，當花得句圓。時時徵故事，多出漢唐前。」大興朱石君珪相國贈以五古一百二十韵，中有句云：「章天亘紀縵，麗土播與彧。嶽貢而川珍，斯文信厖篤。」

女郎徐元象字奇儒，黄州廣濟人，張小損楚偉孝廉配也。詩文有雋才，其《京口寄父書》云：「兒自襁抱，未離掌膝，江頭道別，意緒凄然。舟行風水便利，遂達京口。江南佳麗，過眼成陳。廣谷大川，靡能記憶。舅氏出鮑明遠《大雷岸與妹書》與兒讀之，如賦如頌，篷窗瑣瑣，恨不能竟。所思官舍清華，几案如滌。挑燈夜坐，日起奉甘旨，晨昏戀切切耳。阿爺、阿母無恙。四時之序，成功者退。山林觴咏，幽情暢遂，何必紆青拖紫乃稱貴乎？」又《送外》絶句云：「送君入楚江，悠悠江路長。一去隔千里，魂夢伴瀟湘。」

安化陶雲汀中丞澍有《印心石屋詩鈔》，藴藉不凡。《飲岳陽樓題壁詩》云：「又對今朝酒，天寒氣尚秋。江山容醉客，風雨此登樓。歸思懸霜艇，浮踪感雪漚。巴陵一湖水，流不盡離愁。」《村居雜咏》之一云：「坡前芳草緑茸茸，接尾烏犍掉晚風。最好牧童歸戴笠，一聲蘆笛月明中。」《峴山羊公廟》云：「豐碑高屹漢江邊，尚憶輕裘緩帶年。遺愛南陽思召父，風流東國仰顔淵。人雖異地能知感，賓得同游亦自賢。一樣登高生慷慨，牛山揮淚有誰憐。」

杜于皇流寓白門，龔芝麓尚書招飲，演項王事，扮虞姬者，固楚伶。坐客曰：「楚人演楚事。先生楚人，請賦一詩。」茶村遂援筆疾書云：「年少當場秋思深，座中楚客最知音。八千子弟封侯去，惟有虞兮不負心。」可稱詩史。

《漁洋詩話》論張江陵事，盛稱「恩怨盡時方論定，封疆危日見才難」二語。詩爲石首王天根啓茂所作。全詩云：「袍笏巍然故宅殘，入門人自肅衣冠。半生憂國眉猶鎖，一詔銘忠骨已寒。恩怨盡時方論定，封疆危日見才難。眼前國是公知否，拜起還宜拭目看。」天根於崇禎末以明經薦，不就，有絶句二首云：「出郭未停午，到門星月斜。非關行步緩，一路看梅花。」「餉君岕山茗，但少惠山泉。城中無好水，留待雪時煎。」

漢陽葉雲素繼雯先生，由中瀚洊膺給諫。詩不輕作，而氣息獨爲醇古。《送潘瑶圃歸杭州》五古四首之一云：「落日見關河，客心生白雲。豈不惜離别，子有高堂親。高堂心惻惻，念子行邅迍。萬里共疴癢，百年爲晨昏。嗷嗷雲間鴻，浩浩波中鱗。今日故人酒，明日故園春。竭力事菽水，天涯多苦辛。不見負米圖，卓行齊古人。」風格直追漢、魏。先生令孫名琛，字崑臣，與予爲乙酉同榜。次孫名灃，字潤臣，年少工詩，送予之官大梁五古三首之一云：「先生淡蕩人，藹然春滿抱。寒梅負奇骨，俊鶴騰清嘯。心若冰雪清，神如古鏡照。矯矯出塵姿，作吏非所料。豈不戀承明，高堂年已邵。」

鉛山蔣心畬士銓太史《忠雅堂集》中有《消寒十二吟》。予甲申冬在都門，廣之爲八十一首，名曰《消寒九九吟》。曾賓谷中丞題其後云：「安仁賦《秋興》，壯歲已二毛。君亦何爲者，詩心多鬱陶。燕山雪花大如蓆，古句。閉門高卧燕山客。何人作會與消寒，寒士之寒消不得。日日呵冰硯，聳肩吟向風，一片冬心萬物同。筆底忽然轉春氣，消寒圖上梅花紅。河陽一縣花宜種，蔀屋茅檐不愁凍。」末句蓋謂予將出宰也。

有能文而不能詩者，天分所拘，不容强也。秦小峴侍郎《答友人書》云：「尊詩都已閲過。古人於詩文不必兩能。足下文勝於詩，但并力於文之一途，何如？」小峴此書頗得古人忠告之義矣。

予丙子中副車，座主爲桐城翰撰龍子嘉、樂陵給諫史荔園兩先生。嗣予官校書，荔園先生適爲滇南方伯。丁亥，先生服闋入覲，始謁之於邸寓，蓋距丙子十有一年矣。予呈先生詩云：「才華人重玉堂仙，屢擁星軺出日邊。握鑑歐陽能得士，焚香清獻不瞞天。屏藩久荷皇心眷，威德遥知望頸延。鳳闕佇看丹詔下，雙旌雙節簇翩翩。」「十載方能慰識韓，近來吐握似公難。温顔藹藹春同暖，雅量恢恢海樣寬。發軔昔年陪驥尾，依人頻歲累猪肝。他時手版軨轅謁，一笑門生即屬官。」

當塗黄左田鉞尚書晚年始達，以户部主事入南書房，改贊善，異數也。貧時友人無爲程静江，歲朝過其古桑書屋，戲嘲云：「爐留貧士火，籬剩隔年雞。」一時傳爲笑樂。尚書著有《壹齋集》、《廿四畫品》。其《游準提庵》詩云：「濃陰如幕繚低墻，共訪幽棲話夕陽。竹徑一行容客入，水亭三面受風凉。白蕉衫短輕無汗，紅藕花開少更香。斗覺此心除結習，可能隨分借禪床。」《除夕》云：「家書底事入冬稀，但説平安便當歸。一事定教兒女怨，今年過節少新衣。」皆微時作也。

予素有吟癖，亦不自知其何以深也。近閲朱竹垞檢討序高户部詩云：「予年二十，始學爲詩。起居、飲食、夢寐，惟詩是務。六經諸史，百氏之説，惟詩材是資。席研之所施，朋友之所講習，未嘗須臾去詩也。」是竹垞之癖與予同。然業精於勤，成於專，詩何獨不如是乎？

當塗夏韜甫炘孝廉邃於經學，嘗謂予曰：「昔顧亭林炎武先生謂文章爾雅，宅心和厚，吾不如朱錫鬯。予交友多矣，此二語惟兄足以稱之。」予自問雖不敢當，然作人如是，亦殊未易也。

東坡初擢制科，爲鳳翔判官。時陳希亮爲府帥，以屬禮待之，或謁入不得見。公壯年盛氣，不肯相下，故《客位假寐》云：「謁入不得去，兀坐如枯株。豈惟主忘客，今我亦忘吾。同僚不解事，愠色見鬚鬢。雖無性命憂，且復忍須臾。」才人困於下吏，不遇憐才之長官，良可浩嘆。而陳希亮後卒以受他州餽酒坐贓免官。

吳蘭雪孝廉博學高才，艱于一第。晚歲，由國博改官中書。或戲之云：「逢人勉强稱前輩，對妾殷勤學少年。」時蘭雪方新納姬人，聞者傳以爲笑。

皖江王子復流落楚中，登岳陽樓，遇一道士，謂曰：「子欲歸乎？吾助子資斧。」爰授以筆，使畫螳蜋，拍之躍去。售是術，得歸。至家，再畫，不復驗矣。後有召仙者，仙降乩云：「十年不見王子復，忽訝蕭然兩鬢霜。記否岳陽樓上坐，與君相對畫螳蜋。」大書一「呂」字而去。乃知前所遇者，洞賓也。婺源齊梅麓彦槐詩云：「夢中雲海影迷茫，山水新安何日忘。明歲春風定歸去，不須辛苦畫螳蜋。」梅麓以庶常改官縣令，《感懷》云：「百年猶未半，那得遂求安。亦識折腰苦，其如糊口難。河陽堪奉母，彭澤且之官。慚愧梅山樹，幽姿耐歲寒。婺源有梅山。」「父母名誰副，神仙福不齊。蓬萊萬古謫，枳棘一身栖。落拓憑題鳳，商量試割雞。天心重循吏，未必判雲泥。」予時亦以親老就縣令，不能復與春闈，梅麓詩可謂先得我心矣。

予官校書郎時，汪瑟庵廷珍相公爲武英殿總裁，極荷優待。丁亥入都，公已因病乞假，竟至不起。上聞震悼，賜謚文端。其《病中偶成》四首之二云：「不羨公候不學仙，不談性命不參禪。虛名客氣干何事，誤我浮生七十年。」「回首茫茫事萬端，君親恩重仰酬難。捫心略有痴愚在，業鏡臺前任剖看。」可想其風概。

吴苑詹湘亭應甲明府，屢與分校。有《闈中詠物詩》，絶佳。《藍墨》云：「博得虛封等墨侯，藍田片玉有誰收。青青半出先生手，更勿磨人到白頭。」《落卷》云：「茫茫苦海恨難勝，路隔仙凡喚不譍。那得返魂香一縷，他年拔宅共飛昇。」《草榜》云：「王前盧後費安排，草草功名遇合乖。已到仙山風引去，十年榜上苦沉埋。」《闈墨》云：「料應紙貴洛陽城，刻楮三年一葉成。慎莫斤斤求墨守，更將中訣誤經生。」

天下惟瀋陽最寒，入夜尤甚。其煤曰「膠子」，能病人，故夜間室中不敢置火。晨起，窗上冰花滿若布粟，細紋層層，掃之盈盎。蓋人氣爲寒氣所逼，凝結而成。桐城姚伯昂元之太史有云：「静夜無聲客夢賒，朝來寒色在人家。紙窗似剪吴淞水，盡作春江白浪花。」

同邑陳韵石瑞球中翰己已庶常，後以樂平令入補中書。《重過邯鄲》絶句云：「青磁抛去念全灰，十載升沉已自猜。恰好黄粱炊正熟，緣何又向夢中來。」

儀徵阮芸臺元制府，位躋顯要，而詩特清華。《七夕》云：「碧霄雲净露華清，靈匹迎凉渡已成。河絡漸從西角轉，月弓將近上弦明。農桑本是人間事，兒女猶關天上情。茅屋夜深珠户曉，一般秋影看縱橫。」《秋桑》四首之一云：「疎陰十畝間青黄，誰向花前喚索郎。釀秫時光宜薄醉，調絃情緒動清商。但教天下輕棉暖，何惜林間墜葉凉。試種東坡三百尺，芟來終比暮春長。」三聯慈惠之心溢于言表。周芸皋凱觀察誦先生浙闈對聯云：「下筆千言，憶槐子黄時、桂花香裏；出門一笑，正西湖月滿、東浙潮來。」真才人吐屬。

金匱楊荔裳方伯揆，乾隆辛亥冬，從大將軍福嘉勇公征廓爾喀。備歷險阻，馬墮崖而死。將軍貽一馬，又爲兵所竊食。冒雨徒步，日久，鞋底盡脱，偶覓雙履，價值數金，且不易得。番地雪大，行旅遇者，往往人馬皆歿，想見出藏之苦。事平，方伯由中書擢侍讀，賞戴花翎。《回至前藏》詩云：「小春氣候轉暄和，快馬平沙作隊過。賈勇三軍齊脱劍，勞旋八部競吹螺。傳來消息人天喜，話到艱難涕淚多。悵望東歸猶萬里，且安行脚猶維摩。」蓋自幸其生入玉門關也。

益都李南澗文藻明府，擢郡丞，《著白鷴補服戲作》云：「八年墨綬最波瀾，佐郡新叨五品官。從此蕭然號閒客，當胸試畫與君看。」南澗多髯，好金石之學。其自嶺表入覲也，翁覃溪學士招飲，座中客盡長髯。覃溪詩云：「挑燈一夕勝開函，薊北多時憶嶺南。到處訪碑將石硅，此身取喻是書蟫。傾囊倒篋搜新刻，注海翻河續舊談。名士修髯彌嫵媚，月窗齊拂影鬖鬖。」

古人多以詩爲性命。錢起《暇日覽舊詩》云：「有壽亦將歸象外，無詩兼不戀人間。」後人不能如古人之用心，而欲争千古之名，難矣。

列國四公子，予最喜信陵。偶閲善化唐陶山仲冕方伯《大梁絶句》云：「拂羽鳴鳩不避鷹，採桑齊織汴州綾。我來買得絲千尺，不繡平原繡信陵。」持論頗與余合。又《自郡回縣》云：「忽報江風放客行，半天雨氣散新晴。流雲曲隝迴帆影，落日孤村打麥聲。匝地花飛雙燕舞，垂楊烟重一鷗輕。瀟湘春水年年緑，五兩遥生萬里情。」《雜詩》云：「移蘭裛朝露，剪樹出秋雲。屋傍方塘築，墻從北舍分。」「手題銘座帖，兒課制科文。昨夜書船到，先排辟蝨芸。」「陰霾時一豁，疴癢日三熏。桐滴階前露，蟬鳴竹外曛。」「鼎聲童瀹茗，燈影婢縫裙。夜漏愁無準，晨雞喜乍聞。」

吴中才女沈蕙孫纕，善吹簫，曾著《簫譜》。有「聽殘紅雨到清明」之句，一時傳誦。蕙蓀爲林孟韓内妹，後聯姻顧劍峰。賀孟韓新婚云：「絳紗鐙畔罷嚴妝，沉麝香分卷軸香。料想定情箋上句，顫危釵影和新郎。」「清明紅雨小年題，艷艷才華左鮑齊。不作披帷笑温嶠，紫簫雙按鳳樓低。」孟韓亦能詩，而不永年，殊可歎也。

劍峰最工香奩體，《無題》云：「幽期要有福能消，芳訊頻通轉寂寥。憐煞秋波纔一寸，爲儂傳怨又傳嬌。」「芭蕉葉展動新凉，吹遞幽蘭一鬟香。情思太多言語少，誤人偏是十分莊。」「自從一别隔花時，骨似香桃瘦怎支。擬托東風寄儂意，替吹心事與君知。」又《擬韓冬郎體》，録其二云：「忽看調笑忽然莊，忽爾安閒忽又忙。生就美人真性格，賭棊纔罷刺鴛鴦。」「自揭幨衣落翠鈿，拾來嬌插鬢微偏。回身暗把郎衫袖，笑指花梢蛺蝶眠。」劍峰名曰新，長洲人，有《寸心樓集》。

詹事鮑覺生先生督學吾楚時，予年才十六，以冠軍食廪餼，有國士之知。先生六旬自爲輓聯云：「功名氣節文章，他生未卜；嬉笑悲歌怒駡，此日方休。」乙酉夏日，蒙先生招飲，有即席和予詩云：「小閣林於曖暮陰，空階蟋蟀俟秋吟。無聊且索庭花笑，有酒還同座客斟。老去頭銜三品石，平生心跡四知金。江淹此日真才盡，莫向詞源問淺深。」末聯覺其不祥，果以是秋患病，延至次年，遂不起。病中聞予捷京兆，先生猶爲狂喜，曰：「文章果有定價也。」吁！可謂愛才如命矣。

歐陽公族譜，取法史氏之年表。蘇老泉族譜，取法禮家之宗圖。黄山谷族譜，七世以上遠不可知者，皆略而不著，蓋慎之也。後之爲譜者，知所法焉。

静樂李石農鑾宣中丞，由部郎罷官再起，有《堅白石齋詩集》。《馬嵬》七律四首之二云：「《霓裳》舞破淚沾巾，一樹棠梨殉此身。鐵騎北來人喪膽，金根西去帝蒙塵。廟堂輔政無姚宋，娣妹承恩有虢秦。留得墓頭香土膩，肯教兒女誤青春。」「俄驚鼙鼓動漁陽，碧海青天恨正長。舊夢已成鸚鵡識，新聲猶帶荔枝香。漢庭禍水同凄咽，楚岫行雲憶渺茫。孤負昔年牛女誓，底須馬首怨郎當。」《寒食前游陶然亭》云：「散步城南破寂寥，柳絲緑遍短長條。遠山潑黛村烟杳，古堞拖藍輦路遥。遲日恰如名士嬾，韶光真作美人嬌。賣餳天氣清明近，惜少春波蕩畫橈。」

元九、孟六以排行稱也，短李、髯蘇以形體論也。而四皓自稱角里先生，皇甫謐自號元晏先生，司馬遷自稱太史公，若不嫌於自尊。今人間有單名而字必用雙。古人如顔師古字籀，房玄齡字喬，是名雙而字單也。亦有名字相連者，如謝安字安石，杜牧字牧之，孟浩字浩然是也。

愚公移山，有志竟成，人固不必以老自阻也。金壇蔣衡，字湘帆，别號江南拙老。以書擅名，維揚富商屬書《十三經》進呈，年已六十三矣。湘帆慨然諾之。後十年竟告成，石刻今存太學中，予嘗親見之，遒勁無一懈筆。其蔵事雖有天幸，老人之志可謂堅矣。

閨秀丹徒張采茝、采芣、妹成珠，皆能詩。采芣《與諸姊玩月》云：「多時抱病卧深閨，且喜今宵手共携。芳徑草衰蟲語切，碧天雲浄雁行齊。吟成新句茶初熟，話到殘更月漸低。清露濕衣渾未覺，怪他花影過窗西。」采茝有《過嚴灘》句云：「乾坤傳一客，簑笠自千秋。」亦妙。

華亭董玄宰其昌尚書，晚年一日攬鏡自照，則嫣然絶代女郎也。大驚，未幾卒。公書畫、詩文俱天然秀韻，想亦名流今世、才女前身耶。

蜀中張船山問陶檢討，爲詩能自出機軸，不受古人牢籠。《送弟壽門爲浙江主簿》云：「時難何處説功名，能到西湖福已清。年富正堪爲世用，官卑也要念家聲。東南人秀師資廣，丞尉身閒去就輕。烽火鄉山歸不易，蒼茫無計遣離情。」有《宿寶雞縣題壁十八首》，沉痛之極。蓋船山全家居蜀，目擊賊匪冉文壽、王三槐之變，悲歌感慨，直欲擊碎唾壺。今節録數首云：「窮山避亂敞軍門，威望遥遥萬馬屯。不戰豈能收殺運，無功先已負君恩。止聞怨毒歸諸將，可有心肝奉至尊。一樣沙場征戍死，糢糊敢信是忠魂。」「議撫招降計已施，凋殘民力久支持。不明賞罰終何益，真舉才能尚未遲。將相有權甘自棄，英雄無種要人爲。孫吴兵法非天授，誰竭誠謀報主知。」惜不能盡録。船山頗有才氣，而蛟螭蚯蚓之病，在所不免。集中如「膽裂皇天咤疑是」，「唐朝死人李太白」等句，皆失於檢點，所謂「才雄氣猛易語言」也。

吴縣家功甫曾沂舍人，芝軒尚書長公子也。詩情秀逸。《毘陵》云：「此夜放船好，涼雲捲碧空。漁舟兩岸月，蘆葉萬稍風。客思倦聞笛，秋聲先到蟲。柁樓晚飯後，眠伴短檠紅。」《園居雜詩》云：「小陣風來料峭寒，日斜人正倚欄杆。種花容易經年長，老樹空庭得大難。」「硯墨頻呼稚子移，鈔成樹序偶題詩。無名小草皆成藥，善病方思學作醫。」

盧懷慎雖貴而貧，死復忽生，曰：「冥司有三十爐，爲張説鑄横財，吾無一焉。」貧富信有命也。故船山《排悶戲作》有云：「墮地先營避債臺，青蚨那肯逼人來。冥司偏是諛張説，三十紅爐鑄横財。」

對聯佳者頗爲難得。王文成公題于忠肅廟云：「赤手挽銀河，公自大名垂宇宙；青山埋白骨，我來何處哭英雄。」近善化陶雲汀澍中丞主講澧州書院時，題柱云：「臺接囊螢，車武子方稱學者；池臨洗墨，范希文何等秀才。」吴山尊鼒侍講題太白亭云：「謝宣城何許人，只憑江上五言詩，令先生低首；韓荆州差解事，肯借堦前盈尺地，爲國士揚眉。」皆超脱可喜。

錢唐桑弢甫調元先生早年棄官歸養。年五十七，游嵩山，中間一年不游，以後華、泰、衡、恒，凡六年而遍。其言曰：「五嶽惟華山最奇險。昔人謂嵩山如眠，泰山如坐，華山如立。予益以二言，衡山如行，恒山如蹲，斯足盡其勝概矣。」先生體素便登涉，自署爲「獨往生」，亦奇人也。詩豪宕不群，深得山水之助。《太華絶頂》云：「浩蕩秋風動海隅，菖蒲池畔一筇扶。蜀滇隱約千峰簇，河渭奔騰九曲紆。矯首雲嵐神獨王，側身天地影還孤。希夷熟睡何時覺，塵俗渾難着此軀。」

顧晴沙選梁谿詩人詩，前後得一千一百餘家。書成，賈素齋埋其稿於山之陽，名曰「詩塚」。余秋室集學士有詩云：「能詩本是痴人事，想到埋詩事更痴。腷望忍飢空悵望，長恩無主廢監司。山川鬱勃群公在，風雨迷離過客知。何日梁溪容放櫂，也思携菊薦秋卮。」

雲夢許香岩兆桂孝廉，秋岩兆椿中丞兄也。有《夢雲樓詩鈔》，脱盡塵俗。《重陽風雨秦淮即事》云：「桃葉桃根古渡頭，漫天風雨盪輕舟。淪漣十里青溪水，低亞重陽白下樓。人在江南真入畫，菊盈花市可憐秋。轉思昨歲登臨好，衡嶽峰峰眼底收。」《水仙》云：「翠羽明璫照水濱，飛仙絶迹出風塵。天教洛浦凌波態，花現江臯解珮身。雪後霏霏香沁骨，月中皎皎玉爲人。丰標清向滄浪濯，應許乘槎問漢津。」「柔姿相對影娟娟，姑射肌膚竟宛然。浄洗塵容全在水，消除俗累始能仙。移情黍谷回春日，解語蓬池歷劫年。花裏真如曾識得，將疑小謫并青蓮。」

父母愛子之心，無所不至。予素不善飲，而高堂猶常以酒能傷身爲戒。介休劉澄齊錫五太守《得家信》云：「平安報到及春深，多謝雙魚送好音。千里飄零游子意，八行鄭重老親心。羊裘縱敝宜多著，旨酒能狂欲少斟。悵觸望雲無限淚，一回讀罷一沾襟。」可謂情真語摯矣。

吴縣家榕臯奕儁先生，探花世璜之父也。由舍人還農部，五十即歸田。九十重赴瓊林，恩加四品服色。有《三松堂集》，五律最爲淡遠。《堂成》云：「旭日臨新牖，寒花綴晚枝。稍憐塵土浄，頗怪落成遲。布席宜開卷，拈毫合有詩。平生避俗意，小築正相宜。」「徑改猶餘礫，墻高未有苔。入簾風故暖，窺户鳥還來。不用愁賓至，從教覓果栽。蕭然城市裏，隱几亦悠哉。」「傍舍開斜徑，平軒架小樓。入門雙樹直，當户一峰幽。窄僅能容膝，低還愁打頭。無言是蝸角，俯仰盡悠悠。」「閉户惟翻帙，登樓可豁襟。霜鐘清近市，枯樹集寒禽。屏有鄰翁書，床留野衲琴。寂寥從客笑，幽賞在雲林。」

秦淮女校書方芷見楊龍友畫梅，老幹横枝，時露勁骨，遂委身事之。定情之夕，方正色謂龍友曰：「君知妾委身意乎？」楊曰：「不知。」方曰：「妾前見君畫梅，知君脂韋隨俗，而骨氣尚存，欲佐君大節以全末路耳。」楊漫應之。鼎革時，方又謂之曰：「男兒留芳、遺臭，所争止此片刻，奈何草間偷活乎？」楊遂慷慨與方同死。先是李香君却田仰之聘，屈意侯朝宗，因嗤方芷失身。後聞其事，嘆曰：「方芷真兒女而英雄者也。」

王夢樓稱袁簡齋爲奇才，吴蘭雪爲艷才，曾賓谷爲清才。予亦嘗以清才許同年友黄岡謝惕夫荻孝廉，其意若有未慊，不知「乾坤有清氣，散入詩人脾」，工部於青蓮，始以「清新庾開府」方之，清才談何容易也。

諸城王伯壽景祺《新柳》云：「清溪一曲赤欄橋，纔入東風便作嬌。愁煞畫工難著筆，潘郎青鬢沈郎腰。」

閩中陳鼒《百可漫志》載其弟瓚知羅田縣時，集古詩風雨字句爲二十絶，其卷曰「風雨連懷」。序曰：「古詩用風雨字者多矣，要不專爲兄弟發也。自蘇長公感韋蘇州『風雨對床』之句，而其兄弟相思，輒寄意焉，於是遂成故事。瓚奉别家兄百可先生以來，雅切嚮思。凡誦古詩之風雨句，竊有長公之感。顧意致凡近，筆力萎瑣，不能别爲之語，遂以所記風雨古句，各取韵之相叶者，足成絶句。風晨月夕，往往諷誦，以洩鄙懷，殆疑古人預爲予設也。爾來裒集得二十首，録之爲卷，將尋便以寄家兄。而羅之士夫見侈有篇章，以廣予志，別存一卷於兹，題曰《風雨連懷》云。時正德庚午孟秋之望，芝麓居士瓚拜書。」詩云：「涼風微雨夜瀟瀟，人事音書漫寂寥。無路從容陪笑語，天涯涕泗一身遥。」「只是當時已惘然，可堪風雨夜連天。一聲何處送書雁，喜入燈花欲鬥妍。」「徙倚闌干一愴神，故園回首隔參辰。山頭日日風和雨，幾許悲歡併在身。」「關山無際水漫漫，每軫歸心即萬端。極目相望何處是，滿川風雨獨憑欄。」「雞鳴風雨不愆時，千里河山繫夢思。獨凭欄干意難寫，誰人識此是新詩。」「窗明窗暗篆烟霏，風雨空城鳥夜飛。憶着江山舊行路，一身千里獨沾衣。」「棣華一別永相望，客路那知歲月長。愁極欲憑誰遣興，半隨風雨斷鶯腸。」「疾風迴雨水明霞，目極因驚悵望賒。落木無邊江不盡，相思一夜繞天涯。」「千林地迥切西清，常送中宵風雨聲。猶憐心事凄涼甚，卧數山城長短更。」「一堂風月阻同遊，迢遞高城百尺樓。日日望書常至暮，冷風凄雨似深秋。」「五更風雨送殘春，南蝶悠悠水映人。留滯山城莫嗟嘆，天將强健報清貧。」「惜春連日醉昏昏，風雨瀟瀟欲斷魂。回首家山千里外，別離心緒向誰言。」「青楓無樹不猿啼，鄰里垣墻咿啞雞。家在夢中何日到，風吹梧竹雨凄凄。」「瀟瀟晚雨向風斜，鴻雁分飛道路賒。日永東窗淡無事，依然和淚看黄花。」「想見掀髯正鶴孤，一天風雨水平湖。詩來唤起相思夢，欲傍清尊倒玉壺。」「暮笳嗚咽調孤城，目送飛鴻漫寄情。雲物不殊鄉國異，滿川風雨看潮生。」「午庭風雨撼高槐，肯信愁腸日九迴。欲上疎簾看南北，寒巖幽霧不曾開。」「一片江湖草樹秋，矮簷風雨送蝸牛。欲知趨走傷心地，落雁昏鴉集遠洲。」「一燈明滅照秋床，天地無情白髮長。假寐塵侵黃卷上，滿城風雨近重陽。」「汀雁飛鳴意已還，異鄉風物鬢成斑。相思相見知何日，一夕連床風雨間。」諸作集古詩如自己出，風雅而篤於手足，可謂賢使君矣，他日當爲補入羅田邑乘。

余由山左改官大梁，時陳九香亦就參軍，寄予云：「天教潘岳栽花手，葉縣今爲飛舃游。名士得官先歷下，詩人乞養領中州。古來詞賦梁園盛，此後絃歌溱洧稠。料得下車新政美，板輿隨到聽輿謳。」「天下親民是此官，漢廷循吏得人難。如君合繼龔黃起，憐我應同屈宋看。行爲髯參勞馬足，恐教安邑累猪肝。大河南北蒼茫地，古帝王州一縱觀。」

校録即古校書郎。按歐陽公爲《謝絳墓誌》云：「公年十五，起家試秘書省校書郎。復舉進士，中甲科。」又韓愈《送鄭十校理序》：「集賢殿置校讎官，曰學士、曰校理。學士皆達官也，校理則用天下之名能文學者。苟在選，不計其秩次，惟所用之。鄭生涵以長安尉選爲校理。」公贈詩有云：「才子富文章，校書天禄閣。」

嘉靖時，詞臣以進青詞受寵眷者甚衆，而最稱旨者，莫若慈溪袁懋中煒，官户部尚書，謚文榮。其所作醮壇對聯云：「洛水玄龜初獻瑞，陽數九，陰數九，九九八十一，數數原於道，道通元始天尊，一誠有感；岐山鳴鳳兩呈祥，雄聲六，雌聲六，六六三十六，聲聲聞於天，天生嘉靖皇帝，萬壽無疆。」王逢年秀才上文榮書曰：「閣下以時文發甲科，以青詞位輔相，安知世所謂古文者哉？」蓋在當時已不免於物議。今武英殿後，嘉靖丹鑪尚存。

予出都時，汪小舫同年贈聯云：「官如潘岳河陽好，情比汪倫潭水深。」小舫旋散館外用，補陝西甘泉令，寄示《感懷》六首云：「春明三載住蓬瀛，小刦真教噩夢驚。聖主幾曾輕外職，人生强半誤虚名。琴翻别調彈猶澀，錦换新機製未成。鳳泊鸞飄空嘆惜，槐廳辜負舊家聲。」「一點親標御墨鮮，宦途頃刻判人天。姓名有幸居高等，官秩相同勝左遷。敢説簿書難免俗，欲尋翰墨已無緣。勞他新詠霓裳客，投刺殷勤訪謫仙。」「藜火分光校秘書，八年身傍五雲居。縹囊篆古排蝌蚪，玉軸香濃拂蠹魚。史筆可能歸簡練，吏才畢竟愧粗疎。牟尼一串輕抛却，怕過承明舊直廬。」「櫄櫟頻登大匠門，品題聲價重詞垣。九京慷慨思隨會，百里羈棲嘆士元。卿相愛才難造命，師生知己不言恩。觚稜轉眼離雙闕，檢點朝衫有淚痕。」「得來社裹朱文正公讀書處。話前因，詞賦休誇著作新。但願心常盟白水，最憐身已墮紅塵。弟兄握手先愁别，童僕歡顔肯耐貧。兩度魚軒隨使節，難將捧檄慰衰親。」「罡風忽地墜雲梯，福澤文章總不齊。小草有心仍嚮日，落花無主漸成泥。頭銜悵惘條冰换，手板模糊細字題。寄語玉堂諸舊侣，從今鴻爪各東西。」予同年中，小舫思留館而外用，葵臣思外用而留館，天下事往往相左。小舫詩才絶俗，獨低首於予。别後蒙寄懷云：「桂子香中得意時，輸君妙手獨探驪。曾商秘閣千秋業，甘拜騷壇一字師。燕市交游多慷慨，鴻泥踪跡悵分離。琴堂此日饒清暇，除却題詩便選詩。」時予方撰《詩話》，結語殊若有神契也。

居官不若居家之樂，非親歷者不知。淄川高念東侍郎公車時，謁鄒平尚書張公延登。公言：「君輩少年登科，不啻登仙。老夫今迴憶五十年功名官職，都如嚼蠟耳。」故侍郎晚年賦詩云：「翹車北指五雲邊，緒論追陪豈偶然。晚節功名如嚼蠟，少年科第似登仙。曠懷久矣推先輩，微語還堪悟後賢。畢竟山中煨芋好，十年宰相亦堪憐。」然此意古人已先言之。鄭清之《詠六和塔》云：「經過塔下幾春秋，每恨無因到上頭。今日始知高處險，不如歸臥舊林丘。」至濱州劉效祖填有《沉醉東風》一闋云：「東華路塵沙滚滚，玉河橋車馬紛紛。官高休羡榮，命蹇須安分。靠青山緊閉柴門，閒把英雄細討論，有幾个到頭安穩。」則未免言之過激矣。

臥園詩話卷之四

羅田潘焕龍四梅著　男彩枝　肇鏞校字

京城度歲，朝官之宅有春聯而不用門神，宫禁則皆懸門神。其春聯用水紅絹書之，封印後懸起，至二月初一日始撤。予官校書時，見武英門所懸春聯云：「四庫藏書，寶笈牙籤天禄上；三長選俊，瓊樓玉宇月華西。」武英殿後爲敬思殿，其左階下即予輩校書之所也。粤東香山黄香石培芳明經書聯云：「萬卷開時書窺中秘，五雲深處簪盍同人。」官校録者，向僅十員，後增爲二十員。乙酉同事諸君子，舉京兆者八人，予捷第六，孝感郭葵臣道闓捷第十三。此外則寧波王石農修允、當塗夏韶甫炘、長洲袁素珊俊、涇陽聶蘭溪念祖、錢塘汪小舫懷、大同武次南棠。挑謄録者二人，爲海鹽吴君世培、桐城馬君培章，而丹徒李心園嵩翰則再中副車，小舫胞弟兄三人同榜，次年，又偕葵臣入翰林，次南亦分刑部主政。一時都下傳爲盛事。

應對敏妙，自有別才。宋蔡元導、元翰兄弟能文，試茂才異等，不第。張方平慰之曰：「劉蕡下第，我輩何顔。」元導應聲曰：「雍齒且侯，吾屬無患。」又端明殿學士汪聖錫應辰在秘書監，食罷會茶，一同舍就枕不起。或戲之曰：「宰予晝寢，於予乎何誅。」同舍未有應，聖錫答曰：「子貢方人，夫我則不暇。」

詩本性情，若徒事摹擬，反失故步。元遺山好問《論詩》云：「窘步相仍死不前，唱酬無復見前賢。縱横正有凌雲筆，俯仰隨人亦可憐。」

郡縣戒石，自唐以來有石而無文。黄庭堅任太和，摘孟昶文内「爾俸爾禄，民膏民脂。下民易虐，上天難欺」四語，鐫以自儆。後宋高宗摹其筆法，勒石垂戒，頒布天下，世遂欽爲山谷《戒石銘》云。

歐陽公知貢舉時，欲正文體。鉛山劉幾字之道，爲文險澀，黜之。後更名煇，試《堯舜性仁賦》有云：「静而延年，獨高五帝之壽；動而有勇，形爲四罪之誅。」歐公仍在殿廬，得之大喜。臚唱，居狀元。煇，實幾也。公愕然，嘉其善變。可知詩文之道，轉移正在己耳。

李、杜詩往往有相似者。李云「山隨平野盡，江入大荒流」，杜云「星垂平野闊，月湧大江流」，句之相似也。李云「剗却君山好，平鋪湘水流」，杜云「斫却月中桂，清光應更多」，意之相似也。至杜《劍閣》有云「吾將罪真宰，意欲鏟疊嶂」，雖與「剗却君山」之句法相似，而其意則主削平禍亂，非徒風景流連也。

詩體各有所長，不勉强以爲之，即善自藏拙之一道也。《因話録》載吴興僧皎然工律詩，嘗謁韋蘇州，於舟中抒思，作古體十數篇爲贄。韋全不稱賞，皎然極失望。明日，寫舊作獻之。蘇州大加嘆賞，因語皎然云：「幾至失聲名，何不但以所工見投，而猥希老夫意？」

張文潛詩云：「兒曹鞭笞學官府，翁憐兒痴傍笑侮。平明坐衙鞭復呵，賢於群兒能幾何。兒曹鞭笞以爲戲，翁怒鞭人血流地。一種戲劇誰後先，我笑謂公兒更賢。」服官者讀之，可發深省。

退之《咏蚊蠅》云：「凉風九月到，掃不見踪跡。」聖俞《咏蚊》云：「薨薨勿久恃，會有東方白。」予《九九消寒吟》有《寒蠅》云：「尋常引類更呼朋，底事寒冬百不能。到此飛揚纔失勢，漫云炎熱竟堪憑。五更那復雞聲亂，千里難隨驥足騰。冷暖細思應一笑，營營何苦惹人憎。」小人妄肆讒言，其稔惡豈漏恢網，但可僥倖目前耳。

曲水修禊之會，人各賦詩。成兩篇者，右軍、安石而下，纔十一人。成一篇者，郗曇、王豐之而下，纔十五人。詩不成罰觥者，凡十六人。今觀其詩，類皆四言、五言，且有四言二韵者。豈獻之輩終日不能措辭於十六字哉？大抵古人持重，興會不佳，則不賦之爲愈。

沔陽張蓮濤錫穀進士，有《雀硯齋詩集》，極爲清整。其《歸班自贈》云：「己酉題名接戊申，草茅新進學稱臣。十名候選無雙士，二甲歸班第一人。此去好登山長席，將來還現宰官身。詞垣漫把清華傲，盛代掄才重牧民。」先生以進呈第九名歸班，故二聯云云。

道光五年，以高堰潰溢，河運道滯，議行海運。崇明施樸齋彦士孝廉自請領運，躬涉重洋，其姪濟川作舟從行。舟遇颶風，飄至朝鮮界。求神筊，輒得下下，舟人泣且亂。作舟曰：「筊下下，吾心自上上。但須更出乃力耳。」轉棹，卒獲全。樸齋著有《海運芻言》，繪圖貼説，最爲明晰。其紀行詩有《喜姪作舟領運至》云：「泥首叩天妃，驚從異域歸。連山幾路絶，握手尚魂飛。舟與浪方搏，人惟神是依。天儲幸無恙，喜極淚沾衣。」「報國遑論命，歸來轉爾憐。急公知有素，蹈險厲無前。衆志片言定，隻身萬里旋。少年徵器識，不獨亢宗賢。」作舟亦有《自題萬里歸帆圖集唐三十首》，其四云：「挂颿遠色外，咫尺馬鞍懸。一路經行處，連檣并米船。獻圖開益地，轉粟上青天。壯志吞鴻鵠，登臨近日邊。」視險如夷，乘風破浪，洵屬一時奇士。

《借樹山房詩鈔》，定海陳蔭三慶槐舍人作也。詩有生氣，不拘故常。《感懷》云：「頭銜依舊鬢絲新，消盡車前十丈塵。稼穡不知兒習嬾，米鹽無狀僕嫌貧。儘容市井欺吾輩，肯學神仙誤世人。安得歸田兼買宅，深山長作太平民。」「閱歷深時膽漸寒，出頭容易噬臍難。却思養福留餘地，莫漫矜才對長官。與我同心能有幾，以詩爲命太無端。白衣蒼狗須臾事，世態浮雲不忍看。」《慰友人秋闈報罷》云：「桐帽棕鞋可一生，心空隨處足逢迎。且攜家釀尋知己，莫向秋風感落英。吾輩所争惟品格，古來何代乏科名。君看舊日孤山路，梅有餘香鶴有聲。」《漫興》云：「無事翻多事，誰能學坐忘。上山移石遠，冒雨種松忙。行急嫌衣重，餐遲覺飯香。往來田舍熟，獨自課耕桑。」《齒録》云：「蓬萊籍上小遊仙，得意重將甲子編。貴爵有時難序爵，同年何必定忘年。從來茅可連茹拔，多少蠅須附驥傳。博取微名登蕊榜，里居門第總巍然。」《搢紳》云：「一編爵秩寫縱橫，蟻附南柯夢已成。止爲出身争注脚，偶因懸缺暫糊名。麞頭鼠目形難問，鷺序鴛班界最清。不怪白衣無位置，世途着眼是簪纓。」

名將能詩，較名士更易於傳世。吾楚蕭月舫參戎，名鐘偉，有《月舫詩鈔》。《和金賢村明府重至碭山汪園有感》云：「三載彭城節更移，故人睽隔又秋期。書來喜向燈前看，夢好翻添覺後思。舊館重經心繾綣，新詩遠寄墨淋漓。風流屈指多雲散，記得芒山夜話時。」

黄梅喻石農文鏊明經，有《紅蕉山館詩集》。范才於學，浩氣孤行。《題淵明采菊圖》云：「秋容暗淡曉霜寒，籬下幽姿取次看。幘影鬢絲蕭颯甚，千秋留得晉衣冠。」《登燕子磯望江》云：「未上長干塔，危磯興已遥。長江下巴蜀，一氣滚金焦。龍虎盤雙闕，烟花澹六朝。秦淮嗚咽水，到此倍魂消。」《王西園鴻典大令招飲黄鶴樓》云：「木落江深鴇鸕哀，江頭片月湧孤臺。百年賓主同今夕，幾處悲歌對酒杯。笛冷梅花隨鶴去，潮吞大别捲秋來。横空雁唳清霄迥，《九辨》誰憐宋玉才。」石農七古風格蒼老，惜不能盡録。秦小峴侍郎題其集云：「黄梅喻石農，詩才頗卓犖。我未見其人，却見石農作。時流争蟬噪，君詩若鸞鶴。其源祖太白，上與風騷薄。日月共摶弄，山川恣磅礴。蕲黄百年來，大雅稍寂寞。不謂黄公後，斯人奮詞鍔。祖庭秋泉清，濯港秋月娟。知君出山未，蕭寥邈雲壑。」

秀水朱梓巖休度明府，以四十年老孝廉得一官，有《壺山自吟稿》。《冬初喜眷至》云：「三年飄泊信音賒，一夕團欒宴笑譁。纔卸行裝堆亂葉，早占夜燭結高花。未憂柴米先憂冷，争話程途又話家。相對更闌如夢寐，不知窗外曉鳴鴉。」真是眷屬剛來情景。

予嘗欲掇拾先祖司馬雲麓公以上格言、遺詩，彙爲一帙，有志未逮。近見安孝廉吉所刻《膠山安氏遺集》，殊覺先得我心也。桂坡國農部《即事》詩云：「風飽蒲帆破曉烟，春波香浸落花天。溪邊野寺經行處，緑柳啼鶯又一年。」潔園居士璿《春歸日送客》云：「今日送春兼送别，兩般離緒一般愁。無情花鳥多情客，去後思量總白頭。」

京城十二月有賣松柏枝者，祀竈所用，俗呼爲「賣年」。予有絶句云：「又向街頭聽賣年，青青松柏幾枝纏。客中怕説新年近，争奈聲聲到耳邊。」

襄平蔣臨皋留年先生，今兩江制府礪堂攸銛相國之尊人也。有《吏隱詩鈔》，力追前古。先生以藩參軍，遷膠東刺史。《初秋答友人問近況》云：「日注蟲魚老歲年，静參禪理夢游仙。□□落葉庭中滿，不識秋光到眼前。」《病》云：「平生那敢涉危波，一病兼旬尚未瘥。試照雙眸差自信，笑看二豎欲如何。酒堪解渴何妨飲，詩可消憂不廢歌。任遣冰霜侵鐵骨，雄心那肯暫消磨。」《送趙一杜進士令浙川》云：「天人三策對彤墀，此去爲官兼父師。聞欲安民須察吏，還勤讀律莫吟詩。南陽拔薤强難問，單父鳴琴卧自治。惟有紫金山日月，清暉夜夜照相思。」予於礪堂相國爲年家子，長君霖遠以工部員外郎中副車，次君霨遠以筆帖式舉孝廉，皆與予乙酉同榜。

武岡劉淑庵文徽觀察，有《荷池詩草》。《舟中聞子規》云：「一聲客淚已沾衣，叫徹更闌聽未稀。爲語孤舟纔遠涉，緣何絮絮勸人歸。」

予長子彩枝亦好吟咏，有《寄族弟》詩云：「燈下聯吟記昔時，弟兄相隔兩相思。願君立志成名早，愧我無才得句遲。柏葉又斟新歲酒，梅花應放故園枝。莫嫌楚豫違千里，自有雙魚可寄詩。」

予初入都，寓國子監南學之誠心堂。時秋闈報罷，新補校書郎。光禄蔣丹林祥墀先生過訪，作竟日談。予贈詩有「潞國精神殊矍鑠，河汾弟子半公卿」之句。先生曾爲祭酒，故其和予詩云：「槐街相訪足低徊，十五年前擁座陪。風雅誰如君矯矯，笑談獨愧我隗隗。鵬池息翮乘時起，鹿閣讎書趁日來。梅屋佳篇經久擱，催詩急甚似租催。」「廿年珥筆忝承明，眼底波瀾折欲平。積學須爭千載業，立名不重一時榮。肯將殘馥沾工部，難得堅城抵長卿。最羨華年方卓犖，詩壇從此播芳聲。」

武進楊芝田大鶴宮諭，九歲補弟子員，十一食廩餼。時尊人静山廷鑑修撰與塾師《咏杜鵑》聯句云：「何處攜來血染絲。」師云：「洛陽橋畔乍啼時。」顧謂宮諭曰：「一句説花，一句説鳥，下當如何接？」宮諭應聲曰：「最憐月皎花明處，聲滿空山花滿枝。」師爲歎絶。

宋時，懷挾之書，名曰「刮鏽」。中作細行，字皆蠅頭小楷，梓行於世。唐李肇《國史補》謂之「書册」，近世所云「夾帶」是也。

紀曉嵐尚書《烏魯木齊雜詩》，乃謫戍時所作也。公《自序》云：「古來聲教不及，今已爲耕鑿絃誦之鄉，歌舞冶游之地。」詩云：「廛肆鱗鱗兩面分，門前官柳緑如雲。夜深燈火人歸後，幾處琵琶月下聞。」「烽燧全消大漠清，弓刀閒挂只春耕。瓜期五載如彈指，誰怯輪臺萬里行。」「一路青帘挂柳陰，西人總愛醉鄉深。誰云山郡纔如斗，酒債年年二萬金。」「到處歌樓到處花，塞垣此地擅繁華。軍郵歲歲飛官牒，只爲遊人不憶家。」「花信闌珊欲禁烟，晴雲駘宕暮春天。兒童新解中州戲，也趁東風放紙鳶。」「徹耳金鈴箇箇圓，檐牙屋角影翩翩。春雲澹宕春風軟，正是城中放鴿天。」「春鴻秋燕候無差，寒暖分明紀歲華。何處飛來何處去，難將踪跡問天涯。燕鴻來去之候，亦與中土相同。」「蛺蝶花邊又柳邊，晚春籬落早秋天。只憐翎粉無多少，葉葉黄衣小似錢。」「剪剪西風院落深，夜凉是處有蛩音。秦人不解金籠戲，一任籬根徹曉吟。」

米元章回人書札，親舊有密於窗隙窺其寫至「芾再拜」，即放筆於案，整矜，端下兩拜。其樸誠可想。

臨洮吴松厓鎮太守《和袁子才除夕告存十首》之一云：「地下詩官總愛才，櫻桃拈句沈郎迴。生曹自注延齡籍，莫笑冥籤久不來。」按《集異記》：張謂爲冥府生曹。有洛陽少年沈聿者，死而見張，能誦「櫻桃解結垂簷子」之句，張大喜，遂令復生焉。

朱竹垞謂其友富平李天生論律詩一三五七句用仄字，上去入三聲，少陵必隔别用之，莫有叠出者，他人則不能爾。即此已可見老杜詩律之細。李漁謂詩宜分别字音，如一東之「豐」、「楓」、「風」，義别而聲韵則同。若連用之，便覺粘口，亦詩家之大忌也。

詩人多目梅爲香雪。然唐商七七者，有異術，呼屏間畫婦使歌，婦人應聲歌曰：「愁見唱陽春，令人離腸結。郎去未歸來，柳自飛香雪。」或疑柳絮無香，而太白詩則云「風吹柳花滿店香」矣。

「城隍」二字見《周易》「城復於隍」。又八蠟之祭，有水庸。庸，城也。水，隍也。按元學士王惲《汴梁路城隍祠記》謂秦功臣馮尚見夢漢高祖曰：「奉天帝命，與王知領城隍事。」此姓名祠祀之始。《北齊書》：慕容儼鎮郢州，爲梁侯瑱任約所困。城中有神祠，號城隍神。儼率衆禱之。是城隍可資捍禦。至明洪武三年，詔頒其祭於天下，凡郡縣皆立壇於北郊，每歲清明、中元、十月朔，凡三祭。先期牒城隍神，至日迎位於壇上以主之。今則皆立廟矣。

蜀妓韓巫雲，華陽人。善歌舞，名重一時，後竟出家爲尼。《咏鈴兒草》云：「衆芳燦爛獨青青，賺得明皇仔細聽。寄語流鶯今且去，春風繫遍護花鈴。」已有自悔風塵之意。

名山大川可以長人奇氣。婺源王葑亭友亮通副《雙佩齋集》論詩有云：「讀却萬卷書，行却萬里路。二事不關詩，而詩此中具。豈惟染古香，端賴寫生趣。我心知其然，一笑力不赴。」

戊子冬，予選河南洧川令，賦《都門留別》詩二章，云：「雪花如掌歲寒時，怕聽尊前曲唱驪。幾載西清讎秘字，此行東里奉良師。家中眷屬欣團聚，日下朋交悵別離。自笑并無琴鶴伴，囊空願乞送行詩。」「鶯遷竟負上林春，捧檄毛生爲養親。筮仕略如初嫁女，之官仍是未歸人。詩删芍藥風猶古，驛放梅花歲欲新。南鯉北鴻原不乏，相思莫厭惠書頻。」一時和者數十家。金殿珊光杰太史云：「北風吹雁雪飛時，聽唱匆匆在路驪。好以循良稱衆母，不徒儒雅作人師。探花莫悵春消息，折柳休歌古別離。一望桑麻應早笑，河陽潘令有新詩。」黄仙嶠士瀛太史云：「臘鼓喧闐歲宴時，使君擁轡跨青驪。新恩權拜銅符吏，舊味慵參玉版師。座上花光添漠漠，尊前星影散離離。河陽佇看鳴琴理，乘暇還多紀政詩。」劉宜庵誼農部云：「劇談曾記夜深時，自愧輸君頷下驪。才富潘江真宿慧，書傳鄭草是人師。頻年蘭臭欣同契，故國梅花悵久離。最喜安車迎養早，南陔晨夕好吟詩。」胡星楡思賢比部云：「重登蕊榜少年時，探得明珠醒睡驪。昔作詞人今作宰，民之父母士之師。鄭風好爲量寬猛，江賦何須惜別離。此去雲山春入畫，應添一卷紀程詩。」朱丹園材哲農部云：「見説征車駕四驪，多情我亦悵分離。鳴琴暫試爲霖手，攬轡先傳製錦詩。花滿河陽觀化日，春深海屋奉歡時。羡君禄養能酬願，豈獨無慙慈惠師。」韓荇漪綬比部云：「父母斯民藉手時，一鞭行色壯騧驪。河陽地近花留姓，洧曲風移水得師。我輩自來通寤寐，人間何處是分離。中州梅驛西曹雨，此後郵筒兩寄詩。」卓海帆秉恬太僕云：「街鼓鼕鼕歲暮時，臨歧分手悵聽驪。期君可作萬家佛，愧我難爲一字師。滿縣風和花簇簇，沿途雪壓草離離。宋樓迴首驅車過，懷古曾題壁上詩。」蔡小沙紹江農部云：「曾憶商量舊學時，驤騰今日果驊騮。國僑製錦人稱母，宓子彈琴自得師。但效甘棠歌勿剪，何妨芍藥號將離。潘郎夙著河陽政，詎僅黄門奏雅詩。」陸立夫建瀛太史云：「長安不待看花時，捧檄衝寒駕四驪。禄養喜君鄰故土，宦情愧我戀京師。思親眼底空音問，送客尊前感索離。漫説鶯遷負新宴，《南陔》試誦廣微詩。」奚虞門先凱中翰云：「昔年同譜識荆時，早信英才是牡驪。作宰君今爲衆母，圖名我悔失前師。好從案下抒經濟，莫向尊前嘆別離。條肄條枚輿望久，佇聽孔邇入風詩。」

和予次首，其佳者，如楊星若祖憲明府云：「捧檄之官歲欲春，兒童竹馬共相親。從教一邑稱循吏，定不千秋讓古人。大吏薦揚章佇達，高堂規戒訓常新。今朝促膝多談叙，勝似書中寄語頻。」顧薇庭詒綬舍人云：「到時風物及酣春，竹馬兒童笑語親。快覩玉皇香案吏，最憐京國宦游人。垂垂荆樹增心感，亡弟次嘉與君唱和甚多。點點梅花入眼新。欲採芻蕘有何補，慈明兩字祝君頻。」葉桐卿爲珪明經云：「養志如君信及春，送君教我倍思親。琴書零落憐游子，骨月團欒羨故人。詩草半删蘭芍舊，好花爭簇板輿新。此行莫慮河魚渺，告急書來恐厭頻。」胡俊民美彦農部云：「河陽花發正逢春，鳩杖雙迎屈爲親。滿室祥和成政譜，一門風雅盡詩人。水縈洧曲清堪酌，雨洒棠郊蔭倍新。不惜長亭歌折柳，循聲入耳聽來頻。」林桂山杞材中翰云：「板輿迎養座生春，天許安仁近奉親。花縣定逢青眼客，蘭陔還慰白頭人。傳來召杜賢名遠，布出龔黄化理新。指顧御屏膺特簡，日邊重晤過從頻。」李惺甫藻中翰云：「栽花時節恰逢春，佇聽民如父母親。溱洧有無前日俗，京華多少後塵人。舊吟稿或連梅贈，未染衣仍盼柳新。一路雲霞休緩轡，好音已望雁來頻。」

姻丈廖柏堂易元先生，家大人受業師也。以名孝廉宰新河，政聲卓著，儒林、循吏兼而有之。其贈先大父司馬雲麓公詩云：「詩人老去興偏豪，外事何曾掛一毫。繞徑只栽陶令菊，尋源惟問武陵桃。爲延韵侣迴青眄，盡遣塵緣付濁醪。多少邯鄲名利客，輸公日夕倚亭皋。」先生主講余家時，邑侯張公元英命其嗣君芥航井先生受業門下，故余贈芥航先生詩云：「薇署承恩出禁中，福星一路德聲隆。甘棠遺愛思君奭，絳帳傳經憶馬融。歷歷山川游似昨，茫茫歲月感無窮。面城勞訊安仁宅，依舊詩書襲素風。」

英山縣係吾羅邑所分，始於元之至正年。浠水李雲嵐飛鳴廣文有《羅田竹枝詞》云：「齒齒危城半枕山，東南一帶碧波環。論詩若備輶軒採，合在唐風魏俗間。」「玉虹山上石玲瓏，玉虹山下泉琤琮。若令謝公經屐齒，詎教山水讓吴淞。」「摇青滴翠滿陂塘，不數成都八百桑。好是楝花風起後，村村社鼓賽蠶娘。」「吴頭楚尾徑勾連，裒益曾聞至正年。寄語兒孫媚初祖，英山原是古羅田。」先生春日同家大人修禊詩云：「修禊何妨繼舊盟，況逢天氣正晴明。桃花一簇紅無主，春水三篙緑有情。郭外垂楊人繫馬，渡頭芳草客彈箏。風光似此真圖畫，好倩隃麋細細評。」先生博學多才，有《謝先大父司馬公惠襪小啓》云：「唐家妙製，曾傳雪縠之名；晉市新機，亦有花賓之樣。僕才慚線短，學比籠多。五度公車，未結王孫之襪；十年客路，徒悲季子之縢。惟芒鞋布襪之相宜，況赤脚科頭而已慣。乃蒙雅貺，錫以塵襦。見《萃珍録》。試神女之針，裁良工之剪。遂使扶笻以往，早遮彥伯之瘤；即或納履而前，不見原思之踵。分囊中之白紵，君意偏賖；生足下之青雲，僕才未逮。在左在右，漫誇仙子之羅；一步一趨，總拜高人之惠。」

先大父司馬公家居時，築別業數椽，種竹栽花，每邀諸名士醉飲。嘗有句云：「栽花得遇吟花客，光景流連儘費才。」自號拙坡老人。作序云：「山之高者爲峰，逶者爲嶺，嵌者爲岩，邃者爲洞，繚而曲者爲徑，皆有靈奇巉削之觀，足以供游覽而抒襟抱。至於坡，則駐覽之所不屬。即康樂之在永嘉，子厚之官柳州，尋壑經丘，每多題咏，曾無一語及於坡，得非謂其拙乎？而余獨竊有取焉。夫矜才者召忌，守璞者全真。杜少陵之詩曰『用拙存吾道』，又曰『吾知養拙尊』。蘇端明守膠西時，吏民共安其拙。蓋二公備覽乎身世之故，菀枯得失，一一飽經，途窮思返，不如拙之可以提躬而淑性也，矧余固遠不逮二公也哉。或曰：坡固無奇，凡夫登峰者，躡嶺者，攀岩者，尋洞而穿徑者，莫不緣坡而上，倚爲往來之通，是巧莫如坡。而子顧拙之，毋亦若溪之迂，谷之愚，窩之戇，特寓言耳。雖然，藏巧於拙，何害於巧也。離巧言拙，不如其拙也。先黄門不云乎：雖榮悴有遇，抑拙者之效也。余顔此坡，蓋猶是閒居之意也夫。」

予謫選時，寓十間坊白衣庵，住持廣修和尚，吾楚之襄陽人。同寓者，一爲應山楊星若明府，後選山東博平令，忠烈公璉之裔孫也。一爲元和祝子偉維則詹簿，工於丹青，詩亦秀雋。和予留別云：「聚首都門得幾時，匆匆賦別聽歌驪。才人若箇真邦彦，廉吏如君信我師。道遠尚能通問訊，神交原不礙睽離。蓬車滿載無他物，除却琴囊盡是詩。」別後復蒙寄懷云：「別來兩地各相思，惠我瑶函爲底遲。

最是不堪風雨夕，西窗剪燭讀君詩。」亦可謂深於情者矣。

小家題目，集中不宜太多，然偶爾游戲，未嘗不可，蓋獅固亦有搏兔之時也。寅友周又海心如刺史《秋日同人讌集分賦得豆腐乾》云：「凝漿鍊雪費裁成，芬馥椒蘭撲面迎。卓爾堅方侔豎玉，黟然温潤等蒼精。茶菇味好仍嫌淡，松菌香含可比清。惆悵小山叢桂遠，伴他天竺古先生。」

洧川試童生即在城隍廟。己丑試期，大風，予有示諸生詩云：「美錦慙無玉尺量，暫抛政事理文章。門前多士如魚貫，天外春風似虎狂。芹草關心今日采，槐花回首昔年忙。千秋博物推東里，我願諸君爇瓣香。」「科名早摘頷間髭，又向文壇作主持。過眼不迷難自信，初心若負有神知。鵬池水暖春摶翼，鴛譜花新樣合宜。莫遺莊田荒陸氏，經畬努力重相期。」

會稽陶青紆綬秀才工詩。余幕友陳景韓潮先生誦其《咏櫻纜》云：「岸霜半立幾人影，春水一肩何處潮。」可謂不粘不脱。

吴蘭雪中翰年六十餘矣，而神明不衰，詩境亦尚無頹唐之誚。其《贈貢使琉球門人向邦正》詩云：「賀表春隨使者槎，覲光同日被恩華。詩名老借雞林重，制草慙將鳳詔誇。萬里傳經來海國，兩朝宴賜出天家。圜橋桃李知多少，喜見東瀛手種花。」甲申病起，以《再生小草》見示，予贈詩云：「召主蓉城又放回，靈光一殿未應頹。詞壇落落晨星似，天爲人間惜此才。」蘭雪近以玉牒館議叙，出刺黔西。衰年遠宦，恐未必有重逢之日也。

合肥黄伴梅學熙明經善畫墨梅，每畫必繫以小詩，皆楚楚有致。猶記其一云：「賣盡梅花不救貧，拈毫索笑强精神。冰心結蕊千層玉，鐵硯生香萬古春。寫到疎枝惟守拙，懶隨時樣學翻新。囊中剩墨無多少，聊爲師雄貯美人。」

上元佳節，京官宅前争懸燈謎。有以墨點打美人名者，彭樹香人檀教習戲作七絶柬予云：「笑把詩箇倚醉開，多情定是屬多才。箇人名字休輕唤，滋味留將枕上猜。」

山左劉松嵐大觀先生掌教覃懷書院，年七十始得子，七十二又生一子。有《七十子歲滿三週得長句示内》云：「兒生忽已届三年，堂中拜舞膝前侍。小手初操戲劇戈，濡毫便寫龍蛇字。試問夫人樂不樂，晚年有此歡娱事。夫人手拍抱中兒，此是君家七十二。」先生寄予《玉磬山房娱老集》并答書云：「四梅尊兄明府足下：虚名出於浪得，雅翰來自郵筒。顧影滋慙，披函負愧。伏讀北闈試卷，靈舵在手，操縱自如，題理題神，并入高格。故秋榜列十名以前，主司進九重之上。青年妙筆，應置木天，鸞掖螭頭，踐覺叟、蘭雪之後塵。乃以遼、金、元三史校讎報竣，出宰中州，詞館中少一俊才，銅章墨綬中多一儒吏，亦蒼生之幸也。弟蹇劣無狀，少不讀書，筮仕桂林，年方二十有五。所得詩文小技，皆在抗塵走俗之時。仕自仕，學自學，兩不相妨，且可相濟。聞足下治洧川，琴閣垂簾，案無留牘。更以其暇，宅心於翰墨，將來事業與文章并進，所至豈有涯量。《都門留别》詩瀟洒自然，直是大蘇，惜乎覺叟未及見也。弟拙刻刷訂數百部，都被交游索去，只剩《娱老集》一册，奉質大雅。《漱芳閣詩鈔》語多空靈，《寫懷》一首魄力尤大，見解亦高，豈是拈韵便露脂粉氣者所能望見？」《漱芳閣》即予姊伴霞詩草也。

沭陽王慈雨汝霖銓部與予以詩訂交。有《疑雲》、《出塞》二集。《疑雲》即王次回《疑雨》之遺響也，《出塞集》則妥貼排奡，巨刃摩天。予《懷人詩》云：「疑雲絶艷足魂消，塞外歸來氣更超。羨煞王郎一枝筆，半臻雄健半嬌嬈。」

何絜人覲揚明府，江蘇長洲人。壬午進士，爲人瀟洒不群。《消夏詩》十二首之四云：「飛盡楊花晝轉長，如爐赤日煽炎光。濃陰半院空庭静，招得閒風早晚凉。」「知是何人次第栽，碧桃謝後絳榴開。定因怕聽瀟瀟雨，不向墻陰種竹來。」「舊雨年來剩夢中，飄零茵溷各西東。如雲不及如花好，花小猶看月月紅。」「椿萱蔭好且怡神，那遣牢愁病此身。料得故鄉今夜裏，豆棚雜坐説游人。」

諸城劉沁芳尚書祖母顔太夫人，前相國文正公之配，相國文清公之母也。乾隆辛未，尚書督學江南，迎養太夫人於使署。值九十誕辰，文清公奉恩命赴江南爲母介壽。朝士各有嘏辭，其一聯云：「帝祝期頤，舉朝祝期頤，合三代之門生亦共祝期頤，八座恩榮昭海内；夫爲宰相，哲嗣爲宰相，備六官之文孫又將爲宰相，九旬福蔭耀江南。」

漵浦嚴樂園如熤先生，當苗民不靖時，姜荘香中丞延入戎幕，陳平苗方略，洞中機宜。賊平，以孝廉方正制科出宰陝中，洊升廉訪。著有《苗防備覽》、《三省邊防備覽》。事業彪炳，不徒以詩名家，而《蘇亭》、《漢南》、《感舊》、《咏史》諸集，亦復深入杜、韓之室。兹録其近體數首。《秋桂》云：「古來事業九秋天，沐露餐霜近一年。艷不争春真合隱，香能絶世最宜仙。遇之翠減紅銷後，怡我風清月白前。取似薌林居士宅，名園未便數平泉。」《秋菊》云：「西風殘照度千門，摇落寒天恰爾存。也自微根同草木，獨留正色在乾坤。香凝甘谷仙人宅，春隱樊川處士村。豈願孤踪成的皪，秋林無奈曉霜繁。」二詩皆見身分。嗣君仙舫芝，癸酉副車，由教習分發豫中。詩亦深穩，七古尤工於發端。

懷寧蔣曉山宗墉司馬，誕生前一夕，其封翁夢人抱一子，與之曰：「此圓通大士也。」後官永定北岸同知，衙齋火焚，遇救得不死。因繪《炎上餘生圖》徵題，予詩云：「一場小劫火生蓮，冷宦無端勢赫然。證果來從清浄域，化身重墮燄摩天。妙於箇裏觀三昧，未了人間有萬緣。方寸靈臺灰不盡，詩成落紙尚雲烟。」

粤西有蛇亭山，猺人率以立春日至山下，觀蛇亭大小，以卜年穀之豐歉。其蛇以千百萬計，始而四蛇分樹，其身約長十餘丈，作亭柱。俄而一蛇横卧其上，約長三四丈，爲梁。紛紛沓沓，爲椽者，爲節者，不可數計。最後一蛇升亭上，吐押忽大珠，爲頂，而亭以成。猺女唱浪花歌，掬白花酒飲蛇，蛇亦善體人意，伸頸而飲之。天下之大，真無奇不有也。

婦人詩集始於顔竣、殷淳，爰有徐陵、李康成《玉臺》之編，蔡省風《瑶池》之詠，韋縠《才調集》輯閨秀一卷。宋、元而後，則有酈琥之《彤管遺編》，田藝衡之《詩女史》，劉之汾之《翠樓集》，俞憲之《淑秀集》，梅鼎祚之《女士集》、《青泥蓮花記》，姚旅之《露書》，潘之恒之《亘史》，江邦申之《玉臺文苑》，沈宜修之《伊人思》，季嫺之《閨秀集》，王考功士禄之《然脂集》，昭昭可考。近如汪心農之《吴中女士詩》，袁簡齋之《女弟子詩》，亦盛行於世。吴蘭雪之夫人蔣琴香所著《閨秀詩話》，予曾在都門見之，惜至今尚未付梓。

宋晏元獻雪中會客，歐陽公在座賦詩云：「須憐鐵甲冷徹骨，四十餘萬屯邊兵。」元獻不悦。正言拂意，大抵如是。予有《消夏吟》之一云：「披襟且莫厭煩紆，羽扇頻揮暑可驅。日午荷鋤功不輟，應憐隴畔有耕夫。」

平陰女子張端秀，生而明慧，三月了一《易》，數年内五經皆成誦。字肥城李起鳳。李病瘵卒，氏聞，日夜飲泣，賦《絶命詞》十章，與父母訣，不食五日死。詩十章之四云：「自古身名不兩全，俗情勘破寸心堅。親恩未報難回首，掌上奇擎二十年。」「窗明几净學塗鴉，曾向閒庭管物華。此後風光誰是主，年年風雨泣梨花。」「絳帳肩隨姊似兄，高堂笑樂有餘情。可憐月落西窗後，無復燈前伴讀聲。」「小婢知書最所親，追隨雨夜伴霜晨。渠儂自有終身計，莫向燈前憶主人。」

日中則昃，月盈則虧。昔人謂好花看到半開時，即從此悟入。予最愛仁和龔定庵自珍舍人《端正好》一闋云：「月明花滿天如願。也終有、酒闌人散。不如被冷更香消，獨自去、思千遍。」

甲申，予在都門，感疾。時舅氏徐迪皋先生以刺史入覲，恐其歸述，致貽堂上憂，力疾賦五古二章，有云：「嗟予事宦游，頻年缺温清。忍以他鄉疾，更使親憂怲。公行晤我親，但話平安慶。」年丈陳其山運鎮謂此詩情至語，已與古會。漢陽文賓門師汲布衣《紡山草堂集》亦有《遣使歸里口占》云：「關樹蒼蒼兩度秋，一鞭又向岱宗游。封書囑汝還家去，莫説羈人已白頭。」

秦小峴瀛侍郎有《與内子芍藥花前同飲》云：「聞説豐台種絶殊，一城春擔雨如酥。有人把盞傳鸚母，幾日看花過鼠姑。容易深閨得良友，縱然侍婢亦名姝。明宵婪尾還開宴，絳蠟重燒倒玉壺。」屠琴隖倬觀察和内云：「輕寒小閣藥烟微，古製燈檠雁足支。細碾春茶同試水，新泥粉壁看題詩。罥釵簾額垂垂下，背月花陰漸漸移。偏是《國風》章句熟，幾回親自課佳兒。」讀二詩使人增伉儷之重。

説詩須是以意逆志。子輿氏謂《周詩》「靡有孑遺」之句不可拘泥，深得論詩之妙。太白詩：「白髮三千丈，緣愁似箇長。」杜老詩：「猶有淚成河，經天復東注。」苟非妙於解悟，髮何能若是之長，淚何能若是之多乎？

明周約庵尚書未遇時，其父開小酒肆。因赴塾，過吴交石尚書之門，吴公目而器之，許妻以女。一日召飲，盤中有藕杏，公出對云：「有杏不須梅。」周應聲云：「緑荷新得藕。」坐客盡驚。

《都門送行》詩美不勝收。佳句如戴雲濤齊松孝廉：「慈雨萬家苗黍仰，香風一路管絃新。」黄席聘秀才廷珍：「牀連夜雨賓兼主，座傍春風友亦師。」陳右臣元弼孝廉：「又近東風花簌簌，那堪南浦草離離。」喻壽芸樹儔教習：「捧檄爲親方自屈，銜杯送客又將離。」楊海樓兆晉進士：「誼聯舊雨原兄弟，望重春風作父師。」俞樸園恒淳孝廉：「爆竹聲中離别酒，梅花香裏宦游人。」邱采臣文藻司馬：「人到多情難賦别，身當久客渾忘離。」汪小園同懌教習：「藜火當年窺秘府，梅花此日送征軺。」張璞山實鎰孝廉：「精誠報國無中外，慷慨談心任合離。」單地山懋謙教習：「如君建樹真宏遠，使我飄萍悵别離。」吴雲門大鏞孝廉：「天遣楚材媲鄭相，我知佛子本詩人。」皆妙。而陳秋門光亨庶常七古，情致尤爲斐亹。詩云：「我昔驅車過朱曲，陂陀斜向驛邊矗。上有崇祠三兩間，土花半蝕莓苔緑。老人云此東里岡，鄭國大夫居云卜。停車入廟俯徘徊，祀者國僑遺像肅。此去洧川三十里，餘波繞祠漾清渌。想見恩膏似水流，千年故土猶尸祝。再拜登車不忍去，古之遺愛誰當續。當今天子重親民，遴得潘安往司牧。安仁三十秀而文，幾載校書赴書局。一朝捧檄出都門，旁人太息未免速。僕也掉頭竊不然，作官何居必天禄。不見祐甫作員外，乞爲别駕快所欲。讀聖賢書志利人，百里何妨展驥足。行吾所學盡吾心，此心能造千家福。但有循聲達紫宸，璽書褒擢如轉軸。迴看金門待詔人，雕蟲何異轅駒促。况復堂上有雙親，放衙好舞斑斕服。官舍團欒一家春，樂哉此行增我恧。長安歲晚雪花飛，花飛如舞隨君轂。飲君一杯送君行，贈君一言願君勗。溱洧涣涣瀏其清，采蘭贈芍往時俗。於今風氣蒸蒸淳，望君教誨勤撫育。風雅無妨縣種花，送迎要看兒騎竹。輿人之誦聲洋洋，毋令公孫千載獨。他時我再東里游，定有生祠岡之麓。福星一路有光輝，勿聽《陽關》更躑躅。」

陝中朱少廬煒刺史官禹州，與洧接壤。屬其幕中友朱午峰先生爲予繪《梅花書屋第七圖》，并惠詩云：「讀書屋裏人如玉，四樹梅花寄雅蹤。試問歲寒誰與共，萬竿修竹兩株松。」「平生亦結梅花契，未得清癯共一廬。羨煞河陽賢令尹，暗香疎影坐擁書。」吾楚麻城梅庾村明府茂南時官鹿邑，亦寄題云：「君是河陽仙吏身，案頭時看嶺頭春。於今官閣閒鋤月，第七圖成又寫真。」「我亦生來姓字香，也曾吟句貯詩囊。仙花只許仙才種，終愧君家玉照堂。」南昌婁潤筠謙明府，時官汜水，五古云：「今年春王月，我逐梁園衆。郡齋梅正花，東閣宴賓從。潘侯捧檄來，喜叶朋簪共。一别蒞洧川，循聲播輿頌。堂上娱斑衣，膝前繞雛鳳。頗聞奉倩傷，花謝逋仙痛。知有倩女魂，慰君羅浮夢。歲暮正相思，綺窗啓緘封。《梅花書屋圖》，索題情鄭重。遥知爲政閒，鋤月課丁種。室中清秘陳，簾外暗香送。玉笛擕一枝，花前作三弄。叉手偶微吟，巡簷不知凍。問君幾生修，消受此清供。我家倚西山，茅屋臨章湞。花時記探幽，夢想梨雲洞。也擬乞作圖，鄉心慰塵鞚。何當重把臂，暫息簿書鬨。疎影共徘徊，新篘開春甕。緘詩聊報君，更寄廣平宋。」末句蓋謂宋思堂別駕也。郯城謝雲樵體仁進士，時官通許，五律云：「寫出清幽境，居然結構新。寒梅真逸友，明月是芳鄰。影共芸窗夜，香傳黍谷春。羨君修得到，仙佛品中人。」

豫中僚友多能詩。侯官何棣士蓴聯明府官鄢陵，見贈七律四首，之一云：「摳衣人海奉公時，握手争驚頷下驪。閱册夙饑充史掾，宓弦初試勝琴師。近鄰烟樹看相互，挽俗風花罷可離。官雅奚須忘結習，下車先賦采風詩。」程益堂德增明府七律二首之一云：「早焕星精應上台，遥銜丹詔九重來。風標第一真仙品，國士無雙命世才。自有恩膏勤撫字，從兹弦誦見栽培。洧川雅擅河陽趣，好種花枝滿縣開。」

予自一行作吏，計得詩，終歲不過十餘首，蓋未敢以風雅廢公事也。然訟牒一入，即傳兩造，爲之剖斷，絶不稍爲延擱，所以反多清暇。有《歲暮書懷》八首之一云：「酒飲屠蘇莫計觥，去年此日别春明。校書字借青藜照，作吏心盟白水清。政不妄更多守舊，刑防誤用每從輕。是非公論他年定，難副無如父母名。」《醉司命辭》二絶之一云：「不受人間作孽錢，居官心可對青天。膠牙何用將餳買，一一煩君奏帝前。」

陝州宋思堂之睿别駕，蜀中詩人也。寄示近作，予最愛其《咏懷舊游》八首，其一云：「捧檄梁園溯宦游，大河南北儘勾留。才庸職幸居閒散，友好詩頻共唱酬。作客馬卿多疾病，著書虞氏爲窮愁。迄今回首夷門道，太息侯嬴已白頭。」他如：「窮途只我知甘苦，逆旅何人問去留。」「名微莫定行藏局，官小難興教養功。」皆佳句也。寄題余《梅花書屋圖》云：「高人結屋發幽思，手種梅花分作四。巡簷索笑不知寒，飄飄如見逋仙至。梅花繞屋影横斜，掃盡塵俗標清華。人對梅花日吟嘯，幾生清絶才修到。今生前世各自有，因緣兩美聚一室。契合非偶然，恰如雙丁、二陸競爽相周旋。我展圖，心景慕，操觚愧無廣平賦。擬隨君入此圖中，領略暗香浮動處，探春當作孤山住。」

年丈劉甫田厚滋明府，蜀之郫縣人。與予最爲投契。其由尉氏量移河内，奉太夫人之任，予贈七律云：「新秋天氣浄炎熛，一路安輿緩緩推。勸課好尋王屋洞，留題可憶阮公臺。大河分手區南北，尺素從頭又往來。佇聽彼都歌誦遍，經綸原是濟時才。」阮籍嘯臺在尉氏，城樓經公重修，并勒詩紀事，故予二聯云云。量移後，音問無月不相往來，頃又寄《題梅花書屋圖》四絶云：「疎風斜雨入江村，烟鎖池塘水鏡昏。忽放晴崖千點雪，寒香深處款籬門。」「只有團欒碧月明，邀來可抵此花清。合尋鄧尉雙吟屐，冷艷光中度此生。」「點綴蓉江上下潮，莫嫌骨相太孤標。爲君補種羅浮樹，冠絶春風十九朝。」「描得香痕入畫圖，斜依修竹繞吾廬。扶桑一綫朝暾起，瘦影分明在綺疏。」

序

予宦游都門前後七載有餘。一時壇坫諸君子，輒引爲忘年交，唱和論詩，殆無虚日。夫詩之爲道，性情、格律二者不可偏廢。古人言之詳矣，予奚容贅？第朋友苔岑之契，生平泥爪之踪，未能恝置。因取舊作詩話，删存四卷，後官中州、山左，又共數卷，均授諸梓人，并書其緣起如此。四梅主人自識。

卧園詩話補編卷之五

羅田潘焕龍四梅著

江夏陳芝楣鑾探花，吾楚詩人也。由蘇州太守洊升浙中廉訪，予寄詩云：「天教勝地擁鳴騶，管領西湖及虎丘。從古詩人誰比並，韋蘇州與白杭州。」「科名事業冠當時，官比鶯遷屢换枝。春色六橋無限好，青青楊柳映旌旗。」時新城周貞木之楨侍讀亦由陝甘學使改補湖州太守，有書見寄，予答詩云：「虎符領郡出蓬萊，經濟文章世共推。太華三秋曾駐節，西湖十月又探梅。醇醪公瑾交情篤，光霽濂溪吏治恢。更有元龍吾舊友，福星兩浙集仙才。」

予客都門，有《春日書懷》云：「僕尚思歸何論我，囊雖澀恥求人。」近黄仙嶠太史寄其《冬日感懷》云：「豈真魯酒能消恨，縱有韓文不送窮。」皆進一層法。

予考取校書郎，時閲卷者，滿大司成爲都統長白武忠額師，少司成爲學士宗室麗川奕澤先生，漢大司成爲侍郎道州何仙槎凌漢先生，少司成爲閣學新城陳碩士用光先生。予首先納卷，諸先生傳觀，互相擊賞，今忽忽十載矣。頃友人誦仙槎先生長公子小槎秀才題壁句云：「人將詩酒填歧路，天以風霜鑄少年。」頗與昌黎爲近。

予續聘爲浙中歸安楊蕉雨炳堃觀察之妹。蕉雨任息縣時，有聯云：「每施鞭扑心常惻，不事苞苴夢亦清。」蓋以能吏而兼循吏者也。婦翁拙園知新先生著有《夙好齋詩鈔》，高渾自然，不假雕刻。《登丁仙閣》云：「突兀錢塘第一峰，丁仙曾此拄孤筇。長江陡起潮千尺，傑閣深圍樹萬重。野鶴歸來還認舊，山花開處欲迷蹤。登臨快擬乘風去，瀟洒神人上界逢。」《湖上懷亡友》云：「名士銷沉劇可哀，當年弭櫂共徘徊。六橋風月今無恙，只少君詩點綴來。」七古尤佳，惜不能全録。

雲夢程玉農懷璟太守新遷上洋觀察，予寄詩有「梅花一路到江南」之句。觀察時權蕪關榷署，和予詩云：「知君風趣得天優，騎省才華閬苑流。小試何妨詩製錦，依然花縣近陳留。」「赭山晴霽浄烟嵐，爲和新詩興正酣。料得開緘君一笑，杏花春雨憶江南。」殊有晚唐風韻。

内人楊琴珊清材《咏鵲》云：「紅日侵晨出遠林，窗前靈鵲繞枝吟。勞君爲我關情切，喜事臨門早送音。」

予在都門《咏梅雪》詩，和者數十家。易蓮航中翰《吟雪》云：「冷淡生涯綺麗情，芒鞋踏擬月中行。才華謝女繽紛吐，詞藻鄒枚頃刻成。望裏聳肩驚粟起，行間觸筆有花生。幾人咏雪清思肖，不枉瑶窗一片明。」陳其山水部《踏雪》云：「衝寒扶杖過溪橋，流水無聲凍碧瑶。疎竹老梅逢次第，紅衫青笠占風標。幽蹊豈有塵蹤接，緩步何妨酒態驕。只惜銀雲微破碎，回頭鴻爪未能消。」

陽湖惲珍浦珠太夫人，完顔見亭麟慶先生之母也。工詩善畫，著有《紅香館詩集》，畫亦深得南田家法。采輯歷朝賢媛烈女遺事，名曰《蘭閨寶鏡》。又手選國朝閨秀詩三千餘首，系以小序，各誌其里居，名曰《正始集》。備一代閨閣之文獻，真鉅觀也。有雲南土司龍瑜素錢潔女史《贈蘭姑新妝》云：「春色盈盈立畫樓，不修宮樣已風流。况兼雙翠雲肩上，學得新梳燕尾頭。」朝鮮國婷婷公主《古寺尋花》云：「春深古寺燕飛飛，深院重門客到稀。我正尋花花盡落，尋花還爲惜花歸。」讀《正始》詩固足見我朝文教之遠，而太夫人旁搜博采，亦殊費苦心矣。

先生，尊詞也。漢人往往單稱「先」。顔師古曰：「先，猶言先生。」《梅福傳》曰：「叔孫先非不忠也。」宋劉元城《語録》稱司馬温公爲「老先生」，則尤尊矣。今都中前輩呼後進爲「老先生」，不知仿於何時。

張曉瞻太守詩情秀逸，有贈予詩云：「藜閣同分太乙光，翩翩風韵屬潘郎。盥薇昨誦新詩句，蘭氣襲人襟袖香。」「幾年北學重京華，客子光陰慣憶家。怪得詩成清到骨，吟情常戀四梅花。」

周芸皋先生服闋後觀察閩中，予寄書索觀近作。公聞予有詩話之刻，覆書云：「正叔裁詩，春麗選樓之樹；安仁作宰，香生闔縣之花。」并《寄懷》云：「鯷室鮫宫問赤蒼，豈徒草木紀南方。頻驚臘鼓催年易，却喜新篇入手香。征雁去看嵩岳遠，纖蘿幸不海波揚。滄浪詩話層樓在，只愧無田種碧瑯。」按嚴羽詩話樓在今之邵武府。

東坡《咏海棠》詩云：「嫣然一笑竹籬間，桃李漫山總粗俗。」甲申春，陳其山年丈招同大司成天門羅葆恬家彦、農部黄安張乙舟錫謙兩先生看海棠，予賦七古有云：「桃李雖俗蹊可成，竹籬有笑誰相索。」其山年丈歎曰：「君此二句爲東坡下一轉語，幾欲突過前人。」

劉觀亭太守與予素未謀面，耳予名，造訪訂交。自誦其《過邯鄲》詩云：「富貴功名轉眼過，吕仙仙枕夢如何。自從留下封侯事，惹得人人瞌睡多。」「烈烈轟轟四十春，風流却是霎時經。黄粱未熟盧生覺，堪笑今人喚不醒。」語雖粗豪，而恰有風趣。

乙酉京兆試，二場大雨，平地水深尺餘，夜不成寐，戕吟二絶題壁云：「黑雲如墨壓空堆，驀地翻盆驟雨來。龍困泥蟠思一躍，飛騰天與送風雷。」「濯足居然萬里流，中央宛在笑吾儔。天公倒瀉銀河水，洗盡年來矮屋愁。」鄉、會試填榜自第六名起，寫畢後再填前五魁。房師何沼甫先生爲予言，是科填榜時，濰縣陳偉堂官俊先生笑謂主試曰：「予昨夢風起水湧，有似蛟龍騰躍之勢。今日或應首填者之姓名。」比拆卷，唱予名，果不謬，咸以爲奇。

秀才三年一歲試，十次後，年老者免試，准給衣頂終其身。烏程施北研國祈秀才詩云：「除名端合市流芰，別却黌宮把木鑱。墨藝久應書白牓，皇恩終許着青衫。長辜友誼頳顔忍，痛負親心永劫銜。忽忽悶懷三日惡，虞家骨相總塵凡。」北研熟於《金史》，著有《金源劄記》。屢薦不售，晚年爲富商司會計，有《吉貝居暇唱》，即其時所作也。年七十餘，無子，楊拙園先生爲之營葬焉。

青浦邵子山堂明府年少成進士，宰汜水，以防堤加五品服，旋卒於任。著有《大小雅堂詩鈔》。《游春雜詩》云：「初春庭院晝愔愔，花事還宜出郭尋。解識東皇將息意，三分霽色七分陰。」「宿雨連番徑草肥，落紅滿地夢依稀。鵑聲何苦鶯何樂，一樣春風逐隊飛。」卒之前五日，手其集授。無錫鄒鍾泉鳴鶴明府，其同年友也。鍾泉輓之以聯云：「幻化竟如斯，空負却庾信才華，賈生懷抱；傳聞終未信，分明記七年舊雨，五夜新盟。」并爲之刊其集寄予，予答以詩云：「手編遺集淚縱橫，如此交綰不負盟。君是定文丁敬禮，九原應自感深情。」「才疎志大即用子山語。本難酬，宦海升沉不自由。須識胸中方寸地，如何容得許多愁。」

宋元書院各設有山長。宋何基婺州教授兼麗澤書院山長。元仁宗賜會試下第舉人，七十以上從七流官致仕，六十以上府州教授，其餘并授學正、山長。是山長亦如職官授之於朝。近時則專以荐之者爲榮落矣。

天門程玉樵德潤觀察典試粵東，曾爲予誦其《途中偶成》云：「遠山何蒼蒼，白雲常相逐。雲山兩莫辨，山斷雲能續。却愛山中人，夜伴白雲宿。」詩情淡遠，頗近儲太祝一流。

東方朔《瑣語》載木屐起於晉文公。介子推抱樹焚死，文公拊木哀歎，伐以製屐。每懷從亡之功，輒俯視其屐曰：「悲乎，足下！」「足下」之稱始此。

歙邑程梓庭祖洛先生撫豫時，吏畏民懷，有笑比河清之目。服闋後，出爲楚南中丞。道經洧曲，深以外用爲予惋惜。别後承惠書云：「前者示讀所刻詩話，有味乎其言之。想見退食之餘，不輟翰墨，深得古人風詩之遺意。」

作詩話者，有詩而無話，則是選詩，非話詩也。蕉雨刺史謂予曰：「君詩話之佳，佳在詩，尤佳在話也。」長白鍾雲亭祥方伯曰：「讀君所話，知於此道中三折肱矣。」撫寧王紫瀾瑞徵比部曰：「著書者使人閲之而厭其多，書必不佳。君所著詩話，令人讀之而惜其少，此所以爲佳也。」

英山聞雪軒詩白明經買舟訪方伯來安戴蘭江宗沅先生。入洧川境，聞鄰舟語云：「此地邑宰年少，清官也。」故其贈詩云：「春游已過楝花天，遍訪名區到洧川。入境共知民氣樂，鄰舟早頌使君賢。且看循吏千秋業，更喜高堂具慶年。故國暌違逾十載，今朝握手倍欣然。」

都門看花，崇效寺牡丹、法源寺丁香而外，惟龍泉、三官諸寺較爲幽静。予曾偕番禺汪益齋銘謙比部往游。益齋有詩云：「乞得閒身對玉瓶，綸巾蕭散共忘形。每逢佳日招仙侶，恨不生年值酒星。古寺雲藏烟樹碧，遠山天抹畫圖青。鬢絲禪榻機關外，大夢何時許獨醒。」

予出都時，漢川秦湘坡敦原明府見贈五古，有云：「明年一縣花，告我如何植。」次年明府亦銓授南召，予寄詩云：「昔年捧檄赴河陽，笑我鞭先祖逖揚。料得下車新政美，栽花不必問潘郎。」

修禊有三。唐景龍四年正月晦，幸滻水。宗楚客應制詩：「御輦出明光，乘流泛羽觴。」《隋志》：「北齊正月晦，中書舍人奏祓除泛舟。」是春禊，不獨上巳也。劉楨《魯都賦》：「素秋二七，天漢指隅。人胥祓禳，國子水嬉。」則秋亦有禊矣。乞巧不獨七夕。《續博物志》云：「山東風俗，正月取五姓女，年十餘歲，共卧一榻，覆之以衾，以箕扇之，良久，如夢寐。或欲刺文繡，事筆硯，理管絃，俄頃乃寤，謂之扇天，卜以乞巧。」登高不獨重九。桓温參軍張望有人日登高詩。隋文帝正月十五日與近臣登高，馳召元冑。既見，謂之曰：「公與外人登高，不如就朕也。」

陶雲汀先生撫蘇時，值高家堰漫口，議改海運，創行辦理，一無成式可循。公募上海沙船及浙江蛋船、三不像船，并天津衛船，出吴淞口，從十滧放洋，爲元明海運未經之道。以丙戌二月初開洋，月杪即抵天津。公有《登駁台》七律四章，其一云：「昔聞觀海必觀瀾，吉禱今來得大觀。萬軸寶沙通轉運，九重玉食念艱難。烟開島豁黄龍遠，潮滿神停白馬看。指點扶桑雲五色，日邊好路近長安。」善化賀藕耕長齡方伯和云：「隻手能迴萬頃瀾，轉輸海上得奇觀。幸叨此日成功易，誰識當時創議難。後户旁門名論在，雲帆秔稻好詩看。由來聖德周無外，鯤浪鯨波處處安。」長白覺羅露嵐慶善方伯時任廉訪，詩云：「萬里晴光漾紫瀾，畫函親駐動瞻觀。坐欣大海揚帆穩，心念長河挽運難。紅粟千檣雲外泛，紫泥三錫日邊看。太平景象於今驗，朝野焚香慶乂安。」長樂梁茝林章鉅方伯詩云：「吴淞剪蘡碧無瀾，盛事千秋敞鉅觀。聖矩從心徵率俾，神通彈指現阿難。精虔白璧升壇薦，游泳黄龍立馬看。親定滄溟道里表，雲帆早合計平安。」長白額華農騰伊方伯時任太守，詩云：「南溟終古大爲瀾，帝澤涵濡便改觀。漕轉重洋新壁壘，天教作楫濟艱難。百靈效職帆檣穩，九點齊烟指掌看。房杜嘉猷陶侃略，神倉御廪慶高安。」陳芝楣廉訪時爲太守，詩云：「天教赤手挽洪瀾，將佐争從壁上觀。帝澤如春原最溥，臣心似水敢辭難。濟川舟楫千年遇，聚米河山一例看。豈但吴淞資轉漕，福軀遥領八州安。」

李靖曰：「正而無奇，則守將也。奇而無正，則鬥將也。奇正皆得，國之輔也。」詩亦如之。樂天正而不奇，長吉奇而不正。奇正參伍，李、杜庶乎兼之。

口之於味，自有同嗜，然亦有與人殊者。劉邕之嗜瘡痂，鮮于叔明之嗜臭蟲。《唐書・高仙芝傳》載賀蘭進明好啖狗糞，皆令人不解。

太學之制，廣業堂諸生出入，走班在六堂之後。相傳明高皇至廣業堂，見學制宏麗，歎曰：「有福兒郎應得居此。」後居此堂者，多得魁選，故其時有書壁詩云：「勳業重開靖遠伯，甲科累出狀元郎。嘗聞聖祖遺言在，有福兒郎到此堂。」予壬午入都時，郭葵臣太史先肄業成均，拉予同補廣業堂。班助教爲雲夢李南枝秀發孝廉，今亦成進士，出宰黔中矣。

元制歲責高麗貢美女，故張光弼《輦下曲》云：「宮衣新尚高麗樣，方領過腰半臂裁。」予在都時，見高麗國人皆半臂，過腰，蓋不獨女子爲然也。

黄山谷言近世少年不肯深治經史，徒取給於詩，故致遠恐泥。此最爲近人針砭。予幼時，論詩有云：「足不遍九州，眼界苦寂寞。胸不熟萬卷，腹笥先蕭索。須知得精英，亦復從糟粕。」即此意也。

鍾仰山先生奉使時，與予以詩訂交，别後復蒙寄懷。玆録其四首之二云：「秘閣觀書駿譽馳，銅章初綰下丹墀。曾分講幄諸儒席，獨建騷壇大將旗。妙手才華參案牘，精心風雅見操持。紅塵坱圠皇華路，憑仗清詩一沁脾。」「説詩流派接三唐，品藻全含六藝芳。上國群公投縞紵，通都多士擅文章。鄭僑製錦規裁古，潘岳栽花景趣長。遥憶琴堂耽著作，梅英飛入墨痕香。」讀公寄詩，可謂名卿之最憐才者矣。

慈利于瀛舫翼如孝廉，予丙子同年也。今官太倉司馬，頃寄其《新柳》詩見示。其一云：「爲憶章台舊舞腰，去年今日影迢迢。乍驚旖旎妝初試，見慣輕盈夢欲消。淡月黄昏蛾暈淺，遠山青入黛痕嬌。鄰家少婦偷新樣，鎮日登樓細細描。」頗清麗可誦。

詩本性情，亦各有性之所近。唐李洞愛賈島詩，銅鑄島像祀之如神。宋張功父好白香山詩，建景白軒，奉香山畫像。劉子儀宗李義山，亦畫其像。近鮑覺生宫詹嗜孟東野詩，以爲可與李、杜、白、韓并列，賦詩云：「李杜孟韓白，泰華嵩衡恒。」

密邑之超化砦，容城孫鍾元奇逢先生曾講學於其中。楊蕉雨刺史令密時，建景賢祠以祀之，一時紀事詩甚多。家芝軒尚書云：「下邑如聞舊管絃，蘇門提唱有真傳。倫常以外無經濟，出處之間中聖賢。往哲淵源千載合，斯人立達一心肩。要知易俗移風事，即在醇儒講學蓆。」臨川李北溟宗瀚侍郎云：「容城風範至今稱，潛德如龍未可徵。讀《易》蘇門昌正教，何嘗絶俗似孫登。」「翳然林木景賢堂，卜築端延一瓣香。前李舊密令。後楊堪媲美，民風猶是古羲皇。」

蕉雨刺史有送乃弟毅亭炳謙秀才回省寓七律云：「一鞭風雨返彝埇，此去萱堂笑語逢。我已宦情如水淡，君還歸思比雲濃。情牽淮涘人千里，夢繞池塘路幾重。相約中秋好時節，官齋仍與話喁喁。」毅亭和云：「策馬遥臨百雉墉，丁冬蓮漏快相逢。床聯别久情尤愜，語報親安樂更濃。心跡已昭輿誦洽，頭銜新换國恩重。催科撫字身兼瘁，佐理無才愧唱喁。」聞蕉雨季弟西舫炳咸廣文，亦年少能詩。

予《梅花書屋圖》題詞甚夥，頃又檢出家虚白夫人詩云：「秋館紅梨早得名，更從香海締詩盟。冰魂玉骨清如許，修到知從第幾生。」善化俞岱青東枝太史云：「君不住孤山，君不作處士。胡爲愛梅同愛書，梅有異香與書似。四庫穠郁四株瘦，梅寒人淡書城富。花縣梅花應萬株，種桃翻笑前人陋。」

蘄水徐霽園偉度舍人，予中表兄弟也。舅氏迪皋先生官眉州刺史，霽園每歲以春日入蜀省親，有《入峽》詩云：「入峽須知出峽難，每逢奇險輒眉攢。岸旁壁立千峰峻，水底天餘一線寬。漫向中流思駐棹，愁看怪石激狂瀾。清猿何事啼殘照，惹得行人涕淚彈。」想見蜀中山水之險。

險韵難於深穩。完顔見亭先生和東坡尖叉韵，獨爲一氣呵成。詩云：「東風吹雪散纖纖，醞釀連朝氣候嚴。戲海仙人齊種玉，和羹宰相試調鹽。已欣烽火消淮蔡，佇聽歡聲滿蔀簷。喜極捲簾看不厭，飛花亂撲王鈎尖。」「鼕鼕衙鼓起拳鴉，門外應無來往車。課女正宫吟柳絮，呼童端爲掃梅花。高風誰訪袁安宅，豪興偏輸党進家。妙有髯蘇留韵事，心香一瓣和尖叉。」他如瞿子高昂太守：「白傅蟻浮江口酒，逋仙鶴玩嶺頭花。」劉子敬師陸山長：「入夜光疑玄圃玉，彌天勢學謝庭鹽。」皆妙。

閨秀有工於咏史者。陽湖劉撰芳琬懷夫人《問月樓詩鈔》，《明妃曲》云：「琵琶一曲總堪哀，環珮何曾月夜回。春草有靈青作塚，幾曾生向李陵臺。」陳秋穀夫人《繪聲閣初稿》，《木蘭從軍》云：「駿馬長鞭耀戰場，歸來依舊理紅妝。十年瀚海渾無敵，誰道軍中氣不揚。」家虛白夫人《不櫛吟》，《司馬長卿》云：「一曲琴聲兩意投，當爐貰酒不知愁。相如空有《長門賦》，却使文君嘆白頭。」三作皆有特識。

蘄州陳愚谷詩吏部精於考據，主江漢書院山長時，予髫齡應舉，公以奇童目之，命其子至寓招飲，亦幼時知己也。兹特録其《寄彭秋潭大令》云：「袖手看時事，蕭蕭鬢已皤。矧君當局者，知更負愁多。瘦骨終難折，雄心日漸磨。尚餘詩筆健，不惜寄岩阿。」蓋其時川楚方有事也。

粤西伏波岩有石如柱，相離二尺許。讖云：「岩石連，出狀元。」其山之還珠洞，明正德二年雲南按察使副使包裕有石刻詩云：「岩中石合狀元徵，此語分明自昔聞。巢鳳山鍾王世則，飛鸞峰毓趙觀文。應如奎聚開昌運，會見臚傳現慶雲。天子聖神賢喆出，廟廊繼步策華勛。」至嘉慶庚辰科，桂林陳文恭公之玄孫蓮史繼昌解元，果以是年掇會、狀。後四語與陳君名字適符，聞其岩之石亦相合，誠瑞事也。按唐乾寧二年甲寅狀元趙觀文，宋太平興國八年癸未狀元王世則，皆粤西人。

賦物詩不能無寄興，而超脱爲難。予有《夏蟲》十四絶，《螢》云：「小草前身且莫嗤，能從朽腐化神奇。光明閃閃胸中出，幾輩如君暗不欺。」《蝸》云：「日傍墻陰屈曲游，森森雙角任呼牛。蠻争觸鬥渾閒事，篆壁成文死不休。」《蝨》云：「也知黑白守斷斷，垢膩相叢爾便親。我是善談王景略，捫時休笑目無人。」金殿珊太史讀至此詩，笑曰：「藴藉人亦復作睥睨態耶？」

嵩山在登封，爲豫州巨鎮，居天下之中。太室二十四峰，少室三十六峰，綿亘蜿蜒，其形如卧。家大人就養來洧，於庚寅秋九月命駕往游，得古近體詩數十首。朱少廬刺史囑其幕中友李君松坪爲繪《嵩山策蹇圖》，詩人姚春木椿題五古有云：「君今騎驢來，塵慮瑟然洗。危峰森孤標，去天不盈咫。一氣走混茫，俯瞰眇無底。」洪幼懷符孫，稚存先生令子也，七古有云：「山頭一雲覆一松，高處疑與青冥通。不知千仞置身峻，足底忽響泠泠鐘。羨君探奇日不足，雙袖烟携楚天録。有子河陽起政聲，絶勝向平游五嶽。」家巽莽振常上舍七律有云：「名山得到皆爲佛，閒福能消便是仙。」亦佳。

叔父孝廉朗垣公聞家大人嵩山之游，亦寄詩云：「玉簡應留古篆形，生申及甫問山靈。憑將峻極于天境，説與家人个个聽。」「身健何須策短筇，雲霞五色蕩心胸。知君眼界增多少，爲到名山第一峰。」

西羌蠢動，顔魯輿先生奉命駐肅州，督理軍需。予寄詩云：「兵甲胸中小范羅，逆夷漫欲逞么麽。早持節鉞如公少，夙擅經綸報國多。周室旬宣推召虎，漢家轉運仗蕭何。靈台偃伯烽烟息，伫見邊隅享太和。」詩到之日，西師大捷，逆回遠竄，公覆書云：「連日喜接捷音，征兵凱撤，開春即可蕆事，負擔得弛矣。足下鳴琴製錦之餘，仍不廢滴露研朱之學。七律二首，卓然大家，不圖爲政風流，復見於今日也。」

長沙周介夫鳴鸞孝廉宰吾羅時，屢承招飲。别十餘載矣，頃接惠書，始悉其已擢襄陽司馬，并寄其《都門留别》詩云：「柳往來思雨雪頻，粗官落拓老風塵。盍簪何幸有今日，且信天涯若比鄰。」「未必泉清出尚如，雄心寂寂付樵漁。久拚一笑還初服，尋遍溪山好讀書。」味其言，似有乞身之意。

予客都門，春日與同人宴集，有「一歲唱酬從此始，千秋宴會幾人傳」之句，今已忘其全詩。涇陽聶蘭溪念祖明府和云：「盥薇許我頌新篇，酬唱從君有厚緣。叔度波澄憑屢挹，安仁才大未虛傳。胸真貯錦誰爲侶，夢亦餐花信是仙。曲本《陽春》非易和，歡情聊共誌瓊筵。」

「竹影横斜水清淺，桂香浮動月黄昏」，此江爲之詩，而林君復咏梅花，易「疏」、「暗」二字，竟成千古名句，所謂一字之師，與活剥生吞者有别也。自來梅雪詩不易作，然平章梅雪，亦是韵事。内人琴珊與予妹冬日作梅雪詩消寒。仲華《問梅》云：「孤高底事避紅塵，偏愛山巔與水濱。可是嫌他桃李俗，特尋松竹結芳鄰。」幼暉《簪梅》云：「素艷幽姿映月妍，折來斜插鬢雲偏。夜眠忘向妝臺卸，贏得餘香襲枕邊。」琴珊《喜雪》云：「瑞雪漫天兆歲豐，吟詩把酒興何窮。潤梅濕柳都常事，最喜明春多有功。」

己卯秋，蔣晴山司馬宰黄岡，招予至署中校閲試卷。七月之望，於赤壁置酒高會。海豐吳淦厓之勷太守、奉新徐幼眉必觀、嘉興錢竹西清履諸明府皆在坐。予即席口占云：「三年無復到黄州，賴有賢侯作蹇修。不減昔時江月白，勿爲常語客風流。諸君半是金閨彦，此會何如玉局游。前赤壁應相彷彿，茫茫烟水一天秋。」後司馬調任漢陽，丁亥春，復宴予於月湖堤上。時懷遠宫庶侯思晉明府，自滇南運銅過漢上，亦與斯會，蓋距赤壁之游又八載矣。

仁和閨秀嚴子纖迢，十四工琴，河帥嚴公烺之女公子也。著有《琴餘小草》。《夜坐》云：「深院沉官鼓，秋心到候蟲。捲簾看明月，人影在梧桐。」

予補官後過邯鄲，詩云：「笑我今番入夢纔，黄粱未熟莫相催。南華蝴蝶南柯蟻，欲作神仙待醒來。」鍾仰山少宰亦有詩云：「一枕南窗夢蝶游，閒來也號睡鄉侯。黄粱滋味纔嘗著，可有神仙在後頭。」

劉宜庵農部曾以涇上吴蘊吉秀珠女史《繡餘遺草》見示，其師雲樵總憲之女孫也。年十九，逝於將嫁之前一日。其《春曉》云：「金猊香燼夕陽天，緑葉陰濃鎖暮烟。小燕不知春已晚，喃喃對語畫簾前。」妹寶珠題其集後云：「一讀一悲酸，挑燈仔細看。每逢情至語，不覺淚闌干。」

華亭張詩舲祥河農部有《小重山房詩草》。《櫂歌》云：「郎去三江妾五湖，浮家家本在烟蕪。柳絲綰得銀魚口，能綰郎心向妾無。」

詩才固有天授，而亦資朋友之觀摩。明七子中徐昌穀少學六朝，其所著類靡靡之音。及見北地，初猶崛强，賦詩云：「我雖甘爲李左車，身未交鋒心未服。」既而心傾意寫，營壘旌旗，忽焉一變，與李、何遂成鼎足，并爲七子之雄。

監利楊憬川繼魯教習客都門時，有送予旋里云：「流年虛擲感殘暉，去住無聊願盡違。白眼依人慙我拙，黑頭捧檄似君稀。已看桂折三秋窟，早信葵傾百里扉。五載宦游今返旆，故鄉争説錦衣歸。」

博野尹元孚會一先生守襄陽時，奉其母李太夫人之訓，惠愛士民，襄人爲建賢母堂。太夫人作詩謝之云：「辛苦教兒四十年，還將三楚作三遷。襄陽風土頗安樂，爲感皇恩爲謝天。堤名寡婦留江上，城號夫人在眼前。只有婆心方寸許，何勞士女競流傳。」先生後遷豫撫，太夫人尚存。乾隆五年御賜詩云：「聆母多方訓，于家無間言。猶聞行縣日，每問幾平反。」一時榮之。

江寧詩人周築東山秀才，客吾楚糧儲幕，見予輩《西山補游圖》，題七古於後，有云：「我偏遥隔漢江長，未能抱琴登高岡。一奏天風海水揚，上驚三十二鸞皇。知道文星聚此方，必斟玉液與瓊漿。」築東工琴，而詩亦不俗。聞其客姑蘇，悦青樓女子味蘭，偶見柳絮，得句云：「漢宫春盡魂猶在。」屬對未成，味蘭曰：「何不對『謝女情多色未空』？」才女流落烟花，殊可嘆也。

簡州周梧亭維垣先生守吾黄。丁亥春，蒙招飲雪堂，即席賦詩，同人各以姓爲韻，亦佳話也。予詩云：「坡翁此地舊盤桓，四壁猶餘雪影寒。風月屬公宜飲酒，江山留我一憑欄。校書敢説長安易，作客深愁蜀道難。恰似端明堂築後，往來曾有大臨潘。」三聯蓋謂舅氏官蜀十餘年，屢招予往，未果也。

黄岡王昊廬澤宏宗伯，於吴逆之難，捐貲贖難婦百餘口。沈方舟用濟贈詩云：「紅淚千行濺鐵衣，傾家不惜拔重圍。揮金欲笑曹瞞吝，只贖文姬一个歸。」予壬申應試黄州，主於其家，見上所賜「尊道堂」匾額猶存。

韓退之多悲詩，三百六十首，言哭泣者三十首。白香山多樂詩，二千八百首，言飲酒者九百首。

程玉農太守遷上洋觀察，皖江諸生作送行詩，裝潢二十幅見寄，觀察答詩云：「論文敢擬選青錢，擊節挑燈信夙緣。山水有靈凝道脈，淵源不斷凜鄉賢。聯情風雨留芸案，悵别心思託錦箋。惠我十雙屏幅好，展吟一幅一悠然。」

長洲蔣琴史慶均明府題予《梅花書屋圖》云：「安仁雅望冠荆湘，擲果時登選佛場。屈宋才高君繼起，隔江花放芷蘅香。」「關雎新賦麥秋天，名士佳人好比肩。點出壽陽妝綽約，花如解語也争妍。」次首以予方續婚，故相調耳。朱少廬刺史亦繪《催妝圖》見寄，并系以詩，其一云：「笙歌遥聽若爲情，二八良宵月正明。他日驅車花縣過，還從琴閣辨雙聲。」

吴山掄廷楨舉京兆，以冒籍革。康熙三十八年南巡，獻詩，上覽而稱善，命登御舟賦詩，限三江韵。山掄應制云：「緑波瀲灧照船窗，天子歸來自越邦。」得此二句後，思不能屬，忽聞舟中自鳴鐘響，因續云：「忽聽鐘聲傳刻漏，計程今已到吴江。」進呈時天顔有喜。至行宫，命復還舉人。好事者戲呼自鳴鐘爲「救命鐘」。而當時上之愛才，誠古今罕覯矣。

周芸臯觀察守襄陽時種桃萬株，張南山司馬、蔣晴山大令補栽桑、柳。陳九香參軍賦詩云：「太守栽桃大令桑，又看司馬柳成行。古人政績多如此，歐九荷花范海棠。」按白、蘇諸公皆以詩人爲循吏，至今俎豆不忘，風雅固無傷於吏治也。

予丙子中副車，乙酉始舉京兆，相隔十年矣。蘄水胡崑白璧華孝廉賀詩云：「才名都爲項斯傳，遠住長安近日邊。三載久趨天禄閣，十年重上孝廉船。相期着意緇塵外，翻憶論交赤壁前。一事勸君將進酒，倚閶人是地行仙。」

宜賓趙少莪鍾辰明府宰臨潁，善畫，尤長於竹石，有板橋之神。蒙寫數幅相寄，自題云：「三度湖山踏石頭，雲根層疊筆端收。秋來寫寄懷人想，風葉瀟瀟聲滿樓。」「老可胸中飽渭川，吾鄉風味想年年。料應歸去都成竹，笑指鸞凰翥九天。」

郭葵臣太史贈予聯云：「海内于今幾名士，河陽振古有家風。」黔陽易屏山良俶刺史云：「循名花縣騰三載，文字蘭臺萃一門。」袁素珊明府集唐云：「千里政聲人共喜，一生詩譽更誰過。」劉子敬山長云：「妍辭麗句不可繼，公才吏用當今無。」皆極超脱。

荆門張仔嶠增健廣文，先祖司馬雲麓公舊好也。贈先祖詩甚夥，惟記五律云：「隔斷浮埃處，翛然此静嘉。其人真古道，無事不名家。曉徑澆修竹，疎籬種晚花。論文吾豈敢，留坐瀹春芽。」仔嶠先生爲吾楚名士，《雨村詩話》已採其詩。

京官多思外用，所謂「共在人間説天上，不知天上憶人間」。蔣笙陔年丈由翰撰洊升洗馬，寄予書云：「予通籍廿年，求一外出之緣而不可得。頃贈朝鮮人有句云：『朝中韓范君應識，猶訪蓬山嬾散人。』豈頭上翁因予之嬾散而位置應若是耶？」然在外可以練習經濟，在都可以薈萃文章，正自各有佳處。大京兆桐城徐詠之鏞先生謂予曰：「君詩話有才有識，亦由八載都門之功。不然，正恐難得如許佳詩，以供君之薈萃而成話耳。」

登封縣在嵩山之下，蒼翠環繞。予丙子同年宜春曾葆初際虞明府宰是邦，予寄詩云：「一事輸君衙放後，開窗飽看萬青山。」葆初疊前韻答予云：「陽城小邑岫如環，雙鯉常難到此間。豈料九天珠玉落，隨風吹過萬重山。」「久企羅田世澤長，五經稱笥墨成莊。梁園初見渾如舊，原是同沾桂蕊香。」「酷愛梅花四面環，人真和靖廣平間。從知官閣添詩興，不藉支頤看遠山。」「校書秘館日添長，詩話親編雅亦莊。開帙有時浣露讀，教人齒頰尚餘香。」

予初選山東鄒平，因乞近改淯川。昆明李復齋文耕先生以鄒平令洊升廉訪，予贈詩有云：「單父鳴琴曾作宰，愧予難步後塵來。」公寄書云：「承惠大作及詩話，一路與詩人晤對，頓忘雨雪載途，殊足感也。」

妹倩郭輔臣元勳秀才作《送春》詩，予愛其「花情戀我紅飛座，草色迎人緑入窗」。英山段鏡生恒昭，予姨甥也，亦有佳句云：「修禊仍懷前度浦，賣餳猶憶昔時腔。」予長子彩枝云：「將離開出花如錦，怨別吹來笛有腔。」次子彩鏞字韵笙，纔十一歲，有云：「鶯喚園中聽一一，燕飛梁上恰雙雙。」亦俊逸可喜。

重陽登高爲雨所阻，予曾有詩云：「頻年人海宦游勞，佳節思鄉每鬱陶。多感天公知我意，斜風細雨阻登高。」頃見婦翁楊拙園先生詩云：「催租敗興潘邠老，韵語惟留七字工。良約不成佳會歇，寂寥況味古人同。携壺峴首傳羊叔，落帽龍山笑孟郎。雅集何妨展重九，東籬還就菊花黃。」用意各妙。

陳兩玉瑞琚選貢，韵石舍人之弟也。以詩寄示，予獨愛其《夜泊岳州》云：「玉笛仙人醉未醒，高樓突兀倚蒼冥。月來水氣全湖白，烟際君山一髮青。入港帆檣如列戟，沿江燈火似流螢。襄陽杜孟題詩在，不敢高吟過洞庭。」

劉竹笑禮奎太守，甲戌庶常，與予爲僚壻。其兄松泉禮淞太守，予丙子同年也。竹笑散館外用，出宰晉之聞喜。縣西關外舊有紅鶴樓，峙於涑水之旁，其地當衝，往來者踵相接也。竹笑有聯云：「樓中幾閱古今秋，想當年丹翼飛來，放眼都成仙世界；橋上許多名利客，到此地緑陰深處，回頭即是小蓬瀛。」風景之佳，可以想見。

黄陂少宗伯劉芸圃彬士先生，予舅氏徐迪樂先生辛酉同年也。嘗謂人曰：「潘君之詩乃詩人之詩，非僅才人之詩。」先生雖不輕作詩，而其論詩則精矣。

麻城程松亭德楷先生直尚書房時，偶抱寒疾，不能入直。上命内使賜視。予柬以詩，有云：「中使頻番問起居，洵極書生之榮遇。」

小題游戲，亦須筆落秀生。銅山孫亮山化隆明府《咏桃浪》有句云：「休嫌薄命隨流水，别有深情渡美人。」清河黎藕華淦司馬云：「紅艷古今流不盡，清明前後信無差。」皆妙。

臥園詩話補編卷之六

羅田潘煥龍四梅著　男 彩枝 肇鏞 校字

曾葆初明府聞予采其見贈之作入《詩話》，再叠前韵寄謝云：「選樓指點洧川環，下里無端厠此間。浪得虚名陪驥尾，者番也似到蓬山。」「一字師資趣味長，郢斤巧運誦加莊。深情願逐東流水，沾得溪邊翰墨香。」不愧雅人深致。

釋氏念珠用一百八顆者，取一歲之義。蓋一歲十有二月，二十四氣，七十二候。天下晨昏鐘聲之數叩一百八聲者，亦此意也。

王慈雨吏部，江左詩人也。别八年矣，頃自都門惠書云：「渴别以來，瞬逾八載。相思道遠，魂夢爲勞。足下種河陽滿縣之花，載洛下專車之果。情深愛玩，則有高柔之令妻；家擅風流，則有鮑昭之文妹。椒花甫頌，柳絮復吟。君子之樂在，而德人之福備矣。况庭有懸魚而政清如水，圃無瘞鹿而鑑等於冰。東坡宴游，無傷政事；香山酬唱，能洽輿情。求諸今時，孰有如此之自著廉能不諱風雅者哉？伏讀大著《臥園詩話》，取材既富，立論尤精。昔袁子才提唱江東，頗嫌敷衍世故處太多。近之談此詩者，率中此病。惟足下空前絶後，無依傍前人處，亦無偏阿近人處，此必傳之作，非一人之私言也。惟京師朋輩索者頗多，可否再贈數部，以應他友之請。弟少弄文墨，長涉風塵，自問曾無一長，壯游幾及萬里。頃敝徒欲謀以拙集付梓，及讀足下鴻篇鉅製，直逼古人，頓興借斧之思，實有焚研之歎。昔者《靈光》賦就而向朗投文，《孝女碑》成而中郎輟翰，良由自知之切，更兼愛才之真耳。」并附《寄懷》詩云：「絶代風流續《玉臺》，河陽春滿絳帷開。新詩清到梅花骨，艷偶驚逢柳絮才。月露自能傾肺腑，神仙何用住蓬萊。閒曹似我真無謂，擬向棠陰捧檄來。」予自愧庸庸，不謂一時才人何以傾倒至此。

座主、房官之於門生，恒自稱「通家」。東坡詩：「通家不隔同年面，得路方知異日心。」則同年亦可謂之爲「通家」矣。

東坡詩注：有貧士家惟一甕，夜則守之以寢。一夕，心自思念苟得富貴，當以錢若干營田宅、蓄聲伎，而高車大蓋無不備置。遂歡躍鼓舞，將甕踏破。故俗間指妄想者爲「甕算」。劉後村《即事》詩云：「辛苦謀身無甕算，殷勤娱耳有瓶笙。」

中丞程梓庭先生撫豫時，堂後有石，公刊數語於其上，以勖同官云：「勿多事、勿廢事、庶幾無事，不狥情、不矯情，乃能得情。」真不愧名臣之言，足以爲居官者圭臬。

姚鏡塘武部題予《梅花書屋圖》詩，前僅録其一。頃讀《竹素齋遺稿》，已全收入集中，因爲再録二首云：「浣花翁咏草堂松，少陵有四松詩。却恨萍蓬少定蹤。何似高人讀書處，暗香疎影間重重。」「長安得意看花時，猶有鄉園攬夢思。我亦孤山林下客，欲歸未辦草堂貲。」集中又有題予《消寒九九吟》云：「九九圖成九九吟，生花筆不受寒侵。大裘廣厦他年事，用《寒風》、《寒衣》二詩意。莫負題詩一片心。」予與先生爲忘年交，恒恐其遺詩散佚。今得歸安鄭夢白祖琛方伯付梓，而先生高足弟子校刊亦精，不禁爲之狂喜。

外番以銀爲錢，俗稱洋錢，亦云番餅，閩粤洋船往往有載至中華者。按《史記》：「安息國以銀爲錢，錢如王面。」《漢書·西域傳》：「烏弋山離國，其錢獨文爲人頭，幕爲騎馬。」椿園氏《西域聞見録·外藩列傳》：「鄂羅斯以銀爲錢，肖其汗之面，重七錢餘，謂之『阿拉斯朗』。」王大海《海島逸志》：「和蘭鑄圓餅銀，中肖番人騎馬持劍，名曰『馬劍』，有半者名曰『中劍』。有小而厚者，鑄和蘭字，名曰『帽盾』，有半者名曰『小盾』。有小而薄者，中肖甲板舡，名曰『搭里』。又有黄金鑄者，名曰『金钫』。千絲臘國最富，多産金銀，鑄圓餅，肖國主之面，名曰『洋錢』。有四當一者，有八當一者，有十六當一者，有三十二當一者，中肖一朵花。又有紅銅鑄者，中作十字形，名曰『瓜』。」凡洋船來者大都銀色中等，平圓沿邊，皆有番書數目字。

唐人之詩音節和平，至宋人刻抉盡致，故元人專講風韵，而明人則直從格調爲之。

方伯完顔見亭先生由徽州守移潁州，士民焚香祖送者絡繹道左。公有《留别》七律云：「香筵滿設西干路，阻我旌旗去去遲。父老馬前争進酒，師儒雁序各呈詩。黟山練水縈離思，紅葉黄花惜别時。自是此邦風俗美，非關太守有恩施。」巴秀才昌繪有《練浦攀轅圖》，賦詩贈别者四十餘人。如曹明經鳴鑾：「案上詩篇皆畫荻，卷中花樹即甘棠。」汪秀才立炯：「畢竟福星先我照，忍將生佛讓他迎。」丁贊府芮模：「庾公同課清秋月，楊震誰干暮夜金。」想見德政之及人不淺。

「李」、「理」二字通用。《左・僖三十年》：「行李之往來，供其乏困。」《昭十三年》：「行理之命，無月不至。」《北史》叙傳：「李氏先爲堯之理官，因以爲氏。」黄帝有《李法》一篇，顔師古曰：「李者，法官之號。」

侯官林少穆則徐先生年少入詞垣，由給諫觀察浙中，洊升河督。所至政聲懋著，吏畏民懷，而待人恰無疾言遽色。嘗謂予所著《詩話》拈來妙諦，無窮清新。别後復惠書云：「足下操縵安絃，臨風舒錦，邑有栽花之仙吏，俗非贈芍之餘風。」予奉檄調簾，所作謝啓，先生極贊其爲才人吐屬。

辛卯典試豫中者爲善化俞岱青東枝太史、榮城梁心芳萼涵侍御，提調爲河間李夢韶鈞太守，外監試爲丹徒劉崧荃禮淞太守，内監試爲武進董后江大醇刺史，收掌爲陽湖袁叔英俊進士。同考試官十一人，則予及咸寧朱少盧煒刺史、新昌熊春甫燮、上元李叔鯨溟、平定李子詒繩宗、蒙古英仁山安、宜賓徐績臣勳、福山王蓮墅德瑛、臨桂王魯庭宗纛、海陽趙鳳厓銘彝、奉賢夏論園際唐、陽湖史洵侯秉直諸明府也。

予有《闈中四咏》，《元卷》云：「抗手文壇復有誰，郗林新折最高枝。獨從驪頂探珠去，争羨蟾宫領隊時。入彀英雄歸弁冕，濡毫元氣想淋漓。計偕明歲公車北，首冠蓬山譽更馳。」《副卷》云：「頭銜只合半人名，一簣功虧山未成。天上罡風吹易墮，望前明月缺難盈。枯桐那免傷焦尾，仙荔如何竟側生。雞肋漫嫌滋味薄，勝他康了促歸程。」《撥卷》云：「褒多益寡理宜然，難得寅恭畛域捐。羽換宫移方叶律，楚材晉用總能賢。鴻溝何必東西判，贏負從教似續綿。好曳殘聲别枝去，此時羽化比秋蟬。」《落卷》云：「恰似花殘墮溷中，秀才應舉又成空。丹經九轉何曾就，楮刻三年尚未工。寶劍暫埋難吐紫，劫灰無計更燃紅。可憐輸盡金錢卜，日盼撾門喜信通。」典試心芳、岱青兩先生及諸同房，讀之爲擊節不置。

李夢韶太守與予爲丙子同年，一典鄉試，兩校禮闈。有《場中自搜遺卷》詩云：「何忍輕投故紙堆，拈毫爲爾幾低徊。縱教落葉經頻掃，終有名花怨未開。人向籠中儲藥品，我於爨下覓琴材。此中甘苦親嘗遍，兩度龍門點額回。」

蓮炬送歸，令狐綯、蘇端明皆然。惟王岐公珪寵遇尤榮。時中秋有月，宣至設座。公奏君臣無對坐之禮，宋主曰：「月色清美，與其醉聲色，何如與學士論文。若要正席，外廷自有賜宴。正欲略去苛禮，放懷飲酒耳。」公始再拜就坐。夜漏三鼓，又令宮嬪各取手帕、團扇求詩，公應之，略不停輟。宋主云：「須與學士潤筆。」遂各取頭上珠花簪公幞頭，戴不盡者，置公袖中，宮人取針線縫公袖口。宴罷，撤金蓮炬，命内侍扶掖歸院。都下盛傳天子請客。明年中秋，蔡確爲學士，又舉故事，命宮嬪求詩。蔡奏才思短澀，酒再行而止。左右不悦，云：「這个學士，官家何須鍾愛。」閉門索句，良不如對客揮毫之爲快也。

闈後河水盛漲，霜降節前，塌垻及堤，危險已極。賴中丞楊海梁國楨、廉訪麟見亭兩先生，星夜携帶帑金，協同搶辦，竭十餘晝夜之力，始獲平穩。故仁和嚴小農烺河督乞病後，有《留别》詩云：「由來共濟賴同官，今歲薪芻幸繕完。勉策孱軀形更憊，回思近事膽猶寒。狂瀾手障談何易，衆力肩承或未難。好仗南來新節鉞，謂林少穆河帥。年年德水慶平安。」

河有四汛，見亭先生在工年久，熟悉情形，獨能言之鑿鑿。其《桃汛》云：「漲暖桃花閲茨防，即今之埽。金堤宛轉束流長。垂楊遥映春旂緑，秀麥低連汛水黄。麥黄汛在桃汛後。竹箭波翻飛羽急，皮冠人到獻貛忙。例於春汛簽堤，搜捕貛鼠。書生自問無長策，仗節深慚服豸章。」《伏汛》云：「風輪火傘日無休，來往通堤大道頭。黄綻野花沿馬路，大堤每堡開路二，容人上下，曰馬路。其旁生六月菊最多。緑紛細草襯龍溝。堤上放水處曰龍溝。例用淤土種巴根草襯底，以防汕刷。關心水勢逢金旺，屈指星期近火流。荻亂豆花均汛水名。將次到，先時修守費前籌。」《秋汛》云：「節交白露又巡行，秋水瀰漫望裏平。搜底不同桃浪暖，蓋灘已見荻苗生。長堤梭織勞參佐，列堡環排肅弁兵。傳語通工休玩愒，大家踴躍待霜清。」《凌汛》云：「河冰凍合朔風粗，策馬巡行歷舊途。夾岸積凌全漲白，沿堤插柳半塗朱。樁排雁齒參差掛，垛比魚鱗上下鋪。預祝安瀾慶來歲，殷勤修守勖兵夫。」留心河務者，試取此詩再三誦之，思過半矣。

昌黎七言「鵶鴟鷹雕雉鵠鶤」，五言「蚌螺魚鼈蟲」，此種句法，亦從《詩經》「鱨鯊鰋鯉」脱胎。然不善用之則成累句，不得援古人爲口實也。大抵韓詩氣力勁健，以救柔靡，有廓清摧陷之功，而硬語排空，殊難妥貼，學之者往往多槎牙生澀之患，不可不知。

予於賸紙殘牋，每留以備用，蓋棄之良可惜也。按《愛日齋叢抄》：王沂公以簡紙數幅送人，皆他人書簡後截下者。晏元獻凡書簡首尾空紙，皆手自剪熨，置几案以備用。王文康平生不以全幅紙作封皮。則古人已有先我而行之者矣。然所剪裁者，率泛常之書簡。至於友朋親寄之牘，則裝潢成册，俾暇時披閲，如見故人，正未可概爲儉省耳。

内人楊琴珊所作近體詩，皆能莩甲新意。其《夏果》四絶《桃實》云：「不獨蒸霞門艷妝，實餐可許壽無疆。瑶池熟要三千歲，莫遣東方竟竊嘗。」《梅子》云：「風味雖酸不可嗤，紅當雨後綻盈枝。清香豈止能消渴，調鼎功勳更足奇。」《新竹》云：「日暖風和影尚低，翠稍粉節傍窗西。出墻莫笑枝柯嫩，只許丹山雛鳳栖。」又有《楊柳》絶句云：「東風吹暖百花朝，楊柳青青色更嬌。何事三眠復三起，含烟頻折路旁腰。」予時迎大府歸，讀之不覺失笑。

《北史》載盧大翼幼稱神童，後目盲，以手摸書而能誦。《癸辛雜志》：張五星瞽而慧，善辨寶玉，能别人之妍媸，其理殊不可曉。

河帥林少穆先生自歸河工次，寄其舊稿見示，沉博絶麗，卓然大家。《秋雪》四首云：「一夕西風玉萬家，肅霜時節驟寒加。清威盡迫魚龍夜，冷艷先欺蘆荻花。瘦蝶夢迷衣上粉，征鴻泥印爪中沙。郢歌欲和增蕭瑟，白帝城頭有暮笳。」「河漢雲羅凍不流，明珠仙掌露華收。騎驢踏去無黄葉，吹帽歸來忽白頭。别浦蒹葭森玉樹，隔村砧杵擣銀樓。授衣正聽催刀尺，誰蓋長城萬丈裘。」「似與高空破泬寥，故憑天女散瓊瑶。輕猶帶雨凌晨洒，弱不禁風墜地銷。山寺遠鐘沉細細，江村落木雜蕭蕭。新詞莫爲悲秋賦，留取詩情過灞橋。」「畫屏銀燭敞書帷，净我聰明此最宜。衰柳也教飄絮起，早梅猶恨着花遲。騎來白鳳驚先下，説與寒蟬恐不知。畢竟東籬存晚節，留香何止傲霜枝。」《夜行遣懷》云：「古驛寒宵夢不成，一燈如豆逐人行。泥翻車轂隨腸轉，風送馱鈴貼耳鳴。好月易增圓缺感，斷雲難綰别離情。遥知銀燭金閨夜，數到燕南第幾程。」《老鷹崖》云：「健翮何年脱臂韝，摟身天外獨昂頭。平蕪灑血呼難下，華嶽留尖見亦秋。老樹枝疑森鐵爪，彩霞光欲閃金眸。時平搏擊何須爾，傳語山靈早化鳩。」《安平道中》云：「豁開原野少崔巍，暫脱重山若脱圍。歷險始知平地好，驟寒翻訝早秋非。紅泥似赭生禾黑，白石當簷覆瓦稀。乍雨乍晴渾不定，賺人終日换征衣。」《夜濟》云：「苦熱不成寐，中宵還渡河。棹移孤月破，燈閃一星過。吠犬知村近，鳴蛙隔水多。行行有幽意，莫問夜如何。」集中七古如《驛馬行》、《輿人行》，五古如《答歙邑程春海恩澤學士贈行詩》、《海寧朱貞女頻伽禮佛圖》，尤爲必傳之作，惜篇長未能備録。

吴縣家紱庭曾綬公子，芝軒尚書第三喆嗣也。介予内兄楊毅亭明經，寄其《陔蘭書屋詩》、《睡香花室詞》相質，洵爲少年妙才。有《擬元人十臺》詩，其《歌風臺》云：「猛士誅鋤盡，歸來唱大風。銜杯偕父老，念舊惜英雄。魂魄故鄉裏，河山雲氣中。凄凉鴻鵠調，倚瑟未央宫。」《銅雀臺》云：「北面誇臣節，東風惱敵軍。賦才兒八斗，霸業國三分。繐帳香空冷，荒墳日易曛。抛殘鴛瓦在，猶自繡苔紋。」《郊居》十首之一云：「修竹吾廬好，相過人不知。花還添畫稿，樹已中琴資。荇帶魚遺子，簷牙雀哺兒。眼前生趣滿，可以賦新詩。」《贈内》云：「沉吟何事上眉端，如此聰明寫亦難。詩稿漸多身漸瘦，秋來翠袖欲生寒。」

紱庭有《咏楊花》七律云：「萬縷千條舊恨牽，不堪離緒各天邊。珠簾誤雪愁清詠，繡帳疑雲憶曉眠。何處窗開猶曬粉，有人衣冷欲裝棉。春情點點銷磨盡，却悔萍蹤是往年。」一時和作，惟鄭夢白方伯詩最爲超脱。詩云：「不管情牽與夢牽，迷離身世總無邊。闌干九曲猶餘影，風雨三春不耐眠。漸悟虛空都粉碎，纔思解脱又纏綿。萍蹤如許渾難定，點鬢霜痕感綺年。」

陽湖史洵侯明府工於填詞，題予《添香待漏圖》，調寄《念奴嬌》云：「燭摇紅影，愛襲人、氣味常盈琴案。金屋梅花，香獨占，恰與阿嬌分半。檢取恒春，焚來永夜，耐得蓮更换。題詩裁錦，妝成珠字璀璨。遥想丹鳳門前，御爐烟細坐，待東方旦。百里暫羈，黄紬裹、飽咏月明星燦。家本瀟湘，知蘭芷荃蘅，時流芳翰。神仙佳眷，綿綿歲月無算。」其詞之風韵直逼屯田。

方伯錢塘家撫凝恭辰先生，予太老師也。弱冠即入翰林，所著《紅茶山館詩》，絶去塵氛，不食人間烟火。《述懷》云：「年來心事付奔湍，鍵户翻疑歲月寬。濁酒且呼豪士飲，異書聊當美人看。一缾香水梅初放，十日春城雨正寒。容易韶光憐砌草，又分淺緑到闌干。」《西湖春詞》云：「絲絲社雨濕湖涯，簇蝶羅裙小隊偕。一徑蘼蕪春不掃，風前齊試踏青鞋。」「酒家半住緑楊津，日日湖頭采紫蒓。畫出醉鄉烟景好，柳花風滿一帘春。」先生開藩滇南，道經淯邑，別後寄書云：「才人風雅之致，已於《詩話》中得窺豹斑，不知何日能讀全稿也？」

程玉農都轉權江寧臬篆，寄其《秋興》二首示予。其一云：「扁舟遠泛太湖波，極目秋雲叠薄羅。紫蟹幾曾風味減，黄花可惜雨聲多。祠尋短簿迷金虎，墓剩真娘瘦黛螺。艷説前番饒勝賞，繁華好夢記春婆。」

家大人《游嵩山》詩最多，七律云：「萬朵芙蓉插碧天，蒼蒼古柏廟堦前。水看澗洛伊瀍繞，山共衡恒泰華傳。雲氣易爲寰内雨，杵聲難覓洞中仙。楚南莫嘆家鄉遠，難得奇觀結此緣。」《望箕山》

云：「翛然鳥獸可同群，洗耳功名不願聞。隴上有人牽犢處，兒童指説許由墳。」《達摩洞》云：「荒洞今猶號達摩，無邊歲月靜中過。當年面壁工夫苦，貫石精誠自不磨。」《棋盤山》二絶之一云：「制勝從來要着難，却於局外不相干。手中樵斧防柯爛，慎勿從旁袖手看。」

嘉靖間有楊生者，夢神謂之曰：「爾欲中式，除非日月倒懸。」意甚不樂。已而秋試，經題乃「如月之恒，如日之升」二句，遂得隽。辛卯闈場中，《詩經》亦係此題，一生首場文甚佳，二場誤以「日升」作出比，「月恒」作對比，至遭擯斥。蓋有幸不幸也。

豫闈填榜向自第六名起，正榜寫畢，即填前五魁，萬燭齊明。迨填副榜時，則堂上爲之一暗。本科予屬兩典試，告知大中丞崇慶楊海梁先生，命榜録吏仍自第六名填起，正榜填畢，即填副榜。俟填完後再倒寫前五魁，一時莫不稱善。

劉松泉太守於己丑季秋護送越南貢使，道出淯署，爲予議姻。辛卯又護貢使出境，自滎陽道中惠詩云：「兩載前過淯水東，黄花緑酒對秋風。一門薈萃詩文福，四境揄揚教養功。衡鑑虚心珊網富，本科得士最盛。珠璣集腋錦囊工。征途賴有新編贈，展卷迴環興不窮。」予拆讀未終，適令弟竹笑太守亦自都中寄懷云：「琴軒一曲譜南薰，雅化弦歌到處聞。天下才人多作吏，君家稚子亦能文。心同竹葉清如許，詩比梅花瘦幾分。共道風流賢令尹，河陽桃李競芳芬。」故予答松泉太守云：「瑶函拆對夕陽東，厚意拳拳見古風。遠道肯貽清麗句，良媒曾托蹇修功。鄭公貌偉驚夷使，子美才高奪化工。讀罷惠連詩又至，波斯寳藏目難窮。」

世謂海中有燕子國，爲烏衣國，故秋社燕去，春社復來。而《雜志》載晉郗鑒爲兖州刺史時，歲饑，百姓掘蟄燕食之。又宋時東京開河，岸崩，見蟄燕無數。或謂燕至冬亦蟄，遇春氣而出，似亦可信。

叔父孝廉哏垣公，詩深得香山之遺。有《偷兒夜入書齋留冠不取戲成》云：「漫道頭銜耀等倫，幾多煮字不療貧。謀生莫被儒冠誤，翻笑君來是解人。」《悼懷》云：「造物無端苦忌才，英雄自古嘆沉埋。痴愚世上多奇福，獨我庸庸福不來。」《落齒》云：「漸覺風霜老態含，半生咀嚼苦同甘。紅綾餅餤無消息，辜負君來我亦慚。」老塔唐梅爲吾羅八景之一，《游塔山》云：「能詩敢繼謝公賢，着屐尋幽亦灑然。山勢作屏青似舊，梅花吹笛落何年。天生結構非凡境，人到遨游丁宿緣。只是塔峰登未極，臨歸搔首意纏綿。」

尚書長白玉研農麟先生，予太老師也。官校書時，先生兼殿中總理，予獻詩云：「門生門下見門生，桃李栽培次第榮。引領當年瞻北斗，校書此日侍西清。汾陽將相兼文武，司馬兒童識姓名。自笑安仁才思淺，年來刮目到公卿。」乙酉先生典順天鄉試時，黄梅喻公輔士藩給諫爲内監試，唱名，予捷第六，先生大喜，顧給諫曰：「此君同鄉，識之否？」給諫曰：「吾楚才子也，焉得不識？」後予仍以小門生禮見，先生曰：「太老師尊而不親，後勿復爾。」今給諫爲粵東觀察，已歸道山，而先生亦以將軍出鎮伊犁，師友間殊不勝今昔之感。

才士淪落，至以猪肝累人，自爲可慨。然得入賢主人之幕，泛緑水，依芙蓉，未嘗非不幸中之幸也。布衣懷寧張煒、浙西陳鍾秀，皆隱于記室。張詩《寄内》云：「歸路千餘里，家書十數行。平安聊自慰，歲月竟空忙。可把柴門整，休教菊徑荒。刀環今再約，梅放客還鄉。」《潁州道中口占》云：「征衫未卸仍催道，馬首春風眼亦明。紅到杏花青到柳，教人争不盼前程。」陳詩《春望》云：「芳草緑迷天外路，夕陽紅上水中樓。小舟不繫春流穩，斜日人喧古渡頭。」《秋雨即事》云：「漠漠白雲起，西風吹不開。嫩凉酣午夢，細雨落庭槐。雁字書空去，秋聲捲地來。小堦餘響滴，寒色上蒼苔。」

大興陳春颿榕明府權羅田篆，予素未謀面，蒙寄詩云：「十年鼓角夢黄州，偶爾鳴琴此地留。我比陳遵還落拓，君真潘岳自風流。山中覽勝尋嵩室，花外評詩坐選樓。他日驅車過洧水，停鞭先爲訪賢侯。」「暇日頻過通德門，謝安曾與細評論。謂君叔晲垣先生。花封可惜雲山隔，珂里依然松菊存。梅格清標看樹樹，棠陰蔽芾想村村。何時宦轍能相合，剪燭聯吟酒共温。」

夏論園町府年五十餘，松江名宿也。恂謹老成，而酒後出語，恰有風趣。《喜家眷至署》云：「自吾不見已三年，今夜人如明月圓。僕婢笑聲忘客裏，鄉鄰瑣事説燈前。群山奇險曾經否，異地團欒轉惘然。遥憶雛孫千里外，含飴依舊隔雲天。」《重陽》云：「縱酒萬愁散，陶然對菊黄。宦情如水淡，詩思入秋蒼。風雨山城冷，茱萸客夢長。高陽舊徒侶，應笑滯他鄉。」《謁李衛公廟》云：「海外虬髯同骨肉，閨中巨眼識英雄。」予爲易「巨」字爲「俊」字。女媧氏煉石處在涉縣萬山之中，論園有七古一篇，甚佳。

予在闈中閱文，覺兩眼漸大，每睡必半晌纔合。撤棘後，適現官淮寧永刺史自都門歸，得鍾仰山總戎書，并寄其封翁耐圃伊湯安觀察《嘉蔭軒詩集》。讀至「眼光近自觀書大，腕力還從角射增」，不禁爲之叫絶。先生《春興》云：「情懷漸慣歲蹉跎，鬢已斑兮奈若何。老我半生歡境少，輸人先着宦場多。良工朝獲終踰範，雌雉迴翔自遠羅。欲廢謳吟抛未得，唾壺缺處有長歌。」讀至二三聯，令人喟然生感。他如：「詩非求好聊怡興，酒縱消愁亦損身。」「故交漸少人成舊，老態形時已亦嫌。」皆近宋人風格。

劉松泉太守有《青藜閣吟草》一卷，壬辰春始蒙寄示，訂交數載，初不知其詩之可以名家也。《病中清明日寄弟》云：「佳節何消遣，花多病裏看。弟兄千里夢，風雨一春殘。宦境難期蔗，朋交孰契蘭。鼠姑應笑我，兀坐怯餘寒。」《金銀花》云：「天花散世破慳心，黄白休誇道術深。特向籬間昏夜耀，令予倍守四知箴。」《鳳仙花》云：「紅白迷離曉露濡，闌干閒眺足清娱。浪傳小字誇金鳳，惹得詩人作婢呼。」《秋闈分校》云：「案頭暫輟簿書繁，璅院深嚴晝掩門。一第功名誰易説，千秋文字本同源。銷磨白首英雄氣，黯淡青衫涕淚痕。須識升沉争此際，冰銜三寸莫輕論。」「落葉西風捲地吹，茶聲細細漏聲遲。憐多爨下孤寒淚，難在毫端棄取時。克副科名人有幾，還憑陰隲我無私。昔年辛苦猶堪憶，恐負初心筆怕持。」他如：「朋疎緣骨傲，宦冷覺身閒。」「落日鴉千點，殘星雁一行。」「藻密魚潛易，花深蝶出難。」「十年不覺離鄉易，萬語誰知作宦難。」「山色開晴連華嶽，濤聲流夢入并州。」「事能知足安心法，境且隨緣處世情。」皆名句也。

歸安王西亭以銘孝廉，官華州刺史，侍郎勿庵以銜先生之弟，予丙子同年也。讀予《詩話》，惠詩云：「循聲卓卓仰安仁，花發河陽滿縣春。國士久推宜館閣，仙才誤謫向風塵。性靈越俗心葩燦，稟曰空前壁壘新。我亦苦吟沉此癖，奚堪强作箇中人。」「蒹葭秋水洛河濱，道合風騷契最真。筆掃千軍詩作史，琴鳴百里吏稱神。都中韵事争傳鉢，海内詞人許問津。直與公卿標列傳，和平持論語尤醇。」

余宰洧川三年矣，壬辰春二月，邑父老士民公製額聯以獻。額云：「慈母神君。」聯云：「温厚本經腴，十年醖釀三年澤；清廉守庭訓，一世敷施兩世恩。」自慙德薄才疎，不知何以得此不虞之譽，感其意良厚，作詩二章以酬之。詩云：「作官面目尚書生，年少慙居父母名。楊震家聲聊自愛，國僑政績敢争衡。焚香事可蒼天告，勵守心常白水盟。判案必勤刑必慎，止憑方寸答輿情。」「神君慈母溯前賢，四字居然爲我懸。深愧無才司百里，豈真有最報三年。此邦自覺人情厚，佳話還招史筆傳。所願農耕兼士讀，春臺熙皡戴堯天。」

龍溪鄭迪卿開禧觀察著有《雲麓詩稿》，其《畫眉集》皆新婚之作。《贈内》云：「今年十月少寒威，冷氣微微入繡幃。生恐脂紅污翠袖，曉妝猶著睡時衣。」「静坐凝妝覺日遲，輕磨黑玉界烏絲。只因素喜簪花格，泥我抽毫寫小詩。」「坐到三更月已斜，挑燈猶自咏尖叉。愛儂夜讀憐儂苦，起撥爐灰爲煮茶。」

《畫眉集》題詞甚多。晉江許萊山邦光大理云：「才竟新妝縹帙開，仙郎青瑣笑相陪。憐渠未讀鴛鴦賦，却把鴛鴦字細猜。」諸城王藕塘瑋慶給諫云：「十眉圖樣畫時彎，花燭吟成擁翠鬟。描出雙蛾添秀色，西湖鏡面簇春山。」龍巖魏笛生茂林比部云：「霓裳催咏犬羅天，一紙泥金小玉傳。人到廣寒年正少，纖痕妬煞月娥妍。」按漳州城西亦有西湖。

德化熊聽渌廷基明府寄見懷詩并書云：「大著《詩話》，詩人之賦，大雅之才。取之性情，是詩中第一義也；達之風教，是政中第一治也。」詩云：「凌雲健筆掃塵埃，更以仙才作吏才。天上校成諸史畢，人間種得萬花開。風吹溱洧流波轉，名自瑯環福地來。近想奉觴多樂事，一庭咏絮句争裁。」

陳芝楣廉訪自浙中寄示舊作。《庚寅仲冬自虞山將赴粤東留别》之一云：「萬里旌旗轉漕迴，嚴程津鼓又頻催。江山佳氣蟠龍虎，冰雪年光動柳梅。遠水接天鄉夢觸，奇峰入座故人來。東南香火前緣重，惜别慙無白傅才。」《雲間謁方正學公祠》云：「長留正學在乾坤，廟貌懸知百世尊。一代革除關氣數，千秋深慮究淵源。文章得失覘經術，家國安危見道根。樲棘不生梧檟長，閒邀老圃待重論。」真不愧才人吐屬。

京山易眉孫本烺選貢，蓮航侍讀之弟也。壬辰春，偕予門人升庵秀才過署，風流藴藉，詩亦如之。贈予七律三首之二云：「不妨作吏混風塵，河内都知有寇恂。百姓公看如赤子，廿年我始見詩人。芍蘭舊俗齗齗化，桃李新陰樹樹春。艷説河陽花滿縣，誰知前是老梅身。」「然藜管領玉堂清，况奉經師絳帳盈。校士還如門弟子，服官猶是舊書生。娱親五鼎晨馨養，繞膝三珠夜誦聲。莫動卧園歸去興，男兒何以報昇平。」按眉孫年少有才，著有《一螺詩存》、《紙園五種》。

物有雨自天而出人意外者。漢永光二年，天雨草，而葉相樛結。魏文帝時，安陽殿前雨朱李。梁武帝時，殿前雨雜色實珠。至明弘治，慶陽雨石無數，歷歷作人言，尤異之異也。成化丁酉六月，京師雨錢，王文恪公有詩紀事云：「蒼天似憫斯人困，故向雲中撒與錢。錢若了時民又困，何如只賜與豐年。」此與古人《喜雨亭記》所謂「使天而雨珠，寒者不得以爲襦。使天而雨玉，飢者不得以爲粟」同一命意。但彼則虚論其理，此則實賦其事也。

順天通州張静侯虎仁明府，宰新鄭。性極豪爽，作詩不輕以示人，頃攜其《縣試校士擬作》四律相質，殊有絳樹雙聲、黄華二牘之妙。《紙鳶》云：「摶身跕跕入晴空，狡獪偏能奪化工。遠勢尚須憑弱線，高飛終是藉春風。騫騰得意雲霄裏，操縱由人掌握中。莫道羽毛未豐滿，更無弋慕似冥鴻。」《木魚》云：「緣木求魚竟得魚，打開五蘊入空虚。蓮池初證三生果，貝葉新繙尺素書。刻劃工時超色相，聲聞寂後悟真如。自從苦海翻身去，不聽鳴榔避老漁。」静侯又誦其斷句：「貧猶有酒真堪賀，俗到無詩不可醫。」亦佳。

作詩須手眼高超。予愛宋思堂别駕《論詩絶句》有云：「得心應手奪天工，都在經營慘淡中。龍抱珠眠藏頷下，探來不是小神通。」「看似無情却有情，神光一注要分明。眼前景象胸中事，筆不通靈寫不成。」思堂亦有贈予詩二絶云：「溱洧民風悵久頽，問誰能濟猛寬才。羡君雅化追東里，依舊人歌衆母來。」「幟樹騷壇獨擅場，扶輪更爲選詩忙。有才始肯將才愛，不使遺珠碧海藏。」

浙中徐松喬元禮明府以善書名粤西。秦苓溪伯度太守謂諸寅友曰：「徐君之字，潘君之詩，可稱雙絶。」時李子詒明府在旁笑曰：「真不愧梁園二妙也。」松喬旋以病卒，臨終前一日猶寄書謝予《詩話》。爲人沉静篤實，未竟其才，良可悼歎。

衡山沈春洋瀜明府工於時文，而詩亦絶俗。寄予書云：「地當冠蓋之衡，時值送迎之暇。清明才過，花草漸肥。適承大著郵傳，如對良朋夜話。因憶往在都中《送魏南厓瀚大令之官山右》詩云：『平章百里屬詩人，帝賚優華重牧民。十歲早驚才子氣，卅年初現宰官身。非關名士無清福，只爲高堂有老親。經濟本來經術裕，知君到處是陽春。』今讀《卧園詩話》，益見吾楚得湖嶽英靈之氣，踵屈、宋風騷之遺，故多磊落奇才。而其生平文章，知遇出處，景況大都相若，又不禁撫卷而太息也。請即以移贈卧園。」

武陟任蕖生蓮叔孝廉介其居停劉甫田刺史以詩稿乞爲校定，卷尾有《畫眉深淺入時無》五律一首，虚心商確，風雅宜人。《古意》云：「未稔别離恨，别後倍凄神。幾度窺秋月，團團妬煞人。」其《消寒四咏》，如《圍爐》云：「獸炭初紅閒覓句，螘醅新緑醉留賓。」《映雪》云：「花寒鴛瓦三分白，絮撲雞窗一片明。」皆清麗可誦。蕖生旋寄詩奉謝云：「一瓣心香梅共知，拈來佳句繼丘遲。素懷久仰斗山望，青眼今垂薜荔帷。每聽曹丘談舊雨，遠祈湑曲改新詩。騷壇赤幟公高樹，隔岸遥瞻大將旗。」甫田亦寄詩云：「冰心獨有素心知，急賦離情意轉遲。蘭友佩君新月旦，萱堂懷我舊庭帷。自慙鄭相三年頌，劇愛蘇公一卷詩。豫樹川雲天不隔，好從雁字望文旗。」蓋甫田刺史時已呈請歸養也。

袁子才卧病，得詩人薛一瓢醫之而愈。辛卯夏，予亦卧病，得詩人唐海瓢醫之而愈。海瓢名晉鑅，字松雲。歸安諸生，官涉縣少尉，曾隨李忠毅公出洋勦賊。著有《海瓢詩草》。贈予詩云：「著作傳觀護碧紗，卧園彩筆燦雲霞。人從湘水吟香草，官比河陽種好花。百里聲喧循吏治，十分春到野農家。而今文校秋闈裏，桃李盈門衆口誇。」予答云：「疾深何處覓良醫，恰荷刀圭肯見貽。術擅岐黄能壽世，才如元白最工詩。聲華不愧神仙尉，幕府曾陪上將麾。香火與君緣有舊，海瓢名共一瓢馳。」「問天我欲發長嘆，手把新詩細細看。也識緩和非俗技，不應屈宋困銜官。庭梧已落前宵碧，岩桂將開滿樹丹。眼底秋光無限好，一尊相對且盤桓。」海瓢復和云：「分隔雲泥喜盍簪，福星豈許病魔侵。公於相士迴青眼，我本庸醫只赤心。竟似一詩驅瘧去，得留五日見情深。枯枝朽質尋常藥，也作梁公籠內苓。」「何爲夫子喟然嘆，千古窮愁一例看。關尹未曾逢老子，虞翻只合作粗官。人緣要問三生石，客況慚無九轉丹。自笑不如髯與短，參軍主簿得依桓。」

辛卯冬，予寄懷程玉農觀察詩云：「記憑驛使帶詩來，讀罷春從口吻回。此日雪晴天又暖，江南放到幾枝梅。」「政如冬日人人愛，化比春風處處吹。不識寒梅東閣裏，咏花曾否有新詩。」旋接觀察來詩，係人日舟抵蘇門，遥見岸梅盛開，因憶予客歲寄贈「梅花一路到江南」之句，賦懷却寄云：「雲霞曙色漾波光，笑指輕帆落錦航。歸雁併添人日思去聲，寒梅仍釀去年香。梁園雪後春如海，潘令才多鬢未蒼。定有新詩思遠道，吟牋霏玉到金閶。」并跋詩後云：「先是署中接到《歲暮對梅見懷》大作，尚未啓緘。頃自蘇旋滬，展閲三復，與余人日之作不謀而合。千里神交，何其心心相印也。如此韵事，洵足爲詞壇佳話。」

李叔鯨明府詩、字、畫三者兼擅其長，自靈寶署中寫鍾馗像寄予，并題云：「虚耗潛消劍有光，西宫曾護紫羅囊。而今寰宇無妖厲，仙蝠名花報吉祥。」南昌尚喬客鎔秀才亦有《題鍾馗》云：「英姿颯爽欲凌雲，一劍防身掃萬軍。腹大潛吞新故鬼，眼高眇視古今文。生前姓字難登第，夢裏心情尚戀君。不比終南誇捷徑，名香千載緑袍熏。」喬客著有《持雅堂集》，其古文尤覺魄力沉雄，奄有曾、歐風骨。

近日筵宴以燒猪爲上品，客皆起立稱謝。蓋蒸豚之饋，特豚之享，固隆禮也，然見於詩者絶少。惟東坡喜食燒猪肉，佛印在金山每燒猪以待。一日爲人竊食，坡至無矣，戲作詩曰：「遠公沽酒飲陶潛，佛印燒猪待子瞻。採得百花成蜜後，不知辛苦爲誰甜。」

京外各官，或同年、或同鄉、或同僚，每歲於春初宴集一次，俗呼爲「團拜」。太僕陳勾山兆侖先生集中曾有此題，頃婁潤筠明府寄示所作云：「登場傀儡漫相嗤，肅肅班行演舊儀。雲路飛騰凡幾輩，苔芩氣誼重連枝。一舟人海歡相集，百里雷封慎所司。忽向歌筵縈昔夢，春明逐隊少年時。」

葉潤臣上舍與予爲莫逆交，在都日相唱和，别數載矣。頃自都寄示近作，漸入佳境。《晚憩古寺》云：「暝色來蕭寺，鐘聲薄暮幽。禪燈懸老樹，明月上僧樓。霜氣千崖肅，松風一徑秋。西山横遠際，渺渺片雲浮。」其斷句如：「瀟湘游子夢，河朔故人杯。」「旅思征鴻急，愁心暮笛催。」皆妙。

太白詩：「功名富貴若長在，漢水亦應西北流。」然吾羅與蘄水兩邑，水俱向西，故東坡詞有「君看流水尚能西」之句。給練葉雲素先生《希湖櫂歌》二十首，其一云：「流水能西派絶奇，不同江漢例東之。餘波横接峨眉雪，却是青蓮未得知。」

山左宋超元慧龍明府言河陝觀察富筠圃斌先生極道予《詩話》之佳。予與觀察同仕一方，而未曾謀面，因寄書索其舊稿，觀察答書有云：「閣下才如江海，學有淵源。上巳届時，洧外之遺風已易；安仁作宰，河陽之雅化益深。況於理琴飼鶴之餘，猶集摘艷薰香之句。儒林循吏，舍閣下其誰與歸？」并寄詩云：「抱膝山城賦索居，淯川千里落雙魚。三生未踐盟心約，五色先頒集腋書。許我篇章登簡尾，多君著作趁公餘。只慙不是新花樣，鼓瑟齊門或笑予。」觀察著有《紀夢吟草》。《園中即事》云：「草長鶯飛二月時，滿園花事費尋思。竹荒淬剪芟繁葉，藤缺添竿引嫩枝。藝菊餘畦栽百合，蒔蘭隙地種辛夷。紛紛工匠離門後，桃杏苞開柳曳絲。」《偕同人登羊角山》云：「幾兩平生屐，登臨又一回。嘉賓投刺約，綺席對窗開。水沍雲容起，山暝雪意來。呼童燒絳蠟，高照客傳杯。」頗有放翁風致。觀察係滿洲廂黃旗人。

眼前之景，意中之事，能道得出，即是好詩。予最愛李叔鯨明府《還家即事》云：「清池一曲竹千竿，榆柳周遭屋兩間。只爲此中風景好，累儂觸熱到家山。」「敗篋塵封手自開，珍藏都作錦灰堆。陸離到眼心私喜，一箇周朝舊酒罍。」「幾片斷雲和雨墜，半庭秋葉比花新。園丁種得王瓜熟，和露擎來獻主人。」「階前樹並兒身長，屋角苔如客眼青。我欲曝書天恰霽，亂堆殘卷滿中庭。」

湖南魯蒼崖勁松茂才滑稽工詩。客富筠圃觀察幕中，晚年喪子，幾至委頓。《寄姪》云：「年來兩鬢已成皤，總爲情長淚洒多。姑號半人依北海，幸存雙眼傲西河。雕龍技癢肩頻聳，射虎心雄手尚搓。收骨不須煩小阮，自攜畚鍤醉山阿。」其曠達可想。

淯邑能詩者甚少。辛卯冬，忽有賈明經鵬年七十餘，投門生刺，以詩來謁。序中有云：「夫子朝夕簾垂門，有清閒之致。『囹圄草滿，庭無訟獄』之詞，不愧慈君，無慚明府。兼之提唱風雅，鐵網旁搜；宏奬人才，金針暗度。某性成迂懶，年就衰殘。素癖吟哦，未知工拙。有道是正，每欲奉函丈爲依歸；私謁弗容，難驟赴公門以投刺。幸示後學之徑路，勿吝宗匠之斧斤。」并獻詩云：「壇坫名何大，文章世共尊。水深同渤海，山峻擬崑崙。德攻蒼生祓，詩才白傅論。拜師慚乏贄，袖句獻公門。」五律如《贈素心大師》云：「佛容爲弟子，天許作閒人。」《贈友人新婚》云：「靚妝渾似夢，倚翠不知寒。」《賞雪》云：「乍寒思近火，促坐欲開尊。」皆有佳句可摘。明經旋以病卒，故特爲采入，以誌其耄年好學之苦心。

人之相知，貴相知心，善乎鄒鍾泉刺史寄予書云：「我輩在塵海中，惟一二知心不落世故者，乃可傾心相語。」鍾泉以名進士出宰，與予爲同年至交。工於古文，而詩亦深穩。《高郵道中》云：「危堤如綫臥平沙，沙上編蘆住幾家。鷗鷺自閒魚自樂，箇中人又一天涯。」《出都述懷留別友人》云：「回首金門倚碧穹，幾番去住笑匆匆。酸鹹世味親嘗後，鷄鶩功名感慨中。捧檄稍舒慈母望，鳴絃尚慕古賢風。隆隆虛譽何時雪，攬轡蒼茫試撫躬。」「百里蒼生望作霖，此官莫道任浮沉。清琴一曲諧秦越，白水千潭印古今。三事慎勤誰泐座，五更虛獨好捫心。不堪重溯趨庭訓，一卷甘棠理舊吟。」

袁子才太史謂題圖詩可不必存，予向深以此論爲不然。今讀林少穆中丞《題友人海上釣鰲圖》，直是青蓮復生，益自詡所見之不謬。其詩云：「男兒志氣狎龍虎，四海八荒若庭户。興來游戲凌滄洲，蹴踏烟波作漁父。天風蕩蕩瀛東來，三山滉瀁金銀台。潛虯無聲老蛟臥，巨鰲騰出何雄哉。怒濤拍山山疾走，群鰲戴山不見首。翻身吹沫海風腥，霹靂一聲忽驚吼。此時英雄奮臂肘，神物會須落吾手。雲爲餌兮月爲鈎，冰練掣兮風絲柔。扶桑枝頭一竿挂，珊瑚網底千綸收。須臾萬壑互噓吸，乾坤蕩摩鬼神入。鼇身軒昂作人立，銜鈎爲君出窟宅。天吴海若留不得，爰爲告曰：鼇兮鼇兮，汝之生也如有神。自從女媧斷足立四極，歷三萬載誰能馴？穆王駕鼉不汝役，武皇斷蛟不汝瞋。雖有昌黎驅鱷，太白騎鯨，惟汝不可以威服而力争。噫！蓬山嵳峩兮，弱水澄清。吾將濯足兮，策汝以行。」他如《雪泉圖》云：「萬岩捲瀑作飛雨，六月生寒無點塵。」《題劉司馬皦洋遇盜圖》云：「鬼神所憑止忠孝，患難能消豈才智。」皆妙。

予辛卯分校豫闈，得人最盛，以洛陽金酉山位西爲最長。酉山有「洛陽才子」之目，年亦不過四旬。其餘若祥符劉芥舟渡、劉晉三偉錫、内鄉劉藜閣天禄、襄城樊柳塘閏六、伊陽馬桂山曉林、盧氏王瑞亭希紱，及副車汝陽馮生見書、洛陽胡生希元，皆少年英俊。而晉三係江蘇武進，在豫寄籍，故予贈句云：「傳經自昔推劉向，入洛何人勝陸機。」

辛卯本房佳卷甚多，而爲額所限，殊抱遺珠之感。然針芥之合，亦有前緣。河内申生勉旃謝啓云：「雖鵬摶未遂，水空擊以三千；而鶚薦幸邀，鶩已超乎累百。」固始祝生祜謝啓云：「感知己甚於感恩，翰墨之緣非淺；言福命不如言學，工夫之候何窮。」

卧園詩話補編卷之七

羅田潘焕龍四梅著　男彩枝肇鏞校字

余丙子同年孝感王梅岩兆春孝廉，以大挑選潛江學博。年六十猶上公車，壬辰二月入都，過淯川境之古家橋，蒙寄懷云：「一别金台計七年，奇才久仰筆如椽。文章實用歸經濟，溱洧循聲達薊燕。入境果徵桑雉異，踏泥誰把雪鴻憐。古橋小立思延佇，争奈輿夫迅着鞭。」梅岩壬辰爲龍岩魏笛生茂林比部本房薦卷，笛生温言慰藉，梅岩上詩有云：「最難知己言相慰，却比登科分更榮。」

北地寒冷，冰上可以行牀，每床足容數人，以一夫挽之，其行如飛。太倉金補之元恩明府《冰床》詩云：「呼公無渡待何如，辦得行床可涉渠。上下人言聽隔水，縱横客卧認求魚。怕驚鷗夢馳偏速，尚抱狐疑步欲虚。終是坐船天上穩，聲流碧玉待春初。」

郭葵臣太史與予交最篤，知最深。壬辰主鹿門講席，寄予覆書云：「接惠函并大著續集，人知艷足下之才大，吾尤服足下之心細。國僑再世，不獨惠人，而且博物矣。白香山云：『不用更教詩過好，折君官職是詩名。』以閣下大名，幾於横絶宇内，兼得百里而長之。學問經濟，毫不讓人。詩人多窮，亦固其所。弟到鹿門來，意境更爲寂寞。每念二人同床夜話，時輒爲流涕。附占二律，用閣下《都門留别》之韵，藉報知心。」其一云：「修書一一問來春，形跡雖疎臭味親。課子可能追乃父，添丁應已報佳人。謂琴珊夫人。椿萱蔭想慈雲健，桃李穠看化雨新。君辛卯入闈，得士最盛。差喜洧襄千里隔，好音惠我莫嫌頻。」

仁和王香雪乃斌明經以詩名大江南北，有《紅蝠山房詩集》八卷。余相見於黄州，稱莫逆交。少年曾賦杏紅樓七律四首，四明張莪園啓書、鎮海楊白鄰宜春聞其第二首於閩中，妄謂遺句，徵詩及香雪，故集中載其事云：「杏紅樓，吴下十二紅樓之一也，女郎張小娟實居之。嘉慶庚辰春，與蕭山陳香槎培刺史宴是樓。香槎夢憶池塘，僕則春歌皋廡，青衫揾淚，紅粉啼花，燈炧酒闌，百端交集，因各有作。越三年，忽有以此徵詩及僕者，始則啞然笑，繼乃憮然感。訛傳坡老之死，吾何敢當，生挽陶公之章，是所取爾。」香雪詩之見重於人，與莪園、白鄰之不知其人而愛其詩者，皆可謂深於情矣。其第二首云：「珍重尊前又唱酬，春風同倚杏紅樓。香魂唤醒花間蝶，萍梗飄憐水上鷗。半世文章知己淚，六朝金粉到今愁。吴娘莫把琵琶訴，司馬青衫易白頭。」

石屏許魚泉應藻學士督學湖北，予弟伴芹焕珍、蘭士焕瑛兩秀才皆列優等。旋升贊善，入都，過洧川，予留之小飲，并贈以詩。學士和云：「一路名花雜野芩，輿歌處處思難禁。政同國氏風偏古，才本潘郎世所欽。珂里文章曾照眼，驪亭卮酒更傾心。一編詩話殷勤贈，恰比鴛鴦度繡針。」

予客周芸皋觀察署時，其幕友皆一時名士。王香雪而外，則海鹽陳南叔克明、錢塘勞方泉山暉兩布衣，皆工於詩畫，南叔兼精篆刻。二君俱爲予曾繪《梅花書屋圖》。陳南叔《留别黄州諸友》云：「此别難爲别，相看鬢有絲。白頭兄弟夢，黄卷古人思。客路憐知己，秋風感後期。從來彈緑綺，珍重賞音時。」

詩以翻新爲上。勞竹隱志莘布衣，山暉之父也。《咏鷺》云：「静立晴波玉羽輕，紅霞遠映太分明。幾時絶了求魚念，偏受人間潔白名。」《夜坐》云：「坐冷青毡獨守貧，莫將清況語親賓。流螢入室還飛去，也惜餘光不照人。」《柳枝詞》云：「畫就新娥百媚生，離亭嬝嬝拂行旌。緑衣争向人前舞，纔惹春風體便輕。」皆未經人道，但出語多含諷刺，想亦有爲而作。

奉賢夏論園際唐、海陽趙鳳厓銘彝兩明府，皆與予在闈中訂交。別後予寄兩君書，誤將鳳厓書封入論園函内，論園寄詩云：「轉眼春風又一年，洧川漳水各雲天。奇才每向詩中露，離緒難將筆底傳。潘岳鶯花皆政績，劉綱夫婦本神仙。秋闈譚劇燈頻剪，往事回頭倍惘然。」「一編寄讀證相思，宛在重簾夜校時。珊網濫收魚目混，拙作蒙采入《詩話》。瑶箋錯叠贋書馳。忙如倒印君何急，怪似空函我欲疑。笑問河陽花裏令，種來桃李幾高枝。時尚未得春闈信息。」

予調補商丘時，洧川士民公贈「慈母神君」匾額。余賦詩一首酬之，一時和者不下數十人。朱茂才惠疇於和韵外，附《述輿情》五古三十韵，音節入古，特爲全録。其詩云：「聿古誌循良，耿耿今爲烈。頌聲遠近騰，蔀屋性情結。喃喃祝超遷，名香望空爇。秉彝有同好，此理皎如雪。豈以洧曲民，而與古昔別。曾自邑中還，童叟村外列。要予使暫坐，疑團願一決。風聞潘侯遷，果否有此説。吾邑雖褊小，民風未甚劣。況兹數年來，蒸蒸異往轍。絃誦比户聞，四野桑麻茁。夜扉渾不閉，誰曾憂盜竊。角牙罷争訟，囹圄亦空設。時獄中無人。琴堂鎮日閒，風清月皎潔。論文或賦詩，隨意磨青鐵。有時至鄉村，婦子步蹩躠。家釀開新甕，其香清以洌。棗瓜隨所有，園蔬競采掇。一觴以爲快，事同祝哽噎。凡兹殷勤意，禮數頗不缺。分雖尊卑懸，情猶骨肉切。奈何棄我去，無乃太决絶。仰首呼蒼冥，悄然成悲咽。來也何遲暮，去兮乃飄瞥。予腹餒已久，欲去肘彼掣。感慨亦欷歔，繁憂不可輟。奉勸諸父老，無爲心惙惙。鸞鳳有奇姿，安能久羈紲。要亦需時日，豈其驟拋撇。一語剛未終，愁顔盡歡悦。」情真語摯，讀之令人淚下。其他佳句如王孝廉務本：「恩深直與脾山遠，道濟應同國氏傳。」王茂才化南：「操刀信手何煩學，愛物由心不必盟。」陳秀才西銘：「行政執中非執一，臨民持正即持衡。」劉秀才渠：「茶烟棋局黄岡記，琴韵書聲白鶴盟。」許廣文立綱：「琴堂布政符三異，官閣承歡慶百年。」李秀才敬亭：「栽得桃花迎旭日，留將棠蔭話他年。」尉氏張秀才霖雨：「辟易千人心錦繡，甄陶萬類手權衡。」李秀才桓：「波恬洎水涵新澤，香藹梅花話舊盟。」鄢陵楊秀才巽生：「書校西清留素業，名追東里恰青年。」尉氏張明經若閶：「萬户謳歌來此日，九重褒獎待他年。」皆可誦。

俗諺云：「場中不論文，窗下莫言命。」良以諉之於命，則工夫必不能精進。叔父孝廉眼垣公今官襄陽學博，有《榜後示子姪》云：「蕊榜先因壽域開，熙朝八月舉賢才。功名莫嘆多留滯，轉瞬皇華使又來。」「何年凡骨换飛騰，鍊汞燒丹迥不靈。豈識大羅鸞鶴舞，待君爐火要純青。」「滿園花木翠交柯，中有藏書萬卷多。愛惜光陰揚祖德，先人此地築吟窩。」次首託興游仙，尤得風人之旨。

余亦曾賦《游仙》二十絶，其一云：「柳毅同筵坐洞賓，群仙高會脯餐麟。今朝得與蓬萊宴，半是當年下第人。」「鍊就金爐九轉丹，降龍伏虎總無難。飛升不怕罡風緊，穩向遥空跨碧鸞。」亦寓策勵之意。

先大父司馬雲麓公篤嗜詩書，創建園亭，廣羅花木，日手一編不釋。有別業一所，其最上爲「還是讀書堂」。户後有小山可登，山頂老桂一株，枝葉覆地，山皆以墻繚之，竹木蒼蔚。堦下爲「退思書屋」，取古人補過之義。後爲「三上堂」，即歐陽文忠所謂枕上、馬上、厠上皆可讀者也。前爲「釀春亭」，亭前百花雜植。稍左有小閣，顔以「此間得少佳趣」。右則「談風月亭」，亭後有小樓，下俯園蔬，早韭晚菘，令人思菜根滋味。樓前院廣數畝，花氣送馥，鳥聲弄歡，幾不知身在塵世。院之右爲「三一居」，仿古人六一之義。先大父常於此宴集賓友，所往還者，皆一時名士云。

嶺南詩派，朱竹垞先生獨推黄文裕公爲領袖。按文裕名佐，字才伯。正德庚午解元，歷仕至少詹，予同年友香山黄香石培芳廣文之遠祖也。《秋懷》云：「瑟瑟陵上松，琅琅峽中泉。迴風相遇合，凄清成管絃。端居撫時運，閔默何由宣。野廬盡懸磬，飛輓猶開邊。初月張虚弦，流火無煩烟。明河不可觴，白榆不爲錢。吾民亦勞止，彼蒼何乃然。」寄諷微婉，不愧名家。

俗傳七夕爲洒淚雨。予《都門絶句》云：「分手何須洒淚頻，仙凡離别總前因。盈盈一水休嫌遠，尚有千山萬水人。」近於《正始集》中見侍郎長白永壽室思柏夫人《七夕》云：「渺渺天河風浪多，一年一會尚蹉跎。人間更有黄泉别，鵲去橋空可奈何。」更覺一字一淚。

子陵釣台題詩最盛，予獨愛宋時毛堅字平仲詩，别有會心。詩云：「先生高隱事如何，豈謂功名不足多。知道故人能辦事，一竿赢得釣清波。」其意推尊光武，而愈見子陵身分。又潘樫字德久，詩云：「但得諸公依日月，不妨老子卧林丘。」則以鄧禹諸公作陪，亦復另開生面。至吴龍翰字式賢，亦宋人，詩云：「萬乘從君脚底眠，客星便入史官占。東都基業隨流水，今日斯台尚姓嚴。」殊不及毛、潘二詩之醇厚。按子陵本姓莊。

宋時潘氏能詩者甚多。潘檉而外，潘昉字庭堅，三山人。《贈寫梅林信夫》云：「畫馬終須入馬胎，寫梅安得不爲梅。他生我願爲孤竹，清淺溪頭伴子開。」潘興嗣字延之，新建人。《咏秦人洞》云：「秦人當日避風烟，自種桑麻老洞天。緑竹横溪雞犬静，不知門外漢山川。」潘閬字逍遥，錢塘人。陸放翁《老學庵筆記》亦載其「夜凉疑有雨，院静似無僧」之句，蓋不獨大臨、大觀雄長于江西二十五家也。

劉文清公書法爲世所重，其少年楷書絶似趙承旨。見芸皋觀察畫册《題松》云：「森森萬木競參天，誰與蒼松論大年。不記仙翁來去日，一雙白鶴自巢顛。」《題芋》云：「長鑱不用斸黄精，仙窟無勞問茯苓。辦取一堆牛糞火，瓚師説法鄴侯聽。」殊見風骨。

周蓮塘兆基尚書初寄籍漢陽，後改歸吴江。其督學浙中，有《溪行》詩四首，其第一首更爲清拔。詩云：「天公知我欲溪行，無限林巒放好晴。聯舫吟詩三月暮，挑燈話雨十年情。雪泥鴻爪痕難定，山月蛾眉畫未成。頃刻清流千百轉，相隨一路鷓鴣聲。」

予宰洧川，歲暮無事，自製春聯。大門云：「化日光天，偕爾民共登仁壽；和風甘雨，願彼蒼永錫豐亨。」花廳云：「喜園中鳥語花香，十分煦嫗；想郊外雉馴麥秀，一樣融和。」内廳云：「課士復課民，曉起放衙勤吏治；讀書兼讀律，公餘退食惜春光。」又云：「春融喜課農桑政，年少慙居父母名。」又云：「燕鶯得意春光永，雀鼠無争訟牒稀。」

知己甚於感恩。宋時李廌以文爲贄，謁東坡於黄州。東坡拊其背曰：「子之文，萬人敵也。」後試禮部，東坡典貢舉，遺之，賦詩自責。東坡卒後，廌哭之痛，曰：「吾愧不能死知己。」作文祭之，有云：「皇天后土，鑒一生忠義之心；名川大川，還萬古英靈之氣。」

《史記》云：「伯夷、叔齊雖賢，得夫子而名益彰。顏淵雖篤學，附驥尾而行益顯。閭巷之人，欲砥行立名者，非附青雲之士，烏能施於後世哉？」青雲之士謂孔子也，後世謂登仕路爲青雲，謬矣。衡陽王鈞曰：「身處朱門而情游滄海，形入紫闥而意在青雲。」又袁彖《贈隱士庾易》詩曰：「白日清閉，青雲瞭亮。昔聞巢許，今覩臺尚。」阮籍詩：「抗身青雲中，網羅孰能施。」合而觀之，「青雲」豈仕進之謂乎？自唐宋用「青雲」於登科詩中，遂誤不改。

古人碑版、墓誌，於名位著者稱公，同輩以下稱君。耆舊則稱府君，昌黎集中有董府君、獨孤府君。有文名者稱先生，昌黎之稱施先生、貞曜先生，皇甫湜之稱昌黎韓先生。友人則稱字，如昌黎之於李元賓諸人是也。

唐宋舉進士多有不及第者。如孫之翰誌初舉進士，天聖五年得同學究出身，八年再舉進士及第。薛簡肅舉進士爲州第一，讓其里人王嚴而居其次，蓋中殿試者始謂之及第出身也。今之進士則不能相讓矣。

興化鄭子硯鑾明府，板橋先生之孫也。善書，詩有祖風，人亦瀟灑。贈予云：「一家男女盡詞人，年少檀奴韵最馨。清廟明堂失此器，《陽春》、《白雪》誰爲聽。詩工作話才無敵，集著聯吟筆不停。我是卅年湖海客，問津到此識玄亭。」子硯藏有板橋先生小像，題詞美不勝收。予尤愛其同邑徐禮華步雲中翰詩云：「我識先生面，魁梧七尺身。松高覘秀發，鶴老見精神。風月稱仙吏，江湖號散人。龍蛇飛動處，墨妙總天真。」王句山月旦太史詩云：「跌宕詞場幾十年，長虹氣吐薄雲天。小儒咋舌談繩檢，笑殺飛行絶地仙。」「慣拖長袖聳吟肩，自有奇才自放顛。鸜鵒踢翻黄鶴倒，前身合是李青蓮。」「鄭虔三絶詩書畫，總向先生筆底探。貢使知名求片紙，琉球日本更安南。」「愛才雅雨集名流，艇子西山鎮日游。一自斷橋無復板杜句，至今明月冷揚州。」二公皆興化人，曾親炙先生，故言之尤爲逼真。

泰和周夢岩作楫學使曾爲予言，其同年友永豐郭羽可儀霄孝廉詩品絶高，而岐黄尤有回生之手。蓋學使病幾於殆，而羽可實愈之也。并以其《誦芬堂詩集》見贈，卓然可傳。《浪跡》云：「浪跡真如泛水船，此身常帶五湖烟。白雲總覺歸山好，明月須教逐夜圓。曬腹有書真富貴，到頭無事便神仙。早知蝸角都成幻，愧負園林又十年。」《踏雪》云：「萬山骨凍眼空明，踢破琉璃鎮有聲。著脚愛從清處立，幾人肯向冷中行。過來鴻爪留殘印，尋到梅花認舊盟。玉宇高寒防滑足，杖藜坦坦不須驚。」其他佳句如：「還家夢好醒猶戀，失意時多交半疎。」「異事關心常入夢，好山對我不知名。」「天下幾人真肺腑，吾生何事不齟齬。」「累爾劬勞惟藥石，催人離別半功名。」「下第士如新敗將，少年人似欲開花。」皆妙。

王逸生雋布衣寄籍浚儀，幽於縲絏，予爲請而釋之。獻詩云：「到處仁風揚不盡，鄰封民尚沐恩情。」并以其《寄鴻軒詩》爲贄。其《與黄陂徐又穆瓛孝廉夜話》云：「砌蛩簷鐸亂西風，客味嘗來感慨同。詩酒助予消塊壘，窮愁自古鑄英雄。深宵柝緊千門肅，冷席燈殘一豆紅。且與先生同醉卧，黑頭幾輩到三公。」

商丘所屬有馬牧集，當西南之衝，行人來往不絶。予以公事宿其地，見店壁有詩云：「深閨別母賦新詩，最苦燈殘夢醒時。此日江南楊柳緑，一絲楊柳一相思。」并跋後云：「隨夫子之宦皋蘭，宿此，見壁上佳詩甚夥，因勉力效顰，成斷句，以誌翰墨之緣。芝仙閣女史偶題。」因憶襄陽厲以石琢玉廣文爲予述其過邯鄲，見題壁有云：「大風鎮日捲黄埃，口吻何曾得暫開。記得午窗剛罷繡，一聲鸚鵡唤茶來。」後寫「臨安女士紈卿題壁」，亦極婉妙。

古人有字父者，王濛嘗攬鏡自照，稱其父字曰：「王文開乃生如此兒耶？」有字夫者，吕后微時，嘗字高祖爲季。有字叔者，袁鍾字其叔盎曰：「絲能日飲幾何？」按《儀禮》子祭父必稱父字，蓋古人冠而字之，敬其名也。名則諱，字未嘗諱也。

唐人奏事，非表非狀謂之「榜子」，亦曰「録子」，宋人謂之「劄子」，即今之「摺子」是也。奏疏揭其要書於後，謂之「貼黄」，外書所封事目日月，謂之「引黄」。

桓宣武入蜀，有老吏曾供事武侯者。宣武詢之云：「諸葛公定以何爲長？」吏對以「未見其長，但每事停當耳」。「停當」，即穩之謂也。蘇子由曰：「子瞻之文奇，吾文但穩耳。」作詩亦求其穩可矣。

論史貴有特識。王莽之謙恭下士，自不同周公之恐懼流言。非兩兩相形，則其真不出。予讀同年友鄒鍾泉太守仿《甌北集》中論古詩六章，爲之嘆絶。茲録其二云：「不到天元時，宜中爲君子。不到北渡時，信國爲豪士。豪士守潔貞，君子佩青紫。寧爲豪士勿君子。咄哉君子何足評，豪士往迹我爲明。半閒堂開羅織廣，清白奈何負大名。笙歌醉舞虚語耳，屈身從俗乃其情。不然小樓獨坐三年死，千古豪士那有此。」「太守竹馬來，虎蝗千里避。司隸乘傳來，勢豪三族棄。以愛以威理則同，胡爲循吏胡酷吏。漢法從嚴當濟寬，寧過乎仁勿過義。史遷執筆費品評，直從時世判心地。不然孝肅忠介剛不柔，氣象幾與董郅儔。豪强斂手婦孺慕，酷吏而今第一流。」可謂眼高於頂矣。

高説岩傳占，富春老名宿也。有《秋水堂詩文集》。《山行書所見》云：「石齒巉巉匯碧泉，一泓清澈自年年。誰言已潔難容物，流向人間浸稻田。」

本朝吾邑舉京兆者二人。予之前有何君名昇者，由教習補仁和令，詩文俱可傳。其宰湯陰時，有《岳武穆王廟中石刻》詩云：「朱垣碧瓦岳王祠，聖主褒忠持祀之。鐵騎方張吞虜勢，金牌故降進軍時。十年心力嗟空擲，半壁山河遂不支。一死尋常何足恨，中原克復恨無期。」

門人固始祝受卿祐孝廉，東昌太守祝君慶穀之子，予辛卯本房薦卷也。年少有才，獻予詩云：「風流文采不須論，中秘書曾校萬言。學問如金曾受鍊，性情似玉只知温。買絲士子争相繡，捫蝨諸家陋處褌。才鉅方知謙有味，一編能讓布衣尊。」其他佳句如：「北面禮疎修一束，南豐香願祝三生。」「霖雨涵濡同化雨，繡衣珍重是斑衣。」皆爲可誦。

本朝名臣如大興朱文正公珪、諸城劉文正公統勳、富陽董文正公誥，相業懋著，而詩不多見。今特爲採入，亦吉光片羽也。朱石君相國典試時，《過蘇嶺寺》詩云：「江郎一面赭，蘇嶺萬竿青。雲路初緣磴，淙聲已建瓴。山僧諳舊雨，使者閲流星。壁上吹壎句，登臨記此經。壁有竹君家兄詩。」劉延清相國有《淩琢臣學使招登黄鶴樓》詩四首，今録其二云：「霸國雄風舊所聞，憑欄空闊出塵氛。寒潮近挾晴川雨，暖氣高連大别雲。關塞萬重迷楚望，舳艫千里會江濆。時清不用誇形勝，坐看平波接綺紋。」「昇平景物自繁華，緑樹紅墻照水涯。楊柳春風人顧曲，高樓明月客思家。中流簫管飛銀榜，舊苑簾帷隱絳紗。翠羽明珠通市舶，蠻烟猶送日南花。」董柘林相國《恭和御製春日静寄山莊元韵》云：「探幽不數午橋莊，太古雲深白日長。虬尾翠翻松𡋯𡓽，佛頭圓帶石青蒼。聖人主静仁懷契，福地恒春妙景藏。隔歲揭來停羽葆，山靈早識迓飛黄。」各詩均有盛唐風度。

董東山邦達尚書，柘林相國之父也。晚年始達，少時清苦授徒，有題壁詩云：「閒庭春鳥數相呼，又見先生教舊徒。白酒只堪消磈礧，青巾終不老頭顱。欣看空除雲飛去，笑問窮途夢覺無。坐對好山爲寫照，新年初試古麋隃。」又題畫詩云：「白雲未出山，鱗鱗纔膚寸。崇朝遍寰中，草木含餘潤。兒童意識由來小，只道白雲在山好。農夫望歲先望雲，又道出山何不早。白雲去住本無心，風雷相際便爲霖。不信但看神龍首，出没變化誰能尋。」其微時已自不凡。

麟見亭河帥由廉訪擢黔中方伯時，予寄詩奉懷，公方在武陵舟中，故其答予詩云：「扁舟一櫂武陵春，舉世誰扶大雅輪。藜火燃青推太乙，君曾官校書。柳詞飛白感迂辛。雲封嵩嶽遥懷我，月滿湘波倍憶人。宦海浮沉同一慨，萍踪歷歷指堪掄。」公與林少穆中丞皆一時風雅總持也。

劉莘農同年詩、古文俱佳，予每慮其散失，囑付剞劂。近以所刊《雲中集》見寄，有《贈許山人》詩云：「壯心雖在鬢毛殘，客似文淵老據鞍。千古詩人奇氣少，一時戎幕將才難。著書天地容高卧，投刺王侯盡聳觀。碎擊唾壺論劍術，星芒直射碧空寒。」筆力最爲奇峭。

吴縣戴杏南葆瑩司馬以庶常外用，才華澹逸。予宰淯川時，蒙其過訪，別後惠書云：「數載相知，一朝識面。聽東里輿人之誦，飫西齋郁氏之庖。登車言邁時，猶回首城闉，依依如失也。征塵暫拂，俗事紛來。前夕枕上率吟二章，非敢云詩，聊以達胸中未宣之説。次晨正擬泐箋奉達，乃蒙手札先頒。大作一氣渾成，骨蒼詞勁，看似平淡，實非寢饋於盛唐諸大家者不能。弟質既冥愚，業無根柢，少經憂患，長墮風塵，於詩文一道全未究心。第結習難忘，當閒處無聊之時，輒似候蟲時鳥，聒耳增煩。今年已五旬，潛心已終無益，矧東馳西突，衣食困人，曾不遑偷片刻之閒，少親研席耶？閣下英姿綺思，灌辟多年，兼春華秋實之長，昭玉粹金貞之體，而又循聲惠政，遠近交推。一官一集，古今人正不甚相遠也。」并寄詩云：「栽花花滿彩毫尖，薄宦才高出處恬。詩話新臚千腋貴，官箴夙凛四知嚴。神君慈母淯川士民以此四字頌君德政。稱無愧，循吏儒林傳合兼。初服儘教塵偏染，相於味外別酸鹽。」「德門盛事傲公卿，舞彩含飴愛日誠。雙管臨風仙眷屬，一庭咏絮雪聰明。頻牽司馬青衫恨，誰識元龍碧海情。格自超超神自暇，梁園詩史卧園評。」

後周宣帝時，禁天下婦人不得施粉黛。自非宮人，皆黄眉墨妝，世所傳《墨妝圖》是也。

《後漢書・列女傳》凡十七人，《晉書・列女傳》凡三十四人，《南史・孝義傳》十三人，《北史・列女傳》凡三十四人，《隋書・列女傳》十五人，《舊唐書・列女傳》三十人，《新唐書・列女傳》四十七人，共一百九十八人，皆后妃母妻，女子獨符堅妾張氏一人而已，豈妾以賤不得書？抑無人耶？

王摩詰詩好取人佳句。「行到水窮處，坐看雲起時。」《英華集》中詩也。「漠漠水田飛白鷺，陰陰夏木囀黄鸝。」李嘉祐詩也。

吴彩鸞所寫之韵，一先爲二十三先、二十四仙，殊不可曉。《硯北雜志》載宇文廷臣之孫家有吴彩鸞《玉篇鈔》，今世所見者惟《唐韵》耳。

琴謂之彈，瑟亦可謂之彈。宋時姜堯章從奉常議樂，以彈瑟之語不合，歸番陽。過吴，見陸務觀，談其事，務觀曰：「何不憶『二十五絃彈夜月』之詩乎？」堯章聞之，不覺自失。

黄山谷《送張叔和詩》云：「我捉養生之四印。」乃謂忍、默、平、直也。所謂：「百戰百勝，不如一忍。萬言萬當，不如一默。無可揀擇眼界平，不藏秋毫心地直。」

家芝軒相國一門極風雅之盛。相國《寒蛩》詩，予二卷既録之矣，其《寒蝶》詩亦妙。詩云：「生長花叢裏，秋來見亦稀。最憐芳草歇，猶傍故園飛。舊夢紅墻隔，空階落葉圍。伶俜好將息，轉眼又芳菲。」敦厚温柔，深得唐人三昧。紱庭公子《寒蝶》云：「惆悵南園路，雙飛何處家。春痕歸冷淡，舊夢换繁華。金粉經秋褪，伶俜嚮日斜。落花衰草外，瘦影傍窗紗。」感喟遥深，别有寄托。星齋公子有寄題予《梅花書屋圖》詩云：「風雪三間屋，寒香記手栽。官應清似水，詩更瘦於梅。夜月縞衣至，江樓玉笛催。青芝山下路，相約掉舟來。」

家功甫、星齋、紱庭三公子，詩皆一塵不染。有《園居十咏》，好句欲仙。功甫《先得月處》云：「纖雲捲晴天，微微月初吐。怯寒人未來，清光落幽户。」星齋《梅花樓》云：「苦吟嚼梅花，小閣挹清景。花下鶴一雙，月明伴疎影。」紱庭《綠蔭榭》云：「碧樹嫩凉生，行吟過橋去。風遞一蟬鳴，深深不知處。」

長汀黎藕華淦司馬，以其先人媿曾士宏觀察《託素齋詩文》見贈，古文較詩尤工。《梅田洞紀游》四首之一云：「不附群峰自立尊，桃花紅近宛成村。捫天就日無多路，放月歸雲各有門。父老時從徵異事，神仙終未淡名根。桑田換盡渾彈指，小洞殘棋局尚存。洞有仙人棊枰。」藕華亦喜吟詩，有《自怡齋詩鈔》。《偶成》云：「晝向閒中特地長，春深惟課燕鶯忙。晨餐自淅桃花米，夜讀時焚柏子香。架上書横常懶理，階前草長易成行。笑他垂柳驕人甚，鎮日風前舞態狂。」

家星齋公子之配陸琇卿夫人，有寄題予内人及諸妹《官閣聯吟集》云：「繡閣聯吟日，才名艷色絲。班姬原博學，鮑妹并工詩。春暖鴛鴦社，香飄翡翠帷。梅花開正好，東閣寄相思。」

作詩能用縮筆，方無平蹋之病。家眼晅叔父孝廉公《由黄州晚歸》云：「蒼茫遠樹盼斜暉，兩日行程結伴歸。到眼忽驚山色暗，回頭漸覺路人稀。潺湲野水鳴清澗，隱約燈光露翠微。且喜到門猶水掩，簷前小立拂征衣。」恰切晚景，末聯尤得縮字訣。又《行接焕瑜以府試第一舉秀才信》云：「陡接齊安信，全家喜欲狂。雲泥争頃刻，頭角出班行。想識新翻樣，能馳小戰場。藍衫看汝着，佳氣滿河陽。」焕瑜字琢山，叔父第三子也。

萬春車雙嵐酉別駕有《文雞檢篋存雜著》，五七古最佳，集隘不能盡録。《答友》云：「鶯花我輩締前緣，痛悔浮名俗累牽。雞肋一官成底事，不如風月聳吟肩。」其他如：「碧樹雲千里，青天月一舟。」「月訪簾户來，風尋窗隙入。」「夢裏鄉山真可到，眼中春色總無聊。」「秋雨倚鋤分嫩菊，春風斫竹釣潛魚。」皆有風韵。

吾楚劉黄岡、熊漢陽以文章雄海内，膾炙人口數百載，而其詩或未之知。京山易眉川履秦教授爲搜得古近體詩數百首，彙而刻之，名曰《熊劉詩集》，魄力沉邁，與其文均足以傳。熊次侯先生集中《贈瑞州司理駱於高》七律云：「粲粲英詞是駱丞，强從案牘著微能。郊行羸馬偏驅虎，庭有栖鸞不下鷹。文法何人容吏拙，乾坤吾黨易譏興。枯魚懸户仍憐客，把袂尊前得未曾。」他如：「襟期可指中天月，事業真如出岫雲。」「飛揚事過如秋老，拱揖人踈與病宜。」皆妙。劉稚川先生集中《女史》云：「風流天種更疑天，多與人情少與緣。爲惜名花頻夢到，最傷好事半愁牽。癡當絶處猶嫌淺，想入窮時已近禪。誰道英雄饒勁概，解從兒女覓些憐。」《美人攬鏡》四首之二云：「覺來笑語盡能真，汝亦何人敢效顰。昨夜梅花堦上影，要知香處是精神。」「側身小立軃春衫，纖指拈花試鬢邊。不是向他頻問好，總伊妍處是儂妍。」熊詩豪壯，劉詩秀逸，各有佳處。稚川先生又有《送别熊次侯》云：「風静天高落木悲，輕車羸馬望南馳。媿深玉署曾聯轡，夕照師門憶共卮。近日文章誰與語，别來期許慎相思。經過倘遇真英俊，莫惜音書報我知。」二公同鄉同年，筆力相埒。送别詩自不禁其一往情深，末聯尤見憐才之意。

余家藏潘國祚字甚富，所題即其詩，可謂雙絶，但不知爲何處人。後閲吴江徐電發釚太史《南州草堂集》，序其《楓江漁父圖》題詞有番禺潘國祚詩，云：「垂釣楓江上，秋光滿碧虛。烟波隨浩浩，容與自如如。尊酒琴書并，高懷天地俱。乃知雲水外，今古有鴻儒。」始知國祚固嶺南名士也。

遲者不能爲速，夫人而知之矣。至速者不能爲遲，則非箇中人不能道。沈歸愚德潛尚書與張南華鵬翀學士并以文字受上知。兩人常結詩社，南華點筆而就，歸愚苦吟後安。南華曰：「遲速本之性生，子不能效我速，我亦不能爲子遲也。」

孝感胡牧堂紹鼎先生以會試第一官侍御，所存詩集，汾陽曹君學閔代爲刊行。《襄樊道中》云：「烟火蒼茫接遠村，由來名勝重襄樊。銅鞮拍手歌新曲，石篆無情蝕古痕。漢水中流分楚塞，秦山西護入荆門。此間耆舊今何似，往事搜羅或尚存。」

婦翁拙園先生詩縱橫跌宕，所向如意。《春夜聽雨憶三子道中》云：「夜來春雨聽瀟瀟，何處津亭駐客橈。好待日高風定後，揚帆携酒上金焦。」《和友人登峴山》云：「高步峰巔趣不同，危亭蕭瑟石巃嵸。千秋勳業浮雲過，萬里風烟極望通。無恙幽芳環澗碧，依然古磴瀉泉紅。殘碑有淚何人墮，剩守荒祠一道童。」番禺張南山維屏司馬有《拙園子歌》云：「拙園子，何所似？乃似懷葛之逸民、秦漢之博士。有時居山林，有時履城市。有時舉首眺烟霞，有時低頭誦經史。經十三，史廿四，寢於斯，饋於是。不知塵中有何味，但覺書中有真意。以其撑腸拄腹古書卷，發出倒海排山大文字。曲高和者希，文奇忌者至。一領青山四十秋，十戰棘圍不得志。眼看門前立雪人，飛騰早拔文壇幟。此手老斵輪，運斤每不利。旁人皆歎詫，我謂不足異。李廣未封侯，劉蕡偏下第。唐時取士最重詩，榜中李杜無名氏。古來多少賢達人，往往才高命迍滯。我曾夜夢飛上天，欲訴人間不平事。帝旁玉女忽大笑，造化小兒尚酣睡。下界紛紛蟣蝨臣，真宰茫茫豈能記。屈子空留《天問》篇，阮公自洒窮途淚。事過休論升與沉，興來且喜吟還醉。拙園子，六十矣，聞道童顔復兒齒。文老愈奇詩愈肆，洪或如鐘鏞，艷或似羅綺，蒼或挺松檜，秀或茁蘭芷。或垂九霄雲，或瀉三峽水。或展大鵬翅，或豎天龍指。濤箋寄我一萬言，驛路思君二千里。我尋楚澤浩雲夢，君訪梁園渺荆杞。避面真同尹與荆，和聲不異宫兼徵。羨君膝下繞鳳鸞，令子河陽滿桃李。坐中王粲旅懷開，天外孫登嘯聲起。鴨頭緑漲漢水來，定有中州一雙鯉。」此詩可以括先生之生平矣。

德州盧南石蔭溥先生與歙縣曹麗笙振鏞先生并爲相國。盧因病乞休，一時論入相者，以蒲城王定九鼎先生及家芝軒尚書爲最。故芝軒尚書《工次奉到入閣之命紀恩》二首云：「乍聞寵命下彤墀，清夜捫心轉自疑。豈有庸材邀特達，况兼故事重參知。恩榮真是逾常格，獎勉無非荷聖慈。霖雨應時皆帝力，微臣何以答昌期。」「天語親承重任肩，服膺兩字倍拳拳。黄扉持晉絲綸掌，粉署兼持賦式權。差喜蕭規共曹守，那堪盧後更王前。和羹漫説遭逢盛，憂樂關心記昔賢。」末句奄有大臣風骨。

予門人伊陽馬生曉林，字桂山。壬辰聯捷成進士，以知縣分發陝西，年才二十八歲。性豪邁，而詩亦清拔。有寄懷予長子彩枝詩云：「雁字迴風又到秦，相思還共月華新。借君古錦囊中墨，滌我長安道上塵。楚郡雄才推首出，宋州庶務也身親。淩秋雙桂應同發，香送椿庭不厭頻。」又商丘門人徐生熙載，字子績。以十六歲舉孝廉，有神童之目。其《重陽即事》索予長兒彩枝和韵云：「風雨連朝乍放晴，蕭然秋意十分清。菊開映月寒生暈，雁度驚寒夜有聲。此日登高慙賦手，何人送酒締詩盟。才華久説潘邠老，佳句君應繼大名。」

劉鏡河潯庶常十七即入翰林，予門人劉生渡之弟也。有《大梁懷古》三十首，今録其二云：「匆匆急告大梁城，羽檄飛來片紙輕。符竊美人酬舊德，謀成公子報同盟。屠沽事業空千古，關柝功名了一生。却笑買絲多誤繡，平原何足抗秦兵。」「攜酒來登八卦臺，倉皇舊地滿蒿萊。千秋制作群靈伏，萬古文明一畫開。自是天心終不閟，似聞鬼哭亦何哀。空堦鳥跡今猶在，惆悵殘碑卧緑苔。」詩筆倜儻不群，有旁若無人之概。

予内兄楊蕉雨刺史任信陽，單騎緝賊至楚北界，與捻首張二虚等相遇。群賊持弓矢相向，蕉雨端立不動，賊諦視良久，曰：「此信陽州清官也。」羅拜而去。蕉雨仍生捦張二虚，置於法。尋以大中丞密薦入都，受上特達之知，乞假省親，驟遷漢陽太守，異數也。其《紀恩》四首七律云：「三年兩度拜恩光，兩蒙召對。天語親承朵殿旁。澤集嗷鴻宜愛養，政除害馬待循良。服膺敢忘綸綍重，乞省還沾雨露長。薄海於今欽孝治，曰歸時誦《白華》章。」「乍聞寵命下金鑾，循省蕪衷敢自安。帝有温言勤乃職，臣無嘉績愧斯官。用人破格恩施渥，涖事殫心報稱難。自顧樗材非爨下，賞音還爲子期彈。謂密薦。」「荆楚川原入望頻，此邦遷地正爲鄰。游踪詩紀晴川古，吏治人稱峴首循。見説災黎仍水患，漢陽被水。又蒙捐賑溥皇仁。只愁卒歲無衣褐，鄒律難嘘黍谷春。」「蓼岸蘋汀昔釣游，廿年宦筏笑沉浮。竭來梓里邀天綍，恰值蘭陔晉海籌。道路馳驅餘爪印，庭闈歡喜上眉頭。瓊樓玉宇頻迴首，尺五天分八月秋。」末聯尤見忠愛之意。

歸安計蓀士端秀才客蕉雨太守幕，出其舟中所作各小詩，皆有意致。《望惠山》云：「環翠樓邊水接天，一帆風過九龍前。何年携得新茶串，來試名山第二泉。」《漫興》云：「孤村流水日初斜，回首江南路已賒。兩岸白雲吹不散，輕舟一棹入蘆花。」蓀士又有「半窗秋水半窗天」句，深切舟中情景。

杞縣胡俟齋具慶先生以孝廉宰石泉，著有《求志山房集》。先生爲理學名儒，而作詩却無腐氣。《偶成》云：「衡門静對夕陽斜，窮巷曾無長者車。猶有東皇懷舊好，春風早遣到山家。」《友人招飲》云：「陰雲寒霧暗黄昏，彼美何期接晤言。鄴下如逢曹植謙，座中常對孔融尊。文章最服波瀾闊，肝膽誰知道義存。酒畔春風頻拂面，吹來笑語亦温温。」其他佳句如：「林蟬聒聒鳴殘暑，岸柳垂垂入早秋。」「故人零落晨星少，塵路揶揄夜鬼多。」「原憲敝襟寧是病，陳平冠玉竟長貧。」皆妙。其裔孫誦先傳芬秀才，予辛卯薦卷。

余大梁所晤詩人，多屈於下吏，不免有屈、宋衙官之嘆，亟爲采入集中。宰淯川時，胡蛟川在海少尉見贈云：「修到梅花定幾生，秋風鶚薦早馳名。爲官譽已隆神父，入洛年應少士衡。是處蒼生皆首戴，從知白水自心盟。五花判畢琴三叠，想見琴堂鎮日情。」調補商丘，又有吴縣吴少府廷栽見贈云：「梁王此地盛池臺，潘岳千年爲政來。見説神明如傅沈，肯令儒雅但鄒枚。訟庭無事垂簾静，官閣聯吟刻燭催。聞道一門盡能賦，徐妻鮑妹亦仙才。」又通州孫藝圃聯輝州尉有《重到睢州感懷》十二首，之一云：「閲人閲世等雲烟，往事重教取次傳。歲月偏驚羊胛熟，行藏不食雉膏鮮。新詩冷落三秋負，舊友凋零百感牽。記得清游修禊日，豪絲哀竹酒如川。」皆磊落可喜。

桐城張雲畦慶昌明府有贈予詩云：「風流儒雅獨翩翩，秘閣窮經夙有年。莫作尋常文吏看，使君本是大羅仙。」雲畦長於四六，而詩亦修潔。

余宰商丘，有烈女名隱姐，掾吏卞龍旂之女，儒生張嘉全之室。未嫁聞訃，雉經而亡。烈婦丘王氏，清河王湘之女，山左儒生丘承烈之妻。寄居商丘，夫死自殺。既爲之請旌於朝，并賦詩以紀其節。卞烈女詩云：「卞氏之女張生妻，于歸未賦藏深閨。身雖許郎貌未識，郎死對人不敢啼。不敢啼，中心悲。郎病妾不知，郎死生何爲。婦人義惟從一耳，妾死足以對夫子。身如白璧無點瑕，命畢朱絲長已矣。但知一死此心安，舍生取義全倫理。隱姐名雖隱，不能彤管芳徽重千紀。」丘烈婦詩云：「貞魂雖死猶鬱結，試聽黃河水嗚咽。家住清河寓商丘，與夫到處相扶挈。不堪故土已遠離，況復所天成永訣。拚將一死地下隨，模糊刀濺房中血。嗟哉女子未讀書，就義奮然何勇決。生於王，家閥閱。適於丘，名承烈。兒女無，形孑孑。河水清，連底徹。烈婦操，同瑩潔。我作官，司旌別。請於朝，揚芳節。」

新鄉衛健堂大壯教授年已八十，腰脚强健，與其配郭恕宣夫人白頭唱和無虚日。夫人工詩善畫，曾繪花鳥於團扇，贈予内人琴珊，并題小詩一絶。詩云：「碧筠樓集擅才思，活色生香絶妙辭。簷雀不知人誦遍，争飛花裏學催詩。」《碧筠樓》，琴珊集名也。

予於壬辰冬謁完顏惲珍浦太夫人於大梁寓館。時見亭河帥方擢黔藩，太夫人年已六旬，鶴髮童顔，吐屬風雅，别後屢承餽問予内人琴珊不絶。癸巳夏，太夫人謝世，因寄書與見亭河帥，索遺稿，亟爲采入《詩話》。太夫人少時，姑以錦鷄命題試其才，賦詩立就。詩云：「閒對清波照彩衣，偏身金錦世應稀。一朝脱却樊籠去，好向高岡學鳳飛。」殆具有夙慧。《送女公子于歸》云：「撫養深閨十五年，追隨左右愛生憐。于歸去侍翁姑側，莫似嬌癡在膝前。」《哭冢婦》云：「聰明性格更温存，五載真同母女恩。只道蘋蘩今有托，誰知風雨送黄昏。」皆極悱惻纏綿之致。又《送春》云：「匆匆春去倩誰留，梅近黄時麥近秋。一載韶華餘此日，滿林紅雨不勝愁。」《道中即目》云：「暮色蒼然至，長途且着鞭。樹深疑礙路，山遠若連天。野老當門立，村童枕石眠。夕陽歸去也，林外月初圓。」寫景各臻佳妙。

見亭河帥年十二時入塾稍晏，師命對曰：「紅日滿窗人未起。」先生應聲曰：「青雲有路我先行。」髫齡不凡已如此。

留壩廳紫柏山有留侯廟。林少穆中丞題詩云：「除秦便了復仇心，勇退非關慮患深。博浪不教椎誤中，十年前已卧山林。」「泉聲濺濺竹娟娟，七十二峰青可憐。但借先生半弓地，不須辟穀也登仙。」前一絶窺見留侯肺腑。

姚鏡塘武部詩，清微淡遠，别具風格。《秋柳》云：「元蟬無復噪高枝，雲葉烟條不自持。名士飄零猶有韵，美人憔悴轉多姿。遥憐江北江南岸，同此秋風秋雨時。落盡短長亭畔樹，只應玉笛寄相思。」他如《看花》云：「萬古乾坤此春色，十年風雨幾詩魂。」《答友》云：「飲少偏能留客醉，韵强每喜和人詩。」《漂母祠》云：「當日憐才偏婦女，古來乞食有英雄。」皆妙。又有《咏蟹》云：「稻芒也復解輸誠，郭索翻教得鼎烹。始信無腸難涉世，人間何處許横行。」此詩似有感而作。

同邑李應彰學純先生，予髫齡時受業師也。甲午春徒步至署，小住數月，《留别》云：「睢陽全豫一長城，今日安仁此駐旌。跋涉不辭千里路，晤談曲寫十年情。黑頭爾正才華展，白髮余還步履輕。只是年高難久戀，歸山雲又向征征。」

江寧金研雲堤貳尹與予素未謀面，忽遣使致書，以其室吴縣翁繡君瑛夫人自繪《百花圖》卷子，索予夫婦題詞。畫筆疎秀，所製序文亦佳，一時名媛、名士、名卿題咏甚夥。予詩云：「手寫名花即寫真，名花原是女兒身。生花筆稱如花貌，描出花枝百種新。」内人琴珊詩云：「不倩東風爲舉抬，毫端頃刻百花開。天工畢竟輸人巧，拂拂春從十指來。」「含嬌逞媚不勝情，莫笑無根葉自生。繡閣繁華能主掌，春蘭秋菊一齊榮。」按繡君夫人有《朝霞閣詩鈔》。所畫仿文衡山《雪霽圖》長卷，尤極雄壯。予亦題有七古一首。

商丘與皖、齊三省接壤，爲盗匪出没之所，其最著者，俗呼「白撞手」。余下車後，先後緝獲鄰省巨匪朱秀章等多名。楊海梁中丞入奏，蒙上温旨，有「緝捕甚屬勤能」之語，加五品刺史服色。時叔父朗垣公官襄陽學博，寄賀余父詩云：「作令新兼刺史榮，敕書剛下九重閽。一方弭盗臣心苦，五品加銜帝命尊。盛世廉能功必録，先人積累慶常存。從今益守清廉訓，伫看吾家大里門。」

黄陂金殿珊光杰太史與予爲知心同年，别數載矣。甲午其令嗣國鈞舉孝廉，太史送之入都，道出洧川朱曲。有《謁東里大夫祠并寄懷潘四梅同年題壁》二律云：「到今溱洧愛猶遺，日暮崇岡謁古祠。東里秀鍾賢哲地，西宫難靖少年時。人言立法如諸葛，我欲將金鑄子皮。太息賈生王者佐，漢廷誰足感心知。」「驛館行厨憶舊歡，予前出都時，四梅追餞於此。又從朱曲憩征鞍。救時相業談何易，博物才名稱亦難。花種河陽曾滿縣，風清洧水不生瀾。殷勤寄語商丘宰，四梅昔宰洧川，多惠政。今調任商丘，又以賢能奏加陞銜。此地今猶誦好官。」

余酬洧邑士民詩，和者甚衆。頃黄陂王萃珊之斌比部、黄岡曾世儀孝廉兩同年又自都門寄其和作。萃珊詩云：「掀天事業屬儒生，暫試雷封已震名。春雨深心殷布澤，秋風老眼重司衡。四梅入闈得士最盛。訟庭從未留新獄，令洧川時囹圄空虚。吟社偏猶主舊盟。姤煞河陽花滿後，安仁彩侍最怡情。」曾同年詩云：「五色祥雲楚岫生，翩翩年少最知名。丙子同年惟君最少。校書秘閣推劉向，獻賦京華繼士衡。芍藥三春新政績，梅花四樹舊心盟。洧川月映清千里，不及懷冰一片情。」

門人馬桂山曉林明府，甲午分校秦闈，得小門生七人。孝廉則李君祖望、劉君照乙、吴君士範、王君以泰、張君日新、王君碩，副車則武君承癸也。余喜寄詩云：「野秀芩蒿瑞鹿鳴，門生門下見門生。用古人句。榜標深喜傳衣鉢，年少居然握鑑衡。玉産藍田光氣耀，花開丹桂異香盈。長安西望欣含笑，華國從兹策令名。」桂山和云：「羽毛豐滿快飛鳴，全賴春風萬物生。嗣響幸傳初祖鉢，書紳頻倚子張衡。地分秦嶺瞻依切，花種河陽次第盈。一瓣心香山斗仰，循良還冀步榮名。」

久不相見之友，一旦音問忽通，得知故人消息，且有新詩可讀，誠大快事也。予與沔陽劉蔭喬興樾明經別十八載，甲午，蔭喬就渾源粟樸園毓美方伯之聘，寄書相候，有「神仙眷屬，爲柳絮才人」之語，并系以詩云：「欲從潘令問詩來，滿縣桃花手正栽。轉恐花開争姤煞，一雙佳耦兩仙才。」

卧園詩話續編卷之八

羅田潘焕龍四梅著　男彩枝肇鏞校字

言爲心聲，故作詩每與其人相肖。予同年友陳秋舫翰撰典粤東試，詩題《海上生明月》，其擬作有云：「捧輪高浪立，出水衆星迎。」是狀元典試氣象。阮芸臺中丞云：「一輪扶浩瀚，萬里印澄清。」是封疆大吏氣象。

庾子山《出自薊北門行》：「梅林能止渴，複姓可防兵。」按代北之人隨後魏遷河南者，獻帝定爲複姓，或二字，或三四字，其音多似西域羌音，三合四合皆指一字之義。《隋經籍志·兵法》有《黄帝複姓符》二卷。後周賜姓如普屯、紇干、賀蘭、普六如之類。當時武將多用複姓爲之。

予丙子中副車，乙酉始魁京兆，相距十年矣。單地山少司成題予《丹桂重攀圖》云：「蟾宫香送桂花秋，來與姮娥話舊游。記得大羅天上事，十年前已到瓊樓。」

男子可稱佳人。後漢尚書令陸閎姿容如玉，光武見之嘆曰：「南方故多佳人。」苻秦時，蘇蕙作迴文詩寄其夫竇滔曰：「徘徊宛轉，自成文章，非我佳人，莫之能解。」則稱夫亦可曰佳人。

予客中題壁詩不署名姓，同年李夢韶廉訪以使粤日記見贈，載其夜宿平原腰站，見壁間二詩甚穩，録之，詩云：「昔年擲果記盈車，負爾低徊掠鬢鴉。不是潘郎情太薄，故園栽有並頭花。」「薄命紅顔劇可哀，琵琶遮面步遲徊。他年我作司香尉，肯使名花入溷來。」乃予丙戌出都題壁詩，閲之不禁怦怦心動也。

宋時，集古仙人作圖，名「選仙圖」，爲賭錢之戲。用骰子比色，先爲散仙，次升上洞，至蓬萊大羅則衆仙慶賀。其比色首重緋四，爲德；六與三爲才，次之；五與二爲功，又次之；最下者么，則謂之過。有過者，謫降，遇德復位。王珪《宫詞》云：「盡日閒窗賭選仙，小娃争覓到盆錢。上籌須占蓬萊島，一擲乘鸞出洞天。」近世之升官圖、攬勝圖，其戲亦相仿。

金匱安芝慶詩侍御，戊戌冬餞予於四松堂，贈詩云：「洧川留宦績，燕市此重來。白墮分新釀，紅爐陷宿灰。眼明光映雪，拇戰氣如雷。别有千秋在，題箋問四梅。」侍御有《飛香圃詩集》。其妹眉仲玥女史《咏鳳仙花》云：「秋花此最艷，紅白相與鮮。飛來鳳兮鳳，留住仙乎仙。」詩筆亦爲清麗。

宜黄黄樹齋爵滋少司寇與予交最篤。有《過訪未晤》詩云：「凉風吹雨過藤軒，恨不相逢一笑温。楚國才人争絶代，顧家新婦出高門。時以令妹詩索序。一堂風雅天懷暢，百里絃歌地望敦。世士文章已輕薄，休言於道未爲尊。」年來吟壇老宿凋零，惟樹齋司寇暨益陽湯海秋鵬農部、道州何子貞紹基編修爲一時領袖。

海秋農部題予詩集五律四首，筆力遒健。其一云：「君自一家則，清新半古香。峩嵋倚天半，菡萏擢波長。倒屣歡携手，揮毫欻吐芒。楚騒吾國脉，弔古兩茫茫。」

漢中楊菊坡鑣明府欲延先大夫舉行鄉飲酒禮，先大夫力辭不就。頃讀尤西堂集，有《辭鄉飲》詩云：「四座東西圖畫張，樂工迭奏《鹿鳴》章。而今此事成兒戲，何必區區問餼羊。」亦有慨乎言之矣。《漢志》：「黄帝使羲和占日，常儀占月。」《周官》注云：「儀音俄。」《詩經》「實惟我儀」叶「在彼中阿」。後人遂誤「常儀」爲「常娥」，且誤「常」爲「嫦」，相沿不改。

朱紫陽、翁秀卿皆有《四時讀書樂》詩。如：「綠滿窗前草不除，落花水面皆文章。」翁詩也。「花落花開總不知」，朱詩也。秀卿名森，號一瓢，浙江仙居人。元時隱居不仕。著有《一瓢稿》。又《朱子家訓》乃朱伯廬作，亦與紫陽無涉。

長洲陶㒄香樑先生觀察吾楚，欲選《楚北詩徵》，惜書未成而遷他省以去。讀予《詩話》見寄云：「宦迹東華又豫州，一編獨出冠時流。閒中風月供評泊，篋裏瓊瑶富唱酬。妙義定誰欣賞共，故交幾輩姓名留。濫觴却笑倉山老，傖父才人一例收。」并蒙寄所著《詞綜補遺》，選擇博而精，足以補竹垞先生之缺。

唐設童子科，凡十歲以上，通一經，及《孝經》、《論語》每卷誦文十通者，予官，通七者，與出身。宋仁宗初以童子賜出身者凡十人。淳熙元年，女童林幼玉求試，中書後省挑試所誦經書四十三件，並通，詔特贈孺人。

大兒彩枝字春舫，權貴溪貳尹，予寄詩勖之云：「捧檄西江弱冠年，好將清白守家傳。夷陵主簿南州尉，從古微官有大賢。暫借一枝非久安，哦松任爾倚闌干。高妨近亢卑訪諂，斟酌斯官分際難。」

番禺張南山維屏司馬，丙申由西江寄其《聽松廬詩》十六卷、《廬秀録》八卷、《國朝詩人徵略》六十卷，來書云：「大著《詩話》持論中正和平，且於剬風緝雅之中，兼有徵文考獻之意，必傳無疑。前日維摩偶然示疾，今既調理勝常，自當早日出山，上爲朝廷宣猷，下爲蒼生造福。暇中偶一披閱，深愧良友期望之殷。」

明時有女轎夫，林、鳳、姜、王氏等一百九十三户，原籍福建閩、侯、懷三縣人。洪武中，撥送南京，充當女户。永樂中，隨駕北都，專供大駕、婚禮、選妃及親王、各公主婚配應用。

江安楊星山庚水部出守黄州，書來有「十餘年傾倒」之語，並以《星山詩草》見贈，專主性靈。《郊行》云：「游人野寺看花齊，姹紫嫣紅眼欲迷。閒却素心蘭不愛，新詩都爲牡丹題。」諷刺之中仍饒藴藉。

袁簡齋不信佛，惟喜「因緣」二字。錢塘陳雲伯文述明府詩云：「四梅標格古梅同，詩話流傳句句工。我欲河陽訪潘岳，惜無魚雁遞吟筒。」其亦前生與予有香火因緣者乎？

歐陽公云：「爲文有三多，看多，做多，商量多。」予謂作詩則亦有然。

翼城石瑶辰家紹太守，壬午進士。題予《梅花書屋圖》，即集予《詩話》中所選之作。詩云：「粗官落拓老風塵周介夫太守，驛放梅花歲欲新先生留别都門。何似高人讀書處姚鏡塘武部，案頭時看嶺頭春梅庚村明府。」「四樹梅花寄雅蹤朱少廬刺史，暗香疎影間重重姚武部。時賢未敢輕相擬王魯之教習，瀟灑神人上界逢楊拙園封翁。」「梅英飛入墨痕香鍾仰山侍郎，幟樹騷壇獨擅場宋思堂别駕。海内於今幾名士郭葵臣太史，翽翽風韵屬潘郎張曉瞻廉訪。」「河陽春滿絳帷開王慈雨吏部，更以仙才作吏才熊聽淥明府。盛世廉能功必録潘朗垣孝廉，遥銜丹詔九重來程益堂明府。」「滄浪詩話層樓在周芸皋觀察，描得香痕入畫圖劉甫田明府。聞道一門盡能賦吴少府廷栽，銷寒近日有詩無郭太史。」跋云：「丁酉冬日，于役貴溪，春舫貳尹以尊甫先生《詩話》見贈，並出《梅屋圖册》索題。家紹素不工詩，况敢操布鼓於雷門哉。而心佩先生之詩之人，不容遂已，謹就《詩話》中所載諸公與先生贈答之句，集爲七絶五首，書之册内。家紹竊考前人集句，無集今人句者，今創爲此格。異日先生見之，必當采入《詩話》，且美其辭，以謂我不薄今人愛古人也。」石君長於吏才，宰新建諸邑，皆有聲。没後，士民爲建祠以祀。讀集句與跋語，可想見其倜儻不群矣。

内弟歸安楊西舫炳咸孝廉，年少登科，詩才雄邁。《秋日登吹臺》云：「憑欄四望極蒼茫，颯颯西風大野凉。秋色碧連嵩洛遠，河流黄曳汴京長。絃歌絶調傳師曠，羽蓋歡游憶孝王。安得登高能賦手，鄒枚遺韵譜鏗鏘。」

《管子·小稱篇》：「毛嬙、西施，天下美人也。盛怒氣於面，不能以爲可好。」管子與范蠡相去甚遠，而其書已言及西施，是美人有兩西施也。

宋政和末，李彦章爲御史，言士大夫作詩有害經術，自陶淵明至李、杜皆遭詆斥。詔送局中立法。何執中爲提舉官，遂定凡命官傳習詩賦，杖一百。天下傳爲笑談。

戊子余謁選都門，鍾祥劉宜庵誼通政延予課其二子兆璜、兆璠。庚子宜庵督學瀋陽，寄予書云：「秋闈七千餘人，茫茫大海。」而其長子兆璜竟以是科獲雋。予寄詩賀之云：「剛承恩詔五雲端，雛鳳翩翩刷羽翰。文教布從邊塞遠，科名傳到子孫難。門前桃李千株艷，海底珊瑚七尺丹。猶記十年前事否，絳帷賓主兩相歡。」兆璜次年聯捷成進士，授工部主政。

滇南丁興齋傑學士與予爲忘年至交。今別數載矣，路隔萬里，學士又年近七旬，此生恐未能再晤。頃於敝簏中得其見贈之書，有論予《詩話》一段，深得此中三昧。書云：「大著《詩話》一似洋洋洒洒，隨筆録去，實則合離互用，疎密相參。就中有即詩爲話者，有離詩爲話者，有以不話爲話者，率皆位置得宜，剪裁合度。如正説詩時，忽間以古今事，實推波助瀾，旁見側出，似是閒話，實非閒話，彌覺生趣盎然。昔人云：作詩必此詩，定知非詩人。余亦云：話詩必泥詩，定知非詩話。」其深得文家離字訣，正深得《史記》疎字訣也。予《詩話》苦心，全被學士道出。學士爲人誠篤有氣節，嘗語予云：「湯茗孫儲璠中翰言自古真才人、真詩人，自頂及踵皆一『情』字結成。」良不誣耳。

《漫録》謂世俗例以早晨小食爲點心，自唐已有此語。鄭修爲江淮留後，夫人曰「爾且點心」。

予四旬初度，倣古人歲華可讀之意，屬太康石生繪圖四十幀，門人徐孝廉熙載各系以小序，一時題咏甚夥，美不勝收。海鹽朱朵山昌頤殿撰《西山補游圖》云：「舊游曾記武昌山，高閣凌空萬翠環。正是重三初過後，桃花紅處白雲閒。」「栽花洛下聽循聲，到處歡歌竹馬迎。試與在山泉共比，年來詩思更雙清。」鎮平黄香鐵釗孝廉《剪燭評》詩云：「絳蠟燒殘第幾枝，一尊今夕喜追隨。才人製錦思同綺，美女簪花字並奇。先生配琴珊夫人工詩。領郡好開東閣座，築堂休戀北山陲。劇憐當日平原語，謂顔魯輿中丞。爲政風流似昔時。」沭陽王慈雨吏部《冷席消寒》云：「夢落孤山舊草亭，古梅寒照一燈青。琴堂鎮日無人到，花下吟詩與鶴聽。」固始蔣子瀟湘南孝廉《棘院衡文》云：「栽花到處物懷春，玉尺金針握更神。循吏久兼文苑傳，朱衣新現宰官身。科名一代猶餘事，公論千秋此最真。可惜鯫生時在軸，未曾來作暗中人。」安陸陳藹臣廷吉比部《月湖雅集》云：「垂楊流水緑圍寺，斜月藕花紅上船。名士當年飛棹處，風光依舊畫圖間。」門人祥符劉編修滂字蘅舟《冠軍食餼》云：「弁冕群英第一人，雄才妙筆世無倫。獨將旗幟争先着，肯學邯鄲步後塵。兩袖碧沾槐市雨，半襟香惹杏壇春。即今花滿河陽縣，不愧儒爲席上珍。」周小湖學使《駐鶴寄名》云：「仙人騎鶴下塵寰，政事文章不等閒。日下聲名鵷鷺伴，眼前身世畫圖間。新吟婭姹花盈閣，舊夢依稀月滿山。更語安仁須記取，一官一集莫多删。」宛平袁素珊俊明府《副車陪宴》云：「與君同上賢書榜，風貌翩翩最少年。折得桂花剛半馥，披圖更在十年前。」

明妃事，《前漢·匈奴傳》但云：「單于入朝，願壻漢氏。元帝以後宫良家子王嬙字昭君賜單于。」《後漢·匈奴傳》則云：「呼韓邪來朝，帝敕以宫女五人賜之。昭君入宫數歲，不得見御，積悲怨，自請掖庭令求行。」而《西京雜記》、《樂府解題》等書乃有畫工毛延壽之説。

寧化伊銘谷念曾明府爲墨卿先生之子。官浙江遂安縣，余遇之於鄂州，蒙以詩扇見惠，畫墨梅横卧於上，題云：「珠胎吐芬芳，玉艷寫高潔。平生兀傲身，暫使一腰折。」意似爲予惜者。銘谷擅三絶之妙，不愧其先人矣。

范質登第，和凝曰：「所以屈君第十三者，欲傳老夫衣鉢耳。」然主司定舉子名次，其權在己，若局外，則未必能。予乙酉課文，就正於陳秋舫翰撰，場前謂余曰：「君必傳予衣鉢。」予微笑而漫應之。

榜發，果捷第六名，與之同，一時皆服其識鑒。

座師桐城龍子嘉汝言先生有《賜硯齋集》，古近體詩甚少，而風韵絶佳。《春詞》云：「中庭昨夜訴相思，炷盡都梁入繡帷。遺却博山忘檢點，自留踪跡待兒知。」

江左故多詩人。予官中州，一日有袖詩求見者，則金山熊君昂碧也。熊君字雲客，七古極佳。其《沙鷗》七絶云：「沙鷗拍拍静忘機，伴著閒雲立釣磯。千頃蘆花一湖水，只宜常住不宜飛。」並攜其友人雲間王君鳴謙字雪村、長洲何君維岳字楚畹詩集相質，云：「予輩皆好作詩，幸附先生以傳，平生願足矣。」王君有《雜感》云：「渴來一笑解輕裘，换取春醪醉便休。聞説黑甜鄉廣大，可能容得萬千愁。」何君《初見桃花》云：「垂柳絲絲茁嫩芽，一枝春色又鄰家。年來踪跡飄萍似，怕見温柔旖旎花。」

六十代天師張養泉培源真人，與予大兒彩枝爲方外交。曾館上清宫一月有餘，臨别贈以詩云：「早從方外訂相知，又得盤桓慰我思。福地古來山水窟，清修代作帝王師。圖書滿架欣同賞，符印通靈荷見貽。多謝授餐兼適館，瓊瑶投報待何時。」

黄衣古時上下通用，自唐高祖武德初用隋制，天子常服黄袍，遂禁士庶不得服。至明皇天寶間，因韋韜奏御案牀褥去紫用黄，而臣下一切不得用黄矣。

咏梅詩最宜清婉。予女玉彩字崑秀，有《素梅》詩云：「净洗鉛華骨愈清，枝頭鶴唳月三更。臨溪花正開如雪，莫弄高樓玉笛聲。」

淮寧張古眉應雲刺史與予妹壻廖琴舟新別駕爲同寅友，題予妹仲華詩集云：「金閨一集揀金沙，不數蘇家與謝家。引夢池塘梁苑草，銷魂姊妹洛陽花。漫將燕婉歸紅袖，端合皋比擁絳紗。如此清才曾不櫛，鬚眉博物愧張華。」跋後云：「讀《韵芳閣詩鈔》，因知仲華夫人夙從令兄四梅先生宦游吾豫，目中山水，悉爲腕底烟雲。」

同年湘陰李石梧星沅方伯之配郭笙愉潤玉夫人工詩。《喜外新入翰林》云：「一曲《霓裳》天上頭，衆仙同日步瀛洲。從今好譜鸞簫奏，清俸雙修寫韵樓。」

吴縣翁繡君瑛女史精於繪事，曾寄予與内人琴珊夾竹桃一幅，並題七絶云：「碧桃閬苑露華新，修竹蓬山雅韵真。天使此君締之子，仙才併作一家人。」冰雪聰明，不愧才女。

予以校書郎出宰洧川，郃陽王仁庵麟定明府亦由校書令密縣。贈予云：「別夢依依感歲華，渥丹顔狀幾分加。校書我合尊前輩，得句人都讓作家。太瘦昔年嘲飯顆，重來千樹認桃花。卧園卷帙添多少，潘岳風流鎮可誇。」

漢人語每多複。谷永曰：「陛下當盛壯之隆。」班固曰：「高帝行寬仁之厚。」盛即隆也，寬即厚也。蔡邕以致遠恐泥爲孔子之言，杜甫以褒妲爲夏商，此亦古人不及檢處。

華陽卓海帆秉恬相國官京兆時，與予唱和過從，殆無虚日。見贈云：「識面金臺快素衷，興酣往往遞詩筒。過從幾踏街頭雪，議論頻生座上風。况喜佳篇如繡虎，轉慚微技似雕蟲。楚江人物多奇傑，又見安仁手筆工。」

次兒彩鏞字蓮舫。髫齡受知於餘姚朱久香蘭學使，入郡庠。弱冠又蒙蕭山朱桐軒鳳標學使拔列優等食餼。自幼即喜爲詩。《游洪山寺》云：「兀傲孤山聳，玲瓏一塔懸。老僧迎問姓，古佛静垂肩。水闊白無際，花疎紅欲然。自忘行路客，坐到夕陽天。」《七夕》云：「秋凉似水夜如何，玉漏沈沈想渡河。天上猶然歡會少，人間争怪别離多。」《秋興》云：「瑟瑟清秋到草堂，槐花今異昔時忙。蛩聲滿砌攪幽夢，雨意一簾生嫩凉。把酒欲憑澆塊壘，懷人容易又昏黄。梧桐最是知幾早，先逐西風過短墻。」

予官校書時，三原王平軒治觀察題予《梅屋圖》，填《疏影》、《暗香》二闋，雅有屯田風致。兹録其一云：「香國。破闃寂。有插架五車，錦繡堆積。竹樓舊事。燈火書窗耿相憶。今日青藜夜校，天上燦、樓臺金碧。盼九九、圖畫也，杏花折得。」

宋楊文公戒人爲文宜避俗語，一日，公自作表有云：「德邁九皇。」門人鄭戩曰：「未知何時得賣生菜？」公笑而易之。

予與同年沔陽陸立夫建瀛侍讀别十年矣，戊戌春相晤於漢渚。余詩云：「風雨十年人契闊，鶯花三月景芳酣。」立夫和予云：「良朋忽似來天上，佳句旋傳滿漢南。」

黄鶴樓詩名作如林，頗難下筆。予獨愛程玉農方伯五律云：「黄鶴自高翥，往來人倚樓。天光涵水氣，山勢鎖江流。詩擱千年筆，仙吹一笛秋。梅花寒不落，古韵訪磯頭。」方伯家有九桂軒，余書齋爲四梅花屋，故和方伯詩云：「與君不用羨五柳，梅有四兮桂有九。」

卧園詩話續編卷之九

羅田潘煥龍四梅著　男彩枝肇鏞校字

常熟翁邃庵心存尚書，予丙子同年也。戊戌乞養出都，詩云：「青鞋布襪紫綸巾，誰識朝中侍從臣。不爲蘭陔增遠慕，敢辭楓陛乞閒身。魚飱已近江南味，馬首猶沾冀北塵。十二橋邊舊鷗鷺，只應相見倍相親。」想見久宦乞身，其樂無極也。

洪文敏《容齋四筆》：「宋時有真年、官年之説，至形於制書，獨寇萊公不肯減年應舉。」又《司馬朗傳》：「伯達志不減年以求成。」則漢魏間已有之。

舅氏徐迪皋先生官東鄉，同年友閩縣曾霽峰暉春刺史亦選會昌，寄所作《將嫁女》云：「還是春風待字身，蹇修邂逅悟前因。暗驚老大將誰主，敢怨蹉跎錯嫁人。守口先妨長舌厲，乞憐羞效捧心顰。更愁養子何曾學，孤負生平愛育真。」「臨行疑信兩匆匆，不獨丹砂記守宫。無米翻嗔新婦拙，織縑轉讓故人工。眉思悦己描難翠，脂爲逢時點要紅。三日羹湯厨下試，小姑情性更誰同。」不惟婉而多風，且用意極爲確切。霽峰先世戒殺三百餘年，其子元基、元海等五人俱登科第，蓋好生之報云。

商丘城南開元寺内，有田神功《入關齋會報德記》石幢，爲顔魯公書。高八尺有咫，廣一尺六寸，凡八面，亭以翼之，近已磨毁其半。余到任後，嚴行示禁，後之官斯土者，當知所護惜焉。

予友奉新甘彝望紹烈明府曾祖文恪公，巡撫粤西，得封翁及乃弟并其子鄉試捷音，誌喜云：「當年壯氣負雄圖，健舉如何駐副車。封翁先中副車。欲爲科名增盛事，故遲孫子共賢書。碧桐秀發孫枝早，丹桂香分老幹餘。莫羡前驅執殳者，簸揚糠粃獨慙予。」三代同科，洵爲佳話。

仁和王香雪乃斌明經官易州别駕，詩情豪邁。《揚州月夜》云：「清淮一帶影迢迢，何處重尋廿四橋。仙子不歸雲際鶴，玉人空倚水邊簫。興亡過眼南朝史，長落無心北固潮。終古揚州多夢境，二分明月又今宵。」香雪咏古最佳，《紫荆關》云：「燈下蛾眉空旖旎，帳中龍氣自翱翔。」《寇萊公》云：「倘使北門無筦籥，早經南渡有朝廷。」《梅花嶺》云：「狎客慣能亡社稷，國殤誰與葬冠裳。」《滹沲河》云：「濤聲西下連漳水，山色西來映太行。」皆警句也。

梁武帝改稱臣爲下官，元陳天祥奏盧世榮奸邪云卑職等。在内外百司之間，伺察非違，則卑職、下官古人於君前亦可通用。

謝奕號方外司馬，賀知章號秘書外監，米南宫號中嶽外史，李白自稱爲三十六帝之外臣。

予壬午入都，途中晤光山葉君蔚然，癸酉孝廉，年已五十餘。約予同行，性情肫摯。葉君下第後旋以病卒。予再過光山，有詩吊之，云：「訃偕回首憶同行，交訂忘年兩意傾。雲樹依然人已渺，重過紫水不勝情。」

《説苑》載晏平仲云：「維星絶，樞星散，地其動。」足見地有變，則天垂象。惜今人占驗不及古人之精。

予母徐太宜人封肱醫姊，内子鄭宜人蓮卿封肱醫翁，女兄伴霞封肱醫母。至性之篤，萃予一家。又堂姪彩繩之媳魏氏封肱醫夫，以苦節著。

津門徐蘭生大鏞明府，戊寅孝廉。有《見真吾齋詩草》。論詩少所許可，獨傾倒於予，見贈云：「平生低首處，多半爲梅花。沽上清香遠，謂梅樹君孝廉。河陽芳信賒。此才真絶世，眈詠有全家。我下南豐拜，寒窗籠碧紗。」《論詩》云：「唐音宋派析錙銖，别户分門亦太愚。苦被古人牽縛住，自家還有性靈無。」

吾友陳秋舫沆殿撰有句云：「看柳可當水，看松可當山。」語意清妙，前人所未道及。

成和子答陳希夷曰：「凡人形貌清古，氣清性善，言根至理，有山林之趣，此自修行中來。形貌古怪，舉止陰毒，言涉淫邪，有殺伐之心，此自精靈中來。形貌瀟洒，舉動風雅，性惠氣和，有修鍊之心，此自神仙中來。形貌秀麗，舉動嚴肅，心性靈明，有虹霓之志，此自星辰中來。形貌奇異，舉動急速，性慧氣剛，言涉威福，有祭祀之心，此自神祇中來。」以予所交姚鏡塘武部，淳古淡泊。其贈公與浮屠紫皋爲方外友，示寂之日，贈公見其入室而武部生，所謂「自修行中來」也。吴蘭雪刺史風流洒落，爲道士白玉蟾後身，所謂「自神仙中來」也。

予服闋後將出山，次兒肇鏞受知於朱桐軒鳳標學使，舉優貢，爲之完姻。入都，陶鳧香樑方伯以詩送行云：「爲政風流媿昔賢，曾留月旦集瑶編。棠陰舊治民歌父，紙閣新吟侶若仙。謂琴珊夫人。已有科名傳後輩，早完婚嫁及中年。出山一事差堪慰，熟路輕車快著鞭。」「小住江鄉歲月寬，吟身料理上征鞍。囊餘書卷携來重，家有梅花別去難。竹馬迎時思治譜，犍笈集處息狂瀾。雪中鴻跡三年滯，會待凌雲刷羽翰。」來書有「和章雙聲爲妙」之語。時內子琴珊小病初起，和云：「愛才誰得似公賢，黃絹新詞手自編。梅吐西湖鄉憶故，豆生南國種疑仙。方伯有《紅豆村詞》。鴻泥踪跡原無定，蟻磨光陰又一年。陌上青青楊柳嫩，重偕夫壻着吟鞭。」「懨懨病起帶圍寬，弱質娉婷怯繡鞍。律轉協風寒漸減，曲成《白雪》和應難。宦情未必濃於酒，歲事翻愁湧若瀾。笑煞谷鶯嬌嬾甚，春光催促整文翰。」

孝感郭葵臣宮贊，原名道閶，更名翊清。天才超拔，惜仕途乖蹇，骨肉凋零。乞歸後主講揚州書院，卒時年纔五十。自作輓聯云：「於國無裨，於家無裨，於鄰里鄉黨更無裨，得來上水功名，哭子哭女哭妻，萬古愁城攻不破；之齊有我，之梁有我，之吳之粤皆有我，拾得零星宦橐，買書買田買屋，一枰殘局畫難成。」續娶三次，最後者纔及一年，而葵臣遽卒，仍無子，以姪爲嗣。哀哉。

予官校書時，同鄉相契者，葵臣而外，有嘉魚涂春圃開元，癸酉拔貢，現官廣西思州同知。子平甫文鈞水部爲江西觀察。又襄陽厲以石瑑玉由廪貢補鍾祥訓導，不相見者二十餘年。頃得以石書，并寄其《喜友過訪》詩云：「空谷何曾有足音，只緣遁跡入山深。蓬廬今喜高軒過，猶是殷殷舊雨心。」急爲采入，以誌苔岑之誼。

元人《竹枝詞》：「黃魚上得青松樹，阿儂始是棄郎時。」然《雜俎》：「鯢魚能上樹。」宋祁《方物略》云：「魶魚出雅江，狀似鯢，有足，能緣木。」則緣木未嘗不可求魚也。

儀徵汪大竹全泰司馬以甲子孝廉官中翰，部曹數十年，晚歲改官東河。予贈詩有「官職多因詩譽折」之句，大竹和云：「十載名山避世譁，南園風日久懸車。琴書宦蹟曾千里，金粉才名共一家。修竹重尋梁苑雨，甘棠重植陝中花。青雲路近應能到，莫向春風感歲華。」「秋抵夷門夏又闌，嵩陽烟月想空壇。歸期迢遞揚州慢，宦轍凄凉蜀道難。逐日山林天外想，與人詩酒夢中歡。從來滄海仙蹤近，擬共潘尼踏紫瀾。」大竹詩多苦思，如：「凄迷野樹成秋色，慘淡孤花照夕陽。」「蟬留怨響無人答，菊抱窮花向我開。」「愁兼秋樹亂，病與夕陽深。」「僧唄鄰香净，奴齁夢語癡。」頗爲戛戛獨造。

滑縣暴梅村大儒廣文，辛卯科本房薦而未售，予加批云：「具此隽才，終有針芥之合。」甲辰生來受業，獻詩云：「知已恩深感十年，重逢又值桂花天。如何針芥纔能合，衣鉢師門幸許傳。」是科中式，已酉捷南宫，江西即用知縣。

本朝鄉試自順治二年乙酉始，會試自三年丙戌始。滿洲八旗開科自八年辛卯始，直省分南北中卷，自九年壬辰會試始。首場四書題由欽命，自十五年戊戌會試始。康熙三年甲辰會試廢八股，專用策論，改爲二場。八年己酉鄉試仍用八股，試三場。二十四年乙丑命會試及順天鄉試前十本進呈。四十一年定硃墨卷磨勘例。雍正元年癸卯令各省同考官由監臨先期考試。二年甲辰湖南、湖北分闈。乾隆二十二年丁丑會試裁去表判，增用五言八韵律詩。嘉慶六年定宗室子弟准應鄉、會試，一文一詩。

予雅好論詩，諸名士亦喜以詩相質。兹爲采其佳句録之。湘潭王羲亭熼中翰《咏露》云：「山河幾代歸金掌，富貴何人識草頭。」南陵何芰亭彤文别駕《山行》云：「懸流當石怒，矮樹出厓斜。」合肥黄伴梅學熙廣文《感懷》云：「愁深詩酒都成夢，客久鬚眉半帶秋。」涪州彭希山崧年孝廉《舟行》云：「雲橫大壑山如補，月落長江夜有聲。」漢陽鄒松友堯庭別駕《書懷》云：「兒女長成身漸老，友朋睽隔信須頻。」新建胡碧園國濱司馬《有感》云：「生前意氣争神鼎，身後功名一野蒿。」長山馬子琴桐芳秀才《晚歸》云：「大星明似月，枯木遠疑人。」漢陽葉潤臣名澧侍讀《舟中》云：「浦樹含烟重，灘流帶雨渾。」寧陽黄石琴恩彤中丞《病起》云：「四面寒山黄葉下，一聲斷雁碧雲中。」邵武楊古生兆璜太守《琵琶亭》云：「斜日遥亭生古怨，一江流水入春愁。」皆爲名雋。

毛大可姬人曼殊能詩，絶句云：「日色滿窗紅，鴛鴦睡枕同。披衣將欲起，又怕隔簾風。」「羅帳掛金鈎，薰籠香霧收。起來紅袖冷，獨坐怕梳頭。」二詩本非一時所作，尤西堂因有二「怕」字，戲云：「何不令再作一首，以成三怕耶？」

戊戌予乞病省親。内兄楊蕉雨觀察守漢陽，延予閲卷，林少穆則徐制軍索予詩集，并勸出山，贈詩云：「君家詩思在梅邊，花種河陽吏亦仙。閨閣互酬黄絹句，庭闈新補《白華》篇。江間滌筆銀濤瀉，漢上題襟璧月圓。只恐卧園難久卧，出山雲影落吟鞭。」又集句手書楹聯見贈，云：「心清自覺官曹簡，詩好還隨驛使來。」今公已歸道山，謚文忠，可與歐、蘇二公并足千古矣。

閩縣蔡穆如德清、侯官李淞生彦昭、翁惠農吉士三明府，皆在漢上訂交。别後，穆如寄懷云：「英姿莫漫嘆蹉跎，經濟文章合一科。千卷好詩追白傅，滿船明月夢黄河。官因年富情難淡，人爲離新感最多。料得山居無个事，四梅花下富吟哦。」惠農咏史最佳，《南唐後主》云：「跨犬乘雞識寶公，休將讕語怨重瞳。紅綃元稱梅花麗，白屋何曾柳絮空。逸譜中宮邀醉雪，芳名小妹泐真風。岡頭石子從他痛，只恨櫻桃落太匆。」「倉皇辭廟教坊催，慣唱人間曲可哀。筆硯置官名士習，縹緗分掌美人才。春江花月暈絲去，暮氣簾櫳送雨來。到底風情終不減，慶奴團扇又徘徊。」

《史記·刺客傳》：「得趙人徐夫人七首。」《封禪書》有「丁夫人」，韋昭曰：「丁，姓。夫人，名也。」皆以男子名「夫人」。

監利王子壽柏心比部，詩筆高渾。成進士後即乞歸奉母。予赴官山左，子壽畫蘭於扇，并題詩見贈云：「屈宋文章日月新，遥遥杜顧振芳塵。今看仙令搴蘅茝，詞客由來屬楚人。」「鵲華山高歷下秋，大明湖水映天流。清琴尚有《幽蘭操》，彈向滄溟白雪樓。」

胡氏《筆談》：傳奇以戲爲稱，無往而非戲。故曲欲熟，而命以生也；女宜夜，而命以旦也；開場始事，而命以末也；塗污不潔，而命以浄也。凡此，皆顛倒其名。

前人咏雲詩，美之者則曰：「誰似浮雲知進退，纔成霖雨便歸山。」刺之者則曰：「無限旱苗枯欲盡，悠悠閒處作奇峰。」予叔孝廉朗垣公詩云：「四野甘霖望滿盈，白雲舒卷作閒情。非關出岫心猶懶，不藉風雷澤不行。」則又别有寄托也。

南海有盤古墓，俗云係葬盤古之魂。按《述異記》：盤古氏天地萬物之祖也。而《三五曆記》則謂盤古一日九變，神於天，聖於地。天日高一丈，地日厚一丈，盤古日長一丈。如此萬八千歲，天極高，地極深，盤古極長。未免過於荒誕矣。

天門蔣丹林祥墀副憲，與太湖趙介山文楷、黄梅帥仙槎承瀛兩君爲莫逆交。嘉慶丙辰科，傳臚前一日，先生以拆字卜，兩君僕指楹聯奏字。先生喜曰：「其三人内之二人乎？」果趙得狀元，帥得探花。

伶人李桂官爲畢秋帆尚書界烏絲闌寫殿試卷，果得大魁。袁子才詩云：「若教内助論勳伐，合使夫人讓誥封。」近日春臺部有長春者，潛山人，忘其姓，爲予同年。朱朵山農部持齋誦經，祝其登第，丙戌亦得大魁。予調以詩云：「静夜焚香貝葉攤，狀元果向榜頭看。天公不斷烟花種，又見多情李桂官。」

吾邑城東五十里有玉虹泉。宋紹興翰林王錫汝來游，勒詩於石。詩云：「百尺雲岩佛閣前，曉鐘疏葉思悠然。岸邊酌酒和清露，石上題詩染翠烟。半嶺泉鳴通古澗，數峰秋净隔寒川。西風似欲吹人起，去逐騎鯨汗漫仙。」邑人張玉泉明道觀察和云：「無復危亭如昔日，空餘斷礎挹輕烟。」

瘞錢起於漢，時直以錢瘞冢中。唐王璵祭祀以楮鏹易之，便於焚化。南齊東昏侯好鬼神之術，剪紙爲錢，以代幣帛，後世遂相因不改。

錢塘陸心蘭言方伯一生剛正，風骨凛然。病危時，各官俱辭不見，獨招予至榻前，擁衾起坐。予見公病篤，屢欲辭出，公堅留談至三鼓，以未及薦予爲憾，并云：「予所答君信，皆扶病親書。重君才人，不欲記室徒作泛語也。」予哭公詩載集中，有云：「平生知己公第一，覩公瘦骨淚難忍。」公著有《政學録》，其門下士鄒鍾泉中丞已爲梓行。

周芸臯觀察贈先大夫壽聯云：「心似西方無量佛，壽如南極老人星。」後閲《海嶽志林》，乃米元章書「長壽庵」，題此兩句。不知爲古人詩，元章自作也。

予過猷縣，見題壁云：「自古美人多作妾，於今才子不宜官。」殆因憐才者少，有感而作與。

本朝大學士即古宰相也。順治初爲内三院，曰國史院、秘書院、弘文院，各置大學士一人。十年，始置漢大學士。乾隆十三年，始定内閣大學士缺，爲文華殿、武英殿、體仁閣、東閣，滿、漢共四人。雍正七年，添設額外大學士，滿、漢各一人，此協辦之始也。自順治至道光二十三年，漢大學士計一百六人。吾楚共五人：湖南二人，祁陽陳大受，雍正癸丑翰林，謚文肅；長沙劉權之，乾隆庚辰翰林，謚文恪。湖北三人，孝感熊賜履，順治戊戌翰林，謚文端；江夏吴正治，順治己丑翰林，謚文僖。二公皆予告歸里，惟大冶余國柱，順治壬辰進士，作相僅一年。三君皆直武英殿，熊公則先武英，後東閣。

焦山別峰庵有楊椒山先生石刻詩云：「楊子懷人渡揚子，椒山無意合焦山。地靈人傑天然巧，瞬息神游萬古間。」今其石墜水中，殊可惜也。

家芝軒相國爲學政者三，典鄉、會試者各三。《庚子闈中即事》云：「叨持玉尺記三三，老矣登壇興尚酣。到眼是花迷五色，盟心有月映千潭。曲高難得知音賞，味美争如説士甘。門外紛紛盡桃李，要從縟錦認楩柟。」和作，仁和龔季思守正尚書：「目迷常恐名花失，心賞頻回諫果甘。」仁和蔡麐洲振武太史：「品題眼或分青白，鑒拔心能喻苦甘。」江寧家木君鐸中丞：「掃來落葉心猶惜，吟到煎茶味亦甘。」黄陂金可亭國均侍讀：「正學源流科目重，大公舉錯士心甘。」蘄水郭雨三沛霖宫贊：「獲希世寶逾珍秘，共過來人道苦甘。」皆佳。

同年金殿珊光杰侍御於簡放江南試差之前一日，獨游陶然亭，禱於神前，得籤云：「惆悵江南到眼前。」覺「惆悵」二字不吉，果未得差。辛亥，其嗣君可亭侍讀典江南試，予寄詩調之云：「惆悵江南到眼前，奇才蹭蹬亦堪憐。鯉庭此日新陰滿，回首當年一颿然。」

《晉書》：「凡五星盈縮失位，其精降於地爲人。歲星爲貴臣，熒惑爲兒童，填星爲老人，太白爲壯夫，辰星爲婦人。吉凶之應，隨其象告。」古來童謡，大半熒惑爲之。

河神最著者凡三。一曰「金龍四大王」，姓謝，諱緒，行四。宋會稽諸生，讀書金龍山下，殉國難，殁而爲神。一曰「朱大王」，諱之錫，金華人，順治丁亥進士，官河督。一曰「黄大王」，河南偃師人，諱守才，生而神靈，年七歲即乘鳧飛上緱山，送周王於金陵，三時即返，捲黨柱於荆口，一埽成功。

無錫鄒鍾泉鳴鶴中丞宰祥符時，崇慶楊海梁國楨中丞詢州縣中學問孰優。鍾泉答云：「無如二郎。」問：「二郎爲誰？」笑對曰：「一潘郎，一何郎。」潘郎謂予，何郎則侯官何棣士蓴聯刺史也。

郯城謝雲樵體仁大令繪《春郊勸課圖》，畫工太劣，不能肖其貌。通州張静侯仁虎司馬戲題云：「藍傘一枝高，催耕出浚郊。官無真面目，牛有好皮毛。」雲樵恚甚，燒之，而同寅已傳以爲笑。

商丘有六忠祠，乃唐御史中丞張巡、睢陽太守許遠、馬軍兵馬使南霽雲、東平太守姚誾、睢陽裨將雷萬春、單父尉監察御史賈賁也。祠柱有聯云：「鼠可掘，雀可羅，□盡孤城，死欲仍爲厲鬼；面之矢，指之刃，烈驚□□，□看已是神明。」太倉錢伯璵寶琛中丞憐張巡愛妾無辜被殺，亦爲設木主焉。

同年葉崑臣名琛中丞素不工詩，其弟潤臣名澧侍讀則邃於詩學。送予出都云：「俗學矜繁艷，斯人獨異才。仙心清若月，勁骨淡於梅。風雨交情久，年華鬢髮催。不堪楊柳贈，離緒又徘徊。」《前漢・郊祀志》：「吾欲見鉅公。」張晏曰：「天子爲天下父，故曰鉅公。」《正字通》：「尊者通稱。」李賀詩：「文章鉅公。」

予丙子鄉試，本房伍湘嵐先準先生有目疾，時丹陽吉香畦鍾穎刺史同膺分校，見予卷，大爲擊節，慫恿薦之。時已八月廿九日矣，以額滿中副車。刺史囑武陵陳望山本禮邑侯道意。丙戌會試，始相晤於都門。予贈七古有云：「珠獻方嗟遺赤水，花殘猶自舞迴風。」甲辰春，公寄其《重游泮宮》詩云：「童試吾年十八春，游庠光景記難真。再逢白髮延丁亥，前度青衿話甲辰。芹采魯侯詩句協，米分虞廩禮文因。追維往歲金沙事，尚有齊轅是近鄰。」

陸立夫同年官久不遷，偶見宅中樹下隙地茁短葵一株，長僅尺許，花開甚小，因感賦云：「朝日漏光斜，移□□□遮。心傾不傍樹，色正自成花。露重稀沾被，霜寒□怨嗟。侏儒憐爾瘦，獨立傲秋瓜。」并録以寄予。不逾年，由侍讀觀察天津，洊升兩江總督。

南昌婁澗筠謙明府，性情樸摯，而詩筆特佳。《咏紅拂妓》云：「布衣挾策有誰憐，慧眼輸他粉黛妍。成就英雄賴兒女，丹青惜未畫凌烟。」按李靖本傳，其妻卒，詔墳制如衛、霍故事。築闕象鐵山、積石二山以旌其功。想佐夫定有奇謀，故身後恩禮特異。

近年以來，或本人或子孫以詩集求選者甚多，而集隘不能盡登，只得録其佳句。黃岡陳雨山大章太史：「中歲情懷歡樂少，殘年兄弟別離多。」長沙周希甫有聲太守：「途窮詩卷在，天遠夢魂勞。」寧化伊墨卿秉綬太守：「花氣冥如霧，江光白似雲。」奉賢夏論園際唐明府：「有水園亭活，多花蜂蝶忙。」新城張漢渡象津孝廉：「天空雲去遠，秋静雁來多。」鹽山劉蔭渠曾璇明府：「路狹斜臨澗，山高遠見城。」大竹王魯之懷曾明府：「作宦只求如好夢，看山何必定知名。」淄川王雪嶠培荀明府：「青山邀作主，流水喜當門。」文登王春舫者政太守：「瀑懸秋水瘦，楓飽晚霜肥。」

卧園詩話續編卷之十

羅田潘焕龍四梅著　男彩枝肇鏞校字

康熙庚戌狀元德清蔡啓樽，其從子升元亦中壬戌狀元。《紀恩詩》云：「召對彤廷策萬言，名臚高唱帝臨軒。君恩獨被臣家渥，十二年中兩狀元。」庚辰，常熟汪繹補殿試中狀元，北上時，邵青門贈詩云：「已看文采振鵷鸞，重向青霄刷羽翰。往哲緒言吾解説，狀元原是舊吴寬。」雍正癸丑，儀徵陳倓以廣文中會、狀，其□□□以詩云：「三載凄凉冷署秋，此番高出衆仙儔。□□□榜非難事，難在蓬萊最上頭。」吾楚熊次侯伯龍學士順治十一年典浙江鄉試，一榜得三狀元：鄞縣史大成、歸安嚴我斯、德清蔡啓樽。

予所見才女頗多而詩僧絶少。癸卯赴鄂，寓護國寺。晤孝感之鐵橋上人，繪《蘭竹清娱圖》見贈。聞其能詩，惜匆匆未及索觀。

開封大相國寺有五百羅漢像，予丁酉游漢陽，見歸元寺塑像更爲莊嚴，戲成一絶云：「靈山五百阿羅漢，記在中州晤妙容。我亦打包行脚者，與君到處總相逢。」按杭州净慈寺五百羅漢，塑自宋代，曹太尉勳記之甚詳。後錢塘高念祖始以所藏宋江陰軍乾明院五百羅漢名號鏤板行世。佛書，諸俱那與其徒八百衆居震旦國，五百居天台，三百居雁宕，故梁克家《三山志》「懷安大中寺有八百羅漢像」。

太尉南渡，僑居赤城，宜止及天台五百人也。

温江毛丹雲含昱同年守潁州，謝予贈《詩話》云：「選佛曾經往歲陪，河陽芳訊忽飛來。只緣俗骨非詩骨，那□□□是吏才。小住人寰塵半隔，大羅天上夢初回。□□□話梅花主，香雪頻分好脱胎。」「盥手欣將大著披，詩人方許細論詩。全家眷屬皆風雅，一代才華繫夢思。好句廣收玄圃玉，名流争獻錦囊詞。卧園試與隨園較，大雅扶輪共主持。」

吴梅村《圓圓曲》云：「衝冠一怒爲紅顔。」三桂以千金求易之，梅村不受，人稱「詩史」。袁籜庵作《瑞玉》傳奇，寫巡撫毛一鷺及太監李實陷周忠介事。一鷺持厚幣倩人求改，於是易其名曰「春鋤」。詞曲之微，亦有關懲創如此。

《記事珠》載兔床國有離地草，人以藉足，不步而行。達摩見梁武，來去自由，以有此草耳。其葉如蘆，故傳踏蘆渡江。

甲辰春杪，晤同年長白慧秋谷成河帥於工次。贈詩二首，河帥覆書云：「日前忽接塵談，快慰不可言狀。古人云：『乍見翻疑夢，相悲各問年。』再三尋繹，覺字字皆從心坎中流出，與今日之情景酷肖也。」和詩云：「舊夢分明在眼前，梁園重到已三年。讀書有味因多難，鍊□□□□上仙。好趁棋殘收小劫，斗思風惡悔高翩。□□□□皆芻狗，夜看星文數度躔。」「宦海方驚浪擁銀，炊粱回首竟非真。心閒觸處成幽賞，俗薄論交重舊人。青眼逢迎緣底事，白雲去住果何因。近來縱是忘情甚，怕負酬恩七尺身。」

予宰商丘，見應試者有赫連、完顏、鮮于等姓，大約自晉時僑居，然得科名者甚少。

予繪有《梅花書屋圖》，内子琴珊亦有《左右修竹圖》，係上元朱文卿彦華司馬所繪。琴珊自題云：「翛然塵俗不能干，緑滿窗前色耐看。夫壻愛梅儂愛竹，一般趣味共清寒。」長洲陶鳧香樑方伯題云：「風枝雨篠繞闌干，便作瀟湘勝景看。不落人間脂粉習，亭亭翠袖倚天寒。」江寧駐防瑞芝生常侍郎云：「千个篔簹翡翠帷，緑筠如水映吟眉。神仙眷屬清平福，不數西湖管仲姬。」「得歸佳士即修竹，況復郎君雅愛梅。莫作歲寒三友看，凌雲傲雪總仙才。」武陵胡光伯焯太史云：「潘楊譽望聯姻重，齊魯都城綰綬隨。一縣好花紅旖旎，半圍修竹翠參差。珮環聲細風輕候，簾幕陰濃月淡時。□□□□琴響靜，又添聯句入新詩。」會稽陳石生光□□□云：「愛竹王猷漫擅名，香閨也訂歲寒盟。虚心勁節原超俗，合與梅花伴一生。」

孝豐許枚卿賡藻明府初到任，寓書院中，器具不能敷用，以詩柬予云：「蕭然襆被便之官，山徑崎嶇插脚難。絶似游僧擔瓶鉢，更同優孟挈衣冠。絃歌夏屋千間廣，頭腦冬烘一樣酸。只有囊琴憑挂壁，踏梧桐葉倚闌干。」「衆器還儲哲匠門，楛良何暇細評論。别無長物王恭簟，雅有豪情北海尊。茗水遠傳飛絮咏，琴珊夫人與予同里。錫山同爇瓣香温。與君同出顧晴芬先生門下。與君瓜葛殊親切，忍聽臨池作鳳蹲。」又題予《鴻案聯吟圖》云：「水精簾捲博沉馨，檻外名花自悦魂。翠管剛書《唐韵》罷，雙聲春午細評論。」「清峭孤山遍植梅，短篇詩趁曉妝催。争如索笑成三影，一樣神仙兩艷才。」來信云：「閣下提唱風雅，弟隨時就正。如鍾令作論，欲使嵇公一見，於户外遥擲，疾走，其惴惴情形如是。何期過蒙許可，想君子與人爲善，誘掖奬勸固應爾耶？抑蛟螭、蚯蚓，不妨兼收並蓄耶？」予愛其有谷子雲筆札之妙，并附記□□。

□□□先生官祭酒時，夢作《五丁開山賦》，果以五次丁祭後調奉天學政。予按淄川高念東珩侍郎爲祭酒，久不遷，洪文襄公承疇戲謂曰：「高先生可謂五丁開山矣。」高笑對曰：「無妨六丁六甲。」三年始遷去。王漁洋尚書亦由祭酒四年遷少詹，口占寄高公云：「嘉話曾聞役六丁，任教人笑鈍司成。六丁今日還加二，始信前賢畏後生。」

大冶馬來庵有紱刺史以戊寅孝廉宰曲阜，有政聲。爲人豪爽不羈，篤於風義。予初到山左，有號寒啼飢之慮。舊相識者借貸皆有艱色，而來庵一見即慨分清俸相助。予謝以詩云：「豪氣今之馬伏波，相逢傾蓋感恩多。我慙管子君如鮑，慷慨分金濟坎坷。」熱腸古道，至今猶覺難忘也。惜以病乞歸，未至家而卒。兹特録其《調任蘭山留别士民》詩云：「四年得近聖人居，又去宫墻實歧予。百里絃歌原古調，一庭詩禮有傳書。自來化雨涵濡處，依舊春風淡蕩餘。擬附賢關聊吏隱，笑看梅蕚送征輿。」「自憐詞直氣尤粗，强畫蛾眉計□□。□□債臺羅枳棘，勉從宦海學胡盧。琴聲許和□□□，□影還飛嘯月梟。塵土滿衿渾不厭，攀轅無數擁前途。」其子國琛，明幹有父風，官大冶教諭。

《漢書》：孝文三年，河東侯陳信坐不償人債過六月免。李晟子基貸回紇錢一萬貫，不償，貶爲定州司户參軍。宋李沆貧時欠人錢三十萬，登第後，帝爲還之。宋人詩云：「新祠民祭祀，舊債帝償還。」可謂有幸有不幸矣。

全椒吴山尊鼒學士計偕入都，其妻孫夫人，甲戌榜眼淵如星衍方伯之妹也，贈詩云：「小語臨歧記可真，回頭仍怕阿兄嗔。看花遲早尋常事，莫作蓬萊第二人。」用筆殊爲敏慧。

安義高晴谷崧進士宰太康，予因勘災過署，晴谷出詩相質，時年已七十餘矣。《聞捷》云：「天山西望翳妖氛，决勝持籌各建勳。上相舊兼樞密使，元戎新統羽林軍。令嚴千帳嫺韜略，力解重圍草檄文。戰敗車師河北騎，弓刀一片雪紛紛。」「弓鳴風勁擁貔貅，盪寇功高定遠侯。天子詔優嘉乃績，丈人師吉壯其猶。恪遵□□□無敵，洞達邊情勇有謀。直繫樓蘭歸獻馘，春□□□鎮西州。」頗爲雄壯。《春雪》云：「乘興翩翩訪戴回，滿天飛絮掩青苔。不須羯鼓催庭院，頃刻梨花樹樹開。」

予宰鄒平，同里陳九香參軍以詩詢近況，予答云：「烟光濃羃滸心亭，漁唱菱歌隱約聽。萬柄荷花開滿浦，微風過處領芳馨。」「暢好湖山似故鄉，此邦清福受無量。一官莫笑貧如水，贏得新詩富宦囊。」

《三餘帖》：嫦娥奔月，羿晝夜思維。正月十四夜，有童子詣宮曰：「夫人知君懷思，無從得降。明日乃月圓之候，君宜用米粉作丸，團圞如月，置室西北方，呼夫人名三夕。」如期果降。此粉團之始。范成大《上元吴中節物》詩：「撚粉團圞意，熬稃膈膊聲。」

海寧周文泉樂清明府以《補天石》傳奇八種見贈。蓋就毛聲山《琵琶記》序中所擬之目而增損之，生面獨開，足以消千古之恨。《咏讀書燈》云：「伴我深嘗甘苦味，開篇照徹古今心。」

儀徵張寄琴積功刺史以《憩園雅集圖》屬題，予起句云：「□□□餘薄似霜，二分新緑上垂楊。」寄琴逢人誦□□□，深得唐賢三昧。

濟南風景以大明湖爲最勝。萍鄉劉金門鳳誥侍郎楹帖云：「四面荷花三面柳，滿城山色半城湖。」二語如繪。

隨州羅菊農世材孝廉《下第贈妓》云：「我如柳下遭三黜，卿向花前誤一生。」菊農十上公車未遇，至己未年五十餘矣。《三場作別號》詩云：「年年棄甲笑于思，皂帽青衫客又來。三十三回燒樺燭，可知蠟淚已成堆。」是科成進士。

予兩游泰山。甲辰冬，係泰安令江寧方君長春爲主人，快雪時晴，乘興獨往，有《游岱詩》一卷。嗣於庚戌春三月，權萊蕪事，偕内子琴珊重游。《口號》云：「岱頂重登思不群，蕩胸此日又層雲。空中笙鶴天風送，却被元君識細君。」

予官鄒平，上游方有薦拔之意，而予引疾遽歸，時年纔五十有六耳。寧遠楊石汸澤闓司馬爲予繪《楚江歸棹圖》，陳石生司馬七古有云：「古人七十致仕歸，君□□□□歸期。胡爲遽返楚江櫂，挂席不待秋風催。」□□□□遠翰鈐明府《調寄金縷衣》云：「可憐此地湖山好。及芳辰、幾曾辜負，詩人吟嘯。似水官聲花滿縣，鏡裏安仁未老。」歸安姜玉溪宮綬明府云：「壯懷知有托，勇退服公能。」

《鄒平縣志》載會仙山有聖燈，張忠定公曾見之。予到任後詢之，居民咸云：「六十年纔一現。雖有其説，見者無人。」因默禱山靈，果於四月初一日示現。故予《引疾書懷》四首之一云：「勘破浮名意灑然，未週花甲便歸田。無才合享林泉福，有暇還尋翰墨緣。天下名山隨處訪，古來循吏幾人傳。衡雲海市祈同應，萬盞紅燈現會仙。」

予次子原名彩鏞，其座師湘鄉曾滌生國藩少宗伯爲易名肇鏞。考補正紅旗官學教習，期滿，引見，以知縣用。予時已引疾歸里，有《紀恩詩》云：「槐街濟濟擁諸生，三載辛勤業自精。楓陛傳宣天寵渥，栽花特許領專城。」「纔過三旬便綰符，驊騮蹀躞騁康衢。故園松菊荒猶未，風月婆娑任老夫。」

□□□□劉竟凡之琪女史，生而聰慧，能記前生爲□□□，□歲即吟詩云：「記得當年月滿樓，樓中經史伴春秋。而今明月依然在，不是當年舊案頭。」有《藜閣吟》、《雙清閣詩》。適同邑朱茂甫萬榕秀才，早寡，守節撫孤。子名邦彦，字介卿，歲貢生，亦能詩。女史幼時《咏鏡花》云：「明鏡本無花，花常入明鏡。原來鏡裏人，生與花同命。」《雪花》云：「不與梨花亂，寧同柳絮柔。却憐清白意，偏爲歲寒留。」已寓守貞之讖。《命兒赴試并囑熟讀管仲論》云：「三歸奇蹟有高台，仲父當年實霸材。諸葛隆中曾自比，老泉論裏莫相猜。輕浮骨相原非福，腐爛詩文不是才。此去郢中歌《白雪》，倚閭望汝及時回。」試題果係「管仲儉乎」至「官事不攝」。以第一名食餼，似有前知之慧。《自嘆》云：「囉嗊新詞不必哀，蓬門甘守舊蒿萊。青鸞別去終無信，紅葉流來豈是媒。一自蒲團先入定，百年鏡匣肯輕開。幾回想像三生夢，蠶已無絲蠟已灰。」又《寒夜聞鐘》云：「漏深音帶濕，夜冷響逾清。」

予宰洧川時，元配鄭宜人翠蓉没後，新鄭劉氾南光山侍御屬其兄來洧作媒，先大夫引嫌却之。侍御旋□□□□奏，上命長白鍾仰山昌少司寇、六安楊□□□□少宗伯按問，白其誣。渾源栗樸園毓美河帥時爲觀察，笑謂同僚曰：「潘君此事可作一部傳奇矣。」予謂侍御非不愛我，特不諒我耳。

海鹽朱尚齋錦琮太守有《治經堂詩文全集》。予權堂邑，適尚齋守東昌，詩筒往來不絕。題予《梅花書屋圖》至八首之多，茲録其一云：「雪爲魂魄玉精神，依舊花開漢水濱。五柳七松都占去，早春獨步讓騷人。」集中如：「石撼灘聲急，山排水勢迴。」「捲幃延月入，度嶺帶雲歸。」「雞催行客啼村店，馬齕枯萁戀廐槽。」皆佳句也。

年來以詩集送閲者，美不勝收，前已摘録佳句矣。茲又有桐鄉沈曉滄炳垣司馬：「客舟孤對月，關樹遠連雲。」其弟貽簪淮刺史：「道遠書難達，天寒日易斜。」「人逢知己偏難聚，事到謀生豈易論。」華亭王澹公慶麟孝廉：「秋水遠無地，暮烟團一村。」錢塘殳積堂慶源明府：「酒坐何妨忘主客，貧交不厭話酸寒。」寧遠楊石汸司馬：「波光争樹碧，嶽勢壓樓青。」「谷口聽鶯風細碎，渡頭立馬水縱横。」歷城周二南欒明經：「愛花多闢徑，種樹□□□。」「□餘蘆帶泥痕長，風過水連山影摇。」新鄉衛□□□□教授：「地僻衣冠古，山深草木香。」常熟周晴□□明府：「長路追隨餘蠹篋，故鄉生計冷漁竿。」善化王績堂政明府：「行踪似鳥飛難定，宦境如雲變最多。」「事從過後方知悔，詩到删時倍見難。」懷寧葉湘筠法太守：「平野連天闊，新秋向晚凉。」「秋林多病葉，老圃有寒花。」慶雲崔念堂旭明府：「身如無累貧原好，事到因人易亦難。」合肥趙野航對澂廣文：「貧幸有書消歲月，老能健飯即神仙。」均爲可采。

王弇州評濟南李于鱗詩如峩眉積雪。又《漫興》云：「野夫興到不復删，大海迴風生紫瀾。若問濟南奇絶處，峩眉天半雪中看。」益陽湯海秋鵬農部題予詩集，亦有云：「峩眉倚天半，菡萏擢波長。」

七言絶句貴有情韵。予最愛萍鄉劉金門鳳誥侍郎《蘆溝橋口號》云：「河邊春水柳邊塵，幾輩絲鞭幾晝輪。今日還鄉都富貴，來時記否跨驢人。」豐潤鄭望之儼司馬《春日》云：「一篙緑水漲晴溪，燕剪參差柳線齊。何處落紅飛片片，春風吹過畫橋西。」餘姚朱少仙文治□□□□云：「新凉難得是今宵，夢醒窗前破寂寥。一□□□□不出，梧桐荷葉與芭蕉。」少仙先生哲嗣爲□□閣學，予次兒入學宗師也。

寧鄉閨秀黄婉璚字葆儀，爲花耘本麒孝廉之女。《聽雨》云：「潤物如酥響未停，一簾夜雨隔窗聽。明朝添得春多少，洗出遥山朵朵青。」卒時年僅二十有七。有《茶香閣遺草》。予同年善化勞辛階崇光中丞題云：「菩提勝果幾生修，蕙質蘭心第一流。贏得香閨主壇坫，優曇小現已千秋。」

古人祭前燔柴升烟，無燒香之説。宋趙彦衛《雲麓漫鈔》：「近人崇什氏，多好用香。蓋西方出香焚之，以示潔凈，道家亦然。今人祀社稷祭夫子，於迎神之後、奠幣之前，行三上香禮。郡邑或有之，朝廷則無。」是宋時猶存古制也。

長洲顧衡堂䕫梅貳尹以軍功擢縣令，并戴藍翎。前至羅過訪，極道傾慕之久，出其《有方游草》相質。《客中不寐》云：「安身偶借屋三椽，争奈寒蛩攪客眠。起視雨餘雲裏月，朦朧尚欠一分圓。」

〔寧都彭鶴舫〕鳴盛進士，以其祖躬庵士望先生樹廬□□□□先生爲「易堂九子」之一，古文與魏季子抗行。鶴舫贈予詩云：「讀罷新篇日已斜，隨園著作未堪誇。羨君消受詩文福，名士傾城萃一家。」

同邑林友松新浦上舍素不能詩。一日謂予曰：「宋曾（紆）〔幾〕詩『梅子黄時日日晴』，（司馬光）〔趙師秀〕詩『黄梅時節家家雨』，戴復古詩『熟梅時節半晴陰』，同一黄梅，咏來各别，可以悟詩之變化。」其言頗有會心。

寧遠楊石汸司馬詩、字、畫可稱三絶。以名孝廉宰山左，睥睨一切，獨傾倒於予。見贈云：「翩翩才貌校書郎，南國風騷久擅場。更有文章尊海岱，好教耆舊續荆襄。性情古摯今無比，政學師資兩足當。却幸粗官緣不薄，歲寒花下爇心香。」「神仙眷屬林和靖，官職風流賀季真。詩譜家聲兼譜政，梅傳公貌亦傳神。卧園早慰蒼生望，遺愛終推博物人。鄒魯絃歌溱洧曲，輿情一樣愜陽春。」

吴縣鳳竹塘觀宸同年，官兖州别駕。聞予引疾，寄書云：「□躬自捧檄來東，閲人多矣。求其品之高、學之邃、性□□□□如吾兄者，實不多覯。惜乎相見太遲，而相□□□□淺，不獲執鞭以從，爲可悵也。如由水道回□，兖州乃必由之道。弟謹於河干迎候，一叙别懷。」兹特録其題予《梅花書屋圖》云：「栽花家世繼安仁，著作還扶大雅輪。百里絃歌成治譜，一門眷屬盡詩人。賢書同上才難及，宦轍相逢意倍親。繞屋寒梅花似海，披圖重認故園春。」

予《梅花書屋第八圖》爲朱文卿司馬所繪，并題云：「空山讀書處，繞屋種寒梅。風定暗香動，月明詩夢回。君身有仙骨，與鶴共徘回。此日花應笑，潘郎鬢雪催。」瑞芝生常侍郎云：「漫擬咸平處士家，循良文苑並堪誇。吟成潘鬢三分雪，種滿河陽一縣花。鐵骨冰心官况味，暗香疎影舊生涯。更憐仙侣環修竹，謂琴珊夫人。比似梅妻耦獨嘉。」順德周秩卿寅清明府云：「老幹凌雲健比松，主人端合號梅龍。三間不數元章屋，獨有書城擁萬重。」「四圍花氣暖於春，四面清華玉作鄰。一箇放翁宜一樹，君家奚但四詩人。」黄岡汪刺史封渭云：「仿〔佛孤山〕處士廬，暗香疎影百年餘。若同彩筆争千古，

□□□□壽不如。」遵義龔玉亭驄刺史集唐七古有云：「□□□□君日幾回，且向百花頭上開。曾與詩翁定〔花品〕，風味自然花中魁。」丹徒茅鷺湄濟之司馬七古云：「繞屋梅花三百樹，逋翁艷羨江妃妬。一片寒香化作雲，中有幽人讀書處。」二詩惜篇長不能備録。

同邑閻晴皋海先生與予叔父朗垣公爲甲子同年，由應山廣文擢翰林院待詔，養痾在家。聞予歸里，寄書云：「近世士大夫以官爲家比比矣。足下風順收帆、急流勇退，林下居然見一人。特以濟時之才，未獲盡展其用，不能不爲民生惜耳。」先生素不作詩，頃寄其《感懷》云：「頻年老病夢魂驚，怪底腰肢太瘦生。若信駐顔真有訣，廬陵何事感星星。」《竹中納涼》云：「娟娟修竹長新篁，萬个千竿一味涼。卓午炎曦飛不到，團圞翠幄住中央。」詩筆頗與放翁爲近。

唐太宗怨女三千放出宮，史書傳爲盛德。至釋家重色戒，而如來爲太子，有三夫人、六萬采女。上天之最尊者帝釋，采女多至四十三億二千五百人。聞修羅〔王女美〕而娶之，後與諸采女戲池中，女以告修羅，遂□□□□□，事殊不可解。

□□□□者魂靈歸赤山。山在遼東西北數千里，亦□□□□□死者神魂歸泰山也。

金塗塔者，錢武肅王治烏金爲瓦，繪梵夾故事塗之，以金合而成塔。鄱陽姜堯章得一版，乃如來舍身相。陽穀周晉仙文璞賦長歌云：「上作如來舍身相，飢鷹餓虎紛相向。」

朱朵山同年未第時，悦其叔父虹舫方增閣學侍兒名多多者，未敢請也。適此婢索書，因題云：「一心只念波羅蜜，三祝難忘福壽果。」閣學欲以婢妻之，婢謂姑俟九郎中狀元。明年大魁，遂歸焉。

人有以詩投東坡者，曰：「此詩有分數否？」坡曰：「十分。」其人大喜，坡徐曰：「三分詩，七分讀耳。」又王沔字楚望。端拱初，會試舉人多令沔讀卷，縱文格下者，沔能抑揚高下，迎其辭而讀之。凡經沔讀者，每在高選。舉子納卷必祝曰：「得王楚望讀之，幸也。」

袁復生一士參軍，香亭太守令子也。題予梅花書屋〈詩云〉：「□□萬卷擁羅浮，繞屋香清月滿樓。莫訝詞人□□□，□花名士幾生修。」「風清四境管絃和，東閣梅花□□□。知否萬家圖□好，甘棠百里影婆娑。」予晤〈復生，始〉知隨園二孫已入泮，殊喜才人有後也。

釋氏謂毗婆尸佛長六十由旬，尸棄佛長四十由旬，拘留孫佛、拘那舍牟尼佛俱長二十五由旬，迦葉長一十六丈。此亦與盤古日長一丈之説相同。

予家面城而居，朝夕過從者，陳韵石中翰弟兄而外，惟歐陽丹書楷秀才。丹書六旬，予寄懷云：「意氣相投笠斵金，偶然不見便相尋。二千里外雲山隔，六十年來歲月深。衰病精神勤愛惜，迢遥音信悵浮沉。諸孫繞膝無窮樂，家計何須苦用心。」今韵石、丹書俱歸道山，頗有昔年親友半凋零之感。

紀曉嵐先生侍姬沈氏字明玕，卒時年僅三旬，臨終自題小照付其女云：「三十年來夢一場，遺容手付女奴藏。他時話我生平事，認取蘇州沈五娘。」先生題云：「幾分相似幾分非，可是香魂月下歸。春夢無痕纔一□，□關情處在依稀。」

□□□□炒米，見《後山叢談》。以江米蒸而陰之，故亦□□□□炒，炒熟粒大，□米極爲鬆脆，或沸茶泡食，□□□□之者甚。

〔慈谿姜西〕溟宸英太史云：「我輩人人有集，然其詩或〔傳〕與否，均未可知。惟當牽連綴姓名於集中，幸有傳者，則附載之人亦因以顯。」予生平所交詩人不少，如林少穆制軍、曾賓谷中丞、吴蘭雪刺史、姚鏡塘武部、湯海秋侍御、陳秋舫殿撰數君子，可以傳矣。

如皋張直齋寅司馬工香奩體。《贈女校書周湘雲》云：「淡到無言惟有韵，柔如無骨不禁憐。」真寫出美人風致。《訪某校書不遇》云：「鶯語舊聞紅豆曲，鳳毛新换碧梧枝。」亦佳。

論詩紀略

論詩紀略提要

《論詩紀略》不分卷，據南京圖書館藏清刊本點校。撰者潘焕龍生平見《卧園詩話》提要。此是論詩絶句體，據咸豐十一年自序，乃歸田後，由舊作二十五首補全至八十九首，人各一首，（内有三人合一首者一，二人合一首者四）得人九十五家。（含閨秀六人）雖云論詩，實以存友人中之能詩者爲主，與其《詩話》之旨同。其序與《詩話》卷十末則，兩引姜宸英「我輩人人有集，傳不傳均未可知。惟當牽連綴姓名於集中，幸有傳者，則附載之人亦因以顯」一語，念兹在兹，可謂呼應。其中如吴嵩梁、湯鵬、黄培芳、陳沆、張維屏、何紹基、符葆森等，則非以附潘氏傳，潘氏反以之增價矣。詩不甚佳，稍可觀者如林則徐一首，「不涉粗豪不鬥新」，「暗香疎影殊清絶」，略施評騭，亦可見其詩觀；而結句「吟思梅邊有別春」幾不成語，蓋以林氏贈其舊句有「君家詩思在梅邊」，遂硬綴以記交往也。此卷之得失多類此。

論詩紀略序

予宦游都門前後凡八年，中州十二年，山左七年，所交詩人甚夥。今歸田後又十二年矣。風流雲散，天各一方，道遠時艱，音問梗塞。山中伏處，友朋榮落不得而知，良可慨也。課孫餘暇，翻閱舊作論詩二十五首，尚多未盡，隨憶隨補。存者兼寓懷人之意，没者更深傷逝之情。因係論詩，相契雖多，非能詩者不與。惟閨秀之夙曾唱和者，附列於後焉。姜西溟宸英太史云：「我輩人人有集，傳不傳均未可知。惟當牽連綴姓名於集中，幸有傳者，則附載之人，亦因以顯。」此則所不敢自任者矣。

咸豐十一年秋九月，卧園老人潘焕龍識於四梅花屋之東軒。

論詩紀略

羅田潘煥龍笛生著　男彩枝肇鏞校字

宗室慧成

字雨亭。道光丙申翰林，南河總督。派演天潢氣吐霓，詩情絶不落恒蹊。風標濯濯如春柳，問到年華意轉凄。書來，引古人「相悲各問年」之句。

林則徐

字少穆，福建侯官人。嘉慶辛未翰林，雲貴總督。謚文忠。不涉粗豪不鬥新，高才餘事作詩人。暗香疎影殊清絶，吟思梅邊有别春。君贈予云：「君家詩思在梅邊。」即以移贈。

吴嵩梁

字蘭雪，江西東鄉人。嘉慶庚申舉人，貴州黔西州知州。香蘇山館接東坡，食古胸中釀太和。許我長歌追李白，聲名借爾齒牙多。

陶樑

字鳧香，江蘇長洲人。嘉慶戊辰翰林，禮部侍郎。一篇惠我意纏綿，紅豆村人筆最妍。畫舫摇湖心目蕩，風流不減柳屯田。

潘世恩

字芝軒，江蘇吴縣人。乾隆癸丑狀元，武英殿大學士。子曾沂，字功甫，嘉慶丙子舉人，内閣中書。曾瑩，字星齋，道光辛丑翰林，工部侍郎。曾綬，字紱庭，道光丁酉舉人，内閣侍讀。吾家老鳳翽朝陽，雛鳳河東比翼翔。絶妙好辭傳頌徧，塤篪並奏韵琅琅。

鮑桂星

字覺生，安徽歙縣人。嘉慶己未翰林，詹事府詹事。鮑照才華蛺蝶驚，語翻窠臼必峥嶸。品題欲襲青連舊，妙絶當年俊逸評。

湯鵬

字海秋，湖南益陽人。道光癸未進士，監察御史。鏌干鑄就氣熊熊，多少才人睥睨中。飛將有誰堪比擬，楊無敵與李横衝。

麟慶

字見亭，長白人。嘉慶己巳進士，南河總督。入是詞臣出重臣，旌麾到處頌聲新。不施雕琢天然好，慧業三生有夙因。

姚學塽

字鏡塘，浙江歸安人。嘉慶己未進士，兵部郎中。人世浮華一一刊，鬚眉猶憶古衣冠。乾坤清氣心脾得，莫作寒郊瘦島看。

黄培芳

字香石，廣東香山人。嘉慶甲子副貢，内閣中書。

黄釗

字香鐵，廣東嘉應州人。嘉慶癸酉舉人，國子監典簿。珊瑚粤海茁枝枝，到眼光華耀陸離。香石先交香鐵後，和平排奡各争奇。

劉琅

原名天民，字孝長，湖北天門人。嘉慶丙子舉人。健筆縱横氣不羈，信陽北地足肩隨。文章自古常憎命，可惜劉蕡數太奇。

陶澍

字雲汀，湖南長沙人。嘉慶壬戌翰林，兩江總督。謚文毅。陶侃官高督八州，誰知石屋戀清幽。古人妙處心相印，君有《印心石屋詩鈔》。百鍊鋼成繞指柔。

鍾昌

字仰山，長白人。嘉慶己巳翰林，刑部侍郎。主持風雅荷相期，高建騷壇大將旗。君贈予句。細意愛君詩律穩，地平置器不傾攲。

王汝霖

字慈雨，江蘇海州人。道光丙戌進士，吏部主事。金石鏗鏘絲竹幽，半誇雄健半温柔。君有《出塞》、《疑雲》二集。刀圭未必庸醫誤，君誤服細辛、麻黄各一兩。召爾雲中賦玉樓。

張井

字芥航，陝西膚施人。嘉慶辛酉進士，南河總督。燭燒官閣酒盈巵，醉聳山肩誦舊詩。合住輞川圖畫裏，君買得輞川舊墅，詩之於予。天機清妙近王維。

劉珊

字海樹，湖北漢川人。嘉慶己巳進士，安徽潁州府知府。絶艷驚才莫比能，力追温李得師承。珊瑚七尺紅於火，不愧名將海樹稱。

周凱

字芸皋，浙江富陽人。嘉慶辛未翰林，福建興泉永道。

王乃斌

字香雪，浙江錢塘人。道光戊子副貢，直隸易州州判。渡海歸來氣更豪，鯨魚一擊吼蒲牢。王郎磊落周郎俊，筆挾滄洲萬丈濤。

蔣祥墀

字丹林，湖北天門人。乾隆庚戌翰林，都察院副都御史。子立鏞，字笙陔，嘉慶辛未狀元，内閣學士兼禮部侍郎。孫元溥，字譽侯，道光癸巳探花，江西九江府知府。風雅忘年互唱酬，相從蔣徑比羊求。詩名更占科名盛，孫是探花子狀頭。

曾燠

字賓谷，江西南城人。乾隆辛丑進士，廣東巡撫。消寒筆底轉春風，君題予《消寒九九吟》云：「筆底忽然轉春氣。」譽我詩能奪化工。僞體别裁歸雅正，心香翻欲敬南豐。

劉大觀

字松嵐，山東邱縣人。乾隆己酉拔貢，山西按察使。老輩晨星數易終，巋然魯殿尚穹窿。年過七十兒頻育，君七十生子，七十二又生一子。矍鑠人誰及是翁。

郭翊清

原名道闓，字葵臣，湖北孝感人。道光丙戌翰林，左春坊左贊善。幼時孤露復清貧，既入承明遇亦迆。横掃千軍摇五嶽，一枝彩筆却無倫。

程懷璟

字玉農，湖北雲夢人。嘉慶辛酉拔貢，雲南按察使。簪纓早謝愛園林，别具幽閒一片心。領略清機天籟發，高山流水伯牙琴。

陳沆

原名學濂，字秋舫，湖北蘄水人。嘉慶己卯狀元，翰林院修撰。吐棄凡餘思不群，九天珠玉落紛紛。緱山笙韵湘靈瑟，此曲人間那得聞。

張維屏

字南山，廣東番禺人。道光壬午進士，江西候補府同知。司馬官清稿自删，蘇齋高弟首南山。若將植物論詩格，合在松蒼竹秀間。

黄爵滋

字樹齋，江西宜黄人。道光癸未翰林，刑部侍郎。清如鶴唳徹層霄，凡響啁啾息衆囂。落想直從天外至，我思叔度最超超。

楊知新

字拙園，浙江歸安人。廩貢生。子炳堃，字蕉雨，嘉慶癸酉拔貢，湖南鹽法道。炳謙，字毅亭，增貢生。炳咸，字西舫，道光甲午舉人，四川江安縣知縣。正聲軼宋直躋唐，《夙好齋》詩集名。首獨昂。浙派掃除家學遠，才名鼎峙又三楊。

聶銑敏

字蓉峰，湖南衡山人。嘉慶辛酉翰林，浙江紹興府知府。重入詞林譽望隆，迴文賦奏動宸聰。君由庶常改主事，蒙恩賞還編修。爐煨榾柮欣呵凍，君見予《九九消寒吟》，欣然爲作序言。皇甫殷勤序太冲。

何紹基

字子貞，湖南道州人。道光丙申翰林。摩天巨刃溯昌黎，水部才華異代齊。戛戛生新名句造，另從詩境闢町畦。

葉名澧

字潤臣，湖北漢陽人。道光丁酉舉人，內閣侍讀。瀟灑丰神磊落才，水清玉潤世交推。君爲秋舫翰撰之壻。就中五字尤超絶，胎息都從漢魏來。

楊澤闓

字石汸，湖南□□人。道光甲午舉人，山東德平縣知縣。絶世風流迥出塵，到來談笑座生春。詩如翡翠蘭苕戲，叔寶神清信玉人。陳侍御岱霖贈君聯云：「安世鐵漢，叔寶玉人。」

金光杰

字殿珊，湖北黄陂人。嘉慶庚辰翰林，監察御史。子國均，字可亭，道光戊戌榜眼，右春坊右庶子。仡仡堅城抵長卿，一篇跳出衆皆驚。佳兒又向花磚步，庶子春華有盛名。

陳光緒

字石生，浙江會稽人。道光乙未進士，山東武定府同知。心奉東坡一瓣香，筆端作作吐光芒。名流歷下雄争角，高蹈還應讓子昂。

易鏡清

字蓮航，湖北京山人。嘉慶辛未進士，甘肅慶陽府知府。藻采繽紛錦七襄，慕暉堂集繼錢郎。芙蓉幕裏三年住，予館君家三載。月夕花晨唱和忙。

王懷曾

字魯之，四川大竹人。道光壬午舉人，山東長清縣知縣。抑塞終身志不摧，王郎遇蹇劇堪哀。長歌擲地鏗金石，七子而還一霸才。

彭崧年

字希山，四川涪州人。嘉慶癸酉舉人，大挑知縣。

車酉

字雙嵐，四川萬春人。道光癸酉副貢，河南候補直隸州判。

宋之睿

字思堂，四川□□人。嘉慶癸酉拔貢，河南陜州州判。才人西蜀聚吟壇，雄辨齊翻舌底瀾。李白長流終遇赦，謂希山。最憐屈宋困衙官。

周作楫

字小湖，江西泰和人。嘉慶庚辰翰林，貴州貴東兵備道。煎茶試院聽瓶笙，醇酒周郎繫我情。聚腋成裘花釀蜜，君工集唐。別才夙慧本天生。

朱彦華

字文卿，江南上元人。道光甲辰進士，山東嶧縣知縣。脱口詩成不用催，六朝山下有仙才。飄飄別具凌雲氣，豈獨詞源倒峽來。

徐大鏞

字蘭生，直隸天津人。嘉慶戊寅舉人，河南杞縣知縣。津門詩派振前型，掃盡粗豪見性靈。低首梅花佳句贈，君贈予詩云：「平生低首處，多半爲梅花。」平生白眼向予青。

周樂清

字文泉，浙江德清人。廕生，山東掖縣知縣。石鍊雲霞可補天，君有《補天石》傳奇九種。千秋缺陷一齊填。飛行絶迹空依傍，翰墨場中有劍仙。

婁謙

字潤筠，江西南昌人。嘉慶庚申舉人，河南汜水縣知縣。金貞玉粹少瑕疵，古貌當今罕見之。循吏更兼文苑擅，如何伯道竟無兒。

汪承墉

字曉堂，江南如皋人。附貢生，山東兖州府知府加道銜。卓犖才華少抗衡，吟詩音節亦和平。重驅五馬先人郡，君爲春田觀察之子。佳話喧傳徧兖城。

姜宮綬

字玉溪，浙江歸安人。道光癸巳進士，山東泰安縣知縣。清詞麗句自成家，游戲渾忘兩鬢華。第一名山歸管領，嵐光四面坐排衙。

卓秉恬

字海帆，四川華陽人。嘉慶壬戌翰林，體仁閣大學士。凉露侵堦月照扉，清華風趣解人稀。不教半點塵氛染，仙骨宜披一品衣。

蔣宗儆

字時齋，廣西全州人。嘉慶丙子舉人。風雨聯床話不休，交情膠漆兩相投。青年遽赴修文召，悔把心中血盡嘔。

沈炳垣

字曉滄，浙江嘉興人。嘉慶□□進士，江蘇海防同知。弟淮，字眙簪，道光乙酉拔貢，山東陵縣知縣。沈郎醖藉度委蛇，腰爲長吟瘦不支。兩地郵筒詩絡繹，玉昆金友叶塤箎。

陳運鎮

字其山，湖北孝感人。嘉慶己巳進士，宗人府主事。

陳鑾

字芝楣，湖北江夏人。嘉慶庚辰探花，兩江總督。十六年纔轉一官，其山自嘲詩云：「十六年來遷一秩。」中書君自宦情闌。同宗却有探花客，不比鮎魚上竹竿。

夏際唐

字論園，江蘇奉賢人。嘉慶庚辰進士，河南涉縣知縣。皤然霜雪鬢絲垂，坐到宵深尚不疲。吐屬毫無蔬笋氣，匡衡信是解人頤。

程德增

字益堂，安徽歙縣人。嘉慶庚申舉人，廣德州學正。曼倩詼諧妙絶倫，胸懷坦白率天真。思如風發言泉湧，對客狂揮筆有神。

伊念曾

字銘谷，福建寧化人。道光乙酉拔貢，浙江遂安縣知縣。漢上題襟折柳條，傳家詩學本遥遥。君祖太僕公朝棟、太守公秉綬均以詩鳴。梅花一笑修能到，君畫卧梅見贈，并題詩云：「平生兀傲身，暫使一腰折。」傲骨終難免折腰。

周鳴鑾

字介夫，湖南長沙人。乾隆乙卯舉人，甘肅鞏秦階道。君登科日我剛生，屈指年華暗自驚。長命世間誇獨占，不徒南楚負詩名。

楊庚

字星珊，四川江安人。嘉慶癸酉舉人，湖北黄州府知府。磨蝎身宫次舍躔，予磨蝎臨身宫。翻勞傾倒十餘年。書來，有「十餘年傾倒」之語。漫堂去後黄州冷，合讓盈川姓字傳。

陳榮禮

字木華，湖南武陵人。嘉慶辛酉拔貢。拔萃才高志莫酬，青鞋布襪恣遨游。即君句。髫齡記荷牛心啖，穩許他年出一頭。

王柏心

字子壽，湖北監利人。道光甲辰進士，刑部主事。鯽魚名士盛荆州，子晉才居第一流。蘭蕙香非凡草伍，詩情畫意兩俱幽。君畫蘭見贈，題五古極佳。

朱錦琮

字尚齋，浙江海鹽人。國子監生，山東東昌府知府。老去狂吟興不磨，手提快劍砍蛟鼉。授餐爲我籌珍錯，護世城中美饍多。

蔣湘南

字子瀟，河南固始人。道光甲午舉人。不甘牙慧拾人餘，倜儻全教齷齪除。碧海無邊潮汐吼，從容赤手掣鯨魚。

朱煒

字少廬，陝西咸寧人。嘉慶戊午舉人，江西撫州府知府。

何萼聯

字棣士，福建侯官人。嘉慶庚辰進士，山東莒州知州。紫陽鶴立聳清標，相對人都鄙吝消。更有何郎才跌宕，後先追逐競揚鑣。

汪全泰

字大竹，江蘇甘泉人。嘉慶甲子舉人，户部郎中。穿心出脅鬼神愁，東野清寒氣帶秋。詩信窮人官潦倒，幾曾歡喜上眉頭。

鄭鑾

字子硯，江蘇甘泉人。嘉慶癸酉舉人，河南魯山縣知縣。板橋繩武有詩孫，字裏行間襲芷蓀。長日惟消棋一局，君善棋。訟庭花落任朝昏。

劉禮淞

字松泉，江蘇丹徒人。嘉慶丙子舉人，河南衛輝府知府。弟禮奎，字竹笑，甲戌翰林，候選知府。公幹清華唾是珠，袂連大小認姨夫。竹笑與予爲僚壻。弟探紅杏兄丹桂，同佩黄堂太守符。

林杞材

字桂山，安徽灊山人。嘉慶甲戌進士，内閣中書。詩不求名只自娱，春明落落性情孤。妻梅子鶴饒幽韵，莫認逋仙作腐儒。

龔驄

字玉亭，貴州玉屏人。嘉慶丁丑進士，山東益都縣知縣。春氣長留善葆和，惟尋樂趣少悲歌。無題詩句洵蕃錦，《留春草堂集》詩皆集唐。寢饋唐人摘艷多。

馬有紱

字來庵，湖北大冶人。嘉慶戊寅舉人，山東嶧縣知縣。不工款曲與綢繆，豪邁能追馬少游。水必尋源山到頂，君有句云：「涉水必尋源，登山必到頂。」使君風骨自清遒。

張日晸

字曉瞻，貴州貴筑人。嘉慶丁丑翰林，雲南巡撫。領解牂牁第一名，少年科第到公卿。風流張緒翩翩度，君贈予詩云：「翩翩風韵屬潘郎。」漫道潘郎韵最清。

殳慶源

字積堂，浙江錢塘人。國子監生，山東魚臺縣知縣。

王政

字績堂，湖南善化人。道光乙未進士，山東滕縣知縣。

汪封渭

字竹千，湖北黄岡人。道光癸未進士，世襲雲騎尉，山東德州知州。燕瘦環肥各擅場，或宜淡抹或濃妝。風塵多少奇才困，搔首何從問彼蒼。

汪懷

字小舫，浙江錢塘人。道光丙戌翰林，改陝西甘泉縣知縣。校書朵殿契苔岑，笛譜山陽感不禁。欲擬汪倫情繾綣，桃花千尺碧潭深。

郎葆辰

字蘇門，浙江安吉人。嘉慶丁丑進士，貴州糧儲道。士元悱惻復温柔，滴粉搓酥艷欲流。螃蟹郎同鷓鴣鄭，君工畫螃蟹。詩才繪事並千秋。

李星沅

字石梧，湖南湘陰人。道光壬辰翰林，兩江總督。謚文恭。翰苑承恩擁入騶，和鳴鸞鳳得仙儔。謂郭笙愉夫人。名臣恰遇名媛配，惜未雙修到白頭。

成世瑄

字蘭生，貴州石阡人。嘉慶丁丑翰林，江南布政使。成連仙曲足移情，玉檢相偕校上清。君題予《藜閣校書圖》云：「玉檢還疑校上清。」每誦一篇頻擊節，安仁才似大蘇横。君謂予詩筆似東坡之横。

陳瑞球

字韵石，湖北羅田人。嘉慶己巳翰林，内閣中書。弟瑞琳，字九香，河南候補府經歷。爲愛屏山築草堂，君有《屏山草堂詩鈔》。舍人風格近三唐。沉雄欲逐髯蘇後，難得元方有季方。

鄒鳴鶴

字鍾泉，江蘇無錫人。嘉慶庚辰進士，廣西巡撫。人生宦海最茫茫，涉海初心未敢忘。君繪有《涉海初心》畫卷。六日危城攻不破，撫粤西事。作詩亦復挽弓强。

陸建瀛

字立夫，湖北沔陽人。道光壬午翰林，兩江總督。才思真如萬斛泉，欃槍光遽掩台躔。督師未捷身空殉，搔首風前一愴然。

單懋謙

字地山，湖北襄陽人。道光壬辰翰林，詹事府少詹。微雲疎雨孟襄陽，無限風神低與昂。接武前賢能不愧，方家舉止極安詳。

李鈞

字夢韶，直隸河間人。嘉慶丁丑翰林，南河總督。落溷飛英亦可哀，高唐題壁重徘徊。予《高唐題壁》云：「他年我作司香尉，忍遺名花落溷來。」未署姓名，君特采入《使粤日記》。憐才心與憐香似，忍遺名花怨未開。君典試闈中，有句云：「忍遺名花怨未開。」

許賡藻

字枚卿，浙江孝豐人。道光壬午舉人。黄州府知府。欲向花間一叩門，君懷予詩。黯然令我欲消魂。晚唐風韻於今少，當代何人及許渾。

嚴正基

原名芝，字仙舫，湖南溆浦人。嘉慶癸酉副貢，通政使司通政使。樂園詩句萬人傳，封翁官陝西臬使，有《樂園集》。沆瀣由來一氣聯。科第雖艱官職貴，入爲卿貳出旬宣。

朱昌頤

字朵山，浙江海鹽人。道光丙戌狀元，户科給事中。

安詩

字芝慶，江蘇金匱人。道光癸巳進士，兵科給事中。昂藏同是不凡才，議論偏分蜀洛來。覆雨翻雲成底事，兩賢相阨亦奇哉。

袁一士

字復生，浙江錢塘人。國子監生，山東候補知縣。隨園築傍小倉山，伯仲聲名不等閒。君爲子才太史之姪，香亭太守之子。幾輩才人能有後，把君詩卷一開顔。

李象鵾

字雙圃，湖南長沙人。嘉慶辛未翰林，貴州布政司。握手初逢意便親，可知香火有前因。書生面目神仙度，灑落如君得幾人。

符葆森

字南樵，江蘇江都人。咸豐辛亥舉人。歸愚操選主詩壇，繼美能將僞體刊。百二十年才有數，君選海内自乾隆丙辰至咸豐丙辰百二十年之詩，爲《國朝别裁續集》。吾楚兩湖共八十三人，予詩亦在選中。從來此事愜心難。

李孟群

字鶴人，河南光州人。道光丁未進士，安徽巡撫。臨淮父子節堂堂，靴裏藏刀死戰場。盾鼻墨磨詩筆健，賞音慙愧説中郎。公贈予詩云：「慙愧班門磨盾鼻，可能賞識到中郎。」

閨秀論詩紀略

惲珠

字珍浦。長白麟見亭慶河帥母。起居入座太夫人，仙島紅蓮證夙因。太夫人夢前生爲紅蓮島妙蓮大士侍者。繡閣錯將書室認，予至河南省城，太夫人延入後堂論詩。筆床硯匣看紛陳。

陳長生

字秋穀。歸安葉琴柯紹楏中丞室。燕寢凝香畫戟鮮，郎君官貴艷神仙。文人我愧三湘客，夫人詩云：「文人從古屬三湘。」屢把詩章和彩箋。

潘素心

字虛白。錢塘汪聽舫潤之宮詹室。翟茀頻偕使節馳，謂隨滇、閩學使任。滇山閩本入新詩。科名膝下聯翩掇，乙酉順天令嗣小舫弟兄三人同榜，次科又中一人。一朵金萱桂四枝。

蔣徽

字琴香。東鄉吴蘭雪嵩梁刺史室。蔣家小妹住青溪，得配才人福慧齊。更喜閒閒偕素素，俱蘭雪侍姬。蘭雪没後，閒閒爲建祠堂，素素爲刊詩集。同居二女不相暌。

陸韵梅

字琇卿。吴縣潘星齋曾瑩侍郎室。風雅吾宗續玉臺，香閨妯娌兩仙才。紱庭侍讀室汪夫人亦工詩。苦吟太瘦同工部，紱庭贈内云：「詩稿漸多身慚瘦。」可惜瓊花一朵摧。汪夫人早逝。

翁瑛

字繡君。江寧金研雲堤貳尹室。慧腕靈心敵左芬，毫端香是百花薰。曾以所繪百花卷子屬題。休誇竹翠偎桃艷，繡君畫夾竹桃花見贈，題詩云：「天使此君配之子，仙才併作一家人。」兩字仙才合贈君。

（竇瑞敏點校）